TERRY BROOKS

Heldensuche

Buch

Seit dem Tod des Druiden Allanon haben sich die Vier Länder dramatisch gewandelt – Magie ist in dem nun totalitär regierten Südland strikt verboten. Dennoch ist Par noch ein Rest seiner Wünschliedmagie geblieben. Als er versehentlich einen legendären, uralten Schrecken zum Leben erweckt, kommt überraschend ein Mann namens Cogline zu seiner Rettung und vertreibt das Übel. Cogline überbringt eine Nachricht direkt von Allanon: Par solle gemeinsam mit den anderen Kindern von Shannara nach Hadeshorn reisen, denn die Zukunft bringe nur die Zerstörung der Vier Länder. Um dieses schreckliche Schicksal zu verhindern, befiehlt Allanon Par, das lange verlorene Schwert von Shannara zu finden – eine Aufgabe, die so gut wie unmöglich ist …

Autor

Im Jahr 1977 veränderte sich das Leben des Rechtsanwalts Terry Brooks, geboren 1944 in Illinois, USA, grundlegend: Gleich der erste Roman des begeisterten Tolkien-Fans eroberte die Bestsellerlisten und hielt sich dort monatelang. Doch *Das Schwert von Shannara* war nur der Beginn einer atemberaubenden Karriere, denn bislang sind mehr als zwanzig Bände seiner Shannara-Saga erschienen.

Terry Brooks bei Blanvalet:

Das Schwert der Elfen
Elfensteine
Das Lied der Elfen

Weitere Titel in Vorbereitung

Terry Brooks

DIE SHANNARA-CHRONIKEN

Die Erben von Shannara 1
Heldensuche

Roman

Aus dem Englischen von Erna Tom

Vollständig durchgesehen und überarbeitet von Andreas Helweg

blanvalet

Die Originalausgabe erschien 1990 unter dem Titel
»The Scions of Shannara« bei Del Rey, New York.

FSC
www.fsc.org
MIX
Papier aus verantwortungsvollen Quellen
FSC® C014496

Verlagsgruppe Random House FSC® N001967

1. Auflage
Taschenbuchausgabe 2017

Umschlaggestaltung: Isabelle Hirtz, Inkcraft,
unter Verwendung einer Illustration von Ralf Marczinczik
LM · Herstellung: sam
Satz: Buch-Werkstatt GmbH, Bad Aibling
Druck und Bindung: GGP Media GmbH, Pößneck
Printed in Germany
ISBN: 978-3-7341-6139-1

www.blanvalet.de

Für Judine,
die all die Magie möglich macht

1

Der alte Mann saß allein im Schatten der Drachenzähne und beobachtete, wie im Westen das Licht des Tages der hereinbrechenden Dunkelheit wich. Es war kein warmer Tag gewesen, ungewöhnlich kühl für Sommer, und die Nacht versprach kalt zu werden. Vereinzelte Wolken verdeckten den Himmel und warfen ihre Schatten auf die Erde. Eine Stille füllte die Leere, die durch das dahinschwindende Licht entstand, einer Stimme gleich, die darauf wartet zu sprechen.

Es war eine Stille, die von Zauberei wisperte, dachte der alte Mann.

Vor ihm brannte ein Feuer, noch klein, gerade ausreichend für seine Zwecke. Schließlich würde er mehrere Stunden abwesend sein. Mit einer Mischung aus Erwartung und Unbehagen starrte er hinein, bevor er sich bückte und die größeren Holzscheite hineinwarf, die die Flammen schon bald auflodern ließen. Er schürte es mit einem Stock, um dann, als die Hitze ihm entgegenschlug, zurückzutreten. So stand er da, gefangen zwischen Lichtschein und wachsender Dunkelheit, ein Wesen, das sowohl zu beidem als auch zu keinem hätte gehören können. Seine Augen funkelten, als er in die Ferne blickte. Die Gipfel der Drachenzähne ragten in den Himmel und erinnerten an Knochen, die die Erde nicht zu umschließen vermochte. Es lag eine Stille über den Bergen, eine Verschwiegenheit, die ihnen anhaftete wie Reif einem frostigen Morgen und alle Träume der Zeiten verbarg.

Funken stoben auf, und der alte Mann schlug nach einer umherschwirrenden Flocke glühender Asche, die sich auf ihm niederzulassen drohte. Wenn man ihn so ansah, dachte man unwillkürlich an ein Bündel locker gebundener Stäbe, das beim kleinsten Windhauch zu einem Häufchen Staub zusammenzufallen drohte. Seine graue Robe und eine Decke hingen an ihm wie an einer Vogelscheuche. Die lederne braune Haut umhüllte tief zerfurcht und faltig seine Knochen. Das dünne weiße Haar und der Bart umkränzten seinen Kopf und hoben sich gegen den Feuerschein wie Wattebäusche ab. Er war so runzlig und gebeugt, als wäre er hundert Jahre alt.

In Wirklichkeit war er fast tausend Jahre alt.

Merkwürdig, dachte er plötzlich, als ihm all die Jahre durch den Sinn gingen. Paranor, der Rat der Rassen, sogar die Druiden – sämtlich Vergangenheit. Merkwürdig, dass ausgerechnet er alle überdauert haben sollte.

Er schüttelte den Kopf. All das hatte sich vor so langer Zeit ereignet und lag so weit zurück, dass es in seinem Leben kaum noch gegenwärtig war. Er hatte geglaubt, dieser Teil sei abgeschlossen, für immer vorbei. Er hatte geglaubt, frei zu sein. Jetzt wurde ihm klar, dass er das nie gewesen war. Von etwas, das letztendlich die Verantwortung dafür trug, dass er noch am Leben war, konnte man sich nicht befreien.

Wie hätte er sonst, trotz allem, abgesehen vom Schlaf der Druiden, immer noch hier stehen können?

Ein Schauer durchlief ihn im schwindenden Licht, die Dunkelheit hüllte ihn jetzt ganz ein, da die Sonne hinter den Horizont kroch. Es war Zeit. Seine Träume hatten ihn wissen lassen, dass es jetzt sein musste, und er glaubte seinen Träumen, weil er sie verstand. Auch das war ein Teil seines alten Lebens, der ihn nicht loslassen würde – seine Träume, Visionen von jenseitigen Welten, von Warnungen und Wahrheiten, von Dingen, die sein konnten und manchmal sein mussten.

Er wandte sich vom Feuer ab und betrat den schmalen Weg, der zu den Felsen hinaufführte, durch Schatten, deren Berührung ihn schaudern ließ. Lange Zeit ging er so, durch schmale Schluchten, um riesige Felsblöcke, an felsigen Abhängen und schroffen Spalten entlang. Als er wieder ans Licht trat, stand er am Rande eines flachen, steinigen Tales mit einem See in der Mitte, dessen glatte Oberfläche wie ein greller grüner Spiegel wirkte.

Der See war der Ort, an dem die Schatten der Druiden zwischen Kommen und Gehen verweilten. Hierher, zum Hadeshorn, hatte man ihn gerufen.

»So soll es denn sein«, sagte er leise.

Langsam und vorsichtig bewegte er sich hinunter zum Tal, sein Herz schlug bis zum Hals. Er war lange fort gewesen. Das Wasser vor ihm regte sich nicht; die Schatten schliefen. So war es am besten, dachte er. Es war am besten, sie nicht zu stören.

Er erreichte das Ufer des Sees. Alles war ruhig. Er holte tief Luft. Die ausströmende Luft verursachte ein Geräusch wie raschelndes Laub. Er tastete nach seinem Beutel, den er am Bauch trug, und lockerte die Schnur. Vorsichtig fasste er hinein und holte eine Handvoll schwarzes Pulver heraus, in das Silberstaub gemischt war. Nach kurzem Zögern warf er es über das Wasser.

Das Pulver explodierte in der Luft und verbreitete ein unnatürliches Licht, das die Nacht um ihn herum wieder zum Tag werden ließ. Er spürte keine Wärme, sah nur Licht. Es flimmerte und tanzte in der Dunkelheit wie ein lebendiges Wesen. Der alte Mann stand da, schaute zu und hielt Robe und Decke eng um sich geschlungen. In seinen Augen spiegelte sich das Leuchten. Er wiegte sich leise vor und zurück und fühlte sich einen Augenblick lang wieder jung.

Plötzlich trat ein Schatten in das Licht, lautlos wie ein Geist, eine schwarze Gestalt, die sich ebenso gut aus der dahinterliegenden Finsternis verirrt haben konnte. Aber der alte Mann wusste es besser. Diese Gestalt hatte sich nicht verirrt, sondern war gerufen worden. Langsam nahm sie deutliche Konturen an. Es waren die Umrisse eines Mannes, ganz in Schwarz gehüllt, eine große und bedrohliche Erscheinung, die jeder, der sie einmal zu Gesicht bekommen hatte, sofort wiedererkannt hätte.

»Also du, Allanon«, flüsterte der alte Mann.

Das verhüllte Haupt neigte sich nach hinten, sodass die dunklen, harten Züge klar zum Vorschein kamen – das eckige bärtige Gesicht, die lange Nase und der Mund, die drohenden Brauen, die wie aus Eisen gegossen wirkten, die darunterliegenden Augen, die in die Seele zu schauen schienen. Die Augen fixierten den alten Mann und hielten ihn fest.

– Ich brauche dich –

Das jedenfalls glaubte der Alte zu hören. Fast wie ein Flüstern nahm er die Stimme wahr und spürte ihre Unzufriedenheit und Ungeduld. Der Schatten teilte sich ihm nur über Gedanken mit. Der alte Mann wich ein wenig zurück und wünschte, die Erscheinung, die er gerufen hatte, möge verschwinden. Doch dann fasste er sich ein Herz und sah seiner Angst ins Auge. »Ich gehöre nicht mehr zu euch!«, gab er bissig zurück, kniff die Augen zusammen und vergaß dabei, dass er nicht laut zu sprechen brauchte. »Du kannst mir nichts befehlen!«

– Ich befehle nicht. Ich bitte. Hör mir zu. Du bist der Einzige, der noch übrig ist, vielleicht so lange der Einzige, bis mein Nachfolger bestimmt ist. Verstehst du? –

Der alte Mann lachte nervös. »Verstehen? Wer könnte besser verstehen als ich?«

– Ein Teil von dir wird immer das bleiben, was du früher nie infrage gestellt hättest. Der Zauber bleibt ein Teil von dir. Immer. Hilf mir. Ich schicke die Träume, aber die Shannara-Kinder antworten nicht. Es muss sie jemand aufsuchen und mit ihnen sprechen, damit sie verstehen. Du –

»Nein, nicht ich! Ich lebe schon seit Jahren nicht mehr bei ihnen, und ich möchte nichts mit ihren Schwierigkeiten zu tun haben!« Der alte Mann richtete sich auf und runzelte die Stirn. »Ich habe mich schon vor langer Zeit von diesem Unsinn verabschiedet.«

Der Schatten schien in die Höhe zu schweben und größer zu werden, und auch der Alte fühlte, wie sein Körper vom Boden abhob. Er schwang sich empor, hinein in die Nacht. Er wehrte sich nicht, gab jedoch auch nicht nach, obwohl er spürte, wie der Zorn des anderen einem schwarzen Fluss gleich durch ihn strömte. Die Stimme des Schattens erinnerte an den Klang von Knochen, die zermahlen werden.

– Sieh –

Die Vier Länder erschienen vor seinen Augen. Wie ein Gemälde breiteten sich Wiesen, Berge, Hügel, Seen, Wälder und Flüsse vor ihm aus, im Sonnenlicht bunt leuchtende Flecken der Erde. Er hielt den Atem an, als er das Bild so deutlich und aus so großer Höhe sah, obwohl er wusste, dass alles nur eine Vision war. Aber das Sonnenlicht begann fast augenblicklich zu schwinden, die Farben zu verblassen. Dunkelheit hüllte ihn ein, Dunkelheit, vermischt mit düsterem grauem Nebel und schwefelhaltiger Asche, die aus ausgebrannten Kratern aufstieg. Das Land verwandelte sich, wurde öd und leer. Er spürte, wie er sich darauf zubewegte; nur mit Widerwillen näherte er sich diesem Anblick und Geruch. Menschliche Wesen zogen in Scharen durch diese Wüstenei, mehr Tier als Mensch. Sie zerrten und rissen aneinander, sie schrien und kreischten. Dunkle Gestalten huschten um sie herum, körperlose Schatten mit Augen aus Feuer. Die Schatten bewegten sich zwischen den menschlichen Wesen, berührten sie, wurden eins mit ihnen und verließen sie wieder. Sie bewegten sich in einer Art Tanz, der zugleich gespenstisch und doch zielgerichtet war. Er sah, dass die Schatten die Menschen verschlangen. Die Menschen dienten ihnen als Nahrung.

– Sieh –

Die Vision veränderte sich. Er sah sich selbst, einen abgemagerten, in Lumpen gekleideten Bettler vor einem Kessel seltsamen weißen Feuers, das blubberte und wirbelte und seinen Namen wisperte. Nebel stieg aus dem Kessel auf und zog zu ihm hinunter, umhüllte ihn, liebkoste ihn, als wäre er sein Kind. Schatten huschten um ihn herum, zogen zuerst an ihm vorbei, dann drangen sie in ihn ein wie in eine leere Hülle, in der es ihnen zu spielen beliebte. Er fühlte ihre Berührung; er wollte schreien.

– Sieh –

Wieder veränderte sich die Vision. Sie offenbarte ihm einen riesigen Wald, in dessen Mitte sich ein hoher Berg erhob. Auf dem Berg stand eine Burg, alt und verwittert, Türme und Mauern ragten ins Dunkel. Paranor, dachte er. Paranor ist wieder da! Er spürte Heiterkeit und Hoffnung in sich aufsteigen und wollte seine Freude hinausschreien. Aber schon schlangen sich die Nebel um die Burg. Die Schatten huschten dicht vorbei. Die uralte Festung begann zu bröckeln und zu zerfallen, die Mauern und der Mörtel zerbröselten wie unter einem Schraubstock. Die Erde bebte, und Schreie erhoben sich von den Menschen, die sich in Tiere verwandelten. Feuer trat aus der Erde und spaltete den Berg, auf dem Paranor ruhte, zerstörte schließlich die Burg selbst. Wehklagen erfüllte die Luft, der Schrei eines Mannes, der seiner letzten Hoffnung beraubt wurde. Der Alte erkannte, dass es sein eigenes Wehklagen war, das er hörte.

Dann sah er nichts mehr. Er befand sich wieder vor dem Hadeshorn, im Schatten der Drachenzähne, ganz allein mit Allanon. Trotz der Erleichterung zitterte er.

Der Schatten deutete auf ihn.

– All das, was du gesehen hast, wird Wirklichkeit, sollten die Träume keine Beachtung finden. So wird es werden, wenn du nicht handelst. Du musst helfen. Gehe zu ihnen … zum Jungen, zum Mädchen und zum Dunklen Onkel. Erzähl ihnen, dass die Träume wahr sind. Bitte sie, mich in der ersten Nacht des neuen Mondes, wenn dieser Mondzyklus endet, hier aufzusuchen. Dann werde ich mit ihnen sprechen –

Der alte Mann legte die Stirn in Falten und murmelte vor sich hin, während sich seine Unterlippe sorgenvoll nach vorn schob. Seine Finger zogen noch einmal die Schnur fest, bevor er den Beutel zurück in seinen Gürtel steckte. »Ich werde es tun, weil kein anderer dafür infrage kommt«, sagte er schließlich und versuchte gar nicht, seinen Widerwillen zu verhehlen. »Aber erwarte nicht…«

– Such sie nur auf. Das ist alles, was ich verlange. Das ist alles, worum ich dich bitte. Geh jetzt –

Der Schatten Allanons schimmerte hell und verschwand. Das Licht verlosch, und das Tal war wieder leer. Der alte Mann stand da und blickte noch einmal auf das ruhige Wasser des Sees, bevor er sich abwandte.

Als er zurückkehrte, war das Feuer, das er verlassen hatte, weit heruntergebrannt und hob sich nur schwach von der Dunkelheit ab. Der alte Mann starrte gedankenverloren in die Flammen und kauerte sich vor ihnen nieder. Während er in der Asche herumstocherte, lauschte er der Stille seiner Gedanken.

Der Junge, das Mädchen und der Dunkle Onkel – die kannte er. Sie, die Kinder von Shannara, konnten alle retten, sie konnten den Zauber wieder zum Leben erwecken. Er schüttelte das ergraute Haupt. Wie sollte es ihm gelingen, sie zu überzeugen?

Wenn sie nicht einmal auf Allanon hörten, warum sollten sie dann auf ihn hören?

Noch einmal sah er im Geist die schrecklichen Visionen. Er würde gut daran tun, einen Weg zu finden, um sich ihnen verständlich zu machen. Er kannte ja die Kraft der Visionen – und dieses Wissen erfüllte ihn mit Stolz –, und die, die er gesehen hatte, entsprachen der Wahrheit, die sogar einer wie er, der den Druiden und ihrem Zauber abgeschworen hatte, erkennen konnte.

Falls die Kinder von Shannara kein Einsehen hatten, würden diese Visionen Wirklichkeit werden.

2

Par Ohmsford stand in der Hintertür des Wirtshauses Zum Blauen Bart und starrte auf die dunkle schmale Straße zwischen den angrenzenden Häusern hinaus, die sich irgendwo in den flackernden Lichtern von Varfleet verlief. Das Blauer Bart war ein lang gestrecktes baufälliges altes Gebäude mit verwitterten Bretterwänden und Dachschindeln und sah im wahrsten Sinne des Wortes aus, als hätte es irgendwann einmal als Stall gedient. Im oberen Stockwerk über dem Schankraum und den hinteren Lagerräumen befanden sich die Schlafzimmer. Das Gebäude selbst stand auf einem Hügel am westlichen Rand der Stadt am Ende einer Reihe von Häusern, die alle zusammen in Hufeisenform angeordnet waren.

Par atmete die Nachtluft tief ein und genoss den Duft, der in ihr lag. Gerüche der Stadt, Gerüche des Lebens, Fleisch- und Gemüseeintöpfe mit den verschiedensten Gewürzen, kräftige Schnäpse und herbe Biere, wohlriechende Düfte, Lederwerk, glühendes Eisen, das über glühenden Kohlen geschmiedet wurde, der Schweiß von Tieren und Menschen, die auf engem Raum zusammen hausten, der Geruch von Stein und Holz und Staub, der sich vermischte und gelegentlich einzeln wahrzunehmen war – er kannte sie alle. Am unteren Ende der Gasse, hinter den mit Brettern vernagelten und beschmierten Rückseiten der Geschäfte, fiel der Hügel zur Mitte der Stadt hin ab. Die Stadt, die bei Tage nichts weiter war als eine hässliche und farblose Ansammlung von Gebäuden, ein Labyrinth von steinernen Mauern und Straßen, hölzernen Verschlägen und teergeschwärzten Dächern, zeigte bei Nacht ein anderes Gesicht. Die Gebäude verloren in der Dunkelheit ihre Umrisse. Tausende von Lichtern erhellten die Stadt und breiteten sich wie ein riesiger Schwarm von Leuchtkäfern aus, so weit das Auge reichte. Sie flackerten in der unsichtbaren Landschaft und in der Finsternis, und im Süden hinterließen sie goldene Spuren auf der flüssigen Haut des Mermidons. Zu dieser Zeit war Varfleet wunderschön, aus dem Aschenputtel wurde wie durch Zauberhand eine Prinzessin.

Par erfreute sich an dem Gedanken, dass die Stadt von einem Zauber umgeben war. Er liebte die Stadt sowieso, liebte sie, wie sie vor ihm lag, liebte die Menschen und Dinge, die miteinander verschmolzen, liebte das pulsierende Leben. All das ließ sich in keiner Weise mit Schattental vergleichen, dem Dorf im Wald, in dem er aufgewachsen war. Die Reinheit der Bäume und Bäche, die Einsamkeit, die Sorglosigkeit, von der das Leben im Tal bestimmt war, gab es hier nicht. In der Stadt kannte man ein solches Leben nicht und vermisste es auch nicht. Par zerbrach sich deswegen jedoch nicht den Kopf. Er mochte die Stadt einfach. Und er brauchte sich zwischen den beiden nicht zu entscheiden. Es gab keinen Grund, warum er sich nicht an beiden erfreuen sollte.

Coll war natürlich anderer Meinung. Coll betrachtete die Dinge ganz anders. In seinen Augen war Varfleet eine gesetzlose Stadt am Rande der Föderation, ein Räubernest, ein Ort, an dem jeder nach seinen eigenen Gesetzen lebte. Für ihn gab es in ganz Callahorn, um nicht zu sagen im ganzen Südland, keinen schrecklicheren Ort als diesen. Coll hasste die Stadt.

Aus der Dunkelheit hinter sich hörte er durch eine sich öffnende Tür kurz Stimmen und klirrende Gläser, dann verstummte der Wirtshauslärm wieder, als die Tür geschlossen wurde. Par drehte sich um. Sein Bruder kam vorsichtig den Gang entlang, sein Gesicht war in der Dunkelheit kaum auszumachen.

»Es ist fast so weit«, sagte Coll, als er seinen Bruder erreichte.

Par nickte. Er wirkte klein und schlank im Vergleich zu Coll, einem großen, starken jungen Mann mit derben Zügen und lehmfarbenem Haar. Jemand, der sie nicht kannte, hätte sie nie für Brüder gehalten. Coll war der typische Talbewohner, gebräunt und derb, mit riesigen Händen und Füßen. Seine Füße waren immer wieder Anlass für Witze. Par verglich sie gern mit Entenfüßen. Er selbst war dünn und hellhäutig, äußerlich erinnerte er, angefangen von den spitzen Ohren und Brauen bis zu den hohen, schmalen Wangenknochen, unverkennbar an einen Elfen. Es hatte eine Zeit gegeben, in der das Elfenblut in der Familie rar geworden war, und zwar deshalb, weil die Ohmsfords über Generationen im Tal gelebt hatten. Dann aber, vor vier Generationen (das wusste er von seinem Vater), war sein Ururgroßvater zu den Elfen ins Westland zurückgekehrt, hatte ein Elfenmädchen geheiratet, und die beiden hatten einen Sohn und eine Tochter bekommen. Der Sohn hatte wiederum ein Elfenmädchen geheiratet, und dann waren die beiden, Pars spätere Urgroßeltern, aus unerfindlichen Gründen ins Tal zurückgekehrt und hatten auf diese Weise frisches Elfenblut in die Familie Ohmsford eingebracht. Schon damals war das unterschiedliche Erbe bei vielen Familienmitgliedern nicht zu erkennen; Coll und seine Eltern Jaralan und Mirianna waren der beste Beweis dafür. Bei Par dagegen hatte sich das Elfenblut vom ersten Tag an gezeigt.

Bedauerlicherweise war es jedoch nicht unbedingt wünschenswert, als Elf erkannt zu werden. In Varfleet tarnte sich Par daher, indem er sich die Brauen zupfte, das Haar lang trug, um seine Ohren zu verdecken, und sein Gesicht mit einer Creme dunkler tönte. Ihm blieb keine andere Wahl. In diesen Zeiten wäre es unklug gewesen, die Aufmerksamkeit auf sein Elfenerbe zu lenken.

»Sie hat sich heute Abend ganz besonders hübsch zurechtgemacht, meinst du nicht auch?«, sagte Coll und ließ den Blick über die Stadt schweifen. »Schwarzer Samt und Glitzer, und jedes Härchen an seinem Platz. Kluges Mädchen, diese Stadt. Und selbst den Himmel hat sie zum Freund.«

Par lächelte. Sein Bruder, der Dichter. Es war eine klare Nacht, die kleine Mondsichel und die Sterne leuchteten am Himmel. »Vielleicht magst du sie am Ende doch, wenn du ihr nur eine kleine Chance gibst.«

»Ich?«, schnaubte Coll. »Sehr unwahrscheinlich. Ich bin hier, weil du hier bist. Ich würde keine Minute länger bleiben, wenn ich nicht müsste.«

»Wenn du willst, kannst du gehen.«

Coll sträubte sich. »Lass uns nicht wieder davon anfangen, Par. Wir haben das doch oft genug durchgekaut. Es war deine Idee, wir sollten in die Städte des Nordens gehen. Mir hat sie damals nicht gefallen, und jetzt gefällt sie mir keinen Deut besser. Aber das ändert nichts an der Tatsache, dass wir, du und ich, uns entschieden haben, die Sache gemeinsam durchzustehen. Ich wäre ein schöner Bruder, wenn ich dich hier zurückließe und jetzt ins Tal zurückkehrte! Außerdem glaube ich nicht, dass du ohne mich hier zurechtkämst.«

»Schon gut, schon gut, ich habe mir ja nur…«, unterbrach ihn Par.

»…einen kleinen Spaß auf meine Kosten erlaubt!«, beendete Coll erregt den Satz. »Das machst du in letzter Zeit aber häufig. Es scheint dir zu gefallen.«

»Das stimmt nicht.«

Coll ging nicht darauf ein, sondern starrte in die Dunkelheit.

»Ich würde mir nie erlauben, jemanden mit Entenfüßen auf den Arm zu nehmen.«

Coll musste wider Willen grinsen. »Das sind ja große Sprüche aus dem Mund eines kleinen Burschen mit spitzen Ohren. Du solltest dankbar sein, dass ich mich entschieden habe, zu bleiben und mich um dich zu kümmern!«

Par stieß ihn mit dem Ellbogen an, und beide mussten lachen. Dann wurden sie ganz still und lauschten auf Geräusche aus dem Wirtshaus und den dahinterliegenden Straßen. Par seufzte. Die warme, träge Sommernacht ließ die kalten, ungemütlichen Tage der vergangenen Wochen wie einen Traum erscheinen. In solchen Nächten verflogen die Sorgen, und Träume erwachten zu neuem Leben.

»Es geht das Gerücht um, dass Sucher in der Stadt sind«, teilte Coll ihm plötzlich mit und machte damit seiner zufriedenen Stimmung ein Ende.

»Solche Gerüchte sind doch nichts Neues«, antwortete er.

»Oft ist aber was Wahres dran. Angeblich schnappen sie sich alle, die etwas mit Zauberei zu tun haben, und sie wollen sogar die Wirtshäuser schließen.« Coll blickte ihn eindringlich an. »Sucher, Par. Nicht einfache Soldaten. Sucher.«

Par wusste Bescheid. Sucher – so nannte man die Geheimpolizei der Föderation, die Vollstrecker des gesetzgebenden Koalitionsrates. Er war im Bilde.

Coll und er waren vor zwei Wochen in Varfleet eingetroffen. Sie hatten die Vertrautheit und Sicherheit ihres Elternhauses hinter sich gelassen und waren zunächst ins Grenzland von Callahorn gegangen. Von dort waren sie weitergezogen, weil Par es beschlossen hatte, da er die Zeit für gekommen hielt, ihre Geschichten anderswo zu erzählen, und er glaubte, man müsse dafür sorgen, dass man auch außerhalb des Tales davon erfuhr. Sie wählten Varfleet, weil Varfleet eine offene Stadt war, in der die Föderation nicht das Sagen hatte, ein Paradies für Gesetzlose und Flüchtlinge, aber auch für neue Ideen, ein Ort, wo die Menschen noch offen waren, ein Ort, wo Magie noch geduldet und, ja, sogar damit kokettiert wurde. Er verfügte über Magie, und mit Colls Hilfe war er in der Lage, die anderen daran teilhaben zu lassen. Es gab bereits genügend andere, die mit Zauberei experimentierten, aber seine Magie war von anderer Art. Seine Magie war echt.

Bereits am Tag ihrer Ankunft stießen sie auf das Wirtshaus Zum Blauen Bart, eines der größten und bekanntesten der Stadt. Par überredete den Besitzer beim ersten Gespräch dazu, sie einzustellen. Schließlich konnte er mithilfe des Wünschliedes jeden dazu bringen, so gut wie alles zu tun.

»Echte Magie.« Dabei bewegte er die Lippen, ohne dass ein Laut aus seinem Mund drang.

Viel echte Magie gab es in den Vier Ländern nicht mehr, jedenfalls nicht außerhalb der abgeschiedenen Gebiete, wohin die Föderation ihre Herrschaft noch nicht ausgedehnt hatte. Das Wünschlied war alles, was den Ohmsfords geblieben war. Seit zehn Generationen wurde es von den Eltern an die Kinder weitergegeben, wobei freilich nicht alle Angehörigen der Familie mit dieser Gabe gesegnet waren, die ihre Träger scheinbar ganz nach Lust und Laune bestimmte. Coll verfügte nicht über das Wünschlied. Auch seine Eltern nicht. Eigentlich hatte in der Familie niemand mehr diese Gabe besessen, seit seine Urgroßeltern aus dem Westland zurückgekehrt waren. Er dagegen beherrschte das Wünschlied seit dem Tag seiner Geburt, den dreihundert Jahre alten Zauber seines Vorfahren Jair. So viel hatte er aus Geschichten und Legenden erfahren. Wenn du dir etwas wünschst, dann singe. Und genau das hatte ihn nach Varfleet getrieben. Seit drei Jahrhunderten erzählte man sich die Geschichten über das Elfenhaus von Shannara. Begonnen hatte es mit Jair. In Wirklichkeit jedoch hatte alles schon viel früher angefangen, als die Geschichten sich noch nicht um die Zauberkraft drehten, weil niemand davon wusste, sondern um die alte Welt vor ihrer Zerstörung durch die Großen Kriege; die Erzähler waren die wenigen, die die furchtbare Katastrophe überlebt hatten. Jair benutzte das Wünschlied als Erster, um den Bildern, die er durch seine Worte heraufbeschwor, mehr Eindringlichkeit zu verleihen und sie im Geiste seiner Zuhörer lebendig werden zu lassen. Die Geschichten berichteten aus vergangenen Zeiten: über das Elfenhaus von Shannara, über die Druiden und ihre Burg Paranor, über Elfen und Zwerge und über die Magie, die ihr Leben beherrschte. Es gab Geschichten über Shea Ohmsford und seinen Bruder Flick und ihre Suche nach dem Schwert von Shannara, über Wil Ohmsford und die schöne Elfentochter Amberle und ihren Kampf gegen die Dämonenhorden, über Jair Ohmsford und seine Schwester Brin und ihre Reise zur Festung Graumark, über ihre Begegnung mit den Mordgeistern und dem Ildatch, über die Druiden Allanon und Brimen, über den Elfenkönig Eventine Elessedil, über Krieger wie Balinor Buckhannah und Stee Jans und über viele andere Helden. Diejenigen, die das Wünschlied beherrschten, machten sich seine Zauberkräfte zunutze. Die anderen verließen sich lediglich auf Worte. Ohmsfords wurden geboren und starben, und viele trugen die Geschichten in ferne Länder. Doch seit drei Generationen hatte keiner aus der Familie die Geschichten außerhalb des Tales erzählt. Niemand wollte das Risiko auf sich nehmen, entdeckt zu werden.

Denn das Risiko war groß. Die Ausübung jedweder Zauberei war in den Vier Ländern durch Gesetz verboten – zumindest dort, wo die Föderation herrschte, was praktisch überall war. Seit hundert Jahren war es so. In dieser Zeit hatte kein einziger Ohmsford das Tal verlassen. Par war der Erste. Er war es leid gewesen, denselben wenigen Zuhörern immer und immer wieder die gleichen Geschichten zu erzählen. Es war notwendig, dass auch andere die Geschichten zu hören bekamen, dass sie die Wahrheit erfuhren über die Druiden und ihre Zauberkräfte, über den Kampf, der der Zeit, in der sie jetzt lebten, vorausgegangen war. Die Berufung, die er spürte, war stärker als die Angst vor Entdeckung. Seine Entscheidung traf er gegen Colls Einwände und die seiner Eltern. Coll entschloss sich, ihn zu begleiten – so wie immer, wenn er das Gefühl hatte, dass Par seine Hilfe brauchen könnte. Varfleet war ihr erstes Ziel, eine Stadt, in der bis zu einem gewissen Grad noch Magie ausgeübt wurde, was ein offenes Geheimnis war, was das Eingreifen der Föderation geradezu herausforderte. Doch die Zauberei, die man in Varfleet antraf, war nicht wert, dass man viel Aufhebens davon machte. Callahorn unterstand lediglich der Schutzherrschaft der Föderation, und Varfleet war so weit entfernt, dass man es fast zu den freien Gebieten zählen konnte. Dort waren keine Truppen stationiert. Die Föderation hatte es bisher nicht für nötig befunden, sich damit eingehender zu beschäftigen.

Aber Sucher? Par schüttelte den Kopf. Sucher standen auf einem ganz anderen Blatt. Sucher tauchten nur dort auf, wo vonseiten der Föderation die ernsthafte Absicht bestand, der Ausübung von Zauberei Einhalt zu gebieten. Mit denen wollte niemand auch nur das Geringste zu tun haben.

»Für uns wird es hier allmählich gefährlich«, sagte Coll, als hätte er Pars Gedanken gelesen. »Man wird uns entdecken.«

Par schüttelte den Kopf. »Wir sind nur zwei von Hunderten, die sich in dieser Kunst üben«, antwortete er. »Nur zwei in einer riesengroßen Stadt.«

Coll sah ihn an. »Zwei von Hunderten, da hast du recht. Aber die Einzigen mit echter Magie.«

Par erwiderte seinen Blick. Ihre Auftritte im Wirtshaus brachten ihnen viel Geld ein, mehr als sie jemals zuvor zu Gesicht bekommen hatten. Sie brauchten das Geld, um die Steuern zu bezahlen, die von der Föderation erhoben wurden. Sie brauchten es für ihre Familie und das Tal. Es passte Par gar nicht, dass er aufgrund eines Gerüchtes darauf verzichten sollte.

Er bekam einen harten Zug um den Mund. Es passte ihm noch weniger, wenn er daran dachte, dass dann seine Geschichten ins Tal zurückkehren und im Verborgenen harren würden und dass diejenigen, die sie hören sollten, sie nie kennenlernen könnten. Damit würde sich das Ausmaß der Unterdrückung von Gedanken und Gebräuchen, von der die Vier Länder wie im Schraubstock gehalten wurden, noch vergrößern.

»Wir müssen los«, sagte Coll und riss ihn aus seinen Gedanken.

Par spürte einen Anflug von Zorn in sich aufsteigen, erkannte jedoch, dass sein Bruder nicht die Stadt verlassen wollte, sondern meinte, dass sie auf die Bühne gehen sollten. Die Zuschauer warteten bereits. Sein Zorn wich Traurigkeit.

»Ich wünschte, wir würden in einer anderen Zeit leben«, flüsterte er und hielt inne, als er plötzlich Colls Anspannung bemerkte. »Ich wünschte, es gäbe wieder Elfen und Druiden. Und Helden. Ach, gäbe es doch wieder Helden – wenigstens einen.« Dann musste er plötzlich an etwas anderes denken.

Coll löste sich vom Türpfosten, legte seinem Bruder die Pranke auf die Schulter, zog ihn herum und schob ihn den dunklen Gang entlang. »Wenn du weiterhin davon singst, wer weiß? Vielleicht ist es dann eines Tages so weit.«

Par ließ sich führen wie ein kleines Kind. Er dachte bereits nicht mehr an Helden oder Elfen oder Druiden, nicht einmal an Sucher. Er dachte an die Träume.

Sie erzählten die Geschichte der Elfen am Halysjoch, wo Eventine Elessedil und die Elfen mit Stee Jans und den Freitruppen die Rampen gegen den Ansturm der Dämonenhorden verteidigt hatten. Es war eine von Pars Lieblingsgeschichten, die erste aus der Reihe der großen Elfenschlachten im schrecklichen Westlandkrieg. Er und Coll standen auf einer kleinen Bühne an einem Ende des Schankraums, Par vorn und Coll einen Schritt seitlich hinter ihm. Der schwach beleuchtete Raum war gut gefüllt, erwartungsvolle Blicke waren auf die beiden gerichtet. Coll erzählte, Par sang dazu und ließ die entsprechenden Bilder entstehen, Bilder, die durch den Zauber seiner Stimme lebendig wurden. In den hundert oder mehr Zuschauern weckte er abwechselnd die Gefühle von Angst, Wut und Entschlossenheit, die auch die Verteidiger des Jochs empfunden hatten. Durch ihn spürten sie die ungestüme Raserei der Dämonen und hörten ihr Kampfgeschrei. Sie standen den Dämonen von Angesicht zu Angesicht gegenüber. Par zog sie in seinen Bann und hielt sie gefangen. Sie erlebten mit, wie Eventine verwundet wurde und wie sein Sohn Andor die Führung der Elfen übernahm. Sie schauten zu, wie der Druide Allanon der Dämonenmagie praktisch allein gegenübertrat und diese abwehrte. Tod und Leben kamen ihnen fast beängstigend nah.

Als Coll und er ihren Vortrag beendeten, herrschte einen Augenblick atemlose Stille im Raum, bevor man mit Bierkrügen anstieß und lautstark Begeisterung zum Ausdruck brachte, wie sie es bislang bei keiner Aufführung erlebt hatten. Einen Moment lang schien es fast, als würde der Beifallssturm die Balken zum Einsturz bringen, so inbrünstig war der Applaus. Par war schweißgebadet und spürte, wie sehr er sich verausgabt hatte. Als sie für die kleine Pause, die ihnen zwischen ihren Auftritten gewährt wurde, die Bühne verließen, schien er auf seltsame Weise abwesend; er musste unablässig an seine Träume denken.

Coll holte sich im Vorbeigehen einen Krug Bier aus einem der offenen Lagerräume. Par ging ein kurzes Stück den Gang hinunter bis zu einem leeren Fass an der Kellertür. Erschöpft ließ er sich darauf sinken.

Seit einem Monat hatte er immer wieder den gleichen Traum, und er konnte sich den Grund nicht erklären.

Er träumte ihn mit einer beunruhigenden Regelmäßigkeit. Am Anfang stieg stets eine schwarz gekleidete Gestalt aus einem See auf, eine Gestalt, die sehr wohl Allanon sein konnte, ein See, bei dem es sich sehr wohl um den Hadeshorn handeln mochte. Die Bilder in seinen Träumen waren verschwommen, die Visionen von unerklärlichem Inhalt und deshalb nur schwer zu deuten. Jedes Mal sprach die Gestalt zu ihm, und jedes Mal mit den gleichen Worten. »Komm zu mir; du wirst gebraucht. Die Vier Länder befinden sich in größter Gefahr; die Magie ist fast verloren. Komm jetzt, Kind von Shannara.«

Der Traum endete damit nicht, doch der Rest war jedes Mal anders. Manchmal sah er Bilder einer Welt wie aus einem Albtraum. Dann wieder waren es Bilder von verschollenen Talismanen – das Schwert von Shannara und die Elfensteine. Manchmal galt der Ruf auch Wren, der kleinen Wren, und manchmal seinem Onkel Walker Boh. Auch sie sollten kommen, denn sie wurden ebenfalls gebraucht.

Nach dem ersten Traum hatte er entschieden, dass es nur mit seiner fortwährenden Beschäftigung mit dem Wünschlied zusammenhängen konnte. Er sang die alten Geschichten über den Hexenmeister und die Schädelträger, über Dämonen und Mordgeister, über Allanon und eine Welt, die vom Unheil bedroht war, und da war es nur natürlich, dass ein Teil dieser Geschichten und die heraufbeschworenen Bilder in seinen Träumen wiederkehrten. Er hatte versucht, die Wirkung dadurch abzuschwächen, dass er das Wünschlied lediglich bei fröhlichen Geschichten einsetzte, aber das hatte nicht geholfen. Die Träume kamen weiterhin. Coll hatte er nichts davon erzählt, denn der hätte darin nur einen weiteren Grund gesehen, warum Par der Magie des Wünschliedes entsagen und ins Tal zurückkehren sollte.

Und dann, vor drei Nächten, hatten die Träume so plötzlich aufgehört, wie sie begonnen hatten. Jetzt war er neugierig. Er fragte sich, ob er vielleicht ihren Ursprung falsch gedeutet hatte. Möglicherweise war der Ursprung nicht bei ihm selbst zu suchen, sondern vielleicht waren die Träume geschickt worden.

Aber wer hätte sie schicken können?

Allanon? Wirklich Allanon, der seit dreihundert Jahren tot war?

Jemand anders? Etwas anderes? Etwas, das eigene Ziele verfolgte und es nicht gut mit ihm meinte?

Er erschauerte, verbannte jedoch die Gedanken aus seinem Kopf und eilte durch den Gang, um nach Coll zu sehen.

Zu ihrem zweiten Auftritt waren noch mehr Menschen gekommen, von denen einige sogar stehen mussten. Das Wirtshaus Zum Blauen Bart war groß; der vordere Schankraum war über dreißig Meter lang und zu den Dachsparren hin offen. Unter der Decke waren Fischernetze gespannt und Öllampen befestigt, offensichtlich, damit der Raum gemütlicher wurde. Mehr Nähe hätte Par kaum ertragen können, so dicht drängten sich die Gäste an die Bühne, und manche ließen sich sogar mit ihren Getränken darauf nieder. Die Zuschauer waren anders als die der ersten Vorstellung, doch er wusste beim besten Willen keinen Grund dafür. Die Menschen wirkten einfach anders, irgendwie fremd. Coll schien es auch zu spüren. Er warf Par vielsagende Blicke zu, als sie sich für ihren Auftritt bereit machten, und in seinen dunklen Augen zeigte sich ein Unbehagen.

Ein großer Mann mit schwarzem Bart und dunklem Umhang bahnte sich seinen Weg durch die Menge zur Bühne und drängte sich zwischen zwei andere Männer. Die beiden sahen auf, als wollten sie eine Bemerkung machen, doch ein Blick ins Gesicht des anderen belehrte sie offensichtlich eines Besseren. Par beobachtete die Szene kurz und wandte sich dann ab. Ihn beschlich ein ungutes Gefühl.

Coll beugte sich zu ihm vor, als die Zuschauer in gleichmäßigem Rhythmus zu klatschen begannen. Das Publikum wurde ungeduldig. »Par, mir gefällt das nicht. Ich habe das Gefühl, dass…«

Er schaffte es nicht, den Satz zu beenden. Der Wirt kam zu ihnen und forderte sie unmissverständlich auf anzufangen, bevor die Menge außer sich geriet und ausfallend wurde. Coll drehte sich wortlos um. Das Licht wurde gedämpft, und Par fing an zu singen, die Geschichte von Allanon und dem Kampf mit dem Jachyra. Coll legte los, beschrieb den Schauplatz und die Ereignisse, erzählte den Versammelten, was für ein Tag es gewesen war, wie die Schlucht aussah, in die der Druide mit Brin Ohmsford und Rone Leah kam, erzählte, wie es um sie herum plötzlich totenstill geworden war. Par erzeugte dazu die passenden Bilder im Kopf seiner Zuschauer, rief in ihnen ein Gefühl der Angst und Erwartung hervor und wehrte sich vergebens dagegen, dass in ihm die gleichen Gefühle aufstiegen.

Ganz hinten im Raum stellten sich Männer vor Türen und Fenster, warfen ebenso plötzlich ihre Mäntel ab und standen schwarz gekleidet im Raum. Waffen blitzten auf. Sie trugen ein weißes Abzeichen auf Ärmeln und Brust. Par beobachtete alles mit seinen scharfen Elfenaugen.

Ein Wolfskopf.

Die schwarz gekleideten Männer waren Sucher.

Par verstummte, die Bilder verblassten und verschwanden. Durch die Zuschauer ging ein Raunen. Coll hörte auf zu erzählen. Plötzlich herrschte überall Aufruhr. Irgendjemand befand sich im Dunkeln hinter ihnen.

Coll stellte sich schützend neben Par.

Dann wurde es wieder hell im Raum, und eine Abteilung der schwarz gekleideten Sucher drängte sich durch die Menge. Protestschreie wurden laut, doch die Männer, die gemurrt hatten, machten schnell den Weg frei. Der Wirt, der dazwischenzutreten suchte, wurde zur Seite geschoben.

Eine Abteilung der Sucher blieb vor der Bühne stehen. Eine andere versperrte die Ausgänge. Die Männer waren von Kopf bis Fuß in Schwarz gekleidet, ihre Gesichter verdeckt – abgesehen vom Mund, und die Wolfskopfabzeichen leuchteten geradezu. Sie trugen kurze Schwerter, Dolche und Knüppel und hielten diese Waffen zum Einsatz bereit. Par und Coll hatten es mit einem bunt zusammengewürfelten Haufen zu tun; es waren große und kleine Männer, aufrechte und gebeugte, aber alle machten aufgrund ihres Aussehens und des Ausdrucks ihrer Augen einen verwegenen und wilden Eindruck.

Ihr Anführer war ein Riese mit einem stämmigen Leib und enorm langen Armen. Der Teil seines Gesichts, der von der Maske nicht verdeckt wurde, war zerfurcht und sein Kinn von einem ungepflegten rötlichen halben Bart bedeckt. Sein linker Arm steckte bis zum Ellbogen in einem Handschuh. »Eure Namen?«, fragte er. Er sprach leise, flüsterte beinahe.

Par zögerte. »Was wirft man uns vor?«

»Heißt ihr Ohmsford?« Sein Gegenüber betrachtete ihn eindringlich.

Par nickte. »Ja. Aber wir haben nicht …«

»Ihr steht unter Arrest, weil ihr gegen das oberste Gesetz der Föderation verstoßen habt«, verkündete die leise Stimme. Ein

Murmeln ging durch die Reihen der Anwesenden. »Ihr habt Zauberei betrieben, obwohl …«

»Sie haben nur Geschichten erzählt«, rief ein Mann aus einiger Entfernung. Einer der Sucher ließ augenblicklich seinen Knüppel auf ihn niedersausen, und der Mann ging wie ein Sack zu Boden.

»Ihr habt Zauberei betrieben und damit gegen die Föderationsgesetze verstoßen und die öffentliche Ordnung gefährdet.« Der Sprecher bedachte den auf dem Boden liegenden Mann mit keinem Blick. »Man wird euch …«

Er konnte den Satz nicht zu Ende führen. Plötzlich krachte von der Decke eine Öllampe auf den Boden des überfüllten Wirtshauses; das Öl ging augenblicklich in Flammen auf. Männer sprangen schreiend zur Seite. Der Sprecher und seine Kumpane drehten sich überrascht um. Im gleichen Augenblick machte der große bärtige Mann, der sich am Rande der Bühne niedergelassen hatte, einen Satz, hechtete über mehrere verwunderte Anwesende hinweg und schleuderte den Haufen von Suchern zu Boden. Dann sprang der große Mann vor Par und Coll auf die Bühne, warf seinen schäbigen Umhang ab und stand als grün gewandeter, bewaffneter Jäger vor ihnen.

»Hoch lebe die Freiheit!«, rief er in das allgemeine Durcheinander.

Danach schien alles gleichzeitig zu geschehen. Das Netz, das zur Zierde an der Decke hing, löste sich, fiel wie die Öllampe zu Boden, und plötzlich waren fast alle Anwesenden darin gefangen. Wer in der Falle saß, schrie und fluchte. An den Türen stürzten sich grün gekleidete Männer auf die verdutzten Sucher und schlugen sie zu Boden. Öllampen wurden zertrümmert, und Dunkelheit senkte sich über den Raum.

Der große Mann bewegte sich mit einer Geschwindigkeit an Par und Coll vorbei, die sie nicht für möglich gehalten hätten.

Er traf den ersten Sucher, der den Hintereingang versperrte, mit einem Fußtritt, sodass der Kopf des Mannes nach hinten flog. Dann blitzten ein kurzes Schwert und ein Dolch auf, und die anderen beiden sanken ebenfalls zu Boden.

»Hierher, schnell!«, rief er Par und Coll zu.

Sie folgten seiner Aufforderung unverzüglich. Eine dunkle Gestalt packte sie, als sie vorbeigingen, aber Coll schüttelte den Mann ab. Er griff hinter sich, um sich zu vergewissern, dass sein Bruder dicht bei ihm war, und legte ihm die Pranke schwer auf die zarten Schultern. Par schrie vor Schmerz auf. Coll vergaß manchmal, wie stark er war.

Sie verließen die Bühne und erreichten den hinteren Gang, wobei der große Fremde ihnen immer einige Schritte voraus war. Irgendjemand versuchte sie aufzuhalten, aber der Fremde rannte ihn einfach um. Das Getöse aus dem Schankraum war ohrenbetäubend, und Flammen züngelten überall, leckten gierig am Boden und an den Wänden. Der Fremde führte sie schnell den Gang hinunter und durch die Hintertür in eine Seitengasse. Dort wurden sie von zwei weiteren grün gekleideten Männern erwartet. Wortlos umringten sie die Brüder und führten sie vom Wirtshaus weg. Par warf einen Blick zurück. Die Flammen schlugen bereits aus den Fenstern und fraßen sich hinauf zum Dach.

Sie eilten die Gasse entlang, vorbei an erschrockenen Gesichtern und weit aufgerissenen Augen, bogen in einen Durchgang ein, von dem Par geschworen hätte, dass er ihn noch nie bemerkt hatte, obwohl er die Gegend gut kannte, eilten durch zahllose Türen und Häuser und standen schließlich auf einer ganz anderen Straße. Niemand sprach. Der Fremde bedeutete seinen Gefährten, Ausschau zu halten, und zog Par und Coll in einen dunklen Hauseingang.

Alle waren außer Atem. Der Fremde blickte von einem zum

anderen. »Man sagt, etwas Bewegung sei gut für die Verdauung. Was meint ihr? Alles klar mit euch?«

Die Brüder nickten. »Wer bist du?«, fragte Par.

»Junge, ich gehöre sozusagen zur Familie. Erkennst du mich nicht? Ich glaube nicht. Warum solltest du auch? Schließlich haben wir uns nie kennengelernt. Aber die Lieder sollten dich daran erinnern.« Er ballte die linke Hand zur Faust und zielte dann auf Pars Nase. »Erinnerst du dich jetzt?«

Verwirrt blickte Par zu Coll, aber sein Bruder schien genauso verwirrt zu sein wie er. »Ich glaube nicht …«, antwortete er.

»Ja, ja, es spielt jetzt keine Rolle. Alles zu seiner Zeit.« Er schob sich näher. »In dieser Gegend bist du nicht mehr sicher, mein Junge. Bestimmt nicht in Varfleet und höchstwahrscheinlich in ganz Callahorn nicht. Vielleicht nirgendwo. Weißt du, wer dieser Mann dort war? Der Hässliche mit der Flüsterstimme?«

Par rief sich den massigen Sprecher mit der leisen Stimme vor Augen. Er schüttelte langsam den Kopf.

»Rimmer Dall«, sagte der Fremde, der jetzt sehr ernst wirkte. »Erster Sucher, ein hohes Tier höchstpersönlich. Sitzt im Koalitionsrat, wenn er nicht gerade Ungeziefer jagt. Aber an dir hat er ein besonderes Interesse gefunden, wenn er bis nach Varfleet kommt, um dich festzunehmen. Das gehört nicht zur gewöhnlichen Ungeziefervertilgung. Das ist eher Bärenjagd. Er hält dich für gefährlich, Junge … für sehr gefährlich sogar, denn sonst hätte er nicht den weiten Weg auf sich genommen. Bloß gut, dass ich die Augen nach dir offen gehalten habe. Ja, das habe ich nämlich. Mir ist zu Ohren gekommen, dass Rimmer Dall hinter dir her war, und ich wollte verhindern, dass er dich kriegt. Aber denk dran: Der gibt nicht auf. Du bist ihm einmal entwischt, doch das wird ihn in seinem Vorhaben nur bestärken. Er ist auch weiterhin hinter dir her.«

Er hielt inne und beobachtete die Wirkung seiner Worte. Par starrte ihn mit offenem Mund an. Der Fremde fuhr fort: »Dieser Zauber, dein Singen, das ist echte Magie, stimmt's? Ich habe genug von der anderen Sorte gesehen, um das zu beurteilen. Du könntest diesen Zauber für einen guten Zweck einsetzen, mein Junge, vorausgesetzt natürlich, dass du das willst. In diesen Wirtshäusern und Hinterhöfen vergeudest du ihn nur.«

»Was meinst du damit?«, fragte Coll, in dem plötzlich ein Verdacht aufstieg.

Der Fremde lächelte freundlich. »Die Bewegung kann solche Magie gebrauchen«, sagte er leise.

Coll schnaubte. »Du bist ein Geächteter!«

Der Fremde machte eine kurze Verbeugung. »Ja, mein Junge, und ich bin stolz darauf. Wichtiger ist jedoch, dass ich als freier Mann geboren wurde und mich der Herrschaft der Föderation nicht unterordne.« Er kam näher. »Du selbst willst dich doch denen auch nicht unterordnen, stimmt's? Gib es zu.«

»Kaum«, antwortete Coll abwehrend. »Die Frage ist jedoch, ob die Geächteten so viel besser sind.«

»Harte Worte, mein Junge!«, rief der andere. »Bloß gut, dass ich nicht so empfindlich bin.« Er lächelte verschmitzt.

»Was willst du von mir?«, unterbrach ihn Par rasch, dessen Verstand langsam wieder arbeitete. Er dachte an Rimmer Dall. Er kannte dessen Ruf, und die Aussicht, von ihm gejagt zu werden, flößte ihm Angst ein. »Du willst, dass wir uns euch anschließen, nicht wahr?«

Der Fremde nickte. »Ich glaube, ihr würdet bald sehen, dass es sich lohnt.«

Aber Par schüttelte den Kopf. Dass sie die Hilfe des Fremden angenommen hatten, um den Klauen der Sucher zu entkommen, war eine Sache. Aber der Bewegung beizutreten eine ganz andere. Das wollte wohlüberlegt sein. »Im Augenblick müssen wir das Angebot ablehnen«, sagte er ruhig. »Vorausgesetzt natürlich, wir können uns frei entscheiden.«

»Natürlich könnt ihr euch frei entscheiden!«

»Dann müssen wir leider Nein sagen. Aber danke für das Angebot und ganz besonders für deine Hilfe da drin.«

Der Fremde, wieder ernst, ließ seinen Blick kurz auf ihm ruhen. »Gern geschehen, glaub mir. Ich wünsche dir alles Gute, Par Ohmsford. Hier, das ist für dich.« Er zog einen silbernen Ring vom Finger, der das Zeichen eines Falken trug. »Meine Freunde kennen den Ring. Wenn du Hilfe brauchst – oder falls du deine Meinung ändern solltest –, geh damit zur Kiltan-Schmiede im Räuberend am Nordrand der Stadt und frag nach dem Bogenschützen. Kannst du dir das merken?«

Par zögerte, nahm den Ring jedoch und nickte. »Aber warum …?«

»Weil uns viel verbindet, mein Junge«, sagte der andere leise, der eine solche Frage erwartet hatte. Er streckte eine Hand aus und legte sie ihm auf die Schulter. Dabei sah er auch Coll an. »Die Vergangenheit verbindet uns, und damit ein Band, das so stark ist, dass es von mir verlangt, für euch da zu sein, wann immer ich kann. Mehr noch, es verlangt, dass wir gemeinsam gegen die Gefahren kämpfen, die diesem Land drohen. Vergesst das nicht. Eines Tages, da bin ich sicher, wird es so weit sein … wenn es uns gelingt, so lange am Leben zu bleiben.«

Er lächelte die Brüder an. Sie erwiderten seinen Blick schweigend. Der Fremde zog die Hand zurück. »Es wird Zeit, wir sollten aufbrechen. Und zwar möglichst schnell. Die Straßen hier führen alle zum Fluss. Ihr könnt hingehen, wohin ihr wollt. Aber nehmt euch in Acht. Und seid auf der Hut. Die Sache ist noch nicht ausgestanden.«

»Ich weiß«, sagte Par und streckte die Hand aus. »Willst du uns wirklich nicht deinen Namen nennen?«

Der Fremde zögerte. »Ein andermal«, antwortete er. Er schüttelte Par und dann Coll kräftig die Hand, bevor er seine Gefährten mit einem Pfiff zu sich rief. Ein letztes Mal winkte er, dann verschmolz er mit der Dunkelheit.

Par starrte auf den Ring, ehe er den Blick fragend auf Coll richtete. Irgendwo in der Nähe hörten sie Rufe, die sich näherten.

»Die Fragen müssen wohl warten«, sagte Coll.

Par steckte den Ring in die Tasche. Leise verschwanden sie in der Nacht.

3

Gegen Mitternacht erreichten Par und Coll das Hafenviertel von Varfleet, und hier wurde ihnen bewusst, wie schlecht sie auf eine Flucht vor Rimmer Dall und seinen Suchern vorbereitet waren. Da keiner von beiden damit gerechnet hatte, trugen sie nichts bei sich, was sie für eine längere Reise brauchten. Sie hatten keinen Proviant, keine Decken, keine Waffen, mit Ausnahme ihrer langen Messer, nichts, womit sie ein Lager hätten errichten können, nichts, um sich vor schlechtem Wetter zu schützen, und was am allerschlimmsten war, sie hatten kein Geld. Der Wirt hatte ihnen eine Woche lang nichts gezahlt. Und was sie sich vorher erspart hatten, war mit allen anderen Besitztümern im Feuer verbrannt. Ihnen blieb nur das, was sie am Leib trugen.

Das Hafenviertel bestand aus unzähligen Bootshäusern, Anlegern, Werkstätten und Lagerschuppen. Das ganze Viertel war hell beleuchtet, Hafenarbeiter und Fischer tranken und scherzten im Schein der Öllampen. Aus schmiedeeisernen Öfen und Fässern stieg Qualm auf, und in der Luft hing Fischgeruch.

»Vielleicht haben sie die Verfolgung für heute Nacht eingestellt«, bemerkte Par. »Ich meine die Sucher. Vielleicht machen sie erst morgen früh weiter – oder vielleicht auch gar nicht.«

Coll warf ihm einen Blick zu und zog vielsagend eine Augenbraue hoch. »Vielleicht können Kühe fliegen. Wir hätten darauf bestehen sollen, dass wir sofort bezahlt werden. Dann säßen wir jetzt nicht in der Klemme.«

Par zuckte mit den Schultern. »Das würde uns jetzt auch nichts nützen.«

»Nichts nützen? Wir hätten wenigstens etwas Geld.«

»Aber auch nur dann, wenn wir es während der Vorstellung bei uns getragen hätten. Hältst du das etwa für wahrscheinlich?«

Coll hob die Schultern und verzog das Gesicht. »Dieser Wirtshausbesitzer schuldet uns was.«

Schweigend gingen sie bis zum Südende des Hafens. Wortlos sahen sie einander an. Es war kühler geworden, und ihre leichte Kleidung bot keinen Schutz gegen die Kälte. Zitternd vergruben sie die Hände tief in den Taschen und drückten die Arme eng an den Körper. Lästige Insekten umschwirrten sie.

Coll seufzte. »Und was sollen wir jetzt machen, Par? Hast du dir schon etwas überlegt?«

Par zog die Hände aus den Taschen und rieb sie kräftig aneinander. »Ja, das habe ich. Aber dazu brauchen wir ein Boot.«

»Du willst also nach Süden … auf dem Mermidon?«

»Bis zum Ende.«

Coll lächelte, weil er fälschlicherweise annahm, dass sie den Weg nach Hause einschlugen. Par hielt es für besser, ihn in dem Glauben zu lassen.

»Warte hier«, sagte Coll plötzlich und verschwand, noch bevor Par irgendetwas einwenden konnte.

Par stand allein in der Dunkelheit am Ende des Hafens. Bald kam es ihm vor, als habe es mindestens eine Stunde gedauert, aber in Wirklichkeit wartete er erst höchstens halb so lange. Er setzte sich auf eine Bank vor einer Fischerhütte und zog die Beine bis zum Kinn hoch, um sich vor der Nachtluft zu schützen. Alle möglichen Gedanken gingen ihm durch den Kopf. Er war wütend, auf den Fremden, der sie zuerst wie durch Zauberhand befreit und dann einfach stehen gelassen hatte, und natürlich auf die Föderation, die sie wie gemeine Diebe durch die Stadt hetzte. Aber auch auf sich selbst, weil er geglaubt hatte, er könne echte Magie wirken und werde einfach damit durchkommen, obwohl dies streng verboten war. Es war eine Sache, ein paar Zauberkunststücke vorzuführen, bei denen es vor allem um Geschicklichkeit und flinke Finger ging; eine ganz andere dagegen, die Magie des Wünschliedes einzusetzen. Dabei handelte es sich zu offensichtlich um echte Zauberei, und er hätte sich denken können, dass die Sucher früher oder später davon erfahren würden.

Er streckte die Beine aus und schlug einen Fuß über den anderen. Jetzt konnte er daran nichts mehr ändern. Coll und er würden einfach wieder von vorn anfangen müssen. Aufgeben kam für ihn nicht infrage. Dazu waren die Geschichten zu wichtig, und er hielt es für seine Pflicht, dafür zu sorgen, dass sie nicht in Vergessenheit gerieten. Seiner Überzeugung nach besaß er diese Gabe eigens zu diesem Zweck. Es spielte überhaupt keine Rolle, wie die Föderation darüber dachte – dass Zauberei verboten gehörte und dass sie dem Land und den Menschen Schaden zufügte. Was wusste die Föderation schon über Magie? Den Mitgliedern des Koalitionsrates fehlte es an jeglicher praktischer Erfahrung. Sie hatten einfach beschlossen, dass etwas getan werden müsse, um diejenigen zufriedenzustellen, die behaupteten, die Vier Länder siechten dahin und die Menschen würden in finstere Wesen verwandelt wie zu Jair Ohmsfords Zeiten, in eine Art Unterweltgeschöpfe, die sich jedem normalen Verständnis entzogen, Wesen, die ihre Kräfte aus der Dunkelheit und aus Magie schöpften, die seit der Zeit der Druiden als verloren galt.

Diese Wesen hatten sogar einen Namen: Schattenwesen.

Plötzlich drängte sich Par wieder der unangenehme Gedanke an die Träume auf und an das dunkle Wesen darin, das ihn gerufen hatte.

Die Stimmen der Fischer und Hafenarbeiter, das Surren der Insekten, ja selbst das Rascheln des Nachtwindes waren verstummt. Er konnte seinen eigenen Pulsschlag hören und zudem ein eigenartiges Flüstern …

Im nächsten Augenblick schreckte er durch ein plätscherndes Geräusch auf. Coll, der einige Schritte entfernt das Ufer des Mermidons erklommen hatte, kam prustend auf ihn zu. Er war splitternackt.

Par fasste sich langsam wieder und starrte ihn ungläubig an. »Bei den Schatten, hast du mich vielleicht erschreckt! Was hast du denn getrieben?«

»Was glaubst du wohl?« Coll grinste. »Ich war schwimmen.«

Erst als Par nachfragte, erfuhr er, was Coll wirklich getrieben hatte; er hatte sich kurzerhand ein Fischerboot, das dem Wirt gehörte, ausgeliehen.

»Das ist das Mindeste, was er für uns tun kann, nach all dem, was er an uns verdient hat«, brachte er zu seiner Rechtfertigung vor, während er sich abtrocknete und anzog.

Par hatte dem nichts entgegenzusetzen. Sie brauchten das Boot dringender als der Wirtshausbesitzer. Das Runnegebirge zu Fuß zu erreichen hätte über eine Woche gedauert. Für die Fahrt auf dem Mermidon dorthin brauchte man höchstens ein paar Tage. Und letztlich konnte man nicht behaupten, dass sie das Boot gestohlen hatten. Sie würden es zurückbringen, sobald sie dazu in der Lage waren.

Das Boot war ziemlich klein, doch es war nebst Rudern, einigen Decken und einer Zeltplane mit allem ausgerüstet, was sie brauchten, um zu angeln, zu kochen und ein Lager zu errichten. Nachdem sie eingestiegen waren, stießen sie sich vom Ufer ab und ließen sich von der Strömung flussabwärts treiben.

Den Rest der Nacht blieben sie auf dem Wasser und fuhren nach Süden. Mit den Rudern hielten sie sich in der Flussmitte.

Sie lauschten den nächtlichen Geräuschen und beobachteten das Ufer. Dabei mussten sie sich anstrengen, um nicht einzuschlafen. Zwischendurch erläuterte Coll, wie sie seiner Meinung nach am besten weiter vorgingen. Natürlich konnten sie in absehbarer Zeit nicht nach Callahorn zurückkehren. Die Föderation würde nach ihnen suchen. Es würde auch zu gefährlich sein, sich einer der größeren Städte im Südland zu nähern, weil die dort stationierten Truppen der Föderation ebenfalls in Alarmbereitschaft sein würden. Seiner Meinung nach war es am einfachsten, wenn sie nach Schattental zurückkehrten. Dort konnten sie ihre Geschichten weiterhin erzählen – vielleicht nicht sofort, aber vielleicht in einem Monat, wenn die Föderation die Suche nach ihnen aufgegeben hatte. Später könnten sie dann in abgelegene Gebiete gehen, in Orte, in die die Föderation nur selten einen Fuß setzte. Es würde sich alles zum Guten wenden.

Par ließ ihn reden.

Bei Sonnenaufgang legten sie an einem felsigen Ufer an und errichteten auf einer schattigen Waldlichtung ihr Lager. Sie schliefen bis Mittag und aßen danach die Fische, die sie gefangen hatten. Am frühen Nachmittag machten sie sich wieder auf den Weg und ließen sich bis spät nach Sonnenuntergang auf dem Fluss treiben. Erneut gingen sie an Land und bauten ihr Lager auf. Als es zu regnen begann, zogen sie sich die Decken fest um die Schultern und beobachteten schweigend, wie der Fluss anschwoll und wie die Regentropfen hübsche Muster auf der glänzenden Oberfläche erzeugten.

Danach unterhielten sie sich darüber, wie sich die Vier Länder seit den Tagen von Jair Ohmsford verändert hatten.

Vor dreihundert Jahren hatte die Föderation, die damals eine Politik der Abschottung verfolgte, nur in den Städten ganz unten im Südland geherrscht. Der Koalitionsrat, der sich aus Männern zusammensetzte, die von den Städten als Vertreter ihrer Regierungen entsandt wurden, hatte schon damals die Führung inne. Aber dann übernahm anstelle des Rates allmählich die Armee der Föderation die Herrschaft, und mit der Zeit wurde die Abschottungspolitik zugunsten von Expansionsbestrebungen aufgegeben. Die Föderation beschloss, ihren Machtbereich auszudehnen. Es schien nur logisch, dass das ganze Südland unter einer Regierung vereinigt sein sollte, und wer wäre dazu besser in der Lage gewesen als die Föderation?

So hatte alles angefangen. Hundert Jahre nach dem Tod von Jair Ohmsford fiel das Gebiet südlich von Callahorn vollständig unter die Herrschaft der Föderation. Die anderen Rassen, die Elfen, die Trolle, die Zwerge und sogar die Gnome, beäugten den Süden misstrauisch. Nach nicht allzu langem Drängen willigte Callahorn ein, sich unter die Schutzherrschaft der Föderation zu stellen; der Teil des Landes, dessen König längst tot, dessen Städte entzweit waren, diente den anderen Ländern nun nicht mehr länger als Schutzwall gegen die Föderation.

Ungefähr zur gleichen Zeit tauchten zum ersten Mal Gerüchte über die Schattenwesen auf. Es hieß, die alte Magie sei fehlerhaft, sie habe jahrzehntelang im Boden gekeimt und sei nun zum Leben erwacht. Auf vielerlei Weise zeige sie sich: manchmal als ein kalter Wind, ein andermal in vage menschlicher Gestalt. Jedenfalls sprach man von Schattenwesen. Die Schattenwesen machten das Land und das Leben im Land krank, verwandelten Teile davon in einen Sumpf aus Verfall und Zerstörung. Sie griffen sterbliche Wesen an, gleich ob Mensch oder Tier, und nahmen, wenn sie diese ausreichend geschwächt hatten, von ihnen Besitz, drangen in ihre Körper ein und lebten darin wie verborgene Geister. Das Leben anderer diente ihnen als Nahrung. Auf diese Art überlebten sie.

Die Föderation verlieh diesen Gerüchten Glaubwürdigkeit,

indem sie verkündete, dass solche Wesen möglicherweise tatsächlich existierten und dass allein sie, die Föderation, die Menschen davor zu beschützen vermöge.

Niemand wagte sich dieser Meinung zu widersetzen und zu behaupten, dass die Magie an sich vielleicht doch nicht falsch war oder dass nur die Schattenwesen die Probleme verursachten. Es war sehr viel einfacher, sich der herrschenden Meinung anzuschließen. Schließlich hatte es seit dem Untergang der Druiden keine Magie mehr gegeben. Natürlich erzählten die Ohmsfords ihre Geschichten, aber nur wenige hörten sie, und noch weniger schenkten ihnen Glauben. Die meisten hielten die Druiden für eine Legende. Als Callahorn sich unter die Schutzherrschaft der Föderation stellte und die Stadt Tyrsis besetzt wurde, verschwand auch das Schwert von Shannara. Niemand machte sich deswegen große Gedanken. Seit mehr als zweihundert Jahren war das Schwert nicht mehr gesehen worden. Nur den Kuppelbau im Volkspark, in dem das Schwert früher in einem Block aus rotem Marmor aufbewahrt worden war, gab es noch – doch eines Tages war auch er verschwunden.

Die Elfensteine verschwanden kurz danach ebenfalls. Es gab keine Aufzeichnungen darüber, was mit ihnen geschehen war. Selbst die Ohmsfords wussten nichts.

Dann verschwanden auch die Elfen, ganze Stämme und Städte auf einmal, bis irgendwann sogar Arborlon nicht mehr existierte. Schließlich gab es keine Elfen mehr, und es war, als hätte es sie nie gegeben. Das Westland war mit Ausnahme von wenigen Jägern und Waldläufern aus den anderen Ländern und umherziehenden Fahrenden unbewohnt. Die Fahrenden, die nirgendwo willkommen waren, hatten schon immer dort gelebt, aber selbst sie wussten angeblich nichts über den Verbleib der Elfen. Die Föderation machte sich diese Lage unverzüglich zunutze. Das Westland, so erklärte sie, war die Brutstätte der

Magie, der Wurzel allen Übels in den Vier Ländern. Schließlich waren es die Elfen gewesen, die Magie eingeführt hatten. Die Magie hatte sie schließlich vernichtet – eine anschauliche Lektion für alle, die Ähnliches im Sinn hatten.

Die Föderation unterstrich diesen Punkt, indem sie die Ausübung von Magie jedweder Art verbot. Sie nahm auch das Westland unter ihre Schutzherrschaft, besetzte es jedoch nicht, denn es mangelte der Föderation an Soldaten, um dieses riesige Gebiet ohne Hilfe zu überwachen, das jedoch eines Tages von den üblen Auswirkungen verbliebener Magie gesäubert werden sollte.

Kurz danach erklärte die Föderation den Zwergen den Krieg, angeblich deshalb, weil die Zwerge den Krieg provoziert hätten, wenngleich niemand je erfuhr, auf welche Weise. Die Föderation verfügte damals über die größte und bestausgebildete Armee der Vier Länder; die Zwerge hatten überhaupt kein stehendes Heer. Auch die Elfen, in früheren Jahren Verbündete der Zwerge, gab es nicht mehr, und die Gnomen und Trolle waren noch nie ihre Freunde gewesen. Die Zwerge kannten sich im bergigen Ostland sehr viel besser aus als die Föderation, und obwohl Culhaven sehr bald in die Hände der Föderation fiel, kämpften die Zwerge im Hochland weiter, bis sie schließlich ausgehungert wurden und sich unterwerfen mussten. Sie wurden aus den Bergen in die Minen der Föderation im Süden verschleppt. Die meisten starben dort. Die Gnome, die mit ansehen mussten, was den Zwergen widerfuhr, leisteten kaum Widerstand. Die Föderation errichtete auch im Ostland ihre Schutzherrschaft.

Nur vereinzelt konnten sich Widerstandsnester halten. Eine Handvoll Zwerge und verstreute Gnomenstämme weigerten sich, die Föderationsgesetze anzuerkennen, und führten deshalb den Kampf aus den wilden Gebieten im Norden und Osten weiter. Aber es waren zu wenige, als dass sie wirklich hätten etwas ausrichten können.

Um die Einheit des größten Teils der Vier Länder zu demonstrieren und all die zu ehren, die daran mitgewirkt hatten, ließ die Föderation am Nordende des Regenbogensees, dort wo der Mermidon aus dem Runnegebirge tritt, ein Denkmal errichten. Das Denkmal, ein schwarzer Granitstein, der sich auf einem riesigen quadratischen Sockel nach oben hin verjüngte und über dreißig Meter hoch die Klippen überragte, war ein Turm, der nach allen Seiten hin meilenweit zu sehen war. Er trug den Namen Südwacht.

Das lag fast hundert Jahre zurück, und jetzt waren die Trolle die einzigen freien Menschen, die sich noch tief in den Bergen des Nordlandes, im Charnalgebirge und im Kershalt verschanzt hatten. Die Föderation wollte mit diesem gefährlichen, feindlichen Land, dieser natürlichen Festung, nichts zu tun haben. Man beschloss, dieses Gebiet in Frieden zu lassen, vorausgesetzt, die Trolle würden sich von anderen Ländern fernhalten. Die Trolle, die schon immer zurückgezogen gelebt hatten, waren damit einverstanden.

»Jetzt ist alles so anders«, schloss Par sehnsüchtig, während sie im Zelt saßen und zuschauten, wie der Regen auf das Wasser niederprasselte. »Keine Druiden mehr, kein Paranor, keine Magie – mit Ausnahme der unechten und dem wenigen, was wir wissen. Keine Elfen. Was, glaubst du, ist mit ihnen geschehen?« Aber auch Coll wusste darauf keine Antwort. »Keine Königreiche, keine Freitruppen, kein Callahorn, gar nichts.«

»Keine Freiheit«, endete Coll finster.

»Keine Freiheit«, wiederholte Par. Er lehnte sich zurück und zog die Beine vor die Brust. »Ich wüsste zu gern, was mit den Elfensteinen geschehen ist. Und dem Schwert. Was wohl mit dem Schwert von Shannara geschehen ist?«

Coll zuckte mit den Schultern. »Das Gleiche, was mit allen Dingen irgendwann geschieht. Es ist einfach verloren gegangen.«

»Was willst du damit sagen? Wie kann es einfach verloren gehen?«

»Niemand hat sich darum gekümmert.«

Par ließ sich das durch den Kopf gehen. Es war etwas Wahres daran. Niemand kümmerte sich mehr um die Magie, seit Allanon tot und die Druiden verschwunden waren. Die Magie wurde einfach totgeschwiegen, ein Überbleibsel aus einer anderen Zeit, gefürchtet und zum großen Teil missverstanden. Es war einfacher, so zu tun, als gäbe es sie nicht, und genauso verhielten sich alle. Auch die Ohmsfords – denn andernfalls hätten sich die Elfensteine noch in ihrem Besitz befunden. Alles, was sie an Zauberkraft besaßen, war das Wünschlied.

»Wir kennen die Legenden, die Sagen, die uns davon erzählen, wie es einmal war; wir kennen die Geschichte, und doch wissen wir im Grunde genommen gar nichts«, sagte Par leise.

»Wir wissen, dass die Föderation nicht will, dass wir darüber reden«, meinte Coll abschließend. »Wenigstens das wissen wir.«

»Manchmal frage ich mich, welchen Unterschied das macht.« Par verzog das Gesicht. »Es ist doch so, dass die Menschen uns zwar zuhören, aber wer erinnert sich am nächsten Tag noch daran? Und selbst wenn sie sich erinnern. Für sie ist das, was wir erzählen, eine historische Geschichte und für manche wahrscheinlich nicht einmal das. Manche halten es wahrscheinlich für Legenden und Mythen, für einen Haufen Unsinn.«

»Aber nicht alle«, erwiderte Coll ruhig.

»Was nützt schon das Wünschlied, wenn unsere Geschichten doch nichts bewirken? Vielleicht hatte der Fremde ja recht. Vielleicht gibt es eine bessere Verwendung für die Magie.«

»Etwa den Geächteten in ihrem Kampf gegen die Föderation

zu helfen? Und dafür mit dem Leben zu bezahlen?« Coll schüttelte den Kopf. »Das ist genauso sinnlos, als würdest du es gar nicht einsetzen.«

Als sie plötzlich ein Geräusch im Fluss vernahmen, drehten sich beide um. Aber es war nur das Plätschern des vom Regen angeschwollenen Flusses, sonst nichts.

»Irgendwie ist alles sinnlos«, sagte Par. »Was sollen wir machen, Coll? Man hat uns wie Geächtete aus Varfleet vertrieben, hat uns gezwungen, dieses Boot zu stehlen, damit wir wie Hunde mit eingekniffenem Schwanz nach Hause laufen.« Er hielt inne und blickte seinen Bruder an. »Wozu verfügen wir überhaupt noch über Magie?«

Coll wandte sein eckiges Gesicht Par zu. »Was meinst du damit?«

»Warum haben wir sie? Warum ist sie nicht mit allem anderen verschwunden? Glaubst du, es gibt einen Grund dafür?«

Beide schwiegen geraume Zeit. »Ich weiß es nicht«, meinte Coll endlich. Er zögerte. »Ich weiß nicht, wie es ist, wenn man Zauberkräfte besitzt.«

Par starrte ihn an, und als er plötzlich begriff, was er da gefragt hatte, schämte er sich seiner Frage.

»Nicht dass ich sie wirklich haben wollte, verstehst du«, fuhr Coll eilig fort, als er das Unbehagen seines Bruders bemerkte. »Einer mit Zauberkräften reicht vollkommen.« Er grinste.

Par grinste zurück. »Ich glaube, du hast recht.« Er blickte Coll dankbar an und gähnte. »Möchtest du dich schlafen legen?«

Coll schüttelte den Kopf und trat in den Schatten zurück. »Nein, ich möchte gern noch weiterreden. Diese Nacht ist zum Reden da.«

Dennoch verfiel er in Schweigen, so als hätte er trotz allem nichts zu sagen. Par betrachtete ihn eine Weile, bevor beide wieder auf den Mermidon hinaussahen und zuschauten, wie ein riesiger Ast vorbeitrieb, der offensichtlich vom Sturm abgebrochen worden war. Der zuvor kräftige Wind hatte sich gelegt, und der Regen fiel jetzt senkrecht und tropfte gleichmäßig und sanft von den Bäumen.

Par ertappte sich dabei, wie er an den Fremden dachte, der sie vor den Suchern der Föderation gerettet hatte. Die ganze Zeit grübelte er, wer der Mann sein mochte, doch er hatte immer noch nicht die leiseste Ahnung. Trotzdem kam er ihm irgendwie vertraut vor. Er erinnerte ihn an jemand aus seinen eigenen Geschichten, aber er konnte sich nicht entscheiden, an wen genau. Es gab so viele Sagen, und so viele handelten von Männern wie ihm, von Helden in den Tagen der Magie, von Helden, die Par in der jetzigen Zeit vermisste. Vielleicht hatte Par sich geirrt. Der Fremde im Wirtshaus schien gewillt, es mit der Föderation aufzunehmen. Vielleicht bestand doch noch Hoffnung für die Vier Länder.

Par beugte sich vor, legte Holz in das kleine Feuer nach und sah zu, wie der Rauch aufstieg. Plötzlich wurde der Himmel im Osten von einem Blitz erhellt.

»Jetzt könnten wir gut trockene Sachen gebrauchen«, murmelte Par. »Meine sind allein schon von der Luft feucht.«

Coll nickte. »Und vielleicht auch eine heiße Suppe und Brot.«

»Ein Bad und ein warmes Bett.«

»Vielleicht den Duft von frischen Kräutern.«

»Und Rosenwasser.«

Coll seufzte. »Ich wäre schon zufrieden, wenn dieser verflixte Regen ein Ende nähme.« Sein Blick schweifte in die Nacht hinaus. »Ich glaube, in einer Nacht wie heute könnte ich fast an Schattenwesen glauben.«

Ganz unvermittelt beschloss Par, Coll von seinem Traum zu erzählen. Er wollte darüber sprechen und sah jetzt keinen

Grund mehr, es nicht zu tun. Er überlegte kurz, dann sagte er: »Ich habe dir bis jetzt nichts davon erzählt, aber ich habe ständig diesen Traum. Irgendwie ist es immer der gleiche.« In kurzen Worten beschrieb er ihn, wobei er im Besonderen auf die dunkel gekleidete Gestalt, die jedes Mal zu ihm sprach, einging. »Ich sehe ihn jedoch nicht deutlich genug, um mit Sicherheit sagen zu können, wer es ist«, erklärte er vorsichtig. »Aber es könnte Allanon sein.«

Coll zuckte mit den Schultern. »Es könnte aber auch jemand anders sein. Es ist ein Traum, Par. Träume sind eben rätselhaft.«

»Aber ich hatte diesen Traum jetzt schon ein Dutzend Mal, vielleicht sogar zwei Dutzend Mal. Zuerst habe ich angenommen, dass er irgendwie mit der Magie zusammenhängt, aber …« Par biss sich auf die Lippen. »Was ist, wenn …« Er hielt wieder inne.

»Was ist, wenn was?«

»Was ist, wenn es nicht nur mit der Magie zusammenhängt? Was ist, wenn Allanon oder jemand anders versucht, mir durch den Traum eine Botschaft zu schicken?«

»Eine Botschaft wozu? Vielleicht, um dich dazu zu bringen, zum Hadeshorn zu gehen oder zu einem anderen ähnlich gefährlichen Ort?« Coll schüttelte den Kopf. »Ich würde mir darüber an deiner Stelle nicht den Kopf zerbrechen. Und ich würde ganz sicherlich keinen Gedanken an eine solche Aufforderung verschwenden.« Er runzelte die Stirn. »Du doch auch nicht, oder etwa doch? Überlegst du etwa ernsthaft, dorthin zu gehen?«

»Nein«, antwortete Par unverzüglich. Ich muss jedenfalls vorher gründlich darüber nachdenken, fügte er im Stillen hinzu und war selbst überrascht über dieses Eingeständnis.

»Da fällt mir ein Stein vom Herzen. Wir haben auch so schon

genug Probleme, ohne dass wir uns auf die Suche nach toten Druiden machen.« Für Coll war die Sache damit ganz offensichtlich erledigt.

Par erwiderte nichts. Stattdessen stocherte er mit einem Stock im Feuer und schob die Glut hin und her. Eigentlich spielte er tatsächlich mit dem Gedanken. Bis jetzt hatte er nicht wirklich ernsthaft daran gedacht, doch mit einem Mal hatte er das Bedürfnis herauszufinden, was der Traum bedeutete. Es war nicht wichtig, ob Allanon ihn geschickt hatte oder nicht. Eine innere Stimme sagte ihm, dass er auf der Suche nach dem Ursprung seines Traums gleichzeitig etwas über sich selbst und seine Zauberkräfte erfahren würde. Es erfüllte ihn mit Besorgnis, dass er es sich plötzlich überlegte, obwohl er doch von Anfang an, schon nach dem ersten Traum, entschieden hatte, es nicht zu tun. Aber jetzt gab es kein Halten mehr. Bei der Familie Ohmsford gab es eine lange Tradition von Träumen, die fast immer eine Botschaft übermitteln sollten.

»Ich wünschte nur, ich wäre mir sicher«, murmelte er.

Coll hatte sich in der Zwischenzeit ans Feuer gelegt und die Augen geschlossen. »Inwiefern sicher?«

»Über den Traum«, antwortete Par. »Darüber, ob jemand ihn geschickt hat oder nicht.«

Coll schnaubte. »Ich bin mir sicher, und das reicht für uns beide. Es gibt keine Druiden. Und es gibt auch keine Schattenwesen. Es gibt keine dunklen Geister, die einem durch Träume Botschaften schicken. Nur deshalb, weil du todmüde bist, träumst du dies und jenes aus den Geschichten, die du erzählst.«

Par legte sich ebenfalls hin und deckte sich zu. »Vielleicht hast du recht«, pflichtete er Coll bei, ohne jedoch wirklich überzeugt zu sein.

Coll drehte sich zur Seite und gähnte. »Heute Nacht träumst

du wahrscheinlich von Wasser und Fischen, so feucht wie es hier ist.«

Par schwieg. Er lauschte eine Weile dem Regen und starrte dabei die dunkle Wand des Zeltes an. »Vielleicht suche ich mir meinen Traum selbst aus«, sagte er leise. Dann war er eingeschlafen.

Er träumte tatsächlich in dieser Nacht, zum ersten Mal seit fast zwei Wochen. Er träumte den Traum, den er herbeigesehnt hatte, den Traum von der dunklen Gestalt, und es schien ihm, als müsse er nur die Hand ausstrecken, um diesen Traum zu sich zu holen. Und tatsächlich sollte es nicht lange dauern. Als ihn der Schlaf überwältigte, trat die Gestalt aus der Tiefe seines Unterbewusstseins hervor. Ihr unerwartetes Erscheinen erschreckte ihn, ohne dass er davon aufgewacht wäre. Er sah die dunkle Gestalt, die sich aus dem See erhob, sah, wie sie auf ihn zukam, verschwommen und gesichtslos und so bedrohlich, dass er geflohen wäre, hätte er gekonnt. Aber der Traum hielt ihn in seinem Bann. Die dunkle Gestalt näherte sich ihm schweigend, ohne zu sprechen.

Dicht vor ihm blieb sie stehen, ein Wesen, das alles und jedes hätte sein können, gut oder böse, Leben oder Tod.

Sprich mit mir, dachte er voller Angst.

Aber die Gestalt stand einfach nur da, eingehüllt in Schatten, schweigend und bewegungslos. Sie schien auf etwas zu warten.

Dann machte Par einen Schritt nach vorn und zog, erfüllt von einer inneren Kraft, die ihm bisher verborgen geblieben war, die schwarze Kapuze zurück, die sein Gegenüber verhüllte. Sofort erkannte er das Gesicht, das darunter zum Vorschein kam. Er hatte es schon tausendmal besungen. Es war ihm so vertraut wie das eigene.

Er sah das Gesicht Allanons.

4

Als Par am nächsten Morgen erwachte, beschloss er, Coll nichts von seinem Traum zu erzählen. Zum einen wusste er nicht, was er hätte sagen sollen. Er war nicht sicher, ob der Traum aus unbewussten Tiefen gekommen oder aber seinem Wunschdenken entsprungen war – und selbst dann hätte er nicht gewusst, ob es sich um einen wahren Traum handelte. Zum anderen hätte er Coll nur wieder darin bestärkt, wie töricht er, Par, doch war, wenn er weiterhin über etwas nachdachte, das er offensichtlich doch nicht tun wollte. Aber wollte er es vielleicht doch? Wenn er ehrlich war, wusste er, dass sie sich darüber streiten würden, ob es ratsam wäre, sich in das Gebiet der Drachenzähne zu wagen, um dort den Hadeshorn und einen Druiden, der bereits seit dreihundert Jahren tot war, zu suchen. Es war besser, die Sache einfach auf sich beruhen zu lassen.

Sie aßen ihr kaltes Frühstück, das aus wilden Beeren und Quellwasser bestand, und waren zufrieden, dass sie wenigstens so viel hatten. Es hatte aufgehört zu regnen, aber der Himmel war bedeckt. Aus Nordwesten erhob sich kräftiger Wind, der Äste umbog und Blätter wild durch die Luft wirbelte. Sie packten ihre Sachen zusammen, bestiegen das Boot und stießen es vom Ufer ab.

Der Mermidon war stark angeschwollen, und das Boot, das sie nach Süden bringen sollte, wurde hin und her geworfen. Allerlei Treibgut schwamm auf dem Wasser, und sie hielten ihre Ruder fest in den Händen, um alle großen Stücke, die das Boot hätten beschädigen können, wegzustoßen. Auf der anderen Seite erhoben sich, in Nebel und tief hängende Wolken gehüllt, drohend die Felswände des Runnegebirges. Es war kalt, und die Hände und Füße der Brüder wurden bald steif.

Wann immer es möglich war, gingen sie an Land und ruhten sich aus, doch auch das half nur wenig. Sie hatten nichts zu essen und, da sie keine Zeit damit vergeuden wollten, ein Feuer zu machen, fehlte auch die Möglichkeit, sich aufzuwärmen. Schon am frühen Nachmittag regnete es wieder. Der Regen kühlte die Luft noch mehr ab, der Wind nahm zu, und es wurde immer gefährlicher, die Reise auf dem Fluss fortzusetzen. Als sie eine kleine Bucht sichteten, die von alten Kiefern geschützt wurde, zogen sie das Boot unverzüglich an Land und errichteten ein Lager.

Nachdem sie Feuer gemacht hatten, aßen sie den Fisch, den Coll gefangen hatte. Der Wind, der in den Schluchten der Berge heulte, das Wasser, das gegen die Ufer schlug, sowie die Kälte und Unbequemlichkeit ihres Lagers sorgten für unruhigen Schlaf. In dieser Nacht träumte Par nicht.

Der Morgen brachte endlich den langersehnten Wetterumschwung. Der Sturm zog nach Osten ab, der Himmel wurde klar, und helles Sonnenlicht wärmte den Tag. Während ihr Boot sie nach Süden trug, trockneten ihre Kleider, und als die Mittagssonne auf sie herunterbrannte, zogen sie sich Kleidung und Schuhe aus.

»Alles wird besser nach einem erfrischenden Gewitter, wie man so schön sagt«, erklärte Coll zufrieden. »Du wirst sehen, Par, von jetzt an haben wir gutes Wetter. Nur noch drei Tage, und wir sind zu Hause.«

Par lächelte und schwieg.

Der Tag verging, und der Duft der Bäume und Blumen erfüllte wieder die Luft.

Sie segelten an der Südwacht vorbei; der schwarze Granitstein ragte schweigend und unergründlich aus dem Fels am Rande des Flusses in den Himmel. Selbst aus der großen Entfernung wirkte der Turm bedrohlich. Es war so dunkel, dass er scheinbar alles Licht in sich aufsog. Viele Gerüchte rankten sich um die Südwacht. Manche behaupteten, der Turm sei ein lebendiges Wesen und ernähre sich von der Erde unter ihm. Andere behaupteten sogar, er könne sich bewegen. Fast alle waren sich darin einig, dass er auf unerklärliche Weise ständig zu wachsen schien. Er machte einen verlassenen Eindruck. So war es schon immer gewesen. Man sagte, dass eine Eliteeinheit von Föderationssoldaten dort Dienst tat, aber noch niemand hatte sie zu Gesicht bekommen. Auch gut, dachte Par, als sie unbehelligt vorbeitrieben.

Am späten Nachmittag erreichten sie die Stelle, wo der Fluss in den Regenbogensee mündete. Der See breitete sich vor ihnen aus, ein riesiges, silbrig schimmerndes blaues Gewässer, das durch die Sonne, die sich dem Horizont zuneigte, am westlichen Rand golden gefärbt war. Der Regenbogen, der dem See seinen Namen gegeben hatte, spannte sich jetzt im grellen Sonnenlicht blass von einem Ende zum anderen, das Blau und Lila fast unsichtbar, das Rot und Gelb verwaschen. Kraniche schwangen sich lautlos durch die Lüfte, ihre anmutigen Leiber zeichneten sich am Himmel ab.

Die Ohmsfords zogen ihr Boot ans Ufer, machten es im Schutz einiger schattiger Bäume fest und schlugen ihr Lager auf. Coll angelte, während Par sich auf den Weg machte, um Holz für das abendliche Lagerfeuer zu sammeln.

Par durchstreifte das Ufer eine Zeit lang in östlicher Richtung. Nach kurzer Zeit wandte er sich dem Wald zu und begann, trockenes Holz aufzulesen. Er hatte erst wenige Schritte zurückgelegt, als er die Feuchtigkeit um sich herum spürte und den modrigen Geruch wahrnahm. Viele Bäume waren morsch; Laub war welk und braun, Äste waren abgebrochen, Rinden abgebröckelt. Auch der Waldboden sah ungesund aus. Er scharrte und kratzte mit dem Schuh und sah sich neugierig um. Es schien, als ob es kein Leben mehr in diesem Wald gäbe, keine kleinen Tiere, die über den Boden huschten, keine Vögel, die in den Bäumen zwitscherten. Der Wald war verlassen.

Gerade als er beschloss, seine Suche nach Feuerholz einzustellen und zum Flussufer zurückzukehren, fiel sein Blick auf das Haus. Es war eher eine Hütte, und bei genauerer Betrachtung nicht einmal das. Sie war überwuchert von Unkraut, Ranken und Buschwerk. Fensterläden lagen auf dem Boden, und das Dach war eingedrückt. Die Fensterscheiben waren zerbrochen, und die Eingangstür stand offen. Die Hütte stand am Rand einer kleinen Bucht; dem abgestandenen Wasser entströmte ein ekelhafter Geruch.

Par hätte die Hütte für unbewohnt gehalten, wären ihm nicht die winzigen Rauchschwaden aufgefallen, die aus dem verfallenen Schornstein aufstiegen.

Er zögerte und fragte sich, warum jemand in solcher Umgebung hausen würde. War dort noch jemand oder war der Rauch ein Überbleibsel eines alten Feuers? Und brauchte derjenige, der sich dort aufhielt, vielleicht Hilfe?

Fast wollte er hingehen, aber die Hütte und ihre Umgebung waren so abschreckend, dass er es schließlich nicht über sich brachte. Stattdessen rief er laut, ob jemand zu Hause sei. Er wartete einen Augenblick, dann rief er nochmals. Als er keine Antwort erhielt, wandte er sich fast dankbar ab und setzte seinen Weg fort.

Als er zurückkehrte, wartete Coll bereits mit dem Fisch, sodass sie eilig ein Feuer anzündeten und ihre Mahlzeit zubereiteten. Beide waren des Fisches schon überdrüssig, aber er war besser als nichts, und außerdem hatten sie größeren Hunger, als sie geahnt hatten. Nach der Mahlzeit saßen sie zusammen da und schauten zu, wie die Sonne unterging und der See sich wieder silbrig verfärbte. Am dämmernden Himmel zogen Sterne auf, und die Geräusche der Nacht erwachten in der Stille der Dunkelheit zum Leben. Die Schatten der Bäume schmolzen zu dunklen Flecken zusammen, die das Tageslicht vollends verdrängten.

Par dachte gerade darüber nach, wie er Coll beibringen sollte, dass er es für besser hielt, nicht nach Hause zurückzukehren, als die Waldfrau vor ihnen auftauchte.

Sie trat zwischen den dunklen Bäumen hervor, gebückt im fahlen Licht des Feuers, und war in Lumpen gekleidet, die aussahen, als hätte sie die Kleidung in grauer Vorzeit angelegt und nie gewechselt. Ihr Kopf war kahl, doch aus dem Gesicht sprossen lange, dichte Haarbüschel. Ihr Alter ließ sich kaum bestimmen, dachte Par; bei all den Runzeln mochte sie alt, sehr alt oder greisenhaft sein.

Vorsichtig kam sie aus dem Wald, blieb am Feuer stehen und stützte sich schwer auf ihren Gehstock. Mit einem knochigen Finger zeigte sie auf Par. »Hast du mich gerufen?«, fragte sie mit einer Stimme, die wie morsches Holz knarrte.

Par konnte nicht anders, er musste sie anstarren. Sie sah aus, als hätte die Erde sie ausgespien, als hätte sie eigentlich kein Recht zu leben und auf der Erde zu wandeln, und sie war über und über mit Schmutz und Unkraut behangen, das sich scheinbar auf ihr niedergelassen und Wurzeln geschlagen hatte.

»Hast du gerufen?«, wiederholte sie eindringlich.

Langsam wurde ihm klar, was sie meinte. »An der Hütte? Ja, das war ich.«

Die Waldfrau lächelte, ihr Gesicht verzog sich zu einer Grimasse, ihr Mund war fast zahnlos. »Du hättest hereinkommen sollen, anstatt draußen stehen zu bleiben«, sagte sie. »Die Tür war offen.«

»Ich wollte nicht …«

»Ich lasse sie immer offen, damit keiner ohne einen Willkommensgruß vorbeigeht. Auch das Feuer lasse ich immer brennen.«

»Ich habe den Rauch gesehen, aber …«

»Du hast doch Holz gesammelt, stimmt's? Kommt ihr aus Callahorn?« Ihr Blick wanderte hinüber zum Boot. »Seid lang unterwegs gewesen, stimmt's?« Sie sah von einem Bruder zum anderen. »Seid vielleicht auf der Flucht?«

Par erstarrte. Er und Coll warfen sich einen Blick zu.

Die Frau kam näher, und während sie einen Fuß vor den anderen setzte, tastete sie die Erde vor sich mit ihrem Gehstock ab. »Hierher verschlägt es viele. Kommen alle aus dem geächteten Land und sind auf der Suche nach diesem oder jenem.« Sie hielt inne. »Ihr vielleicht auch? O ja, viele möchten mit Leuten wie euch nichts zu tun haben, aber zu denen gehöre ich nicht. Nein, ich bestimmt nicht!«

»Wir sind nicht auf der Flucht«, erklärte Coll plötzlich.

»Nein? Seid ihr deshalb so gut ausgerüstet?« Sie fuchtelte mit ihrem Stock in der Luft herum. »Wie heißt ihr?«

»Was willst du?«, fragte Par hastig. Er fühlte sich von Minute zu Minute unwohler.

Die Waldfrau trat noch einen Schritt näher. Irgendetwas stimmte nicht mit ihr, etwas, das Par vorher nicht bemerkt hatte. Ihr Körper wirkte irgendwie nicht richtig fest, sondern so, als würde sie gerade durch Rauch oder heiße Luft gehen. Auch ihre Bewegungen waren unnatürlich, und das nicht nur aufgrund ihres Alters. Es schien, als baumelten ihre Gelenke an einem unsichtbaren Faden, wie Marionetten auf Jahrmärkten.

Der Geruch des sumpfigen Wassers und der zerfallenen Hütte haftete der Waldfrau selbst hier an. Sie schnupperte mit erhobener Nase. »Was rieche ich da?« Ihre Augen fixierten Par. »Riecht es hier nicht nach Magie?«

Par lief ein kalter Schauer über den Rücken. Wer immer diese Frau sein mochte, mit ihr wollten sie nichts zu tun haben.

»Magie! Ja. Rein und klar und stark wie das Leben!« Die Waldfrau fuhr sich lüstern mit der Zunge über die Lippen. »Und so süß wie Blut!«

Nun konnte sich Coll nicht länger zurückhalten. »Es wäre besser, wenn du dich auf den Weg dorthin machen würdest, wo du hergekommen bist«, schrie er sie an, ohne dass er versucht hätte, seinen Abscheu zu verbergen. »Du hast hier nichts zu suchen. Mach, dass du fortkommst!«

Doch die Waldfrau rührte sich nicht von der Stelle. Sie verzog das Gesicht zu einer wilden Grimasse, und ihre Augen waren plötzlich so rot wie die glühenden Holzscheite. »Komm her zu mir, komm her!«, zischte sie. »Komm her, mein Kleiner!« Sie zeigte auf Par. »Komm!« Sie streckte eine Hand aus.

Par und Coll traten vorsichtig einen Schritt zurück, weg vom Feuer.

Die Frau machte mehrere Schritte auf sie zu, am Feuer vorbei, und drängte sie weiter in die Dunkelheit. »Mein Süßer!«, murmelte sie leise vor sich hin. »Lass mich dich schmecken, Kleiner!«

Die Brüder waren nicht gewillt, sich noch weiter vom Licht zu entfernen. Die Waldfrau bemerkte den entschlossenen Ausdruck in ihren Augen, und ihr Lächeln wurde boshaft. Sie ging weiter auf sie zu.

Während sie Par im Auge behielt, der versuchte, sie zu packen und ihre Arme festzuhalten, machte Coll einen Satz auf sie zu. Aber sie war viel schneller als er. Ihr Stock sauste auf ihn nieder und traf ihn mit solcher Wucht an der Schläfe, dass er ohnmächtig zu Boden sank. Mit einem Heulen, das an ein tollwütiges Tier erinnerte, war sie augenblicklich über ihm.

Par stimmte das Wünschlied an und sandte ihr eine Reihe von schrecklichen Bildern. Überrascht wich sie zurück, versuchte jedoch, die Bilder mit Händen und Stock abzuwehren. Par nutzte die Gelegenheit, sich zu Coll umzudrehen und ihm auf die Beine zu helfen. Hastig zog er seinen Bruder von der Angreiferin fort, die ihre Krallen in die leere Luft reckte.

Plötzlich hielt die Waldfrau inne und schien sich nicht mehr gegen die Bilder zu wehren. Das Lächeln, mit dem sie sich jetzt zu Par umdrehte, ließ ihm das Blut in den Adern gefrieren. Um ihr Angst zu machen, schickte Par ihr das Bild eines Dämons, doch diesmal griff die Frau nach dem Bild, öffnete den Mund, sog die Luft um sich herum tief ein, und das Bild löste sich in nichts auf. Die Frau leckte sich die Lippen und heulte.

Nun schickte Par ihr einen bewaffneten Krieger. Die Waldfrau verschlang ihn ebenfalls gierig. Wieder kam sie näher, ließ sich jetzt durch die Bilder nicht mehr aufhalten, schien diese sogar voller Freude zu erwarten. Es hatte den Anschein, als warte sie nur darauf, sie zu verschlingen. Par versuchte Coll zu stützen, doch sein Bruder hing immer noch benommen in seinen Armen. »Coll, wach auf!«, flehte er leise.

»Komm, mein Süßer«, wiederholte die Waldfrau leise. Sie winkte und kam näher. »Komm, gib mir meine Nahrung.«

Wie aus heiterem Himmel loderte plötzlich das Feuer hoch auf und tauchte die Lichtung in grellen Schein wie der helllichte Tag. Die Waldfrau wich davor zurück, und ihr jäher Schrei endete in einem wütenden Knurren. Par blinzelte und spähte in das gleißende Licht.

Ein weißhaariger, grau gewandeter alter Mann, dessen braune Haut an vertrocknetes Holz erinnerte, trat aus der Dunkelheit zwischen den Bäumen hervor wie ein zum Leben erwachter Geist. Ein grimmiges Lächeln umspielte seinen Mund, und seine Augen strahlten einen unnatürlichen Glanz aus. Par drehte sich vorsichtig um, eine Hand an seinem Messer, das in seinem Gürtel steckte. Jetzt sind sie schon zu zweit, dachte er verzweifelt, und wieder schüttelte er Coll und versuchte, ihn zu wecken.

Aber der alte Mann schenkte ihm keine Beachtung. Seine Aufmerksamkeit galt der Waldfrau. »Ich kenne dich«, sagte er leise. »Du machst niemandem mehr Angst. Verschwinde von hier, oder du wirst es mit mir aufnehmen müssen.«

Die Waldfrau zischte wie eine Schlange und kauerte sich wie zum Sprung bereit zusammen. Aber etwas im Gesicht des alten Mannes ließ sie innehalten.

»Zurück mit dir in die Dunkelheit«, flüsterte der alte Mann.

Die Waldfrau zischte ein letztes Mal, bevor sie sich umdrehte und ohne einen weiteren Laut zwischen den Bäumen verschwand. Ihr Geruch hing noch einen Augenblick in der Luft, und dann war auch er verflogen.

Die Nacht senkte sich mit ihren vertrauten Geräuschen wieder über sie, und alles war wie zuvor.

Der alte Mann trat ans Licht. »Bah. Eins der kleinen Nachtgespenster hat sich wohl hierherverirrt«, murmelte er voll Ekel. Spöttisch sah er Par an. »Alles in Ordnung mit dir, junger Ohmsford? Und der da? Heißt er nicht Coll? Er hat einen ordentlichen Hieb einstecken müssen.«

Par legte Coll sanft auf den Boden und nickte. »Ja. Könntest du mir das Tuch und etwas Wasser reichen?«

Der alte Mann tat, wie geheißen, und Par tupfte Colls Schläfe ab, die sich schon blau verfärbte. Coll wimmerte, setzte sich auf und vergrub den Kopf zwischen den Knien, in der Hoffnung, dass das Pochen dadurch aufhöre.

Par blickte auf. Plötzlich fiel ihm auf, dass der alte Mann Colls Namen gewusst hatte. »Woher weißt du, wer wir sind?«, fragte er vorsichtig.

Der alte Mann wich seinem Blick nicht aus. »Nun, ich weiß, wer ihr seid, weil ich euch gesucht habe. Aber ich bin keinesfalls euer Feind, falls du das meinst.«

Par schüttelte den Kopf. »Eigentlich nicht, nachdem du uns geholfen hast. Vielen Dank.«

»Der Dank ist nicht notwendig.«

Par nickte wieder. »Diese Frau, oder was immer sie war – es schien, als hätte sie Angst vor dir.« Das war keine Frage, sondern eine Tatsache.

Der alte Mann hob die Schultern. »Vielleicht.«

»Kennst du sie?«

»Ich habe von ihr gehört.«

Par zögerte und war nicht sicher, ob er die Angelegenheit auf sich beruhen lassen sollte. »Warum suchst du uns?«

»Tja, weißt du, das ist leider eine ziemlich lange Geschichte«, antwortete der alte Mann in einem Ton, der darauf schließen ließ, dass die Anstrengung, eine solche Geschichte zu erzählen, seine Kräfte übersteigen würde. »Können wir uns vielleicht hinsetzen, während wir darüber sprechen? Die Wärme des Feuers würde meinen alten Knochen guttun. Ihr habt nicht zufällig einen Schluck Bier übrig? Nein? Schade. Vermutlich blieb euch keine Möglichkeit, solche Köstlichkeiten mitzunehmen, als man euch aus Varfleet vertrieben hat. Man kann schon von Glück sagen, dass ihr unter diesen Umständen mit heiler Haut davongekommen seid.« Er kam gemächlich näher, ließ sich sachte im Gras nieder, schlug die Beine übereinander und brachte seine grauen Gewänder sorgfältig in Ordnung. »Ich habe mir gedacht, dass ich euch dort treffen würde. Aber dann kam die Sache mit der Föderation dazwischen, und ihr wart plötzlich auf dem Weg nach Süden, bevor ich euch aufhalten konnte.«

Er nahm sich einen Becher, den er in den Wassereimer tauchte, und trank in großen Schlucken.

Coll hatte sich in der Zwischenzeit aufgesetzt und hörte zu, drückte sich dabei weiterhin das feuchte Tuch an die Schläfe. Par ließ sich neben ihm nieder.

Der alte Mann trank den Becher leer und wischte sich den Mund an seinem Ärmel ab. »Allanon schickt mich«, erklärte er beiläufig.

»Allanon«, wiederholte Par.

»Allanon ist seit dreihundert Jahren tot«, fuhr Coll auf.

Der alte Mann nickte. »Da hast du recht. Ich muss mich verbessern: Es war in Wirklichkeit Allanons Geist, sein Schatten … aber nichtsdestoweniger Allanon.«

»Allanons Schatten?« Coll nahm das Tuch von der Schläfe, die Verletzung war vergessen. Er bemühte sich gar nicht, seinen Unglauben zu verbergen.

Der alte Mann rieb sich das bärtige Kinn. »Nun, mein Junge, du wirst dich einen Augenblick oder zwei gedulden müssen, damit ich alles erklären kann. Vieles von dem, was ich euch erzähle, werdet ihr vielleicht nicht glauben wollen, aber ihr müsst mir glauben, wenn ich sage, dass dies alles sehr wichtig ist.« Er rieb sich die Hände und streckte sie zum Feuer hin aus. »Es wäre das Beste, wenn ihr mich als Boten sehen könntet. Betrachtet mich einfach als einen Boten Allanons. Par, warum hast du die Träume missachtet?«

Par erschrak. »Du weißt davon?«

»Die Träume hat dir Allanon geschickt. Verstehst du das nicht? Es war seine Stimme, die du gehört, und sein Schatten, den du gesehen hast. Er ruft dich zum Hadeshorn … dich, deine Kusine Wren und …«

»Wren?«, unterbrach ihn Coll ungläubig.

Der alte Mann wirkte verärgert. »Genau das habe ich doch gesagt, oder nicht? Muss ich wirklich alles zweimal sagen? Eure Kusine Wren Ohmsford. Und Walker Boh ebenfalls.«

»Onkel Walker«, sagte Par leise. »Ich erinnere mich.«

Coll warf seinem Bruder einen kurzen Blick zu, dann schüttelte er ungläubig den Kopf. »Das ist doch lächerlich. Keiner von uns weiß, wo die beiden stecken!«, gab er bissig zurück. »Wren lebt irgendwo im Westland bei den Fahrenden. Sie hat nicht mal ein richtiges Dach über dem Kopf! Und Walker Boh hat seit zehn Jahren kein Mensch mehr gesehen. Er könnte genauso gut tot sein.«

»Er könnte, ist es aber nicht«, sagte der alte Mann gereizt. Er warf Coll einen vielsagenden Blick zu, bevor er sich wieder Par zuwandte. »Ihr sollt euch alle drei am Hadeshorn einfinden, und zwar, wenn der Mondzyklus endet. In der ersten Nacht des neuen Mondes wird Allanon dort mit euch sprechen.«

Par spürte, wie ihn ein Schauer durchlief. »Über Magie?«

Coll packte seinen Bruder an den Schultern. »Vielleicht über Schattenwesen?«, fragte er mit großen Augen.

Der alte Mann beugte sich plötzlich vor, seine Miene hatte sich verhärtet. »Worüber es ihm beliebt. Ja, über Magie. Und über Schattenwesen. Über Wesen wie das, das dich wie ein kleines Kind umgehauen hat. Aber am meisten, junger Coll, über dies hier!«

Er warf eine Prise schwarzes Pulver ins Feuer, so unerwartet, dass Par und Coll mit einem Satz zurücksprangen. Die Flammen schlugen hoch.

Ein Bild tauchte aus der Dunkelheit auf, wurde größer und größer. Es war ein Bild der Vier Länder. Die Länder waren öd und leer, verwüstet und bar allen Lebens, Rauch zog in Schwaden über die dunkle Erde. In den Flüssen schwammen

Trümmerteile, das Wasser war vergiftet. Bäume lagen umgeknickt am Boden, tot. Nur Unkraut wucherte überall. Menschen krochen umher wie Tiere, und die Tiere flohen bei ihrem Anblick. Schatten mit fremdartigen roten Augen durchstreiften das Land und machten sich an den Menschen, die am Boden dahinkrochen, zu schaffen, bis sie ihre Gestalt verloren und unkenntlich wurden.

Der Anblick war ein so entsetzlicher Albtraum, dass Par und Coll Ohmsford glaubten, alles am eigenen Leibe zu spüren, und dass die Schreie, die aus den Kehlen der gequälten Menschen drangen, ihre eigenen seien.

Dann löste sich das Bild auf, und sie saßen wieder am Feuer. Der alte Mann beobachtete sie mit Adleraugen.

»Das habe ich geträumt«, flüsterte Par.

»Das war die Zukunft«, erwiderte der alte Mann.

»Oder ein Trick«, murmelte Coll erschüttert.

Der Alte blickte sie durchdringend an. »Die Zukunft ist so lange ein wandelbarer Irrgarten von Möglichkeiten, bis sie zur Gegenwart wird. Die Zukunft, die ich euch heute Abend vor Augen geführt habe, steht noch nicht fest. Aber die Wahrscheinlichkeit, dass die Zukunft so aussehen wird, wächst mit jedem Tag, an dem nichts unternommen wird, um das Übel abzuwenden. Wenn ihr sie verändern wollt, müsst ihr tun, was ich euch gesagt habe. Geht zu Allanon! Hört auf das, was er euch sagt!«

Coll antwortete nicht, aus seinen Augen sprachen Zweifel.

»Sag uns, wer du bist«, sagte Par leise.

Der alte Mann drehte sich zu ihm um, ließ seinen Blick kurz auf ihm ruhen, wandte sich dann von ihm ab und starrte in die Dunkelheit, so als ob es dort Welten gäbe, die nur er zu sehen vermochte. Schließlich sah er sie wieder an und nickte. »Nun gut, ich habe einen Namen, den ihr beide vermutlich schon gehört habt. Ich heiße Cogline.«

Einen Augenblick schwiegen Par und Coll. Dann fingen sie gleichzeitig an zu sprechen.

»Cogline, der gleiche Cogline, der im Ostland gelebt hat mit …?«

»Meinst du den gleichen Mann, der Kimber Boh …?«

Er unterbrach sie ungeduldig. »Ja, ja. Wie viele Coglines kann es denn schon geben!« Er runzelte die Stirn, als er den Ausdruck auf ihren Gesichtern bemerkte. »Ihr glaubt mir wohl nicht, was?«

Par holte tief Luft. »Cogline war schon ein alter Mann, als Brin Ohmsford lebte. Das war vor dreihundert Jahren.«

Ganz unerwartet lachte der andere. »Ein alter Mann! Was weißt du schon über alte Männer, Par Ohmsford? Tatsache ist, dass du keinen blassen Schimmer hast!« Er lachte und schüttelte dann den Kopf. »Hör zu. Allanon hat fünfhundert Jahre gelebt, bevor er starb! Das willst du doch nicht infrage stellen, oder? Sicherlich nicht, da du ja seine Geschichte so bereitwillig erzählst! Was ist also so erstaunlich daran, dass ich seit dreihundert Jahren lebe?« Er hielt inne, und seine Augen funkelten überraschenderweise schelmisch. »Meine Güte, was hättest du erst gesagt, wenn ich dir erzählt hätte, dass ich tatsächlich schon sehr viel länger lebe?« Mit einer Handbewegung wehrte er die Erwiderung ab. »Nein, lass nur, bemüh dich nicht. Beantworte mir stattdessen folgende Frage. Was weißt du über mich? Über den Cogline aus deinen Geschichten? Sag nur.«

Verwirrt schüttelte Par den Kopf. »Dass er ein Einsiedler war und mit seiner Enkelin Kimber Boh im Wildewald gelebt hat. Dass meine Vorfahrin Brin Ohmsford und ihr Gefährte Rone Leah ihn aufgesucht haben, als sie …«

»Ja, ja, aber was weißt du über ihn? Denk doch darüber nach, wie du mich jetzt kennengelernt hast.«

Par zuckte mit den Schultern. »Dass er Pulver benutzt hat,

das explodierte. Dass er sich mit den alten Wissenschaften beschäftigt hat.« Er erinnerte sich jetzt an die Einzelheiten aus den Geschichten über Cogline, und dementsprechend musste er zugeben, dass die Behauptungen des alten Mannes vielleicht doch nicht so weit hergeholt waren. »Er hat über die verschiedensten Kräfte verfügt, über jene, die die Druiden entdeckten, als sie die alte Welt wiederaufbauten. Du meine Güte! Wenn du Cogline bist, dürftest du immer noch über die Kräfte verfügen. Stimmt's? Ist deine Magie der meinen ähnlich?«

Coll wirkte plötzlich besorgt. »Par!«

»Wie deine?«, fragte der alte Mann schnell. »Magie wie im Wünschlied? Nie und nimmer! Keinesfalls so unberechenbar wie die! Das war schon immer die Crux mit den Druiden und ihrer Elfenmagie – dass sie so unberechenbar waren! Die Kräfte, über die ich verfüge, basieren auf Wissenschaften und wurden in jahrelangen Versuchen erprobt. Sie wirken nicht aus eigenem Antrieb; sie entwickeln sich nicht wie ein Lebewesen!« Mit einem grimmigen Lächeln hielt er inne. »Aber andererseits muss ich zugeben, dass meine Kräfte auch nicht singen.«

»Dann bist du wirklich Cogline?«, fragte Par leise und konnte sein Staunen nicht verhehlen.

»Ja«, flüsterte der alte Mann. »Ja, Par.« Er drehte sich rasch zu Coll um, der im Begriff war, ihn zu unterbrechen, und legte einen schmalen, knochigen Finger an die Lippen. »Pst, junger Ohmsford, ich weiß, dass du mir immer noch nicht glaubst, und dein Bruder auch nicht, aber hört mir einen Augenblick zu. Ihr seid Kinder aus dem Elfenhaus von Shannara. Es waren ihrer nicht viele, und immer wurden hohe Erwartungen an sie gestellt. Ich glaube, man wird euch das Gleiche abverlangen. Vielleicht sogar noch mehr. Es ist mir nicht gestattet, in die Zukunft zu schauen. Wie ich euch schon sagte, bin ich nur ein Bote, und nicht einmal ein besonders guter. Ein unfreiwilliger

Bote, um die Wahrheit zu sagen. Aber ich bin der Einzige, der Allanon geblieben ist.«

»Aber warum gerade du?«, warf Par ein, und sein schmales Gesicht zeigte jetzt einen sorgenvollen Ausdruck.

Der alte Mann zögerte. Es herrschte Totenstille, als er zu sprechen begann. »Weil ich irgendwann einmal ein Druide war, aber das ist so lange her, dass ich mich kaum noch daran erinnere. Ich habe die Gesetze der Magie und die Gesetze der alten Wissenschaften studiert und mich für die Letzteren entschieden. Ich habe damit jeglichen Anspruch auf die Ersteren aufgegeben. Allanon kannte mich, oder besser gesagt, er hatte von mir gehört, und erinnerte sich an mich. Nein, wartet. Ich habe ein bisschen übertrieben, als ich sagte, ich sei ein Druide gewesen. Das stimmt nicht, denn ich war lediglich ein Schüler. Aber Allanon hat sich trotzdem an mich erinnert. Als er mich aufsuchte, sprach er von Druide zu Druide mit mir, obwohl ich zugeben muss, dass er nicht viel gesagt hat. Er hat niemanden außer mir, der das, was getan werden muss, tun könnte, das heißt, dich und die anderen aufzuspüren und sie von der Wahrheit der Träume zu überzeugen. Ihr habt die Träume inzwischen alle geträumt – Wren und Walker Boh und du. Ihr habt alle erfahren, welche Gefahren die Zukunft in sich birgt. Aber keiner hat reagiert. Deshalb hat er mich geschickt.«

Mit einem Blinzeln versuchte er die Erinnerung zu verscheuchen. »Ich war einst ein Druide, und dem Geiste nach, wenn auch nicht so erfahren, und ich übe manche Künste der Druiden auch heute noch aus. Niemand hat davon gewusst. Weder meine Enkelin Kimber noch eure Vorfahren – niemand. Wisst ihr, ich habe viele verschiedene Leben gelebt. Der Cogline, der Brin Ohmsford zum Maelmord begleitet hat, war Cogline der Einsiedler, halb wahnsinnig und halb Krüppel, der immer seine magischen Pulver mit sich herumtrug, in die allerhand seltsames Zeug gemischt war. Das war ich damals; das war der Mensch, zu dem ich mich entwickelt hatte. Ich habe danach Jahre gebraucht, noch lange nach dem Tod von Kimber, bis ich wieder in der Lage war, wieder wie ich selbst zu handeln und zu sprechen.«

Er seufzte. »Der Druidenschlaf hat mich am Leben erhalten. Ich kannte das Geheimnis; ich hatte es mir angeeignet, bevor ich die Druiden verließ. Es gab oftmals Zeiten, in denen ich keinen Gebrauch davon machen wollte, sondern bereit war, mich dem Tod auszuliefern, anstatt mich ans Leben zu klammern. Aber irgendetwas hat mich davon abgehalten, und wenn ich jetzt so darüber nachdenke, könnte es sehr wohl Allanon gewesen sein, der aus seinem Grab heraus dafür gesorgt hat, dass die Druiden nach seinem Tod wenigstens einen Sprecher hatten.«

Er bemerkte den fragenden Ausdruck in Pars Augen, wusste, welche Frage nun folgen würde, noch bevor sie gestellt war, und schüttelte den Kopf. »Nein, nein, nicht ich. Ich bin nicht der Sprecher, den er braucht! Mir bleibt kaum genügend Zeit, um die Botschaft, die er mir aufgetragen hat, weiterzugeben. Allanon weiß das. Er würde mich nicht bitten, ein Leben zu führen, das ich einst verschmäht habe. Er muss einen anderen bitten.«

»Mich?«, fragte Par sofort.

Der alte Mann schwieg. »Vielleicht. Warum fragst du ihn nicht selbst?«

Schweigend saßen sie in der Dunkelheit am Feuer. Die Schreie der Nachtvögel hallten schwach über das Wasser des Regenbogensees; es schien Par, als sei dieser gespenstische Klang irgendwie Ausdruck seiner eigenen Unsicherheit. »Ich möchte ihn fragen«, sagte er schließlich. »Ich glaube sogar, dass ich ihn fragen muss.«

Der alte Mann spitzte den Mund. »Dann musst du wohl.«

Coll machte Anstalten, etwas zu sagen, besann sich aber eines Besseren. »Die ganze Angelegenheit will wohlbedacht sein«, sagte er schließlich.

»Dafür bleibt wenig Zeit«, brummte der alte Mann.

»Dann sollten wir die Zeit, die uns bleibt, nicht unnütz vergeuden«, erwiderte Coll sachlich.

Par sah seinen Bruder einen Augenblick an und nickte. »Coll hat recht. Ich muss darüber nachdenken.«

Der Alte zuckte mit den Schultern, gab auf diese Weise zu erkennen, dass er seine Aufgabe erledigt hatte, und erhob sich. »Ich habe dir die Nachricht überbracht, wie es mir aufgetragen wurde. Deshalb werde ich mich jetzt wieder auf den Weg machen. Ich muss noch andere aufsuchen.«

Überrascht erhoben sich Par und Coll ebenfalls.

»Du verlässt uns jetzt, heute Nacht noch?«, fragte Par rasch. Irgendwie hatte er damit gerechnet, dass der alte Mann bei ihnen bleiben werde, um ihn weiterhin vom Sinn der Träume zu überzeugen.

»Ich halte es für das Beste. Je eher ich meine Reise fortsetze, desto früher wird sie beendet sein. Ich habe dir ja gesagt, dass du der Erste warst.«

»Aber wie willst du Wren und Walker finden?«, wollte Coll wissen.

»Auf die gleiche Weise wie euch.« Der alte Mann schnippte mit den Fingern, und ein silbriges Licht blitzte vor ihren Augen auf. Er grinste, was seinem Gesicht einen geisterhaften Ausdruck verlieh. »Magie!« Er streckte die knochige Hand aus.

Par ergriff sie. Der alte Mann drückte mit eisernem Griff zu und ließ nicht wieder los. Coll erging es ebenso. Sie sahen sich an.

»Ich möchte euch zum Abschied noch einen Rat geben«, sagte der alte Mann unvermittelt. »Ihr erzählt diese Geschichten, diese Sagen von Druiden, von Magie und von euren Vorfahren, und betet einfach herunter, was war und was jetzt Vergangenheit ist. Das ist alles gut und schön, aber es wäre schade, wenn ihr darüber vergessen würdet, dass letztendlich nur das zählt, was hier und jetzt geschieht. Die Magie hat viele Zwecke, aber ihr benutzt sie nur auf eine einzige Art. Ihr müsst herausfinden, was ihr sonst noch damit anfangen könnt. Und das könnt ihr erst dann, wenn ihr sie versteht. Ich habe den Verdacht, dass ihr sie überhaupt nicht versteht.«

Er musterte sie kurz, drehte sich um, und während er in die Dunkelheit davonging, sagte er: »Vergesst nicht, die erste Nacht des neuen Mondes!« Als er schon fast verschwunden war, blieb er stehen und schaute zurück. »Und noch eins, woran ihr denken solltet!« Seine Stimme hatte einen schneidenden Ton. »Die Schattenwesen sind nicht bloß Gerüchte und Ammenmärchen. Sie sind so real wie ihr und ich. Möglicherweise habt ihr das bis heute nicht geglaubt, aber jetzt wisst ihr Bescheid. Sie werden auf euch warten, wo immer ihr auch hingeht. Diese Waldfrau gehörte auch dazu. Sie hat herumgeschnüffelt, weil sie die Zauberkraft gespürt hat. Und die anderen werden das Gleiche tun.«

Er setzte sich wieder in Bewegung. »Eine Menge Dinge werden hinter euch her sein«, warnte er sie leise.

Sie konnten nicht verstehen, was er noch vor sich hin murmelte, als er langsam in die Dunkelheit ging.

Dann war er verschwunden.

5

In dieser Nacht fanden Par und Coll Ohmsford kaum Schlaf. Noch lange nachdem der alte Mann sie verlassen hatte, saßen sie wach am Feuer. Sie redeten und stritten, sie machten sich Sorgen, ohne es voreinander zuzugeben, und hielten gleichzeitig Ausschau nach den angekündigten *Dingen,* nach Schattenwesen und anderen, die sie angeblich verfolgten. Und selbst nachdem alles gesagt war und sie sich müde in ihre Decken wickelten, schliefen sie unruhig. Sie warfen sich hin und her und schreckten immer wieder aus dem Schlaf hoch.

Als der Tag anbrach, krochen sie unter ihren warmen Decken hervor und wuschen sich im kalten Wasser des Sees. Es dauerte nicht lange, bis sie wieder anfingen zu reden und zu streiten. So ging es weiter, während sie frühstückten, was insofern ganz gut war, als sie nur wenig zu essen hatten und über dem Gespräch ihre knurrenden Mägen vergaßen. Das Gespräch, das mehr und mehr in einen Streit ausartete, drehte sich um den alten Mann, der behauptete, Cogline zu sein, und um die Träume, die vielleicht jemand geschickt hatte, vielleicht aber auch nicht, ob nun Allanon oder jemand anders. Jeder legte seinen Standpunkt dar, wodurch sich eine Kluft zwischen ihnen auftat, die nur schwer zu überwinden war.

Bereits eine Stunde nach Tagesanbruch hatten sie die Nase voneinander voll.

»Immerhin besteht die Möglichkeit, dass der alte Mann wirklich Cogline ist. Das kannst du nicht bestreiten«, sagte

Par zum hundertsten Mal, als sie die Zeltplane zum Boot trugen.

Coll zuckte mit den Schultern. »Ich bestreite gar nichts.«

»Und wenn er wirklich Cogline ist, dann kannst du nicht abstreiten, dass alles, was er uns erzählt hat, ebenfalls wahr ist.«

»Auch das streite ich nicht ab.«

»Und was ist mit der Waldfrau? Was war sie denn, wenn sie kein Schattenwesen war? Es gibt keine andere Möglichkeit! Also, egal wie man es betrachtet, wenigstens ein Teil dessen, was der Alte uns erzählt hat, entspricht der Wahrheit.«

»Jetzt mach aber mal halblang.« Coll ließ die Plane zu Boden gleiten und stemmte die Hände in die Hüften. »Es ist immer das Gleiche mit dir, wenn wir streiten. Du machst lächerliche Gedankensprünge und tust so, als wäre alles, was du sagst, absolut logisch. Wie kommst du zu dem Schluss, dass, falls die Frau ein Schattenwesen war, der alte Mann die Wahrheit gesagt hat?«

»Nun, weil…«

»Dabei stelle ich deine Behauptung, dass sie ein Schattenwesen war, nicht einmal infrage«, unterbrach ihn Coll. »Obwohl wir nicht die leiseste Ahnung haben, was ein Schattenwesen ist, und obwohl sie genauso gut etwas vollkommen anderes gewesen sein könnte.«

»Etwas anderes? Was soll sie denn …«

»Eine Freundin des alten Mannes zum Beispiel. Ein Köder, damit seine Geschichte glaubwürdig erscheint.«

Par war außer sich vor Wut. »Das ist doch lächerlich! Aus welchem Grund hätte er das tun sollen?«

Coll schob nachdenklich die Lippen vor. »Um dich zu überreden, mit ihm zum Hadeshorn zu gehen, das ist doch klar. Um dich nach Callahorn zurückzulocken. Denk einmal darüber nach. Vielleicht interessiert sich der Alte auch für die Magie – genauso wie die Föderation.«

Ungläubig schüttelte Par den Kopf. »Das kann ich mir nicht vorstellen.«

»Du willst es dir nicht vorstellen, weil du nicht als Erster draufgekommen bist«, erklärte Coll anzüglich, bevor er die Zeltplane wieder aufhob. »Wenn du dir einmal etwas in den Kopf gesetzt hast, dann muss es auch so sein. Aber ich sage dir, diesmal solltest du deine Entscheidung nicht überstürzen. Es gibt noch andere Möglichkeiten, die bedacht werden wollen, und dies war erst eine davon.«

Schweigend erreichten sie das Ufer und verstauten die Plane im Boot. Zwar ging die Sonne gerade erst auf, doch es wurde bereits warm. Kein Wind kräuselte die spiegelglatte Oberfläche des Regenbogensees, und in der Luft hing der Duft von wilden Blumen und Gras.

Coll drehte sich zu ihm um. »Weißt du, ich habe nichts dagegen, dass du eine feste Meinung hast. Bloß gehst du immer davon aus, dass ich deine Meinung teilen soll. Wenn es nach dir ginge, müsste ich einfach immer nachgeben. Aber das kannst du vergessen. Wenn du zum Hadeshorn und zu den Drachenzähnen aufbrechen willst, dann los. Aber tu bitte nicht immer so, als müsse ich vor Freude über die Möglichkeit, mich dir anzuschließen, Luftsprünge vollführen.«

Par antwortete nicht sofort. Stattdessen dachte er über ihre gemeinsame Jugend nach. Par war Coll körperlich unterlegen, aber zwei Jahre älter und daher stets der Anführer gewesen. Schließlich besaß er die Zauberkraft, und dadurch hatte er immer eine Sonderstellung eingenommen. Coll war dagegen viel ausgeglichener – nicht so leicht in Wut zu versetzen, umsichtig, besonnen und der geborene Schlichter bei allen Streitigkeiten. Außerdem war er allseits beliebt. Er kümmerte sich gern um andere, konnte aufbrausende Gemüter abkühlen und verletzten Stolz wieder aufbauen. Par dagegen hatte dafür weder Zeit noch Geduld, er suchte eher neue Herausforderungen und entwickelte neue Ideen. Er verfügte über hellseherische Fähigkeiten, aber Colls Einfühlungsvermögen blieb ihm versagt. Er sah die Möglichkeiten des Lebens klar voraus, Coll dagegen wusste um die Opfer, die das Leben fordern konnte.

Früher hatte jeder oftmals für die Fehler und Sünden des anderen geradegestanden. Aber Par hatte sich immer auf die Magie verlassen können, sodass es für ihn keine große Anstrengung bedeutet hatte, für Coll einzutreten. Für Coll sah die Sache dagegen anders aus. Ihn hatte es oft beträchtliche Mühe gekostet zu helfen. Aber Coll liebte seinen Bruder und deshalb beklagte er sich nie. Wenn Par an jene Tage zurückdachte, schämte er sich manchmal, wie viel er von seinem Bruder verlangt hatte.

Er schob die Erinnerungen beiseite. Coll sah ihn an und wartete auf seine Antwort. Par trat ungeduldig von einem Fuß auf den anderen und dachte darüber nach, welche Antwort angebracht wäre. Dann sagte er schlicht: »Schon gut. Was schlägst du vor?«

»Meine Güte, ich habe keine Ahnung, was wir tun sollen«, antwortete Coll. »Ich weiß nur, dass es viele offene Fragen gibt, und ich glaube nicht, dass wir uns für irgendetwas entscheiden sollten, solange wir nicht wenigstens einige Antworten kennen.«

Par nickte gelassen. »Du meinst, nicht vor dem neuen Mond.«

»Bis dahin sind es noch mehr als drei Wochen, wie du weißt.«

Par kniff die Augen zusammen. »Das ist nicht so viel Zeit, wie du meinst. Wie sollen wir denn in dieser kurzen Zeit alle Fragen beantworten?«

Coll sah ihn mit großen Augen an. »Weißt du, dass du unmöglich bist?« Er drehte sich um und ging zum Lagerplatz zurück, nahm Decken und Kochgeschirr und brachte sie zum Boot. Dabei würdigte er Par keines Blickes.

Par stand schweigend da und beobachtete seinen Bruder. Er

musste daran denken, wie Coll ihn während eines Ausflugs aus den Stromschnellen des Rappahalladran gezogen und somit vor dem Ertrinken bewahrt hatte. Er war im Fluss untergegangen, und Coll musste nach ihm tauchen. Weil er von Fieberanfällen geschüttelt wurde, hatte ihn Coll anschließend nach Hause getragen. Irgendwie passte Coll schon immer auf ihn auf. Warum eigentlich, fragte er sich, da doch er derjenige war, der über Zauberkräfte verfügte?

Coll hatte das Boot beladen, und Par ging auf ihn zu. »Es tut mir leid«, sagte er.

Coll blickte ihn einen Augenblick ernst an, dann ging ein Grinsen über sein Gesicht. »Nein, das stimmt nicht. Das sagst du nur so.«

Par musste ebenfalls grinsen. »Nein, überhaupt nicht.«

»Doch. Du willst mir nur Sand in die Augen streuen, damit du, wenn wir draußen auf dem See sind und ich keine Möglichkeit habe, meine eigenen Wege zu gehen, wieder mit deinen verflixten Reden anfangen kannst.« Coll lachte jetzt lauthals los.

Par versuchte möglichst gekränkt auszusehen. »Also gut, du hast recht. Es tut mir nicht leid.«

»Ich wusste es!« Coll triumphierte.

»Aber du liegst falsch, was den Grund meiner Entschuldigung betrifft. Ich habe lediglich versucht, die Schuldgefühle loszuwerden, die ich als älterer Bruder immer gehabt habe.«

»Mach dir nichts draus!« Coll hielt sich den Bauch. »Du warst schon immer ein schrecklicher älterer Bruder.«

Par schubste ihn, und Coll schubste zurück, und einen Augenblick lang waren ihre Meinungsverschiedenheiten vergessen. Sie lachten und warfen einen letzten Blick auf den Lagerplatz, bevor sie ihr Boot vom Ufer abstießen, um, als sie tieferes Wasser erreichten, hineinzusteigen. Coll nahm wortlos die Paddel in die Hand und begann zu rudern.

Sie ruderten am Ufer entlang in westlicher Richtung, und während sie die wärmende Sonne auf ihrer Haut genossen, lauschten sie dem Vogelgezwitscher, das aus dem Schilf und den Bäumen zu ihnen herüberdrang. Eine Zeit lang saßen sie schweigend nebeneinander, glücklich über die neu gewonnene Nähe zwischen ihnen und sorgsam darauf bedacht, neuen Streit zu vermeiden.

Dennoch ertappte sich Par dabei, dass er sich in Gedanken weiter mit dem Thema beschäftigte, und er war sicher, dass es Coll ebenso erging. In einem Punkt musste er seinem Bruder recht geben – es gab viele offene Fragen. Als er sich die Ereignisse des vergangenen Abends noch einmal durch den Kopf gehen ließ, wünschte er, er hätte den alten Mann mehr ausgequetscht. Kannte der alte Mann beispielsweise den Fremden, der sie in Varfleet gerettet hatte? Er wusste jedenfalls, dass sie in Schwierigkeiten geraten waren, und musste demzufolge auch wissen, wie sie entkommen waren. Es war ihm gelungen, sie aufzuspüren, zuerst in Varfleet, dann auf dem Mermidon, und er hatte die Waldfrau verscheucht, und zwar offensichtlich ohne große Mühe. Er verfügte über irgendwelche Kräfte, vielleicht über die Magie der Druiden, vielleicht über die Wissenschaft der alten Welt, aber er hatte weder ihren Namen noch ihre Wirkung preisgegeben. Und in welcher Beziehung stand er zu Allanon? Oder hatte er nur einfach etwas behauptet, das jeder Grundlage entbehrte? Und warum hatte er so schnell aufgegeben, als Par entschied, er müsse es sich noch überlegen, ob er sich mit Allanon am Hadeshorn treffen wolle? Hätte er nicht vielmehr versuchen müssen, Par zu diesem Treffen zu überreden?

Die Frage jedoch, die Par am meisten beunruhigte, konnte er unmöglich mit Coll besprechen, denn sie betraf seinen Bruder selbst. Aus seinen Träumen wusste Par, dass er gebraucht wurde, genauso wie seine Kusine Wren und sein Onkel Walker Boh. Der alte Mann hatte bestätigt, dass Par, Wren und Walker Boh gerufen worden waren.

Warum hatte niemand Coll erwähnt?

Diese Frage konnte er beim besten Willen nicht beantworten. Zuerst hatte er vermutet, es hänge damit zusammen, dass er über die Zauberkraft verfügte und Coll nicht, dass der Ruf in irgendeiner Weise mit dem Wünschlied zu tun hatte. Aber wozu wurde dann Wren gebraucht? Sie besaß ebenfalls keine Zauberkraft. Mit Walker Boh war es natürlich etwas anderes, denn laut vielen Gerüchten wusste er etwas über Magie, das anderen unbekannt war. Nicht aber Wren. Und auch nicht Coll. Trotzdem war Wren ausdrücklich genannt worden, Coll dagegen nicht.

Insbesondere diese Frage verstärkte seine Unentschlossenheit. Er wollte den Grund für die Träume erfahren; falls der alte Mann die Wahrheit über Allanon gesagt hatte, wollte er wissen, wie sich der Druide dazu äußern würde. Er wollte sich deswegen jedoch nicht von Coll trennen müssen. Coll war nicht nur sein Bruder, sondern sein bester Freund, sein engster Vertrauter und Gefährte, im Grunde genommen sein anderes Ich. Par hatte nicht die Absicht, sich auf eine Sache einzulassen, bei der nicht beide willkommen waren.

Andererseits hatte der alte Mann Coll nicht verboten mitzukommen. Das Gleiche galt für die Träume. Weder der alte Mann noch die Träume hatten davon abgeraten. Sie hatten seinen Bruder schlichtweg nicht erwähnt.

Aber warum?

Der Morgen zog sich in die Länge, und plötzlich kam Wind auf. Die Brüder benutzten ihre Zeltplane und eines der Ruder als Segel und Mast, und schon bald segelten sie über das aufgewühlte Wasser des Regenbogensees. Mehr als einmal kenterten sie fast, hätten sie nicht jedes Mal, wenn der Wind drehte, gut aufgepasst und mit ihrem ganzen Gewicht dagegengehalten, wenn das Boot zu kippen drohte. Sie nahmen Kurs auf Südwest, und bereits am frühen Nachmittag erreichten sie die Mündung des Rappahalladran.

Dort zogen sie das Boot in einer kleinen Bucht an Land, versteckten es unter Schilfgras und Zweigen und machten sich mit Decken und Kochgerät auf den Weg flussaufwärts in Richtung Dulnwald. Schon bald erschien es ihnen jedoch vorteilhafter, weil zeitsparender, den Fluss zu verlassen und landeinwärts ins Hochland von Leah vorzudringen. Seit dem Vorabend hatten sie nicht mehr über ihr Ziel gesprochen, obwohl sie stillschweigend übereingekommen waren, das Thema später zu erörtern. Dazu war es natürlich nicht gekommen. Sie hatten das Thema gemieden, sowohl Coll, weil sie die Richtung eingeschlagen hatten, in die er sowieso gehen wollte, als auch Par, da Coll recht hatte, wenn er sagte, dass eine Reise zurück nach Callahorn wohlüberlegt sein wolle. Und Schattental war genauso gut wie jeder andere Ort, um darüber nachzudenken.

Merkwürdigerweise hatten sie, obwohl sie seit dem frühen Morgen weder über die Träume noch über den alten Mann gesprochen hatten, unabhängig voneinander ihre jeweiligen Standpunkte überdacht und sich einander angenähert – im Stillen räumten sie ein, dass der andere vielleicht doch nicht so falsch lag.

Als sie schließlich weiter über die Angelegenheit sprachen, konnten sie dies ohne Streit tun. Es war inzwischen Nachmittag geworden. Eine Hügellandschaft breitete sich vor ihnen aus, ein Teppich aus Gras und wilden Blumen, mit breitblättrigen Bäumen und Gebüsch. Der Nebel, der das Hochland das ganze Jahr über einhüllte, hatte sich vor dem hellen Sonnenlicht zurückgezogen und hing jetzt wie Watte an den Bergkämmen und Felsen.

»Ich glaube, die Waldfrau hat sich wirklich vor dem alten Mann gefürchtet«, sagte Par, als sie auf dem Weg zu einem kleinen Eschenhain eine lange, steile Böschung hinaufstiegen. »Ihre Angst war sicherlich nicht vorgetäuscht. Niemand kann so gut schauspielern.«

Coll nickte. »Wahrscheinlich hast du recht. Als ich angedeutet habe, dass die beiden unter einer Decke stecken, wollte ich dich nur zum Nachdenken zwingen. Doch die Frage, ob der Alte uns wirklich alles gesagt hat, geht mir einfach nicht aus dem Sinn. Aus den Geschichten über Allanon ist mir eins am meisten in Erinnerung geblieben: dass er gegenüber den Ohmsfords immer ausgesprochen zurückhaltend war.«

»Er hat ihnen nie alles gesagt, das stimmt.«

»Also könnte es sein, dass der alte Mann ihm ähnlich ist.«

Nachdem sie die Anhöhe erreicht hatten, legten sie ihre zusammengerollten Decken auf den Boden und ließen aus dem Schatten von Eschen den Blick über das Hochland schweifen. Der Schweiß rann ihnen über die Haut, die Hemden klebten ihnen am Rücken.

»Wir werden es heute nicht mehr bis nach Hause schaffen«, sagte Par und ließ sich im Schatten der Bäume nieder.

»Es sieht nicht danach aus, das stimmt«, pflichtete Coll ihm bei, der jetzt alle viere von sich gestreckt hatte.

»Ich habe nachgedacht.«

»Das kann nie schaden.«

»Ich habe darüber nachgedacht, wo wir die Nacht verbringen können. Es wäre nicht schlecht, zur Abwechslung mal wieder in einem Bett zu schlafen.«

Coll lachte. »Dagegen hätte ich bestimmt nichts einzuwenden. Hast du eine Ahnung, wo wir hier in der Einöde ein Bett finden sollen?«

Par drehte sich langsam um und sah ihn an. »Ich habe tatsächlich eine Idee. Morgans Jagdhütte ist nur ein Stück von hier entfernt. Ich wette, wir könnten uns dort für eine Nacht einrichten.«

Coll blickte gedankenvoll drein. »Ja, das wette ich auch.«

Morgan Leah war der älteste Sohn einer Familie, deren Vorfahren einst Könige von Leah gewesen waren. Die Monarchie war jedoch vor fast zweihundert Jahren, als sich die Föderation nach Norden ausgedehnt und sich das Hochland einverleibt hatte, abgeschafft worden. Seit dieser Zeit gab es in Leah keine Könige mehr, und die Familie hatte in den Jahren danach von der Landwirtschaft und vom Handwerk gelebt. Das gegenwärtige Familienoberhaupt, Kyle Leah, lebte als Landbesitzer im Süden der Stadt und züchtete Rinder. Morgan, sein ältester Sohn und gleichzeitig Pars und Colls bester Freund, hatte dagegen nichts als Flausen im Kopf.

Die Jagdhütte gehörte der Familie, aber Morgan benutzte sie am meisten. Bei ihrem letzten Besuch im Hochland waren die Brüder Ohmsford eine Woche Morgans Gäste gewesen. Sie hatten im Freien kampiert, waren auf die Jagd gegangen und hatten geangelt, doch die meiste Zeit hatten sie Morgan zugehört, wenn er sich darüber ausließ, wie er sich ständig bemühte, den Mitgliedern der Föderationsregierung in Leah das Leben schwer zu machen. Morgan Leah war der hellste Kopf und der schnellste Mann im ganzen Südland, und er hegte eine beharrliche Abneigung gegen die Truppen, die sein Land besetzt hielten. Leah war im Gegensatz zu Schattental, der Heimat der Ohmsfords, eine große Stadt, die man im Auge behalten musste. Nachdem die Föderation die Monarchie abgeschafft hatte, ernannte sie einen Gouverneur und stationierte ein Regiment Soldaten in der Stadt, die für Recht und Ordnung sorgten. Morgan sah darin eine persönliche Herausforderung. Er ergriff jede Gelegenheit, die sich ergab oder auch nicht ergab, um die Beamten, die jetzt in aller Bequemlichkeit, aber ohne rechtmäßigen Anspruch im Haus seiner Vorfahren residierten, zu schikanieren. Es war jedes Mal ein ungleicher Wettkampf. Morgan war der geborene Unruhestifter und viel zu klug, als dass die Beamten der Föderation ihn jemals für die Quelle des Übels hätten halten können, ganz zu schweigen davon, dass sie die Quelle zum Versiegen hätten bringen können.

Die Brüder luden sich ihr Gepäck auf den Rücken und machten sich noch einmal auf den Weg. Der Nachmittag neigte sich dem Ende zu, aber die Luft stand still, und die Hitze wurde sogar noch drückender. In dieser Höhe war es im Hochsommer so trocken, dass das ursprünglich grüne Gras auf der braunen Kruste des Bodens verdorrt knisterte. Mit jedem Schritt wirbelten sie Staub auf, und ihre Münder wurden immer trockener.

Die Sonne war fast untergegangen, als sie inmitten eines kleinen Kiefernwäldchens auf einer kleinen Anhöhe die Jagdhütte sichteten, ein Gebäude aus Stein und Holz mit Blick nach Westen. Müde und verschwitzt ließen sie ihr Gepäck an der Eingangstür fallen und machten sich schnurstracks auf den Weg zu der Quelle, die einige hundert Meter hinter dem Haus inmitten von Bäumen versteckt lag. Als sie diese erreichten, zogen sie sich unverzüglich aus und wollten nur noch baden.

Aus diesem Grund bemerkten sie auch das Schlammwesen erst, als es fast vor ihnen stand.

Es kroch aus den Büschen zu ihrer Seite hervor, ein in eine Schlammkruste eingehülltes Wesen, das kaum menschliche Züge trug und mit seinem wilden Gebrüll die Stille um sie herum erzittern ließ. Coll heulte auf, sprang vor, verlor das Gleichgewicht und landete kopfüber im Wasser. Par wich zurück und stolperte, als das Ungeheuer über hin herfiel.

»Ah! Zwei leckere Talbewohner!«, schnarrte das Wesen, dessen Stimme plötzlich ganz vertraut klang.

»Bei den Schatten, Morgan!«, rief Par. »Du hast mich fast zu Tode erschreckt, verdammt noch mal!«

Coll sagte ruhig: »Und ich dachte, du willst die Föderation aus Leah vertreiben und nicht deine Freunde.«

Morgan Leah, der in seinem Schlammkokon vor ihnen stand, bog sich vor Lachen. »Es tut mir leid, wirklich. Aber ich konnte einfach nicht widerstehen. Das versteht ihr doch, oder?«

Par blickte Morgan an. »Was um alles in der Welt machst du denn da?«

»Oh, du meinst den Schlamm? Gut für die Haut!« Morgan trottete zum Quelltümpel und stieg vorsichtig ins Wasser. »Ungefähr eine Meile von hier habe ich vor einigen Tagen zufällig Schlammlöcher entdeckt. Hatte keine Ahnung, dass es hier so etwas gibt. Ehrlich, an einem heißen Tag gibt es nichts Besseres gegen die Hitze als Schlamm auf der Haut. Noch besser als die Quelle. Ich habe mich also auf Schweineart darin gesuhlt und bin dann zurück, um mich abzuwaschen. Da habe ich euch kommen gehört und beschlossen, euch auf echte Hochlandart willkommen zu heißen.«

Er tauchte im Wasser unter; als er wieder an der Oberfläche erschien, war aus dem Schlammungeheuer ein gut gewachsener, kräftiger junger Mann geworden, dessen Haut die Sonne eine schokoladenfarbene Bräune verliehen hatte, dessen rötliche Haare bis zur Schulter reichten und dessen klare graue Augen ihnen aus einem zugleich klugen und aufrichtigen Gesicht entgegenblickten. »Na, was meint ihr?«, rief er und grinste.

»Großartig«, erwiderte Par.

»Aber, aber! Nicht jeder Trick ist weltbewegend. Doch das erinnert mich an etwas.« Morgan beugte sich fragend vor. Sein Gesichtsausdruck deutete wie so oft an, dass er sich über irgendetwas insgeheim amüsierte. »Wolltet ihr beide nicht eigentlich oben in Callahorn die Leute bezaubern? Habt ihr mir das nicht erzählt? Was macht ihr hier?«

»Was machst *du* hier?«, gab Coll zurück.

»Ich? Ach, nur ein kleines Missverständnis im Zusammenhang mit dem Gouverneur – ich fürchte jedoch, eigentlich im Zusammenhang mit seiner Frau. Natürlich verdächtigen sie nicht mich – das tun sie ja nie. Trotzdem schien mir ein kleiner Urlaub angebracht.« Morgan grinste über das ganze Gesicht. »Aber jetzt mal los, ich habe zuerst gefragt. Was ist passiert?«

Er ließ nicht locker, und da es zwischen den Dreien noch nie Geheimnisse gegeben hatte, berichtete Par mit beträchtlicher Unterstützung von Coll, was sie seit der Nacht in Varfleet, als ihnen Rimmer Dall und die Sucher der Föderation auf den Leib gerückt waren, durchgemacht hatten. Er erzählte ihm von den Träumen, die möglicherweise Allanon geschickt hatte, von ihrer Begegnung mit der schrecklichen Waldfrau, die möglicherweise ein Schattenwesen war, und von dem alten Mann, der sie gerettet hatte und möglicherweise Cogline war.

»Eure Geschichte steckt voller ›möglicherweise‹«, merkte der Hochländer an, als sie ihre Erzählung beendet hatten. »Seid ihr sicher, dass ihr das alles nicht nur erfunden habt?«

»Ich wünschte, es wäre so«, antwortete Coll wehmütig.

»Wie dem auch sei«, erklärte Par, »wir haben es für eine gute Idee gehalten, hier zu übernachten und uns morgen auf den Weg ins Tal zu machen.«

Morgan schüttelte den Kopf. »Ich würde das an eurer Stelle lieber bleiben lassen.«

Par und Coll warfen sich fragende Blicke zu.

»Wenn die Föderation so sehr hinter euch her ist, dass sie Rimmer Dall sogar nach Varfleet schickt«, fuhr Morgan fort, der ihren Blick erwiderte, »haltet ihr es dann nicht für wahrscheinlich, dass sie ihn auch nach Schattental sendet?«

Schließlich antwortete Par nach langem Schweigen: »Ich gebe zu, daran habe ich noch gar nicht gedacht.«

Morgan stieg aus dem Wasser und trocknete sich ab. »Ich weiß, denken war noch nie deine Stärke. Bloß gut, dass du mich zum Freund hast. Kommt, lasst uns zur Hütte hinaufgehen, und ich mache euch etwas zu essen – zur Abwechslung mal was anderes als Fisch –, und dann können wir die Sache besprechen.«

Sie trockneten sich ab, wuschen ihre Kleidung und kehrten zur Hütte zurück, wo sich Morgan sogleich daranmachte, das Abendessen zuzubereiten. Er kochte einen wunderbaren Eintopf aus Fleisch, Karotten, Kartoffeln und Zwiebeln und stellte ihn mit warmem Brot und kaltem Bier auf den Tisch vor dem Haus. Sie saßen auf einer Bank unter den Kiefern und aßen und tranken, bis fast alles verzehrt war. Die anbrechende Nacht brachte endlich eine kühle Brise aus den Bergen. Zum Nachtisch gab es Birnen und Käse, und während sie zufrieden mit sich und der Welt aßen, verfärbte sich der Himmel zuerst rot, dann violett, bis es schließlich dunkel wurde und Sterne am Himmel aufzogen.

»Ich liebe das Hochland«, sagte Morgan, nachdem sie lange schweigend auf den Steinstufen der Hütte nebeneinandergesessen hatten. »Ich glaube, ich könnte die Stadt genauso lieben lernen, aber nicht, solange die Föderation dort herrscht. Manchmal denke ich darüber nach, wie es wohl gewesen wäre, in der alten Welt zu leben, damals, als sie noch uns gehört hat. Das ist natürlich schon lange her – sechs Generationen. Heute weiß niemand mehr, wie es damals war. Mein Vater weigert sich, überhaupt darüber zu sprechen. Aber hier, dieses Land, das gehört noch immer uns. Die Föderation hat es noch nicht geschafft, es uns wegzunehmen. Es ist einfach zu groß. Vielleicht hänge ich deshalb so an diesem Land – weil es das Einzige ist, das meiner Familie geblieben ist.«

»Außer dem Schwert«, erinnerte ihn Par.

»Trägst du dieses schäbige alte Ding immer noch mit dir herum?«, fragte Coll. »Ich würde mir wünschen, dass du es eines Tages durch ein neues und besseres ersetztest.«

Morgan warf ihm einen Blick zu. »Erinnert ihr euch an die Geschichten, in denen es heißt, dass das Schwert von Leah einst Zauberkräfte besaß?«

»Allanon selbst soll ihm die Zauberkräfte verliehen haben«, bestätigte Par.

»Ja, zu Rone Leahs Zeiten.« Morgan runzelte die Stirn. »Manchmal glaube ich, dass es diese Zauberkräfte immer noch besitzt. Natürlich nicht so wie damals, als es selbst den Mordgeistern widerstehen konnte, aber auf andere Weise. Die Scheide ist im Laufe der Jahre mindestens ein halbes Dutzend Mal ersetzt worden, der Griff wenigstens ein- oder zweimal, und auch jetzt wäre es schon wieder nötig. Aber die Klinge – ja, die Klinge! Sie ist so scharf und zuverlässig wie eh und je, es ist fast so, als könne ihr das Alter nichts anhaben. Ist das nicht auch Zauberkraft?«

Die Brüder nickten ernst. »Mitunter verändert sich die Zauberkraft«, sagte Par. »Sie wächst und entwickelt sich. Vielleicht ist das auch mit dem Schwert von Leah passiert.« Als er das sagte, dachte er an den alten Mann und fragte sich, ob dieser wohl recht gehabt hatte mit seiner Behauptung, dass er nichts von Magie verstehe.

»Wisst ihr, die Wahrheit ist, dass niemand das Schwert haben will.« Morgan seufzte. »Es scheint, als ob niemand etwas aus der alten Zeit haben möchte. Die Erinnerung ist wohl zu schmerzlich. Mein Vater hat kein Wort gesagt, als ich um das Schwert gebeten habe. Er hat es mir einfach gegeben.«

Coll stupste den anderen freundschaftlich an. »Ich glaube, dein Vater sollte etwas vorsichtiger damit sein, wem er seine Waffen gibt.«

Morgan zog eine gekränkte Miene. »Wurde etwa ich gebeten, mich der Bewegung anzuschließen?«, fragte er. Sie lachten. »Aber Spaß beiseite. Du hast erzählt, dass der Fremde dir einen Ring gegeben hat. Hast du was dagegen, wenn ich ihn mir anschaue?«

Par holte den Ring mit dem Falkenzeichen aus seiner Tasche und reichte ihn Morgan.

Morgan nahm ihn und betrachtete ihn von allen Seiten, zuckte dann die Achseln und reichte ihn zurück. »Er kommt mir nicht bekannt vor. Aber das hat nicht unbedingt etwas zu bedeuten. Ich habe gehört, dass es in der Bewegung Banden von Geächteten gibt, die ihre Erkennungszeichen regelmäßig ändern, um die Föderation hinters Licht zu führen.« Er nahm einen großen Schluck Bier und lehnte sich wieder zurück. »Manchmal glaube ich, ich sollte nach Norden gehen und mich ihnen anschließen – und aufhören, hier Spielchen zu treiben mit diesen Narren, die mein Land regieren und dabei nicht einmal die Geschichte kennen.« Traurig schüttelte er den Kopf und wirkte einen Augenblick sehr alt. »Aber jetzt zu euch. Ihr könnt nicht zurück, solange ihr nicht wisst, ob tatsächlich Gefahr droht. Deshalb schlage ich vor, dass ihr hier wartet und mich vorausgehen lasst. Ich stelle fest, ob die Föderation bereits dort ist oder nicht. Ist das ein faires Angebot?«

»Mehr als fair«, sagte Par sogleich. »Danke, Morgan. Aber du musst versprechen, vorsichtig zu sein.«

»Vorsichtig? Wegen dieser Narren? Ha!« Der Hochländer grinste breit. »Ich könnte ihnen gegenübertreten und gleichzeitig in alle Gesichter spucken, und sie würden trotzdem noch Tage brauchen, um dahinterzukommen! Vor denen muss ich mich nicht fürchten!«

Par lachte nicht. »Vielleicht nicht in Leah. Aber möglicherweise sind in Schattental bereits die Sucher.«

Morgan machte ein ernstes Gesicht. »Da magst du recht haben. Ich bin vorsichtig.«

Alle drei erhoben sich. Coll fragte: »Was hast du denn nun eigentlich mit der Frau des Gouverneurs angestellt?«

Morgan zuckte mit den Schultern. »Ach das! Irgendjemand hat mir erzählt, dass sie die Hochlandluft nicht mag, dass ihr davon übel wird. Ich habe ihr ein Parfüm geschickt, um ihre Nase zu erfreuen. In einer wunderschönen Phiole aus sehr dünnem Glas. Ich wollte sie überraschen und habe dafür gesorgt, dass es in ihr Bett gelegt wurde. Leider ist es zerbrochen, als sie sich daraufgelegt hat.« Er zwinkerte. »Ich bin untröstlich, aber ich habe das Parfüm irgendwie mit Stinktieröl verwechselt.«

Die drei sahen einander in der Dunkelheit an und grinsten wie Honigkuchenpferde.

In dieser Nacht schliefen die Brüder Ohmsford in behaglichen, warmen Betten tief und fest. Sie wären mühelos bis Mittag liegen geblieben, aber Morgan weckte sie bei Tagesanbruch, als er sich auf den Weg nach Schattental machte. Bevor er ging, zeigte er ihnen das Schwert von Leah; der Griff und die Scheide waren arg mitgenommen, aber die Klinge blitzte und sah so neu aus, wie der Hochländer es beschrieben hatte. Zufrieden lächelte er, als er ihren Gesichtsausdruck bemerkte. Er hängte sich die Waffe um die Schulter, steckte ein langes Messer in einen seiner Stiefel, ein Jagdmesser an seinen Gürtel, warf sich einen Bogen aus Eschenholz über den Rücken und zwinkerte ihnen zu. »Es kann nicht schaden, ein paar Vorkehrungen zu treffen.«

Sie begleiteten ihn ein Stückchen des Weges nach Westen, bis er sich von ihnen verabschiedete. Sie selbst kämpften noch mit dem Schlaf und konnten ihr Gähnen kaum unterdrücken.

»Legt euch einfach wieder aufs Ohr«, riet Morgan. »Schlaft, so lang wie ihr mögt. Ruht euch aus, und macht euch keine Sorgen. In ein paar Tagen bin ich zurück.« Er winkte zum Abschied, wobei sich seine große, kräftige Gestalt, die wie gewohnt Selbstvertrauen und Zuversicht ausstrahlte, gegen den noch dunklen Himmel abzeichnete.

»Pass gut auf dich auf«, rief Par ihm nach.

Morgan lachte. »Und ihr auf euch!«

Die Brüder befolgten den Rat des Hochländers und legten sich wieder aufs Ohr. Nachdem sie bis zum Nachmittag geschlafen hatten, verbrachten sie den Rest des Tages mit Faulenzen. Am nächsten Tag dagegen standen sie früh auf, badeten in der Quelle, streiften auf der Suche nach den Schlammlöchern vergeblich durch die Umgebung, putzten die Jagdhütte und aßen abends Wildfleisch und Reis. Lange unterhielten sie sich über den alten Mann und die Träume, über die Magie und die Sucher und ihre Pläne für die Zukunft. Dabei stritten sie sich nicht, kamen aber auch zu keiner Entscheidung.

Der dritte Tag brachte Wolken, und abends regnete es. Sie saßen am Feuer, das im großen Kamin brannte, und übten sich im Geschichtenerzählen, wobei sie sich besonders mit den unbekannteren Sagen beschäftigten und versuchten, die Bilder aus Pars Liedern und die Worte aus Colls Geschichten in Einklang zu bringen.

Am vierten Tag kehrte Morgan zurück. Die Brüder saßen am Spätnachmittag wieder vor dem Feuer, als plötzlich die Tür aufging und er vor ihnen stand. Es hatte den ganzen Tag über nicht aufgehört zu regnen, und der Hochländer war völlig durchnässt. Das Wasser tropfte auf den Boden, als er seinen Rucksack und seine Waffen ablegte und die Tür hinter sich zuzog. »Schlechte Nachrichten«, sagte er sofort. Sein rostfarbenes Haar klebte am Kopf, und Regentropfen glitzerten auf seinen harten Zügen.

Par und Coll erhoben sich langsam.

»Ihr könnt auf keinen Fall ins Tal zurückkehren«, sagte Morgan ruhig. »Überall sind Föderationssoldaten. Ich konnte nicht mit Sicherheit feststellen, ob auch Sucher dabei sind, aber es würde mich nicht überraschen. Das Dorf steht ›unter dem Schutz der Föderation‹ – das ist ihre Bezeichnung für gewaltsame Besetzung. Zweifellos warten sie auf euch. Ich musste nicht viel herumfragen, um das herauszufinden; es ist kein Geheimnis. Eure Eltern stehen unter Hausarrest. Ich glaube, es geht ihnen gut, aber ich konnte es nicht wagen, sie aufzusuchen. Das wäre zu verdächtig gewesen.« Er holte tief Luft. »Irgendjemand will euch ernsthaft an den Kragen, meine Freunde.«

Par und Coll sahen sich an und versuchten gar nicht, ihre Angst zu verbergen. »Was sollen wir jetzt machen?«, fragte Par leise.

»Ich habe den ganzen Weg darüber nachgedacht«, antwortete Morgan. Er legte Par die Hand auf die Schulter. »Wenn ich jetzt sage ›wir‹, dann meine ich ›wir‹, weil ich das Gefühl habe, dass ich jetzt zu euch gehöre.« Er drückte zu. »Wir gehen nach Osten und suchen Walker Boh.«

6

Morgan Leah konnte sehr bestimmend sein, wenn er wollte, und das erfuhren Par und Coll im regenverhüllten Hochland auch in dieser Nacht.

Er hatte sich die Sache offenbar reiflich überlegt, und seine Schlussfolgerung war dementsprechend wohldurchdacht. Er behauptete schlichtweg, es sei eine Frage der Abwägung. Bald hatte er sich seiner nassen Kleidung entledigt und abgetrocknet. Mit Brot und Bier setzte er sich ans warme Feuer zu den Brüdern, die seinen Ausführungen lauschten.

Er begann mit den bekannten Tatsachen. Sie konnten nicht nach Schattental zurückkehren – weder jetzt noch in naher Zukunft. Ebenso wenig konnten sie nach Callahorn. Eigentlich konnten sie so gut wie nirgendwohin gehen, wo man ihren Aufenthalt vermuten könnte, denn da die Föderation so viel Zeit und Mühe aufgewendet hatte, sie so weit zu verfolgen, würde sie jetzt kaum nachlassen. Rimmer Dall war als hartnäckiger Sucher bekannt. Er hatte ihre Verfolgung persönlich übernommen, und er würde so leicht nicht aufgeben. Die Sucher würden im gesamten Herrschaftsgebiet der Föderation nach ihnen Ausschau halten – und das war riesengroß. Par und Coll konnten sich praktisch als Geächtete betrachten.

Was sollten sie also tun? Da sie nirgendwohin gehen konnten, wo man sie erwartete, mussten sie einen Ort finden, an dem sie niemand vermutete. Natürlich war der Trick dabei, nicht einfach aufs Geratewohl loszuziehen, sondern dorthin, wo sie gleichzeitig etwas erreichen konnten.

»Ihr könnt natürlich hierbleiben, wenn ihr wollt, und werdet zunächst nicht entdeckt, weil die Föderation niemals auf die Idee käme, hier im Hochland nach euch zu suchen.« Morgan zuckte mit den Schultern. »Es könnte sogar ganz lustig werden. Aber was würdet ihr damit erreichen? Zwei Monate, vier Monate, wie lang auch immer – ihr wärt immer noch Geächtete, könntet nicht nach Hause gehen, und nichts würde sich ändern. Das können wir also streichen, oder? Ich schlage vor, dass ihr selbst etwas unternehmt. Es wäre sinnlos, einfach nur dazusitzen und zu warten, dass sich die Dinge ändern; ihr müsst etwas unternehmen.«

Damit wollte er sagen, dass sie versuchen sollten, das Rätsel der Träume zu lösen. An der Tatsache, dass sie von der Föderation verfolgt wurden, dass die Soldaten Schattental besetzt hielten und dass sie jetzt Geächtete waren, gab es nichts zu rütteln. Eines Tages würde sich all das vielleicht ändern, aber ganz sicher nicht in naher Zukunft. Mit den Träumen dagegen konnten sie sich jetzt befassen. Falls sie diese Träume wirklich für wichtig hielten, mussten sie ihnen nachgehen. Der alte Mann hatte gesagt, dass sie in der ersten Nacht des neuen Mondes am Hadeshorn erwartet würden. Sie hatten sich bisher aus zwei guten Gründen dagegen gesträubt. Erstens wussten sie nicht, ob die Träume wahr waren oder nicht, und zweitens waren sie nur zu zweit und wollten sich nicht in möglicherweise große Gefahr begeben.

»Warum also nicht etwas tun, das diese Ungewissheit mindert?«, endete Morgan. »Warum nicht nach Osten aufbrechen und Walker Boh suchen? Der alte Mann hat doch behauptet, dass Walker Boh die Träume ebenfalls geschickt wurden. Wäre es nicht vernünftig, ihn zu fragen, was er davon hält? Der alte Mann wollte auch mit ihm reden. Und selbst wenn er das nicht getan hat, wäre es interessant, Walker Bohs Meinung zu hören. Ich muss zugeben, bisher habe ich euren Onkel immer für einen komischen Kauz gehalten, aber dumm ist er ganz bestimmt nicht. Und die Geschichten über ihn kennen wir alle. Sollte er tatsächlich immer noch über einen Teil der Shannara-Magie verfügen, wäre jetzt vielleicht ein guter Augenblick, es herauszufinden.«

Er trank einen großen Schluck, beugte sich vor und deutete auf sie. »Falls Walker Boh den Träumen glaubt und sich entschließt, den Hadeshorn aufzusuchen, würde das vielleicht eure Bereitschaft erhöhen, ebenfalls hinzugehen. Dann wären wir schon zu viert. Wer uns dann etwas anhaben wollte, müsste es sich zweimal überlegen.« Er zuckte mit den Schultern. »Selbst wenn ihr euch dagegen entscheidet, hättet ihr wenigstens eure Neugier befriedigt, anstatt hier oder anderswo einfach nur herumzusitzen. Bei den Schatten, die Föderation wird euch nicht im Anar suchen! Das ist der letzte Ort, an dem man euch vermuten würde.« Er trank noch einen Schluck, nahm sich ein Stück frisches Brot und blickte sie an. Wieder fiel ihnen dieser Ausdruck in seinen Augen auf, der verriet, dass er etwas wusste, das ihnen unbekannt war, und er schien sich köstlich darüber zu amüsieren. »Nun?«, fragte er schließlich.

Die Brüder schwiegen. Par dachte an seinen Onkel und erinnerte sich an die Geschichten über Walker Boh, die man sich hinter vorgehaltener Hand erzählte. Er behauptete von sich, durch die Schule des Lebens zu gehen, und darüber hinaus, Visionen zu haben; er blieb dabei, dass er Dinge sehen und spüren konnte, die anderen verborgen blieben. Gerüchten zufolge besaß er eine unbekannte Art von Zauberkraft. Irgendwann hatte er das Tal verlassen und war ins Ostland gezogen. Das lag fast zehn Jahre zurück. Obwohl Par damals noch ein Kind gewesen war, erinnerte er sich gut daran.

Plötzlich räusperte sich Coll, rutschte nach vorn und schüttelte den Kopf. Par war sicher, dass sein Bruder Morgan erklären würde, wie lächerlich die Idee sei, doch stattdessen fragte er: »Und wie finden wir Walker?«

In einem kurzen Augenblick der Verwunderung sahen sich Par und Morgan an. Beide hatten erwartet, dass Coll sich einem solch unerhörten Plan widersetzen und ihn als tollkühn abtun würde. Aber damit hatten sie nicht gerechnet.

Coll bemerkte die Blicke der beiden. »An eurer Stelle würde ich meine Gedanken für mich behalten. Keiner von euch kennt mich so gut, wie er mich zu kennen glaubt. Also, wer beantwortete mir meine Frage?«

Morgan unterdrückte einen Anflug von Schuldgefühl, der sich in seinen Augen zeigen wollte. »Zuerst müssen wir nach Culhaven. Dort habe ich einen Freund, der uns sicher sagen kann, wo Walker sich aufhält.«

»Culhaven?«, fragte Coll missbilligend. »Culhaven ist von der Föderation besetzt.«

»Aber trotzdem sind wir dort sicher«, beharrte Morgan. »Die Föderation sucht dort ganz bestimmt nicht nach euch, und wir bleiben ja höchstens einen oder zwei Tage. Wir zeigen uns sowieso nicht allzu oft in der Öffentlichkeit.«

»Und unsere Familien? Sie machen sich bestimmt Sorgen um uns.«

»Meine nicht. Mein Vater ist daran gewöhnt, dass er mich wochenlang nicht zu Gesicht bekommt. Und er hält mich sowieso für unzuverlässig. Für Jaralan und Mirianna ist es besser, wenn sie nicht wissen, wo ihr seid. Ganz zweifellos machen sie sich auch so schon genug Sorgen.«

»Was ist mit Wren?«, fragte Par.

Morgan schüttelte den Kopf. »Ich weiß nicht, wie wir Wren finden sollen. Wenn sie noch bei den Fahrenden ist, kann sie überall und nirgends stecken.« Er hielt inne. »Außerdem weiß ich nicht, welche Hilfe sie für uns sein könnte. Sie war ein kleines Mädchen, als sie das Tal verlassen hat, Par. Uns bleibt nicht genug Zeit, beide zu finden. Walker Boh scheint mir da vielversprechender.«

Par nickte langsam. Unsicher sah er Coll an, und Coll erwiderte den Blick. »Was meinst du?«

Coll seufzte. »Ich meine, am besten wären wir in Schattental geblieben. Wir hätten einfach im Bett bleiben sollen.«

»Ach komm, Coll Ohmsford!«, rief Morgan scherzhaft. »Denk an das Abenteuer! Ich verspreche, dass ich auf dich aufpasse.«

Coll sah Par an. »Muss ich mich jetzt sicher fühlen?«

Par holte tief Luft. »Ich bin dafür, dass wir gehen.«

Coll warf ihm einen eindringlichen Blick zu und nickte. »Also gut, was haben wir schon zu verlieren.«

Die Sache war also entschieden. Wenn Par später daran zurückdachte, wusste er, dass er im Grunde genommen nicht überrascht war. Schließlich war alles eine Frage der Abwägung, und egal wie man es betrachtete, für die anderen Möglichkeiten sprach wenig.

Den nächsten Morgen verbrachten sie damit, Vorräte aus der Speisekammer für die Reise zusammenzupacken. Die Brüder fanden Waffen, Decken, Mäntel und Ersatzkleidung, die ihnen zum Teil ganz gut passte. Sie packten gepökeltes Fleisch, Gemüse und Obst sowie Käse und Butter ein, dazu Kochgeräte und Heilmittel. Sie versorgten sich mit allem, was sie brauchten, da in der Hütte alles reichlich vorhanden war. Gegen Mittag waren sie so weit, dass sie sich auf den Weg machen konnten.

Als sie das Haus verließen und die Tür hinter sich verriegelten, traten sie in einen grauen, wolkenverhangenen Tag; der Regen war in ein Nieseln übergegangen, der Boden unter ihren Füßen nicht mehr fest und staubig, sondern feucht und nachgiebig wie ein Schwamm. Sie machten sich wieder auf den Weg zum Regenbogensee, den sie vor Einbruch der Dunkelheit zu erreichen hofften. Morgans Plan für die erste Etappe der Reise war einfach. Sie würden mit dem Boot, das die Brüder an der Mündung des Rappahalladran zurückgelassen hatten, am südlichen Ufer entlangsegeln, und zwar in ausreichender Entfernung zum Tiefland von Clete, zu den Schwarzen Eichen und zum Nebelsumpf, zu den Gebieten also, die Gefahren bargen, denen man besser aus dem Weg ging. Am gegenüberliegenden Seeufer wollten sie den Silberfluss erreichen und seinem Lauf bis nach Culhaven folgen.

Der Plan war gut, hatte jedoch seine Tücken. Morgan hätte es vorgezogen, den Regenbogensee im Schutz der Dunkelheit zu überqueren, mit Mond und Sternen als Wegweiser. Aber als sich der Tag dem Ende zuneigte und der See in Sicht kam, zeigte es sich, dass es eine bewölkte Nacht werden würde und sie demzufolge unterwegs kein Licht haben würden. Falls sie versuchten, den See unter diesen Bedingungen zu überqueren, mussten sie damit rechnen, dass sie zu weit nach Süden abtrieben und schließlich doch noch in die gefährlichen Gegenden gerieten, die zu meiden sie gehofft hatten.

Sie beschlossen deshalb, am Ufer zu bleiben. Nachdem sie sich vergewissert hatten, dass ihr Boot noch seetüchtig war, verbrachten sie ihre erste Nacht auf einem kalten, durchnässten Lagerplatz in der Nähe des Seeufers und träumten von angenehmerem Wetter. Der Morgen brachte eine gewisse Besserung. Es hörte auf zu regnen und wurde wärmer, doch Wolken und vom Wasser aufsteigender Nebel hüllten den See von einem Ende bis zum anderen ein.

Unsicher schauten Par und Coll sich um.

»Er wird sich verziehen«, versicherte ihnen ein ungeduldiger Morgan.

Sie stießen das Boot ins Wasser und ruderten so lange, bis sie im aufkommenden Wind ihr Behelfssegel setzen konnten. Die Wolken lichteten sich, und der Himmel klarte ein wenig auf, aber der Nebel lag weiterhin wie Schafswolle auf der Wasseroberfläche und deckte alles mit einem undurchdringlichen Schleier zu. Selbst der Mittag und der Nachmittag brachten keine Veränderung, und schließlich musste sogar Morgan zugeben, dass er jede Orientierung verloren hatte.

Beim Anbruch der Dunkelheit befanden sie sich immer noch auf dem See, und schon bald war die Nacht um sie herum kohlrabenschwarz. Der Wind legte sich, und das Boot schaukelte in der Stille. Sie beschlossen zu essen, nicht etwa, weil sie besonders hungrig gewesen wären, sondern eher, weil sie Nahrung zu sich nehmen mussten. Danach versuchten sie abwechselnd zu schlafen.

»Erinnerst du dich an die Geschichte über Shea Ohmsford und das Wesen, das im Nebelsumpf hauste?«, flüsterte Coll Par irgendwann zu. »Ich wäre keineswegs überrascht, wenn wir heute Nacht herausfinden würden, ob das alles wahr war!«

Die Nacht mit ihrer Stille und Finsternis verstrich nur langsam und verbreitete ein Gefühl, als würde Unheil bevorstehen. Sie verging jedoch ohne Zwischenfälle, und am Morgen hob sich der Nebel, der Himmel hellte auf, und die Freunde stellten erfreut fest, dass sie sich sicher in der Mitte des Sees befanden und nur die Spitze ihres Bootes nach Norden wies. Erleichtert zogen sie sich gegenseitig mit ihrer Angst auf, wendeten das Boot nach Osten, wechselten sich beim Rudern ab und warteten auf eine Brise. Schon bald löste sich der Nebel vollständig auf, die Wolken zeigten Lücken, und sie sichteten das Südufer des Regenbogensees. Gegen Mittag erhob sich eine Brise aus nordöstlicher Richtung, sodass sie die Ruder verstauen und das Segel setzen konnten.

So ging es weiter nach Osten. Das Tageslicht wich bereits der hereinbrechenden Dunkelheit, als sie schließlich das andere Seeufer erreichten und ihr Boot in einer baumgeschützten Bucht in der Nähe der Mündung des Silberflusses an Land zogen. Sie verbargen das Boot im Schilf, befestigten es sorgfältig mit Tauen und zogen landeinwärts weiter. Die Sonne ging unter, und der Himmel färbte sich rosarot, während sich im schwindenden Licht neue dunkle Wolken und Nebelschwaden abzeichneten. Es war ruhig im Wald. Der Fluss schwappte träge ans Ufer. Sie fühlten sich von Schatten bedrängt, die Bäume schoben sich scheinbar enger zusammen, und das Licht schwand und schwand. Nach kurzer Zeit hatte sie die Dunkelheit vollständig eingehüllt.

Sie unterhielten sich kurz über den König vom Silberfluss.

»Der hat sich mit dem Rest der Magie verflüchtigt«, erklärte Par, während er sich vorsichtig auf dem aufgeweichten Pfad vorwärtsbewegte. In dieser Nacht war die Sicht etwas besser, wenn auch nicht so gut, wie sie es sich gewünscht hätten; Mond und Sterne spielten mit den Wolken Verstecken. »Verflüchtigt wie die Druiden, die Elfen – wie alles, außer den Geschichten.«

»Vielleicht auch nicht«, wandte Morgan ein. »Manche behaupten, sie hätten ihn gesehen, einen alten Mann mit einer Laterne, der ihnen den Weg weist und sie beschützt, obwohl sie natürlich zugeben, dass sein Reich nicht mehr so groß ist wie früher. Er beansprucht nur den Fluss und einen kleinen Teil des angrenzenden Landes. Der Rest gehört uns.«

»Der Rest gehört der Föderation, genau wie alles andere!«, schnaubte Coll.

Morgan trat gegen ein Stück Holz, dass es durch die Nacht

wirbelte. »Ich kenne einen Mann, der behauptet, mit dem König vom Silberfluss gesprochen zu haben, einen fliegenden Händler, der im Hochland und im Anar seine Waren verkauft. Er durchquert dieses Gebiet häufig, und einmal hat er sich im Tiefland von Battle Mound verirrt, und da ist der alte Mann mit seiner Laterne aufgetaucht und hat ihn auf den richtigen Weg zurückgebracht.« Morgan schüttelte den Kopf. »Mir war nie klar, ob ich ihm glauben soll oder nicht.«

»Ich glaube nicht, dass es ihn noch gibt«, sagte Par und fühlte plötzlich eine traurige Sicherheit in sich aufsteigen. »Die Magie bleibt nicht, wenn sie nicht ausgeübt wird oder wenn niemand daran glaubt. Für den König vom Silberfluss gilt sowohl das eine als auch das andere. Er ist nur noch eine Legende, an die außer dir und Coll und mir nur noch wenige glauben.«

»Wir Ohmsfords glauben einfach alles«, sagte Coll ruhig.

Schweigend folgten sie dem Pfad, der sich nach Osten schlängelte, und lauschten den Geräuschen der Nacht. Sie wussten, dass sie Culhaven in dieser Nacht nicht mehr erreichen würden, aber da sie noch nicht haltmachen wollten, marschierten sie einfach weiter, ohne auch nur ein Wort darüber zu verlieren. Auf dem Weg landeinwärts in den unteren Anar wurde der Wald dichter, und das Unterholz ließ den Pfad immer schmaler werden.

»Der Weg nach Culhaven ist auch nicht mehr das, was er einmal war«, murmelte Morgan irgendwann.

Par und Coll wussten darauf nichts zu erwidern, da keiner von beiden je im Anar gewesen war. Sie sahen einander an und schwiegen.

Plötzlich wurde der Pfad von mehreren umgefallenen Bäumen versperrt. Ein zweiter Pfad führte vom Fluss weg in den dichten Wald hinein. Morgan entschied sich nach kurzem Zögern, auf diesem weiterzugehen. Die Baumkronen und Äste bildeten ein Dach über ihnen, das nur wenig Mondlicht durchscheinen ließ; die drei Freunde waren deshalb gezwungen, sich ihren Weg mühsam zu ertasten. Wieder murmelte Morgan vor sich hin, diesmal so leise, dass die anderen es nicht verstehen konnten, aber der Ton in seiner Stimme war unmissverständlich. Da ihnen herabhängende Äste und Zweige ins Gesicht schlugen, mussten sie gebückt gehen. Der Wald um sie herum strömte mit einem Mal einen Geruch der Verwesung aus. Par versuchte, den durchdringenden Gestank nicht einzuatmen. Er wollte schneller vorankommen, aber Morgan, der die Führung übernommen hatte, ging bereits so schnell, wie er konnte.

»Hier riecht es, als ob etwas gestorben wäre«, flüsterte Coll hinter Par.

Plötzlich fiel es Par wieder ein. Er erinnerte sich an den Geruch, der die Hütte der Waldfrau umgeben hatte, die nach Aussage des alten Mannes ein Schattenwesen gewesen war. Der Geruch, der ihm hier in die Nase stieg, war der gleiche.

Im nächsten Augenblick traten sie aus dem Dickicht des Waldes auf eine Lichtung, die von toten Baumstämmen kreisförmig umgeben und mit fauligem Laub und herumliegenden Knochen bedeckt war. Ein stehender Tümpel blubberte in der Mitte der Lichtung und erinnerte an einen großen Kessel, unter dem ein Feuer brannte. Großäugige Aasfresser starrten ihnen aus der Dunkelheit entgegen.

Unschlüssig blieben die Freunde stehen.

»Morgan, das ist genauso wie…«, setzte Par an, hielt jedoch plötzlich inne.

Das Schattenwesen, das lautlos zwischen den Bäumen hervorgetreten war, stand jetzt direkt vor ihnen. Par zweifelte keine Sekunde lang daran, was es war; er wusste es instinktiv. Skepsis und Zweifel, die jahrelange Ungewissheit, ob Schattenwesen das waren, was vernünftige Menschen glaubten, nämlich Gerüchte und Ammenmärchen, waren augenblicklich verschwunden. Vielleicht war es die Warnung des alten Mannes, die er im Geiste zu hören glaubte und die seine Bekehrung bewirkte. Vielleicht war es aber einfach nur der Anblick dieses Wesens. Es spielte keine Rolle, was es war, denn die Wirklichkeit war furchtbar.

Dieses Schattenwesen war vollkommen anders als das Letzte. Es war ein riesengroßes, watschelndes Etwas mit menschlicher Gestalt, jedoch mindestens zweimal so groß, dabei gebeugt und mit hängenden Schultern wie ein Gorilla. Der Körper war über und über mit zottigem, struppigem Haar bedeckt, und die riesigen Gliedmaßen liefen in Krallen aus. Aus dem Haar lugte ein runzliges, verzerrtes Gesicht hervor, das man kaum als menschlich bezeichnen konnte. Verfaulte Stumpen ragten aus dem Maul, und die Augen, die zwischen ledrigen Hautfalten lagen, leuchteten wie Feuer. Dieses einfältig wirkende Scheusal stand jetzt dicht vor ihnen und betrachtete sie.

»Oh, Mann«, entfuhr es Morgan leise.

Das Schattenwesen machte einen Schritt auf sie zu. »Was treibt ihr hier?«, fragte es mit einer schnarrenden Stimme, die aus tiefer Brust an ihre Ohren drang.

»Wir haben den falschen…«, fing Morgan an.

»Ihr habt mein Land betreten«, unterbrach ihn das Schattenwesen unfreundlich und klapperte dabei bedrohlich mit den Zähnen. »Das macht mich wütend. Ich werde einen von euch zur Entschädigung behalten. Rückt einen von euch heraus!«

Die drei Freunde sahen sich an. Es gab nur einen Ausweg. Diesmal konnten sie nicht darauf hoffen, dass ihnen ein alter Mann zu Hilfe eilte. Sie mussten es aus eigener Kraft schaffen.

Morgan griff über die Schulter und zog das Schwert von Leah aus der Scheide. Die blitzende Klinge spiegelte sich schwach in den Augen des Ungeheuers wider. »Entweder du lässt uns hier passieren …«, begann er.

Er konnte den Satz nicht zu Ende führen, denn das Schattenwesen stürzte sich mit einem Schrei auf ihn. Trotzdem gelang es dem Hochländer, die Klinge noch rechtzeitig hochzureißen, um den Hieb abzuwehren und die Kreatur aus dem Gleichgewicht zu bringen, sodass sie zur Seite taumelte und der Angriff misslang. Coll stach mit dem kurzen Schwert zu, das er bei sich trug, und Par beschwor mit der Zauberkraft des Wünschliedes einen Schwarm von Insekten herauf.

Mit zornigem Gebrüll kam das Schattenwesen wieder auf die Beine und stürzte sofort wieder auf sie zu. Es versetzte Morgan, noch bevor dieser zur Seite springen konnte, einen schmerzvollen Hieb, und er ging zu Boden. Als sich das Schattenwesen umdrehte, schlug Coll mit dem Schwert so heftig auf es ein, dass er einen Arm über dem Ellbogen durchtrennte. Das Schattenwesen taumelte, griff sofort nach seinem abgetrennten Arm und wich zurück. Vorsichtig setzte es den Arm an die Schulter. Es ging eine Bewegung durch die Gliedmaße, Sehnen und Muskeln und Knochen wanden sich in schlangenartigen Bewegungen. Der Arm war wieder festgewachsen.

Das Schattenwesen zischte voll Vergnügen. Dann stürzte es sich erneut auf sie.

Par versuchte seine Bewegungen durch die Beschwörung von Wölfen zu verlangsamen, doch das Schattenwesen nahm sie kaum zur Kenntnis. Es prallte so heftig mit Morgan zusammen, dass dieser rückwärts umfiel. Es wäre höchstwahrscheinlich um ihn geschehen gewesen, hätten sich die Ohmsfords nicht auf die Bestie gestürzt und sie zu Boden geworfen. Es gelang ihnen jedoch nicht, sie länger als einen Augenblick am Boden zu halten. Sie bäumte sich auf, befreite sich und schleuderte sie von sich weg. Einer der riesigen Arme traf Par im Gesicht, sein Kopf flog nach hinten, und vor seinen Augen flimmerten tausend Sterne. Er versuchte wieder auf die Beine zu kommen, hörte Colls Warnschrei und zwang sich verzweifelt, seine Benommenheit abzuschütteln.

Das Schattenwesen stand vor ihm und streckte die Krallen nach ihm aus. Coll lag ein paar Schritte links von ihm unter einem Baum. Von Morgan war nichts zu sehen. Par schob sich langsam rückwärts. Es blieb ihm jetzt keine Zeit für Magie. Die Bestie war schon zu nah. Plötzlich spürte er die raue Rinde eines Baumstamms in seinem Rücken.

Dann war plötzlich Morgan wieder da und stürzte sich aus der Dunkelheit mit dem Schrei »Leah, Leah« auf das Schattenwesen. Gesicht und Kleidung waren voller Blut, und seine Augen funkelten vor Zorn und Entschlossenheit. Er ließ das leuchtende Schwert von Leah niedersausen – und etwas Wundersames geschah. Das Schwert traf das Schattenwesen und sprühte Flammen.

Par blinzelte und hob schützend einen Arm vors Gesicht. Nein, dachte er, das ist kein Feuer, das ist Magie!

Das Schattenwesen erstarrte und stieß einen entsetzten Schrei aus. Die Zauberkraft des Schwertes von Leah fuhr in seinen Körper und durchschnitt den Leib wie ein Rasiermesser. Das Schattenwesen erzitterte, sank scheinbar in sich zusammen, verlor seine Konturen und löste sich schließlich in Nichts auf.

Das Schwert von Leah wurde dunkel. Plötzlich herrschte Stille. Rauchschwaden erhoben sich von der kleinen Lichtung. Der Tümpel blubberte noch einmal, bevor auch dort Stille einkehrte.

Morgan Leah ging auf die Knie. Das Schwert sank zu Boden, wirbelte Asche auf und flammte noch einmal auf. Morgan zuckte und schauderte. »Schatten«, flüsterte er verblüfft. »Die Kraft, die ich gespürt habe, sie war … Das hätte ich niemals für möglich gehalten …«

Par war sogleich an seiner Seite. Der Hochländer war blass geworden. Er nahm Morgan in die Arme und hielt ihn fest. »Die Zauberkraft steckt immer noch in ihm, Morgan«, flüsterte er, ganz aufgeregt darüber, dass so etwas möglich war. »Niemand hat es gewusst, aber die Zauberkraft ist nicht verloren gegangen!«

Morgan sah ihn verständnislos an.

»Begreifst du nicht? Die Zauberkraft hat seit Allanons Zeiten darin geschlummert! Sie wurde nicht gebraucht! Erst eine andere Zauberkraft konnte sie wieder wecken! Es bedurfte einer Bestie wie dem Schattenwesen!«

Coll schleppte sich zu ihnen herüber. Einer seiner Arme hing schlaff herunter. »Ich glaube, der ist gebrochen«, murmelte er.

Er war zwar nicht gebrochen, aber doch so stark verletzt, dass Par es für besser hielt, ihn für ein paar Tage zu schienen. Sie wuschen sich mit ihrem Trinkwasser, verbanden die Wunden und standen sich dann schweigend gegenüber.

»Der alte Mann hat uns gesagt, dass viele Dinge hinter uns her sein würden«, flüsterte Par endlich.

»Ich bin mir nicht sicher, ob das Ding hinter uns her war oder ob wir bloß darüber gestolpert sind.« Colls Stimme war rau. »Ich bin mir nur sicher, dass ich so einem Wesen nie wieder begegnen möchte.«

»Wenn wir dennoch einem begegnen sollten«, sagte Morgan leise, »wissen wir jetzt, wie wir damit fertigwerden.« Er streichelte die Klinge des Schwertes von Leah wie das zarte Gesicht einer Frau.

Par würde niemals vergessen, was er in diesem Augenblick empfand. Die Erinnerung würde sogar die an den Kampf mit dem Schattenwesen überdauern, dieser kurze Moment, der wie in einem Stillleben festgehalten war. Vor allem Neid verspürte er. Bis jetzt war er derjenige gewesen, der über echte Magie verfügt hatte. Nun war es Morgan Leah. Natürlich blieb ihm das Wünschlied, doch dessen Zauberkraft verblasste im Vergleich zu dem Schwert des Hochländers. Dieses Schwert hatte das Schattenwesen vernichtet. Pars beste Bilder hatten das Ungeheuer kaum aufgehalten.

Da stellte er sich die Frage, ob das Wünschlied überhaupt zu etwas nütze war.

7

Par erinnerte sie später in der Nacht an etwas, das ihn dazu brachte, den Neid Morgan gegenüber zu überwinden. Sie hatten den Weg nach Culhaven fortgesetzt, entschlossen, die ganze Nacht und, wenn notwendig, einen weiteren Tag zu marschieren, anstatt noch einen Augenblick länger als notwendig in diesem Wald zu bleiben. Also waren sie zum großen Weg zurückgekehrt, dorthin, wo er parallel zum Silberfluss nach Osten führte. Während sie so dahinwanderten, einerseits getrieben von ihrer Angst, andererseits gelähmt von Müdigkeit, trieben ihre Gedanken hin und her wie grasende Rinder auf einer Weide, und Par Ohmsford musste an die Lieder denken.

Er erinnerte sich an die Legenden, denen zufolge die Macht des Schwertes von Leah im wahrsten Sinne des Wortes zweischneidig war. Allanon hatte dem Schwert zu Zeiten Brin Ohmsfords Zauberkraft verliehen, als er mit der Talbewohnerin und ihrem Beschützer Rone Leah, Morgans Urahn, nach Osten gereist war. Der Druide hatte das Schwert in das verbotene Wasser des Hadeshorns getaucht und sein Wesen damit für immer verändert. Es war von da an mehr als nur eine einfache Klinge; es wurde zum magischen Schwert, das selbst den Mordgeistern widerstehen konnte. Aber mit dieser Magie verhielt es sich wie mit aller alten Magie; sie war sowohl Segen als auch Fluch. Seine Kräfte machten süchtig, machten den Besitzer in immer größerem Maße abhängig. Brin Ohmsford hatte die Gefahr erkannt, aber Rone Leah ließ ihre Warnung unbeachtet. Während ihrer letzten Auseinandersetzung mit der dunklen Magie hatten allein die Kräfte von Jair und ihre eigenen sie gerettet. Die Zauberkraft des Schwertes war nicht mehr benötigt worden. Niemand wusste, was mit dem Schwert danach geschehen war – man wusste nur, dass es nicht mehr gebraucht und deshalb auch nicht mehr benutzt wurde.

Bis heute. Und jetzt schien es so, als sei es Pars Pflicht, Morgan vor den Gefahren zu warnen, die damit verbunden waren, die Zauberkraft des Schwertes einzusetzen. Aber wie sollte er das anstellen? Morgan Leah war neben Coll sein bester Freund, und seine Zauberkraft, um die Par ihn so beneidete, hatte ihnen gerade das Leben gerettet! Schuldgefühle plagten ihn, wenn er an die Eifersucht dachte, die er empfand. Wie konnte er Morgan erklären, dass er die Zauberkraft nicht anwenden sollte?

Sein innerer Kampf dauerte nicht lange. Er konnte sein Unbehagen und seine Erinnerung an den Atem der Bestie, den er über sich gespürt hatte, einfach nicht aus seinem Gedächtnis verbannen. Er beschloss, nichts zu sagen. Vielleicht bestand gar keine Notwendigkeit, überhaupt darüber zu sprechen. Sollte es doch nötig werden, konnte er es später noch tun.

In dieser Nacht unterhielten sie sich nur wenig, und wenn, dann über die Schattenwesen. Ihre Zweifel an der Existenz dieser Wesen waren endgültig beseitigt. Selbst Coll ließ keine ironischen Bemerkungen mehr fallen, wenn er von der Bestie sprach, die sie angegriffen hatte. Doch die Gewissheit brachte noch keine neuen Erkenntnisse. Die Schattenwesen blieben weiterhin ein Rätsel. Sie wussten weder woher noch warum sie kamen. Falls die Bestien hinter ihnen her waren, wussten sie nicht, wie sie sich dagegen wehren sollten. Sie wussten nur, dass der alte Mann recht gehabt hatte, als er sie zur Vorsicht gemahnt hatte.

Kurz nach Sonnenaufgang erreichten sie Culhaven. Müde traten sie aus dem Schatten des Waldes in das Dämmerlicht des neuen Tages hinaus. Wolken bedeckten den Himmel des Ostlandes, drängten sich an die Baumwipfel und hüllten den Zwergenort in ein graues, winterliches Kleid. Die Gefährten blieben stehen, reckten sich, gähnten, sahen sich um. Vor ihnen lag eine Ansammlung von Hütten, aus deren Schornsteinen sich der Rauch zum Himmel erhob, sowie Schuppen und kleine Gehege, in denen Tiere eingepfercht waren. Gemüsegärten machten dem überall wuchernden Unkraut den Platz streitig.

Überall waren Frauen unterwegs, meist ältere, von denen manche die Wäsche machten und andere kochten. Sie sahen alle auf gleiche Weise zerlumpt und ungepflegt aus. In den Höfen, auf den Wegen spielten Kinder, die so zottig aussahen wie Bergschafe.

Morgan bemerkte, wie Par und Coll den Ort vor ihnen anstarrten. »Das Culhaven, das ihr euch vorgestellt habt, gibt es nur in euren Geschichten. Das ist längst Vergangenheit. Ich weiß, ihr seid müde, aber da ihr nun schon mal hier seid, müsst ihr euch einige Dinge anschauen.« Er führte sie in die Stadt.

Die Häuser sahen mit jedem Schritt verkommener aus. Der Weg war seit ewigen Zeiten nicht mehr hergerichtet worden und bestand aus Löchern, die mit Schutt und Steinen gefüllt waren. Frauen, die ihren alltäglichen Arbeiten nachgingen, warfen den Fremden argwöhnische Blicke zu, aus denen Misstrauen und Angst sprachen.

»Culhaven, die schönste Stadt im ganzen Ostland, das Herz und die Seele des Zwergenvolkes«, sagte Morgan leise. »Ich kenne die Geschichten. Culhaven galt einst als Freistatt, als Ort der feinen Lebensart, als Wahrzeichen dessen, was Stolz und harte Arbeit erschaffen können.« Er schüttelte den Kopf. »Nun, heute ist es leider so.«

Einige Kinder umringten sie und bettelten sie an. Freundlich schüttelte Morgan den Kopf, strich dem einen oder anderen übers Haar und ging weiter.

Sie bogen in eine Gasse ein, die zu einem Bach hinunterführte, der in Unrat erstickte. Die Kinder, die an seinen Ufern hin und her liefen, stocherten mit ihren Stöcken in vorbeitreibenden Abfällen. Ein Übergang brachte sie auf die andere Seite. Alles verströmte fauligen Geruch.

»Wo sind die Männer?«, fragte Par.

Morgan sah ihn an. »Die glücklicheren sind tot. Die anderen sind in den Minen oder Arbeitslagern. Aus diesem Grund sieht es hier so aus. In dieser Stadt leben nur noch Kinder, alte Leute und ein paar Frauen.« Er blieb stehen. »Und so ist es seit fünfzig Jahren. Dafür hat die Föderation gesorgt.«

Er führte sie durch eine enge Gasse zu einer Reihe von Hütten, die einen gepflegteren Eindruck machten. Diese Häuschen waren frisch gestrichen, die Gärten und Rasen makellos. Hier war alles hell und neu und sauber.

Eine Böschung hinauf erreichten sie einen kleinen Park und näherten sich vorsichtig einem kleinen Tannenwäldchen. »Seht ihr die dort?«, fragte er und deutete auf die wenigen gepflegten Häuschen. Par und Coll nickten. »Dort leben die hier stationierten Föderationssoldaten und Beamten. Die jüngeren Zwergenfrauen müssen für sie schuften. Die meisten müssen sogar bei ihnen leben.« Er warf ihnen einen vielsagenden Blick zu.

Sie verließen den Park und gingen einen Abhang hinunter in die Mitte der Siedlung. Läden und Geschäfte traten anstelle der Häuser, und Fußgänger drängten sich auf den Straßen. Die Zwerge, die sie zu Gesicht bekamen, beschäftigten sich mit Kauf und Verkauf, aber es waren nur wenige und auch hier meist alte. Stattdessen waren die Straßen mit Fremden bevölkert, die Handel trieben. Und allgegenwärtig waren die Soldaten der Föderation.

Morgan drängte die Brüder weiter, dorthin, wo sie unbemerkt bleiben würden; er zeigte ihnen dieses und jenes und erklärte alles mit bitterer Ironie. »Da drüben, das ist die Silberbörse. Man zwingt die Zwerge, in den Minen Silber zu fördern, wobei sie die meiste Zeit unter Tage verbringen … ihr wisst, was das heißt … es dann zu Föderationspreisen zu verkaufen und den größten Teil ihrer Gewinne an ihre Herren abzuliefern. Und die Tiere gehören ebenfalls der Föderation. Für die Zwerge wird alles streng rationiert. Da drüben ist der Markt. Sämtliches Gemüse und Obst wird von den Zwergen angebaut und verkauft, und der Gewinn geht zu einem großen Teil ebenfalls an die Föderation. Jetzt wisst ihr also, wie es hier abläuft, und könnt euch ein Bild davon machen, was es für die Leute bedeutet, unter dem ›Schutz‹ der Föderation zu leben.«

Am Ende der Straße blieben sie stehen, in ausreichendem Abstand von der Menschenmenge vor einem Podest, auf dem Zwergenmänner und -frauen aneinandergekettet zum Verkauf angeboten wurden. Morgan erklärte: »Dort werden die verkauft, die nicht für die Arbeit gebraucht werden.«

Er führte sie auf eine lang gestreckte Anhöhe über der Stadt. Der Hang war verödet, ein riesiger dunkler Fleck in einer baumlosen Landschaft. Einst war das Gelände terrassenförmig angelegt gewesen; das, was jetzt noch davon übrig war, ragte wie Grabsteine aus der Erde.

»Wisst ihr, was das ist?«, fragte er sie leise. Sie schüttelten den Kopf. »Das sind die Überreste des einstigen Meade-Gartens. Ihr kennt die Geschichte. Die Zwerge haben diesen Garten angelegt und dafür aus dem umliegenden Land Humus herbeigeschafft, Humuserde, die so schwarz war wie Kohle. Jede bekannte Blume wurde hier gepflanzt und gehegt. Mein Vater hat gesagt, dass dieser Garten das Schönste war, das er je gesehen hat. Er war einmal hier, als er noch ein kleiner Junge war.«

Morgan schwieg, während sie die Ruinen betrachteten, und fuhr dann fort: »Die Föderation hat den Garten niedergebrannt, als ihr die Stadt in die Hände fiel. Und jedes Jahr wird er von Neuem angezündet, damit auch ja nichts wächst.«

Während sie zurückgingen, fragte Par: »Woher weißt du das alles, Morgan? Von deinem Vater?«

Morgan schüttelte den Kopf. »Mein Vater war seit damals nie wieder hier. Ich glaube, er möchte gar nicht wissen, wie es jetzt aussieht, sondern es so in Erinnerung behalten, wie es einmal war. Nein, ich habe hier Freunde, die mir berichten, was die Zwerge durchmachen, wenn ich es bei meinen Besuchen nicht gleich selbst sehe. Ich habe bisher nicht viel darüber gesagt. Ich weiß vieles auch erst seit einiger Zeit, seit einem halben Jahr vielleicht. Später erzähle ich euch mehr davon.«

Sie lenkten ihre Schritte in den ärmeren Teil der Stadt und folgten einer neuen Straße, die trotz ihres geringen Alters bereits ebenso mit Löchern übersät war wie die anderen. Nach einem kurzen Fußmarsch bogen sie in eine Gasse zu einem weiträumigen Gebäude aus Stein und Holz ein, das aussah, als wäre es einmal ein Gasthaus gewesen. Es hatte drei Stockwerke und war von einer überdachten Veranda mit Schaukeln und Schaukelstühlen umgeben. Im leeren Hof sahen sie weder Müll noch Unrat, dafür aber viele spielende Kinder.

»Eine Schule?«, vermutete Par.

Morgan schüttelte den Kopf. »Ein Waisenhaus.« Er führte sie durch eine Gruppe von Kindern über die Veranda zu einer Seitentür, die im Schatten einer laubüberwucherten Nische versteckt lag. Dort klopfte er und wartete. Als die Tür sich einen Spaltbreit öffnete, fragte er: »Habt ihr etwas zu essen für einen armen Mann?«

»Morgan!« Die Tür flog auf. Eine ältere Zwergenfrau stand in der Tür, grauhaarig und gutmütig. »Morgan Leah, was für eine angenehme Überraschung! Wie geht es dir, mein Junge?«

»Gut«, antwortete er. »Dürfen wir reinkommen?«

»Natürlich. Seit wann musst du fragen?« Die Frau trat zur Seite und machte ihnen Platz; sie umarmte Morgan und verbeugte sich vor Par und Coll. Während sie die Tür hinter ihnen schloss, sagte sie: »Ihr habt wohl Hunger, wenn ich recht sehe?«

»Wir sind bereit, für ein gutes Mahl unser Leben zu lassen«, erklärte Morgan lachend. »Oma Elise, das sind meine Freunde Par und Coll Ohmsford aus Schattental. Sie sind derzeit ... heimatlos.«

»Geht es uns nicht allen so?«, erwiderte Elise barsch. Sie streckte die schwielige Hand aus, und die Brüder ergriffen sie einer nach dem anderen. Dabei betrachtete sie die drei mit prüfendem Blick. »Hast dich wohl mit einem Bären auf einen Ringkampf eingelassen, Morgan?«

Morgan berührte vorsichtig die Schnitt- und Schürfwunden in seinem Gesicht. »Schlimmer noch als das, fürchte ich. Die Straße nach Culhaven ist nicht mehr das, was sie einmal war.«

»Das Gleiche gilt für Culhaven. Nehmt Platz, du und deine Freunde. Ich bringe euch Teesemmeln und Obst.«

Mehrere lange Tische mit Bänken standen in der Mitte der geräumigen Küche, und die drei Freunde ließen sich am ersten nieder. Die Küche war groß, aber ziemlich dunkel, die Einrichtung geradezu ärmlich. Elises geschäftiges Hantieren verriet, dass sie das versprochene Frühstück und frischen Saft für sie zubereitete. »Ich würde euch gern etwas Milch anbieten, aber die wenige, die ich habe, ist für die Kinder«, entschuldigte sie sich.

Hungrig machten sie sich über das Frühstück her, als eine zweite Frau eintrat, ebenfalls eine Zwergin. Sie bewegte sich ruckartig wie ein Vogel und ging schnurstracks auf Morgan zu, der sich sofort erhob und ihr einen Kuss auf die Wange hauchte.

»Tante Jilt«, stellte Morgan sie vor.

»Ach, wie schön«, erwiderte sie, nahm neben Elise Platz und

begann unverzüglich an einer Stickerei zu arbeiten, die sie mitgebracht hatte; ihre Finger flogen geradezu über ihre Arbeit.

»Diese Damen sind die Mütter der Welt«, erklärte Morgan, als er sich wieder seinem Essen zuwandte. »Auch meine, obwohl ich im Gegensatz zu ihren anderen Schützlingen keine Waise bin. Sie haben mich adoptiert, weil ich so unwiderstehlich bin.«

»Du hast uns, als du uns das erste Mal gesehen hast, genauso angebettelt wie alle anderen, Morgan Leah!«, warf Jilt ein, ohne dabei von ihrer Stickerei aufzusehen. »Das ist der einzige Grund, warum wir dich aufgenommen haben – der einzige Grund, warum wir überhaupt jemand aufnehmen.«

»Sie sind Schwestern, auch wenn man das nie vermuten würde«, fuhr Morgan schnell fort. »Elise ist wie eine Daunendecke, wunderbar weich und warm. Aber Tante Jilt – tja, Tante Jilt ist eher wie eine Steinpritsche.«

Jilt rümpfte die Nase. »Steine sind in diesen Zeiten sehr viel nützlicher als Daunen. Und beide sind nützlicher als Süßholzgeraspel aus dem Hochland!«

Morgan und Elise lachten, Jilt stimmte nach einem Augenblick ein, und auch Par und Coll mussten lächeln.

Nachdem sie das Frühstück beendet hatten, kümmerte sich Elise um das Geschirr, und Jilt ging, um nach den Kindern zu sehen.

Morgan flüsterte: »Die beiden leiten das Waisenhaus schon seit dreißig Jahren. Die Föderation lässt sie in Ruhe, weil sie die Kinder davor bewahren, unter die Räder zu kommen. Da es Hunderte elternloser Kinder gibt, ist das Waisenhaus immer voll. Sobald die Kinder alt genug sind, werden sie hinausgeschmuggelt. Wenn man sie zu lange hier behält, schickt die Föderation sie in die Arbeitslager oder verkauft sie.« Er schüttelte den Kopf. »Ich weiß nicht, wie die beiden das aushalten. Ich wäre schon längst verrückt geworden.«

Elise kam an den Tisch und setzte sich zu ihnen. »Hat Morgan euch erzählt, wie wir uns kennengelernt haben?«, fragte sie die Ohmsfords. »Er hat uns Essen und Kleidung für die Kinder gebracht, er hat uns Geld geschenkt und uns geholfen, ein Dutzend Kinder nach Norden zu schmuggeln, damit sie dort bei Familien in den freien Gebieten leben konnten.«

»Bei den Schatten, Oma!«, unterbrach sie Morgan verlegen.

»Genauso war es! Und er hilft uns auch jetzt, wann immer er kommt«, fügte sie trotz seines Einwandes hinzu.

Morgan griff in die Tasche und holte einen kleinen Beutel heraus. Der Inhalt klimperte, als er ihn ihr überreichte. »Ich habe vor einer Woche eine kleine Wette gewonnen.«

»Gott segne dich, Morgan.« Elise erhob sich von ihrem Platz, kam zu ihm herüber und küsste ihn auf die Wange. »Ihr scheint mir ziemlich erschöpft – alle drei. Wir haben hinten noch ein paar freie Betten und einige Decken. Ihr könnt euch bis zum Abendessen ruhig hinlegen.«

Sie führte die drei von der Küche in einen kleinen Raum im hinteren Teil des großen Hauses, in dem sich mehrere Betten, ein Waschbecken, Decken und Handtücher befanden. Par blickte sich um und bemerkte sofort, dass alle Fenster mit Läden verschlossen und die Vorhänge sorgfältig zugezogen waren.

Elise erhaschte den Blick, den Par seinem Bruder zuwarf. »Manchmal möchten meine Gäste gern ungestört bleiben«, sagte sie ruhig. »Ihr doch auch, oder?«

Morgan ging auf sie zu und küsste sie liebevoll. »Scharfsichtig wie immer, Oma. Wir müssen uns mit Steff treffen. Kannst du das arrangieren?«

Elise sah ihn kurz an, nickte dann schweigend, küsste ihn ebenfalls und verließ das Zimmer.

Es dämmerte bereits, als sie aufwachten. Elise erschien, huschte auf Zehenspitzen durchs Zimmer, um jeden zu wecken, und flüsterte, dass es Zeit sei. Dann verschwand sie ebenso lautlos, wie sie gekommen war. Morgan Leah und die Ohmsfords fanden ihre Kleidung sauber und wohlriechend vor. Elise war fleißig gewesen, während sie geschlafen hatten.

Während sie sich ankleideten, sagte Morgan: »Wir treffen uns heute Abend mit Steff. Er gehört zur Widerstandsbewegung der Zwerge, und die Bewegung hat ihre Augen und Ohren überall. Falls Walker Boh sich immer noch im Ostland aufhält, auch wenn es im tiefsten Anar sein sollte, wird Steff es wissen.« Er zog seine Stiefel hoch und stand auf. »Steff war eine der Waisen, die Elise großgezogen hat. Er ist für sie wie ein Sohn. Außer Jilt ist er der Einzige, der ihr geblieben ist.«

Sie verließen das Schlafzimmer und begaben sich in die Küche. Die Kinder hatten das Abendessen bereits beendet und sich in ihre Zimmer in den beiden oberen Stockwerken zurückgezogen, außer zwei ganz kleine, die Jilt noch fütterte, indem sie geduldig zuerst dem einen, dann dem anderen einen Löffel Suppe in den Mund schob. Als die drei eintraten, sah sie kurz auf und nickte ihnen zu.

Elise bat sie, an einem der Tische Platz zu nehmen, und tischte Schüsseln mit köstlichen Speisen und dunkles Bier auf. Von oben hörten sie das Toben und Geschrei der spielenden Kinder. »Es ist schwer, alle zu beaufsichtigen, wenn man nur zu zweit ist«, entschuldigte sie sich, während sie Coll eine zweite Portion des Fleischeintopfs servierte. »Aber die Frauen, die wir einstellen, halten es nie sehr lange aus.«

»Konntest du Steff verständigen?«, fragte Morgan leise.

Elise nickte und lächelte dabei traurig. »Ich wünschte, ich könnte ihn öfter sehen, Morgan. Ich mache mir solche Sorgen um ihn.«

Nach dem Essen saßen sie schweigend da, während Elise und

Jilt die Kinder fertig machten und zu Bett brachten. Zwei Kerzen brannten auf dem Tisch, an dem die drei Platz genommen hatten.

Nach einer Weile kehrte Jilt zurück und setzte sich zu ihnen. Sie sagte kein Wort. Ihr Gesicht war über die Stickerei gebeugt, an der sie arbeitete.

Draußen wurde dreimal eine Glocke geschlagen. Jilt sah kurz von ihrer Arbeit auf. »Die Föderation kündigt die Sperrstunde an«, murmelte sie. »Keiner darf danach das Haus verlassen.«

Elise trat ein und arbeitete schweigend am Spülbecken. Oben begann eines der Kinder zu weinen, und sie ging hinauf. Die Ohmsfords und Morgan Leah sahen einander an und warteten.

Plötzlich klopfte es leise an der Küchentür. Dreimal. Jilt sah auf. Dann ein erneutes Klopfen, dreimal. Eine Pause, und dann wieder dreimal.

Jilt eilte zur Tür, öffnete sie einen Spalt weit und spähte hinaus. Dann machte sie die Tür ganz auf, und ein Schemen huschte herein. Jilt verriegelte die Tür. Im gleichen Augenblick kam Elise aus dem Gang und führte Morgan, Par und Coll zu dem Fremden. »Das ist Teel«, sagte sie. »Sie wird euch zu Steff bringen.«

Viel konnten sie von Teel nicht erkennen. Sie war eine Zwergin, aber kleiner als die meisten und in einen schwarzen Mantel mit Kapuze gehüllt. Ihr Gesicht war hinter einer seltsamen Ledermaske versteckt. Ihr dunkelblondes Haar lugte stellenweise unter ihrer Kopfbedeckung hervor.

Elise stellte sich auf die Zehenspitzen und umarmte Morgan. »Sei vorsichtig, mein Kleiner«, ermahnte sie ihn. Sie lächelte, klopfte Par und Coll auf die Schulter und eilte zur Tür. Kurz spähte sie durch die Vorhänge, dann nickte sie. Wortlos ging Teel hinaus. Die Ohmsfords und Morgan Leah folgten ihr.

Draußen schlichen sie lautlos an der Hauswand entlang und schlüpften durch den hinteren Zaun auf einen schmalen Weg.

Dem folgten sie bis zu einer verlassenen Straße und bogen rechts ab. Die Hütten und Schuppen entlang der Straße waren allesamt dunkel. Teel drängte sie voran in ein Tannenwäldchen. Dort blieb sie stehen, duckte sich und gab den anderen ein Zeichen, es ihr gleichzutun. Kurz darauf erschien eine fünfköpfige Föderationspatrouille. Die Männer lachten und unterhielten sich, während sie vorbeigingen, ohne sich um mögliche Zuhörer zu scheren. Dann verhallten die Stimmen in der Ferne. Teel erhob sich, und sie machten sich wieder auf den Weg.

Ungefähr hundert Meter gingen sie weiter die Straße entlang, bevor sie in den Wald traten. Sie huschten zwischen den Bäumen hindurch, nur hie und da blieb Teel stehen, um zu horchen, bevor sie weitergingen. Der Duft wilder Blumen erfüllte die Luft.

Dann blieb Teel vor einem dichten Gebüsch stehen, schob die Zweige beiseite, bückte sich nach einem verborgenen Eisenring und zog. Die Geheimtür, die sich vor ihren Augen auftat, ließ eine Treppe erkennen. Sie tasteten sich an der Wand entlang. Teel verriegelte hinter ihnen die Klappe, zündete eine Kerze an und übernahm wieder die Führung. Die kleine Gruppe stieg hinunter.

Allerdings nicht weit. Die Treppe endete nach zwei Dutzend Stufen in einem Tunnel, dessen Wände und Decke durch dicke Holzbalken abgestützt waren. Teel verlor kein Wort über den Tunnel, sondern trat einfach vor ihnen hinein. Zweimal teilte sich der Gang in mehrere Arme, und jedes Mal ging sie ohne zu zögern weiter. Par dachte flüchtig daran, dass sie ohne die Hilfe von Teel nie wieder aus dem Labyrinth herausfinden würden.

Einige Minuten später standen sie vor einer eisernen Tür. Teel schlug mit dem Griff ihres Dolches dagegen, wartete kurz und schlug erneut zweimal an die Tür. Das Schloss auf der anderen Seite wurde geöffnet, und die Tür schwang auf.

Der Zwerg, der ihnen entgegentrat, war kaum älter als sie, ein kräftiger, muskulöser Bursche mit einem Bart, langem zimtfarbenem Haar und einem Gesicht, das über und über mit Narben bedeckt war. Auf dem Rücken trug er an einem Riemen die größte Keule, die Par je gesehen hatte. Die obere Hälfte eines Ohrs fehlte, und von der unteren Hälfte baumelte ein goldener Ohrring. »Morgan!« Er begrüßte und umarmte den Hochländer aufs Herzlichste. Ein Lächeln erhellte sein düsteres Antlitz, als er den anderen an sich zog und an ihm vorbei einen Blick auf Par und Coll warf, die bereits ungeduldig warteten. »Freunde?«

»Die besten«, antwortete Morgan. »Steff, das sind Par und Coll Ohmsford aus Schattental.«

Der Zwerg nickte. »Seid willkommen, Talbewohner!« Er wandte sich von Morgan ab und streckte ihnen die Hand entgegen. »Kommt, setzt euch und erzählt, was euch herführt.«

Sie betraten einen unterirdischen Raum voller Vorräte in Schachteln und Kisten. In der Mitte stand ein Tisch mit Bänken. Steff bot ihnen mit einem Wink Platz an, füllte dann für jeden einen Krug mit Bier und setzte sich zu ihnen. Teel ließ sich neben der Tür auf einem kleinen Schemel nieder.

»Hier haust du also jetzt?«, fragte Morgan und ließ seinen Blick durch den Raum schweifen. »Könnte mal einen Anstrich gebrauchen!«

Wieder huschte ein Lächeln über Steffs grobe Züge. »Ich hause an einer ganzen Reihe von Orten, die alle einen Anstrich gebrauchen könnten. Dieser hier ist besser als die meisten. Wir Zwerge leben derzeit alle im Untergrund, entweder hier oder in den Minen oder in unseren Gräbern. Traurig.« Er hob den Krug. »Auf unsere Gesundheit und das Unglück unserer Feinde!«

Alle tranken, außer Teel, die Wache hielt.

Steff stellte den Krug auf den Tisch. »Geht es deinem Vater gut?«, fragte er Morgan.

Der Hochländer nickte. »Ich war bei Elise und habe ihr ein kleines Geschenk gemacht, mit dem sie Brot kaufen kann. Sie macht sich Sorgen um dich. Wie lang hast du sie nicht mehr besucht?«

Das Lächeln verschwand aus dem Gesicht des Zwergs. »Im Augenblick ist es zu gefährlich, sie zu besuchen. Sieh dir mein Gesicht an!« Er zeigte auf seine Narben. »Die Föderation hat mich vor drei Monaten erwischt.« Verschwörerisch sah er Par und Coll an. »Morgan hat davon keine Ahnung, müsst ihr wissen. Er hat mich in letzter Zeit selten besucht. Wenn er nach Culhaven kommt, bevorzugt er die Gesellschaft von Kindern und alten Damen.«

Morgan überhörte Steffs Worte. »Was ist passiert, Steff?«

Der Zwerg zuckte mit den Schultern. »Ich bin entkommen … wenigstens teilweise.« Er hob seine linke Hand hoch. Der kleine Finger und der Ringfinger fehlten. »Aber lassen wir das, Hochländer! Erzähl mir lieber, was dich in den Osten treibt.«

Morgan setzte zum Sprechen an, blickte dann zu Teel hinüber und hielt inne.

Steff folgte seinem Blick und sagte: »O ja, Teel. Ich komme wohl nicht drum herum, sie dir etwas ausführlicher vorzustellen.« Er richtete den Blick wieder auf Morgan. »Ich wurde von der Föderation festgenommen, als ich gerade deren Hauptwaffenlager in Culhaven ausgeräumt habe. Die haben mich in ihr Gefängnis gesteckt, um mich auszuquetschen. Da haben sie mir dies angetan.« Er deutete auf sein Gesicht. »Teel saß als Gefangene in der Zelle neben mir. Was sie mir angetan haben, ist nichts im Vergleich zu dem, was sie mit ihr gemacht haben. Ihr haben sie das Gesicht und den Rücken ruiniert, zur Strafe dafür, dass sie den Lieblingshund eines höheren Beamten der Stadtverwaltung von Culhaven getötet hat. Sie hat den Hund aus Hunger getötet. Wir haben uns durch die Wand unterhalten und uns kennengelernt. Eines Nachts, zwei Wochen nachdem sie mich gefangen genommen hatten und mir immer klarer wurde, dass die Föderation kein weiteres Interesse an mir hatte und ich umgebracht werden sollte, gelang es Teel, den Wärter in ihre Zelle zu locken. Sie hat ihn umgebracht, ihm die Schlüssel abgenommen, mich befreit, und wir sind geflohen. Seitdem sind wir zusammen.«

Er hielt inne. Sein Blick war hart wie Stein. »Hochländer, ich halte eine Menge von dir, und du musst dich eben entscheiden. Aber Teel und ich teilen alles.«

Es entspann sich ein langes Schweigen. Morgan blickte kurz zu Par und Coll. Par hatte Teel genau beobachtet, während Steff erzählt hatte. Sie hatte sich nicht gerührt. Ihre Miene verriet keine Regung, ihre Augen verrieten nichts. Genauso gut hätte sie aus Holz sein können.

»Ich glaube, in dieser Sache müssen wir uns auf Steffs Urteil verlassen«, sagte Par leise und blickte Coll fragend an. Der nickte wortlos.

Morgan streckte die Beine unter dem Tisch aus, griff nach seinem Bierkrug und trank einen langen Schluck. Ganz offensichtlich traf er eine Entscheidung. »Gut«, sagte er schließlich, »aber nichts von dem, was ich dir erzähle, darf diesen Raum verlassen.«

»Bis jetzt hast du noch nichts gesagt, was es wert wäre, hinausposaunt zu werden«, erwiderte Steff und wartete.

Morgan lächelte und stellte den Krug vorsichtig auf den Tisch: »Steff, wir brauchen deine Hilfe, um jemand zu finden, einen Mann, von dem wir annehmen, dass er im tiefen Anar lebt. Sein Name ist Walker Boh.«

»Walker Boh«, wiederholte Steff ruhig. Die Art, wie er den Namen aussprach, verriet, dass er ihn kannte.

»Meine Freunde Par und Coll sind seine Neffen.« In kurzen Zügen erzählte Morgan über ihre Reise, die sie nach Culhaven geführt hatte, über die Flucht der Brüder Ohmsford aus Varfleet und ihren Kampf mit den Schattenwesen. Er berichtete von dem alten Mann und seinen Warnungen, von den Träumen, die Par zum Hadeshorn riefen, und von der Entdeckung der Zauberkraft, die dem Schwert von Leah innewohnte. Steff hörte ihm zu, ohne ihn zu unterbrechen. Er saß reglos auf seinem Platz; sein Gesicht war ausdruckslos und starr.

Als Morgan seine Erzählung beendet hatte, schüttelte Steff den Kopf. »Druiden und Magie und Geschöpfe der Nacht. Hochländer, du hast mich wieder einmal überrascht!« Er erhob sich, ging um den Tisch herum und richtete seinen gedankenverlorenen Blick kurz auf Teel, bevor er sagte: »Ich habe von Walker Boh gehört.«

»Und?«, drängte Morgan.

»Und der Mann jagt mir Angst ein.« Steff sah Par und Coll an. »Euer Onkel, wie lang ist es her, seit ihr ihn zum letzten Mal gesehen habt – zehn Jahre? Dann solltet ihr mir gut zuhören. Der Walker Boh, den ich kenne, ist vielleicht nicht derselbe Onkel, den ihr in Erinnerung habt. Dieser Walker Boh lebt eher in Gerüchten als in Wirklichkeit, ist aber trotz allem sehr wirklich – er ist jemand, dem selbst die Dinge, die in den dunkleren Teilen des Landes wohnen und sich an den Reisenden, Wanderern und Verirrten vergreifen, tunlichst aus dem Weg gehen.« Er setzte sich wieder hin, nahm seinen Bierkrug und trank.

Morgan Leah und die Ohmsfords sahen einander schweigend an. Schließlich sagte Par: »Ich glaube, wir haben uns schon entschieden. Wer oder was Walker Boh auch ist, uns verbindet außer unserer Blutsverwandtschaft ein weiteres gemeinsames Band – die Träume, die Allanon schickt. Ich muss wissen, was mein Onkel vorhat. Hilfst du uns, ihn zu finden?«

Unerwartet huschte ein schwaches Lächeln über Steffs Gesicht. »Unverblümt. Das gefällt mir.« Er sah Morgan an. »Ich nehme an, er spricht auch für seinen Bruder. Und wie sieht es mit dir aus?« Morgan nickte. Gedankenverloren ließ Steff den Blick geraume Zeit auf ihnen ruhen. »Dann werde ich euch helfen«, bekundete er schließlich. Er hielt inne und achtete auf ihre Reaktion. »Ich führe euch zu Walker Boh – falls er sich finden lässt. Aber ich tue das, weil ich meine eigenen Gründe dafür habe, und ich glaube, es ist am besten, wenn ihr darüber Bescheid wisst.« Er senkte den Kopf, und einen Augenblick lang legte sich ein Schatten auf sein Gesicht. »Die Föderation hat euch eure Häuser genommen und sie zu ihrem Besitz erklärt. Nun, die Föderation hat mir mehr als das weggenommen. Sie hat mir alles genommen – mein Heim, meine Familie, meine Vergangenheit und sogar meine Zukunft. Die Föderation hat all das zerstört, was war und ist, und hat mir nur das gelassen, was vielleicht sein wird. Sie ist mein ärgster Feind, und ich würde alles tun, um sie zu vernichten. Nichts von all dem, was ich hier tue, wird mich zum Ziel führen. Was ich tue, dient nur dazu, mich am Leben zu erhalten. Jetzt habe ich genug davon. Jetzt will ich mehr.« Er hob den Kopf, und seine Augen leuchteten wild. »Falls es eine Magie gibt, die von den Ketten der Zeit befreit werden kann, falls es immer noch Druiden gibt, und wenn auch nur als Geister, dann haben wir vielleicht eine Möglichkeit, mein Land und mein Volk zu befreien – eine Möglichkeit, von der wir bisher nichts geahnt haben. Wenn wir diese Möglichkeit entdecken, dann muss sie dazu benutzt werden, meinem Volk und meinem Land zu helfen.« Er schwieg. »Ich will, dass ihr ein Versprechen ablegt.«

Lange herrschte Stille, während Steffs Zuhörer sich ansahen.

Dann sagte Par leise: »Ich schäme mich für das Südland, wenn ich sehe, was hier los ist. Ich kann es einfach nicht begreifen. Falls wir irgendetwas finden, das den Zwergen ihre Freiheit wiedergeben könnte, werden wir davon Gebrauch machen.«

»Das werden wir«, bestätigte Coll, und auch Morgan Leah nickte.

Steff holte tief Luft. »Das wäre dann abgemacht. Ich bringe euch zu Walker Boh – und Teel wird dabei sein, denn wo ich hingehe, geht auch sie hin.« Er sah von einem zum anderen. »Wir brauchen ungefähr einen Tag, um alles Notwendige zusammenzupacken und einige Erkundigungen einzuziehen. Obwohl es unnötig ist, erinnere ich euch trotzdem daran, wie schwierig und gefährlich diese Reise höchstwahrscheinlich sein wird. Kehrt zu Elise zurück, und ruht euch aus. Teel bringt euch hin. Wenn alle Vorbereitungen getroffen sind, schicke ich nach euch.«

Sie erhoben sich, und der Zwerg umarmte Morgan, lächelte dann unerwartet und klopfte ihm auf die Schulter. »Du und ich, Hochländer – egal, wer da draußen lauert, vor uns muss er sich hüten!« Er lachte, und sein Lachen hallte im ganzen Raum wider.

Teel beobachtete sie mit Augen, die so kalt schienen wie Eis.

8

Zwei Tage vergingen, ohne dass sie eine Nachricht von Steff erhielten. Par und Coll Ohmsford und Morgan Leah verbrachten die Zeit im Waisenhaus damit, einige notwendige Reparaturen an dem alten Haus auszuführen und Elise und Jilt bei den Kindern zu helfen. Es waren warme und ruhige Tage, die vom Klang der Kinderstimmen begleitet wurden. Die Welt innerhalb der Mauern des weiträumigen Hauses und des schattigen Gartens hatte nichts gemein mit der Welt draußen. Hier gab es Essen, kuschelige Betten, Behaglichkeit und Liebe. Unangenehme Erinnerungen an den Rest der Stadt verblassten – an die Hütten, die gebrochenen Menschen, die verwahrlosten Kinder, an die fehlenden Mütter und Väter, die niedergeschlagenen Blicke und an die Hoffnungslosigkeit. Par überlegte mehrmals, noch einmal durch die Straßen von Culhaven zu gehen; er wollte sich alles genau anschauen, um sich den Anblick einzuprägen und für immer in seinem Gedächtnis zu speichern. Aber die alten Frauen rieten ihm ab. Es war zu gefährlich, in der Stadt herumzuspazieren. Dabei hätte er unabsichtlich Aufmerksamkeit erregen können. Es war besser, hierzubleiben und die Welt draußen sich selbst zu überlassen, denn beide Welten mussten allein zurechtkommen.

»Wir können das Elend der Zwerge nicht lindern«, erklärte Jilt bitter. »Denn dieses Elend hat bereits tiefe Wurzeln geschlagen.«

Par befolgte ihren Rat, erleichtert und gleichzeitig unglücklich. Der innere Zwiespalt quälte ihn. Er konnte nicht so tun, als wisse er nicht, was mit den Menschen in der Stadt geschah, und wollte es auch gar nicht. Trotzdem war es schwer, sich den Tatsachen zu stellen. Auch wenn er die Welt draußen sich selbst überließ, konnte er sie nicht vergessen, denn sie drängte sich ans Tor wie ein ausgehungertes Tier, das gefüttert werden will.

Am dritten Tag des Wartens marschierte frühmorgens eine Abteilung der Föderationssoldaten die Straße entlang und in den Hof herein. Ihr Führer war ein Sucher. Elise schickte die Talbewohner und den Hochländer auf den Dachboden und ging mit Jilt nach draußen, um den Besuchern entgegenzutreten. Aus dem Versteck beobachteten die drei, was geschah. Die Kinder mussten sich auf der Veranda in Reih und Glied aufstellen. Obwohl sie alle noch zu klein waren, als dass sie jemandem hätten von Nutzen sein können, wurden drei davon ausgewählt. Elise erhob Einwände, konnte aber nichts bewirken. Sie und Jilt mussten hilflos mit ansehen, wie die Kinder fortgeführt wurden.

Danach waren alle bedrückt, selbst die lebhaftesten Kleinen. Jilt setzte sich an ein Fenster, von wo sie, während sie an ihrer Stickerei weiterarbeitete, den vorderen Hof überblicken und die Kinder im Auge behalten konnte. Sie sprach mit niemandem ein Wort. Elise verbrachte die meiste Zeit in der Küche beim Backen.

Am späten Nachmittag konnte Par sein Unbehagen nicht länger beherrschen und ging hinunter in die Küche, um mit Elise zu reden. Sie saß an einem der langen Küchentische und nippte gedankenverloren an ihrer Teetasse. Er fragte sie, warum die Zwerge so schlecht behandelt wurden und warum die Soldaten der Föderation – Südländer wie er selbst – sich für solche Grausamkeiten hergaben.

Elise lächelte traurig, ergriff seine Hand und zog ihn zu sich heran. »Par«, flüsterte sie. In den letzten Tagen hatte sie angefangen, ihn beim Namen zu nennen, ein eindeutiges Zeichen dafür, dass sie ihn jetzt als eines ihrer Kinder betrachtete. »Par, es gibt Dinge, die man nicht erklären kann. Manchmal glaube ich, dass es für all das einen Grund geben muss, und dann wiederum glaube ich, dass es keinen Grund geben kann. Weißt du, es hat alles vor langer Zeit begonnen. Der Krieg hat vor mehr als hundert Jahren stattgefunden. Ich kenne niemanden, der sich an die Anfänge erinnern könnte, und wenn man nicht weiß, wie alles angefangen hat, wie kann man dann wissen, warum es angefangen hat?«

Sie umarmte Par. »Es tut mir leid, aber ich kann dir keine bessere Antwort geben. Ich glaube, ich habe schon vor langer Zeit aufgegeben, nach einer Antwort zu suchen. Meine Kraft brauche ich für die Kinder hier. Diese Fragen sind nicht mehr wichtig, und deshalb suche ich auch nicht mehr nach Antworten. Mir geht es nur darum, das nächste Kind zu retten, und danach noch eins und noch eins, bis es nicht mehr notwendig ist, sie zu retten.«

Par nickte schweigend und erwiderte die Umarmung, doch die Antwort stellte ihn nicht zufrieden. Für alles, was geschah, gab es einen Grund, selbst wenn dieser nicht auf den ersten Blick erkennbar war. Die Zwerge hatten den Krieg gegen die Föderation verloren; sie stellten jetzt keine Bedrohung mehr dar. Warum also wurden sie systematisch unterdrückt? Hätte es nicht mehr Sinn ergeben, die Wunden zu heilen, die der Krieg gerissen hatte, anstatt Salz hineinzustreuen? Fast schien es, als würden die Zwerge mit Absicht provoziert, als wollte man ihnen einen Grund liefern, Widerstand zu leisten. Aber wozu?

»Vielleicht sucht die Föderation einen Vorwand, um sie alle zu vernichten«, schlug Coll düster vor, als Par ihn nach dem Abendessen fragte.

»Du meinst, die Föderation hält die Zwerge für überflüssig und braucht sie selbst für die Minen nicht mehr?« Par mochte es nicht glauben. »Oder dass sie zu viel Schwierigkeiten machen, zu gefährlich sind, und deshalb einfach beseitigt werden sollen? Das ganze Volk?«

Coll blickte ihn ungerührt an. »Ich meine: Ich weiß, was ich hier gesehen habe – was wir beide gesehen haben. Es ist doch ganz eindeutig, was vor sich geht!«

Par war sich dessen nicht so sicher. Aber im Augenblick hatte er auch keine bessere Antwort. Er schwor sich, diese eines Tages zu finden.

In dieser Nacht schlief Par unruhig und lag schon wach, als Elise vor Tagesanbruch in den Schlafraum schlüpfte, um ihm zuzuflüstern, dass Teel gekommen sei, um sie abzuholen. Sofort stand er auf und weckte Coll und Morgan. Sie zogen sich an, nahmen ihre Waffen und gingen in die Küche, wo Teel wartete, ein Schatten an der Tür. Elise brachte ihnen heißen Tee und Brot und küsste sie, Jilt warnte sie eindringlich vor den Gefahren, die draußen lauerten. Teel führte sie in die Nacht hinaus.

Die Morgendämmerung hatte sich noch nicht einmal durch einen schwachen Lichtschein in den vor ihnen stehenden Bäumen angekündigt. Leise huschten sie durch die schlafende Stadt wie vier spukende Gespenster. Nordwärts verließen sie den Ort, ohne einer Menschenseele zu begegnen. Am Silberfluss mied Teel die Brücken und suchte eine Furt. Das eiskalte Wasser schlug ihnen an die Beine. Kaum hatten sie den Wald erreicht, tauchte Steff aus der Dunkelheit vor ihnen auf. An seinem Gürtel trug er mehrere lange Messer, und eine riesige Keule hing auf seinem Rücken. Er sprach kein Wort, übernahm die Führung und ging voran. Im Osten schimmerte bereits das Tageslicht, und der Himmel hellte sich langsam auf. Die Sterne zogen sich zurück, und der Mond verblasste. Reif glitzerte auf Blättern und Gräsern wie funkelnde Kristalle.

In einem gemächlichen Tempo marschierten sie immer in Richtung Norden. Sie unterhielten sich wenig, und schon gar nicht über ihr Ziel. Steff schien nicht gewillt, ihnen Auskunft zu erteilen, und weder die Männer aus dem Tal noch der Hochländer verspürten Lust zu fragen. Wenn der Zwerg sich ihnen mitteilen wollte, würde er dies tun.

Der Tag verstrich schnell, und bereits am Nachmittag erreichten sie die südlichen Ausläufer des Wolfsktaaggebirges. Sie setzten ihren Marsch ungefähr eine Stunde fort, bis sich der Wald zu lichten begann. Steff führte sie zu einem kleinen Bach und machte es sich auf einem umgefallenen Baumstamm bequem.

»Falls man den Gerüchten Glauben schenken darf – und wir haben nur die Gerüchte –, hält sich Walker Boh im Dunkelstreif auf. Um dorthin zu gelangen, müssen wir das Wolfsktaaggebirge überqueren und von dort nach Osten zum Dunkelstreif. Natürlich gibt es andere Wege – manche würden vielleicht sagen, sicherere Wege. Wir könnten das Wolfsktaag im Osten oder Westen umgehen, wo wir aber fast mit Sicherheit auf Föderationssoldaten oder Gnome stoßen würden. Im Wolfsktaag dagegen gibt es weder das eine noch das andere. In den Bergen treiben sich zu viele Geister und Wesen der alten Magie herum; die Gnome sind abergläubisch und halten sich deshalb von dort fern. Die Föderation hat ganze Abteilungen hineingeschickt, die nie zurückgekehrt sind. Um die Wahrheit zu sagen, haben sich die meisten einfach verirrt, weil sie sich nicht auskannten. Ich aber schon.«

Seine Zuhörer schwiegen. Schließlich sagte Coll: »Ich erinnere mich dunkel, dass einige unserer Vorfahren in ziemliche Schwierigkeiten geraten sind, als sie vor Jahren dieselbe Route eingeschlagen haben.«

Steff zuckte mit den Schultern. »Davon weiß ich nichts. Ich weiß bloß, dass ich diese Berge schon oft überquert habe.«

Coll schüttelte den Kopf und sah Par an. »Das ist mir alles nicht geheuer.«

»Tja, wir haben die Wahl zwischen dem Teufel, den wir kennen, und dem, den wir nur vermuten«, erklärte Steff barsch. »Zwischen Föderationssoldaten und ihren Verbündeten, den Gnomen, die ganz sicher dort draußen auf uns warten, und Geistern und Gespenstern, über die wir nichts wissen.«

»Schattenwesen«, sagte Par leise.

Stille folgte.

Steff lächelte grimmig. »Hast du es noch nicht gehört, Talbewohner? Es gibt keine Schattenwesen. Das sind bloß Gerüchte. Und außerdem kannst du uns mit deiner Magie doch beschützen, oder nicht? Du und der Hochländer, wer könnte sich da schon an uns vergreifen wollen?« Er blickte die anderen nacheinander eindringlich an. »Also kommt. Keiner hat behauptet, dass wir eine harmlose Vergnügungsreise unternehmen. Treffen wir eine Entscheidung. Aber ihr habt meine Meinung gehört, was uns erwartet, wenn wir das Gebirge umgehen. Vergesst das nicht.«

Darauf wusste keiner etwas zu entgegnen, und so überließen sie die Entscheidung dem Zwerg. Schließlich war dies sein Land, nicht ihres, und er kannte sich hier aus. Sie mussten sich auf ihn verlassen, wenn sie Walker Boh finden wollten.

Die Nacht verbrachten sie auf einer Kiefernlichtung, wo die frische Luft nach Nadelbäumen und Wildblumen duftete. Ihr Schlaf blieb ungestört. Bei Tagesanbruch führte Steff sie in die Berge des Wolfsktaag hinein. Sie erreichten den Schlingenpass, überquerten die Hängebrücke, die in der Mitte der Schlucht von einer Seite zur anderen führte, und stiegen durch die bewaldeten Hänge aufwärts.

Der Morgen ging in den Nachmittag über, und sie erreichten die nördlich verlaufenden Bergkämme. Die Reise wurde angenehmer, denn die Sonne schien warm und freundlich auf sie herab, und die Ängste und Zweifel der vorhergegangenen Nacht zerstreuten sich. Vögel zwitscherten in den Bäumen, und kleine Tiere tummelten sich im Unterholz. Die Brüder und der Hochländer lächelten einander zu, Steff brummte vor sich hin, und nur Teel zeigte keine Gefühlsregung.

Als die Nacht hereinbrach, errichteten sie ihr Lager auf einer Wiese unter Tannen und Zedern. Es war fast windstill, und in dem geschützten Tal hing die Wärme des Tages noch lange, nachdem die Sonne untergegangen war.

Sterne funkelten am dunklen Nachthimmel, und der Mond leuchtete am westlichen Horizont. Par rief sich erneut die Weisung des alten Mannes ins Gedächtnis – dass sie am ersten Tag des neuen Mondes am Hadeshorn sein sollten. Die Zeit lief ihnen davon.

Als sie sich um das Feuer versammelten, dachte er jedoch nicht so sehr an den alten Mann oder Allanon. Er dachte vielmehr an Walker Boh.

Seit fast zehn Jahren hatte er seinen Onkel nicht mehr gesehen, aber die Erinnerung an ihn war seltsam klar. Er war noch ein Junge gewesen, und sein Onkel erschien ihm schon damals geheimnisvoll – ein großer, kräftiger Mann mit dunklen Augen, die geradewegs durch einen hindurchsehen konnten. Er war immer freundlich zu ihm gewesen, auch wenn er meist in sich gekehrt schien, irgendwie zwar im Hier und Jetzt, aber gleichzeitig auch wieder ganz weit weg.

Man erzählte sich schon damals Geschichten über Walker Boh, aber Par konnte sich nur an ganz wenige erinnern. Es hieß, er verfüge über magische Kräfte, obgleich niemand genau wusste, über welche Art. Er war ein Nachfahre von Brin Ohmsford, besaß jedoch nicht die Magie des Wünschliedes. Seit zehn Generationen war keinem in seiner Familie diese Gabe zuteilgeworden. Brin hatte sie mit ins Grab genommen. Die Zauberkraft, über die sie verfügt hatte, war natürlich anders gewesen als die ihres Bruders Jair. Während Jair mit dem Wünschlied lediglich Bilder heraufbeschwören konnte, war seine Schwester in der Lage gewesen, die Wirklichkeit zu verändern. Ihre Zauberkraft war bei Weitem die stärkere. Allerdings war ihre Zauberkraft mit ihrem Tod verschwunden, wohingegen die Jairs die Zeit überdauert hatte.

Par erinnerte sich daran, dass sein Onkel manchmal wusste, was an einem anderen Ort geschah. Er erinnerte sich an Begebenheiten, bei denen sein Onkel nur mithilfe seines Blickes Dinge, ja selbst Menschen bewegen konnte. Manchmal konnte er einem auch sagen, was man gerade dachte. Natürlich war es möglich, dass sein Onkel einfach klug genug gewesen war, Gedanken zu erraten.

Aber dann war da noch die Sache, wie er mit Schwierigkeiten umgehen konnte – er war in der Lage, sie so schnell verschwinden zu lassen, wie sie aufgetaucht waren. Jede bedrohliche Situation schien sich in seiner Gegenwart einfach in nichts aufzulösen. Das betrachtete Par als eine Art Zauberkraft.

Der Onkel hatte Par immer ermutigt, wenn er bemerkte, dass der Junge versuchte, das Wünschlied anzuwenden. Dabei hatte er Par ermahnt, vorsichtig zu sein im Umgang mit den Bildern und in der Art und Weise, wie er seine Magie vor anderen präsentierte. Walker Boh war einer der wenigen Menschen in seinem Leben, der keine Angst vor seiner Zauberkraft hatte.

Während er so mit den anderen in der Stille der Berge saß und sich an seinen Onkel erinnerte, wurde seine Neugier von Neuem geweckt, sodass er schließlich Steff fragte, welche Geschichten er über Walker Boh kannte.

Steff sah ihn nachdenklich an. »Die meisten stammen von Waldbewohnern, Jägern, Fährtensuchern und solcherlei Volk – manche auch von Zwergen, die wie ich im Widerstand kämpfen und weit genug in den Norden gekommen sind, um von ihm zu hören. Die Gnome fürchten ihn angeblich wie den Leibhaftigen und halten ihn für einen Geist. Manche glauben, dass er bereits mehrere hundert Jahre alt und ein Druide ist.« Er blinzelte. »Aber das ist wahrscheinlich alles nur Gerede, wenn er dein Onkel ist.«

Par nickte. »Ich kann mich nicht daran erinnern, dass irgendjemand gesagt hätte, er sei älter als normale Menschen.«

»Ein Bursche hat geschworen, dein Onkel spreche mit Tieren und die würden ihn verstehen. Er behauptete, selbst Zeuge gewesen zu sein, wie dein Onkel auf eine Bergkatze, die so groß war wie ein Präriebüffel, zuging und sich mit ihr unterhielt, so wie ich mich mit dir unterhalte.«

»Es heißt, dass auch Cogline dazu in der Lage war«, warf Coll ein. »Er hatte eine Katze mit Namen Wisper, die ihm überallhin folgte. Die Katze hat seine Nichte Kimber beschützt. Kimber hieß ebenfalls Boh, nicht wahr, Par?«

Par nickte; er erinnerte sich daran, dass sich sein Onkel nach der Familie seiner Mutter Boh genannt hatte. Aber er konnte sich nicht entsinnen, dass sein Onkel irgendwann den Namen Ohmsford gebraucht hätte.

»Es gibt da noch eine Geschichte«, sagte Steff. »Ich habe sie von einem Fährtensucher gehört, der den tiefen Anar besser kannte als jeder andere und, ich glaube, auch als Walker Boh. Er hat mir erzählt, dass ein Wesen, das in den Tagen der alten Magie geboren wurde, aus dem Rabenhorn ausbrach und vor zwei Jahren in den Dunkelstreif kam und sich von dem Leben ernährte, das es dort vorfand. Walker Boh machte sich auf die Suche danach; als sie sich trafen, hat sich die Kreatur umgedreht und ist dorthin zurückgegangen, wo sie hergekommen war – einfach so.« Steff schüttelte den Kopf und rieb sich das Kinn. »Das gibt einem zu denken, oder nicht?« Er streckte seine Hände zum Feuer aus. »Genau aus diesem Grund fürchte ich ihn – weil es anscheinend nicht viel auf dieser Welt gibt, vor dem er sich fürchtet. Er kommt und geht wie ein Geist, heißt es; er taucht auf und ist im nächsten Augenblick schon wieder verschwunden, gleich einem Schatten der Nacht. Ich frage mich, ob er sich überhaupt vor den Schattenwesen fürchtet. Ich glaube nicht.«

»Vielleicht sollten wir ihn fragen«, schlug Coll lächelnd vor.

Steff strahlte. »Ja, vielleicht sollten wir das«, stimmte er zu. »Ich schlage vor, du übernimmst das!« Er lachte. »Dabei fällt mir etwas ein. Hat der Hochländer euch schon erzählt, wie wir uns kennengelernt haben?«

Die Brüder schüttelten den Kopf, und ungeachtet des lauten Brummens aus Morgans Richtung fing Steff an, die Geschichte zum Besten zu geben. Vor ungefähr zehn Monaten war Morgan am Ostufer des Regenbogensees, an der Mündung des Silberflusses, beim Fischen, als ein Windstoß sein Boot umwarf. Seine ganze Ausrüstung ging verloren, und er konnte sich nur mit Mühe ans Land retten. Vollkommen durchnässt versuchte er vergeblich, ein Feuer zu machen, bis Steff des Weges kam und ihm half.

»Wenn ich damals kein Mitleid mit ihm gehabt hätte, wäre er erfroren«, endete Steff. »Wir redeten und erzählten. Sofort machte er sich dann auf den Weg nach Culhaven, um sich zu vergewissern, dass das Leben im Land der Zwerge wirklich so schrecklich war, wie ich es geschildert hatte.« Er warf dem verdrießlich dreinblickenden Hochländer einen freundlichen Blick zu. »Danach hat er immer wieder vorbeigeschaut und jedes Mal ein kleines Geschenk für Elise und Jilt mitgebracht. Ich nehme an, sein Gewissen lässt nicht zu, dass er fortbleibt.«

»Bei den Schatten!«, ließ Morgan verlegen hören.

Steff lachte, und sein durch die Stille dröhnendes Lachen erfüllte die Nacht. »Gut, lassen wir das, stolzer Hochlandprinz! Wenden wir uns einem anderen Thema zu.« Er verlagerte sein Gewicht und sah Par an. »Der Fremde, der, der dir den Ring gebracht hat – reden wir über den! Ich weiß einiges über die Geächteten, die zur Bewegung gehören – größtenteils eine ziemlich nichtsnutzige Bande. Was ihnen fehlt, ist die richtige Disziplin. Die Zwerge haben angeboten, mit ihnen zusammenzuarbeiten, aber sie haben das Angebot bis heute nicht angenommen. Der Ring, den du bekommen hast – trägt er das Zeichen eines Falken?«

Par saß plötzlich aufrecht. »Ja, Steff. Weißt du, wem er gehört?«

Steff lächelte. »Ja und nein. Wie ich schon gesagt habe, sind die Geächteten ein undisziplinierter Haufen – aber das könnte sich ändern. Es gehen Gerüchte um, dass einer die Sache in die Hand nehmen will. Er gibt sich nicht mit Namen zu erkennen, sondern benutzt das Zeichen des Falken.«

»Das muss derselbe Mann sein«, erklärte Par. »Er wollte auch uns seinen Namen nicht nennen.«

Steff zuckte mit den Schultern. »Namen werden in diesen Zeiten selten preisgegeben. Aber die Art, wie er eure Flucht vor den Suchern bewerkstelligt hat – ja, das ist der Kerl, von dem ich immer wieder höre.«

»Er war ganz schön mutig in jener Nacht«, erwiderte Par.

Sie unterhielten sich noch eine Zeit lang über den Fremden und über die Geächteten. Obwohl sie nicht mehr auf Walker Boh zu sprechen kamen, war Par zufrieden mit dem, was er bisher erfahren hatte. Er war sich sicher, was seinen Onkel betraf. Für ihn war es egal, wie sehr sich Steff und die anderen vor Walker Boh fürchteten; für ihn würde er so lange der bleiben, der er für ihn als kleiner Junge gewesen war, bis er eines Besseren belehrt würde – und er hatte das komische Gefühl, dass dies niemals geschehen würde.

Ihr Gespräch geriet ins Stocken, und einer nach dem anderen verkroch sich unter seine Decke. Par wollte, bevor sie sich schlafen legten, Holz ins Feuer legen und ging zum Waldrand. Er sammelte gerade die im letzten Winter vom Wind abgebrochenen Äste einer alten Zeder auf, als er plötzlich Teel gegenüberstand. Ihr vermummtes Gesicht war angespannt, ihre Augen waren fest auf ihn gerichtet.

»Kannst du mir die Magie zeigen?«, fragte sie leise.

Par starrte sie an. Er hatte sie noch nie sprechen hören, seit er ihr in Elises Küche zum ersten Mal begegnet war.

»Kannst du die Bilder erzeugen?«, drängte sie. Sie sprach mit tiefer und rauer Stimme. »Nur ein oder zwei, damit ich sie sehen kann? Es wäre sehr schön, wenn du das tun könntest.«

Plötzlich fielen ihm ihre Augen auf. Ihre Augen, so tiefblau wie der Himmel an diesem Tag, blickten ihn neugierig an. Ihr Glanz verwirrte ihn, und er erinnerte sich daran, dass ihr Haar, das sie unter ihrer Kapuze verbarg, die Farbe von Honig hatte. Bislang war sie in ihrer Art, sich von ihnen zu distanzieren, ziemlich unfreundlich erschienen, aber wie sie jetzt vor ihm stand, wirkte sie nur noch klein.

»Welche Bilder möchtest du denn gern sehen?«, fragte er sie.

Sie dachte kurz nach. »Ich möchte gern sehen, wie Culhaven zur Zeit Allanons ausgesehen hat.«

Er wollte ihr sagen, dass er nicht wirklich wusste, wie Culhaven vor so langer Zeit ausgesehen hatte, nickte aber. »Ich kann es versuchen«, sagte er und sang leise. Er ließ Bilder vor ihrem geistigen Auge entstehen, Bilder der Stadt, so wie sie möglicherweise vor dreihundert Jahren ausgesehen hatte. Er sang ihr vom Silberfluss, vom Meade-Garten, von den schmucken Häusern, vom Leben in der Hauptstadt der Zwerge vor dem Krieg mit der Föderation. Als er fertig war, sah sie ihn kurz an, bevor sie sich wortlos umdrehte und in der Nacht verschwand.

Par blickte ihr verwirrt hinterher, zuckte dann mit den Schultern, sammelte den Rest des Holzes ein und legte sich schlafen.

Bei Tagesanbruch waren sie wieder unterwegs und marschierten durch die höheren Regionen des Wolfsktaag, dort, wo der Wald sich langsam lichtete und der Himmel immer näher rückte. Auch dieser Tag war warm und hell. Der Wind strich sanft über ihre Gesichter.

Trotz alledem war Par unbehaglich zumute. Er hatte dieses Gefühl während der zwei vorhergegangenen Tage nicht gehabt, aber nun nistete es sich in ihm ein. Er wollte das Unbehagen abschütteln, indem er sich einzureden versuchte, dass es jeder Grundlage entbehrte. Die anderen wirkten zufrieden. Selbst Teel, die nur selten eine Regung zeigte, erweckte den Eindruck, als wäre sie vollkommen frei von Sorgen.

Aus Morgen wurde Nachmittag, und Pars Unbehagen verwandelte sich langsam in das sichere Gefühl, dass sie verfolgt wurden. Unwillkürlich blickte er sich immer wieder um, ohne zu wissen, wonach er suchte. Über ihnen, zu ihrer Rechten, erhob sich der Bergkamm zu steilen, kahlen Felswänden und gefährlichen Schluchten, die unpassierbar waren. Unter ihnen breitete sich dichter Wald aus. Par blickte ein letztes Mal über die Schulter, und da bemerkte er, wie sich etwas zwischen den Felsen bewegte. Er blieb wie angewurzelt stehen. Die anderen sahen ihn an.

»Was ist los?«, fragte Steff.

»Irgendetwas ist hinter uns«, sagte Par leise und hielt seinen

Blick auf den Punkt gerichtet, an dem er die Bewegung zuletzt ausgemacht hatte. »Dort, zwischen den Felsen.« Er zeigte mit dem Finger auf die Stelle.

Sie standen da, blickten eine geraume Zeit in alle Richtungen und entdeckten nichts. Der Nachmittag neigte sich dem Ende zu, und die Schatten in den Bergen wurden länger, sodass es immer schwieriger wurde, im Halblicht irgendetwas zu erkennen.

Schließlich schüttelte Par den Kopf. »Vielleicht habe ich mich geirrt«, räumte er ein.

»Vielleicht auch nicht«, erwiderte Steff und winkte sie weiter.

Teel ging voraus, und Steff bildete mit Par die Nachhut. Ein- oder zweimal bat er Par zurückzuschauen, und ein- oder zweimal blickte er selbst zurück. Obwohl Par das Gefühl nicht loswurde, dass irgendetwas hinter ihnen war, konnte er nichts erkennen. Sie überquerten einen Bergkamm, der von Osten nach Westen verlief, und machten sich an den Abstieg. Ihr Ziel lag im Schatten, und der Pfad zu ihren Füßen wand sich durch ein Labyrinth von Felsen.

Keiner sagte ein Wort. Par lief plötzlich ein Schauer über den Rücken.

Sie hatten die Felsen hinter sich gelassen und befanden sich auf einem offenen Pfad, der sie wieder nach oben führte, als das Ding endlich aus den Schatten heraustrat und sich zu erkennen gab. Steff sah es zuerst, stieß einen lauten Schrei aus und brachte sie alle zum Stehen. Die Kreatur hockte hundert Meter hinter ihnen gedrungen auf einem flachen Felsen. Sie ähnelte einem riesigen Hund oder Wolf mit einem mächtigen behaarten Oberkörper und einem entstellten Gesicht und hatte komische fette Beine, einen zylinderförmigen Rumpf, kleine Ohren und einen Schwanz. Ihre Kiefer, die größten Kiefer, die Par jemals gesehen hatte, lösten sich einmal voneinander, und Speichel lief heraus. Dann schlenderte das Wesen auf sie zu.

»Geht weiter«, sagte Steff leise, und sie folgten dem Pfad.

»Was ist das?«, fragte Morgan ganz leise.

»Man nennt sie Nager«, antwortete Steff ruhig. »Sie sind im tiefsten Teil des Anar, jenseits des Hadeshorns, zu Hause. Sehr gefährlich. Ich habe jedoch noch nie gehört, dass sich eines davon in den mittleren Anar verirrt hätte – ganz zu schweigen ins Wolfsktaaggebirge.«

»Du meinst wohl, bis jetzt«, murmelte Coll.

Sie erreichten eine Stelle, von der aus der Pfad abwärts in eine Mulde verlief. Die Sonne war verschwunden, die Sicht wurde immer schlechter. Das Wesen tauchte in unregelmäßigen Abständen hinter ihnen auf und verschwand wieder. Par fragte sich, was geschehen würde, wenn sie es völlig aus den Augen verloren.

»Ich habe noch nie gehört, dass sie sich an Menschen anschleichen«, erklärte Steff.

Die seltsame Verfolgung ging weiter, der Nager blieb ihnen weiterhin im Abstand von etwa hundert Metern auf den Fersen und wollte offensichtlich die Dunkelheit abwarten, um sich dann auf sie zu stürzen. Steff trieb sie voran und hielt nach einer Stelle Ausschau, an der sie sich verteidigen konnten.

»Warum überlässt du die Sache eigentlich nicht mir?«, fuhr Morgan ihn irgendwann an.

»Weil du schneller tot wärst, als ich deinen Namen sagen kann, Hochländer«, antwortete der Zwerg. »Lass dich nicht täuschen. Diese Kreatur nimmt es leicht mit uns fünf auf, wenn sie uns überrascht. In diesem Fall wird uns alle Magie der Welt nicht helfen.«

Par erstarrte. Plötzlich fragte er sich, ob die Zauberkraft von Morgans Schwert etwas gegen diese Bestie auszurichten vermochte. Wurde die Zauberkraft des Schwertes nicht nur dann geweckt, wenn sie auf eine ähnliche Zauberkraft traf? War es nicht sonst einfach nur ein gewöhnliches Schwert, wenn man es auf andere Weise verwendete, und war das nicht die Absicht Allanons gewesen, als er der Klinge ihre Macht verliehen hatte? Er bemühte sich, sich an die Einzelheiten der Geschichte zu erinnern, aber es wollte ihm nicht gelingen. Aber die anderen Zauberkräfte, die des Schwertes von Shannara und die der Elfensteine, waren gegen Wesen der Magie wirksam – daran erinnerte er sich genau. Genauso verhielt es sich mit…

»Vorwärts, runter in die Mulde«, wies Steff sie unerwartet an. »Dort werden wir …«

Er sollte seinen Satz nicht zu Ende bringen. Der Nager stürzte sich durch die Dunkelheit auf sie, eine riesige schwarze Gestalt, die in gewaltigen Sätzen über Felsen und Buschwerk hinwegschoss. »Los!«, schrie Steff, zeigte auf den Weg vor ihnen und drehte sich zu der Bestie um.

Ohne nachzudenken, rannten sie, alle außer Morgan, der sein Schwert mit einem Ruck aus der Scheide zog und seinem Freund zu Hilfe eilte. Teel, Coll und Par blickten sich erst um, als die Bestie ihre Gefährten erreichte. Das Untier ging auf Steff los, doch der Zwerg erwartete es mit seiner riesigen Keule in der Hand. Er traf die Bestie mit einem Schlag am Kopf, der jeden anderen niedergestreckt hätte. Aber der Nager schüttelte den Schlag ab und griff den Zwerg erneut an. Steff schlug ein zweites Mal zu, rannte an der Kreatur vorbei und zog den Hochländer mit sich. Rasch hatten sie die Brüder und Teel eingeholt.

»Die Böschung hinunter!«, schrie Steff. Schlitternd und rutschend stürzten sie auf ein Gehölz zu.

Dann war der Nager wieder da. Par hörte seinen Schrei, noch bevor er das Untier sah, einen Schrei, der wie ein Wimmern klang. Die Magie, dachte Par, ich muss die Magie einsetzen. Das Wünschlied wird funktionieren, wird ihn wenigstens ablenken…

»Bleibt zusammen!«, befahl der Zwerg. Er selbst wagte sich vor, um dem Ansturm des Nagers entgegenzutreten.

Par würde nie vergessen, was sich danach ereignete. Steff ließ die Bestie dicht an sich herankommen, wich dann plötzlich nach hinten zurück, rammte dem Nager die Keule in den Rachen und sprang mit den Stiefeln gegen die mächtige Brust. Der Nager taumelte an Steff vorbei und wankte wild um sich schlagend auf den Waldrand zu. Dann plötzlich schoss etwas Riesiges zwischen den Bäumen hervor, packte den Nager mit einem riesigen Maul und verschwand wieder in der Dunkelheit. Sie hörten einen gellenden Schrei und das Knacken von Knochen, dann herrschte wieder Stille.

Steff legte einen Finger an die Lippen und winkte sie mit sich. Schweigend stiegen sie wieder zum Pfad hinauf und starrten von dort nach unten in die undurchdringliche Dunkelheit.

»Im Wolfsktaag muss man wissen, wovor man sich hüten muss«, flüsterte Steff mit einem harten Lächeln. »Selbst als Nager!«

Sie klopften sich die Kleidung ab und schoben ihre Rucksäcke zurecht. Ihre Schrammen waren kaum der Rede wert. Den Jadepass konnten sie laut Steff in einer, höchstens zwei Stunden erreichen.

Sie marschierten weiter.

9

Der Marsch zum Jadepass dauerte länger, als Steff vermutet hatte, und es war fast Mitternacht, als sie ihn erreichten. Sie lagerten in einer schmalen Schlucht unter uralten Fichten und waren so erschöpft, dass sie weder an Essen noch an Feuer dachten, sondern sich einfach in ihre Decken wickelten und einschliefen. In dieser Nacht träumte Par von dem Nager. Unbarmherzig verfolgte ihn dieser, ein kaum auszumachender Schatten, der nichtsdestotrotz so real war wie er selbst. Der Schemen setzte ihm hinterher, und Par rannte, um ihm zu entkommen. Schließlich drängte ihn die Bestie in eine Felsnische. Er fuhr aus dem Schlaf hoch.

Um ihn herum war es dunkel, obwohl der Himmel im Osten bereits hell zu werden begann; seine Gefährten schliefen noch. Sein Gesicht und sein Körper waren schweißgebadet. Keuchend legte er sich wieder hin, konnte jedoch nicht mehr einschlafen.

Am Morgen brachen sie ostwärts in den mittleren Anar auf und wanderten durch einen Irrgarten von bewaldeten Hügeln und Schluchten. Sie sprachen nur wenig. Der Tag war verhangen, und der Wald wirkte irgendwie noch geheimnisvoller. Gegen Mittag erreichten sie die Wasserfälle des Mangoldstroms und folgten dem Fluss bis zur Dämmerung.

Der nächste Tag brachte Regen und Nebel. Die Reise wurde beschwerlich. Sie kamen am Rooker-Handelsposten vorbei, der zu Zeiten Jair Ohmsfords ein Treffpunkt für Jäger und Händler gewesen war, in dem später ein blühender Pelzhandel betrieben wurde, bis der Krieg zwischen Zwergen und Föderation den Geschäften im Ostland nördlich von Culhaven ein Ende gesetzt hatte. Jetzt stand der Posten leer, ohne Fenster und Türen; das Dach hing morsch durch. In seinem Schatten hausten nur noch die Geister vergangener Zeiten.

Beim Mittagessen, das sie unter dem Blätterdach einer riesigen alten Weide am Fluss einnahmen, sprach Steff beunruhigt über den Nager und betonte noch einmal, dass noch nie ein Nager westlich des Rabenhorns gesichtet worden sei. Woher war also dieser gekommen? Was hatte ihn hierher verschlagen? Aus welchem Grund hatte er sie verfolgt?

Der Regen ließ mit einbrechender Nacht nach, hielt jedoch als beharrliches Nieseln bis zum Morgen an und wurde dann zu dichtem Nebel. Die kleine Kolonne brach wieder auf und folgte dem Mangoldstrom, der sich seinen Weg abwärts in den Dunkelstreif bahnte. Das Vorankommen wurde immer beschwerlicher; der Waldboden war mit dichtem Unterholz, abgestorbenen Ästen und Baumstämmen bedeckt, sodass kaum noch ein Pfad auszumachen war. Als sie gegen Mittag dem Fluss den Rücken kehrten, verwandelte sich die Landschaft in ein Gewirr aus Gräben und Schluchten. Sie schleppten sich mühsam durch den Schlamm und die Büsche; Steff, der vorausging, schnaufte und keuchte. Wenn er marschierte, glich der Zwerg einer unermüdlichen Maschine. Nur Teel konnte mit ihm mithalten, obwohl sie kleiner war. Die Brüder und der Hochländer waren irgendwann erschöpft, bekamen Krämpfe in den Muskeln und schnappten nach Luft. Sie begrüßten jede kleine Pause, die der Zwerg ihnen gewährte, und jedes Mal, wenn sie wieder aufbrachen, fiel es ihnen schwerer. Auch die Trostlosigkeit der Umgebung setzte ihnen langsam zu, besonders den Talbewohnern. Par und Coll waren bereits seit Wochen unterwegs, hatten sich währenddessen lange versteckt halten müssen und drei sehr verstörende Begegnungen mit Wesen hinter sich, die man sich am liebsten nicht einmal vorstellen wollte. Sie waren es leid, ständig wachsam zu sein, und Düsternis, Nebel und Nässe trugen zu ihrer Erschöpfung bei. Keiner der beiden beklagte sich, und keiner der beiden hätte es zugegeben, aber inzwischen fragten sie sich, was sie hier eigentlich machten.

Erst am späten Nachmittag hörte der ständige Regen ganz auf, und dann teilten sich die Wolken und ließen vereinzelte Sonnenstrahlen durch. Sie erklommen einen Bergkamm und erblickten unter sich ein flaches, bewaldetes Tal, das von einer seltsamen Felsformation dominiert wurde, die wie ein großer Schlot aussah. Sie erhob sich aus den Bäumen wie ein riesiger Wächter.

Steff bedeutete den anderen stehen zu bleiben und zeigte nach unten. »Da«, sagte er leise. »Falls wir Walker Boh wirklich aufspüren, dann dort unten.«

Par vergaß darüber seine Erschöpfung und starrte Steff ungläubig an. »Ich kenne diesen Ort!«, rief er aus. »Das ist der Kamin! Ich kenne ihn aus den Geschichten! Hier ist Cogline zu Hause!«

»War«, berichtigte Coll ihn müde.

»War, ist, was macht das schon für einen Unterschied?« Par war ganz aufgeregt, als er sprach. »Die Frage ist, was macht Walker Boh hier? Andererseits ergäbe es auch wieder Sinn, dass er sich hier aufhält, weil dies einmal das Heim der Bohs war; aber es war natürlich auch Coglines Heim. Falls Walker Boh sich tatsächlich hier aufhält, warum hat uns der alte Mann nichts davon gesagt? Es sei denn, der alte Mann ist nicht Cogline, oder er hat aus irgendeinem Grund nicht gewusst, dass Walker hier ist, oder Walker...« Plötzlich ganz verwirrt, hielt er inne. »Bist du sicher, dass das der Ort ist, wo mein Onkel angeblich lebt?«, wollte er von Steff wissen.

Der Zwerg hatte ihn die ganze Zeit über angestarrt wie einen Hund mit drei Köpfen. Jetzt zuckte er mit den Schultern. »Ich weiß nur sehr wenig und lege mich auf noch viel weniger fest. Ich habe lediglich gehört, dass dies der Ort sein soll, an dem sich der Mann aufhält. Sobald du deine große Rede beendet hast, können wir einfach hinuntergehen und nachschauen.«

Par verstummte, und sie begannen den Abstieg. Als sie die Talsohle erreichten, fanden sie überrascht zwischen den Bäumen auf dem Boden weder Gebüsch noch abgebrochene Äste vor. Durch den Wald hatte man freien Blick auf Lichtungen, die von Bächen durchkreuzt und mit winzigen weißen, blauen und tiefvioletten Blumen bedeckt waren. Stille umgab sie. Par vergaß darüber die Gefahren und die Mühsale der Reise und richtete seine Gedanken stattdessen auf den Mann, dem er bis hierher gefolgt war. Er war verwirrt, aber wenigstens wusste er, warum. Als Brin Ohmsford vor dreihundert Jahren in den Dunkelstreif kam, lebten am Kamin Cogline und das Kind Kimber Boh, das er als seine Enkelin ausgab. Der alte Mann und das kleine Mädchen hatten Brin zum Maelmord geleitet, wo sie dem Ildatch begegnete. Danach waren sie Freunde geblieben, und diese Freundschaft hatte zehn Generationen überdauert. Walker Bohs Vater war ein Ohmsford und seine Mutter eine Boh. Er konnte seine Ahnen väterlicherseits bis zu Brin zurückverfolgen und mütterlicherseits bis zu Kimber. Es war deshalb nur zu verständlich, dass er hierher zurückkommen würde – es war dagegen unverständlich, dass der alte Mann, der Mann, der sich als Cogline ausgab und vor dreihundert Jahren schon gelebt hatte, nichts davon wissen sollte.

Par legte die Stirn in Falten. Was hatte der alte Mann über Walker Boh gesagt, als sie mit ihm gesprochen hatten? Die Falten auf seiner Stirn vertieften sich. Nur, dass er wusste, dass

Walker am Leben war, antwortete er sich. Nur das und sonst nichts.

Aber gab es da noch etwas, das der alte Mann ihnen verschwiegen hatte? Par war sich dessen sicher. Und er wollte dahinterkommen, was es war.

Die wenigen Strahlen des späten Sonnenscheins zogen sich wieder zurück, und die Dämmerung legte sich mit grauen Schatten über das Tal. Der wolkenlose Himmel war übersät mit unzähligen Sternen, und der abnehmende Mond tauchte den Wald in milchiges Licht. Die kleine Kolonne bewegte sich vorsichtig weiter, immer in Richtung der kaminartigen Felsformation. Sie überquerten Dutzende von kleinen Bächen und zogen durch einen Irrgarten von Lichtungen. Es war still im Wald, aber sie empfanden die Stille nicht als bedrohlich. Coll versetzte Par einen kleinen Stoß, als er ein graues Eichhörnchen bemerkte, das auf seinen Hinterbeinen saß und ernst auf sie herabsah. Alle Geräusche der Nacht schienen aus großer Ferne zu kommen, nicht aus dem Tal.

»Irgendwie fühle ich mich hier sicher, du nicht auch?«, fragte Par seinen Bruder, und Coll nickte.

Fast eine Stunde lang marschierten sie weiter, ohne jemandem zu begegnen. Sie hatten ungefähr die Mitte des Tales erreicht, als ein Lichtstrahl zwischen den Bäumen durchschien. Steff verlangsamte den Schritt, bedeutete ihnen, auf der Hut zu sein, und ging dann wieder voraus. Das Licht kam immer näher. Eine Lampe!, dachte Par. Er drängte sich zu Steff vor. »Es ist eine Hütte«, flüsterte er dem Zwerg zu.

Sie betraten eine breite grasgrüne Lichtung. Dort stand tatsächlich eine Hütte, genau in der Mitte, eine gepflegte Hütte aus Stein und Holz mit Veranden auf der Vorder- und Rückseite, gepflasterten Wegen und einem Garten mit blühenden Büschen. Fichten und Pinien umgaben das Häuschen wie kleine

Wachtürme. Der aus seinen Fenstern flutende Lampenschein tauchte den Rasen in helles Licht.

Die Vordertür stand offen.

Par wollte sofort darauf zugehen, doch Steff hielt ihn mit einem kräftigen Griff zurück. »Ein bisschen Vorsicht könnte nicht schaden«, belehrte er ihn. Er flüsterte Teel etwas zu, wandte sich dann von ihnen ab, ging allein auf die Hütte zu und huschte über die Lichtung, sorgsam darauf bedacht, die Schatten der Bäume auszunutzen und gleichzeitig die Tür im Auge zu behalten. Die anderen beobachteten ihn. Als er die Veranda erreichte, kauerte er sich zunächst lange Zeit davor nieder, bevor er mit schnellen Schritten die Stufen hinauf- und ins Haus hineinlief. Nach einem Augenblick des Schweigens erschien er in der Tür und winkte sie herbei.

Als sie ihn erreichten, sagte er: »Es ist niemand zu Hause. Aber es sieht aus, als hätte man uns erwartet.«

Den Sinn seiner Worte begriffen sie, als sie eintraten. Zwei Feuerstellen befanden sich an den einander gegenüberliegenden Wänden des Hauptraums; vor der einen waren Stühle und Bänke zu einer Art Sitzgruppe zusammengestellt worden, die andere diente als Kochstelle. In beiden brannte ein loderndes Feuer. Auf der Kochstelle köchelte ein Eintopf, und heißes Brot lag zum Abkühlen auf einem Brett. Ein langer Tisch war sorgfältig für fünf Personen gedeckt. Par ging darauf zu und nahm alles in Augenschein. Fünf Becher waren mit kühlem Bier gefüllt.

Die Gefährten sahen einander an, bevor sie ihre Blicke durch den Raum schweifen ließen. Das Holz der Wände und Balken schien poliert und gewachst. Silberbesteck, Gläser, Holzschnitzereien und Wandbehänge glänzten und schimmerten im Schein der Öllampen und Kaminfeuer. Frische Blumen standen sowohl auf dem langen Tisch wie auch in der Sitzecke. Durch einen Gang gelangte man zu den Schlafräumen. Die Hütte war hell, hübsch und sehr leer.

»Ob Walker hier wohnt?«, fragte Morgan. Irgendwie passte all das nicht in das Bild, das er sich von dem Mann gemacht hatte.

Par schüttelte den Kopf. »Keine Ahnung. Ich sehe nichts, was ich wiedererkennen würde.«

Morgan schlich in den hinteren Gang, blieb kurz verschwunden und kehrte dann wieder zurück. »Nichts«, erklärte er enttäuscht.

Coll gesellte sich zu Par, sog den Duft, der aus dem Topf strömte, ein und zuckte mit den Schultern. »Tja, es sieht so aus, als sei unsere Ankunft keine so große Überraschung. Ich weiß nicht, wie es euch geht, aber der Eintopf riecht verdammt gut. Und da sich jemand die Mühe gemacht hat zu kochen – Walker Boh oder sonst jemand –, glaube ich, dass wir uns wenigstens hinsetzen und essen sollten.«

Par und Morgan ließen sich nicht lange bitten, und selbst Teel schien nicht abgeneigt. Auch Steff stimmte zu. Nichtsdestotrotz bestand er darauf, sich zuerst zu vergewissern, dass das Essen nicht vergiftet war. Als er schließlich verkündete, dass es genießbar sei, setzten sie sich und machten sich hungrig darüber her.

Nachdem sie ihre Mahlzeit beendet hatten, räumten sie den Tisch ab, wuschen das Geschirr und stellten es vorsichtig in einen dafür bestimmten Schrank zurück. Danach durchsuchten sie die Hütte ein zweites Mal. Sie fanden nichts.

Noch bis nach Mitternacht saßen sie am Feuer und warteten. Niemand kam. Im hinteren Teil der Hütte befanden sich zwei Schlafzimmer mit je zwei Betten, die mit frischen Leintüchern und Decken bezogen waren. Sie schliefen abwechselnd, und immer einer hielt Wache. Ihr Schlaf blieb ungestört. Die

Morgendämmerung beendete die Nachtruhe, die sie gestärkt hatte. Noch immer kam niemand.

Im Laufe des Tages durchsuchten sie das ganze Tal von einem Ende zum anderen, von der Hütte bis zu dem seltsamen, kaminförmigen Felsen. Das Sonnenlicht und eine leichte Brise sowie der Duft der Pflanzen erfüllten den warmen, hellen Tag. Sie spazierten an den Bächen entlang, folgten den Pfaden, durchstreiften die wenigen Senken. Vereinzelt entdeckten sie Spuren, die sämtlich von Tieren stammten. Vögel flogen über sie hinweg und leuchteten bunt zwischen den Bäumen; winzige Waldbewohner beobachteten sie aus scharfen Augen; Insekten schwirrten und surrten umher. Irgendwann, als Par und Coll die Westseite des Felsenturms absuchten, stellte sich ihnen ein Dachs in den Weg und weigerte sich, sie vorbeizulassen. Sonst sahen sie nichts.

An diesem Abend mussten sie ihre Mahlzeit selbst zubereiten, aber im Kühlraum fanden sie frisches Fleisch und Käse, im Garten Gemüse, und Brot vom Vortag war auch noch vorhanden. Die Brüder zierten sich nicht lange, und überzeugt davon, dass man genau das von ihnen erwartete, drängten sie die anderen, es ihnen ungeachtet der Befürchtungen von Steff gleichzutun. Der Tag ging in eine warme und angenehme Nacht über, und inzwischen fühlten sie sich in ihrer neuen Umgebung durchaus wohl. Steff saß mit Teel vor dem Kaminfeuer und rauchte seine lange Pfeife, während Par und Coll in der Küche das Geschirr abwuschen und Morgan auf der Vordertreppe Wache hielt.

»Irgendjemand hat sich sehr viel Mühe gegeben, diese Hütte so herzurichten«, bemerkte Par, als sie ihre Arbeit erledigt hatten. »Ist doch ziemlich unvernünftig, dass die Besitzer sie einfach verlassen haben.«

»Vor allem, nachdem sie sich die Zeit genommen haben, uns

einen Eintopf zu kochen«, fügte Coll hinzu. Er machte ein nachdenkliches Gesicht. »Glaubst du, dass sie Walker gehört?«

»Ich habe keine Ahnung, aber ich würde es zu gern wissen.«

»Irgendwie sieht das überhaupt nicht nach ihm aus, oder? Nicht nach dem Walker, den ich in Erinnerung habe. Und überhaupt nicht nach dem, von dem Steff gesprochen hat.«

Par trocknete einen Teller ab und stellte ihn vorsichtig zur Seite. »Vielleicht wollte er auf diese Weise verschwinden«, sagte er leise.

Einige Stunden nach Mitternacht trat er gähnend auf die vordere Veranda und suchte Teel, die Wache hielt und die er ablösen wollte. Zuerst konnte er die Zwergin nirgends entdecken, und erst als er richtig wach geworden war, tauchte sie einige Dutzend Meter entfernt hinter einer Fichte auf. Sie huschte lautlos auf ihn zu und verschwand wortlos in der Hütte. Par blickte ihr neugierig hinterher, setzte sich auf die Stufen, stützte das Kinn in die Hände und starrte in die Dunkelheit.

Er hatte fast eine Stunde lang so dagesessen, als er ein Geräusch wahrnahm.

Es war seltsam, eine Art Summen wie von einem Schwarm von Bienen, gleichzeitig aber tiefer und rauer. Er hörte es, und dann war es auch schon wieder verklungen. Zuerst hielt er es für Einbildung. Doch dann hörte er es wieder, nur einen Augenblick, ehe es wieder verklang.

Er stand auf und schaute sich zögernd um, bevor er langsam zum Weg hinüberging. Ein sternenklarer Himmel erhellte die Nacht. Der Wald um ihn herum schien verlassen. Er fühlte sich wieder sicher und schlenderte langsam um das Haus herum nach hinten. Unter einer alten Weide fand er zwei alte Bänke. Er ging darauf zu und lauschte noch einmal in die Dunkelheit, hörte aber nichts. Er nahm auf einer der Bänke Platz. Eine Zeit lang saß er nur da, starrte durch die hängenden Zweige der

Weide, gab sich in der Dunkelheit seinen Tagträumen hin und lauschte der Stille der Nacht. Er musste an seine Eltern denken und fragte sich, ob es ihnen gut ging und ob sie sich seinetwegen Sorgen machten. Schattental war nur noch eine verschwommene Erinnerung.

Einen Augenblick schloss er die Augen, um die Müdigkeit abzuschütteln. Als er die Augen wieder öffnete, stand die Moorkatze vor ihm.

Ihm fuhr ein solcher Schreck in die Glieder, dass er sich nicht bewegen konnte. Die Augen der Katze leuchteten goldfarben in der Nacht. Sie war das größte Tier, das Par jemals gesehen hatte, größer noch als der Nager, und von Kopf bis Fuß pechschwarz, mit Ausnahme der Augen, die ihn unverwandt und ohne zu blinzeln anstarrten.

Dann schnurrte die Katze, und er erkannte, dass es das Geräusch war, das er zuvor gehört hatte. Die Katze drehte sich um, entfernte sich einige Schritte und blickte sich dann abwartend um. Da Par sie weiterhin nur anstarrte, kam sie zurück, ging wieder los, hielt erneut inne und wartete.

Par wurde klar, dass er ihr folgen sollte. Geistesabwesend erhob er sich, machte ein paar Schritte in ihre Richtung, und die Katze trabte weiter, bis sie zwischen den Bäumen verschwunden war.

Eine Weile zogen sie leise durch den dunklen Wald in die Nacht hinein. Mondlicht fiel durch Lücken im Blätterdach, und Par hatte keine Mühe, ihr zu folgen. Den ursprünglichen Schreck hatte er überwunden, stattdessen war seine Neugier geweckt. Jemand hatte die Katze zu ihm geschickt, und er glaubte zu wissen, wer dieser Jemand war.

Schließlich erreichten sie eine Lichtung, in deren Mitte sich mehrere Bäche in einen großen, mondbeschienenen Teich ergossen. Riesige alte Bäume warfen mit Zweigen und Ästen ein kunstvolles Schattenmuster auf die Umgebung. Die Katze trank aus dem Teich, setzte sich hin und starrte Par an. Der blieb stehen.

»Hallo, Par«, begrüßte ihn jemand.

Par blickte sich auf der Lichtung um und entdeckte den Sprecher, der auf einem knorrigen Baumstumpf saß und im Schatten kaum von seiner Umgebung zu unterscheiden war. Der Mann erhob sich und trat ins Licht.

»Hallo, Walker«, rief Par.

Sein Onkel sah noch so aus, wie er ihn in Erinnerung hatte, aber andererseits auch vollkommen anders. Er war immer noch groß und schlank, und seine elfischen Züge zeigten sich deutlich, wenn auch nicht so auffällig wie bei Par. Seine Haut war erschreckend bleich, ganz im Gegensatz zu seinem schulterlangen schwarzen Haar und seinem gestutzten Bart. Seine Augen hatten sich ebenfalls nicht verändert; es war, als blickten sie durch einen hindurch. Schwieriger war es, die Veränderungen zu beschreiben. Besonders fielen sie in der Weise auf, wie Walker Boh sprach, auch wenn er bisher kaum ein Wort gesagt hatte. Es schien, als sei er von einer unsichtbaren Wand umgeben, die nichts durchdringen konnte.

Walker Boh kam auf Par zu und ergriff seine Hände. Er trug Hosen, ein Hemd, einen kurzen Mantel und weiche Stiefel, alles in den Farben der Erde und der Bäume. »Ist so weit alles in Ordnung in der Hütte?«, fragte er.

»Onkel, was machst du hier draußen? Warum warst du nicht da, als wir angekommen sind? Du hast doch ganz offensichtlich gewusst, dass wir kommen.«

Der Onkel ließ Pars Hände los und trat zurück. »Komm, setz dich zu mir, Par«, bat er und zog sich, ohne die Antwort seines Neffen abzuwarten, wieder in den Schatten zurück. Par folgte ihm, und beide ließen sich auf dem Baumstumpf nieder, auf dem Walker vorher gesessen hatte.

Walker betrachtete Par ausgiebig. »Ich spreche nur mit dir«, sagte er leise. »Und nur dieses eine Mal.«

Par wartete und erwiderte nichts.

»Es hat in meinem Leben viele Veränderungen gegeben«, fuhr sein Onkel kurz darauf fort. »Ich nehme an, dass du nur sehr spärliche Erinnerungen an mich aus deinen Kindertagen hast, und die meisten davon haben nicht mehr viel mit dem zu tun, der ich jetzt bin. Ich habe das Leben im Tal und das Südland hinter mir gelassen, um noch einmal von vorn anzufangen. Ich habe den Wahnsinn der Menschen hinter mir gelassen, deren Leben durch ihre primitiven Instinkte bestimmt wird. Ich habe den Menschen aller Rassen den Rücken gekehrt, ihrer Habgier und ihren Vorurteilen, ihren Kriegen, ihrer Politik und ihrer abscheulichen Vorstellung von Verbesserung. Ich bin hierher gekommen, Par, damit ich allein leben konnte. Zwar war ich schon immer allein; ich bin dazu geboren, allein zu sein. Der Unterschied besteht darin, dass ich jetzt nicht deswegen allein bin, weil die anderen es so wollen, sondern deshalb, weil ich es so will. Ich habe die Freiheit, so zu sein, wie ich bin – ohne dass ich mich deshalb unwohl fühlen müsste.«

Ein schwaches Lächeln huschte über sein Gesicht. »Die Zeit, in der wir leben, und das, was wir sind, machen es uns schwer. Verstehst du mich, Par? Auch du verfügst über Magie – in deinem Fall eine sehr konkrete Magie. Durch sie wirst du keine Freunde gewinnen, im Gegenteil. Wir dürfen heute nicht mehr Ohmsfords sein, weil Ohmsfords die Zauberkraft ihrer Vorfahren besitzen, und weder die Magie noch die Elfen werden heutzutage begrüßt oder verstanden. Ich bin es leid, ich habe keine Lust mehr, ein Außenseiter zu sein und ständig mit Argwohn und Misstrauen behandelt zu werden. Ich bin es leid, als etwas Andersartiges angesehen zu werden. Dir wird es genauso ergehen, wenn es nicht schon so weit ist. Es liegt einfach im Wesen der Dinge.«

»Ich lasse mich davon nicht beirren«, antwortete Par. »Die Magie ist eine Gabe.«

»Ja, wirklich? Wie kann das sein? Eine Gabe muss man nicht verstecken wie eine ansteckende Krankheit. Man muss sich nicht ihrer schämen, sich nicht vor ihr in Acht nehmen oder vor ihr Angst haben. Eine Gabe ist nichts, das einem den Tod einbringen könnte.«

Er sprach mit solcher Verbitterung, dass Par ein Schauer über den Rücken lief.

Dann schien sich die Stimmung seines Onkels zu verändern; er beruhigte sich und schüttelte schuldbewusst den Kopf. »Manchmal vergesse ich mich, wenn ich über die Vergangenheit rede. Es tut mir leid. Ich wollte andere Dinge mit dir besprechen. Aber nur mit dir, Par. Die Hütte überlasse ich deinen Gefährten für die Zeit ihres Aufenthaltes. Aber ich werde sie dort nicht aufsuchen. Ich bin nur an dir interessiert.«

»Aber was ist mit Coll?«, fragte Par verwirrt. »Warum willst du nur mit mir sprechen und nicht auch mit ihm?«

Sein Onkel lächelte spöttisch. »Denk nach, Par. Ich habe ihm nie so nahegestanden wie dir.«

Par starrte ihn schweigend an. Er musste zugeben, dass sein Onkel recht hatte. Es war die Magie, durch die er Walker näher gekommen war, und Coll hatte daran nie teilgehabt. Die Zeit, die er mit seinem Onkel verbracht und in der er den Mann besser kennengelernt hatte, war immer eine Zeit ohne Coll gewesen.

»Außerdem«, fuhr der andere leise fort, »geht das, was ich mit dir besprechen will, nur uns beide an.«

Plötzlich verstand Par. »Die Träume.« Sein Onkel nickte. »Das heißt also, du hast sie auch – die schwarze Gestalt, offensichtlich Allanon, der am Hadeshorn steht und uns warnt und zu sich ruft?« Par war sprachlos. »Und was ist mit dem alten

Mann? War er auch bei dir?« Wieder nickte sein Onkel. »Dann kennst du ihn, nicht wahr? Ist es wirklich Cogline?«

Walker Bohs Gesicht war jetzt ausdruckslos. »Ja, Par, es ist Cogline.«

Par rieb sich aufgeregt die Hände. »Ich kann es nicht glauben! Wie alt ist er? Hunderte von Jahren, nehme ich an – genau so alt, wie er zu sein behauptet. Lebt er immer noch hier bei dir?«

»Er besucht mich manchmal. Die Katze gehörte ihm, bevor er sie mir geschenkt hat. Du erinnerst dich doch daran, dass es immer eine Moorkatze gab. Die davor hieß Wisper. Das war zu Zeiten von Brin Ohmsford. Die jetzige heißt Ondit. Der alte Mann hat ihr diesen Namen gegeben. Er meinte, es sei ein guter Name für eine Katze – besonders für eine Katze, die mir gehört.«

Er verstummte, und eine Miene, die Par nicht deuten konnte, zeigte sich in seinem Gesicht, um sofort wieder zu verschwinden. Par warf einen Blick dorthin, wo er die Katze zuletzt gesehen hatte, doch sie war nicht mehr da.

»Gerüchte kommen und gehen auf die gleiche Weise wie Moorkatzen«, sagte Walker Boh, als hätte er seine Gedanken gelesen.

Par nickte abwesend und gab seinen Blick zurück. »Was wirst du tun, Onkel?«

»Wegen der Träume?« Die Augen des Onkels nahmen einen leblosen Ausdruck an. »Nichts.«

Par zögerte. »Aber der alte Mann muss dir…«

»Hör mir zu«, unterbrach ihn der andere. »Ich habe meine Entscheidung getroffen. Ich weiß, worum ich in meinen Träumen gebeten worden bin, und ich weiß, wer sie geschickt hat. Der alte Mann war bei mir, und wir haben uns unterhalten. Es ist noch keine Woche her, dass er hier war. All das zählt nicht. Ich bin schon längst kein Ohmsford mehr; ich bin ein Boh. Wenn ich mich meiner Vergangenheit entledigen könnte, würde ich keinen Augenblick zögern. Ich will damit nichts zu tun haben. Ich bin in das Ostland gegangen, weil ich in diesem Tal leben wollte, so, wie meine Vorfahren einst gelebt haben, weil ich wenigstens einmal dort sein wollte, wo alles frisch und sauber ist und nicht durch die Gegenwart anderer gestört wird. Ich habe mir mein Leben hier eingerichtet. Du hast dieses Tal gesehen; die Familie meiner Mutter hat es so hinterlassen, und ich will es so erhalten. Ondit leistet mir Gesellschaft. Ab und zu besuche ich sogar die Menschen draußen. Der Dunkelstreif ist meine Zuflucht und der Kamin mein Heim.«

Er beugte sich vor. »Ich besitze die Magie, Par – sie ist anders als deine, aber sie ist trotzdem real. Manchmal weiß ich, was die anderen denken, selbst wenn sie weit entfernt sind. Ich kann mich mit Lebewesen auf eine Art verständigen, wie es die anderen nicht können. Mit allen Lebewesen. Manchmal kann ich mich unsichtbar machen, genau wie die Moorkatze. Ich kann sogar Kräfte beschwören!« Er schnippte unerwartet mit den Fingern, und einen Augenblick waren seine Finger in blaues Feuer getaucht. Er pustete die Flammen aus. »Ich verfüge nicht über die Magie des Wünschliedes, aber offensichtlich über einen Teil seiner Kraft. Meine Fähigkeiten sind zum Teil angeboren, manches habe ich mir selbst beigebracht, und den Rest haben mich andere gelehrt. Doch hier habe ich alles, was ich brauche, und das reicht mir. Die Welt muss ohne mich zurechtkommen. Sie hat es bis jetzt auch getan.«

Par suchte nach einer Antwort. »Aber wenn die Träume sich erfüllen, Onkel?«, fragte er endlich.

Walker Boh lachte höhnisch. »Par! Die Träume erfüllen sich nie! Hast du nichts gelernt aus deinen Geschichten? Gleichgültig, ob heute oder damals, als Allanon noch lebte, eines bleibt immer gleich – die Ohmsfords erfahren niemals die ganze Wahrheit, nur das, was die Druiden als notwendig erachten!«

»Du glaubst, dass wir benutzt werden?«

»Ich wäre ein Narr, wenn ich etwas anderes glauben würde! Und ich glaube nicht alles, was man mir erzählt.« Die Augen seines Gegenübers waren kalt wie Stein. »Die Magie, die du für eine Gabe hältst, war niemals etwas anderes als ein nützliches Werkzeug der Druiden. Ich habe nicht die Absicht, mich für die neue Aufgabe, die sie gefunden haben, ausnutzen zu lassen. Wenn die Welt gerettet werden muss, so wie die Träume es andeuten, sollen Allanon und der alte Mann losziehen und sie retten!«

Die beiden starrten sich schweigend an. Langsam schüttelte Par den Kopf. »Du überraschst mich, Walker. Solche Verbitterung und Wut kenne ich gar nicht von dir.«

Walker Boh lächelte traurig. »Die waren schon vorhanden, Par. Sie waren immer vorhanden. Du hast dir nur nie die Mühe gemacht, danach zu suchen.«

»Sollten sie sich nicht inzwischen verflüchtigt haben?«

Sein Onkel erwiderte nichts.

»Du hast also bereits deine Entscheidung getroffen.«

»Ja, Par. Das habe ich.«

Par holte tief Luft. »Was wirst du tun, wenn die Dinge aus den Träumen wahr werden? Was wird dann aus deinem Zuhause? Was geschieht, wenn das Böse, das die Träume prophezeit haben, bei dir vor der Tür steht?«

Sein Onkel sagte nichts, aber der starre Blick wich nicht aus seinem Gesicht.

»Ich habe eine andere Einstellung zu manchen Dingen, Walker«, sagte Par leise. »Ich war schon immer der Meinung, dass die Magie eine Gabe ist und dass sie mir aus einem ganz bestimmten Grund geschenkt wurde. Lange Zeit schien es so, als wäre sie nur dazu da, die alten Geschichten zu erzählen, damit sie nicht ganz in Vergessenheit geraten. Ich habe meine Meinung jedoch geändert. Ich glaube, dass die Magie für größere Dinge geschaffen ist.« Er richtete sich auf, weil er sich in Gegenwart des anderen plötzlich klein fühlte. »Coll und ich können nicht ins Tal zurück, weil die Föderation von der Magie Wind bekommen hat und hinter uns her ist. Der alte Mann, Cogline, sagt, dass es noch andere Wesen gibt, die uns verfolgen – vielleicht sogar Schattenwesen. Bist du denen mal begegnet? Ich schon. Eins daran ist komisch: Ich glaube, dass die Dinge, die uns verfolgen, ebenfalls Angst haben. Es ist die Magie, vor der sie sich fürchten.« Er machte eine Pause. »Ich habe keine Ahnung, warum das so ist, aber ich bin entschlossen, es herauszufinden.«

Ein Anflug von Überraschung zeigte sich in Walker Bohs Augen.

Par nickte. »Ja, Onkel, ich habe mich entschlossen, der Aufforderung der Träume Folge zu leisten. Ich glaube, dass Allanon sie geschickt hat, und ich glaube, dass man sie beachten muss. Ich gehe zum Hadeshorn. Die Entscheidung ist mir gerade erst klar geworden; unser Gespräch hat mir dazu verholfen. Coll weiß noch nichts davon. Ich habe keine Ahnung, was er tun wird. Vielleicht muss ich sogar allein aufbrechen. Aber gehen werde ich, schon deshalb, weil ich glaube, dass Allanon mir sagen kann, welchem Zweck die Magie dienen soll.« Traurig schüttelte er den Kopf. »Ich kann nicht so sein wie du, Onkel. Ich kann nicht als Außenseiter leben. Irgendwann will ich wieder nach Schattental zurückkehren und mich nicht irgendwo anders niederlassen und noch einmal von vorn anfangen. Auf meinem Weg hierher habe ich Culhaven gesehen. Die Zwerge, die uns hierher begleitet haben, sind von dort. Die ganzen Vorurteile und die ganze Habgier, die Politik und die Kriege, der ganze Wahnsinn, von dem du sprichst, all das kann man dort am eigenen Leib erfahren. Aber im Gegensatz zu dir will ich davor nicht weglaufen; ich möchte einen Weg finden, um dem allem ein Ende zu machen! Wie kann ich das erreichen, wenn ich einfach so tue, als würde es nicht existieren?«

Er ballte die Hände zu Fäusten. »Weißt du, ich frage mich, was wäre, wenn Allanon etwas wüsste, das den Lauf der Dinge ändern könnte. Was wäre, wenn er mir zeigen könnte, wie der ganze Wahnsinn beendet werden kann?«

Langsam starrten sie sich in der Dunkelheit an und sprachen kein Wort. Par meinte in den dunklen Augen seines Onkels etwas zu entdecken, das er seit der Kindheit nicht gesehen hatte – Fürsorge und Mangel und Aufopferung. Dann wurde Walker Bohs Blick wieder leer und ausdruckslos, und sein Onkel erhob sich.

»Denkst du noch einmal darüber nach?«, fragte Par.

Walker blickte ihn schweigend an, ging dann zum Teich in der Mitte der Lichtung, blieb stehen und schaute hinein. Als er mit den Fingern schnippte, tauchte wie aus dem Nichts Ondit auf und ging zu ihm. Er drehte sich um und schaute zurück. »Viel Glück, Par«, war alles, was er sagte.

Dann verschwand er, begleitet von seiner Katze, in der Nacht.

10

Par wartete bis zum Morgen, ehe er den anderen von seiner Begegnung mit Walker Boh berichtete. Er sah keinen Grund zur Eile. Walker hatte seine Absichten klar zum Ausdruck gebracht, und keiner von ihnen hätte daran etwas ändern können. Par machte sich also auf den Rückweg zur Hütte, nahm seine Wache wieder auf, hing seinen Gedanken nach und wartete auf die Dämmerung.

Die anderen reagierten unterschiedlich, als er die Geschichte schließlich erzählte. Morgan war entrüstet über Walkers Verhalten und erklärte, dass sie anstandshalber wenigstens ein Treffen verdient gehabt hätten. Überzeugt davon, dass der Mann noch nicht weit gekommen sein konnte, bestand er darauf, das Tal zu durchsuchen.

Steff war der Meinung, Walker Boh sei lediglich darauf bedacht, Schwierigkeiten möglichst aus dem Weg zu gehen. »Mir scheint, dass sein Verhalten, egal für wie ärgerlich man es halten mag, keineswegs außergewöhnlich ist«, erklärte er mit einem Schulterzucken. »Schließlich habt ihr selbst gesagt, dass er sich hierher zurückgezogen hat, um Konflikte der Rassen zu meiden. Indem er sich nun weigert, zum Hadeshorn zu gehen, tut er nur das, was er schon immer angekündigt hat.«

Teel hatte dazu, wie immer, nichts beizutragen. Coll meinte nur: »Ich wünschte, ich hätte mit ihm sprechen können.« Damit war die Angelegenheit für ihn erledigt.

Obwohl es keinen Grund gab, länger zu bleiben, entschlossen

sie sich, die Abreise um einen Tag zu verschieben. Der Mond war noch immer mehr als halb voll, und so hatten sie mindestens noch zehn Tage Zeit, bis sie am Hadeshorn sein sollten – falls sie überhaupt dorthin aufbrachen. Ein Gespräch über ihr weiteres Vorgehen wurde vermieden. Par hatte seine Entscheidung bereits getroffen, ohne diese jedoch den anderen mitzuteilen. Seine Gefährten warteten andererseits auf eine Äußerung von ihm. So spielten sie dieses Katz-und-Maus-Spiel weiter, beendeten ihr Frühstück und beschlossen dann, Morgans Vorschlag aufzugreifen und das Tal ein letztes Mal zu durchsuchen. Auf diese Weise waren sie beschäftigt, während sie über die Auswirkungen von Walker Bohs Entschluss nachsannen. Morgen früh bliebe immer noch genügend Zeit, eine eigene Entscheidung zu treffen.

Sie wanderten also zurück zu der Lichtung, wo Par in der vergangenen Nacht Walker und die Moorkatze getroffen hatte, und begannen eine zweite Suche, nachdem sie verabredet hatten, sich am späten Nachmittag an der Hütte zu treffen. Steff und Teel bildeten eine Gruppe, Par und Coll eine zweite, und Morgan machte sich allein auf den Weg. Es war ein warmer, sonniger Tag, und von den Bergen wehte eine leichte Brise herab.

Nachdem sich Par und Coll von den anderen getrennt hatten, wandten sie sich nach Osten.

Halbherzig schlenderte Par dahin; er bemerkte wohl, dass Coll ihn von Zeit zu Zeit ansah, wich aber seinem Blick aus. Nachdem sie über Lichtungen gewandert waren und Bäche durchwatet hatten, ohne auch nur auf die geringste Spur von Walker zu stoßen, blieb Par stehen. »Wir verschwenden nur unsere Zeit«, verkündete er, wobei ein Anflug von Ärger in seiner Stimme mitschwang. »Wir finden hier ja doch nichts.«

»Der Meinung bin ich auch«, antwortete Coll.

Par drehte sich zu ihm um, und sie sahen einander schweigend an. »Ich habe mich entschlossen, zum Hadeshorn zu gehen, Coll. Mir ist es egal, was Walker macht; für mich zähle nur ich selbst. Ich muss einfach gehen.«

Coll nickte. »Ich weiß.« Dann lächelte er. »Par, ich bin nicht all die Jahre dein Bruder gewesen, ohne mitzubekommen, wie du denkst. In dem Augenblick, in dem du mir erzählt hast, dass Walker mit der ganzen Sache nichts zu tun haben will, wusste ich, dass du gehen würdest. So bist du eben, wie ein Hund, der einen Knochen zwischen den Zähnen hat – du kannst nicht loslassen.«

»Ja, ich glaube, so sieht es manchmal aus.« Müde schüttelte Par den Kopf und ging auf ein schattiges Plätzchen unter einem Baum zu. Er lehnte sich mit dem Rücken an den Stamm und ließ sich zu Boden gleiten. Coll folgte seinem Beispiel. Sitzend starrten sie in den leeren Wald. »Ja, du hast recht. Ich konnte einfach Walkers Standpunkt nicht akzeptieren. In Wahrheit, Coll, konnte ich ihn nicht einmal verstehen. Ich war so durcheinander, dass ich nicht einmal daran gedacht habe, ihn zu fragen, ob er die Träume für wahr hält oder nicht.«

»Bewusst vielleicht nicht, aber irgendwie hattest du es im Kopf. Und offensichtlich fandst du es am Ende nicht mehr notwendig, ihn zu fragen. Walker hat gesagt, dass er die gleichen Träume gehabt hat wie du. Er hat dir erzählt, dass der alte Mann ihn aufgesucht hat, genau wie uns, und dass der alte Mann Cogline war. Er hat nichts abgestritten. Er hat einfach gesagt, dass er damit nichts zu tun haben will. Demnach glaubt er, dass die Träume wahr sind – andernfalls gäbe es nichts, womit er etwas zu tun haben könnte.«

Par presste die Lippen zusammen. »Ich verstehe es nicht, Coll. Es war eindeutig Walker, mit dem ich letzte Nacht gesprochen habe; ich weiß, es war Walker. Aber er klang nicht wie Walker. Das ganze Gerede von ›nichts damit zu tun haben wollen‹, von seiner Entscheidung, hier draußen wie ein Einsiedler zu leben. Irgendetwas stimmt hier nicht, ich fühle es! Er hat mir nicht alles gesagt. Er hat immer wieder davon gesprochen, dass die Druiden den Ohmsfords Dinge vorenthalten haben, aber er hat sich mir gegenüber genauso benommen. Irgendetwas hat er verschwiegen.«

Colls Blick ließ erkennen, dass er nicht überzeugt war. »Warum hätte er das tun sollen?«

Par schüttelte den Kopf. »Ich weiß es nicht. Es ist einfach nur ein Gefühl.« Er sah seinen Bruder scharf an. »Walker hat sich in seinem ganzen Leben nie unterkriegen lassen; wir beide wissen das. Er hat nie Angst davor gehabt, für etwas einzutreten und da zu sein, wenn er gebraucht wurde. Jetzt tut er so, als könne er kaum den Gedanken ertragen, morgens aufzustehen! Er redet so, als wäre es das Wichtigste im Leben, sich um sich selbst zu kümmern! Er hat es fertiggebracht, dass ich mich seinetwegen geschämt habe.«

»Ich glaube, dass du da zu viel hineindeutest.« Coll stieß den Absatz seines Stiefels in den Boden. »Vielleicht ist es einfach so, wie er sagt. Er lebt hier schon ziemlich lange, Par. Vielleicht fühlt er sich unter Menschen nicht mehr wohl.«

»Und was ist mit dir?« Par war wütend. »Er wollte nicht einmal mit dir sprechen.«

Coll schüttelte den Kopf und hielt seinem Blick stand. »Es ist doch so, Par, dass wir uns nie viel zu sagen gehabt haben. Ihm ging es immer nur um dich, weil du die Magie hast.«

Par sah ihn stumm an. Walkers Worte, dachte er. Er machte sich selbst etwas vor, wenn er Colls Beziehung zu ihrem Onkel mit seiner eigenen auf eine Stufe stellte. Die war nie dieselbe gewesen. Er runzelte die Stirn. »Es bleiben immer noch die Träume. Warum ist er nicht neugierig wie ich? Will er denn nicht wissen, was Allanon zu sagen hat?«

Coll zuckte mit den Schultern. »Vielleicht weiß er es bereits. Es scheint sowieso meistens zu wissen, was andere Leute denken.«

Par zögerte. Daran hatte er noch nicht gedacht. War es möglich, dass sein Onkel bereits wusste, was der Druide ihnen am Hadeshorn sagen würde? Konnte er die Gedanken eines Schattens lesen, eines Mannes, der seit dreihundert Jahren tot war?

Par schüttelte den Kopf. »Nein, das glaube ich nicht. Denn sonst hätte er mehr über den Grund der Träume gesagt. Er hat die Angelegenheit jedoch die ganze Zeit als einen weiteren Fall abgetan, bei dem die Ohmsfords wieder einmal von den Druiden benutzt werden; der Grund hat ihn gar nicht interessiert.«

»Dann hofft er vielleicht, dass du ihm den Grund nennst.«

Par nickte langsam. »Das klingt schon logischer. Ich habe ihm gesagt, dass ich zu Allanon gehe; vielleicht meint er, dass einer von uns reicht.«

Coll legte sich ins Gras und starrte zu den Baumwipfeln hoch. »Aber das glaubst du doch auch nicht, oder?«

Sein Bruder lächelte schwach. »Nein.«

»Du glaubst immer noch, dass da noch etwas ist.«

»Ja.«

Eine Weile hing jeder seinen eigenen Gedanken nach. Durch die Äste, die sich wie ein Baldachin über ihnen wölbten, spielten dünne Sonnenstrahlen, und das Gezwitscher der Vögel erfüllte die Stille.

»Mir gefällt es hier«, sagte Par schließlich.

Coll hatte die Augen geschlossen. »Was glaubst du, wo er sich versteckt?«

»Walker? Ich weiß nicht. Unter irgendeinem Stein vielleicht.«

»Du solltest ihn nicht vorschnell verurteilen, Par. Dazu hast du kein Recht.«

Par wollte antworten, besann sich dann aber eines Besseren

und gab sich damit zufrieden, den Sonnenstrahl zu beobachten, der sich über Colls Gesicht bewegte, bis er seine Augen traf, was seinen Bruder zwang, zu blinzeln und sich abzuwenden. Coll setzte sich auf, sein breites Gesicht strahlte Zufriedenheit aus. Er ließ sich durch nichts so leicht aus der Fassung bringen; es gelang ihm stets, die Dinge von allen Seiten zu betrachten. Dafür bewunderte Par ihn. Coll verstand, welche unterschiedliche Wichtigkeit Ereignisse in einem größeren Zusammenhang entwickeln konnten.

Plötzlich wurde Par bewusst, welch große Zuneigung er für seinen Bruder hegte.

»Kommst du mit, Coll?«, fragte er. »Zum Hadeshorn?«

Coll sah ihn an. »Ist es nicht seltsam«, antwortete er, »dass du und Walker und sogar Wren die Träume habt und ich nicht, dass ihr alle darin vorkommt und ich nicht und dass ihr alle gerufen worden seid, aber ich nicht?« Aus seiner Stimme war kein Groll herauszuhören, nur Verwunderung. »Warum ist das so? Wir haben noch nie darüber gesprochen, du und ich, stimmt's? Nicht ein einziges Mal. Stattdessen haben wir dieses Thema sorgsam gemieden.«

Par starrte ihn an und wusste nicht, was er darauf erwidern sollte.

Als Coll sein Unbehagen bemerkte, lächelte er. »Peinlich, meinst du nicht? Mach kein so unglückliches Gesicht, Par. Ich wollte dir damit nicht die Schuld zuweisen.« Er rückte näher. »Vielleicht hat es etwas mit der Magie zu tun – mit etwas, von dem wir noch nichts wissen. Vielleicht ist das der Grund.«

Par schüttelte den Kopf und seufzte. »Es wäre eine Lüge, wenn ich sagen würde, dass ich mich nicht unwohl fühle, weil ich die Träume habe und du nicht. Ich weiß nicht, was ich sagen soll. Ich hoffe immer darauf, dass du dich mit einer Sache beschäftigst, die dich eigentlich nicht betrifft. Ich sollte nicht einmal fragen, aber ich kann einfach nicht anders. Du bist mein Bruder, und ich möchte dich bei mir haben.«

Coll streckte die Hand aus, legte sie Par auf die Schulter und lächelte warm. »Hin und wieder, Par, gelingt es dir, die richtigen Worte zu finden.« Sein Händedruck verstärkte sich. »Ich gehe dorthin, wo du hingehst. So ist es immer zwischen uns gewesen. Ich will damit nicht sagen, dass ich immer allem zustimme, was du denkst, aber das ändert nichts an meinen Gefühlen für dich. Wenn du also glaubst, dass du zum Hadeshorn gehen musst, um das Rätsel der Träume zu lösen, dann bin ich mit dabei.«

Par umarmte seinen Bruder und dachte dabei an die vielen Male, als Coll für ihn da gewesen war, wenn er darum gebeten wurde; ein beglückendes Gefühl durchströmte ihn bei dem Gedanken daran, dass Coll ihn auch diesmal nicht im Stich lassen würde. Und so sagte er nur: »Ich wusste, dass ich mich auf dich verlassen kann.«

Es war später Nachmittag, als sie an Rückkehr dachten. Sie hatten sich zwar vorgenommen gehabt, früher zurückzugehen, doch ihr Gespräch über die Träume und Allanon hatte sie so beschäftigt, dass sie bis zur Ostseite des Tales gewandert waren, bevor sie entdeckten, wie spät es inzwischen geworden war. Jetzt, als die Sonne hinter dem westlichen Horizont versank, machten sie sich auf den Heimweg.

»Es sieht ganz so aus, als würden wir heute noch nasse Füße kriegen«, merkte Coll an, während sie zwischen den Bäumen hindurchwanderten.

Par schaute zum Himmel auf. Am Nordrand des Tales waren mächtige Regenwolken aufgezogen. Die Sonne verschwand in wachsender Dunkelheit. Die Luft wurde warm und schwül, und der Wald hüllte sich in Schweigen.

Sie beschleunigten ihren Schritt, eifrig darauf bedacht, dem

Regen zu entgehen. Eine steife Brise kündigte das Nahen des Sturmes an. Die Luft kühlte sich plötzlich wieder ab, und im Wald wurde es düster.

Par murmelte vor sich hin, als ihn die ersten vereinzelten Regentropfen ins Gesicht trafen. Es war schon dumm genug, sich überhaupt auf die Suche nach jemandem zu machen, der nicht gefunden werden wollte. Und zum Dank würden sie jetzt noch nass bis auf die Haut werden.

Dann fiel Par eine Bewegung in den Bäumen auf. Unwillkürlich verlangsamte er seine Schritte. Coll, der hinter ihm ging, fragte, ob etwas nicht in Ordnung sei. Par schüttelte den Kopf und ging wieder schneller.

Der Wind schlug ihm ins Gesicht und zwang ihn, den Kopf zu senken. Par sah nach rechts, dann nach links. Zu beiden Seiten gewahrte er blitzartige Bewegungen.

Irgendetwas verfolgte sie.

Par sträubten sich die Nackenhaare, aber er zwang sich weiterzugehen. Was dort draußen lauerte, sah weder so aus noch bewegte es sich so wie Walker Boh oder die Katze. Er sammelte seine Gedanken. Wie weit waren sie noch von der Hütte entfernt – eine Meile, vielleicht weniger? Er hielt den Kopf erhoben und beobachtete die Bewegungen aus den Augenwinkeln.

»Par«, sagte Coll, »irgendetwas ist…«

»Ich weiß!«, unterbrach ihn Par. »Geh weiter!«

Sie durchquerten ein Kieferwäldchen, während der Regen an Heftigkeit zunahm. Die Sonne war nicht mehr zu sehen. Pars Atem ging schneller. Die Verfolger waren jetzt überall, Schatten, die eine vage menschliche Gestalt besaßen und durch die Bäume huschten.

Sie haben uns eingekreist, dachte Par vor Schreck. Wie weit war es noch bis zur Hütte?

Plötzlich schrie Coll auf, während sie zwischen rotem Ahorn

hindurch auf eine kleine, leere Lichtung eilten. »Lauf, Par! Die sind zu nah…«

Er grunzte und stürzte. Par fuhr instinktiv herum und fing ihn auf. Coll war bewusstlos und blutete an der Stirn.

Par hatte keine Zeit, sich Gedanken darüber zu machen, was passiert war. Er blickte nach oben, und die Schatten waren über ihm. Sie stürzten sich aus den umstehenden Bäumen auf ihn herab. Par erhaschte einen kurzen Blick auf krumme, bucklige Gestalten, die mit borstigen schwarzen Haaren bedeckt waren. Er stieß sie zurück und wollte fliehen, doch raue, sehnige Gliedmaßen hielten ihn fest. Er schrie verzweifelt, beschwor die Magie des Wünschliedes und schickte in seinem Bemühen, sich zu schützen, furchtbare Bilder aus. Ein angstvolles Geheul erhob sich, und seine Angreifer ließen von ihm ab.

Dieses Mal konnte er einen genaueren Blick auf sie werfen. Er sah seltsame, insektenförmige Körper mit nahezu menschlichen Gesichtern, die vollkommen behaart waren.

Spinnengnome, dachte er ungläubig.

Wieder stürzten sie sich auf ihn. Es gelang ihm nicht mehr, die Magie zu wirken. Seine Arme wurden zu Boden gedrückt, und gleichzeitig würgte man ihn. Verzweifelt wehrte er sich, aber es waren zu viele.

Es blieb ihm noch eine Sekunde, noch ein Versuch, um Hilfe zu schreien, und dann wurde ihm schwarz vor den Augen.

11

Als Par Ohmsford das Bewusstsein zurückerlangte, befand er sich inmitten eines Albtraums. An Händen und Füßen gefesselt, hing er an einer Stange. Man trug ihn durch den in Nebel gehüllten Wald; eine tiefe Schlucht lag zu seiner Linken, ein zerklüfteter Bergrücken ragte zu seiner Rechten in den Himmel. Gestrüpp schlug ihm an Rücken und Kopf, während er hilflos an der Stange baumelte; die Luft war stickig, schwül und still.

Er war umgeben von Spinnengnomen, die auf ihren krummen Beinen lautlos durch die Dämmerung huschten.

Par schloss die Augen, weil er den Anblick nicht ertragen konnte, und öffnete sie dann wieder. Der Himmel war dunkel und bedeckt, aber vereinzelt schienen Sterne zwischen den Wolken hindurch, und über dem Berg zeichnete sich schwach das erste Licht ab. Die Nacht war fast vorüber, und der Morgen graute.

Er erinnerte sich jetzt an die Ereignisse des vergangenen Tages, als die Spinnengnome ihn gejagt und gefangen genommen hatten. Was war mit Coll geschehen? Er reckte den Hals, um zu sehen, ob sein Bruder ebenfalls mitgeschleppt wurde, konnte jedoch keine Spur von ihm entdecken. In ohnmächtigem Zorn biss er die Zähne zusammen. Er musste eine Möglichkeit finden, sich zu befreien und nach seinem Bruder zu suchen. Einen Augenblick zerrte er an seinen Fesseln, doch sie gaben keinen Millimeter nach. Er musste abwarten. Wohin sie ihn wohl bringen würden – ja, und warum hatten sie ihn überhaupt gefangen genommen? Was hatten die Spinnengnome mit ihm vor?

Er versuchte zu bestimmen, wo er sich befand. Das Licht war zu seiner Linken, der Anfang eines neuen Tages, Osten. Die Spinnengnome bewegten sich also nach Norden. Das schien logisch. Die Spinnengnome hatten zu Brin Ohmsfords Zeiten auf dem Tofferkamm gelebt. Er versuchte, sich das, was er über die Spinnengnome aus den alten Geschichten wusste, ins Gedächtnis zu rufen, aber er konnte sich nicht konzentrieren. Brin war auf sie gestoßen, als sie, Rone Leah, Cogline, Kimber Boh und die Moorkatze Wisper, nach dem vermissten Schwert von Leah gesucht hatten. Doch es gab da noch etwas anderes, etwas über eine Einöde und die schrecklichen Kreaturen, die dort lebten…

Dann fiel es ihm plötzlich ein. Werbestien. Das Wort nistete sich in seinem Kopf ein wie ein Fluch.

Die Spinnengnome bogen in eine enge Schlucht ein. Die Helligkeit im Osten verschwand, und Schatten und Nebel umhüllten sie. In der Ferne flackerte Feuerschein.

Par holte tief Luft. Er wusste, dass sie fast am Ziel sein mussten.

Einen Augenblick später traten sie aus der Schlucht heraus. Überall brannten Feuer, und Hunderte von Spinnengnomen kamen in Sicht. Par wurde ziemlich unsanft fallen gelassen, und man nahm ihm die Fesseln ab. Kurze Zeit lag er auf dem Rücken und rieb sich die Gelenke an Händen und Füßen, wobei er feststellte, dass an den Stellen, wo die Fesseln ihm ins Fleisch geschnitten hatten, Blut hervortrat. Dann zerrte man ihn auf die Beine und schleppte ihn zu einer Höhle im Berghang. Die Spinnengnome redeten pausenlos miteinander in ihrer Sprache, die er nicht verstand. Er leistete keinen Widerstand; er konnte sich kaum auf den Beinen halten. Sie trieben ihn an einem kleinen Feuer vorbei, das nahe dem Höhleneingang brannte, und brachten ihn in die Höhle. Diese war nicht mehr als zwanzig Meter tief und an der höchsten Stelle zweieinhalb Meter hoch. An ihrer hinteren Wand waren zwei Eisenringe eingelassen, an denen ihn die Spinnengnome festbanden. Mit Ausnahme von zwei Wachen beim Feuer am Eingang der Höhle gingen alle anderen fort.

Par konzentrierte sich, lauschte in die Stille hinein und wartete darauf, was als Nächstes passieren würde. Als nichts geschah, ließ er seinen Blick prüfend durch die Höhle schweifen. Man hatte ihn mit weit gespreizten Armen an die Wand gebunden; er musste stehen, denn die Eisenringe waren so hoch angebracht, dass er nicht sitzen konnte. Er prüfte seine Fesseln. Sie waren aus Leder und so fest, dass sie seinen Handgelenken nicht die kleinste Freiheit gestatteten.

Einen Augenblick lang übermannte ihn Verzweiflung. Aber die anderen würden bestimmt nach ihm suchen – Morgan, Steff, Teel. Wahrscheinlich hatten sie Coll bereits gefunden. Sie würden den Spuren der Spinnengnome folgen und kommen, um ihn zu holen. Sie würden ihn finden und befreien.

Er schüttelte den Kopf. Er machte sich selbst etwas vor, das wusste er. Es war fast dunkel gewesen, als die Gnome ihn verschleppt hatten, und der Regen hatte das Seine dazu beigetragen, die Spuren zu verwischen. Das Beste, das er sich erhoffen konnte, war, dass sie Coll gefunden und er ihnen von den Geschehnissen berichtet hatte.

Die Zeit schleppte sich dahin, aus Sekunden wurden Minuten und aus Minuten Stunden. Die Dunkelheit vor der Höhle hellte geringfügig auf, und mit dem schwachen Tageslicht kam etwas Wärme herein. Ohne die zwei Wachen am Höhleneingang hätte Par glauben mögen, alle hätten sich in Luft aufgelöst. Der Tag kroch dahin. Einmal erhob sich einer der

Wächter und brachte ihm einen Becher Wasser. Par trank es so gierig, dass er das meiste verschüttete und sein Hemd durchnässte. Langsam nagte auch der Hunger an ihm, aber niemand brachte ihm zu essen.

Voller Zuversicht wartete Par und vergaß dabei zum ersten Mal die Schmerzen, den Hunger und die Angst. Irgendetwas würde bald geschehen. Er spürte es genau.

Was dann jedoch kam, hätte er beim besten Willen nicht erwartet. Er versuchte wieder, seine Fesseln abzustreifen; durch den Schweiß lockerten sie sich langsam, als eine Gestalt aus der Dunkelheit erschien. Sie ging um das am Eingang brennende Feuer herum, trat ins Licht und blieb stehen.

Es war ein Kind.

Par blinzelte.

Das Kind war ein Mädchen, ungefähr zwölf Jahre alt, ziemlich groß und mager, mit dunklem, strähnigem Haar und tiefliegenden Augen. Sie war kein Gnom, sondern ein Mensch, eine Südländerin in einem zerlumpten Kleid, abgetragenen Stiefeln und mit einem kleinen silbernen Medaillon um den Hals. Neugierig betrachtete sie ihn wie einen streunenden Hund und trat auf ihn zu. Sie hob die Hand und strich ihm das Haar aus dem Gesicht. »Elf«, sagte sie leise.

Par starrte sie an. Was hatte dieses Kind unter den Spinnengnomen verloren? »Binde mich los«, bettelte er.

Sie schaute ihn an, ohne ein Wort zu sagen.

»Binde mich los!«, wiederholte Par. Er spürte, wie ihm Zweifel kamen. Irgendetwas stimmte hier nicht.

»Ich umarme dich«, sagte das Mädchen plötzlich. Sie kam auf ihn zu, schlang die Arme um ihn und hängte sich an ihn wie ein Blutegel. Sie klammerte sich an ihm fest, vergrub sich in seinen Körper, flüsterte immer wieder Worte, die er nicht verstand.

Was hat es mit diesem Kind auf sich?, fragte er sich bestürzt.

Er spürte, wie sich der Druck ihrer Hände verstärkte, wie sie forderte, immer wieder forderte. Der Schock überwältigte ihn. Sie war ganz nah, sie verkroch sich in ihn, vergrub sich in ihn, sie drang in ihn ein, sie verschmolz mit ihm, sie wurde ein Teil von ihm.

Verdammt! Was war hier los?

Der Ekel, der in ihm aufstieg, kam so unerwartet, dass er erschauerte. Er schrie, schüttelte sich vor Entsetzen, schlug verzweifelt um sich, bis es ihm schließlich gelang, sie wegzuschleudern. Sie stürzte zu Boden, und ihr kindliches Gesicht verwandelte sich in eine abscheuliche Fratze, wie die eines Tieres, das fressen will. Die stechenden Augen glitzerten rot.

»Gib mir die Magie!«, krächzte sie mit einer Stimme, die keine Ähnlichkeit mehr mit der eines Kindes hatte.

Jetzt war ihm alles klar. »Nein, nein«, flüsterte er und nahm alle seine Kraft zusammen, als sie sich wieder vom Boden erhob.

Dieses Kind war ein Schattenwesen!

»Gib sie mir!«, wiederholte sie mit fordernder Stimme. »Lass mich in dich eindringen und sie kosten!«

Sie näherte sich ihm, eine spindeldürre Gestalt, und streckte ihre Hände nach ihm aus.

Er schlug wie wild um sich.

Sie lächelte boshaft und trat zurück. »Du gehörst mir«, sagte sie leise. »Die Gnome haben dich mir geschenkt. Ich werde deine Magie bekommen. Überlass dich mir. Spür doch nur, wie ich mich anfühle!«

Sie näherte sich ihm wie eine Katze der Maus, vermied dabei seine Tritte und krallte sich mit einem schaurigen Heulen an ihm fest. Er zwang sich, nach unten zu sehen, und bemerkte die Gestalt im Körper des Kindes, die versuchte, in den seinen einzudringen. Das Schattenwesen suchte. Er warf den Kopf zurück, biss die Zähne zusammen, machte seinen Körper so hart wie Stahl und kämpfte dagegen an. Das Schattenwesen wollte ihn in Besitz nehmen. Es versuchte, sich mit ihm zu vereinen! Schatten! Er durfte es nicht in sich hineinlassen! Auf gar keinen Fall!

Er stieß einen Schrei aus, ein Gebrüll aus Zorn und Qual, das die Magie des Wünschliedes freisetzte. Er verband keine Bilder damit, denn er wusste, dass selbst sein furchterregendstes Bild nichts gegen diese Bestien ausrichten konnte. Das Bild ergab sich ohne sein Zutun, befreite sich aus einem dunklen Winkel seines Wesens und nahm eine Gestalt an, die er nicht erkannte. Es war etwas Dunkles, Unerkenntliches, das ihn umspann wie die Fäden einer Spinne. Das Schattenwesen zischte und wich zurück, spuckte und schlug die Krallen in die Luft. Es ging wieder zu Boden, der Körper des Kindes wurde von einer unsichtbaren Kraft verbogen und geschüttelt. Pars Schrei erstarb bei diesem Anblick, und er ließ sich an die Höhlenwand sinken.

»Fass mich nicht noch einmal an!«, warnte er sie außer Atem.

Er wusste nicht, was er getan hatte oder wie er es getan hatte, aber das Schattenwesen hockte sich in den Feuerschein und starrte ihn besiegt an. Die Kreatur im Körper des Kindes schimmerte kurz und verschwand. Das Kind erhob sich langsam und richtete sich auf, wieder ein richtiges Kind, zart und verloren. Aus dunklen Augen blickte es ihn an und sagte schwach: »Umarme mich.«

Dann rief es etwas hinaus in die Dunkelheit, und mehrere Dutzend Spinnengnome kamen herbei und verbeugten sich, während sie in die Höhle traten. Das Kind sprach in ihrer eigenen Sprache zu ihnen. Par erinnerte sich, wie abergläubisch diese Kreaturen waren und Götter und alle möglichen Geister anbeteten. Und jetzt waren sie im Bann dieses Mädchens gefangen. Am liebsten hätte er laut geschrien.

Die Spinnengnome lösten seine Fesseln, packten ihn an Armen und Beinen und schleppten ihn in Richtung Höhleneingang. Das Kind stellte sich ihnen in den Weg. »Umarmst du mich?« Sie wirkte fast verzweifelt.

Er schüttelte den Kopf und versuchte gleichzeitig, den Dutzenden von Händen, die ihn festhielten, zu entkommen. Sie zerrten ihn nach draußen, dorthin, wo der Rauch der Feuer und der Nebel der Täler sich wie Träume im Schlaf vermischten. Am Rand des Abhangs brachte man ihn zum Stehen, und sein Blick fiel hinunter in eine unendliche Leere.

Das Kind mit der leisen und heimtückischen Stimme war immer an seiner Seite. »Das Altmoor«, flüsterte es. »Hier leben die Werbestien. Kennst du Werbestien, Elfenjunge?« Er erstarrte. »Sie sollen dich haben, wenn du mich nicht umarmen willst. Sollen sie sich an dir laben trotz deiner Zauberkraft.«

Es gelang ihm, sich loszureißen, seine Bewacher wegzustoßen. Er bot die gesamte Kraft des Wünschliedes auf und warf den Spinnengnomen, die ihn umringten, die Bilder entgegen, in dem verzweifelten Versuch, sich einen Weg durch ihre Mitte zu bahnen. Er taumelte den Abhang hinunter, fiel in den unendlichen Abgrund, in den Strudel von Dunst und Nebel. Hinter ihm verschwanden das Schattenwesen, die Spinnengnome, die Feuer, die Höhle. Er stürzte abwärts, Hals über Kopf, durch Gestrüpp und Gras, über Spalten und zwischen Felsbrocken hindurch. Wie durch ein Wunder verfehlte er die Felsen, die ihn hätten tödlich treffen oder für immer zum Krüppel hätten machen können, und versank in eine unheilvolle Finsternis.

Als er wieder zu sich kam, wusste er nicht, wie lange er bewusstlos gewesen war. Er erwachte auf feuchtem Sumpfgras, das seinen Fall gedämpft und ihm somit das Leben gerettet haben musste. Unfähig, sich zu bewegen, und jeder Kraft beraubt, lauschte er dem Schlag seines Herzens in der Brust. Nachdem er sich ein wenig erholt hatte, stand er vorsichtig auf und untersuchte seinen Körper. Er war übersät mit Schnitt- und Schürfwunden, aber anscheinend hatte er keine Brüche davongetragen. Par horchte in die Stille. Von weit oben hörte er die Stimmen der Spinnengnome.

Sie würden herunterkommen und ihn suchen, deshalb musste er fort von hier.

Par sah sich um. Nebel und Schatten jagten durch eine Welt des Halbdunkels; die Nacht stand kurz bevor. Kleine, fast unsichtbare Dinge hüpften und sprangen durch das hohe Gras. Überall blubberten Schlamm und Schlick. Verkrüppelte Bäume, zu bizarren Formen erstarrt, beherrschten das Bild der Landschaft. Geräusche drangen aus allen Richtungen an sein Ohr.

Um sich zu beruhigen, atmete Par tief durch. Er wusste ungefähr, wo er sich befand. Er war auf dem Tofferkamm gewesen. Von dort oben war er hinunter ins Altmoor gestürzt. In seinem Bemühen, seinem Ende zu entrinnen, hatte er es nur beschleunigt. Er war genau dort gelandet, wohin ihn zu bringen das Schattenwesen gedroht hatte – im Reich der Werbestien.

Er nahm all seinen Mut zusammen und machte sich auf den Weg. Hier befand er sich am Rande des Moors, redete er sich ein, noch nicht mittendrin, noch nicht verloren. Er konnte entkommen. Aber er musste rasch handeln.

Fast spürte er, wie die Werbestien ihn beobachteten.

Die Geschichten über diese Wesen fielen ihm wieder ein. Sie waren eine alte Magie, Ungeheuer, die arme Kreaturen überfielen, die sich im Moor verirrt hatten oder dorthin geschickt worden waren, sich ihrer Kraft und ihrer Seelen bemächtigten und ihnen das Leben aussaugten. Spinnengnome stellten ihre Hauptnahrung dar; sie hielten die Werbestien für Geister, die besänftigt werden mussten, und demgemäß opferten sie sich. Par erschauerte bei dem Gedanken daran, denn genau dieses Schicksal hatte das Schattenwesen ihm zugedacht.

Vor lauter Müdigkeit wurde er langsamer und unsicher. Mehrmals strauchelte er, und einmal trat er sogar in eine sumpfige Stelle, doch es gelang ihm, sich schnell wieder herauszuziehen. Sein Blick war verschwommen, und Schweiß rann ihm den Rücken hinunter. Aus dem Moor stieg erdrückende Hitze auf, selbst am späten Abend. Er warf einen Blick zum Himmel und bemerkte mit Schrecken, wie rasch sich die Dunkelheit senkte. Bald würde es stockdunkel sein.

Dann würde er überhaupt nichts mehr sehen können.

Ein riesiger Schlammpfuhl versperrte ihm den Weg. Der Berghang war hier so aufgeweicht, dass man nicht daran entlangklettern konnte. Ihm blieb nur die Möglichkeit, um den Pfuhl herumzugehen, tiefer ins Moor hinein. Er bewegte sich zügig am Rande des Sumpfs entlang und lauschte gleichzeitig auf Geräusche von Verfolgern. Er hörte keine. Es wurde immer dunkler. Er erreichte das Ende des Pfuhls, marschierte weiter und weiter, um morastige Stellen herum, und spähte in die Finsternis.

Er konnte den Tofferkamm nicht mehr ausmachen.

Also ging er noch schneller und unterdrückte besorgt die Angst, die ihn zu überwältigen drohte. Eindeutig hatte er sich verirrt – wollte es aber nicht wahrhaben. Er suchte weiter, unfähig, sich einzugestehen, dass er sich in der Richtung getäuscht hatte. Gerade war der Berg doch noch da gewesen. Wie konnte er sich so schnell verlaufen haben?

Schließlich blieb er stehen, weil er das Rätsel nicht lösen konnte. Jeder weitere Schritt war sinnlos, denn Par hatte keine Ahnung, welche Richtung er einschlagen sollte. Er würde nur ohne Ziel umherwandern, bis ihn entweder der Sumpf oder die

Werbestien verschlangen. Es war klüger, an einem Punkt auszuharren und zu kämpfen.

Das war eine seltsame Entscheidung, die mehr durch Müdigkeit als durch Vernunft bestimmt wurde. Denn welche Hoffnung hatte er, wenn er dem Moor nicht entkam, und wie sollte er das Moor verlassen, wenn er nicht weiterging? Aber er war müde, und der Gedanke, blind herumzutasten, behagte ihm nicht. Immer wieder musste er an dieses Kind denken, an das Schattenwesen – daran, wie es entsetzt vor seiner Zauberkraft zurückgewichen war, vor etwas, von dessen Existenz er bis dahin selbst nichts geahnt hatte. Auch jetzt wusste er nicht zu sagen, was es gewesen war, aber falls es ihm gelingen sollte, es erneut zu beschwören, hatte er eine Chance im Kampf gegen Werbestien und sonstige Wesen, die im Moor hausten.

Er blickte sich um und wandte sich einem kleinen Hügel zu, der auf zwei Seiten von Sumpf, auf der dritten von aufragenden Felsen umgeben war. Es gab nur einen Weg hinauf. Aber es führte auch nur ein Weg fort von dort, mahnte er sich, während er hinaufstieg. Doch wohin wollte er schon gehen? Er ließ sich auf einem flachen Felsen nieder und wandte sich dem Nebel und der Nacht zu. Hier wollte er bleiben, bis der neue Tag anbrach.

Die Minuten krochen dahin. Mit fortschreitender Nacht wurde der Nebel noch dichter.

Er sah das Schattenwesen erst, als es ihn fast schon erreicht hatte. Wieder war es das Mädchen. Sie trat scheinbar aus dem Nichts heraus, nur wenige Meter vor ihm, und er erschrak, weil sie so unerwartet auftauchte.

»Komm mir nicht näher!«, warnte er, während er aufsprang. »Wenn du versuchst, mich anzurühren…«

Das Schattenwesen löste sich schimmernd im Nebel auf und verschwand.

Par holte tief Luft. Es war wohl gar kein Schattenwesen gewesen, dachte er, sondern eine Werbestie und keine besonders starke dazu, da es ihm gelungen war, sie mit nichts als einer Drohung zu verjagen.

Ihm war zum Lachen zumute. Körperlich wie seelisch der völligen Erschöpfung nahe konnte er keinen klaren Gedanken mehr fassen. Er hatte bestimmt nichts verjagt. Diese Werbestie hatte nur einen Blick auf ihn geworfen. Sie spielten mit ihm, so wie immer mit ihrer Beute – sie nahmen Gestalten an, die das Opfer kannte, und lauerten auf die richtige Gelegenheit, auf Erschöpfung oder Panik oder Dummheit. Ihm fielen die Geschichten darüber ein, dass man ihrer Jagd nicht entkommen konnte, aber er verdrängte sie.

Irgendwo in weiter Ferne hörte er einen Schrei, ein kurzes Kreischen voller Entsetzen. Sofort war alles wieder ruhig.

Wachsam starrte er in den Nebel. Er dachte an die Umstände, die ihn hierhergebracht hatten – an die Flucht vor der Föderation, an die Träume, an die Begegnung mit dem alten Mann und an die Suche nach Walker Boh. Enttäuschung überkam ihn, Enttäuschung darüber, dass er nicht mehr erreicht hatte. Er grübelte über das Gespräch mit Walker. Sein Onkel war der Meinung, die Magie des Wunschliedes sei keine Gabe. Par schüttelte den Kopf. Vielleicht hatte Walker ja Recht. Vielleicht hatte er, Par, sich die ganze Zeit etwas vorgemacht.

Aber irgendetwas an dieser Magie hatte das Schattenwesen in Angst und Schrecken versetzt. Irgendetwas.

Aber nur das Kind, nicht die anderen, denen er begegnet war.

Was war anders gewesen?

Er spürte wieder eine Bewegung am Rande des Nebels. Eine Gestalt löste sich aus dem Dunst und kam auf ihn zu. Es war das zweite Schattenwesen, die große, watschelnde Kreatur, der sie am Rande des Anar begegnet waren. Grunzend und mit einer riesigen Keule in der Hand bewegte es sich auf ihn zu. Einen Augenblick lang vergaß er, was er vor sich hatte. Er geriet in Panik, weil er sich daran erinnerte, dass das Wünschlied gegen dieses Schattenwesen nichts hatte ausrichten können und er hilflos gewesen war. Er machte einen Schritt nach hinten, bevor er die Fassung wiedererlangte, seine Verwirrung abschüttelte und einen klaren Kopf bekam. Ganz instinktiv setzte er das Wünschlied ein, wobei seine Magie das genaue Abbild der ihm gegenüberstehenden Kreatur erschuf, ein Bild, in das er sich selbst einhüllte. Ein Schattenwesen stand seinem Spiegelbild gegenüber. Dann begann die Werbestie zu flimmern und löste sich im Nebel auf.

Par blieb regungslos stehen, und das Bild, das ihn umgab, verschwand ebenfalls. Dann setzte er sich wieder. Wie lange würde er dieses Spiel durchhalten können?

Er fragte sich, ob es Coll wohl gut ging, und dachte daran, wie dringend er seinen Bruder brauchte.

Coll.

Er ließ seine Gedanken schweifen. Die Magie musste einen Zweck haben, sagte er sich ernst. Es war keineswegs so, wie Walker behauptet hatte. Er besaß die Magie des Wünschliedes aus einem ganz bestimmten Grund; sie war mit Sicherheit eine Gabe. Die Antwort darauf würde er am Hadeshorn finden. Er würde sie erfahren, sobald er mit Allanon sprach. Dazu musste er einfach nur einen Weg aus diesem Moor finden und…

Mehrere schattenhafte Gestalten lösten sich aus dem Nebel vor ihm, dunkle, ätherische Bewegungen in der Nacht. Die Werbestien hatten beschlossen, nicht länger zu warten. Er sprang auf und trat ihnen entgegen. Sie schoben sich langsam näher, zuerst eine, dann noch eine, alle ohne erkennbare Umrisse, denn sie verwandelten ihre Gestalt so geschwind wie Nebel.

Dann sah er Coll, der aus der Dunkelheit hinter den Schatten herausgezerrt und von körperlosen Händen festgehalten wurde, sein Gesicht aschfahl und blutverschmiert. Par spürte eine Eiseskälte in sich aufsteigen.

Hilf mir, hörte er seinen Bruder rufen, doch vernahm er seine Stimme nur im Geist. *Hilf mir, Par.*

Mit der Magie des Wünschliedes stieß Par einen Schrei aus, doch in der feuchten Luft des Altmoors löste er sich in tausend einzelne Laute auf. Par zitterte am ganzen Leib. Schatten! Das war tatsächlich Coll! Sein Bruder kämpfte, versuchte mit aller Kraft, sich zu befreien, während er immer wieder schrie: *Par, Par!*

Ohne lange zu überlegen, eilte er seinem Bruder zu Hilfe. Mit unerwartetem Zorn griff er die Werbestien an. Er schrie, und die Magie des Wünschliedes prallte auf die Kreaturen und schlug sie zurück. Er erreichte Coll, packte ihn und entriss ihn ihren Klauen. Hände griffen nach ihm, berührten ihn. Er spürte den Schmerz, eiskalt und brennendheiß zur gleichen Zeit. Coll hielt Par fest, und der Schmerz nahm zu. Gift strömte in ihn ein, bitter und herb. Beinahe verließen ihn seine Kräfte, aber er hielt sich auf den Beinen, zerrte seinen Bruder von den Schatten weg und zog ihn auf die Anhöhe.

Zu ihren Füßen sammelten sich die Schatten und beobachteten sie aufmerksam. Par brüllte sie an, wohl wissend, dass er vergiftet war; er spürte, wie das Gift sich in seinem Körper ausbreitete. Coll stand neben ihm.

Die Werbestien rückten vor.

Auf den Felsen zu seiner Rechten gewahrte er erneut eine Bewegung, und ein riesiges Wesen tauchte auf. Als Par zurückweichen wollte, sank er auf die Knie. Große, glänzende gelbe Augen leuchteten in der Nacht, und ein riesiger schwarzer Schatten trat an seine Seite. »Ondit!«, flüsterte er.

Die Moorkatze schlich vorsichtig an ihm vorbei und auf Coll zu. Sie stieß ein langes, gefährliches Knurren aus.

»Coll!« Par rief nach seinem Bruder und wollte aufstehen, aber die Moorkatze versperrte ihm schnell den Weg und stieß ihn zurück.

Die Schatten kamen immer näher, nahmen Gestalt an, verwandelten sich in schwerfällige Kreaturen, Körper mit Schuppen und Haaren, Gesichter mit dämonischen Augen und Mäulern, die vor Hunger weit aufgerissen waren. Ondit fauchte und schlug nach ihnen. Dann entblößte er seine Zähne und riss Coll in Stücke.

Coll – das, was Par für Coll gehalten hatte – verwandelte sich in ein unbeschreiblich entsetzliches Ding, blutüberströmt und zerfetzt, bevor es flimmernd verschwand. Par schrie vor Qual und Zorn. Sie hatten ihn überlistet! Ungeachtet des Schmerzes und der plötzlichen Übelkeit sang er das Wünschlied und wollte die Werbestien vernichten, mit Dolchen und Pfeilen des Zorns, Bilder von Dingen, die sie in tausend Stücke reißen sollten. Die Werbestien flimmerten, die Magie traf sie, ohne ihnen Schaden zuzufügen.

Wieder sammelten sie sich und gingen zum Angriff über.

Ondit nahm sich die nächste Werbestie vor, die nur einige Dutzend Schritte entfernt war, und schleuderte sie mit einem Hieb seiner großen Pfote zurück. Eine weitere Bestie machte sich an den Kater heran, doch auch diese packte er und warf sie in hohem Bogen von sich. Jetzt kamen andere aus dem Nebel hervor, hinter denen, die bereits herankrochen. Zu viele, dachte Par außer sich vor Angst. Er war zu schwach, um aufzustehen, denn das Gift der Werbestien durchströmte ihn jetzt immer schneller und drohte ihn in den ihm bereits bekannten schwarzen Abgrund zu stürzen, der sich langsam vor ihm öffnete.

Dann spürte er eine Hand auf seiner Schulter, ermutigend

und stützend, und er hörte, wie eine schneidende Stimme rief: »Ondit!«

Die Moorkatze zog sich zurück, ohne auch nur einen Blick in die Richtung zu werfen, aus der die Stimme ertönte. Sie gehorchte einfach.

Par hob den Kopf.

Walker Boh stand neben ihm, eingehüllt in eine schwarze Robe und Nebel, mit einem Ausdruck in seinem schmalen, markanten Gesicht, der Par erschauern ließ; seine Haut war weiß wie Kalk. »Ganz ruhig, Par«, sagte er.

Er ging auf die Werbestien zu. Es waren ihrer jetzt mehr als ein Dutzend. »Geht!«, lautete sein einfacher Befehl, während er in die Nacht hineinzeigte.

Die Werbestien rührten sich nicht von der Stelle.

Walker tat noch einen Schritt auf sie zu, und jetzt klang seine Stimme so eisig, dass es war, als würde die Luft erzittern. »Geht!«

Eine der Bestien streckte die Hand nach ihm aus, ein riesiges Etwas schnappte nach ihm. Walker Boh bewarf die Bestie mit Staub. Eine Explosion ließ den Boden erbeben, und Flammen schlugen zum Himmel auf. Daraufhin verschwanden die Werbestien spurlos.

Walker drehte sich um und kehrte auf den Hügel zurück, wo er sich neben Par kniete. »Das ist alles meine Schuld«, sagte er leise.

Par bemühte sich zu sprechen, spürte jedoch, wie ihn seine Kräfte verließen. Er war dabei, das Bewusstsein zu verlieren. Zum dritten Mal in nur zwei Tagen trudelte er in den finsteren Abgrund. Und während er fiel, konnte er nur noch denken, dass er nicht wusste, ob er es diesmal wieder nach oben schaffen würde.

12

Par Ohmsford trieb durch das Land der Träume. Seine Seele weilte in seinem Körper und gleichzeitig außerhalb davon, er gehörte einerseits dazu und war andererseits doch nur Zuschauer. Er spürte eine stete Bewegung, die manchmal so stürmisch war wie eine Reise auf offenem Meer, dann wieder so sanft wie der Sommerwind, der durch die Bäume streicht. Er sprach mit sich selbst, abwechselnd in der dunklen Stille seines Geistes und dann aus dem Inneren eines Spiegelbildes. Seine Stimme war ein körperloses Flüstern oder ein donnerndes Gebrüll. Farben erschienen vor seinen Augen, die im nächsten Moment in schwarz-weiße Bilder übergingen. Geräusche kamen und gingen. Auf seiner Reise war er alles und nichts.

Die Träume waren seine Wirklichkeit.

Zu Anfang träumte er, dass er fiel, dass er in ein Loch so schwarz wie die Nacht stürzte. Er fühlte Schmerz und Angst; sich selbst konnte er nicht mehr finden. Manchmal hörte er Stimmen, die ihn riefen, warnten, beruhigten und in Angst und Schrecken versetzten. Er wurde von Krämpfen geschüttelt. Irgendwie wusste er, dass er für immer verloren sein würde, wenn er nicht aufhörte zu fallen.

Endlich nahm der Fall ein Ende. Par wurde langsamer und kam zum Stillstand. Die Krämpfe ließen nach. Er befand sich inmitten einer Wiese voll Blumen, die in allen Regenbogenfarben leuchteten. Vögel und Schmetterlinge stoben auf, als er sich näherte, und aus den Feldern stiegen milde, gute Düfte auf. Kein Laut war zu hören. Er versuchte etwas zu sagen, doch er stellte fest, dass er keine Stimme hatte. Auch sein Tastsinn war nicht mehr vorhanden. Er spürte weder sich noch die Welt in seiner Umgebung. Nur eine wohltuende und besänftigende Wärme empfand er, mehr aber auch nicht.

So trieb er dahin, und eine Stimme tief in seinem Inneren flüsterte ihm zu, dass er tot sei.

Die Stimme, dachte er, gehörte Walker Boh.

Dann verwandelte sich die Welt der süßen Düfte und wohltuenden Anblicke in eine Welt der Dunkelheit und der üblen Gerüche. Feuer schoss aus der Erde und griff nach einem zornigen, besudelten Himmel. Schattenwesen mit rot funkelnden Augen huschten und sprangen vorbei, sausten um ihn herum, schwebten einen Augenblick in der Luft und wichen im nächsten wieder aus. Gewitterwolken zogen voller Blitze über ihn hinweg, und der Wind, der sie schob, heulte voller Zorn. Er wurde hin- und hergeworfen wie ein trockenes Blatt, und er dachte, er sei dem Ende nahe. Als sein Tastsinn und seine Stimme zurückkehrten, spürte er auch den Schmerz wieder und schrie laut auf.

»Par?«

Er hörte die Stimme, und dann war sie wieder verklungen – Coll. Aber diesmal sah er seinen Bruder im Traum, ausgestreckt vor einer Felsengruppe, leblos und blutüberströmt, mit Augen, die ihn anklagend ansahen. »Du hast mich im Stich gelassen. Du hast mich verlassen.« Er schrie, und die Magie des Wünschliedes erzeugte ihre Bilder überall. Aber die Bilder verwandelten sich in Ungeheuer, die sich umwandten und ihn selbst verschlingen wollten. Er spürte die Zähne und Krallen. Er spürte die Berührung…

Und erwachte.

Regen tropfte auf sein Gesicht, und er öffnete die Augen. Er war im Dunkeln und hatte das Gefühl, dass er nicht allein war, da er Bewegung um sich herum spürte. Im Mund hatte er den Geschmack von Blut. Er hörte Schreie, Stimmen, die gegen die Wut eines Sturms anzuschreien versuchten. Er richtete sich auf, würgte, spie aus. Hände drückten ihn zurück, strichen über seinen Körper und sein Gesicht.

»...wieder wach, haltet ihn...«

»...zu stark, als besäße er die Kraft von zehn...«

»Walker! Schnell!«

Bäume peitschten im Hintergrund hin und her, gigantische Gewächse ragten in das beängstigende Schwarz, der Wind heulte aus allen Richtungen. Schatten tanzten über die Felswände, die ihnen den Weg versperrten. Par hörte sich schreien.

Die zuckenden Blitze und der rollende Donner erfüllten die Finsternis mit Klängen des Wahnsinns. Eine riesige rote Welle verschleierte seinen Blick.

Plötzlich erschien Allanon – Allanon! Er kam aus dem Nichts, in eine schwarze Robe gehüllt, eine Gestalt aus uralter Zeit, aus Legenden. Er beugte sich über Par; seinem Flüstern gelang es irgendwie, durch das Chaos zu dringen. »Schlaf, Par«, murmelte er beschwichtigend. Eine knochige Hand berührte Par, und das Chaos löste sich auf. An seine Stelle trat ein Gefühl grenzenlosen Friedens.

Par trieb wieder davon, tief in sein Selbst hinein, doch jetzt kämpfte er, weil er spürte, dass er überleben konnte, wenn er nur wollte. Er erinnerte sich an das, was geschehen war – daran, dass die Werbestien ihn festgesetzt hatten, dass ihre Berührung ihn vergiftet hatte, dass ihn dieses Gift in diesen schwarzen Abgrund gestürzt hatte. Walker war gekommen, hatte ihn gefunden und vor den Bestien gerettet. Er sah Ondits riesige gelbe Augen, die ihn warnend anblinzelten, bevor sie sich schlossen. Er sah Coll und Morgan. Er sah Steff, sein zynisches Lächeln, und Teel, still wie immer.

Er sah das Schattenwesen, das Mädchen, das erneut um eine Umarmung bat und versuchte, in ihn einzudringen. Er spürte, wie er sich wehrte, sah, wie sie zurückgeworfen wurde, beobachtete, wie sie verschwand. Bei den Schatten! Sie wollte in ihn eindringen, sich Zugang zu ihm verschaffen und sich seiner bemächtigen! Das waren sie also, verstand er plötzlich – körperlose Schatten, denen es selbst an Substanz fehlte und die Besitz von Männern, Frauen oder Kindern ergriffen.

Aber können Schatten ein Eigenleben haben?

Seine Gedanken kreisten um Fragen, auf die er keine Antwort hatte. Sein Geist schlief, und seine Reise durch das Land der Träume ging weiter. Er kletterte auf Berge, die von Kreaturen wie dem Nager bewohnt waren, überwand Flüsse und Seen aus Nebel und unsichtbare Gefahren, durchwanderte Wälder, in die kein einziger Lichtstrahl vordrang, und geriet in Sümpfe, in denen wabernder Dunst alle Geräusche erstickte.

Hilfe, bettelte er. Aber es war niemand da, der ihn hätte hören können.

Die Zeit schien stehen zu bleiben. Die Reise nahm ein Ende, und die Träume verblassten. Nach einer kurzen Pause folgte das Erwachen. Er wusste, dass er geschlafen hatte, aber nicht, wie lange. Er wusste lediglich, dass er, nachdem die Träume geendet hatten, in einen traumlosen Schlaf gefallen war.

Wichtiger war jedoch das Wissen, dass er lebte.

Behutsam streckte er die Hand aus, ertastete eine weiche Decke und stellte fest, dass er ausgestreckt auf einem Bett lag, warm und geborgen. Er wollte sich noch nicht bewegen, fürchtete, er würde immer noch träumen. Er lauschte auf seinen Atem. Er schmeckte die trockene Luft.

Dann schlug er die Augen auf. Er befand sich in einem kleinen, spärlich eingerichteten Raum. Eine Lampe, die auf einem Tischchen neben seinem Bett stand, spendete Licht. Die Wände des Zimmers waren kahl, die Deckenbalken lagen frei. Ein Federbett bedeckte ihn, und Kissen stützten seinen Kopf. Wo die Vorhänge der Fenster nicht ganz geschlossen waren, konnte er erkennen, dass draußen Nacht war.

Morgan Leah döste in einem Stuhl, der noch im Lichtschein der Lampe stand; sein Kinn lag auf seiner Brust, seine Arme waren locker verschränkt.

»Morgan«, rief Par.

Der Hochländer mit dem Falkengesicht schlug die Augen auf, war sofort voll da und sprang vom Stuhl auf. »Par! Par, bist du wach? Großer Gott, wir haben uns solche Sorgen um dich gemacht!« Er stürzte ans Bett, um seinen Freund zu umarmen, besann sich aber eines Besseren. »Wie fühlst du dich? Geht es dir gut?«

Par grinste schwach. »Ich habe keine Ahnung. Ich bin immer noch nicht ganz wach. Was ist passiert?«

»Was alles *nicht* passiert ist, solltest du fragen!«, erwiderte der andere aufgeregt. »Weißt du, dass du beinahe gestorben wärst?«

Par nickte. »Ich habe es vermutet. Was ist mit Coll?«

»Er schläft und wartet darauf, dass du aufwachst. Ich habe ihn vor einigen Stunden zu Bett gebracht, als er vom Stuhl gefallen ist. Du kennst ja Coll. Warte hier, ich hole ihn.« Er grinste. »Warte hier, sage ich, als ob du irgendwohin gehen könntest. Sehr witzig.«

Par lagen hundert Dinge auf dem Herzen, die er erzählen, Fragen, die er stellen wollte, aber der Hochländer war bereits zur Tür hinaus. Par blieb liegen. Das Einzige, was zählte, war, dass es Coll gut ging.

Fast augenblicklich kehrte Morgan mit Coll zurück, und sein Bruder zögerte im Gegensatz zu Morgan keine Sekunde lang, beugte sich zu Par vor und erdrückte ihn vor lauter Freude fast. Par erwiderte die Umarmung, wenn auch schwach, und die drei lachten, als hätten sie soeben den besten Witz ihres Lebens gehört.

»Schatten, wir dachten, es wäre aus mit dir!«, rief Coll. Er trug einen Verband an seiner Stirn, und sein Gesicht wirkte blass. »Du warst sehr krank, Par.«

Par lächelte und nickte. »Kann mir denn jemand sagen, was geschehen ist?« Seine Augen wanderten von einem zum anderen. »Wo sind wir hier überhaupt?«

»In Storlock«, verkündete Morgan. »Walker Boh hat dich hergebracht.«

»Walker?«

»Habe mir gedacht, dass du überrascht sein wirst, wenn du das erfährst – dass Walker Boh aus dem Wildewald herausgekommen ist.« Morgan seufzte. »Tja, das ist eine lange Geschichte, und so wie ich das sehe, fangen wir am besten am Anfang an.«

Genau das tat er auch. Mithilfe von Coll erzählte er, wobei die beiden einander in ihrem Eifer, auch ja nichts zu vergessen, fast ständig unterbrachen. Par hörte mit wachsender Überraschung zu, während sie ihm alles schilderten.

Coll, so schien es, war von der Schleuder eines Spinnengnoms gefällt worden, als diese ihn und Par auf der Lichtung am Ostende des Kamintales überfallen hatten. Der Treffer hatte ihn zwar nur betäubt, doch als er das Bewusstsein wiedererlangte, waren Par und die Angreifer fort. Da es in Strömen geregnet hatte, waren die Spuren am Boden bald verschwunden, und Coll war sowieso zu schwach, um die Verfolgung aufzunehmen. Er stolperte also zurück zur Hütte, wo er die anderen vorfand, und erzählte ihnen, was sich ereignet hatte. Obwohl es jetzt bereits dunkel war und immer noch regnete, bestand Coll darauf, dass sie sich sofort auf die Suche nach seinem Bruder machten. Morgan, Steff, Teel und er selbst tappten stundenlang im Dunkeln herum und fanden nichts. Steff drang darauf, die Suche zu unterbrechen, auszuruhen und es am nächsten Morgen weiter zu versuchen.

»Wir haben uns getrennt«, erzählte Coll, »weil wir ein möglichst großes Gebiet im nördlichen Tal durchsuchen wollten. Aus den Geschichten von Brin und Jair Ohmsford wusste ich, dass die Spinnengnome auf dem Tofferkamm leben. Deshalb schien es einleuchtend, dass sie von dort gekommen waren. Das hoffte ich wenigstens, weil wir sonst keine Anhaltspunkte hatten. Wir beschlossen, dass wir, sollten wir dich nicht sofort finden, bis zum Tofferkamm weitergehen würden.« Er schüttelte den Kopf. »Wir waren ziemlich verzweifelt.«

»In der Tat«, pflichtete ihm Morgan bei.

»Jedenfalls war ich auf dem Weg zum nordöstlichen Rand des Tales, als völlig unerwartet Walker und diese riesige Katze, die so groß ist wie ein Haus, auftauchten. Er wollte wissen, was uns zugestoßen sei. Ich war dermaßen überrascht, ihn zu sehen, dass es mir gar nicht in den Sinn kam, ihn zu fragen, was er dort machte oder warum er nach dem ganzen Versteckspiel nun doch beschlossen hatte, zum Vorschein zu kommen. Ich habe ihm also nur erzählt, was er wissen wollte.«

»Weißt du noch, was er gesagt hat?«, unterbrach ihn Morgan, während seine grauen Augen, in denen eine Spur von Bosheit blitzte, Pars Augen suchten.

»Er sagte: ›Wartet hier! Diese Sache ist nichts für euch; ich bringe ihn zurück.‹ Als ob wir Kinder wären, die spielen, Erwachsene zu sein.«

»Aber er hat Wort gehalten«, bemerkte Morgan.

Coll seufzte. »Nun, das stimmt«, räumte er widerwillig ein.

Walker Boh war einen ganzen Tag und eine Nacht unterwegs gewesen, doch als er zum Kamin zurückkehrte, wo Coll und seine Gefährten gewartet hatten, brachte er Par mit. Par war dem Tode nahe. Die einzige Überlebenschance, die ihm laut Walker blieb, gab es in Storlock, der Gemeinde der Gnomenheiler. Die Stors hätten Erfahrung in der Behandlung von Krankheiten der Seele und des Geistes und könnten das Gift der Werbestien bekämpfen.

Sie machten sich sofort auf den Weg, sechs an der Zahl. Vom Kamin und dem Wildewald ging es nach Westen. Sie folgten dem Mangoldstrom aufwärts bis zum Wolfsktaag, überquerten den Jadepass und erreichten schließlich das Dorf der Stors. Obwohl sie fast ohne Pause gewandert waren, hatten sie zwei Tage gebraucht. Wäre Walker nicht gewesen, der mit seiner Zauberkraft verhindert hatte, dass sich das Gift weiter im Körper ausbreitete, wäre Par gestorben. Zuweilen hatte Par um sich geschlagen und geschrien, hatte Fieberträume gehabt und Blut gespuckt – einmal sogar inmitten eines furchtbaren Sturms, in den sie auf dem Jadepass geraten waren.

»Wir sind seit drei Tagen in Storlock, und heute bist du zum ersten Mal aufgewacht«, endete Coll. »Es war wirklich knapp, Par.«

Par sagte nichts. Obwohl er nur verschwommene Erinnerungen hatte, wusste er nur allzu gut, wie nahe er seinem Ende gewesen war. »Wo ist Walker?«, fragte er schließlich.

»Das wissen wir nicht«, erwiderte Morgan achselzuckend. »Seit wir angekommen sind, haben wir ihn nicht mehr gesehen. Er ist einfach verschwunden.«

»Zurück in den Wildewald, nehme ich an«, fügte Coll nicht ohne Verbitterung hinzu.

»Aber, aber, Coll«, beschwichtigte ihn Morgan.

Coll hob die Hände. »Ich weiß, Morgan – ich sollte ihn nicht tadeln. Er war da, als wir ihn gebraucht haben. Er hat Par das Leben gerettet, und dafür bin ich ihm dankbar.«

»Außerdem glaube ich, dass er immer noch in der Nähe ist«,

sagte Morgan leise. Als die anderen beiden ihn fragend ansahen, zuckte er nur mit den Schultern.

Par erzählte ihnen, was sich nach seiner Gefangennahme durch die Spinnengnome zugetragen hatte. Er war davon überzeugt, dass die Spinnengnome ausgeschickt worden waren, um ihn zu fangen, denn andernfalls hätten sie auch Coll mitgenommen. Das Schattenwesen steckte dahinter, das kleine Mädchen. Trotzdem blieb die Frage, wie sie wissen konnte, wer er war oder wo er zu finden war.

Schweigen senkte sich über den Raum, während alle ihren Gedanken nachhingen. »Die Magie«, meinte Morgan schließlich. »Sie haben sich offensichtlich alle für die Magie interessiert. Auch diese Kreatur muss sie gespürt haben.«

»Bis zum Tofferkamm?« Skeptisch schüttelte Par den Kopf.

»Und warum haben sie es dann nicht auch auf Morgan abgesehen?«, wandte Coll ein. »Schließlich verfügt er über die Magie des Schwertes von Leah.«

»Nein, nein, an dieser Art von Zauberkraft sind sie nicht interessiert«, antwortete Morgan sogleich. »Sie haben es auf die Art von Magie abgesehen, die Par innewohnt, und die zieht sie regelrecht an – diese Zauberkraft, die dem Körper oder dem Geist entspringt.«

»Das Schattenwesen hat versucht, sich meiner zu bemächtigen«, erzählte Par schließlich. »Es wollte sich mit mir vereinen, ein Teil von mir werden. Es wiederholte immer wieder: ›Umarme mich, umarme mich.‹«

Sie unterhielten sich noch ein Weilchen, sprachen über das Wenige, das sie über die Schattenwesen und über deren Interesse an der Magie wussten. Dann erhoben sich Coll und Morgan. »Es ist Zeit für Par, sich auszuruhen«, bestimmten sie. Er war immer noch krank, immer noch schwach, und er musste wieder zu Kräften kommen.

Par erinnerte sich plötzlich an den Hadeshorn. Wie viel Zeit blieb ihnen bis zum neuen Mond?

Coll seufzte. »Vier Tage – falls du immer noch dorthin willst.«

Im Hintergrund sagte Morgan: »Wir sind in der Nähe, wenn du uns brauchst. Ich freue mich, dass es dir wieder gut geht, Par.« Er schlüpfte zur Tür hinaus.

»Ja, ich mich auch«, pflichtete Coll bei und drückte die Hand seines Bruders.

Nachdem sie das Zimmer verlassen hatten, lag Par noch eine Zeit lang mit offenen Augen da und überließ sich seinen Gedanken. Brennende Fragen verlangten nach Antworten, aber die konnte er nicht geben. Er wurde gejagt und verfolgt, von Varfleet bis zum Regenbogensee, von Culhaven bis zum Kamin, von der Föderation und den Schattenwesen, von Dingen, die er entweder nur vom Hörensagen kannte oder von deren Existenz er überhaupt nichts gewusst hatte. Alles drehte sich um die Magie, und trotzdem hatte ihm die Magie im Grunde genommen nichts genützt. Er war ständig auf der Flucht vor dem einen oder auf der Suche nach dem anderen, ohne das eine oder andere wirklich zu verstehen. Er fühlte sich hilflos.

Und trotz seines Bruders und seiner Freunde fühlte er sich seltsam allein.

Sein letzter Gedanke, bevor er einschlief, war, dass er auf eine Weise, die er noch nicht richtig verstand, tatsächlich allein war.

Er schlief bis tief in den nächsten Tag hinein. Als er erwachte, regnete es. Er konnte das Tageslicht durch den Spalt zwischen den Vorhängen sehen. In der Ferne hörte er ein Donnergrollen, das in langem, ungleichmäßigem Getöse zu ihm ins Zimmer drang.

Er stützte sich auf einen Ellbogen auf und bemerkte, dass in einem kleinen Ofen ein Feuer brannte, den Raum mit wohliger Wärme erfüllte und ihm ein Gefühl der Sicherheit gab. Neben seinem Bett standen Tee und Kekse. Er setzte sich auf und zog beides zu sich heran.

Er trank gerade die dritte Tasse Tee, als sich die Tür lautlos öffnete und Walker Boh eintrat. Sein Onkel hielt kurz inne, als er bemerkte, dass Par wach war, schloss dann leise die Tür und kam an sein Bett. Er trug waldgrüne Kleidung – einen festen Gürtel um Hemd und Hose, weiche Lederstiefel voller Dreck, einen langen Reisemantel, der vom Regen nass war. Auch im Bart hingen Regentropfen, und das dunkle Haar klebte feucht auf der Haut.

Er nahm sich den Mantel von den Schultern. »Fühlst du dich besser?«, fragte er leise.

Par nickte und stellte die Tasse ab. »Ich muss mich wohl bei dir bedanken. Du hast mich vor den Werbestien gerettet. Es war deine Idee, mich nach Storlock zu bringen. Coll und Morgan haben mir erzählt, dass du sogar Magie eingesetzt hast, damit ich die Reise überstünde.«

»Magie.« Leise wiederholte Walker das Wort. »Worte und Berührungen, eine Art Variation des Wünschliedes. Mein Erbe von Brin Ohmsford. Ich bin nicht mit dem Fluch geschlagen, dass ich ihre Fähigkeiten ganz geerbt hätte – nur einen Teil davon. Hin und wieder entpuppt sich der Fluch tatsächlich als die Gabe, die du unbedingt in ihm sehen willst. Dann kann ich mich mit anderen Lebewesen verständigen, ihre Lebenskraft spüren und sie manchmal sogar stärken – obwohl ich nicht weiß, ob man das Magie nennen kann.«

»Und das, was du zu meinem Schutz mit den Werbestien gemacht hast, war das keine Magie?«

Sein Onkel wandte den Blick ab. »Das hat man mir so beigebracht«, sagte er schließlich.

Par wartete einen Augenblick, doch als sein Onkel dem nichts hinzufügte, sagte er: »Auf jeden Fall bin ich dir sehr dankbar.«

Der andere schüttelte den Kopf. »Ich verdiene deinen Dank nicht. Es war meine Schuld, dass es überhaupt so weit gekommen ist.« Er setzte sich auf die Bettkante. »Wenn ich dich beschützt hätte, so wie es meine Aufgabe gewesen wäre, wäre es den Spinnengnomen niemals gelungen, ins Tal einzudringen. Sie konnten es deshalb tun, weil ich mich lieber von dir ferngehalten habe. Du hast ein großes Risiko auf dich genommen, um mich zu finden; ich hätte wenigstens dafür sorgen müssen, dass dir, nachdem du mich gefunden hattest, nichts zustößt. Ich habe versagt.«

»Ich gebe dir keine Schuld an dem, was geschehen ist«, sagte Par schnell.

»Aber ich.« Walker erhob sich, trat zum Fenster und starrte in den Regen hinaus. »Ich lebe allein, weil ich es so wollte. Aber zuweilen vergesse ich, dass es nicht das Gleiche ist, ob man allein ist oder sich vor den anderen versteckt. Wir können nicht unbegrenzt Abstand zwischen uns und die anderen bringen – weil in unserer Welt das Absolute keinen Platz hat. Ich habe mich versteckt, als du nach mir gesucht hast. Deshalb warst du schutzlos.«

Par verstand nicht, was Walker damit sagen wollte, aber er zog es vor, ihn nicht zu unterbrechen.

Walker wandte sich vom Fenster ab. »Ich habe dich in der ganzen Zeit, seit du hier bist, noch nicht besucht«, sagte er, während er sich dem Bett näherte. »Weißt du das?«

Par nickte und schwieg.

»Du sollst nicht glauben, dass ich mich nicht für dich interessiert hätte. Aber ich wusste, dass du in Sicherheit bist, dass es dir gut gehen würde, und ich brauchte Zeit zum Nachdenken. Deshalb war ich draußen im Wald unterwegs und bin erst heute Morgen zurückgekehrt. Nachdem die Stors mir berichtet haben, dass du aufgewacht bist und dass dein Körper das Gift besiegt hat, habe ich beschlossen, dich zu besuchen.«

Walker unterbrach sich und blickte ins Leere. Als er weitersprach, schien er seine Worte sorgfältig zu wählen. »Ich habe über die Träume nachgedacht.«

Wieder schwieg er kurz. Par schob sich unbehaglich im Bett zurück und wurde langsam müde. Es würde noch eine Weile dauern, bis er wieder bei Kräften wäre.

Walker schien das zu erkennen. »Ich habe damit gerechnet, dass du kommen würdest, als die Träume begannen. Ich habe über diese Möglichkeit nachgedacht und mir überlegt, was ich dir sagen könnte.« Er zögerte. »Wir sind uns auf eine gewisse Weise ähnlich, Par. Wir sind beide Erben der Magie; doch dazu kommt, dass wir eine vorbestimmte Zukunft teilen, die unser Recht auf Selbstbestimmung stark beschränken könnte.« Wieder zögerte er. »Ich will damit sagen, Par, dass wir die Nachfahren von Brin und Jair Ohmsford sind, die Erben der Magie des Elfenhauses von Shannara, die Bewahrer eines Geheimnisses. Allanon war es, der uns dieses Geheimnis anvertraut hat, er war es, der im Sterben zu Brin gesagt hat, dass die Ohmsfords die Magie über Generationen hüten würden, bis sie wieder gebraucht werde.«

Par nickte langsam. »Du glaubst also, dass wir diejenigen sein könnten, für die das Geheimnis bestimmt war?«

»Ja, das glaube ich – und diese Möglichkeit jagt mir Angst ein, so wie mir noch nie etwas Angst eingejagt hat! Ich fürchte mich davor! Ich will mit den Druiden und ihren Geheimnissen nichts zu tun haben! Ich will auch nichts zu tun haben mit der Elfenmagie, mit ihren Ansprüchen und ihren Tücken! Ich möchte nur allein gelassen werden, ich möchte mein Leben auf eine Weise leben, die ich für nützlich und befriedigend halte – und sonst nichts!«

Par senkte vor dem Zorn, der aus den Worten des anderen sprach, den Blick. Dann lächelte er traurig. »Manchmal liegt es nicht an uns zu entscheiden, Walker.«

Walker Bohs Antwort fiel anders aus als erwartet. »Zu der Meinung bin ich auch gelangt.« Sein schmales Gesicht war hart. »Während ich darauf gewartet habe, dass du wieder aufwachst, bin ich zu dieser Ansicht gelangt.« Er schüttelte den Kopf. »Dass ich mich im Wildewald versteckt habe, hat dich fast das Leben gekostet. Es könnte leicht wieder passieren. Und welchen Preis müsste ich dafür bezahlen?«

Par schüttelte den Kopf. »Du brauchst nicht für die Risiken, denen ich mich freiwillig ausgesetzt habe, die Verantwortung zu übernehmen, Walker. Kein Mensch kann eine solche Last tragen.«

»Da bin ich anderer Meinung, Par. Er muss sie sogar tragen, wenn er über die notwendigen Kräfte verfügt. Begreifst du das nicht? Wenn ich über die Kräfte verfüge, bin ich verpflichtet, sie einzusetzen. Tja, ich bin hier, weil ich dir etwas mitteilen wollte, und ich habe es immer noch nicht gesagt. Es wird am besten sein, wenn ich es hinter mich bringe… Ich gehe mit dir«, sagte er schlicht.

Par erstarrte vor Überraschung. »Zum Hadeshorn?«

Walker Boh nickte. »Um Allanons Schatten zu treffen – falls es tatsächlich Allanons Schatten ist, der uns gerufen hat – und um zu hören, was er zu sagen hat.«

Er legte die knochige Hand kurz auf die von Par. »Ruh dich jetzt aus. Wir haben eine weite Reise vor uns. Überlass mir die Vorbereitungen. Ich gebe den anderen Bescheid und hole dich, wenn es Zeit ist, dass wir uns auf den Weg machen.«

Walker Boh stand zu seinem Wort. Zwei Tage später, kurz nach Sonnenaufgang, erschien er mit Pferden und Proviant. Par war in den vergangenen anderthalb Tagen auf den Beinen gewesen; er hatte sich gut erholt. Angekleidet wartete er mit Steff und Teel auf der Veranda des Hauses, als sein Onkel, gefolgt von den Lasttieren, aus dem Schatten des Waldes trat.

»Der Mann ist wirklich seltsam«, murmelte Steff. »Habe ihn in der ganzen Zeit höchstens fünf Minuten gesehen. Und jetzt ist er plötzlich wieder da, einfach so. Mehr Geist als Mensch.«

»Walker Boh ist wirklich«, antwortete Par, ohne den Zwerg anzuschauen. »Ein Mensch, der von seinen eigenen Geistern verfolgt wird.«

»Tapfere Geister, wie ich das sehe.«

»Du fürchtest dich noch immer vor ihm, nicht wahr?«

»Mich fürchten?« Steff lachte rau. »Hast du das gehört, Teel? Er will mich auf die Probe stellen!« Einen Augenblick wandte er sein narbiges Gesicht Par zu. »Nein, er flößt mir keine Angst mehr ein. Er bringt mich nur zum Nachdenken.«

Coll und Morgan erschienen, und die kleine Gruppe machte sich zum Aufbruch bereit. Stors eilten herbei, um sich von ihnen zu verabschieden, als die Gefährten ihre Pferde bestiegen.

Walker sprach mit einem oder zweien, aber so leise, dass ihn sonst niemand verstehen konnte. Dann blickte er sich noch einmal zu ihnen um.

»Ich erhoffe für uns viel Glück, meine Freunde«, sagte er und wandte sein Pferd nach Westen, zur Ebene hin.

Viel Glück, weiß Gott, das brauchen wir, dachte Par Ohmsford.

13

Vereinzelte Sonnenstrahlen drangen durch die Bäume, brachen sich auf der ruhigen Oberfläche des Myriansees und tauchten das Wasser in leuchtendes Rotgold. Wren Ohmsford blinzelte ins grelle Licht. Weiter im Westen ragten die zerklüfteten Gipfel des Irrybisgebirges in den Himmel, bildeten gleichsam eine Grenze zwischen Erde und Firmament und warfen die ersten Schatten der Nacht über die riesige Ebene von Tirfing.

In einer Stunde würde es dunkel werden, dachte sie.

Am Ufer des Sees blieb sie in der einsetzenden Dämmerung stehen und nahm nur für einen kurzen Moment die Abgeschiedenheit in sich auf. Mit der behaglichen Selbstzufriedenheit einer schlafenden Katze breitete sich das Westland in der flimmernden Hitze des sich dem Ende zuneigenden Sommertages aus und wartete geduldig auf die Nacht und die Kühle.

Sie hatte nicht mehr viel Zeit.

Einen Augenblick lang suchte sie nach den Spuren, die sie vor einigen hundert Metern verloren hatte, und entdeckte nichts, als hätte er sich in Luft aufgelöst. Offensichtlich wollte er es ihr bei diesem Katz-und-Maus-Spiel nicht leicht machen. Vielleicht lag das auch an ihr.

Der Gedanke trieb sie weiter. Lautlos huschte sie zwischen den Bäumen am Seeufer hindurch und überprüfte Blätter und Boden mit neugefasster Entschlossenheit. Sie war klein und zart gebaut, gleichzeitig aber zäh und stark. Wind und Sonne hatten ihre Haut nussbraun getönt, und mit dem kurzen hellblonden Haar, das in kleinen Löckchen an ihrem Kopf lag, sah sie aus wie ein Junge. Ihre Gesichtszüge erinnerten eindeutig an eine Elfe, die Augenbrauen standen schräg, die Ohren waren klein und spitz, die hohen Wangenknochen ließen ihr Gesicht schmal erscheinen. Ihre haselnussfarbenen Augen suchten überall rastlos, während sie weiterschlich.

Seinen ersten Fehler, einen winzigen abgebrochenen Zweig, bemerkte sie nach etwa dreißig Metern und kurz darauf seinen zweiten, einen Stiefelabdruck. Unwillkürlich musste sie lächeln. Ihre Zuversicht wuchs, und erwartungsvoll hob sie den glatten dicken Stock, den sie bei sich trug.

Der See, der sich an dieser Stelle zwischen die Bäume schob, bildete eine tiefe Bucht, wodurch sie zu einem Umweg durch ein dichtes Kiefernwäldchen gezwungen wurde. Sie bewegte sich noch vorsichtiger. Die Kiefern machten dichtem Buschwerk Platz, das bei einem Zedernhain wuchs. Sie umging die Büsche und bemerkte dabei eine frische Kratzspur an einer Baumwurzel. Jetzt wird er unvorsichtig, dachte sie, oder will es mich zumindest glauben machen.

Sie entdeckte die Falle erst in dem Augenblick, als ihr Fuß schon darüberschwebte. Die Drähte zogen sich von der sorgfältig versteckten Schlinge in das dichte Buschwerk hinein und weiter zu einem kräftigen jungen Baum, an dem sie festgebunden waren. Hätte sie die Schlinge übersehen, wäre sie in die Höhe gerissen worden und würde jetzt in der Luft baumeln.

Gleich danach bemerkte sie die zweite Falle, für den Fall, dass sie der ersten entgangen wäre. Sie wich auch dieser aus und passte noch besser auf.

Trotzdem hätte sie ihn beinahe übersehen, als er ungefähr fünfzig Meter weiter von einem Ahornbaum zu Boden glitt. Er war es leid, sie im Wald immer wieder abzuschütteln, und hatte deshalb beschlossen, die Sache schnell und ein für alle

Mal hinter sich zu bringen. Während sie zwischen den Bäumen hindurchhuschte, glitt er lautlos zu Boden, und einzig ihre Vorahnung rettete sie. In dem Augenblick, als er den Boden berührte, sprang sie zur Seite, holte aus und ließ den großen Stock auf seine breite Schulter klatschen. Ihr Angreifer schüttelte den Hieb ab und erhob sich mit einem lauten Grunzen. Er war ein Riese von einem Mann und lief auf Wren zu, doch sie katapultierte sich mit ihrem Stock zur Seite. Beim Aufsetzen rutschte sie aus. Mit erstaunlicher Behändigkeit war er über ihr. Sie rollte sich zur Seite und wehrte ihn mit dem Stock ab, bis es ihr schließlich gelang, den hölzernen Dolch zu ziehen und ihm diesen zum Schein in den Bauch zu rammen.

Das sonnengebräunte, bärtige Gesicht wandte sich dem ihren zu, und die tief liegenden Augen starrten nach unten. »Du bist tot, Garth«, erklärte sie ihm lächelnd. Dann bewegten sich ihre Finger und formten das Zeichen.

Der Fahrende sank in gespielter Unterwerfung nieder, erhob sich aber sofort wieder. Dann lächelte auch er. Sie wischten ihre Kleidung sauber und standen sich im schwindenden Licht gegenüber.

»Ich werde immer besser, ja?«, fragte Wren und begleitete ihre Worte mit Gesten.

Garth antwortete ohne Laute, seine Finger bewegten sich in der Sprache, die er ihr beigebracht hatte. »Besser, aber noch nicht gut genug«, übersetzte sie. Als sie nach seinem Arm griff, breitete sich ein Lächeln auf seinem Gesicht aus. »Für dich vermutlich nie gut genug. Denn sonst wärst du arbeitslos!«

Sie hob ihren Stock auf und täuschte einen Angriff an, woraufhin Garth sofort in Deckung ging. Sie fochten für einen Moment, ehe sie sich auf den Rückweg zum Seeufer machten. Eine halbe Stunde entfernt hinter der Bucht lag eine kleine

Lichtung, ein idealer Lagerplatz für die Nacht. Wren hatte die Stelle während ihrer Verfolgungsjagd entdeckt.

»Ich bin müde, und mir tut alles weh, und ich habe mich noch nie besser gefühlt«, verkündete das Mädchen fröhlich, als sie gingen und dabei die letzten Sonnenstrahlen des Tages auf dem Rücken spürten, die Gerüche des Waldes einatmeten und voll Leben und Frieden waren. Sie sang und summte Lieder über die Fahrenden und über das freie Leben, darüber, wie das Leben war und wie es sein würde. Garth folgte ihr wie ein stiller Schatten.

Sie erreichten die Lichtung, machten Feuer, bereiteten ihr Essen zu und aßen; dazu tranken sie aus dem großen ledernen Bierschlauch. Die Nacht war angenehm warm, und Wren Ohmsford war äußerst zufrieden. Ihnen blieben noch fünf Tage, bevor sie zurückerwartet wurden. Sie genoss ihre Streifzüge mit Garth, die Aufregung und die Herausforderung. Der Fahrende war der beste aller Lehrer – einer, der seinen Schülern gestattete, durch eigene Erfahrung zu lernen. Niemand wusste so viel über Fährtensuche, Deckung, Fallen und Schlingen wie er, und niemand kannte so viele Schliche in der schönen Kunst des Überlebens. Er war von Anfang an ihr Lehrer gewesen. Sie hatte nie gefragt, warum er sich gerade sie ausgesucht hatte; sie war einfach nur dankbar, dass er es getan hatte.

Ihr Leben war hart, aber sie hätte sich unmöglich ein anderes auch nur vorstellen können. Als Fahrende war sie geboren worden und hatte mit Ausnahme der ersten Jahre, die sie in dem Dörfchen Schattental im Südland bei ihren Verwandten, den Ohmsfords, verbracht hatte, immer unter Fahrenden gelebt. Seit Jahren wohnte sie jetzt im Westland, wo sie mit Garth und den anderen herumstreifte, denjenigen, die sie nach dem Tod ihrer Eltern bei sich aufgenommen hatten und sie in allen Dingen des Lebens unterrichteten. Das gesamte Westland gehörte den Fahrenden, vom Kershalt bis zum Irrybisgebirge, vom Tal von Rhenn bis zur Blauen Spalte. Einst hatte es auch den Elfen gehört. Aber die Elfen gab es nicht mehr, sie waren verschwunden. Bei den Fahrenden hieß es, sie hätten sich wieder ins Reich der Sagen zurückgezogen und jegliches Interesse an der Welt der Sterblichen verloren und waren ins Zauberland heimgekehrt.

Manche zogen das in Zweifel. Andere wiederum behaupteten, die Elfen seien immer noch da und hielten sich nur versteckt. Sie selbst hatte dazu keine Meinung. Sie wusste lediglich, dass die Elfen ein verwildertes Paradies zurückgelassen hatten.

Garth reichte ihr den Bierschlauch, und sie trank einen großen Schluck, bevor sie ihn wieder zurückreichte. Sie wurde zunehmend schläfrig. In der Regel trank sie nur wenig. Aber heute war sie richtig stolz auf sich. Es kam nicht oft vor, dass sie Garth überlistete.

Sie ließ den Blick kurz auf ihm ruhen, während sie daran dachte, wie viel er ihr inzwischen bedeutete. Ihre Zeit in Schattental schien so weit hinter ihr zu liegen, obwohl sie sich gut daran erinnerte. Und an die Ohmsfords, besonders Par und Coll – an die dachte sie immer noch. Damals waren sie ihre Familie gewesen. Aber es kam ihr vor, als hätte sich all das in einem anderen Leben zugetragen. Garth war ihr jetzt zugleich Vater, Mutter, Bruder und Schwester, ihre Familie eben. Sie war mit ihm auf eine Weise verbunden, wie sie nie zuvor mit jemandem verbunden gewesen war. Sie liebte ihn abgöttisch.

Trotzdem, so musste sie zugeben, fühlte sie sich manchmal in seiner Gegenwart allein – einsam und verlassen, wie ein herumirrendes Waisenkind, das von einer Familie zur nächsten weitergereicht wird, ohne irgendwo dazuzugehören und ohne zu wissen, wer oder was es eigentlich war. Es ärgerte sie, dass weder sie noch die anderen mehr über sie wussten. Sie hatte oft genug gefragt, doch die Antworten waren immer nur dürftig ausgefallen. Ihr Vater war ein Ohmsford gewesen, ihre Mutter eine Fahrende. Es war unklar, wie die beiden ums Leben gekommen waren. Niemand wusste, was mit den anderen Familienmitgliedern passiert war. Und niemand wusste, wer ihre Vorfahren waren.

Sie besaß überhaupt nur eine Sache, die Aufschluss darüber geben konnte, wer sie war: einen kleinen Lederbeutel, den sie immer um den Hals trug und der drei perfekte Steine enthielt. Elfensteine, hätte man meinen können – bis man bei genauerem Hinsehen feststellte, dass es sich um gewöhnliche Steine handelte, die blau gefärbt waren. Aber sie waren das Einzige, was man bei ihr als Kind gefunden hatte.

Vermutlich wusste Garth darüber mehr, als er zugab. Auf ihre Frage hin hatte er vorgegeben, nichts zu wissen, doch etwas an seinem Leugnen hatte sie davon überzeugt, dass er nicht die Wahrheit sagte. Garth konnte Geheimnisse sehr viel besser als jeder andere bewahren, aber sie kannte ihn zu gut, um sich hinters Licht führen zu lassen. Manchmal wenn sie darüber nachdachte, wollte sie eine Antwort aus ihm herausschütteln. Doch sie hütete sich davor, ihren Ärger zu zeigen. Man konnte Garth zu nichts zwingen. Er würde erst reden, wenn er von selbst dazu bereit war.

Sie zuckte mit den Schultern, so wie immer, wenn sie über ihre nicht vorhandene Familie nachdachte. Sie war die, die sie war, eine Fahrende, und sie führte ein Leben, um das viele sie beneideten, vorausgesetzt, sie waren ehrlich zu sich selbst. Ihr gehörte die ganze Welt, weil sie an keinen Ort gebunden war. Sie konnte gehen, wohin sie wollte, und tun und lassen, was sie wollte, und das war mehr, als den meisten vergönnt war. Auch viele ihrer Gefährten waren von zwielichtiger Herkunft, aber sie beschwerten sich nicht. Sie genossen ihre Freiheit und die Möglichkeiten, alles, was ihnen in den Sinn kam, für sich zu beanspruchen. Sollte das nicht auch für sie gut genug sein?

Natürlich war keiner von ihnen ein Elf, oder? In keinem von ihnen floss das Blut von Ohmsford und Shannara, das die Magie der Elfen in sich barg. Keiner von ihnen wurde von Träumen heimgesucht…

Ihre braunen Augen wandten sich unvermittelt Garth zu, als sie seinen Blick spürte. Sie antwortete unverfänglich mit Zeichen, während sie daran dachte, dass keiner der anderen Fahrenden die Kunst des Überlebens so gründlich gelernt hatte wie sie.

Sie tranken noch ein wenig Bier, legten weitere Scheite auf das Feuer und hüllten sich in ihre Decken. Wren konnte lange nicht einschlafen, länger, als ihr lieb war; sie wurde wieder einmal von den unbeantworteten Fragen und ungelösten Rätseln, die ihr Leben begleiteten, eingeholt. Nachdem sie endlich eingeschlafen war, warf sie sich unter ihrer Decke rastlos von einer Seite auf die andere, heimgesucht von Träumen, die ihrem Gedächtnis sofort entglitten.

Als sie aufwachte, dämmerte es bereits, und der alte Mann saß ihr gegenüber und stocherte mit einem langen Stock müßig in der Asche des Feuers. »Es wird langsam Zeit«, schnarrte er.

Sie blinzelte ungläubig, um im nächsten Augenblick unter ihrer Decke hervorzuschnellen. Der schlafende Garth wurde durch ihre ruckartige Bewegung wach. Sie langte nach dem langen Stock an ihrer Seite, während ihr unzählige Fragen gleichzeitig durch den Sinn gingen. Woher kam der alte Mann? Wie hatte er es geschafft, sich ihnen zu nähern, ohne sie aufzuwecken?

Der Fremde hob beruhigend einen knochigen Arm und sprach: »Ihr braucht euch nicht aufzuregen. Seid einfach dankbar, dass ich euch habe schlafen lassen.«

Garth war jetzt ebenfalls auf den Beinen und kauerte am Boden, aber zu Wrens großem Erstaunen begann der alte Mann, sich mit dem Fahrenden in dessen Zeichensprache zu verständigen, teilte ihm das mit, was er Wren schon gesagt hatte, und versicherte ihm, dass er keine Bedrohung darstellte. Offensichtlich überrascht, zögerte Garth, setzte sich dann jedoch wieder.

»Woher kannst du das?«, brachte Wren hervor. Sie hatte außer dem Anführer der Fahrenden noch nie jemand getroffen, der Garths Sprache beherrschte.

»Tja, ich weiß so einiges über die Kunst der Verständigung«, erwiderte der alte Mann, während ein selbstzufriedenes Lächeln seinen Mund umspielte. Seine Haut war vom Wetter gegerbt und zerfurcht, sein weißes Haar und sein Bart strähnig, seine hagere Gestalt mager wie eine Vogelscheuche. Die graue Kleidung hing lose an ihm herunter. »Ich weiß beispielsweise«, fuhr er fort, »dass Botschaften auf verschiedenste Weise übermittelt werden können, mithilfe von Papier, von Mund zu Mund, durch Handzeichen…« Er hielt inne. »Und sogar durch Träume.«

Wren schnappte hörbar nach Luft. »Wer bist du?«

»Mir scheint«, sagte der alte Mann, »das ist jedermanns Lieblingsfrage. Mein Name ist unwichtig. Wichtig ist allein die Tatsache, dass ich geschickt wurde, um dir zu sagen, dass du deine Träume nicht mehr länger missachten darfst. Diese Träume, Fahrende, werden dir von Allanon geschickt.«

Während er sprach, übersetzte er gleichzeitig für Garth in Zeichen, und zwar so flink, als hätte er die Sprache mit der Muttermilch aufgenommen. Wren bemerkte, dass Garth sie ansah, aber sie konnte den Blick nicht von dem alten Mann losreißen. »Woher weißt du von den Träumen?«, fragte sie leise.

Er erzählte ihr also, dass er Cogline sei, ein ehemaliger Druide, der noch einmal in den Dienst gerufen worden war, weil die echten Druiden aus den Vier Ländern verschwunden waren und niemand sonst die Mitglieder der Familie Ohmsford hätte aufsuchen und davon unterrichten können, dass die Träume Wirklichkeit werden würden. Er erzählte ihr, dass Allanons Schatten ihn geschickt habe, um sie über den Zweck der Träume zu unterrichten, um ihr zu sagen, dass sie die Wahrheit sprachen, dass die Vier Länder sich in größter Gefahr befanden, dass die Magie fast verloren war, dass nur die Ohmsfords sie wieder zum Leben erwecken konnten und dass sie ihn in der ersten Nacht des neuen Mondes aufsuchen mussten, um zu erfahren, was zu tun war. Er schloss seine Ausführungen, indem er ihr mitteilte, dass er zuerst Par Ohmsford und dann Walker Boh aufgesucht habe, denen die Träume gleichfalls geschickt worden waren, und schließlich sie, Wren Ohmsford.

Als er seine Rede beendet hatte, dachte sie kurz nach, bevor sie sprach. »Die Träume beunruhigen mich schon seit einiger Zeit«, bekannte sie. »Ich habe sie einfach für Träume gehalten und sonst nichts. Die Magie der Ohmsfords hatte noch nie einen Platz in meinem Leben…«

»Und du fragst dich, ob du überhaupt eine Ohmsford bist«, unterbrach sie der alte Mann. »Du bist dir nicht sicher, oder? Wenn du keine Ohmsford bist, dann hättest du tatsächlich nichts mit Magie zu schaffen. Und wenn es nach dir ginge, wäre dir das gar nicht so unrecht, nicht wahr?«

Wren starrte ihn an. »Woher weißt du das alles, Cogline?« Sie stellte seine Behauptung, Cogline zu sein, nicht infrage; sie nahm sie hin, weil sie davon überzeugt war, dass es so oder so keine Rolle spielte. »Woher weißt du so viel über mich?« Mit plötzlich erwachender Erwartung beugte sie sich vor. »Kannst du mir sagen, wer ich wirklich bin?«

Der alte Mann hob die Schultern. »Es ist sehr viel wichtiger zu wissen, was du sein könntest, als zu wissen, was du bist«, lautete seine rätselhafte Antwort. »Wenn du mehr darüber erfahren willst, solltest du der Aufforderung der Träume Folge leisten. Geh zum Hadeshorn, und sprich mit Allanon.«

Sie sah kurz Garth an, bevor ihr Blick wieder zurückwanderte. »Du treibst ein Spiel mit mir«, sagte sie zu dem alten Mann.

»Vielleicht.«

»Warum?«

»Oh, wenn ich deine Neugier wecken kann, wirst du mich vielleicht begleiten. Bei den anderen Mitgliedern deiner Familie habe ich mich für Drohungen und Schelte entschieden. Bei dir wollte ich etwas Neues ausprobieren. Die Zeit läuft uns davon, und ich bin ein alter Mann. Es bleiben nur noch sechs Tage bis zum neuen Mond. Selbst zu Pferd braucht man mindestens vier Tage bis zum Hadeshorn – fünf, wenn ich die Reise mitmache.«

Alles, was er sagte, erklärte er Garth in der Zeichensprache, und nun gab Garth eine schnelle Antwort. Der alte Mann lachte. »Ob ich die Reise mitmachen werde? Ja, zum Donnerwetter, das werde ich! Ich kümmere mich jetzt seit Wochen um die Angelegenheiten eines Schattens. Deshalb steht es mir zu, finde ich, zu erfahren, wie die Sache ausgeht.« Nachdenklich hielt er inne. »Außerdem weiß ich nicht, ob mir wirklich eine Wahl bleibt …«

Wren wandte den Blick nach Osten, wo die Sonne als blasser weißer Kreis inmitten von Dunst und Wolken am Horizont stand. »Was hat mein Vetter…?«, setzte sie an, um sofort wieder zu verstummen. Das Wort klang, während sie es aussprach, irgendwie falsch. Es drückte einen Abstand zwischen ihnen aus, der ihr nicht gefiel. »Wozu hat Par sich entschlossen?«, fragte sie.

»Er sagt, dass er darüber nachdenken wolle«, erwiderte der alte Mann. »Er und sein Bruder. Ich habe beide zusammen angetroffen.«

»Und mein Onkel?«

Der andere zuckte mit den Schultern. »Er hat das Gleiche gesagt.« Aber es lag etwas in seinen Augen, das seinen Worten widersprach.

Wren schüttelte den Kopf. »Du spielst schon wieder mit mir. Was hat er wirklich gesagt?«

Die Augen des alten Mannes verengten sich. »Meine liebe Fahrende, du stellst meine Geduld auf eine harte Probe. Ich habe nicht die Kraft, dir ganze Gespräche zu wiederholen, damit du eine Ausrede für deine Entscheidung hast. Kannst du dir nicht selbst eine Meinung bilden? Wenn sie der Aufforderung folgen, haben sie dafür ihre eigenen Gründe und brauchen keine von dir. Gilt das nicht für dich genauso?«

Wren Ohmsfords Miene versteinerte sich. »Was haben sie gesagt?«, wiederholte sie und wog dabei jedes Wort sorgfältig ab, bevor sie es aussprach.

»Was sie wollten!«, schnappte der andere und machte seine Antworten Garth verständlich, obwohl sein Blick auf Wren geheftet blieb. »Bin ich denn ein Papagei, der die Sätze anderer zu deinem Vergnügen wiederholt?« Er blickte sie scharf an, dann warf er die Arme in die Luft. »Also gut! Du sollst alles hören! Der junge Par wurde zusammen mit seinem Bruder von der Föderation aus Varfleet vertrieben, weil er seine Magie dazu benutzt hat, Geschichten über ihre Familie und über die Druiden zu erzählen. Er war gerade auf dem Weg nach Hause, als ich ihn zuletzt gesehen habe, und dachte etwas eingehender über die Träume nach. Er wird in der Zwischenzeit begriffen haben, dass er nicht mehr nach Hause kann, dass seine Heimat sich in der Hand der Föderation befindet und seine Eltern – in gewisser Weise ja auch deine Eltern – Gefangene sind!«

Überrascht wollte Wren etwas antworten, aber der alte Mann überging sie. »Bei Walker Boh liegt die Sache etwas anders. Er glaubt, er habe nichts mehr mit der Familie Ohmsford zu tun. Er lebt allein, ist zufrieden dabei und will nichts mit seiner Familie und mit der Welt zu tun haben. Und mit den Druiden schon gar nichts. Er hält sich für den einzigen, der richtig mit Magie umgehen kann, und er glaubt, alle anderen, die über ein bisschen Zauberkraft verfügen, würden keinen Verstand besitzen. Er vergisst, von wem er das alles gelernt hat. Er…«

»Von dir«, unterbrach ihn Wren.

»…hält sich für den Größten in seiner selbst gewählten Mission als…« Er hielt plötzlich inne. »Was? Was hast du gesagt?«

»Von dir«, wiederholte Wren, wobei sie ihn nicht aus den Augen ließ. »Du warst sein Lehrer, nicht?«

In der darauffolgenden Stille blickte der Alte sie abschätzend an. »Ja, Mädchen, das war ich. Bist du jetzt zufrieden? Ist das die Antwort, die du gesucht hast? Oder möchtest du sonst noch etwas?«

Er hatte vergessen, Garth mit seinen Händen über das Gesagte zu unterrichten, doch Garth schien von seinen Lippen gelesen zu haben. Als er Wrens Blick erhaschte, nickte er zustimmend. Versuch immer etwas über deinen Gegner zu erfahren, was dieser vor dir geheim halten will, hatte er sie gelehrt. Dadurch bist du im Vorteil.

»Er will also nicht zum Hadeshorn?«, drängte sie. »Ich meine Walker.«

»Ich bin gerade zu dem Schluss gekommen, dass du ein kluges Mädchen bist, und schon beweist du mir das Gegenteil!« Der alte Mann zog eine Augenbraue in die Höhe. »Walker sagt, dass er nicht geht, und er ist überzeugt davon, dass er nicht geht. Aber er wird gehen. Das Gleiche gilt für Par. So wird es sein! Manchmal läuft alles so, wie wir es nicht erwarten. Vielleicht steckt dahinter nur die Magie der Druiden, mit der sie die Versprechungen und Gelübde, die wir so leichtfertig eingehen, umkehren und uns dorthin lenken, wo wir am allerwenigsten sein wollen.« Er zog seine Kleider enger um sich und beugte sich vor. »Wie steht es nun mit dir, kleine Wren? Tapferer Adler oder ängstlicher Spatz – was bist du? Die Situation erfordert eine klare Entscheidung. Wähle also.«

Wren blickte Garth kurz an, dann sah sie in den Wald, der noch in tiefen Schatten schlief. Die Gedanken und Fragen der vorhergegangenen Nacht holten sie wieder ein und schossen ihr mit quälender Beharrlichkeit durch den Kopf. Sie könnte gehen, wenn sie wollte. Die Fahrenden würden sie nicht aufhalten, nicht einmal Garth – obwohl er darauf bestehen würde, sie zu begleiten. Sie konnte dem Schatten von Allanon entgegentreten. Sie konnte mit dem Geist einer Legende sprechen, mit einem Mann, an dessen Existenz viele zweifelten. Sie konnte ihm die Fragen stellen, die sie schon seit vielen Jahren mit sich herumtrug, und würde vielleicht einige Antworten erhalten, möglicherweise sogar etwas über sich selbst erfahren, das ihr bis jetzt verborgen geblieben war. Ein ziemlich ehrgeiziges Unterfangen, dachte sie, und gleichzeitig ein rätselhaftes.

Es würde bedeuten, dass sie Par, Coll und Walker Boh wiedersehen würde – ihre andere Familie, mit der sie vielleicht gar nicht verwandt war. Nachdenklich schürzte sie die Lippen. Vielleicht würde ihr das sogar Spaß machen.

Aber sie musste sich mit der Wirklichkeit ihrer Träume auseinandersetzen – oder zumindest mit der Wirklichkeit eines Geistes. Und das konnte gleichzeitig ihr ganzes Leben verändern, ein Leben, mit dem sie vollkommen zufrieden war. Es konnte bedeuten, dass ihr Leben dadurch zerstört wurde, dass sie in Dinge verwickelt wurde, die sie besser gemieden hätte.

Ihre Gedanken rasten. Sie spürte das Gewicht des kleinen Beutels mit den gefärbten Steinen um ihren Hals, so, als sollte sie an die vor ihr liegenden Möglichkeiten erinnert werden.

Auch sie kannte die Geschichten um die Ohmsfords und die Druiden, und sie war vorsichtig.

Ganz unerwartet musste sie lächeln. Seit wann hielt die Vorsicht sie vom Handeln ab? Bei den Schatten! Sie stand vor einer verschlossenen Tür, die nur darauf wartete, aufgestoßen zu werden.

Der alte Mann unterbrach sie in ihren Gedanken. »Mädchen, ich werde langsam müde. Diese alten Knochen müssen bewegt werden, damit sie nicht einrosten. Lass mich wissen, wie du dich entschieden hast. Oder brauchst du, ähnlich wie die anderen in deiner Familie, ein unbegrenztes Maß an Zeit, um diese Angelegenheit hin und her zu überlegen?«

Mit hochgezogener Augenbraue warf Wren einen flüchtigen Blick in Garths Richtung. Der Fahrende nickte kaum wahrnehmbar. Sie wandte sich wieder Cogline zu. »Du bist so gereizt, Großväterchen«, tadelte sie. »Wo ist deine Geduld geblieben?«

»Mit meiner Jugend verschwunden, mein Kind«, sagte er unerwartet milde. »Wofür hast du dich entschieden?«

Sie lächelte. »Für den Hadeshorn und Allanon«, antwortete sie. »Was hast du denn erwartet?«

Aber der alte Mann gab ihr keine Antwort.

14

Fünf Tage später, während die Sonne den Himmel im Westen mit lila und roten Strahlen überzog, wie es nur im Sommer zu sehen ist, erreichten Wren, Garth und der alte Mann, der sich Cogline nannte, die ersten Ausläufer der Drachenzähne und den gewundenen, felsigen Pfad, der ins Schiefertal und zum Hadeshorn führte.

Par Ohmsford sah sie als Erster. Er war auf dem Pfad ein paar hundert Meter bis zu einem Felsvorsprung gewandert, der ihm einen Ausblick auf die Ebene südlich von Callahorn bot, weil er ein wenig mit seinen Gedanken allein sein wollte. Er war bereits am Vortag mit Coll, Morgan, Walker Boh, Steff und Teel angekommen, und das Warten auf den Anbruch der ersten Nacht des neuen Mondes stellte seine Geduld auf eine harte Probe. Er genoss gerade die majestätische Schönheit des Sonnenuntergangs, als er das komische Dreiergespann entdeckte, das auf Pferden aus dem Schatten eines Pappelwaldes auf ihn zukam. Langsam erhob er sich, als könne er seinen eigenen Augen nicht trauen. Dann, als er festgestellt hatte, dass seine Augen ihm keinen Streich spielten, sprang er auf und eilte den Pfad hinunter, um seine Gefährten, die eben ihr Lager aufgeschlagen hatten, von seiner Beobachtung zu unterrichten.

Wren erreichte das Lager fast noch vor ihm. Ihre scharfen Elfensinne machten ihn just in dem Augenblick aus, als er ihrer gewahr wurde. Ohne Rücksicht auf ihre Gefährten, die hinter ihr zurückblieben, gab sie ihrem Pferd die Sporen, galoppierte tollkühn auf das Lager zu, sprang aus dem Sattel, noch bevor ihr jemand herunterhelfen konnte, lief mit einem wilden Schrei auf Par zu und umarmte ihn so innig, dass er beinahe das Gleichgewicht verlor. Als sie ihn ausreichend gedrückt hatte, erfuhr ein erstaunter, aber erfreuter Coll die gleiche Begrüßung. Walker Boh bekam lediglich einen Kuss auf die Wange, und Morgan, den sie kaum wiedererkannte, wurde mit einem Händedruck und einem Nicken bedacht.

Während die drei Geschwister Ohmsford – diesen Eindruck machten sie ungeachtet der Tatsache, dass Wren keine leibliche Schwester war – einander begrüßten und umarmten, standen die anderen etwas unbehaglich daneben und bedachten einander mit abschätzenden Blicken. Die meisten galten Garth, der doppelt so groß war wie alle anderen. Die grelle Kleidung der Fahrenden ließ ihn noch größer erscheinen. Ruhig und ohne eine Spur von Unbehagen begegnete er den Blicken der anderen. Wren erinnerte sich plötzlich an ihn und stellte ihn vor. Par stellte im Gegenzug Steff und Teel vor. Cogline blieb ein wenig abseits der anderen stehen; da ihn anscheinend jeder kannte, erübrigte sich eine förmliche Vorstellung. Man nickte sich zu, schüttelte Hände und tauschte Höflichkeiten, doch die Bedenken wollten aus den meisten Gesichtern trotzdem nicht weichen. Als sie sich allesamt an der Feuerstelle in der Mitte des kleinen Lagers niederließen, um die Mahlzeit einzunehmen, die die Zwerge zubereitet hatten, teilte man sich in Grüppchen auf. Steff und Teel widmeten sich dem Kochen; Walker Boh setzte sich in den Schatten einer knorrigen Kiefer, und Cogline verschwand, ohne ein Wort zu verlieren, zwischen den Felsen. Er tat dies so leise, dass es die anderen kaum bemerkten. Da Cogline jedoch nicht als Mitglied der kleinen Gruppe galt, kümmerten sich die anderen kaum darum. Par, Coll, Wren und Morgan versorgten gemeinsam die Pferde, sattelten sie ab und rieben sie trocken, während sie über alte Zeiten und alte Freunde sprachen, über Orte, an denen sie gewesen waren, über Erlebnisse und über das Auf und Ab des Lebens.

»Du bist ganz schön erwachsen geworden, Wren«, sagte Coll mit Bewunderung in der Stimme. »Längst nicht mehr so dürr wie das Mädchen, das ich in Erinnerung hatte.«

»Und du reitest wild wie der Wind! Als gäbe es keine Grenzen für dich!« Par lachte.

Wren grinste. »Mein Leben ist besser als eures. Ihr sitzt nur auf eurem Hintern, erzählt alte Geschichten und weckt schlafende Hunde.« Dann wurde sie wieder ernst. »Der alte Mann, Cogline, hat mir berichtet, was im Tal passiert ist. Jaralan und Mirianna waren früher auch meine Eltern, und ich habe sie immer noch gern. Gefangene, sagt er. Habt ihr irgendwas von ihnen gehört?«

Par schüttelte den Kopf. »Seit der Sache in Varfleet sind wir auf der Flucht.«

»Das tut mir leid, Par.« Aus ihren Augen sprach echtes Mitgefühl. »Die Föderation tut ihr Bestes, um uns das Leben schwer zu machen. Sogar im Westland sind Soldaten und Regierungsbeamte stationiert, obwohl sie das Land bisher mehr oder weniger links liegen gelassen haben. Die Fahrenden wissen auf jeden Fall, wie man ihnen aus dem Weg geht. Wenn alle Stricke reißen, könnt ihr euch uns gern anschließen.«

»Am besten kümmern wir uns zunächst um die Träume«, flüsterte Par.

Sie aßen gebratenes Fleisch, frisch gebackenes Brot, gedünstetes Gemüse, Käse und Nüsse und spülten alles mit Bier und Wasser hinunter, während sie zuschauten, wie die Sonne langsam hinter dem Horizont verschwand. Das Essen war gut, und das taten auch alle kund, zu Steffs Freude, der die meiste Arbeit erledigt hatte. Cogline blieb verschwunden, aber die anderen unterhielten sich ungezwungener. Nur Teel brachte kaum ein Wort über die Lippen. Soweit Par wusste, hatte die junge Zwergin bislang nur mit ihm und Steff überhaupt ein Wort gewechselt.

Nach dem Essen übernahmen Steff und Teel den Abwasch des Geschirrs. Während Coll und Morgan sich in der Dämmerung auf den Weg zu einer Quelle machten, die ungefähr eine Viertelmeile entfernt lag, um frisches Wasser zu holen, spazierte Par in Gesellschaft von Wren und Garth zu dem Pfad, der in die Berge und das Schiefertal führte.

»Bist du schon dort gewesen?«, fragte Wren und deutete in Richtung Hadeshorn.

Par schüttelte den Kopf. »Es dauert mehrere Stunden, und bisher hatte es niemand eilig mit dem Aufstieg. Selbst Walker hat sich bisher geweigert, vor der vereinbarten Zeit hinzugehen.« Er blickte zum Himmel, wo über dem nördlichen Horizont unzählige Sterne und eine dünne, fast unsichtbare Mondsichel standen. »Morgen Nacht«, sagte er.

Wren gab keine Antwort. Schweigend gingen sie weiter, bis sie den Felsvorsprung erreichten, auf dem Par bereits zu früherer Stunde gesessen hatte. Dort blieben sie stehen und ließen den Blick über das Land im Süden schweifen.

»Du hast die Träume auch gehabt, nicht wahr?«, fragte Wren und beschrieb sogleich ihre eigenen. Als er nickte, sagte sie: »Was hältst du davon?«

Par ließ sich wie die anderen beiden auf dem Fels nieder. »Ich glaube, dass die zehn Generationen der Ohmsfords, die seit den Tagen von Brin und Jair gelebt haben, immer auf ein solches Ereignis gewartet haben. Die Magie des Elfenhauses von Shannara, die zur Magie der Ohmsfords wurde, ist bedeutender, als wir annehmen. Allanon – oder zumindest sein Schatten – wird uns sagen, was es damit auf sich hat.« Er schwieg. »Ich glaube, dass die Magie gleichzeitig wunderbar und schrecklich sein wird.« Er zuckte entschuldigend mit den Schultern. »Ich wollte nicht übermäßig dramatisch klingen. Aber so sehe ich die Dinge eben.«

Ganz automatisch übersetzte sie das Gesagte für Garth, dessen Miene keinen Hinweis darauf gab, was er dachte. »Du und Walker, ihr verfügt über Magie«, sagte sie ruhig. »Ich aber nicht. Was sagst du dazu?«

Er schüttelte den Kopf. »Ich weiß nicht recht. Morgans Magie ist im Augenblick stärker als meine, und er wurde nicht gerufen.« Er erzählte ihr daraufhin von ihrem Zusammentreffen mit dem Schattenwesen und von des Hochländers Entdeckung der Zauberkraft, die im Schwert von Leah geschlummert hatte. »Ich frage mich manchmal selbst, warum die Träume mich und nicht ihn gerufen haben, auch wenn ich das Wünschlied hie und da eingesetzt habe.«

»Aber du weißt nicht, wie stark deine Zauberkraft in Wirklichkeit ist, Par«, erwiderte sie leise. »Aus der Geschichte solltest du wissen, dass keiner der Ohmsfords seit Shea die Möglichkeiten der Elfenmagie wirklich verstanden hat, bevor er seine Aufgabe lösen musste. Könnte es bei dir nicht ähnlich sein?«

Schaudernd erkannte er, dass das sehr wohl der Fall sein konnte. Er legte den Kopf schief. »Und wie ist es mit dir, Wren?«

»Ich bin nur eine einfache Fahrende, in deren Adern nicht das Blut fließt, das die Magie von einer Generation zur nächsten weiterleben lässt.« Sie lachte. »Ich muss mich wohl mit meinem Beutel voller falscher Elfensteine zufriedengeben.«

Jetzt lachte auch er, als er an den kleinen ledernen Beutel mit den gefärbten Steinen dachte, den sie seit ihrer Kindheit sorgfältig hütete. Eine Zeit lang erzählten sie einander, wie es ihnen ergangen war, wo sie gewesen und wem sie auf ihren Reisen begegnet waren. Sie fühlten sich in der Gegenwart des anderen so wohl, als wären seit ihrem Auseinandergehen nicht Jahre, sondern nur Wochen vergangen. Das hatten sie Wren zu verdanken, dachte Par. Sie hatte sofort die alte Vertrautheit wiederhergestellt. Das schier unendliche Selbstvertrauen dieses wilden, freien Mädchens verblüffte ihn. Offensichtlich war sie mit ihrem Leben als Fahrende zufrieden und ließ sich durch keinerlei Anforderungen oder Zwänge aufhalten. Sie war sowohl innerlich wie äußerlich stark, und dafür bewunderte er sie. Er ertappte sich dabei, wie er sich wenigstens einen kleinen Teil ihrer Beherztheit wünschte.

»Was hältst du von Walker?«, fragte sie ihn nach einer Weile.

»Er ist unnahbar«, antwortete er sogleich. »Er wird immer noch von Dämonen heimgesucht, über die ich überhaupt nichts weiß. Der Magie der Elfen und den Druiden gegenüber hegt er Argwohn, und trotzdem besitzt er eine eigene Magie, die er bereitwillig einsetzt. Ich verstehe ihn einfach nicht.«

Wren übersetzte für Garth, und der Fahrende antwortete mit einer kurzen Gebärde. »Garth meint, dass Walker Angst hat.«

Par schaute sie überrascht an. »Woher weiß er das?«

»Er weiß es eben. Da er taub ist, sind seine anderen Sinne ausgeprägter. Er kann die Gefühle anderer sehr viel schneller erkennen als du und ich – selbst die Gefühle, die jemand verbergen will.«

Par nickte. »Tja, in diesem Fall hat er hundertprozentig recht. Walker hat Angst. Er hat es mir selbst gesagt. Er sagt, dass er sich vor den Auswirkungen fürchtet, die es haben könnte, wenn man sich mit Allanon einlässt. Komisch, nicht wahr? Ich kann mir nicht vorstellen, dass irgendetwas Walker Angst einjagen könnte.«

Wren übersetzte für Garth, aber der Hüne zuckte lediglich die Schultern. Sie saßen eine Zeit lang stumm da und hingen ihren Gedanken nach. Schließlich sagte Wren: »Hast du gewusst, dass Cogline früher Walkers Lehrer war?«

Par sah sie scharf an. »Hat er dir das erzählt?«

»Man könnte sagen, ich hab es ihm entlockt.«

»Lehrer wofür, Wren? Lehrer der Magie?«

»Irgendetwas.« Ihr dunkles Gesicht war nicht zu deuten, ihr Blick abwesend. »Ich glaube, es gibt vieles zwischen den beiden, das, ebenso wie Walkers Angst, nicht offen ausgesprochen wird.«

Par sagte es zwar nicht, war aber durchaus geneigt, ihr zuzustimmen.

Die Mitglieder der kleinen Gruppe schliefen in dieser Nacht unbehelligt im Schatten der Drachenzähne, aber bei Tagesanbruch erwachten sie unruhig. Die kommende Nacht war die erste des neuen Mondes, die Nacht, in der sie den Schatten Allanons treffen sollten. Vor lauter Ungeduld schmeckten sie kaum, was sie aßen. Sie sprachen wenig miteinander, liefen aufgescheucht umher und suchten sich kleine Aufgaben, die sie von den bevorstehenden Ereignissen ablenkten. Der klare, wolkenlose Tag verströmte die Gerüche des warmen Sommers; es war ein Tag, den sie unter anderen Umständen sehr wohl genossen hätten, der aber heute kein Ende nehmen wollte.

Gegen Mittag tauchte Cogline wieder auf und kam vom Berg hernieder wie ein Prophet des Untergangs. Staubig und zerknittert, mit wirrem Haar und dunklen Augenringen vom Schlafmangel, erklärte er ihnen, dass alles bereit sei – was immer das zu bedeuten hatte – und dass er sie nach Einbruch der Nacht abholen werde. Trotz des Drängens der Ohmsfords weigerte er sich, mehr zu sagen, und verschwand auf dem gleichen Weg, auf dem er gekommen war.

»Was, glaubt ihr, macht er da oben?«, murmelte Coll den anderen zu, während die schäbige Gestalt zu einem kleinen Punkt in der Ferne wurde und schließlich ganz verschwand.

Die Sonne wanderte langsam nach Westen, und alle zogen sich noch mehr zurück. Das bevorstehende Ereignis nahm ihre Gedanken ein und machte ihnen Angst. Selbst Walker Boh, von dem man hätte glauben können, dass eine Begegnung mit Schatten und Geistern nichts Neues für ihn war, verkroch sich wie ein Dachs in seinem Loch und hüllte sich in Unnahbarkeit.

Nichtsdestoweniger stieß Par am Nachmittag, als er durch die Berge am Rand der Quellen wanderte, auf seinen Onkel. Als sie einander bemerkten, gingen sie langsamer, blieben schließlich stehen und blickten sich argwöhnisch an.

»Glaubst du, dass er wirklich kommt?«, fragte Par schließlich.

Walker Bohs blasses Gesicht lag im Schatten seiner Kapuze, sodass seine Miene kaum zu deuten war. »Er wird kommen«, erwiderte er.

Par überlegte kurz und sagte dann: »Ich weiß nicht, was ich erwarten soll.«

Walker Boh schüttelte den Kopf. »Das spielt keine Rolle, Par. Was du auch erwartest, dieses Treffen wird in keiner Weise so sein, wie du es dir vorstellst, das kann ich dir versichern. Die Druiden haben schon immer für Überraschungen gesorgt.«

»Du machst dich auf das Schlimmste gefasst, nicht wahr?«

»Vermutlich…«, setzte er an, ohne den Satz zu beenden.

»Magie«, sagte Par.

Der andere runzelte die Stirn.

»Druidenmagie – das ist es, was du vermutest, oder? Hoffentlich hast du Recht. Hoffentlich erschallt und ertönt sie und öffnet uns all die Türen, die so lange verschlossen waren, damit wir erkennen, wozu die Magie in der Lage ist.«

Als Walker Boh seine Verblüffung überwunden hatte, lächelte er – und zwar ironisch. »Manche Türen bleiben besser für immer verschlossen«, sagte er leise. »Du tätest gut daran, das nicht zu vergessen.«

Er legte seinem Neffen kurz die Hand auf den Arm, bevor er sich schweigend wieder auf den Weg machte.

Der Nachmittag zog sich dahin. Als die Sonne ihre lange Reise gen Westen endlich beendet hatte und hinter den Horizont kroch, versammelte sich die kleine Gruppe zum Abendessen im Lager. Morgan war mehr als gesprächig, ein sicheres Zeichen seiner Anspannung, und redete unablässig über Magie und Schwerter und alle möglichen Schauergeschichten. Die anderen schwiegen, aßen wortlos, warfen nur ab und zu wachsame Blicke nach Norden in Richtung der Berge. Teel aß überhaupt nichts, sondern saß allein im Schatten der Bäume; die Maske, die ihr Gesicht bedeckte, trennte sie wie eine Mauer von den anderen. Selbst Steff ließ sie in Ruhe.

Die Nacht senkte sich herab, und die Sterne leuchteten zuerst vereinzelt, dann in großer Zahl am Himmel auf, bis das Firmament über und über bedeckt war. Der Mond war nicht zu sehen; es war dies die verheißene Zeit, wenn sich die bleiche Schwester der Sonne in Schwarz hüllte. Die Geräusche des Tages verklangen, und die der Nacht waren noch nicht zu hören. Das Feuer knisterte und knackte in der Stille. Einige rauchten, und der kräftige Geruch hing in der Luft. Morgan zog das glänzende Schwert von Leah aus der Scheide und fing an, es zu polieren. Wren und Garth fütterten und striegelten die Pferde. Walker Boh stieg ein Stück den Pfad hinauf und starrte in Richtung der Berge. Die anderen saßen gedankenverloren um das Feuer herum.

Alle warteten.

Es war Mitternacht, als Cogline kam. Der alte Mann trat wie ein Geist aus den Schatten heraus und stand so urplötzlich vor ihnen, dass sie alle aufschreckten. Niemand, nicht einmal Walker Boh, hatte ihn kommen gesehen.

»Es ist so weit«, verkündete er.

Lautlos erhoben sie sich und folgten ihm. Er führte sie den Pfad hinauf in die sich zuziehenden Schatten der Drachenzähne. Cogline schien die Augen einer Katze zu besitzen. Seine Schützlinge hatten Mühe, mit ihm Schritt zu halten. Par, Coll und Morgan gingen unmittelbar hinter dem alten Mann, gefolgt von Wren und Garth sowie Steff und Teel; Walker Boh bildete den Schluss. Der Pfad stieg steil an, als es in die Gipfel hinaufging, und sie schritten durch einen engen Hohlweg. Es war still hier, so still, dass sie den Atem der anderen hören konnten, während sie mühsam nach oben wanderten.

Die Minuten vergingen wie im Flug. Gestein und Felswände versperrten ihnen den Weg, und der Pfad wand sich hindurch wie eine Schlange. Par stolperte und schürfte sich die Knie auf, da die herumliegenden Steine so scharf waren wie Glas. Viele hatten eine eigenartige Farbe, ein spiegelndes Schwarz, das ihn an Kohle erinnerte. Aus reiner Neugierde hob er einen kleinen Stein auf und steckte ihn in seine Tasche.

Dann plötzlich teilten sich die Berge, und die Gruppe betrat das Schiefertal. Es war kaum mehr als eine breite, flache Mulde, von Steinen übersät, die allesamt so spiegelnd schwarz glitzerten wie der Stein, den Par eingesteckt hatte. Im Tal gedieh nichts, man sah keine Spur von Leben. In der Mitte lag ein See, dessen grünlich schwarzes Wasser sich träge wie ein Strudel im Kreis drehte, obwohl kein Wind ging.

Cogline blieb stehen und blickte sich zu ihnen um. »Der Hadeshorn«, flüsterte er. »Heimstatt für die Geister der Zeiten, für die Druiden der Vergangenheit.« Sein verwittertes altes Gesicht zeigte einen fast ehrfurchtsvollen Ausdruck. Dann ging er ihnen voraus hinab ins Tal.

Mit Ausnahme der Atemzüge und ihrer Schritte herrschte vollkommene Stille. Blicke huschten wachsam hin und her, suchten Geister, wo es keine gab, vermuteten Leben in jedem Schatten. Es war eigentümlich warm an diesem Ort, die Hitze des Tages schien im Kessel gefangen zu sein. Par rann Schweiß den Rücken hinunter.

Dann betraten sie den Talboden. Sie konnten jetzt die Bewegungen des Wassers genauer erkennen, sie hörten das Plätschern der winzigen Wellen. Es roch durchdringend nach Alter und Verwesung.

Sie waren noch einige Dutzend Meter vom Rande des Sees entfernt, als Cogline warnend beide Hände hob und sie zum Stehen brachte. »Bleibt hier stehen. Kommt nicht näher. Das Wasser des Hadeshorns ist Gift und Tod für jeden Sterblichen!« Er hockte sich auf den Boden und legte einen Finger an die Lippen.

Sie folgten seiner Aufforderung, denn angesichts der schlafenden Macht, die sie fühlten, kamen sie sich wie Kinder vor. Sie spürten etwas in der Luft wie Rauch, der von einem Feuer aufsteigt. Sie bewegten sich nicht von der Stelle, wachsam, erfüllt von einer Mischung aus Erstaunen und Zaudern. Niemand sprach ein Wort. Der sternenbedeckte Himmel erstreckte sich wie ein endloses Gewölbe über ihnen, und es schien, als würde das Firmament in diesem Augenblick nur für dieses Tal und die neun Wachenden vorhanden sein.

Schließlich erhob sich Cogline und bedeutete ihnen mit einer Geste, zu ihm zu kommen. Als sie einen Kreis um ihn gebildet hatten, sagte er: »Allanon wird kurz vor dem Morgengrauen erscheinen.« Aus scharfen alten Augen blickte er sie feierlich an. »Zuerst soll ich euch etwas erklären. Er ist nicht mehr der, der er einmal war. Er ist nur noch ein Schatten. Die Zeit, die ihm zur Verfügung steht, misst kaum mehr als einen Wimpernschlag. Jedes Mal, wenn er die Welt der Geister verlässt, bedeutet das eine enorme Anstrengung für ihn. Er kann nur kurze Zeit hier verweilen. Die Zeit, die ihm zur Verfügung steht, muss er weise nutzen. Er wird euch mitteilen, auf welche Weise er euch braucht. Er hat es mir überlassen, euch zu schildern, warum ihr gebraucht werdet. Ich muss euch deshalb über die Schattenwesen aufklären.«

»Du hast also mit ihm gesprochen?«, fragte Walker Boh.

Cogline schwieg.

»Warum hast du bis jetzt gewartet, um uns von den Schattenwesen zu erzählen?« Par war plötzlich verärgert. »Warum jetzt, Cogline, wenn du uns schon viel früher davon hättest erzählen können?«

Der alte Mann schüttelte den Kopf, sein Gesicht drückte sowohl Tadel als auch Mitgefühl aus. »Es war mir nicht gestattet, Junge. So lange nicht, bis ihr alle hier zusammengekommen seid.«

»Kindereien!«, murmelte Walker Boh und schüttelte angewidert den Kopf.

Der alte Mann schenkte ihm keine Beachtung. »Du kannst denken, was du willst, solange du nur zuhörst. Ich erzähle euch jetzt das über die Schattenwesen, was Allanon mir aufgetragen hat. Das Böse in ihnen ist von unvorstellbarem Ausmaß. Sie sind weder Ammenmärchen noch Legenden, wie die meisten glauben wollen, sondern Lebewesen wie ihr und ich. Sie sind aus Umständen hervorgegangen, die selbst Allanon in all seiner Weisheit nicht vorhersehen konnte. Als er die Welt der Sterblichen verließ, glaubte er, das Zeitalter der Magie nähere sich seinem Ende und ein neues Zeitalter breche an. Den Hexenmeister gab es nicht mehr. Die Dämonen der alten Welt waren wieder eingekerkert. Der Ildatch war zerstört. Paranor war in die Geschichte eingegangen, und der letzte der Druiden war im Begriff, diesem Schicksal zu folgen. Es schien, als wäre die Magie nicht mehr vonnöten.«

»Die Magie ist immer vonnöten«, warf Walker Boh rasch ein.

Wieder schenkte ihm der alte Mann keine Beachtung. »Die Schattenwesen sind eine Anomalie. Sie sind eine Magie, die aus der Anwendung anderer Magie hervorgegangen ist, ein Nachlass dessen, was einmal war. Die Saat war schon in den Vier Ländern vorhanden, blieb jedoch zu Zeiten Allanons unentdeckt und ging erst auf, als die Druiden und ihre schützende Macht nicht mehr vorhanden waren. Niemand hatte wissen können, dass es sie gab, nicht einmal Allanon. Sie waren die Überreste der vergangenen Magie.«

»Augenblick mal!«, wandte Par ein. »Was sagst du da, Cogline? Die Schattenwesen sind nur Teilchen einer entwichenen Magie?«

Cogline holte tief Luft und faltete die Hände. »Talbewohner, ich habe dir schon einmal gesagt, dass du trotz der Magie, über die du verfügst, sehr wenig darüber weißt. Die Magie ist eine Naturgewalt, so wie das Feuer im Erdinnern, wie die Gezeiten des Meeres und der Wind, der Wälder zerbricht, oder der Hunger, der ganze Völker auslöscht. Die Magie verschwindet nicht einfach. Denk nach! Was war mit Wil Ohmsford und den Elfensteinen, als sein Elfenblut nicht mehr ausreichte, um über die Macht der Elfensteine zu gebieten? Sie blieb als Wünschlied erhalten, das in deinen Vorfahren weiterlebte. War das etwa belanglos? Jede Magie hat Auswirkungen, die über das Unmittelbare hinausgehen. Und alle sind sie wichtig.«

»Welche Magie hat denn nun die Schattenwesen erschaffen?«, fragte Coll mit versteinerter Miene.

Der alte Mann schüttelte das hagere Haupt. »Allanon weiß es nicht. Niemand kann es mit Sicherheit sagen. Es könnte sich jederzeit im Leben Shea Ohmsfords und seiner Nachfahren ereignet haben. In jenen Zeiten gab es allerlei Magie, und nicht selten handelte es sich um schwarze Magie. Die Schattenwesen könnten aus allen möglichen Quellen hervorgegangen sein.«

Er hielt inne. »Am Anfang waren die Schattenwesen gar nichts. Sie waren Rückstände angewandter Magie. Irgendwie haben sie unbemerkt überleben können. Erst als Allanon und Paranor verschwunden waren, sind sie in die Vier Länder eingedrungen und wurden allmählich mächtiger. Inzwischen herrschte, was die höhere Ordnung der Dinge anbetraf, eine Lücke, die auf jeden Fall gefüllt werden musste, und die Schattenwesen haben nicht gezögert.«

»Das verstehe ich nicht«, sagte Par eilig. »Was für eine Lücke meinst du?«

»Und warum hat Allanon sie nicht vorausgesehen?«, fügte Wren hinzu.

Der alte Mann hob eine Hand und krümmte die Finger einen nach dem anderen, während er sprach. »Das Leben ist ein Kreislauf. Macht kommt und geht; sie nimmt verschiedene Formen an. Irgendwann war es die Wissenschaft, die der Menschheit ihre Macht verlieh. Seit einiger Zeit ist es die Magie. Allanon sah die Rückkehr der Wissenschaft als ein Mittel zum Fortschritt, im Besonderen im Zusammenhang mit dem Niedergang der Druiden und Paranors. Das war das Zeitalter, das kommen sollte. Aber die Entwicklung der Wissenschaft ging zu langsam vonstatten, als dass sie die Lücke hätte füllen können. Zum Teil ist dies auf die Föderation zurückzuführen. Die Föderation hat dafür gesorgt, dass das Alte intakt blieb; sie verbot die Ausübung jeder Art von Macht mit Ausnahme ihrer eigenen, und ihre eigene war primitiv und kriegerisch. Sie dehnte ihren Einflussbereich auf alle Vier Länder aus, bis alle Lebewesen ihrem Gesetz unterworfen waren. Aber auch die Elfen besaßen Macht und Einfluss; aus Gründen, die wir noch nicht kennen, sind sie verschwunden. Sie waren die ausgleichende Kraft, das letzte Volk der alten Zauberwelt. Ihre Gegenwart war unbedingt erforderlich, sollte der Übergang von der Magie zur Wissenschaft reibungslos erfolgen.« Er schüttelte den Kopf. »Doch selbst wenn die Elfen in der Welt der Sterblichen geblieben wären und die Föderation weniger mächtig gewesen wäre, gäbe es möglicherweise heute Schattenwesen. Die Lücke entstand, als die Druiden verschwanden. Nichts hätte daran etwas ändern können.« Er seufzte. »Allanon hat nicht alles vorausgesehen, was er hätte voraussehen sollen. Er hat nicht mit den Schattenwesen gerechnet. Solange er lebte, hat er die Vier Länder nach Möglichkeit geschützt – und er blieb am Leben, solange er konnte.«

»Scheinbar war das nicht genug«, sagte Walker Boh spitz.

Cogline sah ihn an, und der Zorn in seiner Stimme war unüberhörbar. »Nun, Walker Boh, vielleicht hast du eines Tages Gelegenheit zu zeigen, dass du es besser kannst.«

Einen Augenblick herrschte angespanntes Schweigen. Dann wandte Cogline den Blick ab. »Ihr müsst verstehen, was die Schattenwesen sind. Die Schattenwesen sind Parasiten. Sie leben von den Sterblichen. Sie sind eine Magie, die sich von lebendigen Dingen ernährt. Sie dringen in sie ein, saugen sie aus und nehmen ihre Gestalt an. Par, denk an die Waldfrau, auf die du mit Coll gestoßen bist, als wir uns zum ersten Mal getroffen haben. Sie war ein Schattenwesen, ein vergiftetes, ursprünglich sterbliches Wesen, eine vernichtete Kreatur, die sich ebenso wenig in der Gewalt hatte wie ein wildes Tier. Und erinnerst du dich an das kleine Mädchen am Tofferkamm?«

Er strich sanft über Pars Wange. Sofort stieg die Erinnerung an das Monster auf, dem ihn die Spinnengnome ausgeliefert hatten. Er spürte geradezu, wie sie sich an ihn anschlich und bettelte: »Umarme mich, umarme mich«, spürte, wie verzweifelt sie diese Umarmung wünschte. Bei dem Gedanken daran zuckte er zusammen.

Cogline packte ihn fest am Arm. »Auch das war ein Schattenwesen, selbst wenn es auf den ersten Blick nicht als solches zu erkennen war. Sie treten zuweilen auf wie wir, verbergen sich hinter einer menschlichen Maske. Manche nehmen in Gestalt und Verhalten groteske Formen an; die sind leicht zu erkennen. Andere dagegen sind nicht so einfach zu entlarven.«

»Aber warum gibt es solche und solche?«, fragte Par unsicher.

Cogline runzelte die Stirn. »Auch darauf weiß Allanon keine Antwort. Die Schattenwesen haben ihr Geheimnis vor ihm bewahrt.« Coglines Gesicht drückte Verzweiflung aus. »Es ist wie eine Seuche. Die Pest breitet sich aus, bis sich die Zahl der Erkrankten ins Unermessliche steigert. Jedes einzelne Schattenwesen kann die Krankheit übertragen. Je größer ihre Zahl, desto stärker sind sie. Was würdest du tun, um eine Seuche zu bekämpfen, deren Ursache unbekannt ist, deren Symptome erst dann ersichtlich werden, wenn sie ausgebrochen ist, und für die es kein Gegenmittel gibt?«

Die Mitglieder der kleinen Gruppe blickten einander mit sichtlichem Unbehagen an.

Schließlich sagte Wren: »Steht denn hinter ihrem Tun eine bestimmte Absicht, Cogline? Eine Absicht, die über die Ansteckung lebendiger Wesen hinausgeht? Können sie denken wie wir, oder sind sie ohne Geist und Verstand?«

Par schaute das Mädchen mit unverhohlener Bewunderung an. Ihre Frage war eindeutig die klügste bisher. Er wünschte, er hätte sie gestellt.

»Sie denken wie du und ich, Fahrende, und mit ziemlicher Sicherheit verfolgen sie mit ihrem Tun eine Absicht. Aber wir kennen diese Absicht nicht.«

»Sie wollen uns unterwandern«, warf Morgan hitzig ein. »Das ist doch Absicht genug.«

Aber Cogline schüttelte den Kopf. »Ich glaube, sie wollen noch mehr.«

Und jäh stieg der Gedanke an die Träume, die Allanon geschickt hatte, in Par wieder auf, die Visionen einer albtraumhaften Welt, in der das Leben unkenntliche Formen angenommen hatte. Rote Augen leuchteten feurig, und schattenhafte Gestalten huschten durch einen Nebel aus Asche und Rauch. Genau das wollten die Schattenwesen erreichen. Ohne zu überlegen, sah er Wren an und fand seine Frage in ihren Augen bestätigt. Instinktiv wusste er, was in ihr vorging. Das Gleiche sah er in Walker Bohs Augen. Sie hatten die Träume gehabt. Diese Träume stellten eine Verbindung zwischen ihnen her, und zwar eine so starke, dass sie einen Augenblick lang dieselben Gedanken teilten.

»Die Schattenwesen werden geführt«, flüsterte Cogline. »Es gibt eine Macht, die alles, was wir kennen, übersteigt…«

Er beendete den Satz nicht, als versage ihm die Stimme den Dienst.

Seine Zuhörer blickten sich an.

»Was sollen wir tun?«, fragte Wren schließlich.

Mühsam erhob sich der alte Mann. »Genau das, wozu wir hergekommen sind, Fahrende – hören wir, was Allanon uns zu sagen hat.«

Schwerfällig ging er davon, und keiner versuchte ihn aufzuhalten.

15

Danach gingen alle ihrer eigenen Wege, zogen sich an ein ungestörtes Plätzchen zurück und hingen ihren Gedanken nach. Blicke schweiften ruhelos durch das Tal, über den funkelnden Teppich aus schwarzem Stein, dann wieder zurück zum trägen Wasser des Hadeshorns, auf der Suche nach Zeichen von Bewegung.

Es gab keine.

Vielleicht passiert gar nichts, dachte Par. Vielleicht war alles nur eine Lüge.

Eine Mischung aus Enttäuschung und Erleichterung schnürte seine Brust zusammen, und er versuchte an etwas anderes zu denken. Obwohl Coll nur wenige Schritte von ihm entfernt saß, vermied es Par, ihn anzusehen. Er wollte allein sein. Es gab Dinge, die überlegt sein wollten, und Coll würde ihn dabei nur stören.

Komisch, wie viel Mühe er seit Beginn dieser Reise darauf verwendet hatte, sich von seinem Bruder zu distanzieren, dachte er plötzlich. Vielleicht lag es daran, dass er sich Sorgen um ihn machte…

Noch einmal, diesmal jedoch wütend, lenkte er seine Gedanken auf etwas anderes. Cogline. Wer war dieser alte Mann, der offensichtlich so gut über alles Bescheid wusste? Ein verhinderter Druide, sagte er sich. Allanons Bote. Doch diese kurzen Erklärungen schienen nicht auszureichen. Hinter den Beziehungen zwischen ihm, Allanon und Walker Boh verbarg sich gewiss eine Reihe von Ereignissen, die den anderen vorenthalten blieben. Allanon hätte kaum einen verhinderten Druiden um Hilfe gebeten, selbst unter den schlimmsten Umständen nicht. Es gab einen Grund, warum Cogline bei diesem Treffen anwesend war, den sie nicht kannten.

Er warf einen Blick auf den alten Mann, der sich in beunruhigender Nähe vom Ufer des Hadeshorns aufhielt. Irgendwie wusste er alles über die Schattenwesen. Und irgendwie hatte er auch mehr als einmal mit Allanon gesprochen. Er war der einzige lebende Mensch, der seit dem Tod des Druiden vor dreihundert Jahren mit ihm gesprochen hatte. Par dachte an die Geschichten von Cogline aus der Zeit von Brin Ohmsford. Damals war Cogline ein halb wahnsinniger Mann, der die Magie gegen die Dämonen wie eine Art Besen gegen den Staub einsetzte – dieses Bild beschworen die Geschichten in ihm herauf. Aber jetzt war er alles andere als das. Er wirkte beherrschter – verschroben und exzentrisch zwar, aber meist beherrscht.

Irgendwo weit draußen in der Nacht nahm er ein kurzes Leuchten wahr, ein flüchtiges Flackern, das sofort wieder verschwand. »Ein Leben vergeht, ein neues Leben beginnt«, pflegte seine Mutter zu sagen. Er seufzte. Seit der Flucht aus Varfleet hatte er nur selten an seine Eltern gedacht. Ein leises Schuldgefühl beschlich ihn. Er fragte sich, ob es ihnen gut ging und ob er sie jemals wiedersehen würde.

Sein Gesicht nahm einen Ausdruck von Entschlossenheit an. Natürlich würde er sie wiedersehen! Alles würde gut werden. Allanon würde ihm die Antworten geben können – auf die Fragen nach der Anwendung der Magie des Wünschliedes, nach den Gründen der Träume, was mit den Schattenwesen und der Föderation geschehen sollte… einfach auf alles.

Allanon würde es wissen.

Die Zeit verging, Minuten wurden zu Stunden und die Nacht

langsam zum Tag. Par suchte Coll, denn er wollte bei seinem Bruder sein. Die anderen reckten und streckten sich und bewegten sich mit einem Gefühl des Unbehagens.

Im Osten zeigten sich die ersten Boten des Morgens.

Er kommt nicht, dachte Par bedrückt.

Wie zur Antwort bäumte sich das Wasser des Hadeshorns plötzlich auf, und das Tal bebte, als erwache etwas unter ihm zum Leben. Steine stoben auseinander, und die Mitglieder der kleinen Gruppe kauerten sich schützend zusammen. Der See begann zu brodeln, das Wasser schäumte und erhob sich in einer Fontäne zum Himmel. Stimmen erklangen, unmenschlich und erfüllt von Sehnsucht. Sie stiegen aus der Erde empor, kämpften gegen Fesseln an, die den neun, die im Tal versammelt waren, verborgen blieben und die sie doch bildhaft vor Augen hatten. Walker Boh warf Silberstaub in die Luft, der sie wie ein Vorhang umgab, doch auch das konnte die Laute nicht von ihnen fernhalten.

Dann fing die Erde an zu beben, Donner entwand sich der Tiefe und übertönte selbst die Schreie. Coglines magerer Arm erhob sich und deutete starr auf den See. Der Hadeshorn verwandelte sich in einen Strudel, sein Wasser wirbelte wild durcheinander, und aus der Tiefe erhob sich …

»Allanon!«, schrie Par aufgeregt.

Es war der Druide. Alle erkannten sie ihn augenblicklich. Sie erinnerten sich an ihn aus den Geschichten der vergangenen drei Jahrhunderte; sie erkannten ihn mit einer Gewissheit, die aus dem tiefsten Inneren kommt. Umgeben von flackerndem Licht, stieg er in die Nacht empor, auf geheimnisvolle Weise vom Wasser des Hadeshorns freigegeben. Er stand auf der Wasseroberfläche, ein Schatten aus dem Niemandsland, der sich nur schwach von der Dunkelheit abhob. Von Kopf bis Fuß eingehüllt in eine Robe, bot er das mächtige Bild des Mannes, der er einmal gewesen war; sein langes, markantes, bärtiges Gesicht wandte sich ihnen zu, seine Augen schienen alles zu durchdringen.

Par zitterte.

Die Wogen des Wassers glätteten sich, das Dröhnen ließ nach, das Wehklagen verklang zu einem Schweigen, das noch lange über dem Tal schwebte. Der Schatten bewegte sich auf sie zu, scheinbar ohne Hast, so als wolle er Coglines Worte Lügen strafen, der behauptet hatte, er könne nur einen Augenblick in der Welt der Menschen verweilen. Sein Blick war auf die Besucher gerichtet. Par hatte noch nie solche Angst empfunden. Er wollte weglaufen. Er wollte um sein Leben rennen, aber er blieb wie angewurzelt stehen, unfähig, sich zu rühren.

Der Schatten kam zum Rand des Wassers und blieb stehen. Aus der Tiefe ihrer Gedanken hörten sie ihn sprechen.

– Ich bin, der Allanon war –

Ein Gemurmel erfüllte die Luft, Stimmen von Dingen, die nicht mehr lebten, die Worte des Geistes verstärkend.

– Ich habe euch in euren Träumen gerufen – Par, Wren und Walker. Kinder von Shannara, ich habe euch kommen lassen. Das Rad der Zeit hat sich wieder einmal gedreht – die Magie wird wiedergeboren, das Vertrauen, das euch geschenkt wurde, wird geehrt, viele Dinge werden begonnen und beendet –

Die tiefe, klangvolle Stimme, die sie vernahmen, wurde so rau, dass sie ihnen durch Mark und Bein ging.

– Die Schattenwesen kommen. Sie kommen in der Absicht zu zerstören, sie breiten sich mit einer Unaufhaltsamkeit in den Vier Ländern aus, die so sicher ist, wie der Tag auf die Nacht folgt –

Die Stimme verklang, während die schmalen Hände des Schattens eine Vision seiner Worte erstehen ließen, die einen Augenblick wie ein farbiges Gemälde in der Finsternis schwebte. Die Träume, die er geschickt hatte, wurden lebendig, wurden zu Bildern albtraumhaften Wahnsinns. Dann verblassten sie und waren verschwunden.

Die Stimme flüsterte lautlos: – So soll es sein, wenn ihr nicht auf der Hut seid –

Par spürte, wie die Worte in seinem Körper nachhallten wie das Beben der Erde. Er wollte die anderen anschauen, wollte den Ausdruck ihrer Gesichter sehen, aber die Stimme des Geistes hielt ihn im Bann.

Nicht jedoch Walker Boh. Seine Stimme war so frostig wie die des Schattens. »Sag uns, was du willst, Allanon! Bring es hinter dich!«

Allanon wandte sich der dunklen Gestalt zu. Walker Boh trat unwillkürlich einen Schritt zurück. Der Schatten sprach weiter.

– Vernichtet die Schattenwesen! Sie verderben die Menschen der Rassen, bemächtigen sich ihrer Körper, nehmen nach Belieben ihre Gestalt an, werden eins mit ihnen, benutzen sie, verwandeln sie in missgestaltete Riesen und irre Waldfrauen, die ihr bereits kennt, und in Schlimmeres. Niemand gebietet ihnen Einhalt. Keiner wird Einhalt gebieten, wenn nicht ihr –

»Aber was sollen wir tun?«, fragte Par, fast ohne zu überlegen.

Der Schatten war, als er zuerst erschien, stark und kräftig gewesen, ein Geist, der noch einmal des Lebens Fülle gekostet hatte. Aber jetzt begannen seine Umrisse zu verblassen, und der, der einst Allanon gewesen war, schien nur noch mit der durchscheinenden und flüchtigen Vergänglichkeit von Rauch vor ihnen zu stehen.

– Kind von Shannara. Es gibt ein Gleichgewicht, das wiederhergestellt werden muss, bevor die Schattenwesen vernichtet werden können – nicht nur für eine bestimmte Zeit, nicht nur in diesem Zeitalter, sondern für immer. Magie wird gebraucht. Magie, um dem Missbrauch des Lebens ein Ende zu setzen. Magie, um die menschliche Existenz in der sterblichen Welt wiederherzustellen. Diese Magie ist euer Erbe – deines wie das von Wren und Walker. Ihr müsst es anerkennen und annehmen –

Das Wasser des Hadeshorns fing wieder an sich zu bewegen, und die kleine Gruppe wurde durch sein Schäumen und Spritzen zurückgedrängt – nicht jedoch Cogline, der mit gebeugtem Haupt wie ein Fels vor den anderen stand.

Der Schatten von Allanon schien sich noch einmal gegen die Nacht durchzusetzen und richtete sich vor ihren Augen auf. Die Robe wallte auf. Der Blick des Schattens fiel auf Par, und der Talbewohner spürte, wie ein unsichtbarer Finger sich in seine Brust bohrte.

– Par Ohmsford, Träger der Verheißung, Sänger des Wünschliedes, ich trage dir auf, das Schwert von Shannara zu suchen. Denn nur durch das Schwert kann die Wahrheit enthüllt werden, und nur durch die Wahrheit können die Schattenwesen überwunden werden. Nimm das Schwert, Par, und gebrauche es so, wie dein Herz es dir befiehlt – du sollst der sein, der die Wahrheit über die Schattenwesen enthüllt –

Der Blick wanderte weiter.

»Wren, deine Aufgabe ist von gleicher Wichtigkeit. Die Länder und ihre Menschen können nicht ohne die Zauberkraft der Elfen geheilt werden. Finde sie, und bringe sie zurück in die Welt der Menschen. Nur dann kann die Krankheit ein Ende nehmen –

Der Hadeshorn schäumte mit dröhnendem Grollen auf.

– Walker Boh, der du ohne Glauben bist, suche diesen Glauben, und erhalte ihn dir. Begib dich auf die Suche nach den Heilmitteln, die nötig sind, damit die Länder gesunden. Mache dich auf die Suche nach dem verschwundenen Paranor, und gib den Ländern die Druiden wieder –

Erstaunen spiegelte sich in allen Gesichtern, und einen Augenblick besiegte es alle Zweifel. Dann schrien alle wild durcheinander, aber die Schreie verstummten, als die Arme des Schattens nach oben fuhren und die Erde erneut erzitterte.

– Haltet ein –

Das Wasser des Hadeshorns schäumte und spritzte hinter ihm, als er die Gruppe anblickte. Im Osten wurde es bereits hell.

Die Stimme des Geistes wurde wieder zum Flüstern.

– Ihr wollt mehr wissen. Aber ich habe euch gesagt, was ich weiß. Mehr kann ich euch nicht sagen. Die Macht, über die ich im Leben verfügt habe, flieht mich im Tode. Es ist mir nur gestattet, Teile der vergangenen Welt und der kommenden Zukunft zu sehen. Das, was euch verborgen bleibt, kann ich nicht finden, denn ich bin in einer Welt eingeschlossen, in der die Materie wenig Bedeutung hat. Mit jedem Tag wird meine Erinnerung daran schwächer. Ich fühle das, was ist, und das, was möglich ist; dies muss genügen. Deshalb müsst ihr meiner Weisung folgen. Ich kann euch nicht begleiten. Ich kann euch nicht führen. Ich kann die Fragen, die ihr vorbringt, nicht beantworten – weder Fragen nach Magie noch nach eurer Familie noch nach euch selbst. Meine Zeit in den Vier Ländern ist zu Ende, Kinder von Shannara. So wie es einst Brimen ergangen ist, ergeht es jetzt mir. Meine Ketten bestehen nicht aus Fesseln des Versagens, aber ich bin nichtsdestoweniger angekettet. Der Tod begrenzt sowohl die Zeit als auch das Leben. Ich bin die Vergangenheit. Die Zukunft der Vier Länder liegt in euren Händen, allein in euren –

»Aber du verlangst Unmögliches von uns!«, warf Wren verzweifelt ein.

»Schlimmer noch! Du verlangst Dinge, die nie sein können!«, tobte Walker Boh. »Die Druiden sollen wieder auferstehen? Paranor soll wiederkehren?«

Der Schatten antwortete sanft.

– Ich verlange das, was sein muss. Ihr besitzt die Fähigkeiten, den Mut, das Recht und das Verlangen, das zu tun, was ich von euch verlange. Glaubt meinen Worten. Tut, was ich euch aufgetragen habe. Dann werden die Schattenwesen vernichtet –

Die Verzweiflung schnürte Par die Kehle zu. Allanons Gestalt begann vor ihren Augen zu verblassen.

»Wo sollen wir suchen?«, schrie Par außer sich. »Wo sollen wir mit unserer Suche beginnen? Allanon, du musst es uns sagen!«

Er erhielt keine Antwort. Der Schatten entfernte sich noch weiter von ihnen.

»Nein! Du darfst nicht gehen!«, schrie Walker Boh.

Der Schatten versank langsam in den Wassern des Hadeshorns.

»Druide, ich verbiete es dir!«, schrie Walker zornig, und seine erhobenen Arme schleuderten Funken seiner eigenen Magie, als wolle er den anderen aufhalten.

Das Tal schien zu explodieren. Die Erde bebte, und Steine wurden durch die Luft gewirbelt; die Luft wurde von einem aus den Bergen kommenden Sturm aufgepeitscht; der Hadeshorn schäumte in einem Strudel des Zorns, und der Schatten Allanons loderte in Flammen auf. Die Gruppe wurde zu Boden geworfen.

Endlich kehrten wieder Ruhe und Dunkelheit ein. Vorsichtig blickten sie sich um. Weder Schatten noch Geister waren zu sehen. Die Erde hatte sich wieder beruhigt, und der Hadeshorn war wieder ein stilles, friedlich glänzendes Gewässer, das die Helligkeit der Sonne spiegelte, die im Osten die Dunkelheit verdrängte.

Langsam kam Par Ohmsford auf die Beine. Er hatte das Gefühl, aus einem Traum erwacht zu sein.

16

Als sie die Fassung wiedererlangt hatten, bemerkten sie, dass Cogline verschwunden war. Zuerst hielten sie dies für unmöglich, glaubten sich getäuscht zu haben und machten sich erwartungsvoll auf die Suche nach ihm. Aber das Tal bot nur wenige Plätze, wo er sich hätte verstecken können, und man entdeckte ihn nirgendwo.

»Vielleicht hat Allanons Schatten ihn hinweggefegt«, erklärte Morgan in dem Versuch, die anderen aufzuheitern.

Niemand lachte. Niemand verzog auch nur die Mundwinkel zu einem Lächeln. Sie waren durch die Ereignisse der Nacht bereits genügend beunruhigt, und das seltsame Verschwinden des alten Mannes verwirrte sie nur noch mehr. Das unangekündigte Kommen und Gehen der Schatten toter Druiden war eine Sache; etwas anderes war es, wenn es sich um einen Menschen aus Fleisch und Blut handelte. Außerdem war Cogline ihre letzte Verbindung zu der Bedeutung ihrer Träume gewesen und der Grund ihrer Reise an diesen Ort. Mit Coglines Verschwinden wurde ihnen nur allzu schmerzlich bewusst, dass sie jetzt ganz auf sich selbst gestellt waren.

Einen Augenblick standen sie unsicher zusammen. Dann murmelte Walker Boh irgendetwas von Zeitverschwendung. Er machte sich auf den Weg, den sie gekommen waren, und alle anderen liefen ihm hinterher. Die Sonne war aufgegangen und stand jetzt golden am wolkenlosen blauen Himmel; die Wärme des Tages erfüllte bereits die öden Gipfel der Drachenzähne. Par blickte über die Schulter, als sie den Rand des Tales erreichten. Der Hadeshorn starrte ihn düster und teilnahmslos an.

Schweigend setzten sie den Weg fort. Alle dachten an das, was der Druide gesagt hatte, und keiner von ihnen war in der Lage, darüber zu sprechen. Par war es ganz gewiss nicht. Er war durch das, was er vernommen hatte, so verwirrt, dass es ihm schwerfiel zu glauben, dass er es wirklich gehört hatte. Zusammen mit Coll folgte er den anderen, starrte auf ihre Rücken, als sie sich einer nach dem anderen durch die Felsspalten wanden und dem Pfad folgten, der zum Fuß der Berge und ihrem Lager führte. Irgendwann fragte ihn Coll, ob alles in Ordnung sei, und er nickte wortlos, während er sich im Stillen fragte, ob es das jemals wieder sein werde.

»Finde das Schwert von Shannara«, hatte der Schatten ihm aufgetragen. Bei allen guten Geistern, wie sollte er das bloß anstellen?

Die Unmöglichkeit der Aufgabe war entmutigend. Er hatte keine Vorstellung davon, wo er beginnen sollte. Soweit er wusste, hatte seit der Besetzung von Tyrsis durch die Föderation – das war vor hundert Jahren gewesen – keiner das Schwert auch nur gesehen. Und zudem war es gut möglich, dass es bereits davor verloren gegangen war. Ganz sicherlich hatte es seit dieser Zeit niemand mehr zu Gesicht bekommen. Wie die meisten Dinge, die mit den Druiden und der Magie zusammenhingen, war das Schwert Teil einer Legende, die nahezu vergessen war. Es gab keine Druiden mehr, nicht in der Welt der Sterblichen. Wie oft hatte er das schon zu hören bekommen?

Sein Mund bekam einen harten Zug. Was genau sollte er tun? Was sollten die anderen tun?

Plötzlich spürte er, wie ihm heiß wurde. Über seine eigene Zauberkraft war kein Wort verloren worden, genauso wenig wie über die Anwendung des Wünschliedes. Er hatte nicht einmal die Möglichkeit gehabt, Fragen zu stellen. Er wusste auch jetzt nicht einen Deut mehr über die Zauberkraft als vorher.

Par war zornig und enttäuscht. Finde das Schwert von Shannara, ja natürlich! Und was dann? Was sollte er dann machen? Die Schattenwesen zu einer Art Nahkampf herausfordern? Das Land nach ihnen absuchen und sie einzeln vernichten?

Er sah, wie Steff, der vorausging, mit Teel sprach, dann mit Morgan, wobei er heftig den Kopf schüttelte. Er sah den Rücken von Walker Boh. Er sah, wie Wren mit großen Schritten auf ihren Onkel zuging. Jeder von ihnen war genauso zornig wie er selbst; ihre Blicke sprachen Bände. Sie fühlten sich durch das, was sie gehört hatten, betrogen. Sie hatten etwas Handfesteres erwartet, etwas, das ihnen eine Antwort auf ihre Fragen liefern würde.

Alles, bloß nicht diese unmöglichen Aufgaben, die ihnen aufgetragen worden waren!

Und doch hatte Allanon behauptet, die Aufgaben könnten erfüllt werden, und die drei damit Betrauten verfügten über die Fähigkeiten, den Mut und das Recht, sie auszuführen.

Par seufzte. Sollte er das tatsächlich glauben?

Er trat aus den Felsen auf den mit Steinen bedeckten Pfad hinaus, der nach unten zum Lager führte. Welches Wissen, auf das er sich verlassen konnte, besaß er? Die Träume waren tatsächlich eine Aufforderung Allanons gewesen – wenigstens das war jetzt sicher. Der Druide war zu ihnen gekommen, wie er in der Vergangenheit zu den Ohmsfords gekommen war, und hatte um ihre Hilfe gebeten gegen die schwarze Magie, die die Vier Länder bedrohte. Der einzige Unterschied lag natürlich darin, dass er diesmal gezwungen gewesen war, als Schatten zu erscheinen. Cogline war sein Bote aus Fleisch und Blut gewesen, der sicherstellen sollte, dass seiner Aufforderung Folge geleistet wurde. Cogline besaß Allanons Vertrauen.

Die Schattenwesen waren wirklich, dachte Par weiter. Sie waren gefährlich, sie waren böse, sie waren eine Bedrohung für die Rassen und die Vier Länder. Sie waren Magie.

Wieder hielt er inne. Falls die Schattenwesen wirklich eine Magie waren, würde höchstwahrscheinlich auch Magie gebraucht, um sie zu vernichten. Die Aussagen Allanons und Coglines über Ursprung und Wachstum der Schattenwesen schienen zumindest möglich, die Behauptung, dass das Gleichgewicht der Dinge gestört war, wahrscheinlich. Egal ob die Schattenwesen daran schuld waren, man musste zugeben, dass vieles in den Vier Ländern nicht in Ordnung war. Die Föderation hatte die Schuld daran der Magie der Elfen und Druiden zugeschrieben, einer Magie, die, wie die alten Geschichten besagten, gut war. Aber Par war überzeugt davon, dass die Wahrheit irgendwo dazwischen lag. Magie an sich war niemals gut oder schlecht; sie war ganz einfach eine Kraft. Das war die Lektion des Wünschliedes. Alles andere hing davon ab, wie die Magie benutzt wurde.

Par runzelte die Stirn. Wenn dem so war, was würde passieren, falls die Schattenwesen die Magie in einer Weise einsetzten, die keiner von ihnen bemerkte?

Vor ihnen lag im Sonnenlicht das Lager, das sie genauso vorfanden, wie sie es in der Nacht verlassen hatten. Die Pferde, die an ihren Pflöcken festgebunden waren, wieherten, als sie ihrer gewahr wurden. Par bemerkte, dass auch Coglines Pferd noch da war. Offensichtlich war der alte Mann nicht hierher zurückgekehrt.

Er ertappte sich bei dem Gedanken daran, wie sich die früheren Begegnungen mit Cogline abgespielt hatten; er war immer unerwartet aufgetaucht, bei jedem von ihnen, bei Walker Boh, Wren und bei ihm selbst, um ihnen mitzuteilen, was er zu sagen hatte, bevor er dann genauso plötzlich wieder verschwand. Jedes Mal war es so gewesen. Er hatte alle davon in Kenntnis gesetzt, was zu tun war, und sie dann selbst entscheiden lassen. Vielleicht, dachte Par, tat er genau das auch jetzt – er ließ sie allein, damit sie für sich selbst entscheiden konnten.

Sie erreichten das Lager. Irgendjemand sprach von essen oder schlafen, aber alle entschieden sich dagegen. Sie waren weder hungrig noch müde. Alle wollten jetzt über die Ereignisse der Nacht sprechen.

»Nun«, sagte Walker Boh, »da sich kein anderer findet, es auszusprechen, werde ich es tun. Diese ganze Angelegenheit ist der reine Wahnsinn. Paranor gibt es nicht mehr. Die Druiden gibt es nicht mehr. Seit mehr als hundert Jahren gibt es in den Vier Ländern auch keine Elfen mehr. Das Schwert von Shannara ist mindestens ebenso lange nicht mehr gesehen worden. Keiner von uns hat auch nur die leiseste Ahnung, wo wir diese Dinge finden sollen, falls das überhaupt möglich ist. Ich vermute, dass es nicht möglich ist. Stattdessen glaube ich, dass die Druiden mit den Ohmsfords wieder einmal ihr Spiel treiben. Und das gefällt mir ganz und gar nicht!«

Sein Gesicht war gerötet. Par erinnerte sich daran, wie zornig er im Tal gewesen war, ja fast außer sich. Das war nicht der Walker Boh, den er kannte.

»Ich bin nicht sicher, dass wir das, was sich dort oben ereignet hat, einfach als Spiel abtun können«, setzte Par an, bevor Walker Boh ihm das Wort abschnitt.

»Nein, natürlich nicht, Par – du hältst all das für eine Möglichkeit, deine Neugier zu befriedigen! Ich habe dich schon einmal darauf hingewiesen, dass die Magie nicht die Gabe ist, die du in ihr sehen willst, sondern ein Fluch. Warum beharrst du weiterhin darauf, sie als etwas anderes anzusehen?«

»Nehmen wir an, der Schatten hat die Wahrheit gesprochen.«

Colls Stimme klang ruhig und sicher und lenkte Walker Bohs Aufmerksamkeit von Par ab.

»Die Wahrheit kommt auf keinen Fall von diesen verkleideten Gaunern. Wann kam denn die Wahrheit schon einmal von ihnen? Sie erzählen uns ein bisschen von diesem und ein bisschen von jenem, aber niemals alles. Sie benutzen uns. Sie haben uns schon immer benutzt.«

»Dabei waren sie jedoch nicht unklug oder haben das, was getan werden musste, außer Acht gelassen – so berichten es die Geschichten.« Coll gab nicht so leicht auf. »Versteh mich nicht falsch, Walker, ich will damit nicht sagen, dass wir unbedingt das tun sollten, was der Schatten vorgeschlagen hat. Ich will nur sagen, dass es unvernünftig wäre, eine Sache wegen eines einzigen Grunds aufzugeben.«

»Das bisschen von diesem und jenem, von dem du sprichst – das hat sich doch alles als wahr erwiesen«, erwiderte Par. »Was du meinst, ist, dass Allanon zu Anfang nie die ganze Wahrheit gesagt hat. Er hat immer etwas verschwiegen.«

Walker Boh sah sie kopfschüttelnd an, als wären sie kleine Kinder. »Eine halbe Wahrheit kann so verheerend sein wie eine Lüge«, sagte er ruhig. »So viel solltest du wissen.«

»Onkel«, sagte Par, selbst erstaunt über den Tadel in seiner Stimme, »ich habe mich noch gar nicht entschieden.«

Walker Boh sah ihn lange an, mit einem Gesicht, in dem sich alle möglichen Gefühle spiegelten. »Wirklich nicht?«, fragte er leise. Dann drehte er sich um und suchte seine Decken und sonstigen Habseligkeiten zusammen. »Ich habe meinen Entschluss gefasst. Ich werde nichts tun, um Paranor und die Druiden in die Vier Länder zurückzubringen. Ich kann mir nichts vorstellen, was mir mehr zuwider wäre. Die Magie und die Hexerei dieser alten Männer zurückbringen, ihr Spiel mit dem Leben der Menschen, als wären sie nichts.« Er stand auf und sah ihnen in die Augen; sein blasses Gesicht war so hart wie Stein. »Ich würde mir lieber die Hand abhacken, als die Druiden zum Leben zu erwecken!«

Mit Bestürzung sahen die anderen einander an, als er sich abwandte, um seine Sachen vollends zusammenzupacken.

»Wirst du dich also in deinem Tal verstecken?«, konterte Par, der ebenfalls zornig war.

Walker Boh sah ihn nicht an.

»Was passiert, wenn der Schatten die Wahrheit gesprochen hat, Walker? Was passiert, wenn alles eintrifft, was er vorhergesagt hat, und die Macht der Schattenwesen eines Tages bis zum Kamin reicht? Was wirst du dann tun?«

»Was ich tun muss.«

»Mit deiner eigenen Magie?«, stieß Par hervor. »Mit einer Magie, die du von Cogline gelernt hast?«

Sein Onkel blickte schnell auf. »Woher weißt du das?«

Trotzig schüttelte Par den Kopf. »Wo liegt denn schon der Unterschied zwischen deiner Magie und der Magie der Druiden, Walker? Handelt es sich nicht um ein und dasselbe?«

Das Lächeln des anderen war hart und unfreundlich. »Manchmal, Par, bist du ein Narr«, erwiderte er und beendete damit das Gespräch. Als er einen Augenblick später aufstand, war er die Ruhe selbst. »Ich bin hierhergekommen, weil ich darum gebeten wurde, und habe angehört, was ich anhören sollte. Damit bin ich meiner Pflicht nachgekommen. Ihr anderen müsst für euch selbst entscheiden, was ihr tun wollt. Was mich betrifft, habe ich nichts mehr damit zu tun.« Er schritt ohne zu zögern zwischen ihnen hindurch und wandte sich den Pferden zu. Er schnallte sein Bündel fest, stieg auf und ritt davon. Nicht ein einziges Mal drehte er sich um.

Das war eine schnelle Entscheidung, dachte Par, eine Entscheidung, auf die Walker Boh geradezu versessen schien. Zu gern hätte er den Grund dafür gekannt. Als sein Onkel verschwunden war, sah er Wren an. »Wie steht es mit dir?«

Die Fahrende schüttelte langsam den Kopf. »Ich muss mich nicht mit solchen Vorurteilen wie Walker herumschlagen, aber seine Zweifel kann ich gut verstehen.« Sie ging auf einen Steinhaufen zu, auf dem sie sich niederließ.

Par folgte ihr. »Glaubst du, dass der Schatten die Wahrheit gesprochen hat?«

Wren zuckte mit den Schultern. »Ich frage mich immer noch, ob der Schatten wirklich der war, der er zu sein vorgab, Par. Ich fühlte, dass er es war, spürte es in meinem Herzen, und doch ... Außer den Geschichten weiß ich nichts über Allanon, und auch die Geschichten kenne ich kaum. Du kennst sie besser. Was glaubst du?«

Par zögerte nicht. »Es war Allanon.«

»Und du glaubst, dass er die Wahrheit gesagt hat?«

Die anderen kamen schweigend näher. »Ich glaube, dass vieles dafür spricht, ja.« Par teilte ihr seine Überlegungen während des Marsches zurück ins Tal mit. Die Unsicherheit war verflogen; seine Gründe waren jetzt gewichtig. »Ich habe noch nicht alles so bis ins Einzelne durchdacht, wie ich gern möchte«, endete er. »Aber welchen Grund hätte der Schatten, uns hierherzuholen und uns das zu erzählen, was er erzählt hat, wenn nicht den, die Wahrheit ans Licht zu bringen? Warum sollte er uns Lügen auftischen? Walker scheint davon überzeugt, dass wir getäuscht werden, obwohl ich nichts dergleichen entdecken kann und auch nicht wüsste, welchem Zweck es dienen sollte. Außerdem«, fügte er hinzu, »hat Walker Angst; vor den Druiden, vor der Magie, wovor auch immer. Er verheimlicht uns etwas. Ich spüre es. Er spielt genau das Spiel, dessen er Allanon beschuldigt.«

Wren nickte. »Aber er versteht die Druiden.« Den verwirrten Ausdruck in Pars Gesicht quittierte sie mit einem traurigen Lächeln. »Sie verheimlichen das, was sie nicht preisgeben wollen. So sind sie eben. Auch hier gibt es Dinge, die verheimlicht werden. Was wir hier gehört haben, ist unvollständig. Es bleibt die Tatsache, dass wir in keiner Weise anders behandelt werden als unsere Vorfahren.«

Ihren Worten folgte ein langes Schweigen. »Vielleicht sollten wir heute ins Tal zurückkehren – vielleicht zeigt sich der Schatten noch einmal«, schlug Morgan vor, klang dabei jedoch, als würde er daran zweifeln.

»Vielleicht sollten wir lieber Cogline die Möglichkeit geben zurückzukommen«, erwiderte Coll.

Par schüttelte den Kopf. »Ich glaube nicht, dass wir die beiden in Bälde wieder zu Gesicht bekommen. Stattdessen müssen wir unsere Entscheidungen ohne ihre Hilfe treffen.«

»Der Meinung bin ich auch.« Wren erhob sich. »Ich soll die Elfen finden und sie in die Welt der Menschen zurückbringen. Eine wohlüberlegte Formulierung, die ich aber trotzdem nicht verstehe. Ich habe nicht die leiseste Ahnung, wo sich die Elfen aufhalten, nicht einmal, wo ich nach ihnen suchen könnte. Schon seit fast zehn Jahren lebe ich im Westland, Garth noch länger, und wir beide waren überall. Ich kann euch versichern, dass sich nirgends Elfen aufhalten. Wo könnte ich noch suchen?« Sie trat näher zu Par und sah ihn an. »Ich gehe nach Hause. Hier kann ich nichts mehr tun. Sollten die Träume wiederkehren und mir einen Hinweis darauf geben, wo ich mit der Suche beginnen soll, werde ich vielleicht einen Versuch wagen. Aber im Augenblick …«

Sie zuckte mit den Schultern. »Also dann. Auf Wiedersehen, Par.« Sie umarmte und küsste ihn, um dann auch Coll, ja selbst Morgan zu umarmen und zu küssen. Den Zwergen nickte sie zu, bevor sie ihre Sachen zusammenpackte.

»Ich wünschte, du würdest noch ein bisschen bleiben, Wren«, rief Par.

»Warum kommst du nicht mit?«, antwortete sie. »Im Westland wärst du wahrscheinlich besser aufgehoben.«

Par sah Coll an, der die Stirn runzelte. Morgan blickte zur Seite. Par seufzte und schüttelte widerstrebend den Kopf. »Nein, ich muss mich zuerst entscheiden. Erst dann weiß ich, wohin ich gehe.«

Sie schien zu verstehen und nickte. Dann kam sie auf ihn zu. »Möglicherweise würde ich anders darüber denken, wenn ich wie du und Walker über die Magie verfügte, die mich schützt. Aber dem ist leider nicht so. Ich habe weder das Wünschlied noch Coglines Lehren, auf die ich mich verlassen könnte. Ich besitze lediglich einen Beutel mit gefärbten Steinen.« Sie küsste Par ein zweites Mal. »Wenn du mich brauchst, findest du mich in Tirfing. Sei vorsichtig, Par.«

Sie ritt davon, gefolgt von Garth. Die anderen sahen ihnen nach. Minuten später waren sie nur noch kleine Flecken am westlichen Horizont.

Par blickte nach Osten, in die Richtung, in die Walker Boh geritten war. Es schien ihm, als wäre ihm ein Teil von sich abhandengekommen.

Coll bestand darauf, dass sie etwas aßen, alle, denn ihre letzte Mahlzeit hatten sie vor über zwölf Stunden eingenommen, und es hatte wenig Sinn, mit nüchternem Magen eine Entscheidung zu treffen. Par war dankbar für die Ruhepause. Er aß die Suppe, die Steff gekocht hatte, danach Brot und Obst, trank mehrere Becher Bier und ging hinunter zur Quelle, um sich zu waschen. Als er zurückkam, befolgte er den Rat seines Bruders, sich einige Zeit auszuruhen, und schlief, nachdem er sich hingelegt hatte, unverzüglich ein.

Es war Mittag, als er erwachte; sein Körper schmerzte. Er hatte allerhand geträumt, das er lieber nicht geträumt hätte – von Rimmer Dall und seinen Suchern, die ihn durch leere, ausgebrannte Häuser gejagt hatten, von Zwergen, die ihn im Angesicht der Besetzung ihres Landes hungernd und hilflos anstarrten, von Schattenwesen, die hinter jeder dunklen Ecke, an der er auf seiner Flucht vorbeikam, lauerten, von Allanons Schatten, der ihm bei jeder neuen Gefahr Warnungen zurief, aber gleichzeitig über ihn lachte. Er wusch sich erneut, trank unter einer Pappel noch ein Bier und aß einen zweiten Teller Suppe.

Coll leistete ihm beim Essen Gesellschaft. »Fühlst du dich besser? Du hast gar nicht gut ausgesehen, als du aufgestanden bist.«

Par schob den Teller beiseite. »Mir ging es auch nicht gut. Aber jetzt fühle ich mich wieder besser.« Er lächelte.

Coll ließ sich am Baumstamm zu Boden gleiten, machte es sich bequem und starrte aus dem Schatten in die mittägliche Hitze. »Ich habe nachgedacht«, sagte er, wobei sein eckiges Gesicht einen nachdenklichen Ausdruck annahm. Er schien nur widerwillig weiterzureden. »Ich habe darüber nachgedacht, was ich tun würde, solltest du dich auf die Suche nach dem Schwert begeben.«

Augenblicklich drehte Par sich zu ihm um. »Coll, ich habe noch gar nicht…«

»Nein, Par. Lass mich ausreden. Wenn ich als dein Bruder eines gelernt habe, dann ist es das, dass man, wenn es um Entscheidungen geht, versuchen muss, dir zuvorzukommen. Andernfalls triffst du sie zuerst, und wenn du sie erst einmal getroffen hast, sind sie sozusagen in Stein gemeißelt.« Er blickte ihn von der Seite an. »Du erinnerst dich vielleicht, dass wir darüber schon einmal gesprochen haben. Und ich wiederhole mich ständig, indem ich dir sage, dass ich dich besser kenne, als du dich selber kennst. Erinnerst du dich daran, wie du vor ein paar Jahren im Rappahalladran beinahe ertrunken wärst, als wir im Dulnwald auf Jagd nach dem silbernen Fuchs waren? Es hieß, dass es im ganzen Südland keinen einzigen silbernen Fuchs mehr gebe; aber als der alte Fallensteller behauptete, einen gesehen zu haben, war es schon um dich geschehen. Der Rappahalladran führte Hochwasser, es war Spätfrühling, und Vater verbot uns, den Fluss zu überqueren. In der Sekunde, in der du ihm das Versprechen gegeben hast, ihm zu gehorchen, wusste ich, dass du es brechen würdest.«

Par runzelte die Stirn. »Nun, ich würde sagen…«

Coll unterbrach ihn. »Die Sache ist die, dass ich in der Regel sehr wohl weiß, wann du einen Entschluss getroffen hast. Und ich glaube, dass Walker Recht hatte. Du hast dich längst entschieden, nach dem Schwert von Shannara zu suchen. Das hast du doch, oder nicht?«

Par starrte ihn mit großen Augen an.

»Deine Augen verraten mir, dass du es suchen willst, Par«, fuhr Coll ruhig fort. »Ob es existiert oder nicht, du wirst es suchen. Ich kenne dich. Du suchst es, weil du immer noch glaubst, dass du dadurch etwas über deine eigene Magie erfährst, weil du mit seiner Hilfe etwas Gutes und Edles tun willst. Sag jetzt nichts, hör mir zu.« Er hob die Hände, um Pars Widerspruch abzuwehren. »Ich halte das keineswegs für falsch. Ich verstehe es. Aber ich weiß nicht, ob du es zugeben kannst oder willst. Und du musst es zugeben können, weil du sonst mit dir und dem, was du vorhast, nie Frieden schließen kannst. Ich weiß, dass ich keine Magie besitze, aber trotzdem verstehe ich die Probleme irgendwie besser als du.« Wehmütig hielt er inne. »Du bist jemand, der immer die Herausforderungen sucht, auf die andere gern verzichten. Das ist ein Teil der Erklärung für das, was hier passiert. Du erlebst, dass Walker und Wren sich zurückziehen, und sofort entschließt du dich, genau das Gegenteil zu tun. So bist du nun mal. Du könntest es jetzt nicht mehr lassen, selbst wenn du wolltest.« Nachdenklich legte er den Kopf schief. »Ob du es nun glaubst oder nicht, aber dafür habe ich dich immer bewundert.« Dann seufzte er. »Ich weiß, es gibt noch andere Dinge, die wir in Betracht ziehen müssen. Unsere Eltern beispielsweise, die daheim im Tal immer noch unter Hausarrest stehen, und die Tatsache, dass wir kein Zuhause mehr haben, keinen Ort, an den wir zurückkehren könnten. Wenn wir uns nicht auf die Suche machen, wenn wir nicht diese Aufgabe erledigen, die Allanons Schatten uns gestellt hat, wohin gehen wir dann? Was können wir sonst tun, um die Lage nachhaltig zu verändern, wenn nicht nach dem Schwert von Shannara zu suchen? Das ist die eine Seite. Und dann…«

Par unterbrach ihn. »Du hast ›wir‹ gesagt.«

Coll hielt inne. »Was?«

Par beobachtete ihn kritisch, »Du hast ›wir‹ gesagt. Mehrere Male. Du sagtest: ›Wenn wir uns nicht auf die Suche machen, wohin gehen wir dann?‹«

Coll nickte. »Ja, das habe ich. Ich spreche über dich, und gleichzeitig spreche ich über mich. Wir sind uns so nah, dass ich manchmal das Gefühl habe, wir seien eins – und doch sind wir das nicht. Wir sind sehr verschieden, könnten gar nicht verschiedener sein. Du hast die Magie und die Möglichkeit, mehr darüber zu erfahren, und ich nicht. Du hast die Aufgabe und ich nicht. Was soll ich also tun, wenn du gehst, Par?«

Par schwieg.

»Nun, falls du gehst, hast du eine gefährliche Reise vor dir, und du wirst jemanden brauchen, der dir den Rücken freihält. Und genau das sollten Brüder füreinander tun.« Coll räusperte sich. »Wenn es nach mir ginge, das heißt, wenn ich du wäre, dann würde ich gehen.« Er lehnte sich an den Pappelstamm zurück und wartete.

Par holte tief Luft. »Um ehrlich zu sein, Coll, das ist das Allerletzte, womit ich gerechnet hätte. An meiner Stelle würdest du also gehen?« Er sah seinen Bruder wortlos an. »Ich weiß nicht, ob ich dir glauben soll.«

Sie sahen einander immer noch an, als Morgan sich zu ihnen gesellte und ihnen gegenüber Platz nahm. Auch Steff und Teel kamen dazu. Die drei anderen warfen einander Blicke zu. »Was ist los?«, fragte Morgan schließlich.

Par sah ihn kurz an, ohne ihn richtig wahrzunehmen. Er sah stattdessen das Land, das sich hinter Morgan erstreckte, die Hügel mit ihren vereinzelten Wäldchen, die sich an die öden Berge der Drachenzähne anschlossen und in der hitzeflimmernden Luft verblassten. Unter dem Baum war es still, und Par dachte an früher und an die Zeit, die er und Coll zusammen verbracht hatten. Die Erinnerungen bedeuteten eine Vertrautheit, die ihn tröstete.

»Nun?«, beharrte Morgan.

Par blinzelte. »Coll ist der Meinung, dass ich das tun sollte, was der Schatten mir aufgetragen hat. Ich solle das Schwert suchen und müsse es finden.« Er hielt inne. »Was meinst du, Morgan?«

Morgan zögerte keinen Augenblick. »Ich würde dich begleiten. Ich bin es leid, meine Zeit noch länger damit zu verschwenden, dass ich die Dummköpfe, die versuchen, Leah zu regieren, an der Nase herumführe. Für einen Mann wie mich gibt es Sinnvolleres zu tun.« Er sprang auf. »Außerdem besitze ich eine Klinge, die darauf wartet, im Kampf gegen die schwarze Magie erprobt zu werden.« Er griff nach seinem Schwert. »Und wie alle hier bezeugen können, gibt es dafür keine bessere Gelegenheit, als Par Ohmsford Gesellschaft zu leisten!«

Par schüttelte den Kopf. »Morgan, darüber solltest du nicht scherzen…«

»Scherzen! Das ist es ja gerade! Seit Monaten tue ich nichts anderes als scherzen. Und was habe ich bewirkt?« Morgans Gesichtszüge verhärteten sich. »Mit dir habe ich die Chance, etwas wirklich Sinnvolles zu tun, etwas, das sehr viel wichtiger ist als die kleinen Sticheleien gegen die Feinde von Leah.« Er wandte unvermittelt den Blick ab. »Steff, wie steht es mit dir? Was planst du? Und du, Teel?«

Steff lächelte. »Nun, Teel und ich sind in diesem Punkt so ziemlich einer Meinung. Wir haben unsere Entscheidung bereits getroffen. Wir sind ja mit euch gekommen, weil wir gehofft haben, etwas zu finden, Magie oder sonst etwas, das unserem Volk helfen könnte, sich von der Föderation zu befreien. Wir haben dieses Etwas noch nicht gefunden, aber es ist möglich, dass wir ihm näher kommen. Was der Schatten über die Schattenwesen gesagt hat, die schwarze Magie verbreiten und sich dazu in Männern, Frauen und Kindern einnisten, könnte sehr wohl eine Erklärung für den Wahnsinn sein, der die Länder zerstört. Es könnte sogar der Grund dessen sein, warum die Föderation so bestrebt ist, den Zwergen das Rückgrat zu brechen! Ihr habt es mit eigenen Augen gesehen. Schwarze Magie ist am Werk. Wir Zwerge bekommen es eher als die anderen zu spüren, weil das Ostland schon immer ein ideales Versteck der schwarzen Magie war. Der einzige Unterschied besteht jetzt darin, dass sie nicht mehr im Verborgenen wirkt, sondern vor aller Augen, wie ein tollwütiges Tier, das uns alle bedroht. Deshalb hat der Schatten vielleicht recht gehabt, als er gesagt hat, dass das Schwert von Shannara dieses Tier unschädlich machen wird.«

»Da hast du es!«, triumphierte Morgan. »Könntest du dir bessere Begleiter vorstellen, Par?«

Par schüttelte den Kopf. »Nein, Morgan, aber…«

»Dann mach es doch! Vergiss Walker und Wren und ihre Ausreden! Denk daran, was wir alles erreichen können!«

Steff beugte sich vor und stieß Morgan an. »Bedräng ihn nicht so, Hochländer!«

Par blickte einen nach dem anderen an, Steff mit dem versteinerten Gesicht, die geheimnisvolle Teel, Morgan Leah, dessen Gesicht vor Eifer glühte, und schließlich Coll. Er erinnerte sich plötzlich daran, dass sein Bruder nicht dazu gekommen war, seine Entscheidung kundzutun. Er hatte lediglich gesagt, dass er an Pars Stelle gehen würde. »Coll…«, begann Par.

Coll schien seine Gedanken zu lesen. »Wenn du gehst, komme ich mit.«

Sie sahen sich lange an.

Par holte tief Luft. »Dann, glaube ich, ist die Angelegenheit entschieden«, sagte er. »Womit fangen wir an?«

17

Wie üblich hatte Morgan Leah einen Plan. »Wenn wir bei unserer Suche nach dem Schwert erfolgreich sein wollen, brauchen wir Hilfe. Wir fünf sind einfach zu wenig. Die Suche nach dem Schwert von Shannara entspricht höchstwahrscheinlich der buchstäblichen Suche nach der Stecknadel im Heuhaufen – und wir wissen einfach nicht genügend über den Heuhaufen. Steff, du und Teel, ihr kennt euch wahrscheinlich im Ostland aus, aber Callahorn und die Grenzgebiete sind euch fremd. Das Gleiche gilt für Par, Coll und für mich – wir wissen einfach nicht genügend über das Land. Und wir dürfen außerdem nicht vergessen, dass die Föderation wahrscheinlich in jedem Ort auf unserem Weg nach uns suchen wird. Soweit ich weiß, sind Zwerge und Flüchtlinge keine gern gesehenen Gäste im Südland. Zudem müssen wir uns vor den Schattenwesen in Acht nehmen. Tatsache ist, dass sie von der Magie angezogen werden wie die Wölfe vom Geruch frischen Blutes, und wir müssen davon ausgehen, dass wir weiteren begegnen. Es ist schon schwierig genug, uns vor ihnen zu schützen, geschweige denn herauszufinden, was mit dem Schwert von Shannara geschehen ist. Wir brauchen jemand, der uns hilft, jemand, der sich in den Vier Ländern genau auskennt, jemand, der uns mit Männern und Waffen versorgen kann.« Er wandte sich Par zu. »Wir brauchen deinen Freund von der Bewegung.«

Par stöhnte. Er war nicht darauf versessen, sich mit den Geächteten einzulassen. Aber Steff und Teel und sogar Coll hießen die Idee gut, und nachdem sie eine Zeit lang darüber gesprochen hatten, blieb ihm keine andere Wahl, als den Vorschlag des Hochländers ebenfalls anzunehmen. Die Geächteten besaßen die Mittel, die ihnen fehlten, und kannten sich zudem in den Grenzgebieten und den angrenzenden freien Gebieten aus. Von ihnen würden sie erfahren, wo sie zu suchen hatten und vor welchen Fallen sie sich auf ihrer Suche hüten mussten. Darüber hinaus hielt Par seinen Retter für einen Mann, auf den man sich verlassen konnte.

»Er hat dir doch gesagt, dass du, solltest du ihn brauchen, jederzeit mit ihm rechnen kannst«, erklärte Morgan. »Ich meine, dass es jetzt an der Zeit ist, von diesem Angebot Gebrauch zu machen.«

Genau das ließ sich nicht leugnen, womit die Sache entschieden war. Sie verbrachten den Rest des Tages im Lager. Als der Morgen anbrach, packten sie ihre Sachen zusammen, bestiegen ihre Pferde und ritten davon. Der Plan war einfach. Sie würden nach Varfleet reiten, die Kiltan-Schmiede im Räuberend am Nordrand der Stadt aufsuchen und nach dem Bogenschützen fragen – genau wie es Pars geheimnisvoller Retter angegeben hatte. Dann würde man weitersehen.

Sie ritten durch das mit Buschwerk und Gestrüpp bedeckte Gebiet nach Süden, bis sie den östlichen Nebenfluss des Mermidons erreichten, wo sie sich nach Westen wandten. Dort folgten sie dem Fluss bis zum frühen Nachmittag; vom wolkenlosen Himmel brannte die Sonne auf das Land herab. Niemand redete viel, während sie dahinritten, denn jeder war in seinen Gedanken versunken. Seit sie aufgebrochen waren, hatten sie nicht mehr über Allanon gesprochen. Auch nicht über Walker Boh oder Wren. Par tastete von Zeit zu Zeit nach dem Ring mit dem Falkenzeichen in seiner Tasche und fragte sich jedes Mal, wer der Mann sein mochte, der ihm ihn gegeben hatte.

Am Spätnachmittag verließen sie das Flusstal nördlich von Varfleet und näherten sich den Randgebieten der Stadt. Sie erstreckte sich vor ihnen über eine Reihe von Hügeln. Hütten und Schuppen säumten den Rand der Stadt, erbärmliche Quartiere von Männern und Frauen, denen selbst das Nötigste zum Leben fehlte. Sie riefen den Reisenden allerhand zu, als sie vorüberritten, bettelten um Geld und Essen, und Par und Coll reichten ihnen das Wenige, das sie selbst hatten. Morgan warf ihnen einen tadelnden Blick zu.

Wenig später wünschte Par, er hätte daran gedacht, sein Elfengesicht ein wenig unkenntlicher zu machen. Er würde vorsichtig sein müssen. Er warf einen Blick auf die Zwerge. Sie hatten ihre Umhänge fest um sich gezogen, die Kapuzen bedeckten nahezu vollständig ihre Gesichter. Sie setzten sich sehr viel größerer Gefahr aus als er. Jedermann wusste, dass den Zwergen der Aufenthalt im Südland nicht gestattet war. Selbst ein Besuch in Varfleet war riskant.

Als sie die ersten Straßen mit Geschäften erreichten, wurde das Gedränge dichter. Bald wurde das Vorwärtskommen beinahe unmöglich. Sie stiegen von den Pferden und führten sie, bis sie einen Stall fanden, in dem sie die Tiere unterbringen konnten. Während Morgan sich um alles kümmerte, beobachteten die anderen die Menschen. Bettler kamen auf sie zu und baten um ein paar Münzen. Ein Feuerschlucker führte seine Kunststücke einer staunenden Menge von Jungen und Männern vor.

»Manchmal hat man Glück«, erklärte ihnen Morgan leise, als er zurückkam. »Wir sind ganz in der Nähe der Kiltan-Schmiede.«

Sie huschten durch das Menschengewühl, bis sie eine weniger belebte Seitenstraße erreichten, in der es übel roch. Morgan führte sie zu einem zweistöckigen Gebäude, auf dessen Vorderseite ein Holzschild angebracht war: »Kiltan-Schmiede«. Schließlich standen sie vor dem Eingang. Einige Männer bedienten die Schmelzöfen unter der Aufsicht eines großen Kerls mit herabhängendem Schnurrbart und einem kahlen rußgeschwärzten Schädel. Der Kerl schenkte ihnen keine Beachtung, bis sie neben ihm standen. Dann drehte er sich um und fragte: »Womit kann ich euch helfen?«

Morgan antwortete: »Wir suchen den Bogenschützen.«

»Und wer soll das sein?«

»Das weiß ich nicht«, gab Morgan zu. »Man hat uns nur gesagt, dass wir hier nach ihm fragen sollen.«

»Wer hat euch das gesagt?«

»Nun…«

»Wer, habe ich gefragt. Weißt du das nicht, Bursche?«

Es war heiß in der Schmiede, und es war klar, dass Morgan bei diesem Mann so nicht weiterkommen würde. Schon jetzt drehten sich andere nach ihnen um. Par drängte sich erregt nach vorn; er wollte keine Aufmerksamkeit auf sich und seine Gefährten lenken. »Ein Mann, der einen Ring mit dem Zeichen eines Falken trägt.«

Der Kerl kniff die Augen scharf zusammen und starrte Par an.

»Diesen Ring«, fügte Par hinzu und hielt ihn in die Höhe.

Der andere zuckte zusammen.

»Sag uns, wo wir den Bogenschützen finden!«, verlangte Morgan, ohne ein Hehl aus seiner Verärgerung zu machen.

Plötzlicher Lärm auf der Straße veranlasste sie, sich eilig umzuschauen. Eine Abteilung Föderationssoldaten näherte sich der Schmiede. »Macht euch unsichtbar!«, herrschte sie der Kerl mit dem Schnurrbart an und trat zur Seite.

Die Soldaten betraten die Schmiede und blickten sich in der von Feuerschein erhellten Dunkelheit um. Der Mann mit dem Schnurrbart trat auf sie zu. Morgan und Par gingen zu den Zwergen, doch die Soldaten standen zwischen ihnen und der Tür zur Straße.

»Ein Auftrag, Heuerwetz. Waffen«, erklärte der Anführer der Abteilung dem Mann mit dem Schnurrbart, wobei er ein Papier aus der Tasche zog. »Muss bis Ende der Woche fertig sein.«

Heuerwetz murmelte etwas Unverständliches und nickte. Der Anführer der Abteilung redete auf ihn ein, seine Stimme klang gereizt. Die Soldaten blickten sich unruhig um. Einer ging auf die kleine Gruppe zu. Morgan schob sich vor seine Gefährten und versuchte den Soldaten in ein Gespräch zu verwickeln. Der Mann, ein großer Kerl mit rötlichem Bart, zögerte. Dann schien er etwas zu entdecken und drängte den Hochländer beiseite. »Du da!«, herrschte er Teel an. »Was ist denn mit dir los?« Er streckte eine Hand aus und zog die Kapuze herunter. »Zwerge! Hauptmann, hier sind…«

Er konnte seinen Satz nicht zu Ende bringen. Teel tötete ihn mit einem einzigen Stich ihres langen Messers in die Kehle. Die anderen Soldaten griffen nach ihren Waffen, aber Morgan war bereits bei ihnen, schwang sein Schwert und drängte sie zurück. Er rief nach den anderen, und die Zwerge und Par bahnten sich ihren Weg zur Tür. Mindestens ein Dutzend Soldaten hatte die Verfolgung aufgenommen, doch zwei davon waren verletzt, und die übrigen standen sich bei dem Versuch, den Hochländer zu fassen, selbst im Weg. Mit einem wilden Schrei hieb Morgan auf den ersten ein. Vor ihm erreichte Steff jetzt die Tür zu einem Lagerhaus, holte seine Keule hervor und zertrümmerte das lästige Hindernis mit einem einzigen Schlag. Sie eilten zuerst durch das dunkle Innere und dann zu einer anderen Tür hinaus, bogen nach links in eine Gasse ein und standen schon bald vor einem Zaun. Verzweifelt drehten sie sich um.

Die Soldaten waren ihnen dicht auf den Fersen.

Par stimmte das Wünschlied an und füllte den zwischen ihnen liegenden Abstand mit einem Schwarm Hornissen. Die

Soldaten brüllten und suchten Schutz. In der allgemeinen Verwirrung gelang es Steff, Bretter aus dem Zaun zu brechen. Sie liefen eine zweite Gasse entlang, durch ein Labyrinth von Schuppen, bogen rechts ab und versteckten sich hinter einem Metalltor.

Sie standen, wie sie feststellten, hinter der Schmiede in einem Hof voller Metallabfälle. Vor ihnen öffnete sich eine Tür.

Jemand rief: »Hierher!«

Sie vernahmen Schreie aus der Gasse und liefen los, ohne lange zu fragen, drängten sich durch die Öffnung in einen kleinen Lagerraum und hörten, wie die Tür hinter ihnen zuschlug.

Vor ihnen stand Heuerwetz, die Hände in die Hüften gestemmt. »Ich hoffe, ihr seid den ganzen Ärger wert!«, sagte er.

Er versteckte sie in einem kleinen Keller unter dem Fußboden des Lagerraums, und es kam ihnen vor, als müssten sie stundenlang dort ausharren. In ihrem Versteck war es heiß, eng und dunkel, und beim Klang von Stiefeltritten über ihnen, den sie zweimal vernahmen, stockte ihnen der Atem. Als Heuerwetz sie endlich befreite, war es Nacht. Er führte sie aus dem Lagerraum in eine kleine angrenzende Küche, hieß sie an einem Tisch Platz nehmen und gab ihnen zu essen.

»Wir mussten warten, bis die Soldaten ihre Suche beendet und sich überzeugt hatten, dass ihr nicht zurückkommt oder euch im Hinterhof versteckt habt«, erklärte Heuerwetz. »Sie waren zornig, das kann ich euch sagen – ganz besonders, weil einer ihrer Kameraden tot ist.«

Teel zeigte keine Regung, und keiner sagte ein Wort.

Heuerwetz zog die Schultern hoch. »Mir ist das auch gleichgültig.«

Eine Zeit lang kauten sie schweigend, dann fragte Morgan: »Was ist mit dem Bogenschützen? Können wir ihn jetzt sehen?«

Heuerwetz grinste. »Ich glaube nicht, dass das möglich ist. Eine solche Person gibt es nicht.«

Morgan fiel die Kinnlade herunter. »Aber warum…?«

»Das ist eine Losung«, unterbrach ihn Heuerwetz. »Dadurch weiß ich, was ich zu tun habe. Ich habe euch auf die Probe gestellt. Manchmal gelangt die Losung in die falschen Hände. Ich musste sichergehen, dass ihr keine Spione der Föderation seid.«

»Du bist ein Geächteter«, sagte Par.

»Und du bist Par Ohmsford«, erwiderte der andere. »Beendet jetzt eure Mahlzeit, bevor ich euch zu dem Mann bringe, den ihr treffen wollt.«

Sie taten wie geheißen und folgten Heuerwetz zurück ins Innere der Kiltan-Schmiede. Die Schmiede war jetzt leer mit Ausnahme eines einzigen Gehilfen, der die Aufgabe hatte, den Blasebalg zu betätigen, denn die Öfen durften niemals ausgehen. Der Mann beachtete sie nicht.

Als sie durch eine Seitentür in die Dunkelheit hinaustraten, flüsterte Morgan Heuerwetz zu: »Unsere Pferde stehen in einem Stall nicht weit von hier.«

»Keine Sorge«, flüsterte der andere zurück. »Ihr braucht keine Pferde.«

Sie verließen die Stadt und wanderten am Mermidon hinauf nach Norden, wo sich der Fluss durch die Ausläufer der Drachenzähne schlängelte. Sie marschierten die ganze Nacht und überquerten den Fluss an einer Stelle mit Stromschnellen. Da er zu dieser Jahreszeit nur wenig Wasser führte, konnten sie ihn ohne Boot überqueren. Trotzdem reichte das Wasser den Zwergen an einigen Stellen bis zum Hals, und auch den anderen blieb nichts anderes übrig, als ihr Gepäck und ihre Waffen über dem Kopf zu tragen.

Am anderen Ufer erreichten sie bald dicht bewaldete Schluchten und Hohlwege, die sich meilenweit in die Drachenzähne hinein erstreckten.

»Das ist der Parmakeil«, teilte ihnen Heuerwetz irgendwann mit. »Ganz schön gefährlich, das Land, wenn man sich nicht auskennt.«

Das war eine gewaltige Untertreibung, wie Par schnell feststellen konnte. Der Parmakeil war ein Gewirr von Höhen, die sich inmitten von Bäumen steil erhoben, um ohne Vorwarnung genauso abrupt wieder abzufallen. Der Neumond spendete kein Licht, und die Sterne wurden vom Blätterdach verdeckt. Selbst in hellem Tageslicht wäre ein Durchkommen unmöglich erschienen. Die Bergwälder des Parmakeils lagen dauerhaft unter Nebel im Dunkeln, und die Schluchten und Kämme durchfurchten das ganze Land. Es gab jedoch einen Weg, der jedem, der ihn nicht kannte, verborgen geblieben wäre, ein Pfad, dem Heuerwetz mühelos folgte.

Als sie eine kurze Rast einlegten, um zu essen, fragte Par ihren Führer, ob er ihnen sagen könne, wie weit sie noch zu gehen hatten.

»Nicht mehr weit«, antwortete Heuerwetz. »Dort.« Er deutete auf einen wuchtigen Felsen, der sich über dem Parmakeil erhob, wo sich der Wald an die Berghänge der Drachenzähne schmiegte. »Das, Ohmsford, nennen wir den Zeigefinger. Der Zeigefinger ist die Festung der Bewegung.«

Par blickte nachdenklich drein. »Weiß die Föderation davon?«, fragte er.

»Sie wissen, dass sich die Festung irgendwo hier befindet«, erwiderte Heuerwetz. »Sie wissen jedoch nicht genau, wo, und vor allen Dingen nicht, wie man hinkommt.«

»Und Pars geheimnisvoller Retter, dein immer noch namenloser Anführer – hat er keine Angst, dass Besucher wie wir genau das verraten könnten?«, fragte Steff.

Heuerwetz lächelte. »Zwerg, dazu müsstest du erst einmal wieder hinausfinden. Glaubst du, dass du das ohne mich schaffen würdest?«

Wider Willen musste Steff schmunzeln, als er begriff, wie recht Heuerwetz hatte. Ein Mensch konnte tagelang durch dieses Labyrinth irren, ohne jemals zum Ziel zu kommen.

Als sie den Felsen erreichten, war es bereits Spätnachmittag, und die auf die Wildnis fallenden Schatten hüllten den Wald in ein Halbdunkel. Heuerwetz hatte in der letzten Stunde mehrere Male laute Pfeiflaute ausgestoßen, um nach jedem Pfeifen die Antwort abzuwarten, bevor er den Weg fortsetzte. Am Fuß des Felsens erwartete sie in einer Lichtung ein verschließbarer Aufzug, dessen Seile über ihnen verschwanden. Der Aufzug war groß genug für alle; sie stiegen ein und hielten sich am Geländer fest, während sie langsam in die Höhe gezogen wurden, bis sie sich schließlich über den Bäumen befanden. Sie erreichten einen schmalen Felsvorsprung und wurden von einer Handvoll Männer, die die Winde bedienten, angehalten. Nun bestiegen sie den zweiten Aufzug, der bereits auf sie wartete. Wieder wurden sie hochgezogen. Par sah einmal in die Tiefe und bereute es sofort. Er erhaschte einen Blick auf Steffs Gesicht, das unter der sonnengebräunten Haut auf einmal blutleer schien. Heuerwetz dagegen schien keineswegs beunruhigt und pfiff vergnügt vor sich hin.

Danach bestiegen sie einen dritten Aufzug, dessen Fahrt jedoch sehr viel kürzer war, und als sie schließlich ausstiegen, befanden sie sich auf einem flachen grünen Hang, der sich über mehrere hundert Meter zu einer Reihe von Höhlen hin erstreckte. Wachttürme säumten den Rand des Hangs sowie die Höhlen, und in den zersplitterten Fels über ihnen waren Aussichtslöcher gehauen worden. Aus dem Felsen ergoss sich ein winziger Wasserfall in einen kleinen See, und mehrere Gruppen von breitblättrigen Bäumen standen auf dem Hang. Männer hasteten hin und her, transportierten Werkzeuge, Waffen und Körbe voller Steine, gaben Anweisungen oder gehorchten.

Aus ihrer Mitte trat Pars Retter, eine große, in rote Kleidung gehüllte Gestalt. Er war glatt rasiert, sein zerfurchtes Gesicht war vom Wetter gegerbt. Es war ein Gesicht, das dem Alter trotzte. Sein braunes, etwas schütteres Haar war glatt zurückgekämmt. Er war hager und kräftig und bewegte sich wie eine Katze. Mit einem lauten Willkommensgruß stürmte er auf sie zu; mit einem Arm umfasste er Heuerwetz, den anderen legte er um Par.

»So, mein Junge, du hast es dir also anders überlegt? Ich heiße dich willkommen, dich und deine Gefährten. Dein Bruder, ein Hochländer und ein paar Zwerge, nicht wahr? Eine seltsame Gesellschaft, scheint mir. Bist du gekommen, um dich uns anzuschließen?«

Er war so offen, wie Morgan ihn sich immer vorgestellt hatte, und Par spürte, wie er errötete. »Nicht ganz. Wir haben ein Problem.«

»Noch ein Problem?« Der Anführer der Geächteten schien amüsiert. »Schwierigkeiten folgen dir geradezu, habe ich recht? Kann ich jetzt meinen Ring zurückhaben?«

Par holte den Ring aus seiner Tasche und übergab ihn.

Der andere steckte ihn mit einem bewundernden Blick an seinen Finger. »Der Falke. Ein gutes Symbol für einen freien Mann, meinst du nicht?«

»Wer bist du?«, fragte Par unverblümt.

»Wer ich bin?« Der Anführer der Geächteten lachte herzlich. »Bist du noch nicht draufgekommen, mein Freund? Nein? Dann sage ich es dir.« Er beugte sich vor. »Sieh dir meine Hand an.« Er hielt die geballte Faust hoch, aus der ein Finger auf Pars Nase zeigte. »Eine verschwundene Hand mit einem Finger, der wie eine Pike heraussticht. Wer bin ich also?«

Par starrte ihn verwirrt an.

»Mein Name, Par Ohmsford, ist Padishar Weidenkorb«, sagte der Anführer der Geächteten schließlich. »Aber du kennst mich vermutlich besser als den Ururururururenkel von Panamon Weidenkorb.«

Und endlich begriff Par.

An diesem Abend saßen Par und seine Gefährten während des Essens an einem abseits von den anderen Bewohnern des Felsens aufgestellten Tisch und lauschten mit wachsendem Erstaunen der Geschichte, die Padishar Weidenkorb zum Besten gab.

»Wir befolgen hier alle die Regel, die besagt, dass die Vergangenheit jedes Einzelnen seine eigene Sache ist«, erklärte er ihnen verschwörerisch. »Die anderen würden sich vielleicht komisch dabei vorkommen, wenn sie nun meine Geschichte mitanhören müssten.« Er räusperte sich. »Ich war Grundbesitzer«, fing er an, »und habe Felder bestellt und Tiere gezüchtet; ich war der Herr über ein Dutzend kleine Höfe und zahllose Morgen Wald, in dem ausschließlich gejagt wurde. Den größten Teil meines Besitzes habe ich von meinem Vater geerbt, der ihn wieder von seinem Vater geerbt hat. Mir wurde erzählt, mein Vorfahr Panamon Weidenkorb sei, nachdem er Shea Ohmsford geholfen hatte, das Schwert von Shannara wiederzufinden, ins Grenzland im Norden gegangen, wo er in seinem Beruf sehr erfolgreich wurde und ein ziemlich großes Vermögen anhäufen konnte.«

Par musste beinahe lächeln. Padishar Weidenkorb gab seine Geschichte ganz ernsthaft zum Besten, obwohl er ebenso wie Par und Morgan wusste, dass Panamon Weidenkorb ein Dieb gewesen war, als er Shea Ohmsford kennengelernt hatte.

»Er nannte sich Baron Weidenkorb«, fuhr Padishar Weidenkorb gedankenverloren fort. »Jedes Oberhaupt der Familie hat sich seither so genannt. Baron Weidenkorb.« Er hielt inne, ließ den Klang auf der Zunge zergehen. Dann seufzte er. »Aber die Föderation riss unser Land an sich, als ich noch ein kleiner Junge war. Mein Vater starb bei dem Versuch, es zurückzuerobern. Und meine Mutter ebenfalls. Unter äußerst mysteriösen Umständen.« Er lächelte. »Danach habe ich mich der Bewegung angeschlossen.«

»Einfach so?«, fragte Morgan.

Der Anführer der Geächteten spießte ein Stück Rindfleisch mit dem Messer auf. »Meine Eltern suchten den Gouverneur der Provinz auf, einen Handlanger der Föderation, der in unser Haus eingezogen war, und mein Vater forderte das, was ihm rechtmäßig gehörte, wobei er andeutete, dass der Gouverneur es sehr bedauern würde, falls dieses Problem nicht gelöst würde. Von Vorsicht hat mein Vater nie viel gehalten. Seine Bitte wurde abgelehnt. Man hat sie später in einem Waldstück gefunden – sie hingen mit aufgeschlitzten Bäuchen an einem Baum.« Kein Groll schwang in seiner Stimme mit, er sprach mit einer beängstigenden Ruhe. »Danach bin ich ziemlich schnell erwachsen geworden, könnte man sagen«, endete er.

Langes Schweigen schloss sich an.

Padishar Weidenkorb zuckte mit den Schultern. »Das alles ist lange her. Ich habe gelernt, zu kämpfen und zu überleben. Als ich die Bewegung kennengelernt und gesehen habe, welche Missstände in ihr herrschten, habe ich meine eigene Kompanie gegründet. Einige der anderen Anführer fanden meine Idee gar nicht gut. Sie versuchten mich der Föderation auszuliefern. Das war ein Fehler. Nachdem ich sie losgeworden war, haben sich die meisten der anderen Gruppen mir angeschlossen. Irgendwann werden es alle tun.« Padishar Weidenkorb sah auf. »Ist denn niemand hungrig? Es ist noch genug Essen da. Es wäre schade, es wegzuwerfen.«

Während sie rasch ihr Mahl beendeten, fuhr der Anführer der Geächteten fort, ihnen im gleichen sachlichen Ton weitere Einzelheiten aus seinem Leben voller Gewalt zu erzählen. Par fragte sich, mit welcher Sorte von Mensch er sich eingelassen hatte. Zuvor hatte er es für möglich gehalten, dass sich sein Retter als der Kämpfer erweise, der den Vier Ländern seit der Zeit Allanons fehlte, dass er die unterdrückten Rassen vielleicht wiedervereinigen könnte. Den Gerüchten zufolge war dieser Mann der Führer, den die Freiheitsbewegung ersehnt hatte. Jetzt schien er im gleichen Maße ein Mörder zu sein. Wie gefährlich Panamon Weidenkorb zu seiner Zeit auch gewesen sein mochte, Par hielt Padishar Weidenkorb für ungleich gefährlicher.

»Jetzt kennt ihr also meine ganze Geschichte«, erklärte Padishar Weidenkorb, während er seinen Teller zurückschob. Seine Augen funkelten. »Gibt es irgendetwas, was ihr noch näher erklärt haben wollt?«

Schweigen. Dann schockierte Steff alle, als er murmelte: »Wie viel davon entspricht der Wahrheit?«

Alle erstarrten vor Schreck. Aber Padishar Weidenkorb lachte sichtlich amüsiert. »Manches, mein Freund aus dem Ostland, manches.« Er blinzelte. »Und je öfter ich die Geschichte erzähle, desto besser wird sie.« Er nahm sein Glas und schenkte sich aus dem großen Bierkrug ein.

Par betrachtete Steff mit Bewunderung. Keiner der anderen hätte gewagt, diese Frage zu stellen.

Der Anführer der Geächteten beugte sich vor. »Aber genug der Vergangenheit!« Sein Blick fiel auf Par. »Es hat etwas mit der Magie zu tun, nicht wahr? Ich kann mir nicht vorstellen, dass dich etwas anderes hierhergeführt hat. Erzähle!«

Par zögerte. »Gilt dein Angebot noch? Wirst du mir helfen?«, fragte er dann.

Der andere wirkte gekränkt. »Meinem Wort bin ich verbürgt, mein Junge. Wenn ich gesagt habe, dass ich dir helfe, dann tue ich es auch!«

Par blickte die anderen an und sagte dann: »Ich muss das Schwert von Shannara finden.« Er erzählte Padishar Weidenkorb von seiner Begegnung mit dem Schatten Allanons und von der Aufgabe, mit der ihn der Druide betraut hatte. Darüber hinaus berichtete er über die Begegnung mit den Föderationssoldaten und den Ungeheuern namens Schattenwesen. Trotz aller Vorbehalte, die er dem Mann gegenüber hegte, verschwieg er nichts.

Als er zum Ende gekommen war, lehnte sich der Anführer der Geächteten langsam zurück, trank einen Schluck Bier aus dem Glas, an dem er lange genippt hatte, und lächelte verschwörerisch zu Steff hin. »Jetzt wäre es für mich an der Zeit zu fragen, wie viel von dieser Geschichte der Wahrheit entspricht.«

Par wollte protestieren, doch der andere hob die Hand, um ihn zu unterbrechen. »Nein, mein Junge, spar dir die Mühe. Ich stelle das, was du mir erzählt hast, nicht infrage. Du erzählst die Geschichte so, wie du sie siehst.«

»Du verfügst über die notwendigen Männer und Waffen, über ein Netz von Spionen, um uns bei unserer Suche zu helfen«, meinte Morgan ruhig. »Deshalb sind wir hier.«

Padishar Weidenkorb rieb sich das Kinn. »Ich habe noch mehr als das, meine Freunde«, sagte er und lächelte wie ein Wolf. »Ich glaube an das Schicksal.« Er erhob sich wortlos und führte sie zum Rand des Hanges. Von dort schauten sie über den Parmakeil, über unzählige Baumwipfel und Kämme, die in die letzten Strahlen der untergehenden Sonne getaucht waren. Mit einer Geste umfasste er das ganze Land. »Das ist jetzt mein Land, das Land des Barons Weidenkorb, wenn ihr so wollt. Aber ich werde nur dann darüber herrschen, wenn es mir gelingt, die Föderation aus den Angeln zu heben.« Er hielt inne. »Das Schicksal, habe ich gesagt. Ich glaube daran. Das Schicksal hat mich zu dem gemacht, was ich bin, und es kann mich auch schnell wieder zunichtemachen, wenn ich in diesem Spiel nicht mitspiele. Daher glaube ich, dass ich die Hand ergreifen muss, die ihr mir anbietet. Es ist kein Zufall, Par Ohmsford, dass du zu mir gekommen bist. Es ist Bestimmung. Ich bin mir ganz sicher, jetzt sogar noch mehr, nachdem ich gehört habe, wonach du suchst. Verstehst du, was ich meine? Mein Vorfahr und dein Vorfahr, Panamon Weidenkorb und Shea Ohmsford, haben sich vor mehr als dreihundert Jahren auf die Suche nach dem Schwert begeben. Jetzt sind wir an der Reihe, du und ich. Wieder ein Weidenkorb und ein Ohmsford, die das Land verändern und den neuen Anfang bringen. Ich spüre es!« Er beobachtete sie gespannt. »Freundschaft hat euch zusammengeführt; zu mir seid ihr gekommen, weil eine Veränderung in eurem Leben ansteht. Par, es gibt tatsächlich Verbindungen zwischen uns, wie ich dir bereits bei unserer ersten Begegnung gesagt habe. Es gibt eine Geschichte, die wiederholt werden will. Abenteuer wollen gemeinsam bestanden und Schlachten gemeinsam gewonnen werden. Genau das hat das Schicksal für uns beide vorgesehen!«

Par, der angesichts dieser Worte ein wenig verwirrt war, fragte: »Dann wirst du uns also helfen?«

»Genau das werde ich.« Der Anführer der Geächteten zog eine Augenbraue in die Höhe. »Ich gebiete über den Parmakeil, aber nicht über das Südland – meine Heimat, mein Land, mein Erbe. Ich will es zurückhaben. Magie ist die Macht, mit der das Ungeheuer namens Föderation vernichtet und in seine Höhle zurückgetrieben werden kann.«

»Das hast du bereits gesagt«, unterbrach ihn Par. »Aber Allanon fürchtet in erster Linie die Schattenwesen, und das Schwert soll gegen die Schattenwesen zum Einsatz gelangen. Weshalb also …?«

»Ja, ja, mein Junge«, unterbrach ihn der andere eilig. »Du triffst wieder einmal den Kern der Sache. Das Böse der Föderation und der Schattenwesen ist ein und dasselbe. Auf irgendeine Art und Weise sind sie miteinander verbunden, vielleicht auf die gleiche Weise wie die Ohmsfords und die Weidenkorbs. Wenn wir also eine Möglichkeit finden, das eine zu vernichten, finden wir auch eine Möglichkeit, das andere zu vernichten.«

In seinen Augen funkelte so wilde Entschlossenheit, dass lange Zeit niemand ein Wort sagte. Die Sonne verschwand am Horizont, und die heraufziehende Dunkelheit hüllte den Parmakeil und das Land im Süden und Westen mit einem milchigen Schleier ein. Die Männer hinter ihnen verließen ihre Tische und begaben sich zu ihren Schlafplätzen, die über den ganzen Hang verstreut waren. Selbst in dieser Höhe war die Nacht warm und windstill. Am Himmel schienen bereits die Sterne und der zunehmende Mond.

»Also«, sagte Par leise, »was kannst du tun, um uns zu helfen?«

Padishar Weidenkorb strich die Falten seines Gewandes glatt und sog die Gebirgsluft tief in sich ein. »Ich kann das tun, mein Junge, worum du mich gebeten hast. Ich kann dir helfen, das Schwert von Shannara zu finden.« Ein Lächeln huschte über sein Gesicht, als er hinzufügte: »Ich weiß, wo es ist.«

18

Während der folgenden zwei Tage verlor Padishar Weidenkorb kein weiteres Wort über das Schwert von Shannara. Wenn Par oder seine Gefährten versuchten, ihn in ein Gespräch darüber zu verwickeln, antwortete er entweder, dass mit der Zeit Rat komme oder dass sie sich in Geduld üben müssten. Da er dauernd Fröhlichkeit zur Schau trug, hielten die anderen mit ihren Gefühlen hinter dem Berg.

Außerdem waren sie, ungeachtet der Behandlung, die ihnen der Anführer der Geächteten angedeihen ließ, keineswegs Gäste, sondern Gefangene. Es war ihnen zwar gestattet, den Felsen zu erkunden, aber nicht, ihn zu verlassen. Die Windenaufzüge wurden jederzeit scharf bewacht, und niemand durfte sich ihnen ohne triftigen Grund nähern. Und ohne die Aufzüge, die sie nach unten befördert hätten, gab es keine Möglichkeit, den Ort zu verlassen. Die Felswand fiel senkrecht nach unten ab, und die hinter ihnen stieg ebenfalls steil an.

Es blieben also die Höhlen. Par und seine Freunde wagten sich am ersten Tag in die Haupthöhle, da sie herausfinden wollten, was sich im Inneren befand. Sie stellten fest, dass sich die riesige, kathedralenartige Höhle in Dutzende von kleineren Höhlen verzweigte, in denen die Geächteten ihre Vorräte und Waffen aller Art aufbewahrten, und dass sie ihnen bei schlechtem Wetter als Unterschlupf sowie als Übungs- und Versammlungsraum diente. Tunnel zogen sich in den Berg hinein, deren Eingänge jedoch versperrt waren und bewacht wurden. Als

Par den Schmied Heuerwetz, der sich entschlossen hatte, noch einige Tage zu bleiben, fragte, wo die Tunnel endeten, lächelte der Herr der Kiltan-Schmiede hämisch und erklärte ihm, dass die Gänge ebenso wie die Pfade zum Parmakeil ins Paradies führten.

Die zwei Tage vergingen dennoch recht schnell. Par, Coll und Morgan verbrachten die meiste Zeit miteinander. Steff schloss sich ihnen gelegentlich an, doch Teel blieb wie eh und je für sich. Mit der Zeit gewöhnten sich die Geächteten an den Anblick Pars, Colls und des Hochländers, die über den Hang und die Befestigungsanlagen wanderten und begutachteten, was Mensch und Natur gemeinsam geschaffen hatten. Sie sprachen mit den Männern, die hier lebten und arbeiteten, und waren von jeder neuen Entdeckung fasziniert.

Aber nichts und niemand war faszinierender als Padishar Weidenkorb. Der Anführer der Geächteten war ein Widerspruch in sich. Da er leuchtend rote Kleidung trug, war er für jeden stets mühelos zu erkennen. Er redete ununterbrochen, erzählte Geschichten, rief Befehle und tat seine Meinung zu allem kund, was ihm in den Sinn kam. Unentwegt schien er fröhlich zu sein, so als sei Lächeln sein einziger Gesichtsausdruck. Dennoch verbarg sich hinter diesem heiteren Äußeren ein steinharter Kern. Wenn er eine Anordnung aussprach, wurde sie sofort ausgeführt. Keiner wagte es, ihn zu kritisieren.

Er führte das Lager mit Organisationstalent und Disziplin. Es handelte sich hier keinesfalls um einen lärmenden Haufen von Nichtstuern. Alle Bestände waren so gelagert, dass sie jederzeit greifbar waren. Jeder war mit einer Aufgabe betraut, und jeder erfüllte seine Aufgabe zufriedenstellend. Mehr als dreihundert Männer lebten auf dem Felsen, und keiner schien auch nur im Entferntesten an dem zu zweifeln, was er tat, oder daran, wer ihn, falls er Unrecht tat, zur Verantwortung ziehen würde.

Am zweiten Tag ihres Aufenthalts wurden zwei der Geächteten vor Padishar Weidenkorb gebracht, weil sie beschuldigt wurden, gestohlen zu haben. Der Anführer der Geächteten hörte sich mit sanfter Miene die Beweise an, die gegen sie vorgebracht wurden, bevor er die Angeklagten bat, sich zu verteidigen. Der eine gestand seine Schuld sofort, der andere leugnete sie wenig überzeugend. Padishar Weidenkorb ließ den ersten auspeitschen und schickte ihn wieder an die Arbeit, den zweiten ließ er in den Abgrund werfen. Niemand im Lager schien sich hinterher über die Angelegenheit große Gedanken zu machen.

Etwas später kam Padishar Weidenkorb zu Par, als dieser allein war, und fragte ihn, ob ihn der Vorfall sehr beschäftige. Ohne jedoch Pars Antwort abzuwarten, fing er sofort an zu erklären, wie notwendig Disziplin in einem Lager wie dem seinen sei und dass eine Verurteilung im Falle eines Vergehens rasch erfolgen müsse.

Danach wandte er sich unvermittelt einem anderen Thema zu; ziemlich reumütig gestand er Par, dass er in der ersten Nacht nicht ganz ehrlich gewesen sei und seine Eltern in Wahrheit keine Landbesitzer waren, die man im Wald aufgehängt hatte, sondern Seidenhändler, die in einem Föderationsgefängnis gestorben waren, weil sie sich geweigert hatten, ihre Steuern zu entrichten. Aber die andere Geschichte höre sich seiner Meinung nach besser an.

Als Par kurze Zeit später auf Heuerwetz traf, fragte er ihn, ob er die Eltern des Anführers gekannt habe.

Heuerwetz antwortete: »Nein, das Fieber hat sie hinweggerafft, bevor ich Padishar kennenlernte.«

»Im Gefängnis, meinst du?«, wollte Par verwirrt wissen.

»Im Gefängnis? Wohl kaum. Sie starben auf einer Reise in den Süden. Sie haben mit wertvollen Metallen gehandelt. Padishar hat es mir selbst erzählt.«

Par berichtete Coll nach dem Abendessen von beiden Gesprächen. Sie hatten sich am Rand des Hangs in eine Schanze zurückgezogen, wohin die Geräusche aus dem Lager nur gedämpft drangen, und konnten beobachten, wie die Dämmerung nach und nach dem nächtlichen Sternenhimmel wich.

Nachdem Par ausgesprochen hatte, lachte Coll und schüttelte den Kopf. »Man kann diesem Kerl überhaupt nichts glauben, wenn er über sich selber spricht. Er ist ein echter Panamon Weidenkorb, und zwar so echt, wie Panamon selbst es wahrscheinlich nie war!«

Par verzog das Gesicht zu einer Grimasse. »Recht hast du.«

»Zieht sich an wie er, redet wie er – ist genauso unverschämt und überspannt.« Coll seufzte. »Warum lache ich also? Was tun wir hier bei diesem Verrückten?«

Par überhörte seine Bemerkung. »Was er wohl vor uns versteckt, Coll?«

»Alles.«

»Nein, nicht alles. Das würde er nicht tun. Denk einmal darüber nach. Er gibt diese wilden Geschichten absichtlich zum Besten und nicht nur aus einer Laune heraus. Er hat noch etwas anderes mit Panamon gemeinsam. Er hat den Menschen um sich herum ein neues Bild von sich gegeben – ein Bild, das größer ist als das Leben selbst. Und ich möchte wetten, dass er dies aus einem ganz bestimmten Grund getan hat.«

Ihre Beschäftigung mit Padishar Weidenkorbs Vergangenheit nahm schon bald ein Ende, denn sie wurden zu einer Versammlung geholt. Heuerwetz rief sie mit barscher Stimme und führte sie über den Hang und in die Höhle zu einem Versammlungsraum, in dem der Anführer der Geächteten bereits wartete. Der Schein der Öllampen, die an schwarzen Ketten von der Decke hingen, drang kaum bis zu den Schatten in Ecken und Spalten vor. Dort saßen Morgan und die Zwerge an einem langen Tisch neben einigen Geächteten, die Par bereits im Lager gesehen hatte. Chandos war ein wahrhaft wild aussehender Riese mit einem großen schwarzen Bart; auf einer Seite fehlten ihm Ohr und Auge, und sein Körper war über und über mit Narben bedeckt. Ciba Blau, ein junger, glatt rasierter Bursche mit strähnigem blondem Haar, hatte ein halbmondförmiges kobaltblaues Mal auf der linken Wange. Stasas und Drutt, hagere, raue alte Männer mit kurzen dunklen Bärten und zerfurchten braunen Gesichtern, blickten sich wachsam um. Heuerwetz schob die Talbewohner hinein, schloss die Tür und stellte sich breitbeinig davor.

Für einen Augenblick stellten sich Par die Nackenhaare warnend auf.

Dann wurden sie von Padishar Weidenkorb freundlich begrüßt. »Ah, der junge Par und sein Bruder.« Er lud sie ein, neben den anderen Platz auf den Bänken zu nehmen, und sagte nach ein paar einleitenden Worten: »Morgen bei Tagesanbruch brechen wir auf, das Schwert zu holen.«

»Wo ist es?«, wollte Par sogleich wissen.

Das Lächeln des Anführers ging jetzt über sein ganzes Gesicht. »An einem Ort, an dem es uns nicht wegläuft.«

Par sah Coll an.

»Je weniger wir über unser Ziel reden, desto größer sind die Chancen, dass es ein Geheimnis bleibt.« Der riesige Mann blinzelte.

»Gibt es einen Grund, warum es ein Geheimnis bleiben soll?«, fragte Morgan Leah leise.

Der Anführer zuckte mit den Schultern. »Wenn ich den Felsen verlasse, bin ich immer äußerst vorsichtig.« Seine Augen waren kalt. »Lass mich nur gewähren, Hochländer.«

Morgan hielt seinem Blick stand und schwieg.

»Wir brechen zu siebt auf«, fuhr der andere mit sanfter Stimme fort. »Stasas, Drutt, Blau und ich von unserer Seite, die Talbewohner und der Hochländer von der anderen Seite.« Schon wollten die anderen protestieren, doch er brachte sie schnell zum Verstummen. »Chandos, du vertrittst mich während meiner Abwesenheit. Ich möchte jemanden hier haben, auf den ich mich verlassen kann. Heuerwetz, dein Platz ist in Varfleet, denn du musst die Dinge dort im Auge behalten. Außerdem würde es dir schwerfallen, deine Anwesenheit dort, wo wir hingehen, zu erklären. Was euch betrifft, meine Freunde aus dem Ostland«, wandte er sich Steff und Teel zu, »würde ich euch mitnehmen, wenn ich könnte. Aber Zwerge, die sich außerhalb des Ostlandes aufhalten, müssen einfach auffallen, und das können wir uns nicht leisten. Es ist schon riskant genug, die Talbewohner mitzunehmen, während die Sucher hinter ihnen her sind.«

Steff warf Padishar Weidenkorb einen prüfenden Blick zu. »Ich wäre äußerst verärgert, wenn man hier auf unsere Kosten irgendwelche Spiele treibt.«

Ein warnendes Murren ging von den Geächteten aus, aber Padishar Weidenkorb brachte sie unverzüglich zum Schweigen. »Das wäre ich auch«, erwiderte er, und sein Blick ruhte auf dem Zwerg.

Steff hielt seinem Blick lange Zeit stand. Dann wandte er sich Teel zu und nickte. »Also gut. Wir werden warten.«

Der Anführer blickte in die Runde. »Bei Tagesanbruch geht es los. Wir sind ungefähr eine Woche unterwegs. Falls wir dann nicht zurück sind, bedeutet das höchstwahrscheinlich, dass wir überhaupt nicht mehr zurückkommen. Gibt es noch irgendwelche Fragen?«

Es gab keine.

Padishar Weidenkorb setzte sein gewinnendstes Lächeln auf. »Etwas zu trinken also! Draußen mit den anderen, damit sie mit uns anstoßen und uns Glück wünschen können!«

Er ging in die Nacht hinaus, die anderen folgten ihm.

Par verbrachte eine unruhige Nacht; Träume quälten ihn und ließen ihn bei Tagesanbruch mit dunklen Ringen unter den Augen erwachen. Er stand zusammen mit Coll und Morgan auf und fand Padishar Weidenkorb und seine Männer bereits beim Frühstück vor. Der Anführer der Geächteten hatte seine roten Kleider gegen ein weniger auffälliges grünbraunes Gewand eingetauscht, wie es seine Männer trugen. Die Talbewohner und der Hochländer beeilten sich mit dem Ankleiden und Essen und fröstelten ein wenig in der noch nachtkalten Luft. Steff und Teel gesellten sich zu ihnen, wie stumme Schatten kauerten sie am Feuer nieder. Nachdem das Frühstück beendet war, schnallten sich die Sieben ihre Rucksäcke um und gingen zum Rand des Hanges. Die aufgehende Sonne vertrieb die Dunkelheit mit ihrem Licht. Steff murmelte eine Mahnung zur Vorsicht, um dann mit Teel wieder in die Dämmerung einzutauchen. Morgan rieb sich kräftig die Hände und atmete so tief durch, als würde er nie wieder Gelegenheit dazu bekommen. Sie stiegen in den ersten Aufzug und begannen mit der Abfahrt, stiegen dann wortlos in den zweiten und dritten. Die Winden knarrten unheimlich, während die Gruppe hinuntergelassen wurde. Als sie den Boden erreichten, bahnten sie sich den Weg in den nebelverhangenen Wald hinein; Padishar Weidenkorb ging mit Ciba Blau voraus, die Talbewohner und der Hochländer folgten ihnen, und die beiden anderen Geächteten, Stasas und Drutt, bildeten die Nachhut. Bereits nach wenigen Sekunden war die Felswand des Zeigefingers außer Sicht.

Sie marschierten fast den ganzen Tag in Richtung Süden, bis sie irgendwann am Nachmittag den Mermidon erreichten und sich nach Westen wandten. Sie folgten dem Fluss bis Sonnenuntergang und errichteten im Schatten der Drachenzähne ihr Lager. Sie fanden eine von Zypressen geschützte Stelle, bei der ein kleiner Bach aus den Felsen hervorsprudelte und sie mit

Trinkwasser versorgte. Sie machten Feuer, nahmen ihr Abendessen ein und beobachteten, wie die Sterne am Himmel erschienen.

Nach einer Weile bezogen Stasas und Drutt ihre Wachposten, einer flussaufwärts, einer flussabwärts. Ciba Blau, der sich in seine Decken einrollte und bereits nach wenigen Augenblicken eingeschlafen war, sah im Schlaf noch jünger aus. Padishar Weidenkorb saß mit den Talbewohnern und dem Hochländer zusammen am Feuer, stocherte mit einem Stock in der Glut und nippte an seinem Bier.

Par hatte den ganzen Tag über ihr Ziel gerätselt, und jetzt fragte er den Anführer unvermittelt: »Wir ziehen nach Tyrsis, nicht wahr?«

Padishar Weidenkorb sah ihn erstaunt an und nickte. »Es gibt keinen Grund, warum du es nicht wissen solltest.«

»Aber warum in Tyrsis nach dem Schwert von Shannara suchen? Es ist vor mehr als dreihundert Jahren verschwunden, als die Föderation Callahorn annektiert hat. Aus welchem Grund sollte es jetzt wieder dort sein?«

Der andere lächelte geheimnisvoll. »Vielleicht weil es nie weg war.«

Par und seine Gefährten starrten den Anführer der Geächteten erstaunt an.

»Die Tatsache, dass das Schwert von Shannara verschwunden ist, heißt noch lange nicht, dass es irgendwo anders hingebracht wurde, verstehst du? Manchmal scheint etwas verschwunden und befindet sich trotzdem vor deiner Nase. Es kann einfach verschwinden, weil es nicht mehr so aussieht, wie es einmal ausgesehen hat. Wir sehen es, aber wir erkennen es nicht.«

»Was sagst du da?«, fragte Par langsam.

Padishar Weidenkorbs Lächeln überzog sein ganzes Gesicht. »Ich sage, dass es gut möglich ist, dass das Schwert von Shannara immer noch dort ist, wo es sich vor dreihundert Jahren befunden hat.«

»All die Jahre eingepflanzt in einen Block mitten im Volkspark von Tyrsis, und keiner weiß davon?« Morgan Leah war entsetzt. »Wie wäre so etwas möglich?«

Padishar Weidenkorb nippte nachdenklich an seinem Bier und sagte: »Wir werden morgen dort sein. Dann sehen wir ja.«

Par Ohmsford war müde vom langen Marsch, lag jedoch noch lange wach, während die anderen schon längst schnarchten. Was Padishar Weidenkorb gesagt hatte, ging ihm nicht aus dem Kopf. Vor mehr als dreihundert Jahren, nachdem Shea Ohmsford den Hexenmeister mit dem Schwert vernichtet hatte, war es in einen Block aus rotem Marmor im Volkspark der Südlandstadt Tyrsis gesteckt worden. Dort war es geblieben, bis die Föderation in Callahorn Einzug gehalten hatte. Jedermann wusste, dass es danach verschwunden war. Aber wenn es tatsächlich immer noch dort war, wo es sich vor dreihundert Jahren befunden hatte, warum erkannte es dann keiner? Mit dem Gedanken an dieses ungelöste Rätsel schlief Par ein.

Wieder standen sie bei Sonnenaufgang auf, überquerten den Mermidon an einer Furt eine Meile flussaufwärts und wandten sich südwärts in Richtung Tyrsis. Der Tag war heiß und still. Sie blieben möglichst im Schatten, aber der Wald lichtete sich, je weiter sie vordrangen, bis sie schließlich nur noch über Wiesen wanderten. Daher gingen sie sparsam mit ihrem Wasser um und versuchten ihre Kräfte zu schonen, doch die Sonne stand hoch am Sommerhimmel, und schon bald lief ihnen der Schweiß über das Gesicht. Gegen Mittag, als sie Tyrsis erreichten, klebte die Kleidung feucht an ihren Körpern.

Tyrsis war die Hauptstadt und zugleich älteste Stadt von Callahorn und die sicherste Festung im ganzen Südland. Erbaut auf einer Anhöhe, wurde sie im Süden von steilen Felswänden und im Norden von zwei riesigen Wällen geschützt. Der äußere Wall überragte die höchste Stelle der Anhöhe um fast dreißig Meter und stellte eine Verteidigungsanlage dar, die in der Geschichte der Stadt nur ein einziges Mal durchbrochen wurde, als die Horden des Hexenmeisters die Stadt zu Zeiten Shea Ohmsfords angegriffen hatten. Zur Sicherheit der Verteidiger war hinter dem ersten Wall ein zweiter errichtet worden. Einst hatten die Grenzlegionen, die gewaltigste Armee des Südlandes, die Stadt verteidigt. Aber die Legionen gab es nicht mehr, seit sie von der Föderation aufgelöst worden waren, und jetzt machten auf den Wällen und Straßen Föderationssoldaten, Besatzungstruppen eines Landes, das bis vor hundert Jahren niemals besetzt worden war, die Runde. Die Föderationssoldaten hausten in den Quartieren der Legionen innerhalb des ersten Walls, und die Bewohner der Stadt lebten und arbeiteten innerhalb des zweiten, das heißt dort, wo sich die Stadt auf der Anhöhe zum Fuße der südlichen Felshänge erstreckte.

Par, Coll und Morgan waren nie in Tyrsis gewesen. Ihr gesamtes Wissen über die Stadt stammte aus den Geschichten, die aus den Tagen ihrer Vorfahren überliefert waren. Als sie sich jetzt der Stadt näherten, erkannten sie, wie unmöglich es war, diesen Anblick zu beschreiben. Die Stadt erhob sich in den Himmel wie ein gewaltiger Riese, ein Bauwerk aus Steinblöcken und Mörtel, das alles in den Schatten stellte, was sie jemals zu Gesicht bekommen hatten. Selbst in der hellen Mittagssonne wirkte die Stadt düster – so als sauge der Stein das Sonnenlicht in sich auf. Ein Weg führte von der Ebene zum Fuß der Anhöhe. Er war von Karren und Tieren verstopft.

Die kleine Gruppe näherte sich der Stadt. Padishar Weidenkorb drehte sich zu den anderen um und sagte: »Vorsicht jetzt, Männer. Vermeidet alles, was Aufmerksamkeit auf uns lenken könnte. Denkt daran, dass es ebenso schwer ist, aus der Stadt herauszukommen wie hineinzugelangen.«

Sie verschmolzen mit dem Strom der Menschen, der sich zur Anhöhe hinaufschob. Räder rumpelten dumpf, Zugriemen knarzten, Tiere stampften, und Männer pfiffen und schrien. Föderationssoldaten bewachten die Kontrollpunkte, die den Weg nach oben säumten, machten jedoch keine Anstalten, den Menschenstrom in irgendeiner Weise zu behindern. Dasselbe galt für das Tor – ein riesiges Portal, das so hoch aufragte, dass Par entsetzt war bei dem Gedanken, dass es einer Armee gelungen war, es zu überwinden. Die Soldaten schienen kaum darauf zu achten, wer in der Stadt ein und aus ging.

Sie passierten das Tor, wobei die Schatten des aufragenden Torhauses sie wie mit einem Mantel bedeckten. Der zweite Wall erhob sich vor ihnen, kleiner zwar, aber nichtsdestoweniger eindrucksvoll. Sie achteten darauf, immer im Strom der Menschen zu bleiben. Die kleine Gruppe sah viele Soldaten und viele Tiere.

Als sie das zweite Tor passiert hatten, verließen sie auf Geheiß von Padishar Weidenkorb die Hauptstraße mit Wohnhäusern und Geschäften, die sich vom Zentrum der Stadt zu den Felswänden und dem einstigen Herrscherpalast wand, und bogen in ein Labyrinth von Gassen ein. Auch hier gab es Geschäfte und Wohnhäuser, aber weniger Soldaten und mehr Bettler. Die Gebäude sahen mit jedem Schritt schäbiger aus, und schließlich waren sie im Viertel der Wirtshäuser und Bordelle. Padishar Weidenkorb hieß sie weitergehen, schenkte den aufdringlichen Bettlern und Straßenverkäufern keine Beachtung und führte sie tiefer in die Stadt hinein.

Endlich betraten sie einen hellen, offenen Bezirk mit Märkten und kleinen Parks. Wohnhäuser mit Gärten trennten die Märkte voneinander. Händler verkauften Fähnchen und Süßigkeiten an Kinder und ihre Mütter. An jeder Ecke gab es irgendetwas zu sehen – Schauspieler, Narren, Zauberer, Musikanten und Tierbändiger. Farbige Baldachine spendeten Schatten für die Marktstände.

Padishar Weidenkorb verlangsamte das Tempo und hielt nach etwas Ausschau. Er führte sie an mehreren Ständen vorbei, bis er schließlich vor einem Obstkarren anhielt. Dort kaufte er einen kleinen Sack voll Äpfel, die sie sich teilten, nahm einen für sich selbst und lehnte sich müßig an eine Straßenlaterne, um ihn genüsslich zu verspeisen. Es dauerte einige Augenblicke, bis Par begriff, dass er auf etwas wartete. Par biss in seinen Apfel und sah sich um. Auf der anderen Straßenseite wurde Eis verkauft, ein Mädchen führte Taschenspielerkunststücke vor, Kinder und Erwachsene schauten vergnügt zu. Das Mädchen hatte leuchtend rotes Haar. Sie zog erstaunten Kindern Münzen aus den Ohren, um sie dann wieder verschwinden zu lassen. Einmal zauberte sie Feuer aus der Luft. Er hatte dergleichen noch nie gesehen. Das Mädchen machte seine Sache sehr gut.

Er war so in das Schauspiel vertieft, dass er beinahe übersehen hätte, wie Padishar Weidenkorb etwas in die Hand eines dunkelhäutigen Jungen gleiten ließ, der jetzt neben ihm stand. Der Junge nahm es wortlos und verschwand. Par sah dem Jungen hinterher, doch es war, als hätte sich die Erde aufgetan und ihn verschluckt.

Sie blieben noch einige Minuten stehen, bevor der Anführer der Geächteten sagte: »Zeit zu gehen«, und sie weiterführte. Par warf einen letzten Blick auf das rothaarige Mädchen, das einen Ring vor den Augen ihrer Zuschauer in der Luft schweben ließ, während ein kleiner blonder Junge in die Höhe sprang und danach griff.

Auf dem Rückweg, der sie zwischen den Marktständen hindurchführte, fiel Morgan Leahs Blick auf Heuerwetz. Der Meister der Kiltan-Schmiede, der in einen großen Umhang gehüllt war, stand am Rand einer Menschenmenge, die einem Gaukler applaudierte. Einen Augenblick lang sah Morgan den kahlen Schädel und den herunterhängenden Schnurrbart, doch dann war beides verschwunden. Er blinzelte und entschied, dass er sich getäuscht haben musste. Warum sollte sich Heuerwetz in Tyrsis aufhalten? Als sie die nächste Querstraße erreichten, hatte er Heuerwetz bereits vergessen.

Die nächsten Stunden verbrachten sie im Keller eines Lagerhauses, das an die Werkstätte eines Waffenschmieds grenzte; der Schmied stand sicherlich in den Diensten der Geächteten, denn Padishar Weidenkorb wusste genau, in welcher Spalte des Rahmens der Schlüssel zu finden war, der ihnen die Tür öffnete. Ohne zu zögern, führte er sie hinein. Speisen und Getränke standen bereit, ebenso wie Stroh und Decken sowie Wasser zum Waschen. Es war kühl und trocken im Keller, und schon bald hatten sie die Hitze des Tages vergessen. Nachdem sie sich eine Weile lang ausgeruht hatten, genossen sie die Speisen und Getränke und warteten dann auf das, was da kommen mochte. Nur der Anführer der Geächteten schien Bescheid zu wissen, und wie gewöhnlich sagte er nichts. Stattdessen legte er sich schlafen.

Erst nach mehreren Stunden wurde er wieder wach. Er stand auf, reckte sich, wusch sich das Gesicht und gesellte sich dann zu Par. »Wir gehen aus«, sagte er. Er wandte sich an die anderen. »Ihr bleibt hier, bis wir zurückkommen. Wir bleiben nicht lange fort, und wir werden auch nichts Gefährliches unternehmen.«

Coll und Morgan wollten protestieren, besannen sich aber eines Besseren. Par folgte Padishar Weidenkorb die Kellerstufen hinauf, und die Falltür schloss sich hinter ihnen. Padishar Weidenkorb verharrte kurz an der Tür nach draußen, bevor er Par winkte und sie auf die Straße hinaustraten.

Der Anführer der Geächteten ging mit großen Schritten nach Süden voraus, in Richtung der Felswände, während sich die Schatten des späten Nachmittags allmählich über die Stadt senkten. Sie kamen an keiner der Straßen vorbei, die sie in die Stadt geführt hatten, sondern folgten einer Reihe von Gassen. Die Gesichter der Menschen, denen sie begegneten, trugen gespieltes Desinteresse zur Schau, aber ihre Augen waren düster. Padishar Weidenkorb beachtete sie nicht, und Par blieb dicht bei dem großen Mann. Körper drängten sich an ihnen vorbei, aber da er nichts Wertvolles bei sich trug, machte er sich weniger Sorgen, als er es sonst getan hätte.

Als sie sich den Felsen näherten, bogen sie in die Hauptstraße ein. Vor ihnen lag die Sendic-Brücke, die sich über den Volkspark spannte. Dahinter erhoben sich die Mauern des einstigen Herrscherpalastes von Tyrsis.

Par betrachtete den Park, die Brücke und den Palast. Irgendetwas an der Anordnung kam ihm seltsam vor. Sollte die Sendic-Brücke nicht eigentlich an den Toren des Palastes enden?

Padishar Weidenkorb hielt sich jetzt im Hintergrund. »So, mein Junge. Schwer zu glauben, dass das Schwert von Shannara an einer zugänglichen Stelle wie dieser versteckt sein soll, nicht wahr?«

Par runzelte die Stirn und nickte. »Wo ist es?«

»Geduld, Geduld! Du erfährst die Antwort noch früh genug.« Padishar Weidenkorb legte dem Talbewohner einen Arm um die Schulter. »Was jetzt auch passiert, hüte dich davor, überrascht auszusehen.«

Par nickte.

Der Anführer der Geächteten ging langsam zu einem Blumenstand und blieb dort stehen. Er betrachtete die Blumen und wollte offensichtlich einen Strauß erwerben. Als er einen zusammen hatte, spürte Par, wie sich ein Arm um seine Hüfte legte, und als er sich umdrehte, drückte sich zu seinem Erstaunen das rothaarige Mädchen, das Taschenspielerkunststücke vorgeführt hatte, an ihn.

»Hallo, Elfenjunge«, flüsterte sie, berührte mit ihren kühlen Fingern eins seiner Ohren und küsste ihn auf die Wange.

Dann waren plötzlich zwei kleine Kinder neben ihr, ein Mädchen und ein Junge; das Mädchen reckte sich nach Padishar Weidenkorbs rauer Hand, der Junge nach Pars Hand. Padishar Weidenkorb lächelte, hob dann das kleine Mädchen hoch, das jetzt kreischte, küsste es und reichte ihm eine Hälfte des Blumenstraußes, die andere Hälfte gab er dem Jungen. Pfeifend führte er alle fünf in den Park hinein. Par hatte sich so weit erholt, dass er bemerkte, dass das rothaarige Mädchen einen Korb trug, der mit einem hellen Tuch zugedeckt war. Als sie in der Nähe der Mauer ankamen, breitete das Mädchen das Tuch aus, und alle machten sich an das Auspacken des Korbes, der Eier, Brot und Marmelade sowie Kuchen und Tee enthielt.

Padishar Weidenkorb wandte sich an Par. »Par Ohmsford, darf ich dir Damson Rhee vorstellen, für die Dauer dieses kleinen Ausflugs deine Verlobte?«

Damson Rhees grüne Augen lachten. »Liebe ist vergänglich, Par Ohmsford. Wir sollten deshalb das Beste daraus machen.« Sie reichte ihm ein Ei.

»Du bist mein Sohn«, fügte Padishar Weidenkorb hinzu. »Die beiden Kinder sind deine Geschwister, obwohl mir ihre Namen momentan entfallen sind. Damson, erinnere mich später daran. Wir sind, wenn man uns fragt, eine ganz gewöhnliche Familie, die zum Picknick hier ist.«

Niemand fragte. Die Männer aßen schweigend, während sie den Kindern zuhörten, die unaufhörlich schwatzten und so taten, als ob alles, was geschah, vollkommen normal wäre. Damson Rhee, die sich um die Kinder kümmerte, lachte mit ihnen, und ihr Lächeln war warm und ansteckend. Sie war von Natur aus schon hübsch, aber wenn sie lächelte, fand Par sie richtig wunderschön. Als sie mit dem Essen fertig waren, führte sie jedem Kind das Kunststück mit der Münze vor und schickte sie dann spielen.

»Machen wir einen Spaziergang«, schlug Padishar Weidenkorb vor und stand auf.

Sie spazierten zwischen den schattigen Bäumen hindurch und schlenderten anscheinend ziellos auf die Mauer zu, die eine Schlucht verdeckte. Damson Rhee hing verliebt an Pars Arm. Er stellte fest, dass er nichts dagegen hatte. »Die Dinge in Tyrsis haben sich seit den alten Tagen irgendwie verändert«, erklärte der Anführer der Geächteten ihm. »Als die Familie Buckhannah ausstarb, endete die Monarchie. Tyrsis, Varfleet und Kern gründeten einen Rat der Städte und herrschten über Callahorn. Als die Föderation Callahorn ihre Schutzherrschaft aufdrängte, wurde der Rat aufgelöst. Der Palast hat dem Rat als Versammlungsort gedient. Jetzt nutzt ihn die Föderation – leider weiß niemand, wofür.«

Sie erreichten die Mauer und blieben stehen. Die Mauer war ungefähr einen Meter hoch. Spitze Dornen ragten heraus. »Sieh nach unten«, bat ihn der Anführer der Geächteten.

Par tat wie geheißen. Die Schlucht fiel steil zu Bäumen und Buschwerk ab. Nebel breitete sich über der Wildnis aus und hing selbst auf den höchsten Zweigen der Bäume. Die Schlucht erstreckte sich zum Palast, dessen Türen und Fenster verriegelt und dunkel und dessen Tore verbarrikadiert waren. Im Vordergrund führte ein kleiner Pfad vom Palast zum eingesunkenen Tor.

Par blickte Padishar Weidenkorb an.

»Diese Mauer stellt die Trennlinie zwischen Vergangenheit und Gegenwart dar«, sagte der Anführer der Geächteten leise.

»Der Boden, auf dem wir stehen, ist der Volkspark. Aber der wirkliche Volkspark, der, den es zu Zeiten unserer Vorfahren gab, ist dort unten.« Er wartete kurz, um das Gesagte wirken zu lassen. »Schau. Unterhalb des Föderationstorhauses, das den Pfad schützt.« Par folgte seinem Blick und gewahrte eine Ansammlung von riesigen Steinblöcken, die vor lauter Wald kaum zu sehen waren. »Das«, fuhr Padishar Weidenkorb schwermütig fort, »sind die Überreste der echten Sendic-Brücke. Es heißt, sie sei durch den Angriff des Hexenmeisters auf Tyrsis zu Zeiten Panamon Weidenkorbs schwer beschädigt worden. Einige Jahre später ist sie dann ganz zusammengebrochen. Diese andere Brücke«, er machte eine gleichgültige Handbewegung, »ist nichts weiter als Schau.« Er warf einen Blick auf Par. »Verstehst du jetzt?«

Par verstand. Die Teile des Bildes fügten sich zusammen. »Und das Schwert von Shannara?« Mit einem Auge bemerkte er den überraschten Ausdruck auf Damson Rhees Gesicht.

»Irgendwo dort unten, wenn ich mich nicht täusche«, erwiderte Padishar Weidenkorb. »Dort, wo es immer gewesen ist. Wolltest du etwas sagen, Damson?«

Das rothaarige Mädchen nahm Par am Arm und zog ihn von der Mauer weg. »Also deswegen bist du gekommen, Padishar?«, sagte sie zornig zu dem Anführer der Geächteten.

»Hab Nachsicht, liebliche Damson. Urteile nicht zu schnell.«

Sie packte Pars Arm fester. »Was ihr vorhabt, ist gefährlich. Ich habe schon öfters Männer in die Grube geschickt, wie du wohl weißt, Padishar, und noch keiner von ihnen ist zurückgekommen.«

Padishar Weidenkorb lächelte nachsichtig. »Die Grube – so nennen die heutigen Bewohner von Tyrsis die Schlucht.«

»Du gehst ein zu großes Risiko ein«, beharrte das Mädchen.

»Damson ist in Tyrsis für mich Augen und Ohren und rechter Arm«, fuhr Padishar Weidenkorb seelenruhig fort. Er lächelte sie an. »Erzähl dem Talbewohner, was du über das Schwert weißt, Damson.«

Sie wandte das Gesicht ab. »Die Sendic-Brücke stürzte zur gleichen Zeit ein, als die Föderation Callahorn annektierte und mit der Besetzung von Tyrsis begann. Buchstäblich über Nacht wuchs dieser Wald, der jetzt den alten Volkspark überzieht, in dem das Schwert von Shannara aufbewahrt wurde. Der neue Park und die Brücke entstanden ebenso schnell. Ich habe all das von den Alten erfahren, als ich sie gefragt habe. Eigentlich ist das Schwert nicht aus dem Block verschwunden; sondern der Block ist im Wald verschwunden. Menschen vergessen, besonders dann, wenn man ihnen andere Geschichten erzählt. Fast alle glauben, dass es nur einen Volkspark und eine Sendic-Brücke gab – die, die sie jetzt sehen. Das Schwert von Shannara ist, falls es überhaupt jemals existiert hat, einfach verschwunden.«

Par blickte sie ungläubig an. »Der Wald, die Brücke und der Park haben sich über Nacht verändert?«

Sie nickte. »Einfach so.«

»Aber…?«

»Magie, mein Junge«, flüsterte Padishar Weidenkorb als Antwort auf seine unausgesprochene Frage.

Sie spazierten weiter, so lange, bis sie sich wieder dem bunten Tuch näherten, auf dem die Reste ihres Essens standen. Die Kinder waren zurück und aßen die Kuchen.

»Die Föderation benutzt keine Magie«, behauptete Par immer noch verwirrt. »Sie hat die Magie verboten.«

»Sie hat ihre Benutzung durch andere verboten, ja«, stimmte der große Mann ihm zu. »Vielleicht, um sie selbst zu benutzen? Oder um sie an andere weiterzugeben? Oder an etwas anderes?« Er betonte die letzten Worte.

Par sah ihn bestürzt an. »Meinst du die Schattenwesen?«

Weder Padishar Weidenkorb noch Damson Rhee antworteten. Pars Gedanken überschlugen sich. Die Föderation und die Schattenwesen im Bunde miteinander – war das möglich?

»Ich denke schon lange über das Schicksal des Schwertes von Shannara nach«, grübelte Padishar Weidenkorb, wobei er darauf achtete, dass ihn die Kinder nicht hören konnten. »Das Schwert ist auch ein Teil der Geschichte meiner Familie. Es schien mir schon immer seltsam, dass es auf einmal verschwunden sein sollte. Zweihundert Jahre lang ruhte es in einem Block aus Marmor. Wie konnte es da einfach verschwinden? Was geschah mit dem Block, in den es eingepflanzt wurde? Ist er vielleicht weggezaubert worden?« Er sah Par an. »Damson hat lange nach der Antwort gesucht. Nur wenige haben sich daran erinnert, wie das Schwert verschwunden ist. Jetzt sind alle tot – aber ich kenne ihre Geschichte.« Er lächelte. »Nun bietet sich die Gelegenheit herauszufinden, ob die Geschichte wahr ist. Liegt das Schwert von Shannara in dieser Schlucht? Du und ich, wir beide werden die Antwort finden. Die Wiedergeburt der Magie des Elfenhauses von Shannara ist vielleicht der Schlüssel zur Freiheit der Vier Länder. Wir müssen es herausbekommen.«

Damson Rhee schüttelte ihr tizianrotes Haupt. »Du bist wohl ganz darauf versessen, Padishar Weidenkorb, dein Leben wegzuwerfen. Und das Leben anderer wie das dieses Jungen. Das werde ich nie verstehen.« Sie verließ die beiden Männer und kümmerte sich um die Kinder. Par gefiel es gar nicht, dass ein Mädchen, das jünger wirkte als er selbst, ihn einen Jungen nannte.

»Sei auf der Hut vor ihr, Par Ohmsford«, murmelte der Anführer der Geächteten.

»Sie hat kein Vertrauen in unser Glück«, stellte Par fest.

»Tja, sie sorgt sich grundlos. Wir haben sieben Männer und können es mit den Gefahren aufnehmen, die uns möglicherweise in der Grube erwarten. Und wenn wir auf Magie stoßen, dann haben wir dein Wünschlied und das Schwert des Hochländers. Genug jetzt!« Padishar Weidenkorb blickte zum Himmel auf. »Es wird bald dunkel, mein Junge.« Er legte den Arm um den Talbewohner und zog Par zu Damson Rhee und den Kindern.

19

Als Padishar Weidenkorbs zusammengewürfelte Familie den Parkrand erreichte und gerade auf die Hauptstraße hinaustreten wollte, drehte sich Damson Rhee zum Anführer der Geächteten um und sagte: »Die Wachposten, die an der Mauer patrouillieren, wechseln um Mitternacht vor dem Föderationstorhaus. Ich kann dafür sorgen, dass ein kleiner Zwischenfall sie so lange aufhält, bis ihr in der Schlucht verschwunden seid – falls ihr immer noch dazu entschlossen seid. Ihr müsst auf jeden Fall von Westen her hineingehen.« Dann hob sie den Arm, zog eine Silbermünze aus Pars Ohr und gab sie ihm. Die Münze trug ihr Abbild. »Sie soll dir Glück bringen, Par Ohmsford«, sagte sie. »Das wirst du brauchen, wenn du weiterhin auf *ihn* hörst.« Sie warf Padishar Weidenkorb einen zornigen Blick zu, nahm die Kinder bei der Hand und verschwand, ohne sich umzublicken, in der Menge. Der Anführer der Geächteten und der Talbewohner sahen ihr hinterher.

»Wer ist sie, Padishar?«, fragte Par.

Padishar Weidenkorb zuckte mit den Schultern. »Wer sie sein will. Es gibt so viele Geschichten über ihre Herkunft wie über meine. Komm jetzt. Es wird auch für uns Zeit.«

Er führte Par wieder durch die Stadt und hielt sich dabei an die weniger bevölkerten Straßen und Gassen. Die Schatten wurden länger und kündigten den Abend an, aber die Hitze des Tages schien in den Mauern der Stadt gefangen. Par blickte zum Himmel. Im Norden zeigte sich die Mondsichel, vereinzelte Sterne im Osten. Er versuchte daran zu denken, was er über das Verschwinden des Schwertes von Shannara gehört hatte, stellte jedoch fest, dass er stattdessen an Damson Rhee dachte.

Padishar Weidenkorb hatte ihn noch vor Anbruch der Dunkelheit in den Keller des Lagerhauses hinter der Waffenschmiede zurückgebracht, wo Coll und Morgan bereits ungeduldig auf ihre Rückkehr warteten. Der Anführer der Geächteten nahm alle Fragen vorweg, indem er fröhlich lächelte und erklärte, dass alles arrangiert sei. Um Mitternacht würden die Talbewohner, der Hochländer, Ciba Blau und er einen kurzen Beutezug in die Schlucht unternehmen, die dem ehemaligen Herrscherpalast vorgelagert war. Sie würden ihren Abstieg mithilfe einer Strickleiter bewerkstelligen. Stasas und Drutt würden zurückbleiben. Sie würden die Strickleiter hochziehen, sobald ihre Gefährten sicher unten angekommen waren, und sich so lange versteckt halten, bis sie gerufen wurden. Dann würden sie auf die gleiche Weise verschwinden, wie sie gekommen waren.

Er erwähnte mit keinem Wort, warum sie das alles tun sollten, und keiner seiner eigenen Männer machte sich die Mühe zu fragen. Sie ließen ihn einfach reden und wandten sich dann wieder der Beschäftigung zu, der sie vorher nachgegangen waren. Coll und Morgan allerdings konnten sich kaum beherrschen, und Par war gezwungen, sie zur Seite zu nehmen und ihnen jede Einzelheit seines Ausflugs zu erzählen.

Nachdem Par seinen Bericht beendet hatte, schüttelte Morgan zweifelnd den Kopf. »Das ist schwer zu glauben: Eine ganze Stadt hat vergessen, dass es mehr als einen Volkspark und eine Sendic-Brücke gibt«, erklärte er leise.

»So schwer auch wieder nicht, wenn man bedenkt, dass die Föderation über einhundert Jahre darauf hingearbeitet hat«, widersprach Coll. »Überleg doch, Morgan. Die Föderation hat die Vier Länder dreihundert Jahre lang umerzogen.«

»Coll hat recht«, sagte Par. »Unseren letzten wirklichen Geschichtskundigen haben wir mit Allanon verloren. Die Geschichten der Druiden waren die einzigen schriftlichen Werke, die die Vier Rassen hatten, und wir wissen nicht, was damit geschehen ist. Das Einzige, was uns geblieben ist, sind die Geschichtenerzähler mit ihrer mündlichen Überlieferung, und die meisten sind nicht besonders zuverlässig.«

»Alles, was mit der alten Welt zusammenhängt, gilt als Unwahrheit«, sagte Coll mit kaltem Blick. »Wir wissen, dass es die Wahrheit ist, aber wir sind praktisch die Einzigen. Die Föderation hat alles geändert, damit es ihren Zwecken dienlich ist. Es ist nicht weiter verwunderlich, wenn sich nach einhundert Jahren niemand in Tyrsis daran erinnert, dass der Volkspark und die Sendic-Brücke nicht die sind, die sie einmal waren.«

Morgan runzelte die Stirn. »Aber irgendetwas kommt mir noch immer seltsam vor. Es ist schon befremdlich, dass das Schwert von Shannara in dieser Schlucht liegt und es keiner gesehen hat. Seltsam auch, dass niemand, der sich nach unten wagt, jemals wieder nach oben gekommen ist.«

»Das beunruhigt mich ebenfalls«, pflichtete Coll ihm bei.

Par blickte flüchtig zu den Geächteten hinüber, die ihnen keine Beachtung schenkten. »Keiner von uns ist davon ausgegangen, dass die Suche nach dem Schwert ungefährlich sein würde«, murmelte er leicht gereizt. »Ihr könnt doch nicht erwartet haben, dass wir einfach hingehen und es uns nehmen. Natürlich hat es keiner gesehen. Es wäre nicht verschwunden, wenn man es gesehen hätte, oder? Und ihr könnt sicher sein, dass die Föderation dafür gesorgt hat, dass alle, die in die Grube hinuntersteigen, nicht wieder heraufkommen. Deshalb haben sie Wachen aufgestellt! Außerdem deutet meiner Meinung nach die Tatsache, dass die Föderation so viel Mühe darauf verwendet hat, die alte Brücke und den Park zu verstecken, darauf hin, dass sich das Schwert dort unten befindet.«

Coll sah seinen Bruder an. »Das deutet auch darauf hin, dass es dort unten bleiben soll.«

Sie beendeten das Gespräch und zogen sich in verschiedene Ecken des Kellers zurück. Die Hitze des Tages ließ endlich nach. Die kleine Gruppe nahm ohne viel zu reden ihre Abendmahlzeit ein. Nur Padishar Weidenkorb wusste allerhand zu erzählen; er gab Geschichten und Witze zum Besten, als ob es ein Abend wie jeder andere wäre. Par war viel zu aufgeregt, um zu essen oder zu reden, und dachte lieber darüber nach, ob Padishar Weidenkorb wirklich so unbefangen war, wie er sich gab. Nichts schien seiner Laune etwas anhaben zu können. Padishar Weidenkorb war entweder tapfer oder töricht, und es störte Par, dass er nicht wusste, welches von beidem zutraf.

Nachdem sie ihre Mahlzeit beendet hatten, saßen sie beieinander, redeten mit gedämpften Stimmen und starrten die Wände an. Irgendwann setzte sich Padishar Weidenkorb zu Par. »Du kannst es kaum noch erwarten, mein Junge, nicht wahr?«, fragte er leise.

Par nickte.

»Tja, nun wird es nicht mehr lange dauern.« Der Geächtete tätschelte sein Knie. Er blickte Par aus harten Augen eindringlich an. »Denk an das, was wir vorhaben. Ein kurzer Blick, und schon sind wir wieder draußen. Wenn wir das Schwert finden, gut. Wenn nicht, darf es keine Verzögerungen geben. Vorsicht ist oberstes Gebot.« Er machte sich wieder davon, und Par starrte ihm nach.

Die Minuten schienen sich ins Endlose zu dehnen. Par und Coll saßen schweigend nebeneinander. Par konnte in der Stille die Gedanken seines Bruders beinahe hören. Die Öllampen flackerten und rußten. Eine riesige Sumpffliege schwirrte an der

Decke, bis Ciba Blau ihr den Garaus machte. Im Keller breitete sich Schwüle aus.

Endlich erhob sich Padishar Weidenkorb und verkündete, es sei Zeit. Ungeduldig standen sie ebenfalls auf. Waffen wurden umgeschnallt und Umhänge festgezurrt. Sie verließen den Keller und begaben sich in die Nacht hinaus.

Die Laternen der Gassen, durch die Padishar Weidenkorb sie führte, waren zumeist zerbrochen oder nicht angezündet worden, und so wies ihnen lediglich das Licht des Mondes den Weg durch die Nacht. Betrunkene und Bettler, die in Nischen und Türen lagen, nahmen sie kaum wahr.

Als sie den Volkspark und die Sendic-Brücke erreichten, schickte Padishar Weidenkorb sie gruppenweise über die breite Hauptstraße in den Park. Nur eine einzige Föderationspatrouille machte ihre Runde, ohne jedoch die kleinen Gruppen zu bemerken. Vor dem Wachhaus in der Mitte der Mauer war eine Wache postiert, aber der Lichtschein, der aus dem Gebäude herausdrang, machte es den Soldaten unmöglich, die Gestalten, die sich im Dunkeln verloren, zu erkennen. Padishar Weidenkorb führte sie durch den Park zu der Schlucht. Dort ließ er sie warten.

Par kauerte regungslos in der Dunkelheit und lauschte dem dröhnenden Schlag seines Herzens. Er fühlte sich unwohl und fragte sich, ob es die richtige Entscheidung gewesen war, hierherzukommen. Er warf einen Blick auf Padishar Weidenkorb, aber der war damit beschäftigt, die Strickleiter zu entwirren, mit deren Hilfe sie in die Schlucht hinabsteigen wollten…

Eine Patrouille aus vier Föderationssoldaten tauchte vor ihnen auf. Obwohl ihr Kommen durch ihre Stiefelschritte angekündigt wurde, war ihr Anblick furchteinflößend. Par und die anderen warfen sich in ihrem Versteck flach auf den Boden. Die Soldaten blieben stehen und unterhielten sich leise, bevor sie sich umdrehten und auf dem gleichen Weg, den sie gekommen waren, wieder zurückgingen.

Par atmete langsam aus. Er wagte einen kurzen Blick in die dunkle Schlucht. Sie schien unergründlich tief zu sein.

Padishar Weidenkorb und die anderen Geächteten bereiteten alles für den Abstieg vor und machten die Strickleiter fest. Par, der es kaum noch erwarten konnte, seine Muskeln zu entspannen, erhob sich mit dem Gedanken, das Ganze möglichst schnell hinter sich zu bringen. Eigentlich hätte er zuversichtlich sein müssen. Er war es aber nicht. Sein Unbehagen wuchs stetig, und er wusste nicht, warum. Irgendetwas zerrte an seinen Nerven, warnte ihn, irgendein sechster Sinn, den er nicht benennen konnte.

Er glaubte etwas zu hören – nicht unter ihnen in der Schlucht, sondern hinter ihnen im Park. Mit den scharfen Elfenaugen spähte er in die Dunkelheit.

Dann vernahm er vereinzelte Schreie aus der Richtung des Wachhauses, und schon drangen Alarmrufe durch die Nacht.

»Jetzt!«, drängte Padishar Weidenkorb, und sie verließen ihr Versteck, um zur Mauer zu laufen.

Die Strickleiter war bereits an der Mauer befestigt. Eilig wurde sie in die Finsternis hinuntergelassen. Ciba Blau bestieg die Leiter als Erster. Er prüfte sie mit seinem Gewicht, um dann vor ihren Augen zu verschwinden.

»Denkt daran, auf mein Zeichen zu warten«, sagte Padishar Weidenkorb zu Stasas und Drutt eilig; seine Stimme war nur ein heiseres Flüstern.

Er drehte sich um, um Par das Zeichen für den Abstieg zu geben, als ein Schwarm von Föderationssoldaten aus der Dunkelheit hinter ihnen auftauchte. Alle erstarrten. Par spürte, wie sich sein Magen vor lauter Entsetzen verkrampfte. Er ertappte sich bei dem Gedanken daran, dass er sie hätte spüren müssen, und wusste im gleichen Augenblick, dass er sie ja auch gespürt hatte.

»Die Waffen auf den Boden«, befahl eine Stimme.

Einen Augenblick fürchtete Par, dass Padishar Weidenkorb lieber kämpfen werde, als sich zu ergeben. Die Blicke des Anführers der Geächteten flogen nach links und rechts, seine aufrechte Gestalt war starr. Aber die Zahl ihrer Gegner war überwältigend. Ein kaum merkliches Lächeln umspielte seinen Mund, und er ließ sein Schwert und sein langes Messer wortlos zu Boden gleiten. Die anderen der kleinen Gruppe taten es ihm gleich, und die Föderationssoldaten bildeten einen Ring um sie. Ihre Waffen wurden eingesammelt und ihre Arme auf dem Rücken zusammengebunden.

»Einer ist noch unten in der Schlucht«, meldete einer der Soldaten dem Anführer, einem kleinen Mann mit kurzem Haar und dem Abzeichen eines Kommandanten auf der dunklen Uniform.

Der Kommandant warf ihm einen kurzen Blick zu. »Schneide die Strickleiter durch und lass ihn abstürzen.«

Die Strickleiter war in einer Sekunde durchschnitten. Geräuschlos fiel sie in die Tiefe. Par wartete auf einen Schrei, aber es kam keiner. Vielleicht hatte Ciba Blau seinen Abstieg bereits beendet. Er sah Coll an, der nur hilflos den Kopf schüttelte.

Der Föderationskommandant wandte sich an Padishar Weidenkorb. »Du sollst wissen, Padishar Weidenkorb«, sagte er mit leiser, gemäßigter Stimme, »dass du von einem deiner eigenen Leute verraten worden bist.«

Er wartete einen Augenblick auf eine Reaktion, aber es kam keine. Padishar Weidenkorbs Gesicht war vollkommen ausdruckslos. Nur seine Augen verrieten die Wut, die er irgendwie zurückzuhalten vermochte.

Dann wurde die Stille von einem schrecklichen Schrei zerrissen, der aus der Tiefe aufstieg.

Es ist Blau, dachte Par voll Entsetzen. Der Föderationskommandant warf einen flüchtigen Blick in die Grube und befahl, die Gefangenen abzuführen.

Sie wurden im Gänsemarsch zum Wachhaus geführt. Par schleppte sich in der niederschmetternden Stille hinter den anderen her, Blaus Schrei hallte in seinen Ohren nach. Was war mit dem Geächteten unten in der Grube geschehen? »Verraten«, hatte der Föderationskommandant gesagt. Aber durch wen?

Er stolperte über eine Baumwurzel, raffte sich wieder auf und taumelte weiter. Alle möglichen Gedanken schwirrten durch seinen Kopf. Sie wurden sicher in das Föderationsgefängnis gebracht. Wenn sie erst einmal dort waren, war das große Abenteuer zu Ende. Dann gab es keine Suche mehr nach dem verlorenen Schwert von Shannara. Und auch an die Aufgabe, mit der Allanon ihn betraut hatte, würde er keinen Gedanken mehr verschwenden müssen. Keiner von ihnen würde je wieder aus dem Föderationsgefängnis herauskommen.

Er musste fliehen. Wenn er es nicht tat, würden alle eingesperrt und vergessen werden. Nur Damson Rhee wusste, wo sie waren, und der Gedanke schoss Par durch den Kopf, dass sie die beste Möglichkeit gehabt hatte, den Verrat zu begehen.

Er atmete ruhiger. Seine Chancen zu entkommen würden nie wieder so gut stehen wie jetzt. War er erst einmal im Gefängnis, würde eine Flucht viel schwieriger. Vielleicht würde sich Padishar Weidenkorb bis dahin einen Plan überlegt haben, aber Par wollte dieses Risiko nicht eingehen.

Er betrachtete die Lichter des Wachhauses, die zwischen den Bäumen des Parks schimmerten. Er hatte nur noch wenige Minuten. Also musste er es allein versuchen. Er musste Coll und Morgan zurücklassen. Ihm blieb keine andere Wahl.

Par holte tief Luft. Er wartete, bis sie an einem verwilderten Birkenwäldchen vorbeigingen, und stimmte dann das Wünschlied an. Er sang leise, ließ seine Stimme mit den Klängen der Nacht verschmelzen, verwandelte sie in ein Flüstern im Wind, in den Ruf eines Vogels, in das Zirpen einer Grille. Er ließ die Magie des Wünschliedes ausströmen, damit sie die Wachen ablenkte, sodass sie ihre Augen von ihm abwandten und vergaßen, dass es ihn gab…

Und dann machte er einfach einen Schritt in das Birkenwäldchen und verschwand.

Die Gefangenen marschierten ohne ihn weiter. Niemand hatte zur Kenntnis genommen, dass er nicht mehr da war. Falls es Coll oder Morgan oder den anderen aufgefallen war, ließen sie sich nichts anmerken.

Die Föderationssoldaten und ihre Gefangenen setzten ihren Weg zum Wachhaus fort. Als sie verschwunden waren, bewegte sich Par lautlos durch die Nacht.

Es gelang ihm rasch, sich der Fesseln an seinen Händen zu entledigen. Ungefähr hundert Meter von der Stelle, an der er entkommen war, fand er an der Mauer eine scharfe Kante, zu der er sich hochreckte und die Fesseln in wenigen Minuten durchrieb. Bis jetzt hatte keiner der Soldaten Alarm geschlagen; offensichtlich wurde er nicht vermisst. Vielleicht hatten sie sich nicht die Mühe gemacht, ihre Gefangenen durchzuzählen, dachte er. Schließlich war es dunkel gewesen, und die Gefangennahme war binnen Sekunden vonstattengegangen.

Vorsichtig schlich er durch den Park zur Hauptstraße, wobei er alle paar Sekunden stehen blieb, um auf Geräusche möglicher Verfolger zu lauschen. Vom Schweiß, der seinen Körper bedeckte, klebte sein Hemd am Rücken. Über die gelungene Flucht mochte er jubeln, doch die Erkenntnis, dass er nicht wusste, wie er sie nutzen sollte, ließ ihn verzweifeln. Er konnte weder in Tyrsis noch außerhalb von der Stadt auf Hilfe hoffen. Er wusste nicht einmal, an wen er sich hier wenden könnte; es gab niemanden, dem er in seiner Lage vertrauen durfte. Und er hatte nicht die leiseste Ahnung, wie er zum Parmakeil zurückfinden sollte.

Die Lichter der Hauptstraße schienen bereits durch die Bäume. Par stolperte bis zum Rand des Parks, um sich dann in schierer Verzweiflung gegen den Stamm eines alten Ahornbaums zu lehnen. Er musste etwas unternehmen; er konnte nicht einfach ziellos umherwandern. Er musste Coll und Morgan suchen. Dann musste er eine Möglichkeit finden, sie zu befreien. Gebrauche das Wünschlied, dachte er. Aber wie?

Eine Föderationspatrouille kam die Straße entlang, er hörte das Trampeln der Stiefel in der Stille. Er wich in den Schatten zurück und wartete, bis sie außer Sicht waren. Dann ging er zu einem Brunnen an der Straße. Er benetzte Hände und Gesicht eilig mit Wasser.

Plötzlich furchtbar müde hielt er inne und ließ den Kopf auf die Brust sinken.

Mit einem Ruck wurde er kräftig herumgezogen. Er blickte ins Gesicht von Damson Rhee.

»Was ist geschehen?«, fragte sie.

Völlig außer sich griff Par nach seinem langen Messer. Aber er besaß keine Waffen mehr, die Föderationssoldaten hatten sie ihm abgenommen. Um sich ihrem Griff zu entwinden, versuchte er das Mädchen zu schlagen, aber sie wich seinem Hieb durch einen Schritt zur Seite aus und stieß ihm ihre Faust in den Magen, woraufhin er zusammensackte.

»Was soll das denn, du Idiot?«, flüsterte sie wütend.

Ohne eine Antwort abzuwarten, zerrte sie ihn in den schützenden Schatten des Parks und warf ihn zu Boden. »Wenn du so etwas noch einmal versuchst, breche ich dir beide Arme!«, herrschte sie ihn an.

Par setzte sich mühsam auf und hielt weiterhin Ausschau nach einer Fluchtmöglichkeit.

Aber Damson Rhee drückte ihn auf den Boden zurück und kauerte sich neben ihn. »Wo sind die anderen?«

Par schluckte seinen Zorn hinunter. »Die Föderation hat sie! Sie haben auf uns gewartet, Damson! Als ob du das nicht weißt!«

Der Zorn in ihren Augen wich einem Ausdruck der Überraschung. »Was meinst du mit: ›Als ob ich das nicht weiß‹?«

»Sie haben auf uns gewartet. Wir sind nicht einmal über die Mauer gekommen. Jemand hat uns verraten! Das hat der Föderationskommandant behauptet. Er hat gesagt, dass es einer von uns war – ein Geächteter, Damson!« Par zitterte.

Damson Rhee blickte ihn unverwandt an. »Und da hast du einfach entschieden, dass ich es war, Par Ohmsford?«

Par stützte sich auf die Ellbogen. »Wer käme denn sonst infrage? Du warst die Einzige, die über unser Vorhaben Bescheid wusste – und die Einzige, die nicht gefangen genommen wurde. Sonst wusste niemand Bescheid. Wenn du es nicht warst, wer sonst?«

Sie starrten einander an. Der Klang von Stimmen drang immer deutlicher an ihre Ohren. Jemand näherte sich.

Damson Rhee flüsterte: »Ich habe nicht die geringste Ahnung. Aber ich war es nicht! Bleib jetzt ruhig liegen, bis die an uns vorbei sind.« Sie zog ihn in das nahe Gestrüpp und legte sich neben ihn.

Par spürte ihre Wärme und roch den süßen Duft ihres Körpers. Er schloss die Augen und wartete.

Zwei Föderationssoldaten traten aus dem Park, blieben einen Augenblick stehen, drehten sich dann um und waren verschwunden.

Damson Rhee flüsterte Par ins Ohr: »Wissen sie, dass du geflohen bist?«

Par zögerte. »Ich bin mir nicht sicher«, flüsterte er zurück.

Sie schob ihre weiche Hand unter sein Kinn und drehte sein Gesicht dem ihren zu. »Ich habe euch nicht verraten. Vielleicht spricht alles dafür, aber ich habe es nicht getan. Wenn ich vorgehabt hätte, dich an die Föderation zu verraten, hätte ich dich gerade einfach und schmerzlos den beiden Soldaten übergeben können.«

Ihre Augen glänzten im schwachen Licht des Mondes, das zwischen den Bäumen in ihr Versteck fiel.

Par sah Damson Rhee in die Augen und entdeckte darin kein Anzeichen für Arglist. Trotzdem zögerte er.

»Du musst dich hier und jetzt entscheiden, ob du mir glaubst oder nicht«, sagte sie ruhig.

Er schüttelte den Kopf. »So einfach ist das nicht.«

»Es muss aber so einfach sein. Schau mich an, Par. Ich habe niemanden verraten – weder dich noch Padishar noch die anderen, weder jetzt noch vorher! Warum sollte ich das auch tun? Ich hasse die Föderation ebenso sehr wie du!« Erzürnt hielt sie inne. »Ich habe dir gesagt, dass es gefährlich werden würde. Ich habe dich vor der Grube gewarnt, vor dem schwarzen Loch, das Männer mit Haut und Haar verschlingt. Padishar war derjenige, der darauf bestanden hat, es trotzdem zu versuchen.«

»Deswegen ist er noch lange nicht für das verantwortlich, was passiert ist.« Mit knappen Worten erzählte ihr Par von den Ereignissen um ihre Gefangennahme einschließlich des entsetzlichen Verschwindens des Geächteten Ciba Blau. Die Umstände seines eigenen Entkommens ließ er absichtlich im Vagen. Die Magie war seine Sache. Das Geheimnis wollte er für sich behalten.

Aber Damson Rhee war nicht so leicht zu beschwichtigen. »Das heißt also, dass du genauso gut wie ich der Verräter sein könntest«, sagte sie. »Wie hättest du sonst entkommen können?«

Par errötete, empört über die Beschuldigung, wütend über ihre Beharrlichkeit. »Warum sollte ich meinen Freunden so etwas antun?«

»Genau meine Worte«, erwiderte sie.

Wortlos sahen sie einander an, schätzten die Stärke des anderen ab. Par wusste, dass Damson Rhee recht hatte. Es gab genauso viel, das auf ihn als Verräter hindeutete wie auf sie. Das änderte jedoch nichts an der Tatsache, dass er über seine Unschuld Bescheid wusste, wohingegen er sich bei ihr nicht sicher sein konnte.

»Entscheide dich, Par«, drängte sie ihn leise. »Glaubst du mir oder glaubst du mir nicht?«

Im schwachen Licht wirkte ihre Miene ausgeglichen und arglos. Par fühlte sich auf eine Weise zu ihr hingezogen, die er nicht für möglich gehalten hätte. Irgendetwas Besonderes umgab dieses Mädchen, etwas, das seine Bedenken und Zweifel zerstreute. Ihr Blick hielt ihn gefangen, war einnehmend und überzeugte ihn. Er sah in ihren Augen nichts als die Wahrheit. »Gut, ich glaube dir«, sagte er schließlich.

»Dann erzähle mir, wie du entkommen konntest und die anderen nicht«, verlangte sie. »Nein, versuch nicht, dich herauszureden. Ich muss einen Beweis für deine Unschuld haben, wenn wir einander und unseren Freunden helfen wollen.«

Pars Entschluss, das Geheimnis des Wünschliedes für sich zu behalten, geriet ins Wanken. Wieder hatte sie recht. Sie stellte lediglich die Frage, die sich ihm an ihrer Stelle ebenfalls aufgedrängt hätte. »Ich habe Magie benutzt«, erklärte er.

Sie schob sich näher an ihn heran, als ob sie die Wahrheit seiner Aussage dadurch besser beurteilen könnte. »Magie? Welche Art von Magie?«

Er zögerte weiterhin.

»Taschenspielertricks? Zaubersprüche?«, drängte sie. »Oder verfügst du über größeres Wissen?«

»Ja«, erwiderte er. »Ich kann mich, wenn ich will, unsichtbar machen.«

Es folgte langes Schweigen. Er sah die Neugier in ihren Augen.

»Du verfügst über echte Magie, nicht wahr?«, sagte sie schließlich. »Nicht die vorgetäuschte Art, derer ich mich bediene, indem ich Münzen verschwinden und wieder auftauchen lasse oder Feuer herbeizaubere. Du verfügst über die verbotene Magie. Deshalb ist Padishar so an dir interessiert.« Sie schwieg. »Wer bist du, Par Ohmsford?«

Par wog seine Antwort sorgfältig ab. »Ich bin halb Elf und verfüge über die Magie meiner Vorfahren. Ich kann über diese Magie gebieten, also wenigstens über einen kleinen Teil davon.«

Sie sah ihn lange Zeit schweigend an. Endlich schien sie zu einem Entschluss gekommen zu sein. Sie kroch aus ihrem Versteck zwischen den Büschen hervor und zog ihn mit sich. Draußen wischten sie ihre Kleider ab und atmeten die kühle Nachtluft tief ein. Der Park war verlassen.

Sie trat dicht an ihn heran. »Ich wurde als Kind eines Waffenschmieds und seiner Frau in Tyrsis geboren. Mein Bruder und meine Schwester waren beide älter als ich. Mit acht kam der Föderation zu Ohren, dass mein Vater die Bewegung mit Waffen versorgte. Irgendjemand – ein Freund, ein Bekannter, ich weiß nicht genau, wer – hat ihn verraten. Eines Nachts kamen Sucher zu unserem Haus und brannten es bis auf die Grundmauern nieder. Meine Familie kam im Feuer um. Ich bin nur deshalb verschont geblieben, weil ich gerade meine Tante besuchte. Nach einem Jahr starb auch sie, und ich war gezwungen, auf der Straße zu leben. Auf der Straße bin ich aufgewachsen. Eine Familie hatte ich nicht mehr. Auch keine Freunde. Ein Straßenzauberer nahm mich als Schülerin auf und hat mir das Handwerk beigebracht. Jetzt kennst du mein Leben.« Sie hielt inne. »Du hast ein Recht darauf zu wissen, warum ich nie jemand an die Föderation verraten würde.« Sie streckte die Hand aus und streichelte einen Augenblick seine Wange. Dann glitt ihre Hand auf seinen Arm hinunter und blieb dort liegen. »Par, wenn wir etwas unternehmen, müssen wir es heute Nacht tun, oder es wird zu spät sein. Die Föderation weiß, mit wem sie es zu tun hat. Sie werden Rimmer Dall und seine Sucher kommen lassen, um Padishar zu verhören. Sobald Rimmer Dall auftaucht, ist eine Befreiungsaktion sinnlos.« Sie schwieg und vergewisserte sich, ob er die Bedeutung ihrer Worte begriffen hatte. »Wir müssen ihnen jetzt helfen.«

Der Gedanke, dass Coll, Morgan und Padishar Weidenkorb in die Fänge von Rimmer Dall geraten könnten, ließ ihm das Blut in den Adern gefrieren. Was würde der oberste Sucher mit dem Anführer der Geächteten anstellen?

»Heute Nacht«, fuhr Damson Rhee zugleich sanft und bestimmt fort, »heute Nacht erwarten sie uns sicherlich nicht. Sie werden Padishar und die anderen in den Zellen im Wachhaus einsperren und sie bestimmt noch nicht fortschaffen. Bei Tagesanbruch sind sie müde und schläfrig. Eine bessere Chance wird sich uns nicht bieten.«

Ungläubig starrte er sie an. »Uns beiden?«

»Wenn du dich mir anschließen willst.«

»Aber was können wir denn ausrichten?«

Im Mondlicht schimmerte ihr rotes Haar geheimnisvoll. »Erzähl mir von deiner Magie. Was kannst du damit anstellen, Par Ohmsford?«

Jetzt gab es keinen Grund mehr zu zögern. »Mich unsichtbar machen«, sagte er. »Mich in etwas verwandeln, das ich gar nicht bin. Andere glauben machen, dass sie Dinge sehen, die gar nicht existieren. Im Grunde genommen alles, was ich will, vorausgesetzt, es dauert nicht lange. Es handelt sich ganz einfach um Sinnestäuschungen, verstehst du?«

Sie wandte sich von ihm ab, schritt auf die nahen Bäume zu und blieb stehen. Par wartete. Ein kühler Windhauch strich über seine Haut. Er lauschte auf die Stille, die über der Stadt lag, und spürte eine Angst in sich, die er nicht unterdrücken konnte – Angst bei dem Gedanken, seine Freunde befreien zu müssen, Angst bei dem Gedanken, dabei zu versagen. Aber es war unvorstellbar, den Versuch überhaupt nicht zu wagen.

Was konnten sie tun – dieses junge Mädchen und er?

Als hätte sie seine Gedanken gelesen, kam sie zu ihm zurück; aus ihren Augen sprach Entschlossenheit, als sie seinen Arm berührte und flüsterte: »Ich glaube, ich weiß eine Möglichkeit, Par.«

Unwillkürlich musste er lächeln. »Lass hören«, sagte er.

20

Nachdem Walker Boh die kleine Truppe am Hadeshorn verlassen hatte, kehrte er zum Kamin zurück. Er ritt auf seinem Pferd nach Osten, überquerte den Rabb, ritt an Storlock und seinen Heilern vorbei, überquerte das Wolfsktaag und den Jadepass und folgte dem Mangoldstrom aufwärts bis zum Dunkelstreif. Drei Tage später war er wieder zu Hause. Während seiner Reise sprach er mit niemand, hielt sich von allen und allem fern und legte nur dann eine Pause ein, wenn er essen und schlafen musste. Er hätte, das wusste er, keinen guten Reisebegleiter abgegeben. Die ganze Zeit konnte er nur an eins denken: an seine Begegnung mit dem Schatten Allanons.

In den ersten vierundzwanzig Stunden nach seiner Rückkehr wurde der Anar von einem besonders schweren Sturm heimgesucht, und Walker Boh schloss sich trotzig in seinem Haus ein, während der Wind um die Bretterwände heulte und der Regen auf das Dach niederprasselte. Das waldige Tal wurde überflutet, von Blitzen und langem, unheimlichem Donner erschüttert. Das Prasseln des Regens übertönte jedes andere Geräusch, und Walker Boh saß in Decken eingehüllt da; seine Stimmung wurde so düster, wie er es nicht für möglich gehalten hätte.

Er war der Verzweiflung nahe.

Dabei fürchtete er vor allem die Unausweichlichkeit der Dinge. Er war, welchen Namen er sich auch zulegte, nichtsdestoweniger ein Ohmsford, und er wusste, dass die Ohmsfords, ungeachtet ihrer Bedenken, letztendlich immer dazu gebracht worden waren, dem Ruf der Druiden zu folgen. So war es Shea und Flick ergangen, genauso wie Wil, Brin und Jair. Jetzt war er an der Reihe, und mit ihm Wren und Par. Par nahm die Aufgabe natürlich mit Freuden an. Par war ein unverbesserlicher Romantiker, ein selbsternannter Helfer der Unterdrückten und Gequälten. Par war ein Narr.

Oder ein Realist, je nachdem, wie man die Sache betrachtete. Denn er tat nichts anderes, als ohne Widerrede auszuführen, wozu auch Walker Boh gezwungen sein würde, nämlich Allanons Willen, dem Willen eines Toten, Folge zu leisten. Der Schatten war ihnen erschienen wie ein strafender Erzvater, der sie, der Umarmung des Todes entkommen, ob ihres fehlenden Eifers tadelte, sie ob ihrer Bedenken schalt und sie mit einer selbstzerstörerischen Aufgabe betraute. Sorgt für die Rückkehr der Druiden! Lasst Paranor wieder lebendig werden! Tut dies, weil ich euch sage, dass es notwendig ist, weil ich, ein körper- und seelenloses Wesen, es verlange!

Walker Bohs Stimmung verschlechterte sich in dem Maße, in dem er sich die ganze Angelegenheit vor Augen führte; eine Schwermut überfiel ihn, die den Sturm und das Gewitter draußen widerspiegelte. Verändert das Angesicht der Erde – das war es, was der Schatten von ihnen verlangte, von Par, Wren und ihm. Nehmt die dreihundertjährige Entwicklung in den Vier Ländern und macht sie in einem einzigen Augenblick zunichte! Was konnte der Schatten wollen, wenn nicht das? Die Rückkehr der Magie, die Rückkehr derer, die die Magie ausübten, und aller Dinge, die mit diesem Geist vor dreihundert Jahren ein Ende gefunden hatten. Wahnsinn! Sie sollten wie Schöpfer mit dem Leben spielen, obwohl sie dazu kein Recht hatten!

Durch den Schleier seiner Wut und Angst gelang es Walker, die Züge des Schattens heraufzubeschwören. Allanon, der letzte der Druiden, der Bewahrer der Geschichte der Vier Länder, der Beschützer der Rassen, der Spender der Magie und der Geheimnisse – seine dunkle Gestalt erhob sich im Angesicht der Jahre gleich einer Wolke im Antlitz der Sonne, deren Wärme und Licht sie in sich aufsaugt. Alles, was sich zu seinen Lebzeiten zugetragen hatte, trug seinen Stempel. Und vor ihm war es Brimen gewesen und davor die Druiden des Ersten Rates der Rassen. Die Kriege der Magie, das Ringen ums Überleben, die Kämpfe zwischen Licht und Dunkel waren sämtlich das Werk der Druiden.

Und jetzt verlangte man von ihm, all das zurückzuholen.

Man konnte behaupten, dass es notwendig war. Genau das hatten sie schon immer behauptet. Man konnte sagen, dass die Druiden lediglich erhalten und beschützen wollten, nie aber lenken. Doch hatte es schon jemals das eine ohne das andere gegeben? Hexenmeister, Dämonen und Mordgeister waren ausgelöscht; an ihre Stelle waren Schattenwesen getreten. Aber wer oder was waren diese Schattenwesen, dass die Menschen der Hilfe der Druiden und der Magie bedurften? Konnten die Menschen den Missständen der Welt nicht aus eigener Kraft begegnen? Mussten sie sich einer Macht beugen, die sie kaum verstanden? Magie war stets ebenso mit Leid wie mit Freude verbunden, ihre schwarze Seite konnte so leicht beeinflussen und verändern wie ihre weiße. Sollte er ihr zur Rückkehr verhelfen, nur um sie den Männern zu überlassen, die wiederholt bewiesen hatten, dass sie nicht in der Lage waren, ihrer Wahrheiten Herr zu werden?

Wie konnte er?

Doch ohne sie konnte die Welt zu dem werden, was der Schatten Allanons ihnen gezeigt hatte, zu einem Albtraum aus Feuer und Finsternis, in den nur Kreaturen wie die Schattenwesen gehörten. Vielleicht entsprach es doch der Wahrheit, dass die Magie das einzige Mittel war, die Rassen vor solchen Wesen zu schützen.

Vielleicht.

Die Wahrheit war, dass er an dem, was geschehen würde, schlichtweg nicht teilhaben wollte. Er war weder im Geist noch im Fleisch ein Kind der Rassen der Vier Länder und war es auch nie gewesen. Er konnte ihren Männern und Frauen auch kein Mitgefühl entgegenbringen. Er gehörte nicht zu ihnen. Er war gestraft mit seiner eigenen Magie, und sie hatte ihm seine Menschenwürde sowie seinen Platz unter den Menschen geraubt, hatte ihn von allen anderen isoliert. Es war eine Ironie, dass er als Einziger keine Angst vor den Schattenwesen hatte. Möglicherweise konnte er sogar Schutz vor ihnen bieten, wenn er darum gebeten wurde. Aber niemand würde ihn darum bitten. Er war ebenso gefürchtet wie sie. Er war der Dunkle Onkel, der Nachfahre von Brin Ohmsford, Träger ihres Vermächtnisses, Vollstrecker einer namenlosen Aufgabe von Allanon …

Aber die Aufgabe war nicht mehr namenlos. Das Geheimnis war enthüllt worden. Er sollte Paranor und den Druiden die Rückkehr ermöglichen, die Rückkehr aus der Vergangenheit, aus dem Nichts.

Genau das hatte der Geist von ihm verlangt, und die Forderung spukte unablässig durch die Windungen seines Gehirns, überwand Hindernisse, überlistete seinen Verstand.

Er nagte an diesem Gedanken wie ein Hund an seinem Knochen, und die Tage schleppten sich dahin. Der Sturm ließ nach, die Sonne erschien am Himmel und trocknete das Land, verbreitete in den Wäldern jedoch Hitze. Nach einiger Zeit verließ er das Haus, durchschritt das Tal in Begleitung von Ondit, der riesigen Moorkatze, die aus den Regenwäldern im Osten gekommen war. Die Katze war ihm ein Gefährte, doch sie konnte ihm keinen Ausweg aus seinem Dilemma und seinen quälenden Gedanken zeigen. In den folgenden Tagen und Nächten wanderten sie gemeinsam durchs Land.

In der Nacht, in der Par Ohmsford und seine Gefährten bei dem Versuch, das Schwert von Shannara zu holen, verraten wurden, kehrte Cogline zum Kamin zurück und zerstörte damit die Illusion der Abgeschiedenheit, an die sich Walker Boh so verzweifelt geklammert hatte. Es war spät am Abend, die Sonne war im Westen untergegangen, am Himmel standen der Mond und die Sterne, und die Sommerluft verströmte den Duft des neuen Wachstums. Walker Boh kehrte von einem Ausflug zum Kamin zurück, einem Zufluchtsort, der ihm besonders tröstlich erschien; der riesige Stein war eine Quelle, aus der er Kraft schöpfen konnte. Obwohl die Tür seiner Hütte offen und die Zimmer wie immer beleuchtet waren, spürte Walker Boh sofort, noch bevor Ondits Schnurren verstummte, dass etwas anders war. Ganz vorsichtig trat er auf die Veranda und die Tür zu.

Cogline saß am hölzernen Esstisch. Ein großes, viereckiges Paket, in Öltuch eingewickelt und mit einer Schnur zusammengebunden, lag neben ihm. Ein fast unberührter Krug Bier stand vor ihm auf dem Tisch. »Ich habe auf dich gewartet, Walker«, begrüßte er den anderen, der im Dunkeln auf der anderen Seite der Tür stand.

Walker Boh trat ein. »Du hättest dir die Mühe sparen können.«

»Mühe?« Der alte Mann streckte die knochige Hand aus. Ondit trabte auf ihn zu und rieb zutraulich den Kopf an ihm. »Es wurde Zeit, dass ich mal wieder in meinem Zuhause vorbeischaue.«

»Ist dies dein Zuhause?«, fragte Walker Boh. Er wartete auf eine Antwort, doch sie blieb aus. »Wenn du gekommen bist, um mich dazu zu überreden, die Aufgabe zu übernehmen, die mir Allanons Schatten zugeteilt hat, sollst du wissen, dass ich genau das niemals tun werde.«

»Mein guter Walker, niemals ist eine unendlich lange Zeit. Außerdem habe ich nicht die Absicht, dich zu irgendetwas zu überreden. Ich nehme an, dass du bereits in ausreichendem Maß überredet worden bist.«

Walker Boh setzte sich an den Tisch, Cogline gegenüber.

Der alte Mann trank einen Schluck Bier. »Vielleicht hast du nach meinem unauffälligen Abgang am Hadeshorn gedacht, dass ich für immer verschwunden sei«, sagte er leise. In seiner Stimme schwang ein Ton mit, den der andere weder deuten konnte noch wollte. »Vielleicht hast du es dir sogar gewünscht.«

Walker Boh sagte nichts.

»Ich war draußen in der Welt unterwegs, Walker. Ich habe die Vier Länder und die Rassen gesehen, bin durch die Städte und das Land gezogen; ich habe den Puls des Lebens gespürt und habe festgestellt, dass er immer schwächer wird. Ein Bauer sprach mit mir, ein Mann, den die Sinnlosigkeit dessen, was er gesehen hat, zermürbt und zerbricht. ›Nichts wächst‹, flüsterte er. ›Die Erde krankt, als sei sie von irgendeiner Seuche befallen.‹ Die Vier Länder welken und verdorren, und es ist, als ob ihnen jeder Überlebenswille abhandengekommen wäre. Mensch und Tier erkranken gleichermaßen und sterben. Alles wird zu Staub.«

Walker Boh schüttelte den Kopf. »Das Land und seine Menschen haben schon oft schwere Zeiten durchlitten, Cogline. Du siehst darin Allanons Vision, weil du sie sehen willst.«

»Nein, Walker.« Der alte Mann schüttelte entschlossen den Kopf. »Ich will nicht teilhaben an den Visionen der Druiden. Ich bin ebenso wie du ein Opfer. Glaub, was du willst, aber ich möchte damit nichts zu tun haben. Ich habe mich für mein Leben entschieden, so wie du dich für deines entschieden hast. Aber du glaubst mir nicht, oder?«

Walker Boh lächelte unfreundlich. »Du hast dich für die Magie entschieden, weil du es so wolltest. Als ehemaliger Druide hattest du die Wahl. Du hast dich mit den Wissenschaften und mit Zauberei befasst, weil es dich interessiert hat. Bei mir war das ganz und gar nicht der Fall. Ich musste mit einem Erbe leben, das ich besser nie kennengelernt hätte. Die Magie wurde mir gegen meinen Willen aufgezwungen. Ich benutze sie, weil ich keine andere Wahl habe. Sie ist wie ein Mühlstein, der mich zu Boden zieht. Ich mache mir nichts vor. Sie hat aus meinem Leben einen Trümmerhaufen gemacht.« Aus seinen dunklen Augen sprach Verbitterung. »Versuch nicht, uns beide auf eine Stufe zu stellen, Cogline.«

»Harte Worte, Walker Boh. Du hast meine Unterweisung in Magie einstmals nur allzu bereitwillig angenommen. Damals war sie dir willkommen, und du wolltest die Geheimnisse kennen lernen.«

»Eine Frage des Überlebens und sonst nichts. Ich war ein Kind in der Gewalt eines Druiden. Ich habe dich benutzt, um selbst am Leben zu bleiben. Du warst der Einzige, den ich hatte. Erwarte keine Dankbarkeit von mir, Cogline.«

Cogline erhob sich mit einer Schnelligkeit, die den Schein der Gebrechlichkeit Lügen strafte. Er überragte die Gestalt ihm gegenüber, und auf seinem verwitterten Gesicht lag ein drohender Ausdruck. »Armer Walker«, flüsterte er. »Du leugnest immer noch, wer du bist – und damit leugnest du deine Existenz. Wie lange willst du dir noch etwas vormachen?«

Angespannte Stille entstand. Ondit, der sich auf einem Teppich vor dem Feuer zusammengerollt hatte, schaute erwartungsvoll auf. Glühende Asche stob als Funkenregen aus dem Feuer.

»Warum bist du gekommen, alter Mann?«, fragte Walker Boh schließlich; in seiner Stimme schwang eine kaum beherrschte Wut mit.

»Weil ich versuchen möchte, dir zu helfen«, erwiderte Cogline. Er sagte dies ohne jegliche Ironie. »Und weil ich dein Denken in eine bestimmte Richtung lenken möchte.«

»Ich bin auch ohne dich ganz zufrieden.«

»Zufrieden?« Der andere schüttelte den Kopf. »Nein, Walker, du wirst erst dann zufrieden sein, wenn du aufhörst, gegen dich selbst zu kämpfen. Ich habe geglaubt, dass das, was du von mir über den Gebrauch der Magie gelernt hast, dich von solchen Kindereien abgebracht hätte – aber offensichtlich ist das nicht der Fall. Dir stehen noch schwere Lektionen bevor, Walker. Die du möglicherweise nicht überlebst.« Er schob das schwere Paket über den Tisch. »Mach es auf.«

Walker Boh zögerte, starrte wie gebannt auf das Dargebotene. Dann streckte er die Hand aus, öffnete mit einer einzigen Bewegung den Knoten der Schnur und schlug das Öltuch zurück.

Vor ihm lag ein großes, ledergebundenes Buch, das mit verschnörkelten Goldbuchstaben beschriftet war. Er streckte die Hand aus und berührte es vorsichtig, schlug es auf und warf einen kurzen Blick hinein, um augenblicklich zurückzufahren, als hätte er sich die Finger verbrannt.

»Ja, Walker. Es ist eins der verlorenen Bücher der Druiden, nur ein einziger Band.«

»Woher hast du das?«, erkundigte sich Walker Boh barsch.

»Aus dem verschwundenen Paranor.«

Walker Boh erhob sich langsam. »Du lügst.«

»Meinst du? Schau mir in die Augen, und sag, was du siehst.«

Walker wich zurück. Er zitterte. »Es ist mir egal, woher du es hast oder welche Hirngespinste du zusammengebraut hast, um mich etwas glauben zu machen, von dem ich im tiefsten Herzen weiß, dass es unmöglich ist! Trag es dorthin zurück, wo du es her hast, oder wirf es in den See! Ich will damit nichts zu tun haben.«

Cogline schüttelte den Kopf. »Nein, Walker, ich werde es nicht wieder mitnehmen. Ich habe es aus vergangenen Zeiten geholt, um es dir zu geben. Ich will dich nicht quälen, sondern ich bin der beste Freund, den du je haben wirst, selbst wenn du das jetzt nicht glauben kannst.« Das zerfurchte Gesicht wurde milde. »Ich habe bereits gesagt, dass ich gekommen bin, um dir zu helfen. Und so ist es auch. Lies das Buch, Walker. Es enthält Wahrheiten, die du erkennen musst.«

»Das werde ich nicht tun!«, schrie der andere zornig.

Cogline betrachtete den jüngeren Mann lange, dann seufzte er. »Wie du willst. Aber das Buch bleibt hier. Ob du es liest oder nicht, liegt ganz bei dir. Du kannst es sogar vernichten, wenn du möchtest.« Er trank sein Bier aus, stellte den Krug vorsichtig auf den Tisch und betrachtete seine knochigen Hände. »Für mich gibt es hier nichts mehr zu tun.« Er ging um den Tisch herum und blieb vor dem anderen stehen. »Bis dann, Walker. Ich würde bleiben, wenn das nützen würde. Ich würde dir alles geben, was in meiner Macht steht, wenn du es annehmen wolltest. Aber du bist noch nicht bereit dazu. Ein andermal vielleicht.« Er wandte sich ab und verschwand in der Dunkelheit. Er schaute sich nicht ein einziges Mal um.

Walker Boh schaute ihm hinterher, bis er verschwunden war, ein Schatten, der in die Dunkelheit trat, die ihn erschaffen hatte.

Als er gegangen war, wirkte die Hütte plötzlich leer und still.

»Es ist gefährlich, Par«, flüsterte Damson Rhee.

Par Ohmsford schwieg. Sie kauerten wieder inmitten des

Volksparks in einem Zedernwäldchen, vor dem Licht geschützt, das die Lampen des Wachhauses in den Park warfen. Es war weit nach Mitternacht.

»Erinnerst du dich an sein Aussehen?«, fragte Damson. Par nickte. Das Gesicht von Rimmer Dall würde er wahrscheinlich niemals vergessen.

Sie schwieg kurz. »Falls wir gestellt werden, musst du nur ihre Aufmerksamkeit auf dich lenken. Ich werde mit allen anderen Gefahren fertig.«

Wieder nickte er. Regungslos warteten sie in ihrem Unterschlupf, lauschten in die Stille und hingen jeder seinen eigenen Gedanken nach. Er und Damson waren die einzige Chance für Coll und die anderen. Sie würden das riskante Unternehmen erfolgreich durchführen, weil sie keine andere Wahl hatten.

Die Torwachen rührten sich, als die Patrouille von der westlichen Mauer des Parks aus der Dunkelheit auftauchte. Sie wechselten ein paar Worte, bis auch die Wachen der östlichen Mauer erschienen. Eine Flasche wurde herumgereicht, bis die Männer wieder in westlicher und östlicher Richtung verschwanden. Die Torwachen bezogen ihren Posten.

Die Minuten schleppten sich dahin. Die Stille, die das Wachhaus zuvor umgeben hatte, kehrte wieder ein. Die Wachen gähnten. Einer der beiden lehnte sich müde auf den Schaft seiner Streitaxt.

»Jetzt«, erklärte Damson Rhee. Sie packte den Talbewohner bei den Schultern. Ihre Lippen streiften seine Wange. »Wünsch uns Glück, Par Ohmsford.«

Und schon machten sie sich auf den Weg. Sie traten frech in den Lichtschein hinein, als wären sie dort zu Hause, und auf das Wachhaus zu. Par hatte bereits das Wünschlied angestimmt, wob seinen Zauber durch die Stille der Nacht, erfüllte den Geist der Wachen mit den Bildern, die sie sehen sollten.

Was sie sahen, waren zwei Sucher; der größere von beiden war Rimmer Dall.

Sofort standen sie stramm. Par sang mit gleichförmiger Stimme; die Magie hielt den Geist der willfährigen Männer in ihrem fortwährenden Bann.

»Öffnet!«, verlangte Damson Rhee mit befehlsgewohnter Stimme, als sie das Wachhaus erreichten.

Die Wachen überschlugen sich vor Eifer. Sie zogen das Gitter zurück, öffneten die äußeren Schlösser und pochten ungeduldig an die Torflügel, um die Wachen drinnen zu verständigen. Eine winzige Tür öffnete sich, sodass Par das Zentrum seiner Aufmerksamkeit ein wenig verlagerte. Verschlafene Augen spähten heraus, und die Schlösser wurden aufgesperrt. Die Torflügel flogen zurück, und Par und Damson drängten hinein.

Sie befanden sich in einem Wachraum und sahen sich einem Haufen verblüffter Soldaten sowie allerhand Waffen, die in den Wandregalen aufbewahrt wurden, gegenüber. Die Soldaten hatten Karten gespielt und getrunken, in der festen Überzeugung, dass diese Nacht nichts Aufregendes mehr bereithielt. Sie wurden vom Eintreffen der Sucher überrascht, und das spiegelte sich in ihren Gesichtern wider. Par füllte den Raum mit dem leisen Summen des Wünschliedes. Es kostete ihn eine Menge Kraft.

Damson Rhee verstand, an welch dünnem Faden ihr Unternehmen hing. »Alle raus hier!«, befahl sie.

Der Raum leerte sich augenblicklich. Ein Mann, offensichtlich der Wachoffizier, blieb. Er stand unsicher vor ihnen, und obwohl er sich wünschte, irgendwo anders zu sein, war er unfähig zu gehen.

»Führ uns zu den Gefangenen«, sagte Damson Rhee, die jetzt links neben dem Mann stand.

Der Offizier räusperte sich, nachdem er vergeblich versucht

hatte zu sprechen. »Ich muss zuerst die Erlaubnis des Kommandanten einholen«, wagte er zu widersprechen.

Damson Rhee richtete den Blick auf das Ohr des Mannes, wodurch er gezwungen war, in eine andere Richtung zu schauen. »Wo ist dein Kommandant?«, fragte sie.

»Er schläft unten«, antwortete der Mann. »Ich werde ihn wecken.«

»Nein.« Damson Rhee verbot ihm zu gehen. »Wir wecken ihn gemeinsam.«

Sie verließen den Raum durch eine Tür am anderen Ende des Zimmers und betraten die Treppe, die nach unten führte und von Öllampen schwach erhellt war. Par ließ das Wünschlied auch weiterhin im Ohr des verängstigten Mannes erklingen. Alles lief wie geplant. Sie schritten die Treppe hinunter, Stufe um Stufe; in der Stille hörte man nur ihre Stiefelschritte. Am unteren Ende der Treppe befanden sich zwei Türen. Der Wachoffizier blieb stehen und klopfte an eine. Als er keine Antwort erhielt, klopfte er noch einmal, diesmal kräftiger.

»Was ist los, verdammt?«, schnauzte jemand.

»Öffnet sofort die Tür, Kommandant!«, antwortete Damson Rhee.

Man hörte ein Tasten und Tappen, und die Tür ging auf. Der Föderationskommandant mit dem kurz geschnittenen Haar und den unangenehmen Augen stand mit halb zugeknöpftem Rock vor ihnen. Er bemerkte die Sucher. Schlimmer noch, er bemerkte Rimmer Dall. Nun machte er sich nicht mehr die Mühe, seinen Rock zuzuknöpfen, sondern kam eilig heraus. »Ich habe so bald niemand erwartet. Tut mir leid. Gibt es Probleme?«

»Wir reden später darüber, Kommandant«, erklärte Damson Rhee. »Im Augenblick braucht Ihr uns nur zu den Gefangenen zu führen.«

Kurz flackerte Zweifel in den Augen des anderen Mannes, ein

Hauch von Besorgnis, dass vielleicht doch nicht alles mit rechten Dingen zuging. Par verstärkte den Druck des Wünschliedes auf den Mann, vermittelte ihm einen Vorgeschmack des Schreckens, der ihn erwartete, wenn er dem Befehl nicht gehorchte. Der Kommandant hastete zur Treppe, zog einen Schlüssel von der Kette an seiner Taille und öffnete die zweite Tür.

Sie traten in einen Verbindungsgang, der von einer einzigen Lampe beleuchtet wurde. Der Kommandant nahm die Lampe in die Hand und ging voraus. Damson Rhee folgte. Par bedeutete dem Wachoffizier vorauszugehen, und schloss sich hinten an. Seine Stimme ermüdete langsam von der Anstrengung, die Maskerade aufrechtzuerhalten. Es war schwieriger, seine Bemühungen auf zwei Personen aufzuteilen. Er hätte den zweiten Mann wegschicken sollen.

Die Wände des Verbindungsgangs bestanden aus schwarzen Steinblöcken und rochen nach Schimmel und Verfall. Par erkannte, dass sie sich unter der Erde befanden, offensichtlich unter der Schlucht.

Sie hatten nur wenige Schritte zurückgelegt, als sie die Zellen erreichten, eine Anzahl von niedrigen Käfigen, die nicht hoch genug waren, damit ein Mann sich darin aufrichten konnte. Die ganze Gruppe war in den ersten Käfig hineingepfercht worden, wo sie auf dem Steinboden kauerte oder saß.

Coll begriff sofort, was gespielt wurde. Er war bereits auf den Beinen, drängte zur Tür und gab den anderen einen Wink, es ihm gleichzutun.

»Öffnet die Tür«, befahl Damson Rhee.

Wieder zeigte sich in den Augen des Föderationskommandanten Zweifel.

»Öffnet die Tür, Kommandant«, wiederholte Damson Rhee ungeduldig.

Der Kommandant fingerte nach seinem zweiten Schlüssel,

steckte ihn in das Schloss und drehte ihn um. Die Zellentür flog auf. Im gleichen Augenblick griff Padishar Weidenkorb nach dem Hals des erstaunten Mannes und drückte zu, bis dieser kaum noch Luft bekam. Der Wachoffizier taumelte zurück und versuchte an Par vorbei zu fliehen, doch Morgan packte ihn von hinten und schlug ihn bewusstlos.

Die Gefangenen drängten in den schmalen Verbindungsgang und begrüßten Par und Damson Rhee.

Padishar Weidenkorb schenkte ihnen keine Beachtung. Seine Aufmerksamkeit galt einzig und allein dem Föderationskommandanten. »Wer hat uns verraten?«, zischte er ungeduldig. »Wer war es?«

Der Kommandant wehrte sich, sein Gesicht lief von dem Druck auf seiner Kehle rot an.

»Es war einer von uns, hast du gesagt! Wer?«

Der Kommandant keuchte. »Weiß … nicht. Habe die Person nicht gesehen…«

»Lüg mich nicht an.« Padishar schüttelte ihn.

»Wirklich … habe … eine Nachricht bekommen.«

»Von wem?«, beharrte Padishar, dessen Finger schon weiß wurden, weil er so fest zudrückte.

Der verängstigte Mann schlug wild um sich, und Padishar Weidenkorb rammte den Kopf des Kommandanten mit Wucht an die Steinwand. Der Föderationsmann sackte wie eine Stoffpuppe zusammen.

»Genug«, verlangte Damson Rhee mit ruhiger Stimme und übersah den Zorn, der in den Augen des anderen brannte. »Wir verschwenden unsere Zeit. Es ist klar, dass er es nicht weiß. Wir sollten machen, dass wir hier herauskommen. Für heute sind wir genügend Risiko eingegangen.«

Der Anführer der Geächteten blickte sie einen Augenblick wortlos an. »Ich werde es schon herausfinden«, schwor er.

Par hatte noch nie einen Menschen so zornig gesehen. Aber Damson Rhee ging nicht darauf ein. Sie drehte sich um und bedeutete Par voranzugehen. Der Talbewohner ging die Treppe hinauf, und die anderen folgten ihm einer nach dem anderen. Sie hatten sich, als sie beschlossen hatten, ihre Freunde zu befreien, keinen Plan für den Rückzug zurechtgelegt.

Der Zufall half ihnen. Der Wachraum war leer, als sie ihn erreichten, und sie eilten hindurch. Nur Morgan blieb stehen, um in den Waffenregalen zu wühlen, bis er das Schwert von Leah gefunden hatte. Mit grimmigem Lächeln schnallte er es an seinem Gürtel fest und folgte den anderen.

Das Glück blieb ihnen hold. Die Wachen draußen konnten überwältigt werden, noch bevor sie wussten, wie ihnen geschah. Die Nacht war still, der Park leer, die Patrouillen auf Rundgang, die Stadt in tiefem Schlaf.

Als sie sich eilig davonmachten, schenkte Damson Rhee Par ein strahlendes Lächeln und drückte ihm einen Kuss mitten auf den Mund. Der Kuss schmeckte verheißungsvoll.

Trotzdem war es nicht Damson Rhees Kuss, der Par von allen Ereignissen dieser Nacht am nachhaltigsten im Gedächtnis bleiben sollte, sondern die Tatsache, dass die Magie des Wünschliedes sich endlich als nützlich erwiesen hatte.

21

Die Geschichte der Druiden wurde für Walker Boh zur Herausforderung, die er zu meistern entschlossen war. Drei volle Tage nach Coglines Abschied würdigte Walker Boh das Buch keines Blickes. Er ließ es auf dem Esstisch liegen, zusammen mit dem Öltuch und der Schnur. Er verschmähte es, ging seiner Arbeit nach, als wäre es nicht vorhanden, und betrachtete es als Prüfung, der Versuchung zu widerstehen. Zuerst hatte er mit dem Gedanken gespielt, es unverzüglich wegzuschaffen, hatte dann aber anders entschieden. Wenn er der Versuchung eine Zeit lang widerstehen und mit ihr leben konnte, ohne seiner Neugier nachzugeben, dann konnte er sich des Buches mit reinem Gewissen entledigen. Cogline rechnete damit, dass er das Buch entweder sofort lesen oder es sofort vernichten werde. Walker Boh würde weder das eine noch das andere tun. Die Genugtuung, sich manipulieren zu lassen, wollte er dem alten Mann nicht gönnen.

Der Einzige, der dem Paket Aufmerksamkeit schenkte, war Ondit, der es von Zeit zu Zeit beschnupperte, es aber ansonsten ebenfalls links liegen ließ. Die drei Tage vergingen, und das Buch lag immer noch ungeöffnet auf dem Tisch.

Aber dann ereignete sich etwas Eigenartiges. Am vierten Tag fing Walker an, seine Überlegungen infrage zu stellen. Hatte es wirklich so viel mehr Sinn, sich des Buches erst nach einer Woche oder gar einem Monat zu entledigen? Was bewies er damit außer Starrköpfigkeit? Welche Art von Spiel trieb er, und zu wessen Gunsten?

Walker Boh brütete über der Sache, derweil das Tageslicht schwand und die Dunkelheit heraufzog. Er starrte das Buch auf dem Tisch lange an, während das Holz im Herd langsam zu Asche verbrannte. »Ich bin überhaupt nicht stark«, flüsterte er. »Ich habe eigentlich Angst.« Schließlich stand er auf und ging zum Tisch. Einen Augenblick zögerte er. Dann streckte er die Hand aus und nahm das Buch. Abschätzend hob er es hoch.

Es war besser, den Dämon, von dem man verfolgt wurde, zu kennen, als weiterhin in Ungewissheit zu leben.

Er ging zu seinem Lesesessel, setzte sich und legte sich das Buch auf den Schoß. Ondit, der vor dem Feuer schlief, hob den Kopf und starrte Walker Boh an. Walker Boh starrte zurück. Der Kater blinzelte und legte sich wieder schlafen.

Walker Boh schlug das Buch auf. Er las langsam, arbeitete sich bedächtig durch die dicken Pergamentseiten, weil er jetzt, da das Buch einmal geöffnet war, nichts, aber auch gar nichts auslassen wollte. Die mitternächtliche Stille wurde lediglich von dem gelegentlichen Schnurren der schlafenden Moorkatze und dem Knacken der Scheite im Feuer unterbrochen. Nur ein einziges Mal fragte er sich, wie Cogline wirklich in den Besitz des Buches gekommen war – ganz sicherlich hatte er es nicht aus Paranor! –, und dann war der Gedanke schnell wieder verschwunden, denn die geschriebene Geschichte riss ihn mit wie der Wind ein Blatt.

Die Zeit, um die es in der Chronik ging, war die Zeit Brimens, als er sich unter den letzten Druiden aufgehalten hatte, als der Hexenmeister und seine Horden fast alle Mitglieder des Rates ausgelöscht hatten. Er las Geschichten über die schwarze Magie, die die rebellischen Druiden in Schreckensgestalten verwandelt hatte. Das Buch enthielt Aufzeichnungen über die verschiedenen Zauber- und Beschwörungsformeln, die Brimen entdeckt hatte. Alle furchtbaren Geheimnisse der

Magie und ihrer Macht wurden beschrieben, genauso jedoch die Vorsichtsmaßnahmen im Umgang damit, die so mancher, der die Magie beherrschen wollte, außer Acht gelassen hatte. Es handelte sich um die Zeit des Umbruchs und der schrecklichen Veränderungen in den Vier Ländern, und Brimen allein war sich darüber im Klaren gewesen, was auf dem Spiel stand.

Walker Boh blätterte weiter. Cogline hatte ihm das Buch in der Absicht gegeben, dass er etwas ganz Bestimmtes lesen sollte. Was immer das war, er war noch nicht darauf gestoßen. Er hatte seinen Vorsatz vergessen, Cogline nicht in die Falle zu laufen. Denn seine Neugier und sein Verstand besiegten seine Vorsicht. Das Buch enthielt Geheimnisse, die seit Hunderten von Jahren kein Mensch mehr zu Gesicht bekommen hatte, ein Wissen, das nur den Druiden zur Verfügung stand und das sie nur dann, wenn sie es für notwendig hielten, mit den Rassen teilten. Welche Macht! Wie lange war all das vor den Augen der Sterblichen verborgen gewesen? Nur Allanon hatte das Recht gehabt und davor Brimen und vor ihm Galaphile und die ersten Druiden. Und vor ihnen?

Er hielt inne, weil er bemerkte, dass sich der Stil des Geschriebenen verändert hatte. Die Schrift wurde kleiner, aber präziser. Zwischen den Wörtern bemerkte er seltsame Zeichen, Runen, die für Gebärden standen.

Walker Boh spürte, wie ihm das Blut in den Adern gefror. Himmel, dachte er, es handelt sich um die Beschwörungsformel, durch deren Anwendung Paranor verschwunden war.

Mit schwerem Atem zwang er sich, den Blick von dem Buch abzuwenden. Sein blasses Gesicht straffte sich. Das war es also, was Cogline ihm mitteilen wollte – warum, wusste er nicht –, aber das war es ganz sicher. Jetzt, da er es gefunden hatte, fragte er sich, ob es nicht klüger wäre, das Buch sofort zu schließen. Doch er wusste, dass nur seine Angst ihn zu dieser Frage verleitete.

Wieder begann er zu lesen. Der Zauber war da, die Magie, die Allanon vor dreihundert Jahren beschworen hatte, um Paranor aus der Welt der Sterblichen verschwinden zu lassen. Zu seiner Überraschung verstand er sie. Seine Ausbildung bei Cogline hatte ihn weiter geführt, als er sich vorgestellt hatte. Er beendete die Lektüre der Beschreibung des Zaubers und blätterte um.

Die nächste Seite enthielt nur einen einzigen Absatz. Er lautete:

»Einmal entschwunden, ist Paranor der Welt der Sterblichen für alle Zeiten verloren, eingeschlossen und unsichtbar innerhalb seiner Mauern. Allein eine einzige Magie hat die Macht, es zurückzubringen – der Elfenstein, der schwarz gefärbt ist, der vom Feenvolk der alten Welt mit Leben erfüllt wurde und der alle notwendigen Eigenschaften des Herzens, des Verstandes und des Körpers in sich vereinigt. Derjenige, der ein Anliegen und ein Recht hat, soll ihn seinem zugedachten Ende zuführen.«

Das war alles. Walker Boh las es ein zweites Mal und suchte gründlich nach etwas, das er übersehen haben mochte. Es gab für ihn keinen Zweifel daran, dass Cogline ihn genau auf diese Stelle hatte stoßen wollen. Ein schwarzer Elfenstein. Eine Magie, die das verschwundene Paranor erretten konnte. Der Schlüssel zur Bewältigung der Aufgabe, die Allanons Schatten ihm aufgetragen hatte.

Mache dich auf die Suche nach dem verschwundenen Paranor, und gib den Ländern die Druiden wieder. Er hörte die Worte noch einmal im Geist.

Natürlich gab es keine Druiden mehr. Aber vielleicht war

es Allanons Absicht, dass Cogline ihre Stelle einnahm, sobald Paranor ins Leben zurückgerufen wurde. Dieser Gedanke entbehrte nicht einer gewissen Logik, obwohl der alte Mann darauf beharrte, dass seine Zeit vorbei sei. Aber Walker Boh war klug genug zu wissen, dass dort, wo Druiden und ihre Magie im Spiel waren, die Logik oftmals verschlungene Wege ging.

Er hatte zwei Drittel des Buches gelesen. Es dauerte eine weitere Stunde, bis er am Ende angelangt war, ohne noch auf etwas zu stoßen, das für ihn bestimmt war, und er blätterte deshalb zurück zu dem Absatz über den schwarzen Elfenstein. Im Osten dämmerte der Morgen, ein schwaches goldenes Licht am dunklen Horizont. Walker Boh rieb sich die Augen und versuchte sich über das Gelesene klar zu werden. Warum wurden der Zweck und die Merkmale dieser Magie nur in so knappen Worten beschrieben? Wie sah sie aus und wozu war sie fähig? Es handelte sich um einen einzigen Stein und nicht um drei – warum? Wie konnte es sein, dass noch nie jemand davon gehört hatte?

Die Fragen schwirrten ihm im Kopf herum. Er las den Absatz wieder und wieder, las ihn so oft, bis er ihn auswendig gelernt hatte, und schloss das Buch. Ondit, der noch immer vor ihm auf dem Boden lag, reckte sich und gähnte, hob den Kopf und blinzelte.

Sprich mit mir, Katze, dachte Walker Boh. *Es gibt Geheimnisse, die nur eine Katze kennt. Vielleicht kennst du auch dieses.*

Aber Ondit stand nur auf, ging nach draußen und verschwand in der Dämmerung.

Jetzt übermannte Walker der Schlaf, aus dem er erst am Mittag erwachte. Er stand auf, badete, legte saubere Kleider an und aß langsam etwas, während er das geschlossene Buch anstarrte. Später machte er einen langen Spaziergang. Er wanderte durch das Tal, bis er auf eine seiner bevorzugten Lichtungen kam, wo sich ein plätschernder Bach geräuschvoll in einen kleinen See ergoss, in dem winzige rote und blaue Fische umherschwammen. Dort verweilte er eine Weile und dachte nach, bevor er zur Hütte zurückkehrte. Er saß auf der Veranda und beobachtete die Sonne, die sich in Rot und Purpur dem Horizont im Westen näherte.

Ich hätte das Buch nie öffnen sollen, schalt er sich, denn das Geheimnis hatte sich als unwiderstehlich erwiesen. Ich hätte es wieder einpacken und in das tiefste Loch werfen sollen, das ich finden konnte.

Aber dazu war es jetzt zu spät. Er hatte es gelesen und war auf ein Wissen gestoßen, das nicht so leicht aus seinem Kopf zu verbannen war. Er hatte es für unmöglich gehalten, dass Paranor zu neuem Leben erweckt werden konnte. Jetzt wusste er, dass es eine Magie gab, die dazu in der Lage war. Wieder einmal beschlich ihn das Gefühl der Unausweichlichkeit der Dinge, die Druiden prophezeiten.

Er ertappte sich bei dem Gedanken an den schwarzen Elfenstein, selbst wenn er versuchte, nicht daran zu denken. Der schwarze Elfenstein, die vergessene Magie, befand sich an irgendeinem Ort. Aber wo?

Diese und all die anderen Fragen ließen ihn den Rest des Tages nicht in Ruhe. Er nahm sein Abendessen zu sich, ging danach wieder spazieren, las in einigen seiner eigenen und ihm teuren Bücher, schrieb kurze Zeit in sein Tagebuch und kehrte in Gedanken immer wieder zu dem Absatz über die Magie zurück, die Paranor zu neuem Leben erwecken sollte.

Die Grübelei ließ ihn auch nicht los, als er sich zu Bett legte.

Er schlief schlecht. Das Geheimnis des schwarzen Elfensteins wollte ihn nicht zur Ruhe kommen lassen. Als der Morgen anbrach, beschloss er, etwas zu unternehmen.

Es waren fünf Tage vergangen, seit Damson Rhee und Par Coll, Morgan, Padishar Weidenkorb und die anderen beiden Geächteten aus dem Föderationsgefängnis befreit hatten; seitdem war die kleine Gruppe auf der Flucht. Sie hatten erst gar nicht versucht, die Stadt zu verlassen, weil sie sicher waren, dass die Tore scharf bewacht wurden und das Risiko der Entdeckung zu groß war. Sie waren auch nicht in den Keller der Waffenschmiede zurückgekehrt, weil sie das Gefühl nicht loswurden, dass ihr geheimnisvoller Verräter auch dieses Versteck preisgeben könnte. Stattdessen waren sie von einer Zuflucht zur anderen geeilt, hatten sich nie länger als eine Nacht an ein und demselben Ort aufgehalten, hatten überall Wachen aufgestellt und waren durch jedes Geräusch, das sie vernahmen, und jeden Schatten, den sie sahen, aufgeschreckt worden.

Par erwachte und erhob sich von dem Notbett, in dem er auf dem Dachboden eines Kornspeichers geschlafen hatte. Er sah zu Coll hinüber, der noch schlief. Die anderen waren bereits aufgestanden und vermutlich unten. Sachte näherte er sich dem winzigen Fenster, durch dessen Läden nur wenig Licht hereindrang, und spähte hinaus. Die Straße war mit Ausnahme eines herumstreunenden Hundes, der an einem Abfalleimer schnupperte, und eines Bettlers, der auf der anderen Seite der Straße schlief, leer. Am Himmel hingen tiefe graue Wolken, die Regen noch vor Ende des Tages verhießen.

Als er zurückging, um seine Stiefel anzuziehen, war Coll wach und sah ihn an. Das struppige Haar seines Bruders war zerzaust, und aus seinen vom Schlaf verquollenen Augen sprach Missmut.

»Ein neuer Tag«, murmelte Coll und gähnte. »Welchen umwerfenden Lagerraum werden wir deiner Meinung nach heute Abend aufsuchen?«

»Keinen, soweit es von mir abhängt.« Par ließ sich neben ihm auf den Boden nieder.

Coll zog die Augenbrauen in die Höhe. »Tatsächlich? Hast du mit Padishar gesprochen?«

»Das habe ich vor.«

»Ich nehme an, dass du einen anderen Vorschlag hast.« Coll richtete sich auf einen Ellbogen auf. »Ich sage das, weil ich nicht glaube, dass Padishar Weidenkorb dir sonst auch nur den kleinen Finger reichen wird. Er ist, seit er festgestellt hat, dass er bei seinen Männern vielleicht doch nicht so beliebt ist, wie er gemeint hat, nicht in der allerbesten Stimmung.«

Par zweifelte daran, dass Padishar Weidenkorb sich zu dem Glauben verleiten ließ, bei seinen Männern beliebt zu sein, aber Coll schätzte die gegenwärtige Laune des Anführers der Geächteten sicher richtig ein. Nach dem Verrat eines seiner eigenen Männer war er schweigsam geworden. Er hatte sich während der vergangenen Tage zurückgezogen, auch wenn er keinen Zweifel daran ließ, dass er weiterhin das Sagen hatte, wenn er sie durch das Netz der Föderationspatrouillen und Wachposten führte, die überall in der Stadt unterwegs waren. Damson Rhee begleitete sie; ob freiwillig oder nicht, konnte Par nicht sagen. Doch selbst sie konnte die Mauer, die der Anführer der Geächteten um sich herum errichtet hatte, nicht durchbrechen.

Par schüttelte den Kopf. »Ich bin der Meinung, dass wir nicht den Rest unseres Lebens damit verbringen können, von einem Ort zum anderen zu wandern.« Selbst er war inzwischen verdrossen. »Wenn wir einen Plan brauchen, ist es Padishars Aufgabe, einen auszuhecken. Mit der jetzigen Vorgehensweise erreichen wir gar nichts.«

Coll setzte sich auf und begann sich anzuziehen. »Du willst es wahrscheinlich nicht hören, Par, aber es ist vielleicht an der Zeit, dass du deinen Entschluss, dich der Bewegung anzuschließen, überdenkst. Es ist immerhin möglich, dass wir ohne die Bewegung besser fahren.«

Par sagte nichts. Sie zogen sich an und gingen nach unten zu den anderen. Zum Frühstück, das sie hungrig hinunterschlangen, gab es kaltes Brot, Marmelade und Obst. Par konnte nicht verstehen, warum er Heißhunger verspürte, obwohl er sich körperlich so wenig betätigte. Während er aß, hörte er, wie Stasas und Drutt darüber sprachen, dass sie in den Wäldern ihres künftigen Zuhauses irgendwo unterhalb von Varfleet jagen würden. Morgan hielt Wache an der Tür, die ins Lagerhaus führte, und Coll gesellte sich zu ihm. Damson Rhee saß auf einer leeren Holzkiste und schnitzte irgendetwas. Par hatte sie in den vergangenen Tagen nur selten zu Gesicht bekommen; sie war, während der Rest der Gruppe sich versteckte, oft mit Padishar Weidenkorb unterwegs gewesen, um die Stadt auszukundschaften. Dieser war nirgends zu sehen.

Nach dem Frühstück begab sich Par nach oben, um seine Sachen zusammenzupacken, da er davon ausging, dass seine Auseinandersetzung mit Padishar Weidenkorb ungeachtet des Ergebnisses höchstwahrscheinlich einen Ortswechsel nach sich ziehen würde.

Damson Rhee folgte ihm. »Du bist so unruhig«, stellte sie fest, als sie allein waren. Sie setzte sich auf den Rand seines Lagers und schüttelte ihre rote Mähne. »Das Leben eines Geächteten ist nicht das, was du dir vorgestellt hast, oder?«

Er lächelte müde. »In Lagerhäusern und Kellern herumsitzen ist nicht das, was ich mir vorgestellt habe. Worauf wartet Padishar denn?«

Sie zuckte mit den Schultern. »Worauf wir alle von Zeit zu Zeit warten – auf die Stimme, die in unserem Inneren schlummert und uns sagt, was wir als Nächstes tun sollen. Vielleicht ist es Intuition, vielleicht auch gesunder Menschenverstand.« Sie lächelte ihn an. »Spricht sie jetzt zu dir?«

»Irgendetwas spricht ganz gewiss.« Er setzte sich neben sie.

»Warum bist du noch bei uns, Damson? Wegen Padishar vielleicht?«

Sie lachte. »Kaum. Ich komme und gehe, wie es mir gefällt. Er weiß, dass ich ihn nicht verraten habe.«

»Warum bleibst du also?«

Sie sah ihn nachdenklich an. »Vielleicht deinetwegen«, sagte sie endlich. Sie lächelte. »Ich habe noch nie einen Menschen getroffen, der echte Magie beherrscht. Nur solche, die sie vortäuschen wie ich.« Sie streckte ihre Hand nach oben und zauberte geschickt eine Münze hinter seinem Ohr hervor, die aus Kirschholz geschnitzt war. Die überreichte sie ihm.

Auf der einen Seite war ihr Bild eingeschnitzt, auf der anderen Seite das seine. Er sah sie erstaunt an. »Sehr hübsch.«

»Danke.« Sie errötete leicht. »Du kannst sie zusammen mit der anderen als Glücksbringer behalten.«

Er steckte die Münze in seine Tasche. Lange Zeit saßen sie schweigend nebeneinander und blickten sich unsicher an. »Weißt du, es besteht kein großer Unterschied zwischen deiner Magie und meiner«, sagte er endlich. »Sie beruhen beide auf einer Illusion.«

Sie schüttelte den Kopf. »Nein, Par. Das stimmt nicht. Die eine ist angelernt, die andere angeboren. Meine ist gelernt und nichts weiter. Deine dagegen wächst unaufhörlich und ist deshalb grenzenlos. Verstehst du nicht? Meine Magie ist ein Handwerk, eine Möglichkeit, meinen Lebensunterhalt zu verdienen. Deine Magie ist viel mehr; sie ist eine Gabe, um die herum du dein Leben aufbauen musst.« Sie lächelte, doch in ihrem Lächeln lag ein Hauch Traurigkeit. Sie stand auf. »Ich muss wieder an die Arbeit. Und du musst packen.« Sie ging an ihm vorbei und verschwand auf der Leiter.

Die Morgenstunden schleppten sich dahin, und Padishar Weidenkorb war immer noch nicht zurückgekehrt. Par wartete immer ungeduldiger darauf, dass sich etwas ereignete. Coll und Morgan kamen von Zeit zu Zeit zu ihm, und er erzählte ihnen von seiner Absicht, den Anführer der Geächteten zur Rede zu stellen. Beide beurteilten seine Aussichten wenig optimistisch.

Der Himmel wirkte immer bedrohlicher, der Wind nahm zu, bis er in ein klagendes Heulen überging, das um das alte Gebäude fegte und Türen und Fensterläden klappern ließ, ohne dass es regnete. Um die Zeit totzuschlagen, spielten sie Karten und unterhielten sich, bis ihnen die Themen ausgingen.

Es war bereits Nachmittag, als Padishar Weidenkorb zurückkehrte. Er schlüpfte wortlos durch die vordere Tür herein, ging geradewegs auf Par zu und winkte ihn mit sich. Er führte Par in ein kleines Kontor im hinteren Teil des Gebäudes.

Als sie allein waren, schien er um Worte verlegen. »Ich habe ernsthaft darüber nachgedacht, was wir als Nächstes tun sollten«, sagte er schließlich. »Oder, wenn du so willst, was wir nicht tun sollten. Jeder Fehler, der uns jetzt unterläuft, könnte unser letzter sein.« Er zog Par zu einer Bank, die an die Wand geschoben worden war, und bot ihm einen Platz an. Er setzte sich ebenfalls. »Da ist immer noch die Sache mit dem Verräter«, sagte er leise. Seine Augen funkelten hart, doch Par konnte den Grund nicht ausmachen. »Ich war mir zuerst sicher, dass es einer von uns sein müsse. Aber ich war es nicht, und Damson auch nicht. Damson ist über jeden Zweifel erhaben. Es könnte dein Bruder sein, aber er war es auch nicht, oder?«

Par schüttelte den Kopf.

»Oder der Hochländer.«

Wieder schüttelte Par den Kopf.

»Also bleiben Ciba Blau, Stasas und Drutt. Blau ist höchstwahrscheinlich tot; das heißt, wenn er der Verräter war, war er dumm genug, sich den Tod einzuhandeln. Aber das passt nicht zu Blau. Und die anderen beiden sind schon lange bei mir. Ich kann mir einfach überhaupt nicht vorstellen, dass einer von ihnen mich verraten würde – ganz gleich, welchen Preis man ihnen bietet. Ihr Hass auf die Föderation ist beinahe so groß wie meiner.«

Padishar Weidenkorbs Kiefermuskeln spannten sich an. »Vielleicht ist es also doch keiner von uns. Aber wer könnte sonst von unserem Plan erfahren haben? Verstehst du, was ich meine? Dein Freund, der Hochländer, hat heute Morgen etwas erwähnt, was er fast vergessen hatte. Als wir in die Stadt gekommen sind, hat er sich eingebildet, Heuerwetz zu sehen. Doch dann glaubte er, sich geirrt zu haben; jetzt ist er sich dessen nicht mehr so sicher. Wenn ich die Tatsache außer Acht lasse, dass Heuerwetz mich unzählige Male zuvor hätte verraten können und es nicht getan hat, frage ich mich, wie er es diesmal überhaupt angestellt haben könnte. Niemand außer Damson und denen, die mit mir gekommen sind, kannte das Wo, Wann, Wie und Warum unseres Vorhabens. Und trotzdem haben die Föderationssoldaten uns erwartet. Sie wussten Bescheid.«

Par hatte seine Absicht vergessen, Padishar zu sagen, dass er die ganze Sache gründlich satthatte. »Wer war es also?«, fragte er gespannt. »Wer könnte es gewesen sein?«

Padishar Weidenkorb lächelte gequält. »Die Frage quält mich wie Bremsen ein schwitzendes Pferd. Ich weiß es noch nicht. Aber du kannst sicher sein, dass ich es früher oder später herausfinde. Im Augenblick spielt es keine Rolle. Wir haben Wichtigeres zu tun.« Er beugte sich vor. »Ich habe heute Morgen einen Mann aufgesucht, den ich kenne, einen Mann, der über das, was in den obersten Kreisen der Föderation in Tyrsis geschieht, bestens informiert ist. Er ist ein Mann – und da bin ich mir sicher –, dem ich vertrauen kann. Selbst Damson weiß nichts von ihm. Er hat mir einige interessante Dinge berichtet.

Offensichtlich habt ihr mich gerade noch rechtzeitig gerettet. Rimmer Dall ist am nächsten Morgen eingetroffen, um sich persönlich um mein Verhör und meine endgültige Beseitigung zu kümmern.« In der Stimme des Anführers der Geächteten schwang Befriedigung mit. »Er war schwer enttäuscht, als er feststellte, dass ich mich schon verabschiedet hatte... Du wartest ungeduldig darauf, dass etwas geschieht, Par. Ich weiß. Aber bei der Sache, die wir vorhaben, zieht überstürztes Handeln lediglich einen frühen Tod nach sich, und deshalb ist Vorsicht jederzeit angebracht.« Er lächelte wieder. »Aber du und ich, mein Junge – wir sind ein Gespann, mit dem die Föderation bei ihren Spielchen nicht gerechnet hat. Das Schicksal hat dich zu mir geführt, und das Schicksal hält etwas ganz Bestimmtes für uns beide bereit, etwas, das die Föderation und ihre Sucher gründlich verwirren wird.« Er ballte vor Pars Gesicht die Hand zur Faust, und dieser schrak unwillkürlich zurück. »So viel Mühe wurde darauf verwendet, die Spuren des alten Volksparks zu zerstören – die Sendic-Brücke wurde abgerissen und neu aufgebaut, der alte Park eingemauert, Wachen überall in der Stadt. Warum? Weil sich irgendetwas dort unten befindet, das unter keinen Umständen entdeckt werden soll. Ich fühle es, mein Junge. Ich bin jetzt ebenso überzeugt davon wie vor fünf Nächten, als wir uns auf den Weg gemacht haben!«

»Das Schwert von Shannara?«, flüsterte Par.

Jetzt war Padishar Weidenkorbs Lächeln echt. »Ich würde zehn Jahre meines Lebens darauf verwetten! Aber es gibt auch jetzt nur einen Weg, um es herauszufinden, nicht?«

Er packte Par an den Schultern. Das wettergegerbte, knochige Gesicht glich einer Maske aus Verschlagenheit und rücksichtsloser Entschlossenheit. Der Mann der letzten fünf Tage war verschwunden; jetzt sprach wieder der alte Padishar Weidenkorb.

»Der Mann, mit dem ich gesprochen habe, hat mir erzählt, Rimmer Dall sei davon überzeugt, dass wir entkommen sind. Der Sucher glaubt, dass wir in den Parmakeil zurück sind und unser Vorhaben hier aufgegeben haben. Er verweilt nur noch in der Stadt, weil er sich nicht entschließen kann, was er als Nächstes tun soll. Ich bin der Meinung, dass wir ihm bei seiner Entscheidung helfen sollten.«

Par riss die Augen auf. »Und zwar wie?«

»Indem wir tun, womit er am wenigsten rechnet.« Padishar Weidenkorb kniff die Augen zusammen. »Wir gehen noch einmal in die Grube.«

Par stockte der Atem.

»Wir gehen noch einmal in die Grube, bevor er die Möglichkeit hat herauszufinden, wo wir sind und was wir vorhaben, und wenn das Schwert von Shannara sich dort befindet, schnappen wir es ihnen vor der Nase weg.«

Padishar Weidenkorb zog den erstaunten Par mit einem Ruck auf die Beine. »Und zwar heute Nacht!«

22

Die Abenddämmerung brach an, als sich Walker Boh seinem Ziel näherte. Am frühen Morgen hatte er den Kamin in Richtung Norden verlassen, war ohne Eile losgewandert und hatte in aller Ruhe darüber nachgedacht, was er jetzt tun sollte. Bei seinem Aufbruch hatte die Sonne vom klaren Himmel herabgeschienen, doch zum Ende des Tages waren von Westen her Wolken aufgezogen. Das Land war zerklüftet, Bergkämme und steile Abhänge durchbrachen die Gleichförmigkeit des Waldes. Wiederholt versperrte ihm abgestorbenes Holz den Weg. Nebel hing in Fetzen über den Bäumen.

Walker Boh blieb stehen. Er starrte von einer Anhöhe in ein schmales Tal mit einem winzigen See hinunter. Der Finsterweiher. Der kaum sichtbare See wurde von Kiefern und dichtem Nebel, der wie ein undurchdringlicher Teppich über der Wasserfläche schwebte, verdeckt.

Walker Boh machte sich auf den Weg ins Tal. Beim Abstieg hüllte ihn der Nebel fast vollständig ein. Er verdrängte die Empfindungen, die ihn überkamen – die erdrückende Enge, das eingebildete Flüstern, die beunruhigende Leere –, und konzentrierte sich darauf, einen Fuß vor den anderen zu setzen. Die Luft wurde schnell kalt, eine Feuchtigkeit legte sich auf seine Haut, die nach Verwesung roch. Er hatte das Gefühl, als würde ihn der Finsterweiher beobachten.

Cogline hatte ihn früh vor dem Finsterweiher gewarnt. Der Finsterweiher war der Geist, der in dem See hauste, ein Schatten, der älter war als die Vier Länder. Sein Ursprung reichte angeblich zurück bis in die Zeit vor den Großen Kriegen. Er rühmte sich damit, dass er bereits im Zeitalter der Feen gelebt hatte. Wie alle anderen Schatten hatte auch er die Fähigkeit, Geheimnisse weiszusagen, die den Sterblichen verborgen blieben. Er verfügte über Magie. Aber er war ein boshaftes Wesen, das aus Gründen, die keiner kannte, in dieser Welt für alle Ewigkeit gefangen war. Er konnte nicht sterben und hasste das körperlose, leere Dasein, dem er nicht entfliehen konnte. Er ließ seine Laune an den Menschen aus, die ihn aufsuchten, um mit ihm zu sprechen, foppte sie mit Rätseln, die sie zu lösen suchten, verspottete sie mit ihrer Sterblichkeit und konfrontierte sie mehr mit dem, was sie zu verbergen suchten, als mit dem, was sie preisgaben.

Brin Ohmsford hatte vor dreihundert Jahren den Finsterweiher aufgesucht, um von hier aus zum Maelmord und zum Ildatch zu gelangen. Der Schatten spielte so lange mit ihr, bis sie das Wünschlied einsetzte, um ihn zu überlisten und auf diese Weise zu zwingen, das, was sie wissen wollte, preiszugeben. Der Schatten hatte diese Begebenheit nie vergessen; es war das einzige Mal, dass er auf einen Menschen hereingefallen war. Walker Boh hatte die Geschichte während seiner Kindheit mehr als einmal gehört. Aber erst als er sich am Kamin niedergelassen und dem Erbe der Ohmsfords abgeschworen hatte, hatte er entdeckt, dass der Finsterweiher auf ihn wartete. Auch wenn Brin Ohmsford schon lange tot war, der Finsterweiher existierte ewig und war entschlossen, jemanden aus ihrem Geschlecht für seine Erniedrigung bezahlen zu lassen.

Cogline hatte Walker Boh geraten, sich vom Finsterweiher fernzuhalten. Dieser werde ihn, sofern sich ihm Gelegenheit bot, vernichten. Seine Eltern hatten den gleichen Rat erhalten, und sie hatten ihn befolgt. Aber Walker Boh hatte einen Punkt im Leben erreicht, an dem er sich nicht länger für das, was er war, entschuldigen wollte. Er war in den Wildewald gezogen, um vor seinem Erbe davonzulaufen; er hatte nicht die Absicht, sich den Rest seines Lebens Gedanken zu machen, ob irgendetwas oder irgendjemand ihn zugrunde richten konnte. Daher hielt er es für besser, sich sofort mit dem Schatten zu beschäftigen. Also machte er sich auf die Suche nach dem Finsterweiher. Da der Schatten sich immer nur einem Menschen zeigte, war Cogline gezwungen, Walker Boh allein gehen zu lassen. Die Begegnung mit dem Finsterweiher dauerte fast sechs Stunden. Als sie sich trafen, setzte der Finsterweiher jede nur vorstellbare List ein, die ihm zur Verfügung stand, tischte ihm wahre und falsche Geheimnisse über seine Gegenwart und Zukunft auf, überhäufte ihn mit rhetorischen Ausführungen, die ihn um seinen Verstand bringen sollten, gaukelte ihm gehässige und zerstörerische Bilder seiner selbst und derer vor, die er liebte. Walker Boh ertrug alles. Als der Schatten erschöpft war, verfluchte er Walker Boh und verschwand im Nebel.

Walker Boh kehrte in dem Gefühl zum Kamin zurück, dass diese Angelegenheit erledigt sei. Er kümmerte sich nicht mehr um den Finsterweiher, und der Finsterweiher kümmerte sich nicht mehr um ihn.

Erst heute kehrte Walker Boh an diesen Ort zurück.

Er seufzte. Dieses Mal würde es schwieriger werden, denn er wollte etwas vom Finsterweiher. Er hätte versuchen können, ihn zu täuschen. Er könnte die Wahrheit über den Grund seines Besuchs verschweigen, dass er nämlich erfahren wollte, wo sich der geheimnisvolle schwarze Elfenstein befand. Er konnte über dies und jenes reden, aber auf diese Weise würde er wahrscheinlich nichts erreichen. Irgendwie erriet der Finsterweiher die Beweggründe seiner Besucher jedes Mal.

Walker Boh setzte den Weg fort. Das Tageslicht schwand,

Dunkelheit hüllte ihn es. Er zog seinen Mantel fester um sich, während er sich seine Worte für den Finsterweiher zurechtlegte, die Gründe, die er vorbringen wollte, die Spiele, die er, wenn nötig, spielen würde. Er ging im Geiste noch einmal die Ereignisse in seinem Leben durch, auf die sich der Schatten wahrscheinlich stürzen würde – bei den meisten handelte es sich um solche aus seiner Jugend, als er von innerer Zerrissenheit und Unsicherheit geplagt worden war.

»Dunkler Onkel«, so hatten sie ihn schon damals genannt, die Spielgefährten von Par und Coll, deren Eltern und überhaupt die Menschen aus dem Ort Schattental. Als dunkel bezeichneten sie das Leben und das Wesen dieses blassen, in sich zurückgezogenen jungen Mannes, der manchmal Gedanken lesen konnte, der Geschehnisse vorhersagen und sie sogar heraufbeschwören konnte, der vieles wusste, das anderen verborgen blieb – Par und Colls seltsamer Onkel, der ohne eigene Eltern aufwuchs, der keine eigene Familie hatte, der ohne eine Vergangenheit lebte, die er mit anderen hätte teilen wollen. Selbst der Name Ohmsford schien nicht zu ihm zu passen. Er war immer nur der »Dunkle Onkel«, er wirkte stets älter als alle anderen, und zwar eher dem Wissen als den Jahren nach. Und dieses Wissen hatte er nicht erlernt, sondern er war damit geboren worden. Sein Vater hatte versucht, es ihm zu erklären. Es war das Erbe der Wünschliedmagie, das es verursacht hatte. Bei ihm hatte sich die Magie auf diese Weise manifestiert. Aber sie würde nicht so bleiben, denn das tat sie nie. Dies war nur ein Stadium, das er durchleben musste. Aber Par und Coll mussten dieses Stadium doch nicht durchleben, wandte Walker ein. Nein, nur du und ich, nur die Kinder von Brin Ohmsford, denn uns wurde es anvertraut, flüsterte sein Vater daraufhin. Wir wurden von Allanon auserwählt …

Wütend verdrängte er die Gedanken, und Verbitterung machte sich erneut in ihm breit. »Von Allanon auserwählt« hatte sein Vater gesagt? »Von Allanon verflucht« würde es wohl besser treffen.

Die Bäume vor ihm lichteten sich so unvermittelt, dass er erschrak. Er stand am Rand des Sees, dessen felsige Ufer sich zu beiden Seiten im Nebel verloren, dessen Wasser leise plätscherte. Walker Boh richtete sich auf. Er schärfte seine Sinne, er konzentrierte sich, und sein Kopf wurde klar.

Während er wartete, glich er einer einsamen Statue.

Dann erhaschte er eine Bewegung im Nebel, aber sie ging von mehr als einer Stelle aus und war so schnell vorbei, wie sie gekommen war. Irgendwo weit weg, über dem Nebel, der den See einhüllte, jenseits der Bergkämme, die das schmale Tal umschlossen, flüsterte eine Stimme in einen leeren Himmel: »Dunkler Onkel.«

Walker hörte die Worte, täuschend nah und gleichzeitig nirgendwo, nicht aus seinem Kopf oder von einem anderen feststellbaren Ort, und trotzdem waren sie da. Er antwortete nicht. Er wartete einfach.

Dann sammelten sich die vereinzelt auftretenden Bewegungen, die gerade den Nebel aufgewühlt hatten, an einem Punkt, formten sich zu einer farblosen Gestalt, die auf dem Wasser stand und langsam näher kam. Ihre Umrisse wurden deutlicher; sie schien zu wachsen, bis sie größer war als jede menschliche Gestalt, und erhob sich, als wolle sie alles, was ihr im Weg stand, zermalmen. Walker Boh regte sich nicht. Die Gestalt verwandelte sich in einen Schatten, und der Schatten verwandelte sich in einen Menschen …

Walker Boh beobachtete regungslos, wie der Finsterweiher vor ihm stand, jetzt sein Gesicht aus dem Schatten hob und die Identität enthüllte, für die er sich entschieden hatte.

»Bist du gekommen, um meine Aufgabe anzunehmen, Walker Boh?«, fragte er.

Walker Boh war überrascht. Düster und bedrohlich starrte ihn das Antlitz von Allanon von oben herab an.

In den Mauern des Lagerhauses herrschte erwartungsvolle Stille. Sechs Paar Augen richteten sich gespannt auf Padishar Weidenkorb.

Er hatte eben angekündigt, dass sie noch einmal in die Grube zurückkehren würden. »Dieses Mal gehen wir anders vor«, erklärte er ihnen, während sein knochiges Gesicht vor Entschlossenheit strotzte, als könne er sie allein damit von seinem Vorhaben überzeugen. »Wir schleichen diesmal nicht mit Strickleitern durch den Park. Im Keller des Wachhauses gibt es einen Eingang zum Park. Und dort kommen wir hinein. Wir gehen durch das Wachhaus hinein, hinunter in die Grube und sind wieder heraus, bevor es jemand bemerkt hat.«

Par riskierte einen Blick auf die anderen. Coll, Morgan, Damson Rhee, die Geächteten Stasas und Drutt – auf ihren Gesichtern lag ein Ausdruck von Unglauben und Hochachtung. Was der Anführer der Geächteten vorschlug, war schlichtweg ungeheuerlich, die Chance, damit durchzukommen, mehr als gering. Keiner versuchte ihn zu unterbrechen. Alle warteten gespannt auf die Einzelheiten des Plans.

»Die Wachen werden zweimal täglich abgelöst – einmal bei Sonnenaufgang, einmal bei Sonnenuntergang. Zwei Schichten zu je sechs Mann. Jede Schicht wird einmal in der Woche ausgewechselt, aber an jeweils anderen Tagen. Heute ist einer dieser Tage. Die Tagwachen werden heute kurz nach Sonnenuntergang ausgewechselt. Da bin ich ganz sicher, denn ich habe alles versucht, um mir darüber Gewissheit zu verschaffen. Heute wird ein paar Stunden vor der Ablösung der Wache zudem eine Putzkolonne eintreffen, weil vor der Wachablösung am Abend die Quartiere inspiziert werden sollen; der Kommandant des Wachhauses will, dass die Unterkünfte makellos aussehen. Die Tagwachen werden die Putzkolonne ungehindert passieren lassen.« Er schwieg kurz. »Die besagte Putzkolonne sind natürlich wir. Sind wir erst einmal drin, kümmern wir uns als Erstes um die Nachtwache. Wenn wir nicht allzu viel Lärm veranstalten, wird die Tagwache nicht bemerken, was gespielt wird. Sie werden ihre Runden fortsetzen und damit sogar einen Teil unserer Arbeit erledigen, indem sie niemand hereinlassen. Von innen verriegeln wir für alle Fälle die Tür. Dann gelangen wir über die Treppe des Wachhauses in den Keller und in die Grube. Draußen sollte es noch hell genug sein, damit wir das, was wir suchen, rasch finden. Sobald wir es haben, gehen wir die Treppe wieder hinauf und verschwinden auf dem gleichen Weg, auf dem wir gekommen sind.«

Einen Augenblick sprach niemand. Dann sagte Drutt mit rauer Stimme: »Man wird uns erkennen, Padishar. Wir werden bestimmt einigen der Soldaten über den Weg laufen, die uns von unserem letzten Besuch kennen.«

Padishar Weidenkorb schüttelte den Kopf. »Die Wachen wurden vor drei Tagen ausgetauscht. Die Männer, die bei unserer Gefangennahme Dienst hatten, sind nicht mehr da.«

»Und was ist mit dem Kommandanten?«

»Er kommt erst Anfang der nächsten Woche zurück. Wir haben es nur mit dem wachhabenden Offizier zu tun.«

»Wir brauchen Föderationsuniformen.«

»Die haben wir. Ich habe sie gestern besorgt.«

Drutt und Stasas warfen sich vielsagende Blicke zu. »Du hast das von langer Hand vorbereitet, nicht wahr?«, fragte Letzterer.

Der Anführer der Geächteten lachte leise. »Seit dem Augenblick, in dem wir die Zellen hinter uns gelassen haben.«

Morgan, der neben Par auf einer Bank saß, erhob sich. »Wenn irgendetwas schiefgeht und sie unser Vorhaben entdecken, werden sie überall sein. Und dann sitzen wir in der Falle, Padishar.«

Der große Mann schüttelte den Kopf. »Nein, werden wir nicht. Zusätzlich zu unserem Putzzeug nehmen wir Wurfhaken und Seile mit. Wenn wir nicht auf dem gleichen Weg wieder hinauskommen, klettern wir in der Grube nach oben. Die Föderationssoldaten werden erwarten, dass wir durch den Wachhauseingang verschwinden. Sie werden gar nicht auf die Idee kommen, dass wir die Grube auf einem anderen Weg verlassen könnten.«

Längeres Schweigen entspann sich.

»Nun, wie steht ihr dazu?« Padishar Weidenkorbs Geduld neigte sich dem Ende zu. »Zeit ist unser kostbarstes Gut. Wir wissen, dass wir ein Risiko eingehen, aber das liegt in der Natur der Sache. Ich möchte eine Entscheidung. Wollt ihr es versuchen oder nicht? Wer sagt ja? Wer ist dabei?«

Das Schweigen dehnte sich noch weiter aus. Coll und Morgan saßen starr wie Statuen neben ihm auf der Bank. Stasas und Drutt hatten die Blicke auf den Fußboden gerichtet. Damson Rhee und Padishar Weidenkorb sahen einander an.

Par erkannte, dass niemand etwas sagen wollte, sondern alle auf ihn warteten. Zu seiner eigenen Überraschung, und ohne dass er darüber nachdenken musste, sagte er: »Ich bin dabei.«

»Hast du den Verstand verloren?«, flüsterte Coll in sein Ohr.

Stasas und Drutt zogen einen Augenblick Padishar Weidenkorbs Aufmerksamkeit auf sich, als auch sie erklärten, mit von der Partie zu sein.

»Par, das war unsere Chance, aus der Sache rauszukommen!«, murmelte Coll.

»Er tut es für mich, verstehst du das nicht? Ich bin es schließlich, der das Schwert von Shannara sucht. Ich kann nicht zulassen, dass Padishar das Risiko ganz allein trägt. Ich muss mit ihm gehen!«

Hilflos schüttelte Coll den Kopf. Morgan zwinkerte Par über Colls Schulter hinweg zu und hob seine Hand, um sein Einverständnis zu erklären. Coll tat dies ebenfalls.

Jetzt fehlte nur noch Damson Rhee. Padishar Weidenkorb blickte sie fest an und wartete. Plötzlich kam Par der Gedanke, dass Padishar Weidenkorb überhaupt nicht hätte fragen müssen, ob sie mit ihm gehen wollten; er hätte es ihnen einfach befehlen können. Vielleicht wollte er sie mit der Frage auf die Probe stellen. Der Verräter war immer noch nicht gefunden.

»Ich warte im Park auf euch«, sagte Damson Rhee. Alle Blicke waren jetzt auf sie gerichtet. Sie schien es nicht zu bemerken. »Ich müsste mich als Mann verkleiden, wenn ich euch begleiten wollte. Das wäre ein zusätzliches Risiko, das ihr eingehen müsstet – und wozu? Meine Anwesenheit würde euch nichts einbringen. Wenn es Schwierigkeiten gibt, kann ich euch draußen sehr viel mehr nützen.«

Padishar Weidenkorb lächelte entwaffnend. »Wie immer hast du stichhaltige Gründe, Damson. Du wartest im Park auf uns.«

Par schien es, als erfolgte seine Zustimmung etwas zu schnell.

Wasserfontänen schossen in die Höhe und ergossen sich auf die graue Oberfläche des Sees; die Tropfen, die auf Walker Bohs Haut prasselten, fühlten sich an wie Eis.

»Sag, warum du gekommen bist, Dunkler Onkel«, flüsterte Allanons Schatten.

»Ich sage dir gar nichts«, erwiderte Walker Boh. »Du bist nicht Allanon. Du bist nur der Finsterweiher.«

Allanons Antlitz leuchtete und entschwand im Halbdunkel, verwandelte sich dann in Walker Bohs. Der Finsterweiher stieß ein unechtes Lachen aus. »Ich bin du, Walker Boh. Nicht mehr und nicht weniger. Erkennst du dich nicht selbst?« Das Gesicht machte blitzartige Verwandlungen durch – Walker Boh als Kind, als Knabe, als Jugendlicher, als Mann.

Die Bilder kamen und verschwanden so schnell, dass Walker Boh ihnen kaum folgen konnte. Er zwang sich, ruhig zu bleiben. »Wirst du mit mir reden, Finsterweiher?«, fragte er.

»Wirst du mit dir selber sprechen?«, lautete die Antwort.

Walker holte tief Luft. »Das werde ich. Aber welchen Sinn soll das haben? Es gibt nichts, worüber ich mit mir selbst reden könnte. Ich kenne bereits alle meine Antworten.«

»Ha, ha, genau wie ich, Walker. Genau wie ich.«

Der Finsterweiher schrumpfte zusammen, bis er so groß war wie Walker Boh. Er verhöhnte ihn, indem er das Gesicht so alt und erschöpft zeigte, als wolle er dem Dunklen Onkel damit die Sinnlosigkeit seines Daseins vor Augen führen.

»Ich weiß, warum du gekommen bist«, erklärte er. »Ich kenne deine geheimsten Gedanken, die du dir nicht einmal selbst eingestehen willst. Wir brauchen keine Spielchen zu spielen, Walker Boh. Du bist mir darin sicherlich gewachsen, und ich verspüre kein Verlangen, mich noch einmal auf eine Auseinandersetzung mit dir einzulassen. Du bist gekommen, weil du wissen willst, wo du den schwarzen Elfenstein findest. Nun gut! Ich werde es dir sagen.«

Auf der Stelle wurde Walker Boh misstrauisch. Der Finsterweiher machte niemals Zugeständnisse ohne Hintergedanken. Er nickte, erwiderte jedoch nichts.

»Du scheinst sehr traurig zu sein, Walker«, beschwichtigte ihn der Geist. »Kein Jubel über meine Ergebenheit, keine Begeisterung darüber, dass du bekommst, wonach dir der Sinn steht? Ist es denn so schwierig einzugestehen, dass du Stolz und Standhaftigkeit aufgegeben hast, dass du dich wieder einmal von Druiden einfangen lassen hast?«

Walker Boh erstarrte unwillkürlich. »Du verstehst die Dinge falsch, Finsterweiher. Nichts ist entschieden.«

»Aber ja, Dunkler Onkel! Alles ist entschieden! Lass dich nicht täuschen. Du bist den Worten des Druiden verfallen. Das Vermächtnis, das er Brin Ohmsford hinterlassen hat, wird zu dem deinen, ob du es willst oder nicht.«

»Dann erzähl mir von dem schwarzen Elfenstein«, lockte Walker Boh.

»Alles zu seiner Zeit! Nur Geduld.«

Die Worte verhallten in der Stille; der Finsterweiher bewegte sich in seinem Nebelschleier. Das Tageslicht war Dunkelheit gewichen, der Mond und die Sterne wurden vom dichten Nebel des Tales verhüllt. Trotzdem war Walker Boh von Licht umgeben, von einem boshaften Glühen, das trübe die Nacht erhellte.

»Du hast dir so viel Mühe gegeben, den Druiden zu entkommen«, sagte der Finsterweiher milde. »Welche Torheit!« Walker Bohs Gesicht löste sich auf, und an seiner Stelle erschien das Gesicht seines Vaters. Dieser sprach: »Erinnerst du dich, Walker? Wir sind die Bewahrer des Vermächtnisses von Allanon. Er hat es Brin Ohmsford im Sterben anvertraut, damit es von einer Generation zur anderen weitergegeben wird, so lange, bis es gebraucht wird, irgendwann in ferner, ferner Zukunft …«

Das Antlitz seines Vaters blickte ihn boshaft an. »Vielleicht jetzt?«

Bilder wurden über ihm lebendig, fein gewoben wie ein Wandteppich. Er sah eines nach dem anderen, in leuchtenden Farben, erfüllt mit der Tiefe des wirklichen Lebens.

Bestürzt trat Walker Boh einen Schritt zurück. Er erkannte sich selbst. Zorn und Trotz sprachen aus seinem Gesicht; seine Füße standen auf Wolken über den sich krümmenden Gestalten von Par, Wren und den anderen Mitgliedern der kleinen Gruppe, die sich am Hadeshorn zusammengefunden hatte, um mit dem Schatten von Allanon zu sprechen. Donner grollte aus der Dunkelheit und verhallte im Himmel, der sich über ihm ausdehnte, und Blitze fuhren zuckend auf ihn hernieder. Walker Bohs Stimme glich einem Zischen; die Worte, wenngleich seine eigenen, schienen wie aus der Erinnerung gesprochen. »Ich würde mir lieber die Hand abhacken als die Druiden zu neuem Leben erwecken!« Als er jetzt seinen Arm hob, sah er, dass seine Hand tatsächlich fehlte.

Das Bild verschwamm; ein anderes erschien. Wieder sah er sich, dieses Mal auf einem hohen Berg, der für alle Ewigkeiten dazustehen schien. Die ganze Welt breitete sich unter ihm aus, die Nationen und die Rassen, die Geschöpfe zu Land und zu Wasser. Der Wind zerrte an seiner schwarzen Robe. Er sah ein Mädchen neben sich. Sie war zugleich Frau und Kind, ein magisches Wesen, ein Geschöpf von überirdischer Schönheit. Die Kraft ihres Blickes aus ihren abgrundtiefen schwarzen Augen, von denen er sich nicht abwenden konnte, überwältigte ihn. Ihr langes silbernes Haar umhüllte leuchtend ihr Haupt. Sie streckte die Hand nach ihm aus, suchte Halt bei ihm, um das Gleichgewicht auf dem tückischen Felsen nicht zu verlieren – und er stieß sie mit Gewalt von sich weg. Sie stürzte in die Finsternis hinab; lautlos entschwand sie seinem Blick, das silberne Haar wurde zu einem leuchtenden Band und löste sich dann in Nichts auf.

Er sah sich selbst ein drittes Mal, diesmal in einer Burg, die bar allen Lebens war. Der Tod verfolgte ihn unbarmherzig, kroch durch Wände und Gänge, kalte Finger suchten tastend nach Spuren seines Lebens. Er wollte davonlaufen, wusste, dass er es tun musste, wenn er überleben wollte – doch er konnte es nicht. Unbeweglich stand er da, ließ zu, dass der Tod sich ihm näherte, seine Hand nach ihm ausstreckte, ihn berührte. Als sein Leben endete, erfüllte ihn Kälte, und er sah eine schwarz gekleidete Gestalt hinter sich, die ihn festhielt, ihn daran hinderte zu fliehen. Die Gestalt hatte das Gesicht Allanons.

Die Vision löste sich auf, die Farben verblassten. Der Finsterweiher ließ den verhüllten Arm langsam nach unten sinken, und der See brodelte auf. Walker Boh wich zurück vor der Wucht des Wasserstrahls, der auf ihn niederging.

»Was meinst du, Dunkler Onkel?«, flüsterte der Finsterweiher, der wieder die Gestalt Walker Bohs angenommen hatte.

»Dass du immer noch Spielchen mit mir spielst«, sagte Walker Boh leise. »Dass du mir Lügen und Halbwahrheiten auftischst, um mich zu verhöhnen. Dass du mir nichts über den schwarzen Elfenstein verraten hast.«

»Habe ich das nicht?« Der Finsterweiher leuchtete geheimnisvoll. »Glaubst du, es ist alles nur ein Spiel? Nur Lügen und Halbwahrheiten?« Er lachte freudlos. »Denk, was du willst, Walker Boh. Aber ich sehe eine Zukunft, die du nicht siehst. Ich bin du, ich erzähle dir, wer und was du bist – so wie ich es mit allen mache, die mich aufsuchen.«

Walker Boh schüttelte den Kopf. »Nein, Finsterweiher, du kannst niemals ich sein. Du kannst niemals ein anderer sein als der, der du bist – ein Schatten ohne ein eigenes Sein, ohne einen Körper, für alle Ewigkeit verbannt in dieses kleine Gewässer. Nichts, was du tust, kein Spiel, das du treibst, kann daran etwas ändern.«

Der Finsterweiher ließ eine Fontäne zischend gen Himmel fahren, Zorn sprach aus seiner Stimme. »Dann geh, Dunkler Onkel!« Das Antlitz Walker Bohs verwandelte sich in einen Totenschädel. »Du glaubst, dass mein Schicksal nichts mit deinem zu tun hat? Hüte dich! Du trägst mehr von mir in dir, als du wissen möchtest!«

Die Robe wallte auf und warf trübes Licht in den Nebel. »Hör zu, Walker! Du verlangst Auskunft über den schwarzen

Elfenstein? Dann pass gut auf! Eine Dunkelheit umgibt ihn, eine Finsternis, die kein Licht durchdringen kann, wo Augen Menschen in Stein verwandeln und Stimmen Menschen in den Wahnsinn treiben. Dahinter, wo nur die Toten liegen, befindet sich ein Fach, das mit Runen verziert ist, den Zeichen der Vergänglichkeit. In diesem Fach liegt der Stein.«

Der Totenkopf löste sich in nichts auf, nur die Robe blieb zurück und hing lose im Nebel. »Du hast von mir bekommen, wonach du verlangt hast, Dunkler Onkel«, flüsterte der Schatten hasserfüllt. »Ich habe es getan, weil dieses Geschenk dich vernichten wird. Stirb, damit dein verfluchtes Geschlecht mit dir als dem Letzten ein Ende findet! Wie ich mich danach sehne! Geh jetzt! Verschwinde! Ich wünsche dir eine rasche Reise ins Verderben!«

Der Finsterweiher verschmolz mit dem Nebel. Dunkelheit umgab See und Ufer, und Walker Boh konnte einen Augenblick nichts mehr sehen. Er rührte sich nicht von der Stelle, sondern wartete darauf, bis die Sicht zurückkehrte, während der kalte Nebel über seine Haut strich. Das Lachen des Finsterweihers hallte in seinem Kopf nach.

Dunkler Onkel, wisperte der Finsterweiher.

Als er wieder sehen und die Umrisse der Bäume hinter sich erkennen konnte, wandte er sich vom See ab, schlug den Mantel eng um sich und stapfte davon.

23

Der Nachmittag neigte sich dem Abend zu. In Tyrsis ging leichter Regen nieder und verwandelte den Staub in rutschige Schmiere. Sturmwolken hingen tief über den Bäumen des verlassenen Volksparks.

Dann zerrissen Schritte die Stille, ein Getrampel von Stiefeln, und sechs in Mäntel und Kapuzen gehüllte Föderationssoldaten traten aus dem Grau. Zwei Amseln, die sich auf einer Birke niedergelassen hatten, blickten sich unruhig um. Ein Hund, der zwischen Abfällen herumstreunte, schlich eilig davon. In einem trockenen Hauseingang hatte ein verwaistes Kind Schutz vor der Kälte gesucht und lugte vorsichtig aus seinem Unterschlupf hervor. Ansonsten regte sich nichts. Die Straßen waren verlassen, in der Stadt herrschte Ruhe und eine ungemütlich feuchte Dunkelheit.

Padishar Weidenkorb führte die kleine Gruppe über den Platz auf der Tyrsis-Allee in den Park hinein. Sie waren nicht voneinander zu unterscheiden. Auf dem ganzen Weg vom Lagerhaus waren sie nicht auf Schwierigkeiten gestoßen und hatten fast kein einziges Lebewesen angetroffen. Alles verlief nach Plan.

Par Ohmsford beobachtete, wie sich die Umrisse des Wachhauses schwach durch die Bäume abzeichneten. Mit hochgezogenen Schultern schützte er sich vor der Kälte des Regens. Er wusste, dass er nahe daran war, die Beherrschung zu verlieren. Es war nicht das erste Mal, dass er richtige Angst hatte, sondern auch schon, als Coll und er aus Varfleet geflohen waren, als sie unterhalb des Runnegebirges von der Waldfrau bedroht worden waren, als Cogline ihnen erklärte, was sie zu tun hatten, als sie bei Nacht und Nebel mit Morgan den Regenbogensee überquerten, als sie in den Wäldern des Anar mit dem Riesen kämpften, als sie im Wolfsktaaggebirge dem Nager entflohen und als er von den Spinnengnomen und der Kindfrau, die in Wirklichkeit ein Schattenwesen war, gefangen genommen worden war. Er hatte auch Angst gehabt, als Allanon erschienen war. Aber seine Angst damals und die seither war nichts im Vergleich mit dem, was er jetzt fühlte. Er hatte eine Heidenangst.

Er schluckte, weil er eine trockene Kehle hatte, und redete sich ein, dass alles in Ordnung sei. Das Gefühl hatte ihn ganz plötzlich überfallen. Er hielt es für sinnlos, den anderen davon zu erzählen. Im Grunde genommen hätte er nichts sagen können, was von Bedeutung gewesen wäre – er hätte nur sagen können, dass er sich fürchtete, ja dass er Todesängste ausstand. Und was, fragte er sich, fühlten die anderen wohl?

Ein Windstoß schüttelte die nassen Bäume und ließ die Tropfen auf ihn niederprasseln. Er leckte sie von den Lippen ab und hieß die kühle Feuchtigkeit willkommen.

»Allanon!« Er flüsterte den Namen des Druiden wie ein Gebet. »Warum hilfst du mir nicht?« Aber ein Schatten, das wusste er, konnte niemandem helfen. Hilfe durfte man nur von den Lebenden erwarten.

Nun blieb keine Zeit mehr für solche Gedanken, keine Zeit, sich mit Entscheidungen zu quälen, die nicht mehr zu ändern waren, und keine Zeit, die getroffenen zu beklagen. Die Bäume lichteten sich, und sie standen vor dem Wachhaus. Die zwei wachhabenden Föderationssoldaten nahmen Haltung an, als sie sich näherten.

Padishar Weidenkorb zögerte nicht. Er ging schnurstracks

auf sie zu, teilte ihnen Sinn und Zweck ihres Kommens mit, machte einen Witz über das Wetter und veranlasste sie, ihnen das Tor zu öffnen. Mit eng hochgezogenen Umhängen eilte die kleine Gruppe hinein.

Die Männer der Nachtwache, sechs an der Zahl, saßen beim Kartenspiel um einen Holztisch und blickten bei ihrem Eintreten kaum auf. Der Kommandant der Wache war nirgendwo zu sehen.

Padishar Weidenkorb schielte über die Schulter und forderte Morgan, Stasas und Drutt mit einem schwachen Kopfnicken auf, sich um den Tisch zu verteilen.

Als sie ihre Plätze einnahmen, blickte einer der Kartenspieler argwöhnisch auf. »Wer seid ihr?«, wollte er wissen.

»Putzkolonne«, antwortete Padishar Weidenkorb. Er trat hinter den Sprecher und beugte sich hinunter, um in seine Karten zu schauen. »Mit dem Blatt kannst du nur verlieren, mein Freund.«

»Verschwinde, du tropfst mich voll«, beschwerte sich der andere.

Padishar Weidenkorb versetzte ihm einen Fausthieb an die Schläfe, und der Mann fiel um wie ein Stein. Ein zweiter folgte fast ebenso schnell. Die Wachen sprangen schreiend von ihren Plätzen auf, aber die Geächteten und Morgan streckten sie innerhalb von Sekunden nieder. Par und Coll begannen Seile und Stoffstreifen auszupacken.

»Schleppt sie in die Schlafquartiere, fesselt und knebelt sie«, flüsterte Padishar Weidenkorb. »Sorgt dafür, dass sie nicht fliehen können.«

Sie vernahmen ein kurzes Klopfen an der Tür. Padishar Weidenkorb wartete, bis die Wachen weggeschafft waren, und öffnete dann das Guckloch. »Alles in Ordnung«, versicherte er den Wachen, die glaubten, ein Geräusch gehört zu haben.

Nachdem die Männer der Nachtwache sicher in den Schlafquartieren verstaut waren, schloss Padishar Weidenkorb die Tür und verriegelte sie. Er zögerte, bevor er befahl, die Eingangstüren ebenfalls zu verriegeln. »Es hat keinen Sinn, ein Risiko einzugehen«, erklärte er. Sie konnten niemanden zurücklassen, der dafür sorgte, dass sie nicht gestört wurden.

Die mitgebrachten Öllampen beleuchteten ihren Weg, als sie in der Dunkelheit die Treppe zu den Gewölben des Wachhauses hinabstiegen. Im unteren Stockwerk fanden sie den wachhabenden Offizier schlafend vor – einen neuen Mann, nicht denjenigen, der ihnen aufgelauert hatte, als sie in die Schlucht hinuntersteigen wollten. Ihm erging es nicht besser als den Männern oben. Sie überwältigten ihn mühelos und fesselten und knebelten ihn, bevor sie ihn in seinem Zimmer einschlossen.

»Lasst die Lampen hier«, befahl Padishar Weidenkorb.

Sie gingen an den Räumen des Wachkommandanten vorbei zum Ende des Ganges. Dort stießen sie auf eine eisenbeschlagene Tür, die doppelt so groß war wie der Größte von ihnen, der lange Drutt. Ein riesiger Türgriff, verziert mit dem Wolfskopfabzeichen der Sucher, ragte ihnen entgegen. Padishar Weidenkorb packte mit beiden Händen zu und drückte die Klinke nach unten. Der Riegel gab nach, und die Tür sprang auf. Dunkelheit und der Gestank von Verfall schlugen ihnen entgegen.

»Bleibt dicht zusammen«, flüsterte Padishar Weidenkorb über die Schulter und trat in das Dunkel hinein.

Sie befanden sich inmitten eines Waldes aus Baumstämmen, Gestrüpp und undurchdringlichem Nebel. Das dichte, herabhängende Laubwerk der Bäume über ihnen sperrte auch das letzte verbleibende Tageslicht aus. Schlamm blubberte in kleinen Pfützen überall, wo sie hintraten. Fliegende Wesen bahnten sich im Zickzack den Weg durch den Dschungel – ob

Vögel oder weniger angenehme Kreaturen, ließ sich nicht ausmachen. Gerüche drangen ihnen in die Nase, nach Verwesung und Schimmel, aber auch nach noch Schlimmerem, Unerträglichem. Aus der Dunkelheit hörten sie bedrohliche Geräusche, deren Herkunft sie nicht erkennen konnten. Die Grube erschien ihnen wie eine endlose Düsternis.

Padishar Weidenkorb winkte sie weiter. Drutt folgte ihm als Erster, dann Coll, Par, Morgan und Stasas. Vorsichtig zogen sie am Rand der Schlucht entlang und hielten auf die Trümmer der alten Sendic-Brücke zu. Par und Coll trugen Wurfhaken und Seile, die anderen hatten die Waffen gezogen. Par blickte nach hinten und sah, wie das Schwert von Leah schwach in Morgans Hand funkelte und der Regen auf das glänzende Metall tröpfelte.

Der Boden unter ihren Füßen war weich und nachgiebig, hielt jedoch ihrem Gewicht stand, während sie sich stetig der Düsternis näherten. Die Grube glich einem riesigen Schlund, aus dem der Geruch von bereits Verspeistem drang und dessen Atem der Nebel war, der sie einhüllte. Allerlei Dinge wanden und schlängelten sich durch die Tümpel, liefen an verfaulenden Baumstümpfen herunter und huschten wie Quecksilber durch das Gestrüpp. Die Stille war erstaunlich. Nur der Regen, der beharrlich durch die Düsternis niederging, war zu hören.

Es erschien Par, als wären sie schon ewig unterwegs. Die Minuten dehnten sich endlos. Wie weit ist es wohl noch bis zur verfallenen Brücke?, fragte er sich. Mit Sicherheit hätten sie längst dort sein müssen. In der Schlucht, die von der Wand zur Linken, den Bäumen und dem Nebel zur Rechten sowie der Dunkelheit und dem Regen über ihnen und um sie herum begrenzt wurde, fühlte er sich gefangen. Die schwarzen Mäntel seiner Gefährten ließen sie wie Trauernde bei einem Begräbnis erscheinen, wie Sargträger.

Dann blieb Padishar Weidenkorb stehen und lauschte. Par hatte es ebenfalls gehört – ein Zischen aus dem tiefen Schlamm, als ob Dampf aus einem Kessel entwiche. Die anderen reckten die Hälse und sahen sich um. Das Zischen verstummte, und wieder wurde die Stille nur durch ihr Atmen und den Regen gestört.

Padishar Weidenkorbs breites Schwert schimmerte, als er sie erneut weiterwinkte. Er führte sie jetzt schneller voran, als spüre er die heraufziehende Gefahr und die Notwendigkeit, schnelles Vorankommen über die Vorsicht zu stellen. Riesige Baumstämme tauchten wie stumme Wächter vor ihnen auf, um sogleich wieder mit der Finsternis zu verschmelzen.

Par spürte plötzlich, dass sie beobachtet wurden. Seine Nackenhaare sträubten sich bei dem Gefühl der Blicke, die auf sie gerichtet sein mussten, und er sah sich eilig um. Im Nebel war keine Bewegung auszumachen; nichts war zu erkennen.

»Was ist los?«, flüsterte ihm Coll ins Ohr, aber er brachte nur ein Kopfschütteln zustande.

Ganz unvermittelt standen sie vor den steinernen Trümmern der eingestürzten Sendic-Brücke, die wie riesige Zähne aus dem dichten Wald aufragten. Padishar Weidenkorb drängte vorwärts, die anderen folgten ihm. Sie drangen tiefer in den Wald ein. Die Grube schien sie mit Nebel und Dunkelheit zu verschlingen. Teile der Brücke lagen verstreut auf dem Waldboden; moosbedeckt und zerfallen, wirkten sie gespenstisch im schwachen Licht.

Par holte tief Luft. Den Legenden zufolge steckte das Schwert von Shannara mit der Klinge nach unten in einem Block aus rotem Marmor, in einem Kuppelbau unter der Sendic-Brücke.

Es musste hier sein, irgendwo in der Nähe.

Er zögerte. Würde es ihm überhaupt gelingen, diesen Kuppelbau zu betreten?

Er ließ den Blick durch den Nebel schweifen. Was wäre, wenn es unter den Trümmern der Brücke begraben lag? Wie sollten sie es erreichen?

Die Felswände erhoben sich drohend im dichten Nebel. Er sah den Westflügel des zerfallenen Königspalastes von Callahorn als dunklen Schatten zwischen den Bäumen. Der Hals schnürte sich ihm zu. Sie befanden sich fast an der anderen Wand der Schlucht. Wo sollten sie noch suchen?

Ich werde diesen Ort nicht ohne das Schwert von Shannara verlassen, schwor er sich stumm. Das Feuer dieses Entschlusses loderte in ihm, als wolle es das Versprechen besiegeln.

Dann vernahmen sie wieder das Zischen, diesmal viel näher. Es schien aus mehreren Richtungen gleichzeitig zu kommen. Padishar Weidenkorb verlangsamte den Schritt, blieb stehen und drehte sich vorsichtig um. Mit Drutt und Stasas zu seiner Linken und Rechten stellte er sich schützend vor die Talbewohner und den Hochländer und bewegte sich dann vorsichtig weiter.

Das Zischen wurde lauter. Doch es war kein Zischen mehr, sondern ein lautes Atmen.

Außer sich vor Schreck blickte sich Par in der Dunkelheit um. Irgendetwas kam ihnen entgegen, das gleiche Etwas, das Ciba Blau getötet hatte und all jene vor ihnen, die in die Grube hinabgestiegen und nie wieder herausgekommen waren. Die Gewissheit erschreckte ihn zu Tode. Und trotzdem hielt er eigentlich gar nicht nach ihrem Verfolger Ausschau, vielmehr suchte er den Kuppelbau, in dem sich das Schwert von Shannara befand. Er wollte es unbedingt finden. Plötzlich sah er es im Geiste vor sich, so klar, als hielte ihm jemand ein Bild vor Augen.

Etwas Eigenartiges schien mit ihm zu geschehen.

Er spürte eine plötzliche Anspannung in seinem Körper, die scheinbar mit der Magie des Wünschliedes zusammenhing. Er fühlte ein Ziehen, ein Zerren, das an Fesseln rüttelte, die er weder sah noch verstand. In ihm baute sich ein Druck auf wie noch nie zuvor.

Coll blickte ihn an und wurde blass. »Par?«, flüsterte er ängstlich und schüttelte ihn.

Rote Lichtstrahlen tauchten aus dem Nebel um sie herum auf und brannten wie winzige Feuer in der feuchten Luft. Sie bewegten sich und kamen näher. Gesichter tauchten auf, kaum mehr menschlich, das Fleisch verfault und zerfressen, die Züge entstellt und abstoßend. Körper wankten aus der Finsternis heran, unglaublich missgestaltet. Die meisten gingen gebeugt; einige krochen auf allen vieren.

Sie umringten die kleine Gruppe binnen weniger Sekunden. Es waren Wesen aus einem ekelerregenden Albtraum. Dunkle, körperlose Gespenster traten aus ihren Körpern heraus und wieder hinein, aus Mündern und Augen, aus den Poren der Haut und den Spitzen der Haare.

Schattenwesen!

Der Druck, der auf Par Ohmsford lastete, wurde unerträglich. Er spürte, wie sich sein Magen verkrampfte. Er sah seine Träume lebendig werden, die dunkle Welt der Schattenwesen. Es war, als würde sich Allanons Versprechen hier und jetzt erfüllen.

Er schrie, und der schrille Schrei ließ seine Gefährten erschauern. Der Schrei artikulierte sich in Worten. Er sang, und das Wünschlied zerriss die Luft gleich einer Flamme; die Magie brachte Licht in die Dunkelheit. Die Schattenwesen fuhren zurück, ihre Gesichter wurden in der unerwarteten Helligkeit zu schauerliche Fratzen, die Wunden ihrer Körper zu leuchtend roten Malen. Par versteifte sich, als er von einer Macht des Wünschliedes durchströmt wurde, wie er sie nicht für möglich gehalten hätte. Er war sich seiner Vision bewusst, der Vision des Schwertes von Shannara.

Das Licht der Magie, das zu Anfang nur eine Illusion gewesen war, wurde plötzlich Wirklichkeit. Es flammte auf, es schoss durch die Dunkelheit auf eine Art, die Par seltsamerweise bekannt vorkam, und leuchtete dabei strahlend. Es wand und drehte sich wie ein gefesseltes Wesen, das zu entkommen suchte, schlängelte sich um die Trümmer der zerstörten Sendic-Brücke, sprang über Baumstämme, brannte sich durch das Gestrüpp hin zu einer einzigartigen Steinkammer, die ungefähr hundert Meter von seinem Standort inmitten von Buschwerk und Geäst verborgen lag.

Er spürte eine Woge der Erregung.

Dort.

Das Wort rauschte durch die weiße Stille seines Geistes, unberührt von Magie und Chaos. Er sah den verwitterten schwarzen Stein, und das Licht seiner Magie brannte sich in seine raue Oberfläche, tastete Spalten und Ritzen ab, erkannte die verschnörkelten eingemeißelten Worte:

Hier liegen Herz und Seele der Nationen.
Ihr Recht, freie Menschen zu sein.
Ihr Wunsch, in Frieden zu leben,
Ihr Mut …

Plötzlich verließ ihn die Kraft, noch bevor er zu Ende lesen konnte, und die Magie flackerte ein letztes Mal auf, ehe sie sich ebenso schnell, wie sie gekommen war, wieder verflüchtigte. Mit einem Aufschrei taumelte er rückwärts. Coll fing ihn auf. Par hörte ihn nicht. Er hörte überhaupt nichts, außer dem seltsamen Klingeln, dem letzten Überbleibsel des Wünschliedes, Fragmente einer Magie, die er, wie er jetzt erkannte, noch nicht einmal begonnen hatte zu begreifen.

In seinem Geist verweilte die Vision, ein flimmerndes Bild in seinen Gedanken – das war alles, was von dem blieb, was die Magie nur wenige Minuten zuvor im Nebel und in der Dunkelheit enthüllt hatte.

Die verwitterte Steinkuppel. Die vertrauten verschnörkelten Worte.

Das Schwert von Shannara.

Dann hörte das Klingeln auf, die Vision verblasste, und er war zurück in der Grube, all seiner Kräfte beraubt. Die Schattenwesen kamen näher, hinkten aus allen Richtungen auf sie zu, drängten sie mit dem Rücken an die Trümmer der Brücke. Padishar Weidenkorb, groß und Furcht einflößend, trat einen Schritt vor, um es mit dem vordersten Schattenwesen aufzunehmen, einem riesigen bärenhaften Ding mit Krallen. Es griff nach ihm, und er hieb mit seinem breiten Schwert darauf ein, einmal, zweimal, ein drittes Mal, mit so schnell aufeinanderfolgenden Hieben, dass Par ihnen kaum folgen konnte. Mit hängenden Gliedmaßen sackte die Kreatur zusammen, doch sie ging nicht zu Boden. Sie schien kaum zu begreifen, was mit ihr geschehen war; ihre Augen waren starr, ihre Gesichtszüge in innerer Pein verzerrt.

Par beobachtete das Schattenwesen. Die Gliedmaßen fügten sich in der gleichen Weise wieder zusammen wie bei dem Riesen, mit dem sie im Anar gekämpft hatten. »Padishar, das Schwert…«, begann er, aber der Anführer der Geächteten schrie ihnen bereits zu, sich auf dem gleichen Weg, wie sie gekommen waren, wieder zurückzuziehen.

»Nein!«, schrie Par verzweifelt auf. Es wollte ihm nicht gelingen, die Sicherheit, die er spürte, in Worte zu fassen. Sie mussten zu dem Schwert gelangen. Er raffte sich auf, versuchte sich Colls Griff zu entwinden, doch sein Bruder ließ ihn nicht los, sondern schleppte ihn hinter den anderen her.

Mit der ihnen eigenen Eile griffen die Schattenwesen an. Stasas erwischte es, und sie zerrten ihn von seinen Gefährten weg. Die Kehle wurde ihm durchtrennt, und dann fuhr etwas Dunkles in seinen Körper, während er noch in den letzten Zügen lag. Dieses Etwas ließ ihn auffahren, wirbelte ihn herum, sodass er ihnen gegenüberstand, und machte ihn zu einem neuen Angreifer. Der Rest der Gruppe schlug mit den Schwertern wild um sich und zog sich weiter zurück. Ciba Blau tauchte auf, oder zumindest das, was von ihm übrig geblieben war. Mit übermenschlichen Kräften gebot er Drutts Schwert Einhalt, packte seine Arme und schlang sich wie eine Klette um seinen ehemaligen Mitstreiter. Der Geächtete schrie vor Schmerzen, als ihm zuerst ein Arm und dann der andere aus dem Körper gerissen wurde. Danach war der Kopf dran. Er blieb liegen, und Ciba Blaus Überreste saugten ihn wie ein Blutegel aus.

Bedrängt von allen Seiten, stand Padishar Weidenkorb jetzt ganz allein. Nur seiner Wendigkeit und seiner Kraft hatte er es zu verdanken, dass er noch am Leben war. Auf der einen Seite täuschte er einen Angriff vor, um auf der anderen Hiebe auszuteilen, und wich zugleich den Händen aus, die nach ihm griffen. Angesichts der Überzahl der Schattenwesen blieb ihm jedoch nichts anderes übrig, als beständig zurückzuweichen.

Schließlich war es Morgan Leah, der ihm das Leben rettete. Der Hochländer vergaß einen Augenblick seine Rolle als Beschützer von Par und Coll und eilte dem Anführer der Geächteten zu Hilfe. Sein rotes Haar flog wild durch die Luft, als er sich auf die Schattenwesen stürzte. Das Schwert von Leah fuhr in großem Bogen nach unten, und Funken stoben in die Luft, wo es traf. Zauberkraft durchströmte die Klinge, ergoss sich in die dunklen Wesen und verbrannte sie zu Asche. Zwei lösten sich auf, dann drei, dann noch mehr. Padishar Weidenkorb kämpfte unerbittlich an seiner Seite, und schließlich gelang es ihnen gemeinsam, eine Bresche durch die Angreifer zu schlagen, während sie aus Leibeskräften schrien, dass Par und Coll ihnen folgen sollten. Die Talbewohner stolperten hinter ihnen her und wichen den Schattenwesen aus, die sich bereits hinter Morgan und Padishar gedrängt hatten. Par verlor alle Hoffnung, das Schwert doch noch zu erlangen. Zwei seiner Gefährten waren bereits tot, und auch die Übrigen würden ihr Leben lassen müssen, wenn es ihnen nicht gelang, sich augenblicklich aus dem Staub zu machen.

Sie taumelten auf den Abhang der Schlucht zu und versuchten gleichzeitig die Schattenwesen abzuwehren, wobei vor allem die Zauberkraft des Schwertes von Leah die Bestien in Schach hielt. Überall schienen sie zu sein, so, als wäre die Grube ein Nest, in dem sie sich vermehrten. Ebenso wie die Waldfrau und der Riese schienen auch ihnen herkömmliche Waffen nichts anhaben zu können. Nur Morgan konnte sie vernichten; er besaß eine Zauberkraft, der sie nichts entgegenzusetzen hatten.

Ihr Rückzug ging quälend langsam vonstatten. Morgan ermüdete, und in dem Maße, in dem seine eigene Kraft nachließ, schwand auch die Macht des Schwertes von Leah. Sie rannten, wenn sie konnten, aber immer häufiger stellten sich ihnen die Schattenwesen in den Weg. Par versuchte vergeblich, die Magie des Wünschliedes zu beschwören, doch sie war durch nichts zu erwecken. Er versuchte, nicht daran zu denken, was dies bedeuten mochte, sondern mühte sich weiter ab, das zu verstehen, was passiert war, zu begreifen, wie die Magie zum Leben erwacht war. Wie hatte es nur geschehen können, dass er die Gewalt darüber verlor?

Irgendwie erreichten sie den Rand der Schlucht und blieben erschöpft stehen. Aus dem Park über ihnen ertönten Schreie, und Fackeln flammten auf. Ihr Kampf mit den Schattenwesen hatte die Föderationswache alarmiert. In kurzer Zeit würde man das Torhaus erstürmen.

»Die Wurfhaken!«, keuchte Padishar Weidenkorb.

Par hatte seinen verloren, doch Coll hatte seinen noch um die Schulter geschlungen. Der Talbewohner trat zurück, wickelte das Seil ab und schwang das schwere Eisen hoch in die Luft. Es flog außer Sichtweite und verhakte sich. Coll prüfte, ob es fest saß.

Padishar Weidenkorb wandte sich an Par. »Klettere hoch«, befahl er mit rauer Stimme. Sein Atem ging stoßweise. »Du auch, Coll. Klettert ganz nach oben und versteckt euch dann im Park. Damson wird euch finden und zum Zeigefinger bringen.«

»Damson«, wiederholte Par benommen.

»Vergiss deinen Verdacht und meinen auch«, flüsterte der Anführer der Geächteten schroff. Eine Spur von Traurigkeit lag in seinen harten Augen. »Vertrau ihr, mein Junge – sie ist mein besseres Ich!«

Die Schattenwesen drangen erneut aus der Dunkelheit vor; ihr Atem zischte in die Nachtluft. Morgan hatte sich bereits von der Wand abgedrückt, um sich ihnen entgegenzustellen. »Mach, dass du hier wegkommst, Par«, rief er über seine Schulter.

»Klettere hoch!«, schnauzte Padishar Weidenkorb. »Jetzt!«

»Aber du…«, setzte Par an.

»Verflucht!«, platzte der andere heraus. »Ich sorge zusammen mit dem Hochländer dafür, dass ihr fliehen könnt! Lass dir diese Gelegenheit nicht entgehen!« Unsanft packte er Par an den Schultern. »Was auch immer mit uns anderen geschieht, wichtig ist, dass du es schaffst! In diesem Kampf kann nur die Magie von Shannara eines Tages den Sieg erringen, und du bist derjenige, der über sie gebieten wird. Los!«

Jetzt war es Coll, der handelte, indem er Par halb schob und halb zum Seil hob. An den Knoten im Seil konnte Par sich leicht festhalten. Er zog sich hinauf, während sich seine Augen mit Tränen der Enttäuschung füllten. Coll folgte ihm und drängte ihn weiter; der Schweiß rann ihm über das angespannte Gesicht.

Par hielt nur einmal an, um nach unten zu sehen. Schattenwesen umringten Padishar Weidenkorb und Morgan Leah.

Er wandte den Blick wieder ab. Während er gegen seine Wut ankämpfte, stieg er weiter hinauf in die Dunkelheit.

Morgan Leah wandte sich nicht um, als das Scharren der Schuhe am Fels der Schlucht langsam verklang; sein Blick blieb auf die Schattenwesen geheftet. Er war sich darüber im Klaren, dass Padishar Weidenkorb links neben ihm stand. Die Schattenwesen kamen ihnen nicht mehr näher; wachsam verharrten sie am Rand des dichten Nebels. Sie hatten erfahren, wozu Morgans Schwert in der Lage war, und waren vorsichtiger geworden.

Geistlose Wesen, dachte der Hochländer bitter. Man hätte annehmen können, dass es ein besseres Ende mit mir nehmen würde! Er täuschte einen Angriff auf das nächste Schattenwesen vor, und sie wichen allesamt zurück.

Seine Müdigkeit zerrte an ihm wie schwere Ketten. Dafür war die Magie verantwortlich, das wusste er. Ihre Kraft, eine Art inneres Feuer, das von seinem Schwert ausstrahlte, hatte ihn durchströmt, doch was ihn zunächst wie ein Sturm aufgepeitscht hatte, zog nach einer Weile Erschöpfung nach sich. Doch da war noch etwas. Sein Körper war auf tückische Weise an die Magie gebunden, die ihn auf unerklärliche Art süchtig machte. So hatte er das Gefühl, wenn er die Magie beendete, selbst nur kurz, um auszuruhen, würde ihm entrissen, wer und was er war.

Plötzlich fürchtete er sich davor, dass er vielleicht nicht in der Lage wäre, von der Magie abzulassen, bis er zu schwach war, um etwas anderes zu tun.

Oder zu tot.

Er hörte nichts mehr von Par und Coll. In der Grube herrschte Stille, abgesehen vom Zischen der Schattenwesen.

Padishar Weidenkorb beugte sich zu ihm herüber. »Vorwärts, Hochländer!«, sagte er leise.

Sie schlichen zunächst langsam fort und dann, als die Schattenwesen ihnen nicht sofort folgten, etwas schneller. Bald danach rannten sie; in Wirklichkeit jedoch taumelten sie, denn zu mehr fehlte ihnen die Kraft. Nebel umfing sie, graue Schwaden in der Nacht. Die Bäume glitzerten im Dunst des niedergehenden Regens und schienen sich zu bewegen. Morgan hatte das Gefühl, in einen tauben Halbschlaf einzutauchen.

Noch zweimal griffen die Schattenwesen sie auf ihrer Flucht an, und jedes Mal wurden sie mit der Magie des Schwertes von Leah zurückgeschlagen. Bizarre Körper überschlugen sich gleich langsam rollenden Felsbrocken und verwandelten sich in Asche. Feuer brannten in der Nacht, schnell und lodernd, und Morgan hatte das Gefühl, dass bei jedem Aufflammen ein Teil von ihm verloren ging.

In ihm keimte die Frage auf, ob er sich nicht, so merkwürdig dies auch klang, selbst zerstörte.

Von oben hörten sie immer lautere Schreie wie trügerische Retter in der Not. Die stammten jedoch nicht von Freunden, das wusste Morgan. Er stolperte und musste all seine Kraft zusammennehmen, um sich abzufangen und nicht zu stürzen.

Und dann kam endlich das Wachhaus in Sicht, ein verschwommener massiver Turm, der aus den Bäumen und dem Nebel herausragte.

Morgan spürte undeutlich, dass irgendetwas nicht stimmte.

»Durch die Tür!«, schrie Padishar Weidenkorb aufgeregt, während er ihn so heftig stieß, dass er beinahe stürzte.

Gemeinsam rannten sie auf die Tür zu – oder zumindest in

die Richtung, wo sie die Tür vermuteten, denn aus unerklärlichem Grund war sie nicht dort. Morgan spürte, wie sich ihm vor Angst der Magen umdrehte.

Irgendjemand oder irgendetwas hatte ihnen den Fluchtweg versperrt!

Padishar Weidenkorb befand sich nur einen Schritt hinter ihm, als er die Wand des Wachhauses und die riesige Tür erreichte, durch die sie in die Schlucht gelangt waren. Obwohl sie mit der Kraft der Verzweiflung an der Tür rüttelten, gab sie nicht nach. Morgans Finger tasteten den Rahmen ab und fanden zu seinem Entsetzen überall kleine Muster, die sie zuvor übersehen hatten, Runenzeichen, die blass im grauen Nebel leuchteten und ihre Flucht zweifellos unmöglicher machten, als es jedes Schloss und jeder Schlüssel jemals vermocht hätte.

Er hörte, wie sich die Schattenwesen hinter ihm zusammenrotteten, wirbelte herum, hieb wie wahnsinnig auf sie ein und drängte sie zurück. Padishar Weidenkorb hämmerte auf das unsichtbare Schloss ein; er hatte noch nicht begriffen, dass es nicht Eisen, sondern Magie war, die ihnen den Zugang verwehrte.

Aus Morgans hagerem Gesicht sprach nichts als Zorn, als er sich umdrehte. »Zur Seite, Padishar!«, schrie er. Er ging auf die Tür los, als wäre sie ein Schattenwesen, schwang das Schwert von Leah, dessen Klinge einem leuchtenden silbernen Pfeil glich, hoch in die Luft. Die Waffe fuhr wie ein Hammer hinunter – einmal, zweimal und noch einmal. Die in die eiserne Tür eingehauenen Runenzeichen nahmen jetzt eine garstige dunkelgrüne Farbe an. Funken flogen bei jedem Hieb, ein Feuerregen der Auflehnung. Wie von Sinnen heulte Morgan auf, denn die Zauberkraft des Schwertes beraubte ihn seiner letzten Kräfte.

Dann ging alles um ihn herum in weißem Feuer auf, und er versank in Dunkelheit.

Par zog sich aus der düsteren Schwärze zum Rand der Grube hoch und kletterte über die stählernen Dorne. Schürf- und Schnittwunden brannten auf seinen Armen und Beinen. Schweiß trübte seinen Blick, und er schnaufte kurzatmig. Einen Augenblick war er geblendet; die Nacht um ihn herum wurde nur von vereinzelten Lichtstrahlen erhellt.

Er begriff, dass die Lichtstrahlen von den Fackeln ausgingen, die am Eingang des Wachhauses brannten. Gleichzeitig vernahm er Schreie und das Krachen von Holz. Die Wachen und alle, die sonst herbeigerufen worden waren, versuchten die verriegelte Tür aufzubrechen.

Coll war jetzt ebenfalls über die Mauer gestiegen und ließ sich keuchend auf die durchweichte Erde fallen. In seinen Augen funkelte etwas, das Par nicht deuten konnte.

»Kannst du gehen?«, flüsterte Coll besorgt.

Par nickte, ohne zu wissen, ob er tatsächlich gehen konnte. Mit schmerzenden Gliedern rappelten sie sich langsam auf. Sie stolperten von der Mauer in die Schatten der Bäume hinein, blieben dann in der Finsternis stehen, um zu prüfen, ob man sie entdeckt hatte, und lauschten dem allgemeinen Durcheinander am Wachhaus.

Coll rief: »Wir müssen hier weg, Par.«

Dieser sah ihn vorwurfsvoll an.

»Ich weiß! Aber wir können ihnen nicht mehr helfen. Wenigstens jetzt nicht. Wir müssen uns um uns selbst kümmern.« Hilflos schüttelte Coll den Kopf. »Bitte!«

Par umarmte ihn kurz und drückte den Kopf an seine Schulter, ehe sie losstolperten. Sie kamen nur langsam voran, blieben immer im Schatten und waren sorgsam darauf bedacht, sich dem Weg zum Wachhaus nicht zu weit zu nähern. Es hatte, ohne dass sie es bemerkt hatten, aufgehört zu regnen, doch Windstöße ließen das Wasser, das sich auf den Blättern der großen Bäume gesammelt hatte, in plötzlichen Güssen auf sie niedergehen. Pars Gedanken drehten sich um die Erinnerung daran, was mit ihnen geschehen war, flüsterten ihm erneut die Warnung zu, die er schon zuvor vernommen hatte, foppten ihn mit selbstzufriedener, nutzloser Heiterkeit. Warum hatte er sie nicht beachtet? Warum war er so stur gewesen?

Die Lichter der Tyrsis-Allee drangen durch die vor ihnen liegende Dunkelheit, und wenige Augenblicke später stolperten sie zum Rand der Straße. Dort hatten sich Menschen versammelt, undeutliche Gestalten in der Nacht, gesichtslose Schatten als stumme Zeugen des sich abspielenden Chaos. Die meisten standen in der Nähe des Parkeingangs und bemerkten die zwei zerlumpten Gestalten nicht, die aus dem Park heraustraten. Diejenigen, die ihrer gewahr wurden, sahen schnell zur Seite, als sie die Föderationsuniformen erkannten.

»Wohin jetzt?«, flüsterte Par, der sich, um nicht umzufallen, an Coll lehnte. Er konnte sich kaum noch aufrecht halten.

Coll schüttelte stumm den Kopf und zog seinen Bruder in Richtung Straße, fort von den Lichtern. Sie hatten kaum das Kopfsteinpflaster erreicht, als sich etwa fünfzehn Meter vor ihnen eine schlanke Gestalt aus den Schatten löste und geradewegs auf sie zukam. Damson, dachte Par. Er flüsterte Coll ihren Namen ins Ohr, und sie verlangsamten erwartungsvoll ihre Schritte, während sie auf die beiden zueilte.

»Geht weiter«, sagte sie leise, während sie sich Pars freien Arm um die Schulter legte, um Coll zu entlasten. »Wo sind die anderen?«

Par blickte Damson Rhee in die Augen. Langsam schüttelte er den Kopf und bemerkte den niedergeschlagenen Ausdruck auf ihrem Gesicht.

Hinter ihnen, tief im Park, loderte ein riesiges Feuer gen Himmel. Laute des Entsetzens entrangen sich denen, die auf der Straße versammelt waren. Darauf folgte eine ohrenbetäubende Stille.

»Seht euch nicht um«, flüsterte Damson Rhee kurz.

Die Talbewohner brauchten sich nicht umzusehen.

Morgan Leah lag, alle viere von sich gestreckt, auf der verbrannten Erde der Schlucht; Rauch drang aus seinen Kleidern und stieg ihm beißend in Mund und Nase. Irgendwie lebte er noch, das spürte er – gerade so eben. Doch etwas war ganz und gar nicht in Ordnung. Er fühlte sich zermalmt, als wäre unter seiner Haut alles zu Brei gemahlen worden und hätte ihn als leere Hülle zurückgelassen. Er spürte einen Schmerz, aber keinen körperlichen. Es war viel schlimmer, eine Pein, die nicht nur seinen Körper, sondern auch seine Seele zugrunde richtete.

»Hochländer!«

Padishar Weidenkorbs raue Stimme drang durch seinen Schmerz und brachte ihn dazu, die Augen zu öffnen. Flammen wanden sich ganz in seiner Nähe am Boden entlang.

»Steh auf – schnell!« Padishar Weidenkorb stellte ihn unsanft auf die Beine, und er hörte sich selbst schreien. Ein Wirrwarr von Bäumen und Steinen bewegte sich verschwommen in Nebel und Dunkelheit, um schließlich Gestalt anzunehmen.

Dann sah er, dass er immer noch das Heft des Schwertes von Leah umklammert hielt, dessen Klinge jedoch zersprungen war. Der klägliche verkohlte Rest war kaum mehr einen Fuß lang.

Morgan begann zu zittern. Er konnte nicht mehr damit aufhören. »Was habe ich getan?«, flüsterte er.

»Du hast uns das Leben gerettet, mein Freund!«, sagte Padishar Weidenkorb und zog ihn mit sich. Licht strömte aus einem riesigen Loch in der Wand des Wachhauses. Die Tür, die ihnen den Zutritt versperrt hatte, war verschwunden. Padishar Weidenkorbs Stimme klang heiser. »Deine Waffe hat es fertig gebracht. Deine Magie hat die Tür in Rauch aufgelöst! Das ist unsere Chance, das heißt, wenn wir schnell genug sind. Beeil dich jetzt! Stütz dich auf mich. Noch eine Minute…« Er schob Morgan durch die Öffnung.

Nur verschwommen nahm Morgan den Gang wahr, durch den sie taumelten, und die Treppe, die sie hinaufstiegen. Der Schmerz erfüllte auch weiterhin seinen Körper, sodass er, sobald er versuchte zu sprechen, nur unzusammenhängende Satzfetzen herausbrachte. Es gelang ihm nicht, den Blick von dem zerbrochenen Schwert abzuwenden. Sein Schwert – seine Magie – er selbst.

Schreie und heftiges Getrampel ließen ihn zusammenfahren. »Vorsicht jetzt«, warnte Padishar Weidenkorb; die Stimme des Anführers der Geächteten dröhnte Morgan in den Ohren und schien trotzdem aus weiter Ferne zu kommen.

Sie erreichten den Wachraum mit seinen Waffen und Geräten. Von außen wurde wie wild an die Eingangstüre gehämmert. Die eisernen Beschläge drohten zu brechen.

»Leg dich hin«, befahl Padishar Weidenkorb, der ihn an die eine Wand des Raumes lehnte. »Wenn sie reinkommen, sagst du gar nichts, du bleibst ganz ruhig. Komm, gib mir das.« Er streckte die Hand aus und löste Morgans kraftlose Finger, die das zerbrochene Schwert von Leah umklammerten. »Zurück in die Scheide damit, mein Junge! Wir werden uns später um die Reparatur kümmern.« Er steckte das Schwert in die Scheide, tätschelte Morgans Wange und machte sich dann daran, die Tür zu öffnen.

Föderationssoldaten in schwarzer Uniform stürzten schreiend in den Raum und erzeugten einen fürchterlichen Lärm. Padishar Weidenkorb schrie und brüllte zurück, während er sie die Treppe hinunter zu den Schlafquartieren schickte. Morgan beobachtete das Geschehen, ohne irgendetwas zu verstehen oder auch nur verstehen zu wollen. Die Gleichgültigkeit, die er empfand, wurde nur durch das Gefühl des Verlustes übertroffen. Es war, als hätte sein Leben keinen Sinn und Zweck mehr, als ob ihm beides so gänzlich abhandengekommen wäre wie die Klinge des Schwertes von Leah.

Keine Magie mehr, dachte er immer wieder. Ich habe sie verloren. Ich habe alles verloren.

Dann kam Padishar Weidenkorb zurück und führte ihn durch das Durcheinander des Wachhauses zum Eingang. Allerlei Gestalten drängten sich an ihnen vorbei, doch niemand hielt sie auf. »Eine schöne Bescherung, die wir mit unserer Nachtarbeit angerichtet haben«, murmelte Padishar Weidenkorb vor sich hin. »Ich hoffe nur, dass sie keine weiteren Folgen hat.« Rasch zog er Morgan aus dem Lichtkreis des Wachhauses in den schützenden Schatten des Parks.

Wenige Augenblicke später waren sie nicht mehr zu sehen.

24

Kurz nach Anbruch der Morgendämmerung erwachte Par Ohmsford zum ersten Mal. Er lag regungslos auf seinem Lager aus Decken und versuchte seine Gedanken zu sammeln. Es dauerte eine Zeit lang, bis er begriff, wo er sich befand. Er war in einem Lagerschuppen hinter einer Gärtnerei im Zentrum von Tyrsis. Damson Rhee hatte sie letzte Nacht in dieses Versteck gebracht, nachdem…

Die Erinnerung kehrte unangenehm schnell zurück, Bilder schossen ihm mit schrecklicher Klarheit durch den Kopf.

Er zwang sich, die Augen aufzuschlagen, und die Bilder verschwanden. Schwaches Licht drang durch die Ritzen der Fensterläden des Schuppens und verlieh den Gartengeräten, die wie Wachsoldaten an der Wand aufgereiht waren, vage Umrisse. Der durchdringende Geruch von Erde und Gras erfüllte die Luft. Jenseits der Wände ihres Verstecks war es ruhig, die Stadt war noch nicht erwacht.

Vorsichtig hob er den Kopf und blickte sich um. Neben ihm lag Coll, der im Schlaf tief und gleichmäßig atmete. Damson Rhee war nirgendwo zu sehen.

Er legte sich noch einmal hin und lauschte der Stille. Dann stand er auf, indem er sich behutsam aus seinen Decken wickelte. Sein Körper war steif und verkrampft, und der Schmerz, der seine Gelenke durchfuhr, ließ ihn zusammenzucken. Immerhin konnte er ohne Hilfe gehen.

Coll warf sich unruhig hin und her, schlief dann jedoch wieder ruhig weiter. Par beobachtete seinen Bruder kurze Zeit und trat dann an das nächste Fenster. Er war immer noch angekleidet; nur die Stiefel hatte man ihm ausgezogen. Die Kühle des frühen Morgens kroch aus dem Bretterfußboden in seine nur durch Socken geschützten Füße. Er lehnte sich ans Fenster und spähte durch eine Ritze im Fensterladen hinaus. Es hatte aufgehört zu regnen, aber der Himmel war bedeckt, und die Welt sah feucht und leer aus. Nichts bewegte sich in seinem Blickfeld. Mauern, Dächer, Straßen und dunkle Erker lagen starr im Nebel.

Hinter ihm ging die Tür auf, und Damson Rhee trat vollkommen geräuschlos in den Schuppen. Wassertröpfchen glitzerten auf ihrer Kleidung, und ihr Haar hing nass herunter. »Was machst du denn da?«, flüsterte sie mit Unmutsfalten auf der Stirn. Eilig durchschritt sie den Raum und hielt Par fest, als ob er sonst umfallen würde. »Du sollst noch nicht aufstehen! Du bist noch viel zu schwach. Sofort wieder ins Bett!« Sie führte ihn zu seinem Lager und zwang ihn, sich wieder hinzulegen.

»Damson, hör mir zu…«, setzte er an, aber sie legte ihm schnell eine Hand auf den Mund.

»Nein, du hörst mir zu, Elfenjunge.« Sie starrte auf ihn hinab wie auf eine wunderliche Erscheinung. »Was ist bloß mit dir los, Par Ohmsford? Hast du denn gar keinen Verstand? Du bist letzte Nacht gerade noch einmal mit dem Leben davongekommen, und jetzt begibst du dich schon wieder in Gefahr. Bist du dir denn überhaupt nichts wert?«

Sie holte tief Luft, und er ertappte sich plötzlich bei dem Gedanken daran, wie warm sich ihre Hand auf seinem Gesicht anfühlte. Sie schien seine Gedanken zu lesen und zog die Hand zurück.

Er fasste danach und hielt sie fest. »Es tut mir leid. Ich konnte nicht mehr schlafen. Ich habe immer wieder diese schrecklichen Albträume.« Ihre Hand fühlte sich klein und leicht an. »Ich muss ständig an Morgan und Padishar denken…«

Er sprach nicht weiter, weil der Gedanke zu furchtbar war, selbst jetzt noch.

Neben ihm schlug Coll die Augen auf und starrte ihn an. »Was ist los?«, fragte er schläfrig.

Damson Rhees Finger hielten Pars Hand jetzt fest umklammert. »Dein Bruder kann vor lauter Sorge um die anderen nicht schlafen.«

Par blickte sie kurz an und fragte dann: »Gibt es irgendwelche Neuigkeiten, Damson?«

Sie lächelte schwach. »Ich schlage dir ein Tauschgeschäft vor. Wenn du mir versprichst, dass du versuchen wirst, noch ein Weilchen zu schlafen – oder dich wenigstens auszuruhen –, verspreche ich, dass ich versuchen werde, eine Antwort auf deine Frage zu finden. Ist das ein anständiges Angebot?«

Der Talbewohner nickte.

Damson Rhee warf Coll einen Blick zu. »Ich verlasse mich darauf, dass du dafür sorgst, dass er sein Wort hält.« Sie ließ Par los und stand auf. »Ich bringe auch etwas zu essen mit. Verhaltet euch nur ruhig. Hier wird euch niemand stören.« Sie verschwand durch die Tür.

Schweigen erfüllte den Raum. Die Brüder sahen einander stumm an, und dann sagte Coll leise: »Sie liebt dich.«

Par errötete und schüttelte eilig den Kopf. »Nein. Sie will mich nur beschützen, sonst nichts.«

Coll lehnte sich zurück, seufzte und schloss die Augen. »So, meinst du?« Par glaubte schon, er sei wieder eingeschlafen, als er plötzlich sagte: »Was ist letzte Nacht mit dir passiert, Par?«

Par zögerte. »Du meinst das Wünschlied?«

Coll riss die Augen auf. »Natürlich meine ich das Wünschlied.« Er warf ihm einen raschen Blick zu. »Außer dir weiß ich besser als jeder andere, wie die Magie funktioniert, und so etwas habe ich noch nie erlebt. Das, was du hervorgebracht hast, war keine Illusion, sondern Wirklichkeit. Ich hätte nicht geglaubt, dass du das fertigbringst.«

»Ich auch nicht.«

»Also?«

Par schüttelte den Kopf. Was war denn nun wirklich passiert? Kurz schloss er die Augen. »Ich habe da so eine Idee«, gestand er schließlich. »Erinnerst du dich daran, wie die Magie des Wünschliedes sich zum ersten Mal gezeigt hat? Wil Ohmsford setzte die Elfensteine im Kampf mit dem Raffer ein. Er musste sie benutzen, um das Elfenmädchen Amberle zu retten. Bei den Schatten, wir haben diese Geschichte doch oft genug erzählt, oder nicht? Es war gefährlich für ihn, weil nicht genügend Elfenblut in ihm floss. Sein Tun veränderte ihn auf eine Weise, die er sich zuerst nicht erklären konnte. Erst nachdem seine Kinder, Brin und Jair, geboren worden waren, begriff er, was er getan hatte. Ein Teil der Elfenmagie der Steine war in ihn übergegangen. Und dieser Teil wurde in Form des Wünschliedes an Brin und Jair weitergegeben.«

Er stützte sich jetzt auf einen Ellbogen; Coll tat es ihm gleich. »Cogline hat uns bereits in der ersten Nacht gesagt, dass wir die Magie nicht verstehen. Er sagte, dass sie auf verschiedene Weise wirkt, aber dass wir sie, so lange bis wir sie verstehen, nur auf eine Weise nutzen können. Und später dann, am Hadeshorn, erzählte er uns, wie sich die Magie verändert und Wellen erzeugt, als würde man einen Stein in einen stillen See werfen. Er hat eine deutliche Anspielung auf Wil Ohmsfords Vermächtnis gemacht, auf die Magie, die sich schließlich in das Wünschlied verwandelt hat.«

Er hielt inne. Im Raum herrschte Stille. Als er weitersprach, kam ihm seine eigene Stimme fremd vor. »Nehmen wir doch nur einmal an, dass er recht hat, dass die Magie sich tatsächlich ständig verändert, sich weiterentwickelt. Genau das ist schließlich passiert, als die Magie der Elfensteine von Wil Ohmsford auf seine Kinder übergegangen ist. Was wäre also, wenn sie sich erneut verändert hätte, und zwar dieses Mal in mir?«

Coll starrte ihn an. »Was meinst du damit?«, fragte er schließlich. »Wie könnte sie sich denn verändern?«

»Nehmen wir an, dass die Magie sich wieder in das verwandelt hat, was sie ursprünglich war. Der blaue Elfenstein, den Shea Ohmsford von Allanon erhalten hat, als sie nach dem Schwert von Shannara gesucht haben, verfügte über die Macht, das sichtbar zu machen, was dem Besitzer verborgen blieb. Vergangene Nacht hat sich die Magie auf völlig neue Art und Weise gezeigt. Ich konnte sie kaum beherrschen. Du hast recht, Coll; ihre Wirkung war auf keinen Fall eine Illusion. Sie hat das sichtbar gemacht, was ich nicht erkannt habe, und ich glaube, dass dies deshalb geschah, weil ich es unbewusst gewollt habe.« Man merkte ihm die Erregung an der Stimme an. »Coll, gehen wir mal davon aus, dass die Macht, die einst der Magie der Elfensteine eigen war, jetzt in meine Magie übergegangen ist!«

Schweigen machte sich breit. Ihre Gesichter waren nicht mehr als eine Handbreit voneinander entfernt, und sie blickten sich in die Augen. Colls harte Züge waren voller Anspannung; die Bedeutung dessen, was Par soeben zum Ausdruck gebracht hatte, lastete auf ihm wie ein schwerer Felsbrocken. Aus seinen Augen sprach zunächst Zweifel, dann Zustimmung, dann plötzlich Furcht.

Seine Miene spannte sich an. Leise sagte er mit rauer Stimme: »Die Elfensteine besaßen darüber hinaus noch eine weitere Eigenschaft. Sie konnten den Besitzer vor Gefahren schützen. Sie waren eine Waffe von ungeheurer Macht.«

Par wartete und blieb stumm, als wisse er bereits, was folgen würde.

»Glaubst du, dass die Magie deines Wünschliedes die gleichen Kräfte besitzt?«

Pars Antwort war kaum hörbar. »Ja, Coll. Ich bin mir so gut wie sicher.«

Gegen Mittag hatte sich der Nebel aufgelöst, und die Wolken waren weitergezogen. Die Sonne schien auf Tyrsis herab, und bald herrschte glühende Hitze.

Das schleppende Gedränge an den Toren der äußeren Stadtmauer wurde immer dichter. Die diensthabenden Föderationswachen, die man aufgrund der nächtlichen Begebenheiten verdoppelt hatte, schwitzten und waren gereizt, als der bärtige Totengräber auf sie zukam. Sowohl Reisende als auch Händler traten bei seinem Herannahen zur Seite. Er war zerlumpt und ging gebeugt, und er roch, als käme er geradewegs aus einem Abwasserkanal. Er schob einen schweren Karren vor sich her; darauf lag ein Leichnam, der in Tücher gehüllt und mit Lederriemen verschnürt war.

Die Wachsoldaten sahen sich an.

»Heißer Tag zum Arbeiten, nicht wahr, meine Herren?«, keuchte der Totengräber, und die Wachen wichen vor dem Gestank, der von ihm ausging, unwillkürlich zurück.

»Deine Papiere«, sagte einer.

»Aber ja, aber ja.« Eine schmuddelige Hand griff nach einem Papier, das aussah, als hätte es längere Zeit im Dreck gelegen. Der Totengräber deutete auf den Leichnam. »Muss ihn so schnell wie möglich begraben. Hält sich nicht lange bei diesem Wetter.«

Ein anderer der Wachsoldaten trat nahe genug heran, um den Leichnam mit der Spitze seines Schwertes zu berühren.

»Vorsicht, mein Herr«, riet ihm der Totengräber. »Selbst den Toten muss man Respekt zollen.«

Der Soldat warf ihm einen misstrauischen Blick zu, stieß das Schwert in den Leichnam und zog es wieder heraus.

Der Totengräber lachte gackernd. »Ich würde Euch raten, Euer Schwert zu reinigen, mein Herr – da ich gesehen habe, wie dieser da am Fleckfieber gestorben ist.«

Der Soldat trat eilig zurück. Der, der die Papiere des Totengräbers in Händen hielt, reichte sie ihm schnell und winkte ihn weiter.

Der Totengräber zuckte mit den Schultern, bückte sich nach den Griffen des Karrens und schob den Leichnam die lange Auffahrt hinunter zur Ebene.

Was für ein Haufen Narren, dachte Padishar Weidenkorb verächtlich.

Als Padishar Weidenkorb die erste Reihe Bäume im Norden erreichte, dort, wo die Stadt Tyrsis nur noch als ferne graue Silhouette zu sehen war, ließ er den Karren stehen, schob den Leichnam, den er mitgeführt hatte, zur Seite, zog die Eisenstange heraus und begann, die Bretter des doppelten Bodens des Karrens zu lockern. Behutsam half er Morgan, sich aus seinem Versteck zu befreien.

»Trink einen Schluck.« Der Anführer der Geächteten hielt Morgan den Bierschlauch hin und versuchte vergeblich, ihn nicht misstrauisch anzuschauen. Morgan nahm das Gereichte wortlos an. Er wusste, was der andere dachte – dass er, Morgan, seit ihrer Flucht aus der Grube nicht ganz bei Sinnen war.

Sie ließen den Karren mit dem Leichnam stehen und wanderten ungefähr eine Meile bis zu einem Fluss, wo sie sich waschen konnten. Sie badeten, zogen die sauberen Kleider an, die Padishar Weidenkorb mit Morgan im doppelten Boden des Karrens versteckt hatte, und setzten sich, um zu essen.

Die Mahlzeit verlief schweigend, bis Padishar Weidenkorb, der sich nicht mehr länger beherrschen konnte, sagte: »Wir kümmern uns später darum, dass die Klinge wieder in Ordnung gebracht wird, Hochländer. Möglicherweise ist die Magie nicht verloren gegangen.«

Morgan schüttelte nur den Kopf. »Es handelt sich nicht um eine Klinge, die man wieder in Ordnung bringen kann«, erwiderte er mit monotoner Stimme.

»Nein? Nenn mir einen Grund. Erzähl mir, wie das Schwert funktioniert.« Padishar Weidenkorb war nicht geneigt, die Sache auf sich beruhen zu lassen.

Morgan tat wie geheißen, aber nicht, weil er besonders daran interessiert war, sondern weil dies der einfachste Weg war, um Padishar Weidenkorb zum Schweigen zu bringen. Er erzählte ihm, wie das Schwert von Leah zu seiner Zauberkraft gekommen war, wie Allanon die Klinge in das Wasser des Hadeshorns getaucht hatte, damit Rone Leah eine Waffe hatte, um Brin Ohmsford zu beschützen. »Die Zauberkraft lag in der Klinge, Padishar«, endete er. Es fiel ihm schwer, noch mehr Geduld zu zeigen. »Einmal zerstört, kann sie nicht wieder instand gesetzt werden. Die Zauberkraft ist verloren.«

Padishar Weidenkorb runzelte zweifelnd die Stirn und zuckte dann die Schultern. »Tja, aber sie hat einen guten Zweck erfüllt, Hochländer. Schließlich hat sie uns das Leben gerettet.«

Morgan sah ihn mit gepeinigtem Blick an. »Du verstehst es nicht. Es gab eine besondere Verbindung zwischen dem Schwert und mir. Als das Schwert zerstört wurde, schien es, als würde ich mit ihm zerstört. Ich weiß, dass das keinen Sinn ergibt – aber es ist trotzdem so. Als die Zauberkraft verloren ging, ging auch ein Teil von mir verloren.«

»Aber das glaubst du doch nur jetzt, mein Junge. Wie kann man denn wissen, dass sich das nicht noch ändert?« Padishar Weidenkorb lächelte ihm aufmunternd zu. »Lass dir etwas Zeit. Lass die Wunde heilen, wie man so schön sagt.«

Morgan, dem der Appetit vergangen war, hörte auf zu essen. Er dachte über die Erkenntnis nach, dass alles, was sie seit ihrer Entscheidung, in der Schlucht nach dem verschwundenen Schwert von Shannara zu suchen, schiefgegangen war.

Gereizt zog Padishar Weidenkorb die Augenbrauen in die Höhe. »Wir müssen gehen«, verkündete er unvermittelt und stand auf. Als Morgan keine Anstalten machte aufzustehen, sagte er: »Jetzt hör mir mal zu, Hochländer. Wir sind noch am Leben und wollen es auch bleiben. Schwert hin, Schwert her, ich lasse nicht zu, dass du dich weiterhin wie ein halbtoter Welpe aufführst…«

»Genug, Padishar! Ich brauche deine Anteilnahme nicht!« Morgans Stimme klang härter als beabsichtigt, doch er konnte den Zorn, den er empfand, nicht zurückhalten. Seine Wut fand rasch eine Zielscheibe. »Warum kümmerst du dich nicht um Par und Coll? Hast du vielleicht eine Idee, was mit ihnen passiert sein könnte? Warum haben wir sie einfach zurückgelassen?«

»Ah, darüber zerbrichst du dir den Kopf! Nun, Hochländer, den Talbewohnern geht es höchstwahrscheinlich sehr viel besser als uns. Die Föderation ist nicht so dumm, dass sie den Bericht von den Ereignissen wie auch die Tatsache, dass zwei der sogenannten Wachen verschwunden sind, einfach übersieht. Sie haben unsere Beschreibung. Wenn wir nicht sofort aus der Stadt verschwunden wären, hätten wir es wahrscheinlich niemals hinausgeschafft!« Er stieß Morgan mit dem Finger an. »Die Talbewohner dagegen hat keiner gesehen. Niemand wird ihre Gesichter wiedererkennen. Außerdem passt Damson bestimmt auf sie auf. Sie weiß, wie sie die beiden zum Zeigefinger bringen kann. Sobald sich eine Gelegenheit bietet, wird sie Par und Coll aus Tyrsis herausschleusen.«

Mit störrischer Miene schüttelte Morgan den Kopf. »Vielleicht. Vielleicht auch nicht. Du warst dir auch sicher, dass es uns gelingen würde, das Schwert von Shannara zu holen, und du siehst, was passiert ist.«

Padishar Weidenkorb errötete vor Zorn. »Die Risiken, die wir eingegangen sind, waren beileibe kein Geheimnis.«

»Erzähl das mal Stasas und Drutt und Ciba Blau!«

Der große Mann packte Morgan. In seinen Augen funkelte Zorn. »Die Männer, die dort gestorben sind, waren meine Freunde, Hochländer, und nicht deine. Das brauchst du mir nicht unter die Nase zu reiben! Was ich getan habe, habe ich für uns alle getan. Wir brauchen das Schwert von Shannara! Früher oder später müssen wir uns noch einmal hineinwagen – Schattenwesen hin oder her! Das weißt du so gut wie ich! Was die Talbewohner anbetrifft, behagt mir der Gedanke daran, dass wir sie zurücklassen, keineswegs mehr als dir! Aber uns blieb, verdammt noch mal, keine andere Wahl!«

Morgan versuchte vergeblich, sich aus seinem Griff zu befreien. »Du hättest wenigstens nach ihnen suchen können!«

»Wo? Wo hätte ich suchen sollen? Glaubst du, sie verstecken sich an einem Ort, an dem wir sie hätten finden können? Damson ist keine Närrin! Sie hat sie im hintersten Winkel von Tyrsis versteckt. Bei den Schatten, Hochländer! Begreifst du nicht, was dort vor sich geht? Wir haben ein Geheimnis gelüftet, das die Föderation mit allen Mitteln verbergen wollte. Ich bin mir nicht sicher, ob irgendjemand wirklich versteht, was all das zu bedeuten hat, aber es reicht, dass die Föderation glaubt, dass wir es wissen. Dafür wollen sie unseren Kopf.«

Knurrend fuhr er fort: »Ich habe, als wir durch die Tore gingen, einen Blick darauf erhaschen können, was die Föderation jetzt vorhat. Die gibt sich nicht mehr damit zufrieden, nur die Wachen zu verdoppeln und die Patrouillen zu verstärken. Sie hat ihre gesamte Truppe mobilisiert! Wenn ich nicht vollkommen danebenliege, dann haben sie beschlossen, uns ein für alle Mal zu eliminieren – dich und mich und jedes andere Mitglied der Bewegung, das sie zu fassen kriegen. Wir sind für sie zu einer echten Bedrohung geworden, denn zum ersten Mal fangen wir an zu begreifen, was es mit der Föderation wirklich auf sich hat – und genau das können sie sich nicht leisten.«

Er packte den Hochländer fester, mit Fingern wie aus Stein. »Sie werden uns jagen, und wir sollten uns deshalb dorthin begeben, wo sie uns nicht finden.«

Er stieß Morgan von sich und holte tief Luft. »Auf jeden Fall möchte ich darüber mit dir nicht streiten. Ich bin der Anführer. Du hast dich in der Grube tapfer geschlagen, aber das gibt dir noch lange nicht das Recht, meine Befehle infrage zu stellen. Ich beherrsche die Kunst des Überlebens sehr viel besser als du, und du tätest gut daran, das nicht zu vergessen.«

Morgan war vor Zorn bleich geworden, aber er nahm sich zusammen. Er wusste, dass es keinen Sinn hatte, weiter zu streiten; der große Mann war nicht gewillt, seine Meinung zu ändern. Er wusste außerdem, und zwar tief im Inneren, wo er es sich eingestehen konnte, dass Padishar Weidenkorb recht hatte mit dem, was er über die Suche nach Par und Coll gesagt hatte. Morgan wandte sich von ihm ab und strich sorgfältig seine Kleider glatt. »Ich wollte nur sicher sein, dass wir uns darüber einig sind, dass die beiden nicht vergessen werden.«

Padishar Weidenkorb lächelte hart. »Keinen Augenblick, wenigstens nicht von mir. Du kannst tun und lassen, was du willst.« Dann drehte er sich um und verschwand zwischen den Bäumen.

Nach kurzem Zögern schluckte Morgan seinen Zorn und seinen Stolz herunter und folgte ihm.

Als Par zum zweiten Mal aufwachte, war es bereits mitten am Nachmittag. Der Geruch von heißer Suppe zog durch ihre enge Behausung. Er blinzelte und setzte sich langsam auf. Damson Rhee stand neben einer kleinen Bank, wo sie die dampfende Suppe in Schüsseln schöpfte. Sie warf dem Talbewohner einen Blick zu und lächelte. Ihr leuchtendes Haar glänzte hell im spärlichen Sonnenlicht, das durch die Ritzen der Fensterläden drang, und Par verspürte ein fast unwiderstehliches Bedürfnis, seine Hand auszustrecken und es zu berühren.

Damson Rhee reichte den Talbewohnern die Suppe, danach frisches Obst, Brot und Milch, und Par hielt das Mahl für das köstlichste, das er je genossen hatte. Da sowohl Par als auch Coll hungriger waren, als sie dies für möglich gehalten hatten, aßen sie alles auf, was Damson Rhee ihnen anbot. Par staunte, dass er noch einmal eingeschlafen war, doch zweifellos hatte er gut daran getan, denn jetzt fühlte er sich ausgeruht und hatte fast keine Schmerzen mehr. Da sie beim Essen nur wenig redeten, konnte er in Ruhe nachdenken. Fast unverzüglich nach dem Erwachen hatte es in seinem Kopf angefangen zu arbeiten; seine Gedanken hatten die Erinnerung an die Schrecken der vergangenen Nacht rasch hinter sich gelassen und beschäftigten sich jetzt mit dem, was vor ihm lag – er wertete aus, was er in Erfahrung gebracht hatte, wog Vermutungen sorgfältig gegeneinander ab und schmiedete Pläne, was er wohl nun unternehmen müsste.

Dabei durchfuhr ihn ein Schauer. Ihm wurde klar, dass er Gefallen an der Möglichkeit fand, das Undenkbare anzustreben.

Als sie gegessen hatten, wuschen sie sich in einer Wanne mit frischem Wasser. Nachdem sie anschließend auf Wunsch von

Damson Rhee wieder Platz genommen hatten, erfuhren sie, was mit Padishar Weidenkorb und Morgan passiert war.

»Sie sind geflohen«, begann sie ohne Umschweife. In ihren grünen Augen spiegelten sich Freude und Bewunderung. »Ich habe keine Ahnung, wie sie es angestellt haben, aber es ist ihnen gelungen. Es hat eine Weile gedauert, bis ich die Bestätigung hatte, dass sie wirklich entkommen sind, aber ich wollte sichergehen, dass ich keinem Gerücht aufgesessen bin.«

Par lächelte seinen Bruder voller Erleichterung an.

Coll zuckte mit den Schultern. »Wie ich die beiden kenne, haben sie sich wahrscheinlich einfach herausgeredet«, antwortete er.

»Wo sind sie jetzt?«, fragte Par. Er fühlte sich, als wären ihm Jahre seines Lebens wiedergeschenkt worden. Padishar Weidenkorb und Morgan waren entkommen – das war die beste Neuigkeit, die er sich vorstellen konnte.

»Das weiß ich nicht«, erwiderte Damson Rhee. »Sie sind einfach verschwunden. Entweder haben sie in der Stadt ein Versteck gefunden, oder – und das scheint mir wahrscheinlicher – sie haben die Stadt verlassen und sind jetzt auf dem Weg zum Zeigefinger. Das Letztere leuchtet mir mehr ein, weil die gesamten Truppen der Föderation mobilisiert wurden, und dafür kann es nur einen einzigen Grund geben: Sie haben die Absicht, im Parmakeil nach Padishar und seinen Männern zu suchen. Offensichtlich hat die Föderation das, was ihr zusammen letzte Nacht angestellt habt, furchtbar erzürnt. Eine Menge Gerüchte machen derzeit die Runde. Manche sagen, dass Dutzende von Föderationssoldaten am Wachhaus von Monstern getötet worden sind. Andere besagen, dass die Monster immer noch frei in der Stadt herumlaufen. Wie auch immer, Padishar hat sich seinen Reim darauf gemacht, genau wie ich. Er wird die Stadt bereits verlassen haben und auf dem Weg nach Norden sein.«

»Bist du sicher, dass die Föderation ihn nicht doch erwischt hat?« Par war noch immer in Sorge.

Damson Rhee schüttelte den Kopf. »Das hätte ich mitbekommen. Aber jetzt bist du dran. Erzähl mir, was passiert ist, Par. Was habt ihr in der Grube entdeckt?«

Mit Unterstützung von Coll erzählte er, was ihnen widerfahren war, und während er sprach, beschloss er, Damson Rhee ebenso zu vertrauen, wie er dem Anführer der Geächteten vertraut hatte. Folglich berichtete er nicht nur über ihre Begegnung mit den Schattenwesen, sondern ebenfalls davon, auf welch unerwartete Weise seine Magie sich offenbart hatte.

Als er fertig war, sahen sie sich schweigend an, während sich jeder seine Gedanken darüber machte, was sie über die Schlucht erfahren hatten und welche Bedeutung dem beizumessen war.

Coll ergriff als Erster das Wort. »Mir scheint, wir haben jetzt noch mehr offene Fragen als vorher.«

»Aber wir haben auch einiges erfahren«, widersprach Par. Ungeduldig beugte er sich vor. »Ganz eindeutig besteht eine Beziehung zwischen der Föderation und den Schattenwesen. Die Föderation muss wissen, was sie dort unten hält; sie kann sich der Wahrheit nicht verschließen. Vielleicht hat sie sogar zum Entstehen dieser Monster beigetragen. Soviel wir wissen, könnte es sich um Gefangene der Föderation handeln, die man genau wie Ciba Blau in die Grube geworfen hat, wo sie sich dann in das verwandelt haben, was wir vorgefunden haben. Und warum sind sie immer noch dort unten, wenn die Föderation sie nicht dort gefangen hält? Wären sie nicht schon längst geflohen, wenn sie die Möglichkeit dazu gehabt hätten?«

»Du siehst, mehr Fragen als Antworten, genau wie ich gesagt habe«, erklärte Coll.

Damson Rhee schüttelte den Kopf. »Irgendetwas stört mich an der Sache. Warum sollte die Föderation sich mit den Schattenwesen einlassen? Die Schattenwesen stehen für all das, was die Föderation bekämpft – Magie, die alten Bräuche, die Zerstörung des Südlandes und seiner Menschen. Wie soll da eine Beziehung zwischen beiden entstehen? Sie kann sich gegen die Magie der Schattenwesen nicht verteidigen. Wie sollte sie sich selbst schützen?«

»Vielleicht muss sie das gar nicht«, warf Coll ein. »Vielleicht liefert die Föderation diejenigen, die sie loswerden möchte, den Schattenwesen aus. Möglicherweise ist es den Elfen so ergangen.« Er hielt inne. »Vielleicht sind jetzt die Zwerge dran.«

Sie schwiegen und dachten über diese Möglichkeit nach. Par hatte schon länger nicht mehr an die Zwerge gedacht, er hatte den Gedanken an die Schrecken von Culhaven und seine Bewohner in den vergangenen Wochen verdrängt. Jetzt erinnerte er sich wieder daran, was er dort gesehen hatte – an die Armut, an die Not und Unterdrückung. Die Zwerge wurden ausgerottet aus Gründen, die im Unklaren blieben. Hatte Coll womöglich recht? Lieferte die Föderation die Zwerge den Schattenwesen aus, weil dies Teil eines scheußlichen Handels zwischen ihnen war?

In seinem Gesicht spiegelte sich das Entsetzen wider. »Aber was könnte die Föderation als Gegenleistung erhalten?«

»Macht«, antwortete Damson Rhee auf der Stelle. Ihr Gesicht war leichenblass.

»Macht über alle Rassen, über die Vier Länder«, pflichtete Coll mit einem Nicken bei. »Das ergibt Sinn, Par.«

Par schüttelte langsam den Kopf. »Aber was passiert, wenn nur noch die Föderation übrig ist? Ich bin sicher, dass sie auch daran gedacht haben. Was sollte die Schattenwesen davon abhalten, sich auch an ihnen gütlich zu tun?«

Keiner antwortete.

»Irgendetwas fehlt da noch«, sagte Par leise. »Etwas Wichtiges.« Er erhob sich, schritt zum anderen Ende des Raumes, starrte eine Weile in die Luft, schüttelte endlich den Kopf, drehte sich um und schritt zurück. Sein Gesicht drückte Entschlossenheit aus, als er sich wieder setzte. »Kehren wir noch mal zu den Schattenwesen in der Grube zurück«, erklärte er, »denn das Rätsel können wir vielleicht lösen.« Er sah von einem zum anderen. »Ich glaube, sie sind dort unten, weil sie Eindringlinge davon abhalten sollen, dem Schwert von Shannara zu nahe zu kommen.«

»Par!«, versuchte Coll einzuwerfen, doch sein Bruder wies ihn mit einem Kopfschütteln zurück.

»Überleg doch mal, Coll. Padishar hatte recht. Warum sollte die Föderation sich die Mühe machen, den Volkspark und die Sendic-Brücke neu aufzubauen? Warum sollte sie die Überreste des alten Parks und der Brücke in dieser Schlucht verstecken, wenn nicht, um das Schwert zu verbergen? Und wir haben den Kuppelbau gesehen, Coll! Wir haben ihn gesehen!«

»Den Kuppelbau, ja, aber nicht das Schwert«, wandte Damson Rhee ein. Ihre grünen Augen funkelten, als sich ihr Blick mit dem der Talbewohner kreuzte.

»Aber wenn nicht auch das Schwert in der Grube ist, warum sind dann die Schattenwesen dort?«, fragte Par sogleich. »Sicherlich nicht, um einen leeren Kuppelbau zu bewachen. Nein, das Schwert ist dort, wo es schon vor dreihundert Jahren war. Deshalb hat Allanon mich auf die Suche geschickt – er wusste, dass es dort ist und nur darauf wartet, gefunden zu werden.«

»Er hätte uns viel Zeit und Ärger ersparen können, wenn er uns nur so viel gesagt hätte«, meinte Coll.

Par schüttelte den Kopf. »Nein, Coll. So geht Allanon nicht vor. Denk an die Geschichte des Schwertes. Brimen hat es vor mehr als tausend Jahren Jerle Shannara übergeben, damit er damit den Hexenmeister vernichtete, und der Elfenkönig konnte es nicht führen, weil er nicht darauf vorbereitet war, was es von ihm verlangte. Als Allanon Shea Ohmsford auswählte, damit er diese Aufgabe fünfhundert Jahre später vollbrachte, beschloss er, dass sich der Talbewohner erst beweisen sollte. Sollte er nicht gewillt sein, sich ganz und gar der Aufgabe zu verschreiben, die mit der Suche verbunden war, dann war die Macht des Schwertes von Shannara auch für ihn zu stark. Und in diesem Fall würde der Hexenmeister wieder entkommen können.«

»Und er glaubt, bei dir ist es genauso«, schloss Damson Rhee. Sie betrachtete Par auf eine Weise, als sähe sie ihn zum allerersten Mal. »Wenn du nicht stark genug bist, wenn du nicht gewillt bist, genug von dir selbst zu geben, wird dir das Schwert von Shannara nichts nützen. Die Schattenwesen werden siegen.«

Par nickte kaum wahrnehmbar.

»Aber warum sollten die Schattenwesen oder die Föderation das Schwert all diese Jahre in der Schlucht lassen?«, fragte Coll. »Warum haben sie es nicht einfach fortgeschafft, oder besser noch, warum haben sie es nicht zerstört?«

Par antwortete: »Ich glaube, dass weder die Föderation noch die Schattenwesen es zerstören können – keiner kann einen magischen Talisman, der so viel Macht besitzt, zerstören. Ich bezweifle, ob die Schattenwesen es überhaupt berühren können. Der Hexenmeister konnte es nicht. Was ich nicht verstehe, ist, warum die Föderation es nicht an einer anderen Stelle versteckt hat... Aber das tut nichts zur Sache. Tatsache ist, dass das Schwert immer noch dort ist, unten im Kuppelbau.« Er hielt inne, blickte geradeaus. »Und auf uns wartet.«

Coll starrte ihn an, weil er zum ersten Mal wirklich begriff, was Par damit andeutete. Einen Augenblick verschlug es ihm die Sprache. »Das kann nicht dein Ernst sein, Par«, brachte er schließlich ungläubig heraus. »Nach dem, was letzte Nacht passiert ist? Nachdem wir gesehen haben…« Er brach ab, um dann herauszuplatzen: »Du würdest keine zwei Minuten überleben.«

»Doch, das würde ich«, erwiderte Par. Aus seinen Augen sprach wilde Entschlossenheit. »Ich weiß, dass ich es könnte. So viel hat mir Allanon gesagt. Er sagte, dass wir die Kraft besitzen, unsere Aufgabe zu bewältigen – Walker, Wren und ich. Erinnerst du dich? In meinem Fall, glaube ich, hat er vom Wünschlied gesprochen. Er hat gemeint, dass die Magie des Wünschliedes mich beschützt.«

»Bis jetzt hat sie aber nicht viel geholfen!«, rief Coll.

»Ich hatte noch nicht begriffen, wozu das Lied in der Lage ist. Jetzt habe ich es begriffen, glaube ich.«

»Glaubst du? Bei den Schatten, Par!«

Par blieb ruhig. »Was können wir denn sonst tun? Zum Zeigefinger zurücklaufen? Oder nach Hause? Sollen wir uns für den Rest unserer Tage verstecken?« Seine Hände zitterten. »Coll, mir bleibt keine andere Wahl. Ich muss es versuchen.«

In Colls Gesicht spiegelte sich Widerwille. Er wandte sich Damson Rhee zu, aber sie hielt den Blick fest auf Par gerichtet.

Coll knirschte mit den Zähnen. »Also würdest du aufgrund einer unbewiesenen und ungeprüften Vermutung in die Schlucht zurückkehren und dein Leben aufs Spiel setzen, nur weil du annimmst, dass das Wünschlied – eine Magie, die dich im Kampf mit den Schattenwesen bereits dreimal im Stich gelassen hat – dich beschützen wird.« Er sog langsam Luft ein. »Ich kann einfach nicht glauben, dass du so etwas wirklich tun könntest, etwas so… Dummes, um es milde auszudrücken!«

»Coll…«

»Nein, ich will nichts mehr hören! Ich habe dich überallhin begleitet, bin dir überallhin gefolgt, habe dich unterstützt, habe alles getan, um dich zu beschützen – und jetzt willst du dich so leichtfertig in Gefahr bringen! Einfach dein Leben wegwerfen!

Begreifst du, was du da tust, Par? Du opferst dich! Du glaubst immer noch, dass du diese besondere Fähigkeit hast zu erkennen, was richtig ist. Das grenzt ja an Besessenheit!«

Coll hielt Par die geballte Faust unter die Nase. Die Falten auf seiner Stirn und sein harter Gesichtsausdruck zeigten, wie sehr er mit sich rang, um nicht zu schreien. »Jeder andere würde abwarten, würde alles noch einmal überdenken und sich Hilfe suchen. Aber du hast keine Geduld. Du hast dich bereits entschieden. Vergessen sind Padishar und Morgan und die anderen. Du willst das Schwert! Du würdest sogar dein Leben dafür geben, um es zu besitzen, habe ich recht?«

»Ich bin nicht so blind…«

»Damson, rede du mit ihm!«, unterbrach ihn Coll verzweifelt. »Ich weiß, dass du ihn magst; sag ihm, was für ein Narr er ist!«

Aber Damson Rhee schüttelte den Kopf. »Nein. Das werde ich nicht tun.«

Coll starrte sie entgeistert an.

»Ich habe nicht das Recht dazu«, schloss sie leise.

Coll verstummte. Keiner sagte etwas. Das Tageslicht erhellte jetzt nur noch eine Ecke des Schuppens, weil die Schatten immer länger wurden. Vereinzelt drangen Stimmen von der Straße zu ihnen herein und verstummten wieder.

Der Vorwurf auf dem Gesicht seines Bruders bereitete Par Unbehagen. Aber er konnte nichts dagegen einwenden. Es gab nur eines, was Par hätte erwidern können, um die Dinge zu ändern, und er hatte nicht die Absicht, es zu sagen. »Ich habe einen Plan«, erklärte er stattdessen. Er wartete, bis Coll die Augen hob. »Ich weiß, was du denkst, aber ich habe nicht die Absicht, mehr Risiken einzugehen als unbedingt notwendig.« Coll warf ihm einen ungläubigen Blick zu, ohne irgendetwas zu sagen. »Der Kuppelbau befindet sich in der Nähe der Grundmauern des alten Palastes. Wenn ich von der anderen Seite in die Grube hineingelange, brauche ich nur eine kurze Entfernung zurückzulegen. Wenn ich das Schwert erst einmal in der Hand halte, können mir die Schattenwesen nichts mehr anhaben.« Er schluckte. »Der Weg vom Wachhaus zum alten Palast ist eine gute Abkürzung.«

Coll schlug die Hände über dem Kopf zusammen. »Du hast wirklich vor, dich ein drittes Mal in das Wachhaus hineinzubegeben?«, rief er aus.

»Alles, was ich brauche, ist eine List, mit der ich sie ablenken kann…«

»Hast du den Verstand verloren? Die fallen nicht noch einmal auf eine List herein. Sie werden dich in weniger als zwei Minuten eingesackt haben…«

»Coll!« Par konnte sich nicht mehr beherrschen.

»Er hat recht«, sagte Damson Rhee ruhig.

Par wandte sich wütend zu ihr um, fing sich jedoch wieder. »Dann muss ich mir eben eine andere Möglichkeit überlegen.«

Coll wirkte plötzlich erschöpft. »Die Wahrheit ist, dass es keine andere Möglichkeit gibt.«

»Vielleicht doch«, sagte Damson Rhee. »Als zu Zeiten Balinor Buckhannahs die Truppen des Hexenmeisters Tyrsis belagerten, gelang es ihnen zweimal, in die Stadt zu einzudringen – einmal durch die vorderen Tore und das andere Mal durch die Stollen, die hinter dem alten Palast verliefen. Möglicherweise existieren diese Stollen immer noch und ermöglichen vom Palast aus den Zugang zur Grube.«

Mit einem Ausdruck der Abscheu wandte sich Coll ab. Alles, nur nicht das, hatte er von Damson Rhee erwartet.

Par zögerte und sagte dann vorsichtig: »Das ist alles vor mehr als vierhundert Jahren geschehen. Ich hatte diese Stollen vollkommen vergessen – obwohl ich die Geschichten so oft erzähle. Weißt du irgendetwas darüber – wo sie liegen, wie man hineinkommt, ob sie überhaupt noch begehbar sind?«

Damson Rhee schüttelte den Kopf. »Aber ich kenne jemanden, der es wissen könnte. Vorausgesetzt, dass er mit uns redet.« Dann begegnete sie Colls Blick. Der plötzliche milde Ausdruck auf ihrem Gesicht überraschte Par. »Wir alle haben das Recht, für uns selbst zu entscheiden«, sagte sie leise.

Coll starrte sie gehetzt an. Par betrachtete seinen Bruder einen Augenblick, während er überlegte, ob er irgendetwas zu ihm sagen sollte, drehte sich dann jedoch zu Damson Rhee um. »Kannst du mich zu dieser Person führen – heute Abend?«

Sie stand auf, und die Talbewohner erhoben sich ebenfalls. Im Vergleich zu ihnen wirkte sie klein, fast zerbrechlich; aber Par wusste, dass der Eindruck täuschte. Sie schien zu überlegen, bevor sie sprach. »Das kommt darauf an. Zuerst musst du mir etwas versprechen. Wenn du noch mal in die Grube hineingehst, nimmst du Coll und mich mit.«

Die beiden anderen schwiegen erstaunt.

»Es tut mir leid, aber ich muss darauf bestehen. Ich kann nicht anders. Du, Par, würdest dich verpflichtet fühlen, das Richtige zu tun, das heißt, du würdest uns zurücklassen, um uns keiner Gefahr auszusetzen – doch das wäre genau das Falsche. Du brauchst uns an deiner Seite.« Damson Rhee wandte sich an Coll. »Und wir müssen dabei sein, Coll. Begreifst du nicht? Nichts wird aufhören, gar nichts, nicht die Föderationsbesatzung oder das Grauen der Schattenwesen oder die Krankheit, die die Länder heimsucht, wenn nicht jemand alldem ein Ende bereitet. Par hat vielleicht die Möglichkeit, genau das zu tun. Aber wir können ihn dabei nicht allein lassen. Wir müssen tun, was wir können, um ihm zu helfen, denn es ist auch unser Kampf.«

Coll blickte verwirrt drein.

Par sah Damson Rhee an. »Was passiert, wenn sich herausstellt, dass nur ich allein hineingehen kann?«

Damson Rhee kam auf ihn zu, nahm seine Hände und drückte sie. »Das wird nicht geschehen. Du weißt es.« Sie küsste ihn. »Seid ihr also einverstanden?«

Par holte tief Luft. Er setzte Colls und Damson Rhees Leben aufs Spiel, weil er nicht von dem Schwert lassen konnte. Er war so halsstarrig; er ließ sich allein von seinem Ehrgeiz leiten. Alles sprach dafür, dass dieses Unternehmen sie umbringen würde. Dennoch sagte er: »Einverstanden.«

Es folgte kurzes Schweigen.

Coll sah auf. »Einverstanden«, sagte auch er.

Damson Rhee legte Par die Hand auf die Wange, ging dann auf Coll zu und umarmte ihn. Par war nicht schlecht erstaunt, als er sah, dass sein Bruder die Umarmung erwiderte.

25

Erst in der Abenddämmerung des folgenden Tages erreichten Padishar Weidenkorb und Morgan Leah den Zeigefinger. Beide waren erschöpft.

Sie waren, seit sie Tyrsis verlassen hatten, ununterbrochen gewandert und hatten nur Pausen eingelegt, um zu essen. In der vergangenen Nacht hatten sie weniger als sechs Stunden geschlafen. Trotzdem hätten sie früher ankommen können, hätte Padishar Weidenkorb nicht darauf bestanden, jede noch so kleine Spur von ihnen zu verwischen. Nachdem sie den Parmakeil betreten hatten, legte er immer wieder falsche Fährten durch Schluchten, durch Flussbetten und über felsige Anhöhen und ließ währenddessen das Gebiet hinter ihnen nicht aus den Augen.

Morgan hielt die Vorsichtsmaßnahmen des Anführers der Geächteten für überflüssig und hatte ihn, als er seine Ungeduld nicht mehr beherrschen konnte, dies schließlich wissen lassen. »Bei den Schatten, Padishar – wir vergeuden nur unsere Zeit! Wer, glaubst du denn, verfolgt uns?«

»Niemand, den wir sehen können«, lautete die rätselhafte Antwort des anderen.

Der Abend war schwül, die Luft schwer, und am Himmel verschwand die Sonne als roter Feuerball am dunstigen Horizont. Während sie im Aufzug zum Gipfel des Zeigefingers hochgezogen wurden, konnten sie sehen, wie die Schatten der Nacht langsam den Wald in Dunkelheit hüllten. Lästige Insekten, die vom Schweiß ihrer Körper angezogen wurden, umschwirrten sie unablässig. Die Hitze des Tages lag wie eine stickige Decke über dem Land. Padishar Weidenkorb ließ seinen Blick immer wieder in Richtung Tyrsis schweifen, als könnte er ihre vermeintlichen Verfolger doch noch entdecken. Morgan folgte seinem Blick, konnte jedoch, wie schon zuvor, nichts und niemanden sehen.

Der große Mann schüttelte den Kopf. »Ich sehe es zwar nicht«, flüsterte er. »Aber ich spüre es kommen.«

Er ließ keine Erklärung folgen, und der Hochländer stellte keine Fragen. Morgan war müde und hungrig, und er wusste, dass nichts, was Padishar Weidenkorb oder er tun würden, die Pläne dessen, was sie vielleicht verfolgte, ändern konnte. Ihre Reise war zu Ende, sie hatten alles Menschenmögliche getan, um ihre Spuren zu verwischen, und es nützte nichts, sich jetzt noch Sorgen zu machen. Morgan dachte an das Essen, das sie erwartete.

Das Mittagessen an diesem Tag war mehr als spärlich ausgefallen – ein paar Wurzeln, altes Brot, harter Käse und etwas Wasser. »Mir wird langsam klar, dass man als Geächteter praktisch von nichts leben können muss, aber du hättest sicherlich etwas mehr mitnehmen können!«, hatte sich Morgan beklagt. »Das hier ist armselig.«

»Aber natürlich, mein Junge«, hatte der Anführer der Geächteten geantwortet. »Nimm es nicht so schwer.«

Padishar Weidenkorb hatte ihre Auseinandersetzung fünf Minuten später bereits vergessen, und Morgan war bei Tagesende zu dem Schluss gelangt, dass alles wieder in Ordnung war. Widerwillig zollte er dem Mann Respekt – für seine draufgängerische und entschlossene Art, in der sich der Hochländer selbst wiedererkannte, für sein Selbstvertrauen und für die Art und Weise, wie er andere Menschen anzog. Padishar Weidenkorb trug das Abzeichen des Anführers, als sei es sein Geburtsrecht, und irgendwie schien das vollkommen in Ordnung. Er war stark, das war nicht zu leugnen; und wegen dieser Stärke folgten ihm andere Menschen. Aber er wusste, dass auch ein Anführer seinen Gefolgsleuten etwas geben musste. Da er klug genug war, um Morgans Rolle bei der Reise von Par und Coll in den Norden zu verstehen, wollte er den Hochländer wissen lassen, dass seine Sorge um die Talbewohner gerechtfertigt war. Nach ihrem Streit hatte er Morgan mehrere Male versichert, dass er Par und Coll niemals im Stich lassen würde und dass er für ihre Sicherheit sorgen würde. Er war eine vielschichtige Persönlichkeit, und Morgan mochte ihn, auch wenn er den Verdacht hegte, dass Padishar nicht alle Versprechen würde halten können.

Wenn sie die Aufzüge wechselten, wurde Padishar Weidenkorb von seinen Geächteten mit Handschlag begrüßt. Sie glauben so sehr an ihn, sagte sich Morgan, warum soll ich es dann nicht auch tun?

Aber er wusste, dass Glaube so flüchtig war wie Magie. Ihm kam das zerbrochene Schwert, das er bei sich trug, in den Sinn. Glaube und Magie zusammengeschmiedet, in Eisen gelegt, um dann zu bersten. Er holte tief Luft. Der Schmerz über den Verlust war noch da, trotz seines Entschlusses, nicht mehr daran zu denken und die Wunde heilen zu lassen, so wie Padishar Weidenkorb ihm geraten hatte. Es gab nichts, was er tun konnte, um das Geschehene ungeschehen zu machen, sagte er sich immer wieder; er musste nach vorn blicken. Er hatte jahrelang ohne die Magie des Schwertes gelebt – ohne überhaupt zu wissen, dass sie existierte. Es ging ihm jetzt nicht schlechter als damals. Er war immer noch der Gleiche.

Als sie den Zeigefinger erreichten, wartete Chandos auf sie.

Padishar Weidenkorbs einäugiger Stellvertreter sah größer und dunkler aus, als ihn Morgan in Erinnerung hatte; sein bärtiges, entstelltes Gesicht war runzlig, sein Körper wirkte durch den weiten Umhang noch größer. Er ergriff Padishar Weidenkorbs Hand und hielt sie fest. »War die Jagd erfolgreich?«

»Gefährlich wäre ein besseres Wort«, antwortete der große Mann knapp.

Chandos warf Morgan einen Blick zu. »Die anderen?«

»Außer den Talbewohnern haben sie ihren letzten Kampf bestritten. Wo ist Heuerwetz? Hier oder zurück in Varfleet?«

Morgan warf ihm einen kurzen Blick zu. Padishar Weidenkorb suchte also immer noch nach dem Verräter, dachte er. Der Herr der Kiltan-Schmiede war nicht mehr erwähnt worden, seit Morgan erzählt hatte, dass er ihn in Tyrsis möglicherweise gesehen hatte.

»Heuerwetz?« Chandos' Gesicht zeigte Verwirrung. »Er hat uns nach euch verlassen, noch am gleichen Tag. Ich nehme an, er wollte nach Varfleet zurück, wie du ihm befohlen hast. Hier ist er nicht. Du hast aber Gäste.«

Padishar Weidenkorb gähnte. »Gäste?«

»Trolle, Padishar.«

Der Anführer der Geächteten war plötzlich hellwach. »Was du nicht sagst! Trolle? Sieh an, sieh an. Und was führt sie zu uns?«

Gemeinsam gingen sie auf die Feuer zu, Padishar Weidenkorb und Chandos nebeneinander, Morgan hinter ihnen. »Das wollten sie nicht sagen«, antwortete Chandos. »Sie kamen vor drei Tagen aus dem Wald, einfach so, als wäre es überhaupt nichts gewesen, uns hier aufzuspüren. Sie trafen ohne einen Führer ein und fanden uns, als kampierten wir mit fliegenden Bannern mitten auf freiem Feld. Zwanzig an der Zahl, große Kerle, aus dem Charnalgebirge im Nordland. Sie nennen sich

Kelktic-Fels und standen einfach nur herum, bis ich hinging, um mit ihnen zu reden. Sie wollten mit dir sprechen. Als ich ihnen erklärte, dass du nicht da seist, sagten sie, sie würden warten.«

»Tatsächlich? Ziemlich beharrlich.«

»Kann man wohl sagen. Ich habe sie heraufgeholt, nachdem sie zugestimmt hatten, uns ihre Waffen auszuhändigen. Es schien mir nicht recht, sie dort unten am Parmakeil sitzen zu lassen, nachdem sie den weiten Weg gemacht hatten, um dich zu finden – und obendrein so erfolgreich waren.« Chandos schmunzelte. »Außerdem habe ich mir gedacht, dass ein paar hundert von uns mit einer Handvoll Trollen fertigwerden würden.«

Padishar Weidenkorb lachte leise. »Vorsicht kann nie schaden, alter Freund. So leicht kann man einen Troll auch nicht erledigen. Wo sind sie?«

»Da drüben am Feuer.«

Morgan und Padishar Weidenkorb spähten durch die Dunkelheit. Ein Haufen gesichtsloser Schatten beobachtete ihr Nahen. Sie sahen riesig aus. Unbewusst fasste Morgan nach seinem Schwertknauf, und erst dann fiel ihm ein, dass der Knauf das Einzige war, was ihm geblieben war.

»Der Anführer nennt sich Axhind«, fügte Chandos leise hinzu. »Er ist der Maturen.«

Padishar Weidenkorb schritt auf die Trolle zu, die Müdigkeit war von ihm abgefallen. Seine große Gestalt wirkte imponierend. Einer der Trolle kam ihm entgegen.

Morgan Leah hatte noch nie einen Troll gesehen. Er hatte natürlich Geschichten über sie gehört; alle erzählten Geschichten über die Trolle. Irgendwann, lange bevor Morgan zur Welt kam, hatten die Trolle das Nordland, ihre ursprüngliche Heimat, verlassen, um mit den anderen Rassen Handel zu treiben. Eine Zeit lang hatten einige sogar unter den Menschen von Callahorn gelebt. Aber all das hatte mit dem Auftauchen der Föderation und ihrem Kampf um die Vorherrschaft im Südland ein Ende gefunden. Trolle waren auf dieser Seite der Streleheim-Ebene nicht mehr gern gesehen, und die wenigen, die in den Süden kamen, machten sich schleunigst wieder auf den Weg nach Norden. Da sie von Natur aus Einsiedler waren, waren keine großen Anstrengungen nötig, um sie in ihre Festung in den Bergen zurückzutreiben. Jetzt verließen sie ihr Land überhaupt nicht mehr – wenigstens hatte Morgan noch nie gehört, dass sie es verlassen hätten. Es war deshalb sehr ungewöhnlich, dass sich eine Gruppe so weit nach Süden vorgewagt hatte.

Morgan versuchte die Besucher nicht anzustarren, obwohl es ihm schwerfiel. Die Trolle waren muskulöse, fast grotesk wirkende Männer mit großen, breiten Leibern und einer nussbraunen Haut, die so rau war wie Baumrinde. Ihre Gesichter waren flach und zeigten keine charakteristischen Züge. Ohren sah Morgan überhaupt nicht. Sie trugen Lederkleidung und schwere Rüstungen; ihre großen Umhänge lagen verstreut um das Feuer herum.

»Ich bin Baron Weidenkorb, Anführer der Bewegung«, donnerte Padishar Weidenkorb.

Der Troll ihm gegenüber murmelte etwas Unverständliches. Morgan hörte nur den Namen Axhind. Die beiden gaben sich kurz die Hand, dann bedeutete Axhind Padishar Weidenkorb, sich bei ihnen am Feuer niederzulassen. Die Trolle traten zur Seite, als der Anführer der Geächteten und seine Gefährten zum Feuer kamen, um sich niederzulassen. Morgan blickte sich unbehaglich um, als er den riesigen Gestalten so nah war. Er hatte sich noch nie so schutzlos gefühlt. Chandos schien völlig sorglos, während er es sich ein paar Schritte hinter Padishar Weidenkorb bequem machte. Morgan ließ sich neben ihm nieder.

Dann begann das ernsthafte Gespräch, von dem der Hochländer absolut nichts verstand. Es wurde in der kehligen Sprache der Trolle geführt, einer Sprache, die Morgan nicht beherrschte. Padishar Weidenkorb schien sich dabei wohlzufühlen, obwohl er, wenn auch nur selten, innehielt, um sich zu überlegen, was er sagen wollte. Morgan vernahm ein Grunzen, dazu ein Nuscheln, und viele Worte wurden von heftigen Gesten begleitet.

»Wie kommt es, dass Padishar ihre Sprache spricht?«, fragte Morgan schon bald Chandos im Flüsterton.

Der andere würdigte ihn keines Blickes. »Wir in Callahorn kommen etwas weiter herum als ihr Hochländer«, sagte er.

Das Gespräch ging weiter. Padishar Weidenkorb schien mit dem Verlauf zufrieden.

»Sie wollen sich uns anschließen«, flüsterte Chandos nach einer Weile Morgan zu. »Nicht nur diese hier – die ganzen einundzwanzig Stämme! Fünftausend Mann! Sie wollen ein Bündnis schließen!«

»Mit uns? Warum?«

Chandos antwortete nicht sofort, sondern bat Morgan mit einem Wink zu warten. Dann sagte er: »Die Bewegung hat sich schon früher mit ihnen in Verbindung gesetzt und sie um Hilfe gebeten. Aber sie hielten uns immer für gespalten und unzuverlässig. Jetzt haben sie ihre Meinung geändert. Anscheinend glauben sie, dass Padishar die verschiedenen Lager ausreichend vereint hat. Sie suchen eine Möglichkeit, das Vordringen der Föderation in ihre Gebiete aufzuhalten.« In seiner rauen Stimme lag Befriedigung. »Bei den Schatten, das könnte unser Glück sein!«

Axhind reichte jetzt jedem einen Becher und füllte sie mit

einer Flüssigkeit. Morgan nahm den Becher, der ihm angeboten wurde, und sah hinein. Die Flüssigkeit in dem Becher war pechschwarz. Er wartete, bis der Anführer der Trolle und Padishar Weidenkorb sich zugeprostet hatten, dann trank er. Er musste sich beherrschen, um sich nicht zu übergeben. Was man ihm auch gereicht hatte, es schmeckte wie Galle.

Sie leerten ihre Becher, selbst Morgan, der feststellte, dass die Flüssigkeit seinen Hunger stillte. Dann erhoben sie sich, Axhind und Padishar Weidenkorb gaben sich nochmals die Hand.

»Habt ihr es gehört?«, fragte Padishar Weidenkorb leise, als die Trolle zwischen den Schatten verschwanden. Langsam wurden Sterne am Himmel sichtbar, und auch das letzte Tageslicht war verschwunden. »Fünftausend Mann! Mit einer solchen Streitmacht könnten wir es mit der gesamten Föderation aufnehmen!« Er war begeistert. »Die Bewegung könnte weitere zweitausend oder mehr Männer aufbieten und die Zwerge noch einmal so viel! Bei den Schatten!« Er ballte die Faust, doch dann klopfte er Chandos wie auch Morgan kräftig auf den Rücken. »Wurde auch Zeit, dass das Schicksal mal auf unserer Seite steht, meint ihr nicht auch?«

Morgan nahm danach sein Abendessen ein. Er saß allein an einem Tisch in der Nähe des Feuers; sein Appetit war durch die Gerüche, die aus den Kochtöpfen aufstiegen, immens angeregt worden. Padishar Weidenkorb und Chandos hatten sich zurückgezogen, um über die Ereignisse während der Abwesenheit des Ersteren zu sprechen, und Morgan sah keine Veranlassung, sich zu ihnen zu gesellen. Er sah sich nach Steff und Teel um, fand jedoch keinen von beiden. Erst kurz vor Beendigung seiner Mahlzeit trat Steff aus der Dunkelheit heraus und ließ sich neben ihm zu Boden fallen.

»Wie ist es gelaufen?«, fragte der Zwerg beiläufig, ohne Morgan zu begrüßen, während seine knorrigen Hände einen Bierkrug umfasst hielten, den er mitgebracht hatte. Er sah überraschend mitgenommen aus.

In kurzen Worten berichtete Morgan von den Ereignissen der vergangenen Woche. Als er fertig war, strich sich Steff den zimtfarbenen Bart und sagte: »Du hast Glück, dass du noch am Leben bist – ihr alle habt Glück.« Sein narbiges Gesicht wirkte abgehärmt. »Seit ihr uns verlassen habt, sind hier seltsame Dinge vor sich gegangen.«

Morgan schob seinen Teller beiseite, sah ihn an und wartete.

Der Zwerg räusperte sich und warf Morgan einen Blick zu, bevor er sprach. »Teel ist noch am gleichen Tag krank geworden. Man hat sie gegen Mittag bewusstlos am Abhang gefunden. Sie atmete zwar, aber sie war nicht bei Bewusstsein. Ich habe sie nach drinnen gebracht und in Decken gewickelt und saß dann fast die ganze Woche an ihrem Bett. Ich konnte nichts für sie tun. Sie lag einfach nur da, mehr tot als lebendig.« Er holt tief Luft. »Ich glaube, dass sie vergiftet wurde. Viele in der Bewegung sind den Zwergen nicht wohlgesinnt. Aber dann wachte sie schließlich auf, so schwach, dass sie sich kaum bewegen konnte. Ich habe sie mit Brühe gefüttert, um sie wieder zu Kräften zu bringen, und schließlich ging es ihr besser. Sie weiß nicht, was passiert ist. Das Letzte, an das sie sich erinnert, ist, dass sie über Heuerwetz nachdachte… Sagt dir das irgendwas, Morgan?«

Morgan nickte schwach. »Vielleicht. Ich glaubte, Heuerwetz in Tyrsis gesehen zu haben, als wir dort ankamen. Eigentlich konnte er es gar nicht sein, und ich kam zu dem Schluss, dass ich mich geirrt haben musste. Jetzt bin ich mir nicht mehr sicher. Irgendjemand hat uns an die Föderation verraten. Es könnte Heuerwetz gewesen sein.«

Steff schüttelte den Kopf. »Klingt irgendwie komisch. Warum gerade Heuerwetz? Er hätte uns ganz zu Anfang in Varfleet der Föderation übergeben können. Warum hätte er warten sollen?« Er rutschte hin und her. »Außerdem vertraut ihm Padishar.«

»Vielleicht«, murmelte Morgan, während er sein Bier schlürfte. »Aber Padishar hat gleich nachdem wir zurückgekommen sind, nach ihm gefragt.«

Steff dachte einen Augenblick nach. »Da steckt noch mehr dahinter. Vor zwei Tagen hat man am Rande des Abhangs zwei Wachen gefunden, tot, mit durchschnittenen Kehlen. Keine Spuren. Die Aufzüge waren oben, Morgan.«

Sie sahen sich an.

Morgan runzelte die Stirn. »Das heißt also, dass es jemand von hier war?«

»Scheint so. Aber was war das Motiv? Und wenn es jemand von draußen war, wie sind sie nach oben und wieder hinuntergekommen, ohne dass der Aufzug bewegt wurde?«

Morgan dachte nach, fand jedoch keine Antwort.

Steff erhob sich. »Ich wollte, dass du es weißt. Padishar wird es sicherlich auch erfahren, nehme ich an.« Er leerte seinen Bierkrug. »Ich muss zu Teel zurück; ich lasse sie nach all dem, was passiert ist, nicht gern allein. Sie ist immer noch furchtbar schwach.« Er rieb sich die Stirn und schnitt eine Grimasse. »Ich bin auch nicht ganz auf dem Damm.«

»Also ab mit dir«, sagte Morgan, der sich jetzt ebenfalls erhob. »Ich komme morgen früh zu euch. Jetzt muss ich unbedingt Schlaf nachholen.« Er hielt inne. »Hast du das von den Trollen gehört?«

»Von ihnen gehört?« Steff zog ein schiefes Gesicht. »Ich habe bereits mit ihnen gesprochen. Axhind und ich sind alte Bekannte.«

»So, so. Erzähl mir das bitte morgen, ja?«

Steff wandte sich ab. »Morgen, abgemacht. Aber pass gut auf dich auf, Hochländer.«

Genau das hatte Morgan Leah vor.

In dieser Nacht schlief er tief und fest und fühlte sich am nächsten Morgen ausgeruht. Die Sonne schien auf die Baumwipfel, und Morgan spürte, dass es ein heißer Tag werden würde. Im Lager herrschte geschäftigeres Treiben, mehr Bewegung als gewöhnlich, und Morgan wurde von Neugier gepackt. Einen Augenblick dachte er, dass Par und Coll zurückgekehrt seien, tat diese Möglichkeit jedoch schnell ab, weil er sicher war, dass man ihn in diesem Fall geweckt hätte. Er zog Kleidung und Stiefel über, rollte seine Decken zusammen, wusch sich, aß und machte sich dann auf den Weg zum Abhang. Dort fiel sein Blick auf Padishar Weidenkorb, der, wieder in sein rotes Gewand gekleidet, seinen Männern Befehle erteilte.

Der Anführer der Geächteten blickte auf, als der Hochländer sich näherte, und brummte: »Ich sehe, dass der Lärm dich nicht geweckt hat.« Er wandte sich ab, um Männern, die sich bei den Aufzügen befanden, Anweisungen zuzurufen, bevor er in einem normalen Ton fortfuhr: »Es täte mir leid, wenn du in deinem Schlaf gestört worden wärst.«

Morgan murmelte etwas in seinen Bart, hielt jedoch inne, als er den neckischen Gesichtsausdruck des anderen bemerkte.

»Komm, komm. Sollte nur ein Scherz sein, Hochländer«, beschwichtigte ihn dieser. »Wir wollen den Tag doch nicht auf dem falschen Fuß beginnen – wir haben genug anderes zu tun. Ich habe Fährtensucher ausgeschickt, die den Parmakeil durchkämmen, damit ich endlich sicher sein kann, dass mich mein Gefühl nicht getäuscht hat, das mir sagt, dass irgendetwas dort draußen lauert. Und ich habe außerdem nach Heuerwetz geschickt. Dann werden wir ja sehen. In der Zwischenzeit warten die Trolle. Das gestern war nur ein Vorspiel. Heute reden wir über das Warum und Wie der ganzen Sache. Willst du mitkommen?«

Morgan nickte. Während er die Scheide umschnallte, in der die Überreste des Schwertes von Leah steckten, das er jetzt aus reiner Gewohnheit mit sich trug, folgte er Padishar Weidenkorb zum Lager, wo die Trolle sich bereits versammelt hatten. Erwartungsvoll hielt er Ausschau nach Steff und Teel, konnte aber keinen von beiden sehen. Er nahm sich vor, sie später aufzusuchen.

Als sie zu den Trollen kamen, umarmte Axhind den Anführer der Geächteten, grüßte den Hochländer mit einem ernsten Nicken und einem Händedruck und bedeutete beiden, Platz zu nehmen. Wenige Augenblicke später tauchte Chandos mit einigen Morgan unbekannten Männern auf, und die Verhandlungen wurden aufgenommen.

Sie dauerten den ganzen Morgen und den größten Teil des Nachmittags. Wieder einmal sah sich Morgan außerstande, dem, was gesprochen wurde, zu folgen, und dieses Mal war Chandos von dem Gespräch zu sehr in Anspruch genommen, als dass er ihm hätte übersetzen können. Morgan hörte dennoch aufmerksam zu; er beobachtete die Gesten der bärtigen Trolle und versuchte ihnen wenigstens einen Teil ihrer Gedanken von den ausdrucklosen Gesichtern abzulesen. Seine Bemühungen blieben größtenteils ohne Erfolg. Die Trolle sahen wie große, lebendig gewordene Baumstümpfe aus; die meisten taten nichts weiter, als das Geschehen wortlos zu verfolgen. Diejenigen, die etwas sagten, gingen mit ihren Worten sparsam um, selbst Axhind.

Die Sonne wanderte über den Himmel und sorgte für drückende Hitze. Nur zur Mittagszeit wurde eine kurze Pause eingelegt, während der sie Bier und Wein tranken.

Der Nachmittag neigte sich dem Ende zu, als ein atemloser Bote auftauchte, dem der Schreck ins Gesicht geschrieben stand. Als Padishar Weidenkorb seiner ansichtig wurde, runzelte er, verärgert über die Unterbrechung, die Stirn und entschuldigte sich. Gespannt lauschte er den Worten des Läufers, zögerte, sah dann zum Hochländer hinüber und winkte ihn zu sich. Morgan erhob sich unverzüglich. Der Ausdruck auf Padishar Weidenkorbs Gesicht gefiel ihm ganz und gar nicht.

Als Morgan zu ihnen trat, entließ Padishar Weidenkorb den Läufer. »Man hat Heuerwetz gefunden«, sagte er leise. »An der Westseite des Parmakeils, in der Nähe des Weges, dem wir bei unserer Rückkehr gefolgt sind. Er ist tot. Die Wachen, die ihn gefunden haben, sagen, er habe ausgesehen, als hätte man sein Inneres nach außen gekehrt.«

Morgan schluckte bei dem Gedanken daran. »Was ist hier los, Padishar?«, fragte er.

»Vergiss nicht, es mir zu sagen, wenn du die Antwort weißt, Hochländer. Indessen habe ich noch schlechtere Nachrichten. Keine zwei Meilen von hier steht eine Föderationsarmee – die Garnison von Tyrsis. Sie kommen uns holen, mein Junge. Sie sind nicht einen Deut von ihrem Ziel abgewichen. Irgendwie haben sie herausgefunden, wo wir stecken – und ich nehme an, wir beide wissen, wie sich das zugetragen haben könnte, meinst du nicht?«

Morgan war sprachlos. »Wer?« Das Wort war kaum hörbar.

Padishar Weidenkorb zuckte mit den Schultern und lachte. »Spielt das jetzt noch eine Rolle?« Er sah über die Schulter. »Zeit, dass wir die Zelte hier abbrechen. Es passt mir gar nicht, dass ich Axhind und seinen Männern diese Neuigkeiten berichten muss, aber es hätte wenig Sinn, sie hinters Licht führen zu wollen. Wenn ich sie wäre, würde ich schneller von hier verschwinden als ein Hase in seinen Bau.«

Die Trolle waren jedoch anderer Ansicht. Als die Verhandlungen abgebrochen wurden, machten Axhind und seine Gefährten keine Anstalten zu gehen. Sie verlangten stattdessen ihre Waffen zurück, setzten sich und begannen in aller Ruhe, die Klingen zu wetzen. Es schien, als könnten sie einen Kampf gar nicht erwarten.

Morgan machte sich auf die Suche nach den Zwergen. Sie lagerten in einem kleinen Kiefernhain, wo ihnen ein Felsvorsprung einen natürlichen Schutz vor Wind und Wetter bot. Steff begrüßte ihn ohne große Begeisterung. Teel saß auf der Erde; ihr verhülltes Gesicht gab nichts von ihren Gedanken preis, obwohl ihre Augen wachsam glänzten. Sie sah erholter aus; ihr dunkelblondes Haar war zurückgekämmt, und sie streckte ruhig Morgan eine Hand zum Gruß entgegen. Er redete kurz mit ihr, doch sie erwiderte nur wenig. Morgan erzählte ihnen von Heuerwetz und dem Herannahen der Föderationsarmee. Steff nickte ernst; Teel zeigte überhaupt keine Reaktion. Als er sie verließ, fühlte er sich seltsam unzufrieden mit dem ganzen Besuch.

Die Föderationsarmee verteilte sich bei hereinbrechender Dunkelheit unterhalb des Zeigefingers. Zu Tausenden strömte sie aus dem Wald hervor, mit wehenden Fahnen und glänzenden Waffen. Standarten wurden vor jeder Kompanie gehisst – das schwarze Banner mit einem roten und einem weißen Streifen als Zeichen für gewöhnliche Soldaten, das strahlend weiße Wolfskopfabzeichen als Zeichen für Sucher. Zelte wurden aufgeschlagen und Feuer angezündet. Fast gleichzeitig fingen ganze Abteilungen an, Belagerungsmaschinen zu bauen, und das Geräusch von Sägen, mit denen Bäume gefällt, und von Äxten, mit denen Äste abgehauen wurden, erfüllte die Luft.

Die Geächteten, die zur Verteidigung gerüstet waren, beobachteten die Vorgänge aus sicherer Höhe. Morgan gesellte sich zu ihnen. Sie wirkten entspannt und gelassen. Ihre Zahl betrug nur dreihundert, doch der Zeigefinger war eine natürliche Festung, die einer fünfmal so großen Armee hätte widerstehen können. Die Aufzüge waren bereits hochgezogen worden, und die einzige Möglichkeit, jetzt noch nach oben zu gelangen, bestand darin, die Felshänge emporzuklettern. Dies konnte nur mit Leitern oder Greifhaken bewerkstelligt werden. Schon eine Handvoll Männer hätte diesem Unterfangen ein Ende bereiten können.

Es war bereits stockdunkel, als Morgan wieder Gelegenheit hatte, mit Padishar Weidenkorb zu sprechen. Sie standen bei den Aufzügen, die jetzt scharf bewacht wurden, und sahen auf die vielen Lagerfeuer hinunter. Die Männer der Föderation arbeiteten auch jetzt noch, und der Lärm aus den dunklen Wäldern war durch die nächtliche Luft zu hören.

»Ich brauche dir wohl nicht zu sagen, dass mir dieser ganze Aufwand ziemliche Sorgen bereitet«, murmelte der Anführer der Geächteten mit hochgezogenen Brauen.

Morgan runzelte ebenfalls die Stirn. »Selbst mit ihrer Belagerungsmaschinerie können sie doch nicht annehmen, hier heraufzukommen.«

Padishar Weidenkorb schüttelte den Kopf. »Das stimmt. Aber gerade das bereitet mir Sorgen.«

Sie sahen dem Treiben eine Weile zu, bevor Padishar Weidenkorb Morgan an ein geschütztes Plätzchen führte, wo er ihm zuflüsterte: »Ich muss dich ja nicht daran erinnern, dass wir jetzt zweimal verraten worden sind. Wer uns auch verraten hat, er ist immer noch am Werke – vermutlich sogar mitten unter uns. Sollte der Zeigefinger eingenommen werden, wird dies meiner Meinung nach ebenfalls nur durch Verrat geschehen… Ich werde alles tun, was ich kann, um den Zeigefinger zu verteidigen. Aber auch du solltest die Augen offen halten,

Hochländer. Es ist möglich, dass du Dinge siehst, die mir verborgen bleiben. Beobachte alles ganz genau, und wenn du etwas entdeckst, stehe ich tief in deiner Schuld.«

Nachdem sie ihr Gespräch beendet hatten, begab er sich zum Waffenmeister und bat um ein Breitschwert. Er suchte sich eines aus, das ihm gefiel. Dann machte er sich auf die Suche nach einer unbenutzten Scheide, bis er eine fand, die das Schwert von Leah aufnehmen konnte. Er kürzte die Scheide auf die Länge des kurzen Schwertes, band sie am unteren Ende zusammen und schnallte sie sich um.

Zum ersten Mal seit Tagen fühlte er sich wieder ein wenig besser.

Auch in dieser Nacht schlief er tief und fest – obwohl die Föderation die Belagerung weiter vorbereitete. Als die Sonne aufging, wurden die Arbeiten eingestellt. Die plötzlich eintretende Stille ließ ihn aufwachen; er schlüpfte in seine Kleidung, schnallte seine Waffen um und begab sich eiligst hinunter zum Rande des Abhangs. Die Geächteten bezogen mit kampfbereiten Waffen Stellung. Padishar Weidenkorb befand sich ebenfalls dort, bei ihm Steff, Teel und das Aufgebot der Trolle. Jeder Einzelne verfolgte schweigend die Vorgänge unter ihnen.

Die Föderationsarmee trat an, Abteilungen formierten sich zu Kompanien. Sie waren gut ausgebildet, und ihre Aufstellung ging ohne Schwierigkeiten vonstatten. Sie umzingelten den Fuß des Zeigefingers, breiteten sich von einem Ende der Felswand zum anderen aus. Sturmleitern und Seile mit Greifhaken wurden herbeigeholt. Belagerungstürme standen bereit, obwohl sie unfertig aussahen und kaum ein Drittel so hoch waren wie die Felshänge. Anführer riefen ihren Untergebenen Befehle zu, und langsam füllten sich die Zwischenräume zwischen den Kompanien.

Morgan legte Steff die Hand auf die Schulter. Der Zwerg sah ihn unsicher an, nickte und sah wieder weg.

Morgan runzelte die Stirn. Steff trug keine Waffen.

Hörner erschollen, und die Föderationsreihen schlossen sich. Plötzlich wurde es totenstill. Die im Osten aufgehende Sonne tauchte Rüstungen und Waffen in gleißendes Licht. Tau glitzerte auf Blättern und Gräsern, das Gezwitscher der Vögel erhob sich fröhlich in die Lüfte, das Geräusch von plätscherndem Wasser drang von weit her an ihr Ohr, und es schien Morgan Leah, als gliche dieser Morgen den vielen, die er, während er zu Hause in den Bergen umhergezogen war und gejagt hatte, willkommen geheißen hatte.

Doch dann bemerkte er, wie sich ganz hinten zwischen den Bäumen, hinter den langen Reihen der Soldaten, etwas regte. Äste und Baumstämme bewegten sich, Baumrinde wurde abgekratzt. Plötzlich teilten sich die Föderationsreihen in zwei Lager und bildeten einen Durchgang von gut und gern dreißig Meter Breite.

Bei den Schatten, murmelte Morgan vor sich hin.

Das Etwas trat jetzt aus den schwindenden Schatten hervor. Es war riesig, eine Kreatur von gewaltigen Ausmaßen, eine Erscheinung, die aus den schrecklichsten Überresten bestand, die Aasfresser übrig gelassen haben mochten. Es setzte sich aus Haar, Sehnen und Knochen zusammen, aber gleichzeitig aus Metallplatten und Stangen. Es besaß scharfe Kanten und glänzende Oberflächen, Eisen, das in Fleisch eingepflanzt war, und Fleisch, das in Eisen hineingewachsen war. Es sah wie ein riesiges, missgestaltetes Krustentier oder wie ein Wurm aus, doch war es keins von beiden. Es wackelte vorwärts, während der Blick aus den funkelnden Augen nach oben zum Rand der Höhe wanderte. Augendeckel schnappten wie Messer, und Klauen kratzten achtlos am rauen Stein.

Kurz dachte Morgan, es handle sich um eine Maschine. Doch bereits in der gleichen Sekunde wurde ihm klar, dass dieses Etwas lebendig war.

»Dämonenblut!«, schrie Steff zornig und erschreckt auf. »Sie haben einen Kriecher mitgebracht!«

Langsam und behäbig arbeitete sich der Kriecher durch die Reihen der Föderationsarmee auf sie zu.

26

Jetzt erinnerte sich Morgan Leah an die Geschichten. Es schien, als hätte es schon immer Geschichten über die Kriecher gegeben, Legenden, die vom Großvater an den Vater, vom Vater an den Sohn, von einer Generation an die nächste weitergegeben wurden. Sie wurden im Hochland und in den meisten Gebieten des Südlandes, die er besucht hatte, erzählt. Männer erzählten am nächtlichen Feuer bei einem Glas Bier Geschichten über die Kriecher. Morgan und andere Jungen, die es sich am Rande des Kreises bequem gemacht hatten, zitterten vor Aufregung. Doch niemand maß diesen Geschichten große Bedeutung bei; schließlich wurden sie im gleichen Atemzug erzählt wie die wilden Fantasien von Schädelträgern und Mordgeistern und anderen Monstern, die aus einer vergessenen Zeit stammten. Trotzdem wollte sie keiner so mir nichts, dir nichts als Erfindung abtun. Denn die Zwerge im Ostland waren bereit, ihre Hand dafür ins Feuer zu legen.

Steff war einer dieser Zwerge. Er hatte die Geschichten Morgan gegenüber wiederholt – lange nachdem Morgan sie zum ersten Mal vernommen hatte –, und in seinen Augen handelte es sich dabei nicht um Legenden, sondern um wahre Begebenheiten. Er bestand darauf, dass sie sich tatsächlich zugetragen hatten. Sie waren Wirklichkeit.

Die Föderation, so erzählte er Morgan, hatte die Kriecher erschaffen. Vor hundert Jahren, als der Krieg gegen die Zwerge in der tiefen Wildnis des Anar getobt hatte, als der Dschungel und die steilen Felswände den Armeen des Südlandes einen Strich durch die Rechnung gemacht hatten, hatte die Föderation die Kriecher ins Spiel gebracht. Die Zwerge waren zu der Zeit jedoch bereits zum Angriff übergegangen; sie hatten eine beträchtliche Widerstandstruppe aufgestellt, die entschlossen war, einer Gefangennahme zu entgehen und die Eindringlinge so lange zu bekämpfen, bis sie aus ihrer Heimat vertrieben waren. Aus ihrer Festung inmitten des Labyrinths von Schluchten und Hohlwegen am Rabenhorn waren die Zwerge in der Lage, die schwerfälligen Föderationstruppen fast nach Belieben anzugreifen. Während die Anstrengungen der Föderation erlahmten, schleppten sich die Monate dahin, und just zu dieser Zeit tauchten die Kriecher zum ersten Mal auf.

Niemand wusste mit Sicherheit zu sagen, woher sie kamen. Manche behaupteten, es handle sich um Maschinen, die von den Ingenieuren der Föderation konstruiert worden seien, um eine Art Roboter, deren einzige Aufgabe darin bestand, die Festungen der Zwerge einzunehmen. Doch es gab andere, die meinten, dass keine Maschine das konnte, wozu die Kriecher in der Lage waren, sondern dass solche Monster Schläue und Instinkt besäßen. Ungeachtet ihres Ursprungs nahmen die Kriecher in der Wildnis des Anar Gestalt an und begannen zu jagen. Niemand und nichts konnte sie aufhalten. Schonungslos verfolgten sie die Zwerge und vernichteten sie allesamt, nachdem sie diese aufgespürt hatten. Kaum einen Monat später war der Krieg zu Ende, die Zwergenarmeen besiegt, das Rückgrat der Widerstandsbewegung gebrochen.

Nach diesen Ereignissen verschwanden die Kriecher ebenso geheimnisvoll, wie sie aufgetaucht waren, als hätte die Erde sie verschlungen. Nur die Geschichten überdauerten, wurden jedoch mit jeder Wiedergabe grausiger und gleichzeitig ungenauer und büßten mit der Zeit an Wahrheitsgehalt ein, bis schließlich nur noch die Zwerge glaubten, dass sich all dies wirklich zugetragen hatte.

Morgan Leah starrte in die Tiefe, während die Geschichten seiner Kindheit lebendig wurden, riss sich dann von dem Anblick des Albtraums unter ihm los und warf Steff einen verzweifelten Blick zu.

Der Zwerg starrte ihn voller Schrecken an. »Ein Kriecher, Morgan. Ein Kriecher – nach all den Jahren. Weißt du, was das bedeutet?«

Morgan blieb keine Zeit, darüber nachzusinnen. Padishar Weidenkorb, der den Zwerg gehört hatte, stand plötzlich neben ihnen. Er packte Steff mit beiden Händen an den Schultern und drehte ihn zu sich herum. »Los, erzähl! Was weißt du über dieses Monster?«

»Es ist ein Kriecher«, wiederholte Steff mit unnatürlicher Stimme, so, als wäre damit, dass er den Namen des Ungeheuers aussprach, schon alles gesagt.

»Ja, ja, schön und gut!«, fuhr ihn Padishar Weidenkorb an. »Es ist mir egal, was es ist! Ich will wissen, wie man es aufhalten kann!«

Steff schüttelte langsam den Kopf, als wolle er seiner Sinne Herr werden. »Man kann es nicht aufhalten. Bis jetzt ist es noch keinem gelungen.«

Ein Murmeln ging durch die Reihen der Männer, die ihnen am nächsten standen und die Worte des Zwergs gehört hatten; böse Vorahnungen beschlichen die Verteidiger. Morgan war fassungslos; noch nie hatte Steff so verzweifelt geklungen. Er warf einen kurzen Blick zu Teel hinüber. Sie hatte Steff von Padishar Weidenkorb weggezogen, während ihre Augen unter ihrer Maske wie harte Steinchen funkelten.

Padishar Weidenkorb wandte sich seinen Männern zu. »Bleibt, wo ihr seid!«, brüllte er denjenigen zornig zu, die angefangen hatten zu flüstern und sich zurückzuziehen. Das Flüstern und die Bewegung hörten augenblicklich auf. »Dem Ersten, der meine Befehle missachtet, ziehe ich das Fell über die Ohren!« Er warf Steff einen vernichtenden Blick zu. »Keine Möglichkeit, sagst du? Vielleicht für dich nicht – obwohl ich anderes vermutet und dich für einen besseren Mann gehalten hätte, Steff.« Er sprach leise. »Keine Möglichkeit? Es gibt immer eine Möglichkeit!«

Unter ihnen erklang ein Scharren, und alle drängten zu den Brustwehren. Der Kriecher hatte den Fuß der Felswand erreicht und machte sich auf den Weg nach oben, indem er sich in Spalten und Ritzen festkrallte, in denen menschliche Hände und Füße niemals Halt gefunden hätten. Die Muskeln seines wurmartigen Körpers regten sich. Die Trommeln der Föderation, die im gleichmäßigen Rhythmus geschlagen wurden, kündigten das Herannahen des Monsters an.

Padishar Weidenkorb sprang waghalsig auf die Brustwehr hinauf. »Chandos! Ein Dutzend Bogenschützen hierher – sofort!«

Die Bogenschützen erschienen sogleich und bedachten den Kriecher, so schnell sie nur konnten, mit einem Pfeilhagel. Das Monster kroch weiter. Die Pfeile prallten an seiner Rüstung ab oder verschwanden wirkungslos in seinem dicken Fell. Selbst seine Augen, diese grässlichen schwarzen Kugeln, die sich im Rhythmus seiner Körperbewegungen langsam hin und her bewegten, schienen undurchdringlich.

Padishar Weidenkorb zog die Bogenschützen zurück. Ein Freudengeheul entrang sich den Kehlen der Föderationssoldaten. Der Anführer der Geächteten rief nach Speerwerfern, doch selbst die schweren hölzernen Schäfte mit ihren eisernen Spitzen konnten das herannahende Monster nicht aufhalten. Sie prallten an ihm ab oder zerbrachen an den Felsen in Stücke. Der Kriecher kam immer näher.

Riesige Steinblöcke wurden herbeigeschafft und über den Abhang geschoben. Einige trafen krachend den Kriecher. Ob sie ihn streiften oder mit voller Wucht erwischten, das Ergebnis blieb das gleiche: Das Monster kroch weiter. Das Gemurmel der Männer klang inzwischen eindeutig verängstigt. Zornig rief Padishar Weidenkorb ihnen zu, sich zu beruhigen. Er verlangte nach Buschwerk, das herbeigeschafft, angezündet und dann auf den Kriecher geworfen wurde – auch dies blieb ohne Wirkung. Rasend vor Wut, ließ er ein Fass mit siedendem Öl herbeibringen, dessen ausströmendes Öl angezündet wurde. Wie ein Raubtier fraß sich das Feuer am Felsen entlang und hüllte den herannahenden Kriecher in eine Wolke aus schwarzem Rauch. Aus den Reihen der Föderation erhoben sich Schreie, und die Trommeln verstummten. Die in der morgendlichen Luft aufsteigende Hitze war so stickig, dass die Verteidiger gezwungen waren zurückzuweichen. Zusammen mit Steff und Teel zog sich auch Morgan zurück. Steff wirkte eigenartig verwirrt.

Morgan half ihm zurückzutreten. »Geht es dir nicht gut?«, fragte er leise. »Steff, was ist los?«

Aber der andere schien darauf keine Antwort zu wissen. Er schüttelte nur den Kopf. Dann brachte er mit Mühe die Worte heraus: »Feuer wird es nicht aufhalten. Das hat man schon versucht, Morgan. Feuer nützt gar nichts.«

Er hatte recht. Als die Hitze so weit nachließ, dass die Verteidiger zu ihren Brustwehren zurückkehren konnten, war der Kriecher immer noch da und kroch langsam weiter nach oben. Er hatte fast schon die Hälfte der Felswand erklommen. Er war jetzt so versengt und schwarz wie der Fels, an dem er hing, sonst jedoch unverändert. Das Trommeln der Föderationssoldaten unter ihnen setzte wieder ein.

Entsetzen erfüllte die Geächteten. Es war klar, dass jetzt keiner mehr daran glaubte, dass der Kriecher noch aufzuhalten war. Was sollten sie tun, wenn er vor ihnen stand? Würden sie das Monster, dem Speere und Pfeile nichts anhaben konnten, mit Schwertern aufhalten? Die verzweifelten Geächteten konnten sich den Ausgang des Kampfes ziemlich gut vorstellen.

Nur Axhind und seine Bergtrolle schienen von den Ereignissen um sie herum ungerührt. Sie standen am äußersten Rand der Verteidigungslinie, wo sie mit gezückten Waffen einen Vorsprung bewachten, der über die Felswände ragte. Sie wirkten nicht nervös. Sie beobachteten Padishar Weidenkorb mit einem Ausdruck auf ihren Gesichtern, der besagte, dass sie gespannt auf seine nächsten Schritte warteten.

Padishar Weidenkorb hatte etwas entdeckt, das allen anderen entgangen war, und dies ließ ihn erneut Hoffnung schöpfen. »Chandos!«, schrie er, während er an den Brustwehren entlangschritt und seine Männer zurück auf ihre Posten drängte. Sein kräftiger, schwarzbärtiger Stellvertreter erschien. »Bring mir alles Öl, das wir haben, egal ob für Kochen oder Waffenreinigen, alles! Spar dir deine Fragen für später auf! Los, beeil dich!«

Chandos machte den Mund zu und rannte davon. Padishar Weidenkorb schritt auf Morgan und die Zwerge zu. »Macht einen Aufzug fertig!«, rief er seinen Männern zu. Dann hielt er unerwartet inne. »Steff, wie kommen diese Kriecher auf glattem Untergrund zurecht? Wie halten sie sich fest?«

Steff sah ihn verständnislos an. »Ich habe keine Ahnung.«

»Aber sie müssen sich doch festhalten, wenn sie klettern, oder nicht?«, beharrte der andere. »Was passiert, wenn sie sich nicht festhalten können?« Er wandte sich ab, ohne die Antwort abzuwarten. Inzwischen war es heiß geworden, und der Schweiß rann in Strömen an ihm herunter. Er streifte seine Jacke ab und warf sie gereizt zur Seite. Von einem der anderen Geächteten schnappte er sich einen Kreuzgurt, schnallte ihn um, ergriff eine kurze Axt, schob sie durch eine der Schlaufen am

Gurt und machte sich auf den Weg zu den Aufzügen. Morgan, der allmählich begriff, was der Geächtete vorhatte, folgte ihm. Chandos eilte herbei, gefolgt von einem Haufen Männer, die Fässer von verschiedenen Größen herbeischleppten.

»Einladen!«, lautete Padishars Befehl. Während sie einluden, legte er seinem Stellvertreter die Hände auf die breiten Schultern. »Ich lasse mich mit dem Aufzug hinunter zu dem Klettermonster und schütte ihm das Öl über den Kopf.«

»Padishar!« Chandos war entsetzt.

»Hör mir zu! Der Kriecher kann nicht zu uns heraufkommen, wenn er nicht klettern kann, und er kann nicht klettern, wenn er sich nicht festhalten kann. Durch das Öl wird der Fels so rutschig, dass dieses Monster nicht mehr weiterkommt. Möglicherweise stürzt es sogar ab.« Er lächelte grimmig. »Wäre das nicht ein wunderschönes Ende der Geschichte?«

Mit einem entsetzten Ausdruck in den Augen schüttelte Chandos den Kopf. Die Trolle hatten sich zu ihnen gesellt und hörten zu. »Glaubst du, dass die Föderation dich weit genug nach unten lässt? Ihre Bogenschützen schießen dich in Stücke.«

»Nicht, wenn ihr sie davon abhaltet.« Das Lächeln verschwand aus seinem Gesicht. »Außerdem, alter Freund, bleibt uns doch gar keine andere Wahl, oder?« Er stieg in den Aufzug und kauerte sich niedrig an das Geländer, um eine möglichst kleine Zielscheibe abzugeben. »Passt nur auf, dass ihr mich nicht fallen lasst«, schrie er und ergriff die Axt.

Und los ging die Fahrt nach unten. Chandos ließ den Aufzug so weit hinunter, bis dieser knapp über der Stelle hing, wo der Kriecher sich seinen Weg nach oben bahnte; er war bereits ziemlich weit oben, ein großer schwarzer Fleck, der über die Felswand krabbelte. Ein wildes Geheul erhob sich auf der Seite der Föderationsarmee, als die Soldaten begriffen, was geschah, und ganze Reihen von Bogenschützen drängten nach vorn. Die

Geächteten warteten. Da sie von ihrer Befestigung aus ungehindert zurückschießen konnten, gelang es ihnen, den Angriff bald abzuwehren. Sogleich drängten weitere Reihen von Bogenschützen nach vorn, die einen Pfeilregen auf den Felsen und den herabsinkenden Aufzug niedergehen ließen. Die Geächteten erwiderten den Angriff der Föderation. Wieder konnten sie ihn abwehren.

Mittlerweile waren die Wurfmaschinen herbeigeschafft worden, und riesige Steinblöcke flogen haarscharf am Aufzug vorbei, während sich die Schützen der Föderation einschossen. Ein Schwall von Steinen prasselte auf den Aufzug und warf ihn an die Felswand. Holz splitterte und krachte. Darunter hob der Kriecher den Kopf und schaute nach oben.

Morgan Leah stand am Rand des Abgrunds und beobachtete die Szene voller Entsetzen; Steff und Teel standen neben ihm. Der Aufzug mit Padishar Weidenkorb schaukelte, als würde er von einem starken Wind erfasst.

»Haltet ihn fest!«, schrie Chandos den Männern an den Seilen zu.

Aber es war unmöglich. Das Seil rutschte, und während sie sich bemühten, es wieder hochzuziehen, wurden sie an den Rand des Abgrunds gezerrt, wo sie verzweifelt versuchten, sich selbst festzuhalten. Die Pfeilsalven der Föderation beharkten die Anhöhe, und zwei der Männer an den Seilen gingen zu Boden. Keiner nahm ihren Platz ein, da in der Verwirrung des Angriffs niemand wusste, was er tun sollte. Chandos sah mit weit aufgerissenen Augen über seine Schulter zurück. Das Seil glitt immer weiter nach unten.

Morgan rannte nach vorn. Doch Axhind war schneller. Mit einer Geschwindigkeit, die man seiner Größe nicht zugetraut hätte, sprang der Maturen der Bergtrolle zwischen den Umstehenden hindurch und ergriff das Seil mit seinen riesigen

Händen. Die anderen ließen das Seil verwirrt los. Ganz allein hielt der riesige Troll den Aufzug mitsamt Padishar Weidenkorb. Dann erschien ein weiterer Troll, kurz darauf noch zwei. Nachdem sie sicheren Halt gefunden hatten, zogen sie das Seil zurück, während Chandos am Rande des Abgrunds seine Befehle brüllte.

Morgan wagte noch einmal einen Blick über die Kante. Am Fuße der Felswand starben die Soldaten der Föderation reihenweise. Ihre Linien befanden sich inzwischen in Auflösung. Wurfmaschinen schleuderten Geschosse in die Höhe, und Pfeile flogen von überall her durch die Luft. Der Aufzug baumelte am Seil wie ein Köder an der Angelschnur, scheinbar nur wenige Handbreit über dem schwarzen Ungeheuer, das sich stetig näher heranarbeitete.

Dann plötzlich, fast unerwartet, kam Padishar Weidenkorb in Sicht; er schlug jetzt mit seiner kurzen Axt auf das erste Ölfass ein, dessen Inhalt sich über die Felswand auf den Kriecher ergoss. Der Kopf und der Oberkörper der Bestie wurden von der glänzenden Flüssigkeit überzogen. Der Kriecher bewegte sich nicht mehr. Der Inhalt des zweiten Fasses folgte dem ersten, dann der des dritten. Der Kriecher und die Felswand waren bald überall mit Öl bedeckt. Pfeile aus den Köchern der Föderationssoldaten umschwirrten Padishar Weidenkorb, der jetzt eine hervorragende Zielscheibe abgab. Dann traf ihn ein Pfeil, gleich darauf ein zweiter, und er sank zu Boden.

»Holt ihn rauf!«, brüllte Chandos.

Die Trolle zogen an dem Seil, während die Geächteten, die sich in der Nähe befanden, vor Zorn aufheulten und einen Pfeilhagel auf die Reihen der Föderationsbogenschützen niedergehen ließen.

Aber Padishar war bereits wieder auf den Beinen; er zerschlug die letzten beiden Ölfässer und goss das Öl an der Felswand hinunter auf den Kriecher. Das Monster hing dort, ohne sich zu bewegen, und ließ das Öl über sich fließen.

Ein Geschoss aus der Wurfmaschine traf den Aufzug und zertrümmerte ihn. Die Geächteten schrien laut auf, als der Aufzug in die Tiefe stürzte. Aber Padishar Weidenkorb stürzte nicht; er bekam das Seil zu fassen und baumelte hin und her, während um ihn herum Pfeile und Steine einschlugen. Seine Brust und seine Arme waren mit Blut bedeckt, und seine Muskeln traten hervor, weil es ihn so viel Anstrengung kostete, sich festzuhalten.

Das Seil wurde rasch hochgezogen und mit ihm Padishar Weidenkorb, dessen Männer ihm die Hände entgegenstreckten, um ihn in Sicherheit zu bringen. Einen Augenblick war die Schlacht vergessen. Chandos schrie seinen Männern vergeblich zu, sich wieder auf ihre Posten zu begeben; die Geächteten beachteten ihn nicht, als sie sich um ihren am Boden liegenden Anführer drängten. Kurz darauf war Padishar Weidenkorb wieder auf den Beinen. Blut lief aus seinen Wunden, ein Pfeil steckte tief in seiner rechten Schulter, ein anderer hatte sich in das weiche Fleisch seiner linken Seite gebohrt; sein Gesicht war blass und vor Schmerz verzerrt. Er streckte die Hand aus und brach den Pfeil in seiner Seite ab, um dann mit einer Grimasse den Schaft herauszuziehen. »Zurück zur Brustwehr!«, brüllte er. »Sofort!«

Die Geächteten liefen auf ihre Posten. Padishar Weidenkorb drängte sich an Chandos vorbei, wankte zur Mauer und spähte nach unten zum Kriecher.

Der Kriecher hing in der Felswand, ohne sich zu regen, als sei er an den Felsen geklebt. Die Attacke der Bogenschützen und Wurfmaschinen der Föderation auf die Verteidigungslinien der Geächteten ging weiter, doch die Belagerer schienen nur noch halbherzig bei der Sache zu sein, denn auch sie verharrten in der Erwartung dessen, was als Nächstes geschehen würde.

»Stürz endlich ab, verdammt!«, schrie Padishar Weidenkorb außer sich vor Zorn.

Der Kriecher bewegte sich, verlagerte unmerklich das Gewicht und schob sich nach rechts, um der glänzenden Ölschicht auszuweichen. Klauen kratzten und scharrten. Aber das Öl hatte seinen Zweck erfüllt. Das Monster konnte sich nicht mehr halten und begann zu rutschen, zunächst nur langsam, dann immer schneller. Ein Schrei des Entsetzens erhob sich aus den Reihen der Föderation, ein Freudenschrei aus den Reihen der Geächteten. Der Kriecher glitt immer schneller auf der Ölspur nach unten, verlor schließlich völlig den Halt und stürzte in die Tiefe. Als er auf den Boden krachte, stieg eine gewaltige Staubwolke gen Himmel, und die ganze Felswand wurde von dem Aufprall erschüttert.

»Schon besser!«, seufzte Padishar Weidenkorb, ließ sich neben der Brustwehr in die Hocke nieder und schloss erschöpft die Augen.

»Du hast ihm den Garaus gemacht!«, verkündete Chandos.

Aber Padishar schüttelte den Kopf. »Damit ist noch gar nichts erreicht. Das war der Schrecken des heutigen Tages. Der morgige wird sicherlich einen anderen bringen. Und woher nehmen wir dann Öl, nachdem wir heute den letzten Tropfen verbraucht haben?« Er schlug die dunklen Augen auf. »Hol mir diesen anderen Pfeil heraus, damit ich ein wenig schlafen kann.«

An diesem Tag griff die Föderation nicht mehr an. Die Armee zog sich bis an den Waldrand zurück, um dort die Toten zu begraben und die Verwundeten zu versorgen. Nur die Wurfmaschinen blieben an Ort und Stelle.

Bedauerlicherweise war der Kriecher nicht tot. Nach einiger Zeit schien er sich zu erholen und kroch schwerfällig in die schützenden Wälder des Parmakeils. Es war unmöglich zu erkennen, wie schwer er verletzt war, aber niemand hätte darauf gewettet, dass sie ihn nicht wieder zu Gesicht bekommen würden.

Padishar Weidenkorb hatte man zu Bett gebracht, nachdem seine Wunden gesäubert und verbunden worden waren. Aufgrund des Blutverlustes war er geschwächt, doch trotz der Verletzungen war er nicht untätig. Selbst während Chandos ihn versorgte, erteilte Padishar Weidenkorb schon Befehle zur künftigen Verteidigung des Zeigefingers. Er wollte eine besondere Waffe bauen lassen. Morgan hörte, wie Chandos mit einer ausgewählten Gruppe von Männern, die er herbeigerufen hatte, darüber sprach und sie in die größte der Höhlen schickte, um mit dem Bau zu beginnen. Sie nahmen ihre Arbeit unverzüglich auf, doch als sich Morgan erkundigte, was für eine Art Waffe gebaut werden sollte, wollte sich Chandos nicht dazu äußern.

»Du wirst sie sehen, wenn sie fertig ist, Hochländer«, antwortete er barsch.

Unschlüssig, was er anfangen sollte, schlenderte Morgan zu der Stelle, wo Teel Steff hingebracht hatte, und fand seinen Freund fiebrig und in Decken eingehüllt vor. Als er Steffs Stirn fühlte, beobachtete ihn Teel argwöhnisch wie ein Wachhund, der keinem traut. Morgan konnte es ihr nicht verargen. Er unterhielt sich kurz mit Steff, aber der Zwerg war kaum bei Bewusstsein. Es war vielleicht besser, ihn schlafen zu lassen. Der Hochländer stand auf, warf Teel, die nicht reagierte, einen letzten Blick zu und wandte sich ab.

Den Rest des Tages wanderte er zwischen den Befestigungen und den Höhlen hin und her und beobachtete abwechselnd die Föderationsarmee und die geheime Waffe sowie Padishar Weidenkorb und Steff. Er hatte kaum etwas zu tun, und der späte Vormittag und dann der Nachmittag zogen sich in die Länge. Er dachte an Par und Coll. Wie sollte er die beiden jemals wiederfinden, nachdem sie sich aus den Augen verloren hatten? Ganz sicher würden sie keinen Versuch wagen, zum Parmakeil vorzudringen, nicht jetzt während der Belagerung durch die Föderationsarmee. Damson Rhee würde das nie zulassen.

Oder doch? Plötzlich fiel Morgan ein, dass sie es doch versuchen könnte. Es musste einen zweiten Weg nach draußen geben. Oder herein.

Er beschloss nachzuforschen. Padishar Weidenkorb war mittlerweile wieder wach, und Morgan traf ihn auf der Bettkante sitzend an, während er zusammen mit Chandos eine Reihe von schlichten Zeichnungen betrachtete. Jeder andere Mann hätte sicherlich noch geschlafen und versucht, wieder zu Kräften zu kommen; Padishar Weidenkorb dagegen sah aus, als wolle er sich sofort wieder in den Kampf stürzen. Die Männer blickten auf, als er auf sie zutrat, und Padishar Weidenkorb verstaute die Zeichnungen, sodass Morgan sie nicht sehen konnte. Er zögerte.

»Hochländer«, begrüßte ihn der andere, »setz dich zu mir.«

Überrascht ging Morgan auf ihn zu und setzte sich auf eine Kiste, die mit Metallteilen gefüllt war. Chandos nickte, erhob sich dann wortlos und ging hinaus.

»Wie geht es deinem Freund, dem Zwerg?«, fragte Padishar Weidenkorb ein bisschen zu beiläufig. »Geht es ihm schon besser?«

Morgan betrachtete den anderen. »Nein. Irgendetwas stimmt nicht mit ihm, aber ich weiß nicht, was es ist.« Er hielt inne. »Du traust niemandem, nicht wahr? Nicht einmal mir.«

»Dir schon gar nicht.« Padishar Weidenkorb setzte sein entwaffnendes Lächeln auf, das aber sofort wieder verschwand. »Ich kann es mir nicht leisten, noch irgendwem zu trauen. Dafür ist einfach zu viel passiert.« Er verlagerte das Gewicht und verzog das Gesicht vor Schmerz. »Also erzähl, was führt dich zu mir? Hast du etwas entdeckt, das ich deiner Meinung nach wissen sollte?«

Die Wahrheit war, dass Morgan aufgrund der aufregenden Ereignisse dieses Morgens die Aufgabe, mit der Padishar Weidenkorb ihn betraut hatte, nämlich herauszufinden, wer der Verräter war, vollkommen vergessen hatte. Er behielt dies jedoch für sich und schüttelte einfach den Kopf. »Ich habe eine Frage«, sagte er. »Zu Par und Coll Ohmsford. Glaubst du, dass Damson Rhee immer noch versuchen könnte, sie hierherzubringen? Gibt es noch einen anderen Zugang zum Zeigefinger, den sie benutzen könnte?«

Der Blick, den Padishar Weidenkorb ihm zuwarf, war gleichzeitig unergründlich und vielsagend. Langes Schweigen trat ein, und Morgan lief plötzlich ein kalter Schauer über den Rücken, als er begriff, wie seine Frage auf den anderen wirken musste.

Er holte tief Luft. »Ich will nicht wissen, wo er ist, nur ob…«

»Ich verstehe deine Frage und weiß, warum du sie stellst«, erwiderte Padishar Weidenkorb und schnitt damit seinen Protest ab. Um die Augen und den Mund seines harten Gesichts bildeten sich plötzlich Falten. Er sagte zunächst nichts, sondern betrachtete den Hochländer eingehend. »Es gibt tatsächlich einen anderen Zugang«, sagte er schließlich. »Ich bin sicher, dass du von selbst darauf gekommen bist. Du verstehst genug von Strategie und weißt, dass eine Fluchtburg mehr als einen Ein- und Ausgang braucht.«

Morgan nickte.

»Ja, Hochländer, dann kann ich nur hinzufügen, dass Damson die Talbewohner niemals der Gefahr aussetzen würde, sie hierherzubringen, während der Zeigefinger belagert wird. Sie würde die beiden in Sicherheit bringen – in Tyrsis oder anderswo, ganz wie es die Lage erfordert.«

Er sprach nicht weiter; seine Augen verrieten Gedanken, die er für sich behielt. Dann sagte er: »Keiner außer Damson, Chandos und mir kennt den anderen Zugang – jetzt, wo Heuerwetz tot ist. Wir sollten es dabei belassen, bis die Identität des Verräters enthüllt ist, meinst du nicht auch? Ich möchte nicht, dass die Föderation zum Hintereingang hereinspaziert, während wir den Vordereingang verteidigen.«

Morgan war diese Möglichkeit bis dahin gar nicht in den Sinn gekommen. Bei dieser Aussicht fröstelte es ihn. »Ist der Hintereingang sicher?«, fragte er zögernd.

Padishar Weidenkorb schürzte die Lippen. »Sehr sogar. Und jetzt geh und lass dir dein Abendessen schmecken, Hochländer. Und vergiss nicht, die Augen aufzuhalten.« Er wandte sich wieder seinen Skizzen zu.

Morgan zögerte kurz, überlegte, ob er noch etwas sagen sollte, drehte sich dann jedoch um und ging.

In dieser Nacht, als die Sterne am Himmel aufzogen, saß Morgan allein am äußersten Ende der Anhöhe, dort, wo ein Espenwäldchen an eine kleine grasbedeckte Lichtung grenzte, und sah auf das Tal des Parmakeils hinaus, wo sich die Mondsichel langsam in den dunklen Himmel schob. Mit Ausnahme der gedämpften Geräusche aus den Höhlen, in denen Padishar Weidenkorbs Männer an der geheimen Waffe arbeiteten, herrschte Ruhe im Lager. Die Wurfmaschinen und Bogen standen still; sowohl die Männer der Föderationsarmee als auch der Bewegung hatten sich entweder schlafen gelegt oder hingen ihren Gedanken nach. Padishar Weidenkorb hatte eine Unterredung mit den Trollen und Chandos vereinbart, zu der Morgan nicht eingeladen war. Steff ruhte sich aus; seine Temperatur war anscheinend nicht gestiegen, doch war er noch nicht wieder zu Kräften gekommen, und sein Zustand ließ zu wünschen übrig. Es gab nichts zu tun, nichts außer schlafen oder nachdenken, und Morgan Leah hatte sich für das Letztere entschieden.

Soweit er sich erinnern konnte, war er immer klug gewesen. Die Gabe der Klugheit hatten bereits seine Vorfahren besessen, Männer wie Menion und Rone Leah, aber auch eine Fähigkeit, die Morgan in mühsamer Arbeit vervollkommnet hatte. Die Föderation hatte ihm ein Ziel geboten. Er hatte fast seine gesamte Jugend damit zugebracht, die Befehlshaber der Föderation, die seine Heimat beherrschten, an der Nase herumzuführen und sie bei jeder Gelegenheit zu provozieren, damit sie sich nie sicher fühlen konnten. Er machte seine Sache sehr gut und konnte fast jeden übertölpeln, wenn er nur ausreichend Zeit und Gelegenheit hatte.

Er lächelte wehmütig. Das hatte er immer geglaubt. Jetzt war die Zeit gekommen, seine Klugheit unter Beweis zu stellen. Es war Zeit herauszufinden, woher die Föderation so oft über ihre Pläne Bescheid wusste und wie der Verrat an ihnen stattgefunden hatte – an den Geächteten, an den Talbewohnern, an der kleinen Gruppe aus Culhaven.

Das musste doch irgendwie auszuknobeln sein.

Er setzte sich an einem knorrigen Baumstamm ins Gras, zog die Knie fast bis zur Brust an und überlegte, was er eigentlich überhaupt wusste.

Sicher war, dass der Verräter ein fleißiger Mensch war. Irgendjemand hatte der Föderation einen Wink gegeben, als Padishar Weidenkorb die Gruppe nach Tyrsis geführt hatte, um das Schwert von Shannara zu bergen. Irgendjemand hatte in Erfahrung gebracht, was sie vorhatten, und dann den Kommandanten der Föderation noch vor ihrer Ankunft darüber in Kenntnis gesetzt. »Es war einer von euch«, hatte der Kommandant Padishar Weidenkorb erklärt. Dann hatte jemand den Standort des Zeigefingers an die Armee verraten, die ihn jetzt belagerte – wieder war es jemand gewesen, der wusste, wo sich der Zeigefinger befand und wie man dorthin gelangte.

Er runzelte die Stirn. Der Verräter war eigentlich schon vorher tätig gewesen. Wenn man davon ausging – und genau das wollte er jetzt tun –, dass irgendjemand den Nager entsandt hatte, um ihnen in den Wolfsktaag zu folgen, und wenn man weiterhin davon ausging, dass jemand die Schattenwesen am Tofferkamm informiert hatte, die dann die Spinnengnome auf Par hetzten, dann konnte man den Verrat bis nach Culhaven zurückverfolgen.

Hieß das, dass jemand ihnen bereits seit Culhaven auf der Spur war?

Er verwarf diese Möglichkeit jedoch unverzüglich. Niemand hätte solch ein Kunststück fertiggebracht.

Aber damit war das Rätsel noch nicht gelöst. Da war Heuerwetz, den er in Tyrsis gesehen hatte, und sein darauf folgender gewaltsamer Tod im Parmakeil. Und die Morde an den Aufzugswachen, obwohl die Aufzüge oben waren. In welcher Beziehung standen diese Vorkommnisse zu dem Ganzen?

Er ließ sich alles durch den Kopf gehen, um das aufzudecken, was ihm bisher entgangen war. Die Nachtvögel begannen in der Dunkelheit des Parmakeils zu singen, und der warme, duftende Wind strich leise über sein Gesicht. Die Minuten zogen schweigend dahin. Die einzelnen Teile wollten nicht zusammenpassen. Irgendetwas fehlte noch.

Er rieb sich die Hände. Also würde er es auf andere Weise versuchen. Er würde die Teile, die nicht zusammenpassten, aussortieren und am Ende sehen, was übrig blieb. Langsam holte er tief Luft und entspannte sich.

Niemand hätte ihnen folgen können – zumindest nicht die ganze Zeit. Das hieß also, dass es jemand aus ihrer Mitte sein musste. Einer von ihnen. Aber wenn dieser Jemand sowohl die

Verantwortung trug für den Nager und die Schattenwesen wie auch für alles, was seit ihrer Ankunft im Lager der Geächteten geschehen war, musste es sich dann nicht um ein Mitglied der ursprünglichen Gruppe handeln? Par, Coll, Steff, Teel oder er selbst? Sofort musste er an Teel denken, denn über sie wusste er weniger als über jeden anderen. Er konnte und wollte nicht glauben, dass einer der Talbewohner oder Steff der Verräter war. Aber warum sollte Teel eher infrage kommen? Hatte sie nicht mindestens ebenso viel durchgemacht wie Steff?

Außerdem stellte sich die Frage, was Heuerwetz mit alldem zu tun gehabt hatte. Warum hatte man die Wachen am Aufzug getötet?

Plötzlich ging ihm ein Licht auf. Sie waren getötet worden, damit jemand entweder ins Lager hinein- oder aus dem Lager hinauskommen konnte, ohne entdeckt zu werden. Das ergab Sinn. Aber die Aufzüge waren oben. Sie mussten ermordet worden sein, nachdem jemand ins Lager geschmuggelt worden war – ermordet, um die Identität dieses Jemands zu verheimlichen.

Er erwog jede einzelne Möglichkeit. Alles deutete auf Heuerwetz hin. Heuerwetz war der Schlüssel. Was war, wenn er tatsächlich Heuerwetz in Tyrsis gesehen hatte? Was war, wenn Heuerwetz sie an die Föderation verraten hatte? Aber Heuerwetz war danach nicht mehr zum Zeigefinger zurückgekehrt. Wie hätte er demnach die Wachen töten können? Und warum hätte man ihn, wenn er es doch getan hatte, töten sollen? Und wer sollte es getan haben? War es möglich, dass es mehr als einen Verräter gab – Heuerwetz und noch jemanden?

Plötzlich ging ihm ein Licht auf.

Die plötzliche Erkenntnis ließ ihn zusammenfahren. Wer war denn hier der echte Feind? Nicht die Föderation. Der echte Feind waren die Schattenwesen. Hatte nicht Allanons Schatten davon gesprochen? Waren es nicht die Schattenwesen, vor denen sie gewarnt worden waren? Und die Schattenwesen konnten jede Gestalt und jede Stimme annehmen. Einige zumindest konnten es – die gefährlichsten. Das hatte Cogline gesagt.

Morgans Puls begann zu rasen, sein Gesicht glühte vor Aufregung. Sie hatten es hier nicht mit einem menschlichen Wesen zu tun. Sie hatten es mit einem Schattenwesen zu tun! Die Teile des Verwirrspiels fügten sich auf einmal zusammen. Ein Schattenwesen konnte in ihrer Mitte weilen, ohne dass sie es erkannten. Ein Schattenwesen wäre in der Lage gewesen, den Nager zu rufen, sich mit einem anderen Schattenwesen am Tofferkamm in Verbindung zu setzen, noch vor Padishar Weidenkorb und seinen Gefährten nach Tyrsis zu gelangen, ihre Pläne auszuspionieren und vor ihrer Rückkehr wieder am Zeigefinger zu sein. Ein Schattenwesen konnte sich auch ohne Schwierigkeiten in ihrer Nähe aufhalten. Und es hätte in Gestalt von Heuerwetz auftreten können. Nein, nicht bloß in der Gestalt – es konnte Heuerwetz sein! Und es hätte ihn töten können, nachdem er seine Schuldigkeit getan hatte. Es hatte der Föderationsarmee den Standort des Zeigefingers preisgegeben – hatte sie sogar mit einer Karte versorgt, anhand derer sie den Weg fand!

Das Rätsel war gelöst. Er wusste, wer es war. Steff oder Teel. Es musste einer von beiden sein. Sie waren die Einzigen außer ihm, die seit Anfang der Reise, von Culhaven bis zum Zeigefinger, bis Tyrsis und zurück, immer dabei gewesen waren. Teel war die ganze Zeit, in der sich Padishar Weidenkorbs Gruppe in Tyrsis aufhielt, bewusstlos gewesen. Dadurch hatten beide Zwerge, oder genauer gesagt, das Schattenwesen, das sich in einem der Körper befand, Gelegenheit gehabt, sich davonzuschleichen und unbemerkt wieder zurückzukehren. Sie waren sowieso die meiste Zeit allein gewesen – also nur zu zweit.

Die volle Bedeutung seines Verdachts belastete ihn schwer.

Einen Augenblick glaubte er, verrückt zu sein, glaubte, er müsse seine Schlüsse gänzlich verwerfen und noch einmal von vorn anfangen. Aber er brachte es nicht fertig. Er wusste, dass er richtig vermutete.

Der Wind fuhr über ihn hinweg, und trotz der abendlichen Wärme zog er seinen Umhang fester um sich. Regungslos saß er im schützenden Schatten und überprüfte sorgfältig die Schlussfolgerungen, zu denen er gelangt war, die Gedankengänge, denen er gefolgt war, und die Vermutungen, die langsam, aber sicher immer mehr zur Gewissheit wurden. Im Lager herrschte Stille, und er konnte sich leicht vorstellen, der einzige Mensch im weiten, dunklen Parmakeil zu sein.

Bei den Schatten.

Steff oder Teel.

Sein Instinkt sagte ihm, dass es Teel war.

27

Erst drei Tage nachdem sie beschlossen hatten, sich noch einmal in die Schlucht hineinzuwagen, um das Schwert von Shannara zu holen, hatte Damson Rhee eingewilligt, die Talbewohner durch die Straßen von Tyrsis zu führen. Par konnte es mittlerweile vor Ungeduld im Schuppen kaum noch aushalten. Er wäre am liebsten sofort aufgebrochen; Zeit war das Wichtigste, hatte er ihr vorgehalten. Aber Damson Rhee hatte sich geweigert. Es sei zu gefährlich, hatte sie behauptet. Zu viele Föderationspatrouillen durchkämmten nach wie vor die Stadt. Sie mussten warten. Par hatte keine andere Wahl gehabt, als sich zu fügen.

Selbst jetzt, als ihr das Risiko klein genug schien, um einen Versuch zu wagen, hatte sie eine Nacht ausgewählt, in der sich vernünftige Menschen ein solches Vorhaben zweimal überlegt hätten, eine eiskalte Nacht, in der die Stadt sich in einen Mantel aus Nebel und Regen gehüllt hatte.

Damson Rhee hatte die kleine Gruppe mit Regenumhängen ausgerüstet, und sie hatten sie jetzt fest um sich gezogen, während sie durch die Feuchtigkeit und die Stille gingen. Wasser tropfte aus den Dachrinnen, und der Nebel setzte sich mit kühler Berührung besitzergreifend auf ihnen ab. Sie folgten wie immer den kleinen Straßen und hielten sich von der Tyrsis-Allee und anderen von der Föderation bewachten Hauptstraßen fern.

Sie waren auf dem Weg zum »Maulwurf«.

»So wird er genannt«, hatte ihnen Damson Rhee erklärt, kurz bevor sie ihr Versteck verlassen hatten. »Das Gassenvolk nennt ihn so, weil er so genannt werden will. Ich glaube, dass er sich kaum an seinen wirklichen Namen erinnert, wenn er überhaupt je einen gehabt hat. Seine Vergangenheit ist ein gut gehütetes Geheimnis. Er lebt als Einsiedler in den Abwasserkanälen und Katakomben von Tyrsis. Seine Welt ist der Untergrund der Stadt, und keiner kennt ihn besser als er.«

»Und wenn es unter dem Palast der Könige von Tyrsis immer noch Stollen gibt, weiß der Maulwurf darüber Bescheid?«, wollte Par wissen.

»Ja.«

»Können wir ihm trauen?«

»Die Frage ist nicht, ob wir ihm trauen können, sondern ob er uns traut. Wie ich schon gesagt habe, lebt er sehr zurückgezogen. Es ist gut möglich, dass er überhaupt nicht mit uns reden will.«

Par sagte einfach: »Er muss.«

Coll sagte gar nichts. Er hatte den ganzen Tag über wenig gesprochen, kaum ein Wort, seit sie beschlossen hatten, noch einmal in die Grube hinabzusteigen. Er hatte die Entscheidung hingenommen, wie man eine Medizin schluckt, die entweder tötet oder heilt, und er wartete gespannt auf das Ergebnis. Er schien zu dem Schluss gekommen zu sein, dass es nutzlos war, über das zu streiten, was er für eine Torheit hielt, und hatte deshalb eine fatalistische Haltung eingenommen.

Jetzt bildete er die Nachhut, als sie durch die düstere Nacht von Tyrsis zogen, hielt sich dabei jedoch dicht an Par. Dabei war sein Schweigen eher aufdringlich und beunruhigend. Par behagte es nicht, so über seinen Bruder zu denken, aber was sollte er dagegen tun? Coll hatte sich für diese Rolle entschieden. Er war weder bereit, Pars Vorhaben gutzuheißen, noch war er gewillt, sich davon loszusagen. Er wollte einfach dabei sein, auf Gedeih und Verderb, bis eine Lösung gefunden war.

Damson Rhee führte sie eine schmale Steintreppe zwischen zwei leeren, unbeleuchteten Gebäuden hinunter. Par hörte Wasser fließen, ein leises Gluckern, als ob das Wasser über irgendein Hindernis plätscherte. Vorsichtig stiegen sie die schlüpfrige Treppe nach unten; ein verrostetes Geländer bot ihnen unsicheren Halt. Am Ende der Treppe erreichten sie einen schmalen Weg, der parallel zum Abwasserkanal verlief.

Damson Rhee führte die Talbewohner in den Kanal. Er war dunkel und von unangenehmen, durchdringenden Gerüchen erfüllt. Damson Rhee blieb stehen, tastete im Dunkeln herum und brachte eine Fackel hervor, die sie schließlich mithilfe eines kleinen Feuersteins anzündete. Das Licht erhellte die Finsternis so weit, dass sie jeweils mehrere Schritte voraussehen konnten, und so marschierten sie los. Unsichtbare Lebewesen schwirrten in der vor ihnen liegenden Dunkelheit umher. Wasser tropfte von der Decke, rann die Wände hinunter und floss stetig durch den Kanal. Die Luft war kühl und bar allen Lebens.

Sie erreichten eine zweite Treppe, die noch weiter in die Tiefe führte, und betraten sie. Diesmal durchschritten sie mehrere Stockwerke, und das Geräusch des Wassers verstummte. Kälte umfing sie mit lästiger Hartnäckigkeit. Die Talbewohner zogen ihre Umhänge fester um sich. Die Stufen endeten, und sie stießen auf einen weiteren Durchgang, der jedoch schmaler war als der vorherige. Um vorwärtszukommen, mussten sie jetzt geduckt gehen, und die Feuchtigkeit wich Staub. Sie bewegten sich stetig vorwärts, und die Minuten verstrichen. Mittlerweile befanden sie sich weit unter der Stadt. Die Talbewohner hatten jede Orientierung verloren.

Als sie den Boden eines ausgetrockneten Brunnens erreichten, an den eine Eisenleiter gelehnt war, blieb Damson Rhee stehen. »Jetzt ist es nicht mehr weit«, sagte sie leise. »Vom Ende der Leiter sind es nur noch ein paar hundert Meter. Dann sollten wir ihn finden – oder er uns. Er hat mich vor langer Zeit hierhergebracht, als ich ihm eine kleine Freundlichkeit erwiesen habe.« Sie zögerte. »Er ist liebenswürdig, aber auch eigenartig. Seid vorsichtig in der Wahl eurer Worte.«

Sie führte sie die Leiter hinauf zu einer Stelle, wo mehrere Gänge abzweigten. Dort war es wärmer, nicht so staubig, und die Luft war zwar abgestanden, es stank aber nicht. »Diese Stollen dienten den Verteidigern der Stadt einst als Schlupflöcher; an einigen Stellen reichten sie bis hinunter in die Ebene.« Sie strich sich das glänzende rote Haar aus dem Gesicht. »Bleibt dicht hinter mir.«

Sie betraten einen der Gänge und machten sich auf den Weg nach unten. Die Fackel zischte und dampfte. Der Gang kreuzte andere Gänge und wand sich durch Räume, die von Holzbalken gestützt wurden; all das trug dazu bei, dass sich die Talbewohner immer weniger orientieren konnten. Aber Damson zögerte nie, sie kannte den Weg, dem sie entweder anhand von Zeichen folgte, die ihnen verborgen blieben, oder anhand einer Karte, die sie sich ins Gedächtnis eingeprägt haben musste.

Schließlich betraten sie einen Raum, den ersten von vielen, die alle miteinander verbunden waren; große Räume mit Fußböden aus Steinplatten, mit Wänden, an denen Vorhänge und Tapeten hingen, und einem Lagerraum mit bizarren Kostbarkeiten. In dem Raum waren vom Boden bis zur Decke und von einer Wand zur anderen Kisten voller alter Kleider gestapelt, in Regalen lagerten Schriftstücke, die fast schon zu Staub verfallen waren, Federn, unechter Schmuck und Stofftiere jeder Form und Größe. Verrostete Waffen lagen verstreut im Raum herum.

Licht gab es ebenfalls. Öllampen, die an der Wand befestigt waren, erzeugten eine düstere Helligkeit; der entstehende

Rauch zog durch Luftlöcher ab, die in den Ecken des Raumes in den darüberliegenden Fels gehauen waren.

Die Talbewohner sahen sich erwartungsvoll um. Außer ihnen war niemand im Raum.

Damson Rhee wirkte keineswegs überrascht. Sie führte sie in einen Raum, in dessen Mitte ein Tisch mit gebogenen Beinen und acht Stühle mit hoher Rückenlehne standen, und bedeutete ihnen, Platz zu nehmen. Auf jedem Stuhl saß ein Stofftier, und die Talbewohner sahen das Mädchen fragend an.

»Sucht euch einen Platz aus, nehmt dann das Tier, das auf dem Stuhl sitzt, und setzt es auf euren Schoß«, erklärte sie ihnen und zeigte ihnen sogleich, was sie damit meinte. Sie wählte einen Stuhl, auf dem ein Stoffhase saß, hob die Kreatur hoch und legte sie, nachdem sie sich gesetzt hatte, bequem auf ihren Schoß.

Coll folgte ihrem Beispiel; mit ausdrucklosem Gesicht starrte er auf einen Fleck an der gegenüberliegenden Wand, als sei er überzeugt, dass das Geschehen keineswegs seltsamer war, als er dies vorausgesehen hatte. Par zögerte, bevor er sich bei einem Tier niederließ, das sowohl eine Katze als auch ein Hund hätte sein können – es war unmöglich festzustellen, worum es sich tatsächlich handelte. Er kam sich irgendwie lächerlich vor.

Sie saßen einfach da und warteten schweigend. Damson Rhee streichelte den pelzigen Rücken ihres Hasen. Coll hockte wie versteinert da. Par wurde mit jeder Minute, die ereignislos verstrich, ungeduldiger.

Dann gingen die Lampen aus, nicht alle auf einmal, sondern eine nach der anderen. Par wollte aufspringen, aber Damson Rhee sagte schnell: »Bleib sitzen.«

Alle Lichter erloschen, bis auf eines. Das eine, das noch brannte, befand sich am Eingang des ersten Raumes, den sie betreten hatten. Es leuchtete in der Ferne, und der Lichtschein reichte kaum bis zu dem Tisch, an dem sie saßen. Par wartete darauf, dass sich seine Augen an die Dunkelheit gewöhnten; als es so weit war, starrte er auf ein rundliches, bärtiges Gesicht, das auf der anderen Seite des Tisches zwei Stühle von Damson Rhee entfernt plötzlich aus dem Nichts aufgetaucht war. Weit geöffnete Augen blickten ihn an, wandten sich dann in Richtung Coll, blinzelten und betrachteten ihn.

»Ich wünsche einen guten Abend, Maulwurf«, sagte Damson Rhee.

Der Maulwurf hob fast unmerklich den Kopf; sein Nacken und seine Schulter wurden sichtbar, und seine Hände und Arme zeigten sich auf dem Tisch. Der Maulwurf war vollkommen mit Haar bedeckt, mit einem dunklen, pelzigen Mantel. Es wuchs auf jedem sichtbaren Fleckchen Haut, nur dort nicht, wo seine Nase, seine Wangen und ein Stück seiner Stirn im schwachen Lichtschein wie Elfenbein schimmerten. Sein runder Kopf wackelte langsam, und seine kindlichen Finger waren in einer Geste der Zufriedenheit gefaltet. »Auch dir einen guten Abend, liebliche Damson«, sagte er.

Er sprach mit einer Kinderstimme, die jedoch irgendwie seltsam klang, so als käme sie aus einem hohlen Fass oder aus dem Wasser. Er blickte von Par zu Coll, dann von Coll zu Par. »Ich habe euch kommen hören und die Lichter für euch angemacht«, sagte er. »Aber ich mag die Lichter nicht so gern, und deshalb habe ich sie, da ihr jetzt da seid, wieder ausgemacht. Ist euch das recht?«

Damson Rhee nickte. »Sicherlich.«

»Wen hast du mir denn mitgebracht?«

»Talbewohner.«

»Talbewohner?«

»Zwei Brüder, aus einem Dorf im Süden, weit weg von hier. Par Ohmsford. Coll Ohmsford.«

Sie zeigte von einem zum anderen, und der Blick folgte ihrem Finger. »Willkommen in meinem Heim. Wie wäre es mit einem Tässchen Tee?«

Er verschwand, ohne eine Antwort abzuwarten, und bewegte sich dabei so lautlos, dass Par ihn selbst in der absoluten Stille nicht hören konnte. Er roch den Tee, als er gebracht wurde, konnte ihn jedoch erst dann sehen, als die Tassen auf den Tisch gestellt wurden. Es waren zwei Tassen, eine normal große und eine winzige. Die Farbe, mit der sie bemalt worden waren, war verblichen und kaum noch zu erkennen.

Unschlüssig beobachtete Par die Szene, während Damson Rhee dem Stoffhasen, den sie auf ihrem Schoß hielt, einen Schluck aus der winzigen Tasse anbot. »Sind alle Kinder wohlauf?«, fragte sie höflich.

»Das kann man sagen«, antwortete der Maulwurf, der jetzt wieder auf dem Platz saß, den er zuerst belegt hatte. Er hielt einen großen Bären, dem er Tee aus seiner Tasse anbot. »Chalt, das muss ich leider sagen, war schon wieder unartig. Er hat am Tee und an den Keksen genascht und alles schrecklich durcheinandergebracht. Immer wenn ich nach oben gehe, um mir durch die Straßengitter und Mauerritzen die letzten Neuigkeiten anzuhören, glaubt er, er dürfe hier alles nach seinem Gutdünken umgestalten. Sehr ärgerlich.« Er warf dem Bären einen strengen Blick zu. »Lida hatte schlimmes Fieber, aber es geht ihr wieder besser. Und Westra hat sich in die Pfote geschnitten.«

Par warf Coll einen Blick zu, und diesmal erwiderte sein Bruder seinen Blick.

»Jemand Neues in der Familie?«

»Everlind«, sagte der Maulwurf. Er sah sie einen Augenblick an und zeigte dann auf den Hasen, den sie auf dem Schoß hielt. »Sie gehört seit zwei Tagen zu unserer Familie. Es gefällt ihr hier sehr viel besser als auf der Straße.«

Par wusste nicht, was er davon halten sollte. Offensichtlich sammelte der Maulwurf den Müll der Menschen in der Stadt über ihm und brachte ihn in seinen Lagerraum. Für ihn waren die Tiere lebendig, oder er gab es zumindest vor. Par fragte sich voller Unbehagen, ob der Maulwurf das überhaupt unterscheiden konnte.

Der Untergrundbewohner sah ihn an. »In der Stadt redete man über Dinge, die die Föderation aufgebracht haben – Anschläge, Eindringlinge, eine Bedrohung ihrer Herrschaft. Die Streifen sind verstärkt worden, und die Torwachen halten jeden an. Die Sicherheitsvorkehrungen werden verstärkt.« Er machte eine Pause und wandte sich dann an Damson Rhee. »Das Leben hier ist sehr viel angenehmer, liebliche Damson – hier, unter der Erde.«

Damson Rhee stellte ihre Tasse auf dem Tisch ab. »Die Anschläge sind ein Grund, warum wir hier sind, Maulwurf.«

Der Maulwurf schien sie nicht gehört zu haben. »Ja, es lebt sich besser, sicherer unter der Erde, unter den Straßen, dort, wohin die Föderation niemals einen Fuß setzt.«

Damson Rhee schüttelte energisch den Kopf. »Wir sind nicht gekommen, um Zuflucht zu suchen.«

Der Maulwurf blinzelte; in seinen Augen spiegelte sich Enttäuschung. Er stellte seine Tasse sowie das Tier, das er auf dem Arm hielt, beiseite und stützte seinen runden Kopf in die Hände. »Ich habe Everlind hinter dem Haus eines Mannes gefunden, der den Steuereintreibern der Föderation zur Hand geht. Er kann gut mit Zahlen umgehen und sehr viel besser rechnen als andere seines Faches. Einst war er als Berater für die Bewohner der Stadt tätig, aber sie konnten ihm nicht so viel bezahlen wie die Föderation, und deshalb hat er der Föderation seine Dienste angeboten. Den lieben langen Tag arbeitet er in dem Gebäude, wo die Steuergelder aufbewahrt werden; danach geht er nach Hause zu seiner Familie, zu seiner Frau und seiner Tochter, der Everlind einst gehörte. Letzte Woche brachte der Mann seiner Tochter ein neues Stofftier mit, mit seidigem weißem Fell und grünen Kulleraugen. Er bezahlte dafür mit dem Geld der Föderation, das diese eingetrieben hatte. Deshalb hat seine Tochter Everlind nicht mehr haben wollen. Das neue Tierchen war viel schöner anzusehen.« Er sah sie an. »Weder der Vater noch die Tochter begreifen, worauf sie verzichtet haben. Beide sehen nur die Oberfläche, und nicht das, was darunterliegt. Das ist die Gefahr, wenn man über der Erde lebt.«

»Du hast recht«, stimmte Damson Rhee leise zu. »Aber genau das müssen wir ändern, wenigstens diejenigen von uns, die auch weiterhin dort leben wollen.«

Der Maulwurf rieb sich wieder die Hände, wobei er den Blick auf ihnen ruhen ließ und offenbar eigenen Gedanken nachhing. Der Raum glich einem Stillleben, so wie der Maulwurf und seine Gäste inmitten abgelegter, weggeworfener Dinge anderer Wesen saßen und auf etwas lauschten, das klang wie ihr eigenes Wispern.

Der Maulwurf sah wieder auf und richtete den Blick starr auf Damson Rhee. »Liebliche Damson, weshalb bist du gekommen?«

Damson Rhee richtete sich auf und strich die Locken aus dem Gesicht. »Es gab einmal Stollen unter dem Palast der Könige von Tyrsis. Wenn diese Gänge noch vorhanden sind, müssen wir hinein.«

Der Maulwurf erstarrte. »Unter dem Palast?«

»Unter dem Palast. Wir müssen in die Grube.«

In der darauf folgenden langen Stille blickte der Maulwurf sie an, ohne ein einziges Mal zu blinzeln. Fast unbewusst streckte er die Hände nach dem Tier aus, das er im Arm gehalten hatte. Er streichelte es behutsam. »In der Grube gibt es Dinge, die aus der schwärzesten Nacht und dem schwärzesten Geist geboren sind«, sagte er leise.

»Schattenwesen«, sagte Damson.

»Schattenwesen? Ja, der Name passt zu ihnen.«

»Hast du sie gesehen, Maulwurf?«

»Ich habe alles gesehen, was in dieser Stadt lebt. Ich bin das Auge der Erde.«

»Gibt es Stollen, die in die Grube hineinführen? Kannst du uns den Weg zeigen?«

Jeglicher Ausdruck wich aus dem Gesicht des Maulwurfs, als er sich in den Schatten zurücksinken ließ. Einen Augenblick glaubte Par, er sei gegangen. Aber er hatte sich nur versteckt, hatte sich in die Behaglichkeit der Dunkelheit zurückgezogen, um über das, worum man ihn gebeten hatte, nachzudenken. Das Stofftier verschwand mit ihm, und das Mädchen und die Talbewohner blieben allein zurück, als wäre der kleine Kerl tatsächlich fort. Geduldig und stumm warteten sie.

»Erzähl ihnen, wie wir uns kennengelernt haben«, sagte der Maulwurf plötzlich aus dem Verborgenen. »Erzähl ihnen, wie es war.«

Folgsam wandte sich Damson Rhee den Talbewohnern zu. »Eines schönen Abends ging ich in einem der Parks spazieren, nach Einbruch der Dunkelheit, als die Sterne langsam am Himmel erschienen. Es war Sommer; in der warmen Luft lag der Duft von Blumen und frischem Gras. Ich hatte mich gerade auf einer Bank niedergelassen, als der Maulwurf neben mir erschien. Er hatte auf der Straße meine Vorstellung gesehen, hatte sich jedoch, während er zusah, in der Menge versteckt und bat mich nun, ein Kunststück allein für ihn vorzuführen. Ich führte ihm mehr als eines vor. Er bat mich, in der nächsten Nacht wiederzukommen, und ich erfüllte ihm die Bitte, eine ganze Woche lang. Danach nahm er mich mit in sein unterirdisches Reich und zeigte mir sein Heim und seine Familie. So sind wir Freunde geworden.«

»Gute Freunde, liebliche Damson. Die besten Freunde.« Das Gesicht des Maulwurfs kam wieder zum Vorschein, löste sich aus dem Schatten. Die Augen waren ernst. »Du weißt, ich kann dir nichts abschlagen. Aber ich wünschte, du würdest mich nicht darum bitten.«

»Es ist wichtig, Maulwurf.«

»Du bist wichtig«, erwiderte der Maulwurf. »Ich habe Angst um dich.«

Sie streckte langsam die Hand aus und legte sie auf seine. »Du brauchst keine Angst zu haben.«

Der Maulwurf wartete, bis sie ihre Hand wegnahm, und ließ seine schnell unter dem Tisch verschwinden. Widerstrebend fuhr er fort: »Es gibt Stollen, die unter dem Palast der Könige von Tyrsis durch den Fels führen. Sie führen zu Kellern und Verliesen, an die sich keiner mehr erinnert. Einige führen in die Grube.«

Damson Rhee nickte. »Du musst uns hinführen.«

Der Maulwurf zitterte. »Dunkle Wesen, Schattenwesen halten sich dort auf. Was passiert, wenn sie uns entdecken?«

Damson Rhee blickte zu Par hinüber. »Dieser Talbewohner gebietet auch über Magie, Maulwurf. Aber es handelt sich in seinem Fall nicht um Magie wie die meine, mit der man Kunststücke vorführen und die Menschen unterhalten kann, sondern um echte Magie. Er hat keine Angst vor den Schattenwesen. Er wird uns beschützen.«

Par spürte, wie ihm bei diesen Worten flau im Magen wurde – Damson gab da ein Versprechen, das er, wenn er ehrlich war, vielleicht nicht würde halten können.

Wieder ließ der Maulwurf seinen Blick auf ihm ruhen und blinzelte mit den dunklen Augen. »Also gut. Morgen gehe ich in die Stollen und schaue mir an, ob sie noch begehbar sind. Ihr könnt dann bei Nacht wiederkommen, und wenn der Zugang offen ist, werde ich euch hinführen.«

»Danke, Maulwurf«, sagte Damson Rhee.

»Trinkt euren Tee aus«, sagte der Maulwurf leise, ohne sie anzusehen.

Schweigend saßen sie in Gesellschaft der Stofftiere beisammen und taten wie geheißen.

Es regnete immer noch, als sie das Labyrinth der unterirdischen Gänge und Abwasserkanäle verließen und durch die leeren Straßen der Stadt huschten. Damson Rhee mit sicherem Schritt durch Nebel und Nässe voraus, gleich einer Katze, der Regen nichts ausmacht. Sie führte die Talbewohner zu dem Schuppen hinter der Gärtnerei zurück und ließ sie dann allein, damit sie sich ausruhen konnten. Gegen Mittag werde sie wiederkommen, sagte sie. Vorher wolle sie noch einige Dinge erledigen.

Aber Coll und Par war nicht nach schlafen zumute. Sie blieben wach, saßen an den Fenstern und sahen in den Nebel hinaus. Es war mittlerweile fast Morgen, und der Himmel im Osten hellte sich auf.

Im Schuppen war es kalt, und die Brüder wickelten sich in ihre Decken.

Lange Zeit sprach keiner von beiden. Schließlich sagte Par, der seine Ungeduld nicht länger beherrschen konnte: »Woran denkst du?«

Coll antwortete nicht.

»Denkst du an den Maulwurf?«

Coll seufzte. »Vielleicht.« Er verkroch sich unter seiner Decke. »Ich sollte mich eigentlich fürchten, wenn ich daran denke, dass ich mein Leben in die Hände eines Burschen lege, dessen

Besitztümer aus dem bestehen, was andere wegwerfen, und dessen Gefährten Stofftiere sind, aber ich fürchte mich nicht. Ich kann nicht sagen, warum es so ist. Wahrscheinlich hat es damit zu tun, dass er keineswegs merkwürdiger wirkt als alle anderen, die unseren Weg gekreuzt haben, seit wir Varfleet verlassen haben. Er erscheint mir nicht verrückter.«

Par erwiderte nichts. Es gab nichts, was er hätte sagen können, das nicht schon gesagt worden war. Er wusste um die Gefühle seines Bruders. Er wünschte, das Warten wäre vorbei und die Zeit gekommen, etwas zu unternehmen. Er hasste das Warten. »Coll, warum lässt du mich das nicht allein machen?«, fragte er. Sein Bruder sah ihn an. »Ich weiß, wir haben das schon erörtert; du brauchst mich nicht daran zu erinnern. Aber warum lässt du mich nicht? Es gibt keinen Grund, warum du mitgehen musst. Ich weiß, wie du über die Sache denkst. Vielleicht hast du recht. Du solltest hierbleiben und auf mich warten.«

»Nein.«

»Aber warum nicht? Ich kann allein auf mich aufpassen.«

Coll starrte ihn an. »Tatsache ist, dass du es nicht kannst«, sagte er ruhig. In seinem Gesicht lag ein Ausdruck von Unglauben. »Ich finde, das ist das Lächerlichste, was ich jemals aus deinem Mund gehört habe.«

Par lief vor Zorn rot an. »Nur weil…«

»Es hat während der ganzen Reise, oder wie man es nennen will, keinen einzigen Augenblick gegeben, in dem du nicht irgendjemanden gebraucht hättest.« Coll kniff die dunklen Augen zusammen. »Versteh mich nicht falsch. Ich will damit nicht sagen, dass du der Einzige gewesen wärst. Wir haben alle Hilfe gebraucht, haben einander gebraucht. Die Sache ist nur, dass es alle anderen erkennen und akzeptieren. Aber du versuchst ständig, alles allein zu machen und derjenige zu sein, der alle Antworten kennt, alle Möglichkeiten einschätzen kann und einen besonderen Überblick hat, der den anderen abgeht und der dir erlaubt zu entscheiden, was am besten ist. Du verschließt dich vor der Wahrheit. Weißt du was, Par? Der Maulwurf mit seiner Stofftierfamilie und seinem unterirdischen Versteck – du bist genau wie er. Du erschaffst dir deine eigene Wirklichkeit – die Wahrheit oder das, was andere denken, kümmert dich nicht.«

Er zog die Decke fest um sich. »Ich gehe mit, weil du mich brauchst. Ich muss dir den Unterschied zwischen den Stofftieren und den echten zeigen.«

Par kniff den Mund zusammen. Das ausdruckslose Gesicht seines Bruders war zum Verrücktwerden. »Ich kenne den Unterschied, Coll!«, schnauzte er.

Coll schüttelte den Kopf. »Nein, du kennst ihn nicht. Für dich ist alles eins. Stofftiere oder echte, für dich gibt es keinen Unterschied. Wichtig ist allein, wie du es sehen willst.«

»Das stimmt nicht!«

»Nein? Dann erklär mir Folgendes. Was geschieht morgen, wenn du dich irrst? Was ist, wenn das Schwert von Shannara sich gar nicht dort befindet? Was ist, wenn die Schattenwesen schon auf uns warten? Was ist, wenn das Wünschlied nicht so funktioniert, wie du es dir vorstellst? Was geschieht, wenn die Stofftiere sich als echte Tiere entpuppen? Was gedenkst du dann zu tun? Das ist ein weiterer Grund, warum ich mitgehe.«

»Wenn sich herausstellen sollte, dass ich unrecht hatte, was macht es dann für einen Unterschied, ob du mitgehst oder nicht?«, schrie Par zornig.

Coll antwortete nicht sofort. Dann wandte er seinen Blick Par zu. Ein ironisches Lächeln umspielte seinen Mund. »Kannst du dir das nicht denken?«

Par biss sich ärgerlich auf die Lippen. Er fühlte sich plötzlich klein und ängstlich; er wusste, dass sein Bruder recht hatte, dass er sich wie ein Narr benahm, dass er, indem er darauf beharrte, in die Grube zurückzukehren, das Leben aller in Gefahr brachte. Aber er musste gehen. Coll hatte auch in diesem Punkt recht; die Entscheidung war nun einmal gefallen, und er würde sie nicht ändern.

Dann sagte Coll ruhig: »Ich habe dich gern, Par. Und ich würde sagen, dass ich, wenn man es genau nimmt, deshalb mitgehe.«

Ein Gefühl der Wärme durchströmte Par. Als er ansetzte, um zu sprechen, versagte ihm die Stimme. Er seufzte. »Ich brauche dich tatsächlich, Coll«, brachte er schließlich heraus. »Wirklich.«

Coll nickte.

Danach sagte keiner der beiden mehr etwas.

28

Nach seiner Begegnung mit dem Finsterweiher kehrte Walker Boh zum Kamin zurück, wo er den größten Teil der Woche nichts anderes tat, als über das nachzudenken, was er vernommen hatte. Es herrschte schönes Wetter, die Tage waren warm und sonnig, die Luft erfüllt mit den Düften der Bäume, Blumen und Bäche. Im Tal fühlte er sich sicher; er war zufrieden damit, hier zu sein. Ondits Gesellschaft reichte ihm völlig aus. Die große Moorkatze trottete während der langen Spaziergänge, die er zum Zeitvertreib unternahm, hinter ihm her, auf einsamen Pfaden, entlang der moosbewachsenen Flussufer und zwischen uralten Baumriesen. Bei Nacht saßen die beiden auf der Veranda der Hütte; die Katze döste vor sich hin, der Mann starrte zum gestirnten Himmel empor.

Er war in Gedanken versunken. Die Worte des Finsterweihers verfolgten ihn selbst am Kamin, in seinem Heim, wo ihn nichts hätte bedrohen sollen. Die Worte trieben unangenehme Spiele mit ihm, zwangen ihn, sich mit ihnen zu beschäftigen und zu ergründen, wie viel von dem, was sie ihm zuflüsterten, der Wahrheit entsprach und wie viel Lüge war. Er hatte gewusst, dass es so kommen würde, noch bevor er sich auf den Weg zum Finsterweiher gemacht hatte – dass die Worte unbestimmt und beunruhigend sein würden, dass sie Rätsel und Halbwahrheiten enthalten würden. Er hatte es gewusst und war trotzdem nicht darauf vorbereitet.

Es gelang ihm, die Stelle, an der sich der schwarze Elfenstein befand, fast unverzüglich zu bestimmen. Es gab nur einen Ort, an dem Augen einen Mann in Stein verwandelten, an dem ihn Stimmen um den Verstand bringen konnten, einen Ort, an dem die Toten in vollkommener Dunkelheit bestattet waren – die Halle der Könige, tief in den Drachenzähnen. Es hieß, dass die Halle der Könige noch vor der Zeit der Druiden erbaut worden war, ein riesiges und unzugängliches Höhlenlabyrinth, in dem die Herrscher der Vier Länder ruhten; sie lagen in einer gewaltigen Kammer, zu der die Lebenden keinen Zugang hatten, bewacht von der Dunkelheit und von Statuen, sogenannten Sphinxen, halb Mensch, halb Tier, die über die Fähigkeit verfügten, einen Lebenden in Stein zu verwandeln, und ferner bewohnt von unsichtbaren Todesfeen, die in einem Teil der Höhlen, dem Korridor der Winde, hausten und deren Wehklagen jeden Sterblichen in den Wahnsinn treiben konnte.

Das Grabmal selbst, wo in dem mit Runen gekennzeichneten Fach der schwarze Elfenstein aufbewahrt wurde, bewachte eine Schlange namens Valg, jedenfalls dann, wenn das Ungeheuer noch lebte. Irgendwann hatte ein grausamer Kampf stattgefunden zwischen der Schlange und einer kleinen Gruppe unter Allanons Führung, die zu Zeiten Shea Ohmsfords in den Höhlen nach dem Schwert von Shannara gesucht hatten.

Die Schwierigkeit bestand jedoch nicht darin, den geheimnisvollen Aufenthaltsort des Elfensteins zu finden, sondern in der Entscheidung, ob er ihn überhaupt aufsuchen wollte. Die Halle der Könige war ein äußerst gefährlicher Ort, selbst für jemanden wie Walker Boh, der weniger befürchten musste als ein normaler Mensch. Die Magie, selbst die Magie eines Druiden, bot möglicherweise nicht genügend Schutz – und Walker Bohs Magie war weitaus schwächer, als Allanons Magie es seinerzeit gewesen war. Er machte sich jedoch genauso viele

Sorgen wegen dem, was der Finsterweiher nicht ausgesprochen hatte. Sicherlich steckte mehr dahinter, als er enthüllt hatte; er gab niemals alle seine Geheimnisse preis. Irgendetwas hatte er verschwiegen, und dabei handelte es sich wahrscheinlich um einen Umstand, der Walker Boh das Leben kosten konnte.

Außerdem war da noch die Sache mit den Visionen. Es waren drei Visionen gewesen, von denen eine beunruhigender war als die andere. Die erste hatte Walker Boh gezeigt, wie er über den anderen der kleinen Gruppe, die zum Hadeshorn und dem Geist von Allanon gekommen waren, mit abgehackter Hand auf Wolken schwebte. Die Vision hatte seine Behauptung verhöhnt, dass er eher eine Hand verlieren wollte, als den Druiden die Rückkehr zu ermöglichen. In der zweiten hatte er eine Frau mit silbernem Haar, ein magisches Geschöpf von betörender Schönheit, in den Tod gestoßen. In der dritten hielt Allanon ihn fest, während der Tod die Hände nach ihm ausstreckte.

Jede dieser Visionen enthielt ein Körnchen Wahrheit, das wusste Walker Boh – die Wahrheit, dass er sich vorsehen musste und sie nicht einfach als Spott und Hohn des Finsterweihers abtun konnte. Die Visionen hatte eine Bedeutung; der Finsterweiher überließ es jedoch ihm, sie zu ergründen.

Walker Boh ging also mit sich zurate. Aber die Tage verstrichen, ohne dass er die benötigten Antworten fand. Sicher war einzig der Aufenthaltsort des schwarzen Elfensteins. Der Stein übte eine immer stärkere Anziehung auf den Dunklen Onkel aus und wurde zu einem Köder, dem sich Walker Boh nicht entziehen konnte.

Trotz seines Vorsatzes zu warten, bis er die Rätsel des Finsterweihers gelöst hatte, übermannte ihn schließlich das Verlangen, den vermissten Elfenstein zu holen. In Gedanken hatte er sich das Gespräch so oft wiederholt, bis er es satthatte. Er gelangte zu der Überzeugung, dass er alles davon begriffen hatte, was er jemals verstehen würde. Ihm blieb keine andere Wahl, als sich auf die Suche nach dem schwarzen Elfenstein zu begeben und herauszufinden, was er eben nur auf diese Weise entdecken konnte. Es würde eine gefährliche Unternehmung werden, aber er hatte schon bedrohlichere Situationen überlebt. Er brauchte keine Angst zu haben, sondern nur vorsichtig zu sein.

Am Ende der Woche verließ er das Tal bei Sonnenaufgang. Er machte sich zu Fuß auf den Weg, eingehüllt in einen Mantel, der ihn vor Wind und Wetter schützen sollte, und mit einem Rucksack voller Vorräte. Das meiste, das er brauchte, würde er unterwegs finden. Er wanderte nach Westen zum Dunkelstreif und blickte sich nicht um, bis der Kamin außer Sichtweite war. Ondit war zurückgeblieben. Es fiel ihm schwer, die große Katze zu verlassen; in ihrer Begleitung hätte er sich wohler gefühlt. Nur wenige Lebewesen konnten einer ausgewachsenen Moorkatze etwas anhaben. Trotzdem wäre es für Ondit außerhalb der Grenzen des Ostlandes gefährlich, weil sie sich nicht so leicht verstecken konnte und so ihres natürlichen Schutzes beraubt war. Außerdem war dies allein Walker Bohs Suche.

Die Ironie, die mit seiner Entscheidung verbunden war, blieb ihm nicht verborgen. Er hatte geschworen, sich niemals auf die Druiden und ihre Machenschaften einzulassen. Er hatte Par auf seiner Reise zum Hadeshorn nur widerwillig begleitet. Er hatte dem Treffen mit Allanons Schatten den Rücken gekehrt in der Überzeugung, dass die Druiden mit den Ohmsfords ihre Spiele trieben und sie für ihre eigenen verborgenen Ziele benutzten. Cogline hatte er buchstäblich aus seinem Haus geworfen, hatte betont, dass die Bemühungen des anderen, ihn die Geheimnisse der Magie zu lehren, seine Entwicklung eher behindert als gefördert hatten. Er hatte damit gedroht, das Geschichtsbuch der Druiden, das der alte Mann ihm gebracht hatte, in den tiefsten Sumpf zu werfen.

Aber dann hatte er die Stelle über den schwarzen Elfenstein gelesen, und das hatte alles verändert. Er konnte immer noch nicht sagen, warum. Teilweise lag es an seiner Neugier, seiner unstillbaren Wissbegierde. Existierte überhaupt so etwas wie ein schwarzer Elfenstein? Konnte er tatsächlich das verschwundene Paranor zu neuem Leben erwecken, wie es die alten Geschichten prophezeiten? Fragen, die einer Antwort harrten. Geheimnisse mussten enthüllt werden. Es gab ein Wissen, das nur darauf wartete, entdeckt zu werden. Genau diesem Ziel hatte er sein Leben verschrieben.

Er wollte glauben, dass auch sein Gerechtigkeitssinn und sein Mitgefühl Antrieb waren. Trotz seiner schlechten Meinung über die Druiden konnte in Paranor etwas schlummern, das den Vier Ländern im Kampf gegen die Schattenwesen von Nutzen wäre. Er fühlte sich unwohl bei dem Gedanken daran, dass er, sollte er nicht gehen, die Rassen zu einer Zukunft verdammen würde, wie sie der Schatten des Druiden beschrieben hatte.

Als er aufbrach, nahm er sich vor, nur das zu tun, was er tun musste, und nicht mehr als das, was er für vernünftig hielt. Er wollte, jetzt und für alle Zeiten, sein eigener Herr bleiben und nicht das Spielzeug werden, zu dem Allanons Schatten ihn machen wollte.

Die Tage waren still und schwül, die sommerliche Hitze nahm zu, während er durch die Wildnis wanderte. Im Westen waren Wolken am Himmel aufgezogen. In den Bergen erwarteten ihn Stürme.

Er schritt am Mangoldstrom entlang, stieg in den Wolfsktaag hinauf und ließ ihn hinter sich. Nach dreitägigem Fußmarsch erreichte er schließlich Storlock. Die Stors versorgten ihn mit frischen Vorräten, und am Morgen des vierten Tages machte er sich auf den Weg durch die Rabb-Ebene. Mittlerweile hatten ihn die Stürme eingeholt, und der Regen, der auf ihn herabrieselte, hüllte die Landschaft in einen grauen Schleier. Föderationspatrouillen zu Pferd und Händlerkarawanen tauchten auf und verschwanden wie Geister, ohne ihn zu bemerken. In der Ferne hörte er Donner, ein unzufriedenes Grollen, das durch die Leere hallte.

Die Nacht verbrachte er in der Rabb-Ebene, wo er in einem Pappelhain sein Lager aufschlug. Da er kein trockenes Feuerholz fand und bereits völlig durchnässt war, zitterte er vor Kälte.

Am Morgen ließ der Regen nach, die Wolken verzogen sich, und vereinzelte Sonnenstrahlen drangen durch den grauen Schleier. Er rieb sich den Schlaf aus den Augen, aß etwas Obst und Käse und machte sich wieder auf den Weg. Die Drachenzähne türmten sich drohend vor ihm auf. Er erreichte den Pass, der ins Schiefertal und zum Hadeshorn führte, zur Halle der Könige.

Weiter wollte er an diesem Tag nicht gehen. Unter einem Felsvorsprung, wo die Erde trocken geblieben war, schlug er sein Lager auf. Mit dem Holz, das er fand, machte er Feuer, trocknete seine Kleider und wärmte sich auf. Nun war er auf den nächsten Tag vorbereitet, an dem er sich in die Höhlen wagen wollte. Er nahm eine warme Mahlzeit zu sich und beobachtete, wie die Dunkelheit sich einem schwarzen Schleier aus Wolken, Nebel und Nacht gleich über der leeren Landschaft um ihn herum ausbreitete. Eine Zeit lang dachte er über seine Jugend nach und fragte sich, was er hätte tun können, damit sie anders verlaufen wäre. Wieder setzte Regen ein.

Er schlief gut, ohne Träume und ohne aus dem Schlaf aufzuschrecken. Als er aufwachte, fühlte er sich ausgeruht und gerüstet für das Schicksal, das ihn erwartete. Er war zuversichtlich, wenn auch nicht ohne Vorbehalte. Es hatte wieder aufgehört zu regnen. Eine Weile lauschte er in den Geräuschen des erwachenden Morgens auf Anzeichen möglicher Gefahr. Es gab keine.

Er hüllte sich in seinen Mantel, schulterte seinen Rucksack und machte sich auf den Weg.

Während er so marschierte, verging der Morgen. Er bewegte sich jetzt vorsichtiger, ließ den Blick auf der Suche nach Gefahren über den kahlen Felsen, über Schluchten und Spalten schweifen und verfolgte mit den Ohren jedes kleine Geräusch.

Er betrat das Schiefertal. In dessen Mulde glitzerte feucht das schwarze Gestein, und das Wasser des Hadeshorns blubberte wie eine dicke grünliche Suppe. Er ging am Ufer entlang, bis er den See schließlich hinter sich ließ.

Jenseits des Sees stieg der Pfad steil an, und der Aufstieg wurde beschwerlicher. Der auffrischende Wind fegte den Nebel auseinander, bis die Luft frisch und klar war. Die Temperatur sank ab, zuerst langsam, dann immer rascher, bis sie unter den Gefrierpunkt gefallen war. Eiszapfen hingen an den Felsen, und Schneeflocken wirbelten mit jedem kleinen Windstoß in sein Gesicht. Er zog seinen Mantel fester um sich.

Er kam jetzt langsamer voran, und einige Zeit schien es ihm, als käme er gar nicht vorwärts. Der holprige Weg wand sich zwischen den Felsen hindurch. Der Wind pfiff unbarmherzig, brannte auf Gesicht und Händen, stemmte sich gegen ihn, als wolle er ihn umwerfen. Die Berghänge wirkten unverändert, und er konnte kaum bestimmen, wie weit er gekommen war. Er gab den Versuch auf, mehr zu hören oder zu sehen als das, was vor ihm lag, und beschränkte sich darauf, einen Fuß vor den anderen zu setzen, während er sich gleichzeitig so klein wie möglich machte, um sich vor der Kälte zu schützen.

Er musste wieder an den schwarzen Elfenstein denken und daran, wie er wohl aussah und sich anfühlte und von welcher

Art seine Magie sein mochte. Während er sich dies durch den Kopf gehen ließ, gelang es ihm, die Welt, die er durchschritt, und die Unbehaglichkeit, die in ihm hochkroch, weitgehend zu vergessen. Er trug das Bild wie eine Fackel vor sich her und benutzte sie, um seinen Weg zu erhellen.

Es war Mittag, als er in eine Schlucht trat, in eine breite Spalte zwischen zwei gewaltigen Felsgipfeln, die sich in ein Tal hinein öffnete; er ging auf einem schmalen, gewundenen Pfad weiter. Der Wind war mittlerweile nur mehr ein Flüstern, ein Echo, das leise in die plötzlich entstandene Stille hauchte. Die Feuchtigkeit, die die Gipfel einhüllte, sammelte sich in kleinen Seen. Walker Boh spürte, dass die beißende Kälte langsam nachließ. Mit geschärften Sinnen suchte er die dunklen Spalten und Winkel der Schlucht ab, der er folgte.

Plötzlich hörte die Schlucht auf. Seine Reise war beendet.

Vor ihm lag der in den Fels gehauene Eingang in die Halle der Könige, ein in die Höhe ragender schwarzer Schlund, zu dessen Seiten sich riesige steinerne Wächter in Gestalt von Kriegern in Rüstung erhoben. Die Augen der Wächter, deren Gesichter von Zeit und Wind verwittert waren, starrten auf Walker herab, als könnten sie tatsächlich sehen.

Walker Boh verlangsamte den Schritt und blieb schließlich stehen. Hinter dem Eingang lauerten Finsternis und Stille. Der Wind, dessen Rauschen ihm immer noch in den Ohren klang, hatte sich völlig gelegt. Der Nebel war verschwunden.

Das Gefühl, das Walker Boh in diesem Augenblick hatte, war unmissverständlich. Es umhüllte ihn wie eine zweite Haut, drang in seinen Körper ein, bis es seine Knochen erreicht hatte. Es war das Gefühl des Todes.

Er lauschte der Stille. Er wartete. Er versuchte die Welt um sich herum mit seinem Geist zu erfassen. Er entdeckte gar nichts.

Die Minuten zogen sich dahin.

Schließlich schritt er entschlossen vorwärts.

Es war Nachmittag im Westland, dort, wo sich der Tirfing südlich der sonnengetränkten Ufer des Mermidons erstreckte. Es war ein trockener Sommer gewesen, das Land war durch die Hitze verdorrt.

Wren Ohmsford saß mit dem Rücken am Stamm einer riesigen Eiche nahe der Stelle, wo die Pferde aus dem trüben Gewässer tranken, und beobachtete, wie die Sonne einem Feuerball gleich am westlichen Himmel versank. Die Helligkeit blendete sie und ließ sie nichts von dem erkennen, was auf sie zukam, weshalb sie schützend die Hände über die Augen legte. Es war eine Sache, wenn Garth sie bei einem Nickerchen ertappte; viel schlimmer jedoch war es, unachtsam zu sein gegenüber dem, der sie verfolgte.

Gedankenverloren schürzte sie die Lippen. Vor mehr als zwei Tagen hatten sie entdeckt, dass sie verfolgt wurden – besser gesagt, sie hatten es gespürt, da derjenige, der sie verfolgte, sorgsam darauf bedacht war, sich nicht zu zeigen. Er oder sie oder es – sie wussten es immer noch nicht. Am heutigen Morgen wollte Garth es herausfinden, nachdem er zuvor seine grelle Kleidung abgelegt und erdfarbene Leinengewänder angezogen hatte, die Gesicht, Haare und Hände größtenteils verdeckten. Wie ein Gespenst war er in der Hitze verschwunden.

Wer ihnen auch folgte, er musste sich auf eine unangenehme Überraschung gefasst machen.

Aber der Tag neigte sich dem Ende zu, und der Fahrende war noch nicht zurückgekehrt. Ihr Verfolger war möglicherweise klüger, als sie angenommen hatten. Was kann er wollen?, grübelte sie.

Ihr Blick wanderte zu der großen Ebene im Osten. Es war

beunruhigend genug, auf diese Weise beschattet zu werden. Als noch beunruhigender empfand sie die Erkenntnis, dass die Verfolgung irgendetwas mit ihren Nachforschungen über die Elfen zu tun hatte.

Sie seufzte verärgert über den Gang der Dinge. Die Begegnung mit Allanons Schatten hatte sie verunsichert; sie war nicht nur unzufrieden mit dem, was sie gehört hatte, sondern sie wusste auch nicht, was sie unternehmen sollte. Ihr gesunder Menschenverstand sagte ihr, dass das, was der Schatten von ihr verlangte, unmöglich war. Aber dieser sechste Sinn in ihrem Inneren, auf den sie sich gern verließ, flüsterte ihr zu, dass Druiden schon immer mehr gewusst hatten als Sterbliche, dass ihre Warnungen und die Aufgaben, die sie den Menschen erteilten, immer einen Wert gehabt hatten. Par vertraute darauf. Er hatte sich höchstwahrscheinlich schon längst auf die Suche nach dem verschollenen Schwert von Shannara begeben. Und obwohl Walker Boh wutentbrannt davongestürmt war, gar geschworen hatte, dass er sich nie mit den Druiden einlassen werde, war sein Zorn sicherlich vergangen. Er war ein zu rationaler und beherrschter Mensch, als dass er die Sache so leicht abgetan hätte. Genau wie sie würde er sich alles noch einmal genau überlegen.

Wehmütig schüttelte sie den Kopf. Eine Zeit lang hatte sie geglaubt, ihre Entscheidung sei unwiderruflich. Sie hatte sich eingeredet, dass sie sich von ihrem gesunden Menschenverstand leiten lassen müsse, war daraufhin mit Garth zu ihren Leuten zurückgekehrt und hatte Allanon und die verschwundenen Elfen aus ihrem Gedächtnis verbannt.

Aber die Zweifel wollten nicht weichen, dieses nagende Gefühl, dass irgendetwas an ihrem Vorsatz, die Sache nicht weiter zu verfolgen, falsch war. Daraufhin hatte sie fast widerwillig begonnen, Fragen nach den Elfen zu stellen. Es war ihr nicht schwergefallen; die Fahrenden durchwanderten im Laufe eines Jahres das Westland von einem Ende zum anderen. Sie trafen immer andere Menschen, mit denen man sich unterhalten konnte. Was konnte es schon schaden, wenn sie sich nach den Elfen erkundigte?

Manchmal hatte sie ihre Fragen ernst gestellt, manchmal im Scherz. Aber die Antworten, die sie erhalten hatte, waren alle gleich. Die Elfen waren verschwunden, und zwar schon zu einer Zeit, an die sich keiner mehr erinnern konnte, noch vor der Zeit ihrer Großväter und Großmütter. Keiner hatte je einen Elfen zu Gesicht bekommen. Die meisten waren nicht einmal sicher, ob es überhaupt welche gegeben hatte.

Aus den Augenwinkeln gewahrte sie eine Bewegung, einen Schemen in der Gluthitze der Ebene, worauf sie sich vorsichtig erhob. Regungslos verharrte sie unter der Eiche, während der Schemen Gestalt annahm und sich in Garth verwandelte. Der Fahrende, dem der Schweiß über den muskulösen Körper lief, kam auf sie zu. Er schien nicht einmal außer Atem zu sein; er glich einer niemals ermüdenden Maschine, der selbst die sengende sommerliche Hitze nichts anhaben konnte. Er machte ein kurzes Zeichen, schüttelte den Kopf. Wer sie auch verfolgte, er war ihm entwischt.

Wren bückte sich und reichte ihm den Wasserschlauch. Während er trank, lehnte sie ihren schlanken Körper an die raue Rinde der Eiche und starrte hinaus auf die leere Ebene. In einer unbewussten Bewegung fasste sie an den kleinen ledernen Beutel, den sie um den Hals trug. Gedankenverloren ließ sie den Inhalt durch ihre Finger gleiten. Die magischen Steine. Was für ein Glück würden sie ihr jetzt bringen?

Ihr sonnengebräuntes Gesicht drückte Entschlossenheit aus, als sie ihr Unbehagen beiseiteschob. Sie schätzte es nicht, wenn man sie verfolgte, und sie war entschlossen, dieser Verfolgung ein Ende zu machen. Sie würden ihre Richtung ändern, ihre Spuren verwischen, ein- oder zweimal falsche Fährten legen, die ganze Nacht reiten, sofern dies notwendig werden sollte, und damit ihren Verfolger ein für alle Mal abschütteln.

Als sie das Beutelchen losließ, funkelten ihre Augen.

Manchmal musste man sein Schicksal selbst in die Hand nehmen.

Vorsichtig trat Walker Boh in die Halle der Könige, zwischen den riesigen steinernen Wächtern am Eingang hindurch in die Finsternis dahinter. Hier blieb er stehen, um seine Augen an die Dunkelheit zu gewöhnen. Er gewahrte Licht, ein grünliches Leuchten, das von den Felsen ausging. Er würde also keine Fackel anzünden müssen, um seinen Weg zu finden.

Kurz sah er ein Bild der Höhlen vor seinem geistigen Auge, eine Nachbildung dessen, was er zu sehen erwartete. Cogline hatte sie ihm vor langer Zeit auf Papier aufgezeichnet. Der alte Mann war nie selbst in den Höhlen gewesen, aber andere Druiden sehr wohl, darunter auch Allanon. Cogline hatte die Karten studiert, die sie gezeichnet hatten, und seinem Schüler deren Geheimnisse offenbart. Walker war zuversichtlich, dass er den Weg finden würde.

Er ging los.

Der Gang war breit und glatt, und weder zu seinen Füßen noch an den Wänden sah er scharfkantige Vorsprünge oder Ritzen. In der nahezu vollständigen Dunkelheit herrschte eine Stille, in der nur der schwache Widerhall seiner Schritte zu hören war. Die Luft ließ ihn frösteln; sie strahlte eine Kälte aus, die seit Jahrhunderten dem Felsgestein innewohnte und durch nichts zu vertreiben war. Unangenehme Gefühle beschlichen ihn – Einsamkeit, Sinnlosigkeit. Die Höhlen gaben ihm zudem das Gefühl, er sei winzig klein; sie machten ihn zu einem Nichts, zu einer Kreatur, deren bloße Anwesenheit an diesem uralten, verbotenen Ort einer Beleidigung gleichkam. Er kämpfte gegen diese Gefühle an, da er begriff, wie verwundbar sie ihn machten.

Bald darauf erreichte er die Höhle der Sphinxe. Wieder blieb er stehen, dieses Mal, um sich tief drinnen, wo die steinerne Macht ihn nicht erreichen konnte, zu sammeln. Als er bereit war, schritt er vorwärts. Er hielt seine Augen auf den staubigen Boden gerichtet.

Im Geiste sah er, wie die Sphinxe drohend über ihm aufragten, riesige steinerne Gestalten, die von den gleichen Händen geschaffen worden waren wie die Wächter. Die Sphinxe, so hieß es, hatten menschliche Gesichter, aber die Leiber von Tieren. Sie stammten aus einem anderen Zeitalter, und kein lebendiges Wesen hatte sie je zu Gesicht bekommen. Sie waren alt, so unbeschreiblich alt, ihr Leben dauerte hundertmal länger als das der Menschen. So viele Monarchen hatten unter ihrem Blick regiert, um dann in den Felsengruften zur ewigen Ruhe gebettet zu werden.

»Sieh uns an«, flüsterten sie. »Schau, wie herrlich wir sind!«

Er spürte ihre Blicke auf sich ruhen, hörte das Wispern in seinem Kopf, fühlte, wie sie an den Schutzschichten, die er um sich gelegt hatte, zogen und zerrten und ihn anflehten, nach oben zu schauen. Er ging jetzt schneller, mühte sich, das Geflüster zu verdrängen, widerstand dem Verlangen, ihnen zu gehorchen. Die steinernen Bestien schienen ihn anzuheulen.

Walker Boh! Sieh uns an! Du musst!

Er kämpfte sich vorwärts, während ihre Stimmen seinen Geist bedrängten und die Festigkeit seiner Vorsätze schwand. Trotz der Kälte rann Schweiß über sein Gesicht, und seine Muskeln verspannten sich bis zum Schmerz. Er knirschte mit den Zähnen, tadelte sich wegen seiner Müdigkeit, und plötzlich kam ihm die bittere, verzweifelte Erinnerung, dass Allanon schon vor ihm hier gewesen war und mit ihm sieben Männer, die sich seinem Schutz anvertraut hatten. Der Druide hatte standgehalten.

Und so hielt auch er stand. Gerade, als das Gefühl in ihm hochkroch, dass er es nicht schaffen würde, dass er aufgeben musste, erreichte er das andere Ende der Höhle und trat in den Gang dahinter. Die Flüsterstimmen verklangen, bis sie nicht mehr zu hören waren. Er blickte nach oben, widerstand jedoch dem Drang, sich umzusehen, und schritt erneut vorwärts.

Der Gang wurde enger und wand sich nach unten. Im Gefühl der Unsicherheit darüber, was hinter den dunklen Ecken möglicherweise auf ihn lauerte, verlangsamte er den Schritt. Das grünliche Licht strahlte nur an wenigen Stellen von der Felswand ab, und der Gang war voller Schatten. Er war gewiss, dass irgendetwas, dessen Gegenwart er mit jedem Schritt mehr spürte, nur darauf wartete, ihn anzugreifen. Einen Augenblick zog er die Möglichkeit in Betracht, den Gang mithilfe seiner Magie zu erleuchten, um zu sehen, was sich vor ihm versteckte; er verwarf den Gedanken sofort wieder. Wenn er die Magie beschwor, würde er lediglich preisgeben, dass er über besondere Kräfte verfügte. Es schien ihm besser, dieses Geheimnis zu bewahren. Die Magie war eine Waffe, mit der er sehr viel mehr erreichen konnte, wenn er sie unerwartet einsetzte.

Aber nichts zeigte sich. Mit einem Achselzucken schüttelte er sein Unbehagen ab und ging weiter, bis sich der Gang, der nun ziemlich gerade verlief, allmählich verbreiterte.

Dann hörte er das Geräusch.

Obwohl er wusste, dass es ganz plötzlich über ihn herfallen würde, war er nicht vorbereitet, als es so weit war. Es stürzte sich auf ihn, umschlang ihn wie mit eisernen Ketten und zerrte ihn vorwärts. Er hörte das Tosen der Winde durch den

Gang, das Heulen der Sturmwinde in der Ebene, den Wellenschlag an den Uferfelsen. Und darunter vernahm er die grausigen Schreie der gemarterten Seelen, deren Gebeine sich an den Höhlenwänden rieben.

Von Panik erfasst, versuchte Walker Boh alle Widerstandskraft zu mobilisieren. Er befand sich im Korridor der Winde, wo sich die Todesfeen auf ihn stürzten. Augenblicklich schottete er sich gegen alles um ihn herum ab, wehrte sich mit solcher Willensstärke gegen die entsetzlichen Laute, dass er hin und her geworfen wurde, ließ nur eine einzige Vorstellung in seinem Kopf existieren – die Vorstellung von sich selbst. Indem er das Bild im Geist ausschmückte, konnte er Leben, Kraft und Entschlossenheit sammeln. Er zwang sich weiterzugehen. Es gelang ihm, die Schreie der Todesfeen abzuwehren, bis sie zu einem eigenartigen Summen nachließen, das an ihm zerrte und riss und verzweifelt versuchte, zu ihm durchzudringen. Er gewahrte, wie er den Korridor der Winde langsam hinter sich ließ, eine kahle und leere Höhle, in der alles unsichtbar war. Nur das Wehklagen zuckte wie wilde Blitze durch die Finsternis.

Nichts, was Walker Boh tun könnte, würde die Wirkung der Schreie mildern. Sie setzten ihm zu, malträtierten seinen Körper, als wären sie lebendige Wesen. Er spürte, wie seine Kräfte schwanden, genau wie zuvor, als sich die Sphinxe auf ihn gestürzt hatten und sein Widerstand erlahmt war. Die Stärke des Angriffs war erschütternd. Er kämpfte dagegen an, obwohl ihn Verzweiflung beschlich, als er sah, wie das Bild, an dem er sich festgehalten hatte, zu flimmern anfing, um dann zu verschwinden. Mehr und mehr verlor er die Kontrolle. In einer Minute würde er vollkommen schutzlos sein.

Und dann geschah es abermals: Er trat genau in dem Augenblick aus dem Korridor der Winde hinaus, als er glaubte, nicht mehr widerstehen zu können. Er stolperte in eine kleine Höhle, die sich an den Korridor anschloss. Die Schreie der Todesfeen verklangen. Er glitt, am ganzen Körper zitternd, zu Boden. Langsam atmete er ein und aus, bis es ihm gelang, das Entsetzen abzuschütteln. Die Zeit schien stehen geblieben zu sein, und er schloss kurz die Augen.

Als er sie wieder öffnete, blickte er auf eine riesige zweiflügelige Steintür, die durch eiserne Scharniere mit dem Felsen verbunden war. In die steinernen Türflügel waren Runen gehauen, uralte Zeichen, die feuerrot leuchteten.

Er hatte die Aula erreicht, das Grabmal der Könige der Vier Länder.

Er erhob sich, schulterte seinen Rucksack und ging auf das Portal zu. Einen Augenblick betrachtete er die Zeichen, legte eine Hand vorsichtig an den Stein und drückte. Die Türflügel öffneten sich, und er trat hinein.

Er befand sich in einer riesigen, kreisrunden Höhle, die von grünlichem Licht erhellt wurde. Versiegelte Grabkammern säumten die Wand; die Toten darin waren durch Mörtel und Stein für alle Zeiten vor den Augen der Welt verborgen. Davor standen, feierlich und zeitlos, Statuen, die Wächter der Herrscher. Vor jeder Statue waren die Reichtümer des Toten aufgehäuft – Truhen voll kostbarer Juwelen, Pelze, Waffen und Schätze aller Art. Unter dicken Schichten Staub waren sie kaum zu erkennen. Die Wände des Grabmals ragten zu allen Seiten so hoch auf, dass sie dort, wo die Decke als undurchdringlich schwarzes Gewölbe auf ihnen ruhte, in Finsternis verschwanden.

Das Grabmal schien bar allen Lebens.

Am anderen Ende der Halle befand sich wieder eine verschlossene Tür mit zwei Flügeln. Dahinter hatte einst die Riesenschlange Valg gehaust. Dort lag der Scheiterhaufen der Toten, ein Altar, auf dem die hingeschiedenen Herrscher der Vier Länder vor ihrer Verbrennung eine festgelegte Anzahl von Tagen aufgebahrt worden waren. Von dem Altar führte eine steinerne Treppe hinunter zu dem See, in dem sich die Schlange versteckte. Angeblich hielt sie die Totenwache. Es hätte Walker Boh keineswegs verwundert, wenn die Schlange die Leichen verschlungen hätte.

Einen Augenblick lauschte er auf Bewegungen oder fremden Atem. Er hörte nichts. Er ließ den Blick durch das Grabgewölbe schweifen. Der schwarze Elfenstein befand sich hier, nicht in der Höhle dahinter. Wenn er schnell und vorsichtig genug war, musste er möglicherweise gar nicht herausfinden, ob die Riesenschlange noch am Leben war oder nicht.

Er schob sich geräuschlos an den Grabkammern der Toten, ihren Statuen und ihren Reichtümern vorbei. Er schenkte den Schätzen keine Beachtung; von Cogline wusste er, dass sie mit Gift überzogen waren, das jeden, der es berührte, augenblicklich tötete. Während er seinen Weg fortsetzte und den Blick über die Felswände und die Runen schweifen ließ, machte er einen großen Bogen um jede Grabstätte. Als er seinen Rundgang beendet hatte, befand er sich wieder an der Stelle, von der er ausgegangen war.

Nichts.

Nachdenklich runzelte er die Stirn. Wo war das Fach, das den schwarzen Elfenstein enthielt?

Er ließ seinen Blick ein zweites Mal durch die Halle schweifen, durchdrang mit seinen Augen den Schleier aus grünlichem Licht, prüfte jeden einzelnen Schatten. Irgendetwas musste er übersehen haben. Aber was?

Er schloss kurz die Augen und ließ seine Gedanken auf die Suche gehen. Irgendetwas spürte er, etwas Winziges, das vielleicht seinen Namen flüsterte. Er riss die Augen auf. Sein Gesicht straffte sich. Das winzige Etwas befand sich nicht in der Wand, sondern im Boden unter ihm.

Wieder setzte er sich in Bewegung, ging jedoch geradewegs durch die Halle; er ließ sich durch ein Gefühl leiten, das ihm verhieß, dass am anderen Ende etwas auf ihn wartete. Er kam zu dem Schluss, es müsse der schwarze Elfenstein sein. Er entfernte sich von den Statuen und ihren Schätzen, von den Grabkammern, die er jetzt nicht mehr wahrnahm, während sich sein Blick auf eine Stelle ungefähr in der Mitte der Halle richtete.

Dort lag eine rechteckige Steinscheibe, in die Runen eingemeißelt waren, so dermaßen verwitterte Inschriften, dass er sie nicht entziffern konnte.

Er kniete nieder, eine einsame Gestalt in der Mitte der Halle, die selbst die Toten mieden. Er strich über die steinernen Inschriften und versuchte erneut, sie zu entziffern. Dann verließ ihn die Geduld, und er gab auf. Mit beiden Händen drückte er gegen den Stein. Ohne großen Widerstand konnte er ihn zur Seite schieben.

Im Loch darunter war es dunkel, sodass er nichts erkennen konnte. Doch da war etwas …

Seine Vorsicht, die ihm bisher so gute Dienste geleistet hatte, außer Acht lassend, steckte er seine Hand in die Öffnung.

In derselben Sekunde schlang sich irgendetwas um seine Hand und packte ihn. Einen Augenblick spürte er einen unbeschreiblichen Schmerz und dann Taubheit. Er versuchte sich loszureißen, aber er konnte sich nicht rühren. Panik erfüllte ihn. Noch immer konnte er nicht sehen, was sich in dem Loch befand.

In seiner Verzweiflung gebrauchte er die Magie, beschwor mit seiner freien Hand Licht und schickte es rasch in das Loch.

Das, was er sah, erfüllte ihn mit eisiger Kälte. Er sah keinen Elfenstein. Stattdessen hatte sich eine Schlange seiner Hand bemächtigt. Aber es handelte sich um keine gewöhnliche Schlange. Er erkannte, dass diese Schlange sehr viel gefährlicher war.

Es war eine Asphinx, eine Kreatur aus uralter Zeit, die zur gleichen Zeit erschaffen worden war wie ihre riesigen Gegenstücke in der Eingangshöhle, die Sphinxe. Aber die Asphinx war eine Kreatur aus Fleisch und Blut, die sich erst wenn sie zugestoßen hatte, in Stein verwandelte. Und was sie berührte, verwandelte sich ebenfalls in Stein.

Walker Boh biss die Zähne zusammen. Seine Hand hatte sich bereits gräulich verfärbt, während die Asphinx sie immer noch eng umschlungen hielt, war tot und hart und mit dem Boden verbunden, von dem er sie nicht mehr losreißen konnte.

Er wehrte sich mit aller Kraft gegen die Kreatur. Aber es gab kein Entkommen. Er war im Stein gefangen, verbunden mit der Asphinx und dem Höhlenboden, als hielten ihn Ketten fest.

Angst erfasste ihn, durchfuhr ihn einem Messer gleich, das sich in sein Fleisch bohrte. Er war vergiftet. Ebenso wie seine Hand würde sich der Rest seines Körpers in Stein verwandeln. Langsam. Unerbittlich.

Bis er eine steinerne Statue wäre.

29

Der Morgen brachte dem Zeigefinger einen Wetterumschwung, da der Sturm von Tyrsis nach Norden zum Parmakeil weiterzog. Es war noch dunkel, als die ersten Wolken am Himmel aufzogen und den Mond und die Sterne verdeckten. Dann legte sich der Wind. Ein paar Tropfen fielen auf die Gesichter der Wachen im Lager der Geächteten und wurden immer mehr. Nebelschwaden stiegen aus dem Waldland unten auf. Als die Dämmerung anbrach, war aus dem anfänglichen Nieseln ein anhaltender Regen geworden, und alle, selbst die Wachen, suchten einen Unterschlupf.

Aus diesem Grund bemerkte niemand den Kriecher.

Er musste den Wald im Schutz der Dunkelheit verlassen und sich auf den Weg nach oben gemacht haben. Das Scharren, das er verursachte, während er kletterte, das Schaben seiner Klauen und seines Panzers, während er sich mühsam nach oben zog, all diese Geräusche wurden verschluckt vom fernen Donnergrollen, vom prasselnden Regen und den Bewegungen der Menschen und Tiere im Lager. Zudem waren die Wachen müde und der festen Überzeugung, dass sich vor dem Morgen nichts ereignen würde. Der Kriecher hatte die Anhöhe fast erreicht, bevor sie ihren Fehler erkannten und lauthals losschrien.

Die Rufe ließen Morgan aus dem Schlaf hochfahren. Er war in dem kleinen Espenwäldchen eingeschlafen, während er darüber nachgegrübelt hatte, wie er mit seinem Verdacht am besten umgehen sollte. Eingehüllt in seinen Jagdmantel, der ihn vor der Kälte schützte, lag er zusammengerollt unter den Wipfeln der Bäume. Seine verkrampften Muskeln schmerzten, sodass er nicht gleich aufstehen konnte. Doch aus den Schreien hörte er schon bald Panik und Todesangst heraus. Er zwang sich aufzustehen, zog sein Breitschwert, das er auf dem Rücken trug, und stolperte in den Regen hinaus.

Auf der Anhöhe herrschte ein heilloses Chaos. Überall liefen Männer hin und her und griffen zu den Waffen. Vereinzelt flackerten Fackeln auf, aber ihr Licht wurde vom Regen fast augenblicklich gelöscht. Mit den anderen eilte Morgan dahin, um die Ursache des wahnsinnigen Treibens auszumachen.

Und dann sah er ihn. Der Kriecher hatte die Anhöhe erklommen, war aus dem Abgrund emporgestiegen, erhob sich jetzt drohend über der Festung der Geächteten und grub seine Klauen in den Fels, an dem er sich festhielt. Ein Toter baumelte in einer seine ungeheuren Scheren, fast zweigeteilt – ein Mann der Wache, der die Gefahr als Erster erkannt hatte.

Verwegen drängten die Geächteten vor, ergriffen Pfähle und Speere, um sie in den gewaltigen Körper des Monsters zu rammen. Doch der Kriecher war riesengroß; er ragte über ihnen wie eine riesige Mauer empor. Voller Entsetzen verlangsamte Morgan seine Schritte. Sie hätten ebenso gut versuchen können, den Lauf eines Flusses aufzuhalten. Kein Wesen von dieser Größe konnte allein mit menschlicher Kraft unschädlich gemacht werden.

Der Kriecher stürzte sich auf die Angreifer. Die Pfähle und Speere zersplitterten. Die Männer, die unter ihn zu liegen kamen, starben noch im gleichen Augenblick, andere wurden von seinen Klauen in die Höhe geschleudert. Ein Teil der Befestigungsanlage des Zeigefingers brach unter dem Gewicht der Bestie zusammen. Die Geächteten wichen zurück, als er zwischen sie fuhr, Waffen, Ausrüstungen und Zelte zertrümmerte und seine Klauen nach allem ausstreckte, was sich bewegte. Schwerter und Messer sausten auf seinen Körper nieder, aber der Kriecher schien sich davon nicht beirren zu lassen. Er drängte unablässig voran, griff nach den Männern, die vor ihm zurückwichen, zerstörte alles, was sich ihm in den Weg stellte.

»Es lebe die Freiheit!«, ertönte ein gellender Schrei. »Zu mir!«

Padishar Weidenkorb war wie aus dem Nichts aufgetaucht, eine leuchtendrote Gestalt inmitten von Regen und Nebel, und er scharte jetzt seine Männer um sich. Sie antworteten ihm mit wilden Schreien, während sie sich um ihn drängten. Eilig ließ er Gruppen bilden; die eine Hälfte griff den Kriecher mit riesigen Pfählen an, um seine Klauen abzuwehren, während die andere auf die Seiten und den Rücken des Monsters einhieb. Der Kriecher krümmte und wand sich, marschierte jedoch unaufhaltsam weiter.

Plötzlich waren Axhind und seine Bergtrolle da; ihre riesigen Leiber steckten von Kopf bis Fuß in Rüstungen, und sie schwangen ihre gewaltigen Streitäxte. Als sie den Kriecher frontal angriffen, richteten sie ihre Äxte in erster Linie auf die Klauen. Drei von ihnen wurden von ihm schnell zerfetzt. Aber die anderen schlugen mit solcher Entschlossenheit auf ihn ein, dass sie seine linke Klaue zertrümmerten. Augenblicke später trennten sie diese vollständig vom Körper des Kriechers ab.

Der Angreifer wurde langsamer. Der Boden hinter ihm war mit Leichen bedeckt. Unfähig, sich zu entscheiden, was er tun sollte, verharrte Morgan regungslos zwischen dem Monster und den Höhlen. Er sah, wie sich die Bestie aufrichtete, bis ihr Oberkörper in der Luft stand wie eine Schlange, die zum Angriff ansetzt. Die Geächteten und die Trolle wichen zurück.

Morgan sah sich nach Padishar Weidenkorb um, doch der Anführer der Geächteten war verschwunden. Kurz hielt er es für möglich, dass jener gefallen war. Der Regen rann ihm über die Stirn in die Augen, und ungeduldig schüttelte er das Wasser ab. Seine Hand hielt den Knauf seines Breitschwertes fest umklammert, doch er verharrte noch immer unschlüssig.

Schritt für Schritt bewegte sich der Kriecher vorwärts, während er gleichzeitig nach links und rechts schielte, um nach möglichen Angriffen Ausschau zu halten. Mit einem einzigen Schlag des Schwanzes wirbelte er mehrere Männer durch die Luft. Speere und Pfeile flogen auf ihn zu und prallten von ihm ab. Stetig drang er weiter vor. Die Verteidiger wurden immer näher an die Höhlen gedrängt. Bald würden sie nicht weiter zurückweichen können.

Morgan Leah zitterte. »Tu etwas!«, schrie es in seinem Kopf.

Im gleichen Augenblick erschien Padishar Weidenkorb in der Öffnung der größten Höhle und brüllte seinen Männern zu, sich zurückzuziehen. Quietschend und knarrend rumpelte ein riesiges Ding hinter ihm hervor. Zahlreiche Männer zerrten an Seilen, und langsam konnte man es erkennen. Als es aus dem Höhleneingang heraus ins Licht rollte, sah Morgan eine gewaltige hölzerne Armbrust.

Padishar Weidenkorb befahl den Männern die Waffe gegenüber dem Kriecher in Stellung zu bringen. Obenauf stand Chandos, der mithilfe einer schweren Winde die Armbrustsehne spannte.

Der Kriecher zögerte, so als wolle er die Gefahr abschätzen, die von dieser neuen Bedrohung ausging. Doch dann kam er weiter auf sie zu.

Padishar Weidenkorb befahl, den ersten Pfeil abzufeuern, als die Bestie noch zwanzig Meter entfernt war. Der Pfeil flog in hohem Bogen zur Seite. Der Kriecher beschleunigte sein Tempo, während Chandos in aller Eile die Armbrustsehne erneut spannte. Wieder wurde ein Pfeil abgeschossen. Der Kriecher wurde mit solcher Wucht getroffen, dass er auf die Seite kippte und einen Augenblick liegen blieb, ehe er sich wieder aufrichtete und seinen Weg fortsetzte.

Morgan erkannte, dass keine Zeit blieb für einen dritten Schuss. Der Kriecher war bereits zu nahe. Trotzdem blieb Chandos auf der Armbrust stehen und versuchte verzweifelt, die Sehne ein drittes Mal zu spannen. Der Kriecher war bereits bis auf wenige Schritte herangekommen. Von allen Seiten hieben jetzt Geächtete und Trolle mit Äxten und Schwertern auf ihn ein, aber er ließ sich nicht aufhalten. Er hatte begriffen, dass die Armbrust die einzige Waffe war, die ihm wirklich gefährlich werden konnte, und machte sich nun eiligst an deren Zerstörung.

Chandos legte den dritten Pfeil auf die Sehne und streckte die Hand nach dem Abzug aus. Er schaffte es nicht. Der Kriecher holte aus, traf die Armbrust von oben und zertrümmerte sie. Das Holz splitterte in tausend Stücke, und die Räder, auf denen die Waffe ruhte, brachen zusammen. Chandos wurde heruntergeschleudert. Männer suchten verzweifelt schreiend das Weite. Der Kriecher drehte sich auf dem Trümmerhaufen herum. Er bewegte sich bedächtig, da er spürte, dass er gesiegt hatte, und er wusste, dass er nur noch einmal zuschlagen musste, um sein Zerstörungswerk zu vollenden.

Aber Padishar Weidenkorb war schneller. Während die anderen Geächteten flohen, Chandos bewusstlos am Boden lag und Morgan weiter mit seiner Unentschlossenheit rang, ging Padishar Weidenkorb zum Angriff über. Kaum mehr als ein roter Fleck in der regennassen Dämmerung, ergriff der Anführer der Geächteten einen der Armbrustpfeile, der aus dem Köcher gefallen war, tauchte blitzschnell unter den Kriecher und rammte das hintere Ende des Pfeils senkrecht in die Erde. Der Kriecher, der ganz damit beschäftigt war, die Armbrust zu zerstören, bemerkte ihn nicht, sondern ließ sich mit seinem ganzen Gewicht auf die bereits schwer beschädigte Waffe fallen, damit aber auch auf die eiserne Pfeilspitze. Die Wucht, mit der sich die Bestie auf die Armbrust warf, trieb die Pfeilspitze auf einer Seite in den Körper hinein und auf der anderen wieder heraus. Padishar Weidenkorb gelang es gerade noch rechtzeitig, sich zur Seite zu wälzen, bevor die Bestie zusammenbrach.

Das Monster bebte vor Schmerz und Überraschung und bäumte sich auf. Es wand sich verzweifelt, um den tödlichen Pfeil loszuwerden, bis es schließlich das Gleichgewicht verlor, umkippte und mit dem Bauch nach oben liegen blieb.

»Es lebe die Freiheit!«, schrie Padishar Weidenkorb. Die Geächteten und die Trolle machten sich über den Kriecher her. Schwerter und Äxte sausten auf die Bestie nieder, ihre Einzelteile flogen durch die Luft. Die zweite Klaue wurde abgetrennt.

Obwohl der Kriecher schwer verletzt am Boden lag, ging weiterhin Gefahr von ihm aus. Männer wurden unter ihm eingequetscht und augenblicklich zermalmt, andere durch die Luft geworfen, wenn er sich aufbäumte, oder von seinen Klauen in Stücke gerissen. Alle Anstrengungen, ihm den Garaus zu machen, waren erfolglos, bis dem Untier schließlich ein Pfeil durch das Auge ins Gehirn gerammt wurde. Ein letztes Zucken schüttelte den Kriecher, dann blieb er leblos liegen.

Morgan Leah verfolgte das Geschehen wie aus weiter Ferne. Als der Kampf zu Ende war, stand er immer noch zitternd da. Er war in Schweiß gebadet und die ganze Zeit über unfähig gewesen, auch nur einen Finger zu rühren.

Danach ging im Lager der Geächteten eine tiefe Veränderung vor sich, die in der wachsenden Überzeugung zum Ausdruck kam, dass der Zeigefinger nicht länger uneinnehmbar war. Padishar Weidenkorb verfiel in die schlechteste aller Launen, beschimpfte jeden und ließ seinem Zorn darüber, dass die Föderation einen Kriecher eingesetzt hatte, dass die Wachen ihre Pflicht verletzt hatten und dass ganz besonders er selbst nicht ausreichend vorbereitet gewesen war, freien Lauf. Seine Männer gingen verdrießlich ihrer Arbeit nach. Wenn die Föderation in der Lage war, einen Kriecher auf sie zu hetzen, was sollte sie dann davon abhalten, einen zweiten hinterherzuschicken? Und wenn ein zweiter kam, wie sollten sie den aufhalten? Und was sollten sie tun, falls die Föderation eine noch schlimmere Bestie auf sie hetzte?

Achtzehn Männer hatten im Kampf ihr Leben gelassen, doppelt so viele waren verwundet, und einige von Letzteren würden den nächsten Tag nicht erleben. Padishar Weidenkorb ließ die Toten am Rande der Anhöhe bestatten und die Verwundeten in die größte Höhle schaffen, die nun als Krankenstube dienen musste. Die Schreie der Verwundeten und Sterbenden hallten durch die Morgenstille.

Der Kriecher wurde zum Rand der Anhöhe geschleppt und in den Abgrund geworfen. Es war eine anstrengende Arbeit, aber Padishar Weidenkorb war nicht gewillt, die Anwesenheit der Bestie auf der Anhöhe auch nur eine Sekunde länger als notwendig zu ertragen. Mit Seilen und Flaschenzügen machten sie sich an die Arbeit; die Seile, deren Enden am Rumpf des toten Monsters befestigt waren, wurden von Dutzenden von Männern ergriffen, die zogen und zerrten, um den Kriecher Schritt für Schritt durch das zerstörte Lager zu schleifen. Die Arbeit nahm den ganzen Morgen in Anspruch. Morgan hatte sich ihnen angeschlossen, sprach jedoch mit niemandem ein Wort und bemühte sich, nicht aufzufallen, während er immer noch zu begreifen suchte, was mit ihm geschehen war.

Schließlich dämmerte es ihm. Das Schwert von Leah war für seinen Zustand verantwortlich, erkannte er plötzlich – oder genauer gesagt, die Magie, die ihm innegewohnt hatte. Der

Verlust dieser Magie hatte ihn gelähmt und war für seine Unentschlossenheit und Angst verantwortlich. Nachdem er die Zauberkraft des Schwertes entdeckt hatte, fühlte er sich unverwundbar. Dieses Gefühl der Macht ließ sich mit keinem anderen vergleichen, das er je empfunden oder überhaupt für möglich gehalten hatte. Mit den Kräften, die ihm damit zur Verfügung standen, konnte er alles erreichen. Er vermochte sich noch gut an das Gefühl zu erinnern, als er den Schattenwesen in der Schlucht buchstäblich allein gegenübergetreten war. Euphorisch. Beglückend.

Aber gleichzeitig anstrengend. Jedes Mal, wenn er diese Kräfte rief, schienen sie ihm etwas zu nehmen.

Als das Schwert von Leah barst und damit die Zauberkraft verloren war, hatte er begriffen, wie viel diese ihm genommen hatte. Er spürte die Veränderung fast auf der Stelle. Padishar Weidenkorb wollte ihm einreden, dass er sich irre, dass er den Verlust bald verschmerzen würde, dass er weiterleben konnte wie zuvor. Aber das stimmte nicht, wie er jetzt wusste. Er würde den Schmerz niemals verwinden, nicht vollständig. Nachdem er die Zauberkraft einmal eingesetzt hatte, war er unwiderruflich ein anderer geworden. Er konnte nicht darauf verzichten; ohne sie war er nicht mehr der gleiche Mann. Obwohl er nicht lange Zeit darüber verfügt hatte, hatte selbst dieser kurze Besitz eine dauerhafte Nachwirkung. Er dürstete danach, die Magie wieder zu besitzen. Ohne sie war er verloren; er war verwirrt und ängstlich. Genau das war der Grund, warum er im Kampf mit dem Kriecher nicht zu handeln vermocht hatte. Es lag nicht daran, dass er nicht wusste, was er hätte tun sollen, sondern allein daran, dass er die Zauberkraft nicht mehr beschwören konnte.

Dieses Eingeständnis kostete ihn mehr, als er sich vorstellen konnte. Er lebte weiter, lebte wie eine gefühllose Maschine, gelähmt vom Verlust der Zauberkraft. Er lebte nur in seiner Gedankenwelt und hoffte, dass keiner – insbesondere nicht Padishar Weidenkorb – sein Versagen bemerkte.

Nach einiger Zeit kam ihm Par in den Sinn. Er hatte nie zuvor darüber nachgedacht, was es für den Talbewohner bedeutete, ständig um seine Magie ringen zu müssen. Jetzt, wo er gezwungen war, sich mit der Bedeutung der Zauberkraft des Schwertes von Leah auseinanderzusetzen, glaubte Morgan zu verstehen, wie schwer es Par hatte. Wie hatte sein Freund gelernt, mit dem Wünschlied zu leben? Was ging in ihm vor, wenn es sich ihm versagte, wie es mehrmals auf ihrer Reise zu Allanon geschehen war? Wie wurde er mit seiner Schwäche fertig? Das Wissen, dass Par seinen Weg dennoch gefunden hatte, verlieh Morgan neuen Mut.

Gegen Mittag war der Kriecher fortgeschafft und die Schäden, die er im Lager angerichtet hatte, fast vollständig behoben. Der Regen ließ nach, als der Sturm nach Osten weiterzog. Die Wolken teilten sich, und die Sonne brach durch und ließ ihre Strahlen auf der grünen Weite des Parmakeils tanzen. Der Nebel löste sich auf.

Die Föderation machte sich unverzüglich daran, ihre Wurfmaschinen und Belagerungstürme wieder in Stellung zu bringen und ihren Angriff auf den Zeigefinger wieder aufzunehmen. Die Wurfmaschinen schleuderten Steine, die Belagerungstürme wurden mit Bogenschützen bemannt, die einen unablässigen Pfeilhagel auf das Lager der Geächteten niedergehen ließen. Es wurde jedoch nichts unternommen, um die Höhe zu stürmen. Die Geächteten konnten sich nicht wehren; die Angreifer waren zu weit entfernt und zu gut geschützt. Außerhalb der Höhlen gab es keine Stelle, an der die Geächteten sich hätten gefahrlos bewegen können. Es schien offensichtlich, dass der Verlust des Kriechers die Föderation nicht entmutigt hatte. Die

Belagerung würde so lange fortgesetzt, bis die Verteidiger geschwächt waren und der Sturm gelingen konnte.

Auf der Anhöhe sprangen die Verteidiger zwischen den niedergehenden Pfeilen hindurch, riefen ihren Angreifern Herausforderungen zu und gingen ihrer Arbeit nach, so gut sie dies vermochten. Aber der Zeigefinger würde auf Dauer nicht gehalten werden können.

Morgan Leah war mit seinen eigenen Sorgen beschäftigt. Er war wieder zu seinem Versteck im Espenwäldchen am äußersten Rand der Anhöhe zurückgekehrt, fern der Verteidigungsstellungen des Lagers, auf die sich die Attacken der Föderation konzentrierten. Nachdem er seine Unfähigkeit, mit dem Verlust der Zauberkraft des Schwertes von Leah fertigzuwerden, für eine Weile verdrängt hatte, beschäftigte er sich wieder mit seinem Verdacht in Bezug auf die Person des Verräters.

Es fiel ihm schwer, eine Entscheidung zu treffen. Er wusste lediglich, dass er seinen Verdacht jemandem mitteilen musste. Aber wem?

Padishar Weidenkorb? Wenn er mit ihm sprach, standen die Chancen, dass der Anführer der Geächteten ihm glaubte, fünfzig zu fünfzig; er machte sich zu diesem Zeitpunkt weder etwas aus Steff noch aus Teel und würde einfach versuchen, sie loszuwerden. Schließlich konnte niemand mit Sicherheit sagen, welcher von beiden der Verräter war – sofern es überhaupt einer von beiden war.

Morgan schüttelte den Kopf. Mit Padishar Weidenkorb konnte er nicht reden.

Steff? Mit Steff konnte er nur reden, wenn er sich entschied, dass Teel die Verräterin war. Das wollte er zwar glauben, aber konnte er es mit Sicherheit behaupten? Selbst wenn sie es war, wusste er, wie Steff reagieren würde. Sein Freund liebte Teel. Sie hatte ihm das Leben gerettet. Er würde kaum gewillt sein, Morgans Verdacht ohne Beweis zu akzeptieren. Und Morgan hatte keinen Beweis. Sein Verdacht blieb eine Vermutung, wenn auch noch so begründet.

Er saß unter den Bäumen und lauschte den fernen Rufen der Verteidiger, den Geräuschen der Wurfmaschinen und Bogen, dem Knarren von Eisen und Holz, dem Schwirren der Pfeile, die durch die Luft flogen, und dem Krachen, wenn sie aufprallten. Einsam schwamm er in einem Meer der Unentschlossenheit und des Zweifels ziellos umher. Er musste handeln; aber ihm wollte sich nichts zu erkennen geben, was er hätte tun können. Wie sehr hatte er sich gewünscht, am Kampf gegen die Föderation teilzunehmen, nach Norden zu ziehen, um sich den Geächteten anzuschließen, sich auf die Suche nach dem Schwert von Shannara zu begeben, die Schattenwesen zu vernichten. Er war dazu bestimmt, Großes zu bewirken, Wunderbares… Etwas, das den Lauf der Geschichte verändern würde.

Jetzt war seine Stunde gekommen. Er hätte den Lauf der Geschichte verändern können wie kein anderer. Und er saß da, gelähmt.

Der Nachmittag ging langsam in den Abend über, die Belagerung hielt unvermindert an, und Morgans Zwiespalt blieb bestehen. Ein einziges Mal verließ er das Wäldchen und suchte Steff und Teel auf, oder genauer, er spionierte ihnen hinterher, um zu sehen, ob sie sich auf irgendeine Weise verrieten. Aber die Zwerge verhielten sich wie immer. Steff war immer noch schwach und nicht in der Lage, sich mehr als ein paar Minuten zu unterhalten, bevor ihn der Schlaf wieder übermannte; Teel war schweigsam und zurückhaltend. Obwohl er beide verstohlen beobachtete, um etwas zu entdecken, das seinen Verdacht bestätigte, musste er sie mit leeren Händen verlassen.

Es war beinahe dunkel, als Padishar Weidenkorb ihn endlich aufspürte.

»Dir scheint es allein am besten zu gefallen, nicht wahr?«

Morgan sprang auf. »Tut mir leid, Padishar.«

Der große Mann ließ sich ihm gegenüber nieder. Sein Gesicht war mit Staub und Schweiß bedeckt. Falls er Morgans Unbehagen bemerkte, ließ er sich nichts anmerken. Er streckte die Beine aus und lehnte sich zurück auf die Ellbogen, was ihm offensichtlich Schmerzen bereitete. »Ein übler Tag, Hochländer«, sagte er. Die Worte wurden von einem bitteren Seufzer begleitet. »Zweiundzwanzig Männer tot, morgen früh werden es noch zwei mehr sein, und wir verkriechen uns wie aufgescheuchte Füchse.«

Morgan nickte, ohne zu antworten. Er wusste einfach nicht, was er sagen sollte.

»Tatsache ist, dass es mir gar nicht gefällt, wie sich die Dinge hier entwickeln.« Padishar Weidenkorbs hartes Gesicht war ohne Regung. »Die Föderation wird uns so lange belagern, bis wir vergessen haben, warum wir überhaupt hier sind, und das trägt nicht gerade zur Verwirklichung meiner Pläne bei. In die Enge gedrängt wie hier oben sind wir niemandem von Nutzen. Es wird eine andere Gelegenheit geben, um mit diesen Feiglingen abzurechnen, die bloß Wesen der dunklen Magie auf uns hetzen können, anstatt uns persönlich gegenüberzutreten. Deshalb habe ich beschlossen, dass es an der Zeit ist, von hier zu verschwinden.«

Morgan beugte sich vor. »Flucht?«

»Durch die Hintertür, von der wir gesprochen haben. Das wollte ich dir sagen. Ich brauche deine Hilfe.«

Morgan starrte ihn an. »Meine Hilfe?«

Padishar Weidenkorb setzte sich langsam auf. »Jemand muss eine Nachricht nach Tyrsis bringen – zu Damson und den Talbewohnern. Sie müssen wissen, was hier geschehen ist. Ich würde selber gehen, aber ich werde hier gebraucht, um die Männer in Sicherheit zu bringen. Deshalb habe ich gedacht, dass du vielleicht interessiert wärst.«

Morgan willigte sofort ein. »Das bin ich. Ich bin schon unterwegs.«

Der andere hob warnend die Hand. »Nicht so eilig. Wir geben den Zeigefinger nicht sofort auf, wahrscheinlich erst in drei oder vier Tagen. Die Verletzten sind noch nicht transportfähig. Aber ich möchte, dass du schon eher aufbrichst. Morgen, wenn es dir recht ist. Damson ist ein kluges Mädchen, aber auch eigensinnig. Seit du mich gefragt hast, ob sie möglicherweise auf den Gedanken kommen könnte, die Talbewohner hierherzubringen, habe ich ein wenig über die Sache nachgedacht. Sie könnte es tatsächlich versuchen. Du musst dafür sorgen, dass sie es nicht tut.«

»Wird gemacht.«

»Also durch die Hintertür, wie ich schon gesagt habe. Und du gehst allein.«

Morgan runzelte die Stirn.

»Allein, mein Junge. Deine Freunde bleiben hier. Erstens kannst du nicht mit einem Paar Zwerge im Schlepptau durch Tyrsis laufen. Die Föderation würde euch innerhalb von zwei Minuten in Ketten legen. Und zweitens können wir kein Risiko eingehen nach all dem Verrat, der begangen wurde. Niemand darf von deinem Vorhaben erfahren.«

Der Hochländer überlegte. Padishar Weidenkorb hatte Recht. Es hatte wenig Sinn, unnötige Risiken einzugehen. Besser war es, allein zu gehen und niemandem von seinem Vorhaben zu erzählen – ganz besonders nicht Steff und Teel. Er war drauf und dran, Padishar Weidenkorb von seinem Verdacht zu berichten, besann sich aber dann eines Besseren und nickte.

»Gut. Die Sache ist also abgemacht. Bleibt nur noch eins.« Padishar Weidenkorb stand auf. »Komm mit.« Er führte Morgan durch das Lager in die größte Höhle, an der Stelle vorbei, wo die Verwundeten versorgt wurden, und in die Gewölbe dahinter. Von dort aus gelangten sie zu einem guten Dutzend Gänge, die in alle Richtungen auseinanderliefen und irgendwo in der Dunkelheit verschwanden. Auf dem Weg dorthin nahm Padishar Weidenkorb eine Fackel und zündete sie an. Er führte den Hochländer zwischen Vorräten hindurch zu der tiefsten Stelle der Höhle, zu einer Wand, vor der Kisten gestapelt waren. Hier herrschte völlige Stille.

Padishar Weidenkorb reichte Morgan die Fackel, packte mit beiden Händen eine Kiste und zog. Ein ganzer Teil der Wand bewegte sich und gab einen Gang frei.

»Hast du gesehen, wie es geht?«, fragte Padishar Weidenkorb leise.

Morgan nickte. Padishar Weidenkorb nahm die Fackel zurück und leuchtete. Morgan beugte sich vor. Der Geheimgang wand sich in den Felsen hinein, bis er in der Dunkelheit verschwand.

»Der Gang führt durch den ganzen Berg«, sagte Padishar Weidenkorb. »Wenn du bis zum Ende gehst, kommst du südlich der Drachenzähne und östlich vom Kennonpass über dem Parmakeil heraus.« Er blickte Morgan scharf an. »Wenn du versuchen solltest, durch einen der anderen Gänge hinauszugelangen, sehen wir dich wahrscheinlich nie wieder. Verstanden?« Er stieß die Geheimtür wieder zu und trat zurück. »All das zeige ich dir jetzt, weil ich, wenn du dich auf den Weg machst, nicht bei dir sein werde. Ich bin draußen und halte dir den Rücken frei.« Er schenkte Morgan sein hartes Lächeln. »Am besten beeilst du dich, wenn du hindurchgehst.«

Sie kehrten zum Ausgang zurück und traten auf die Anhöhe hinaus. Es war bereits dunkel. Der Anführer der Geächteten blieb stehen, reckte sich und sog die Abendluft ein. »Hör mir gut zu, mein Junge«, sagte er leise. »Da ist noch eine Sache. Du darfst nicht ständig darüber brüten, was mit deinem Schwert geschehen ist. Solange du diese Last mit dir herumschleppst, bekommst du keinen klaren Kopf; die Bürde ist zu schwer, selbst für einen kräftigen Kerl wie dich. Mach dich frei davon und lass die Sache hinter dir. Du hast genug Mut, um dich ohne dieses Schwert durchzuschlagen.«

Padishar Weidenkorb weiß, was heute Morgen passiert ist, begriff Morgan plötzlich. Er weiß es und gibt mir zu verstehen, dass alles in Ordnung ist.

Der Geächtete drehte sich um und verschwand in der Dunkelheit. Morgan hätte ihm um ein Haar hinterhergerufen. Er wollte ihm von seinem Verdacht erzählen, ihm sagen, wen er für den Verräter hielt. Das hätte ihn von der Last erlöst, das Geheimnis ganz allein zu tragen.

Erneut kämpfte er mit seiner Unentschlossenheit, so wie schon den ganzen Tag. Und abermals verlor er den Kampf.

Danach schlief er unter den Espen, eingehüllt in seinen Mantel. Die Erde war nach dem morgendlichen Regen wieder getrocknet; die Nacht war warm, und in der Luft hingen die Düfte des Waldes. Er schlief tief und traumlos. Sorgen und Unentschlossenheit fielen von ihm ab.

Und dann wurde er wach.

Eine Hand packte ihn an der Schulter. Die Berührung erschreckte ihn dermaßen, dass er einen Augenblick glaubte, er werde angegriffen. Er warf seinen Mantel von sich, sprang auf und fuchtelte wild herum. Da bemerkte er, dass es Steff war.

Eingehüllt in seine Decke und mit zu Berge stehenden Haaren kauerte der Zwerg vor ihm am Boden; sein narbiges Gesicht war blass und trotz der nächtlichen Kühle schweißüberströmt. In seinen dunklen Augen glühte das Fieber, und aus seinem Blick sprachen Entsetzen und Verzweiflung. »Teel ist fort«, flüsterte er rau.

Morgan holte tief Luft. »Wohin?«, brachte er schließlich heraus, während seine Hand immer noch fest auf dem Dolchknauf an seinem Gürtel lag.

Steff schüttelte den Kopf; sein keuchender Atem erfüllte die nächtliche Stille. »Ich weiß es nicht. Vor ungefähr einer Stunde ist sie aufgestanden. Ich habe sie beobachtet. Sie hat geglaubt, dass ich schlafe, aber…« Seine Stimme versagte. »Irgendetwas stimmt da nicht, Morgan. Irgendetwas.« Er konnte kaum sprechen. »Wo ist sie?«

Im gleichen Augenblick wusste Morgan die Antwort.

30

In derselben Nacht machte sich Par Ohmsford zum letzten Mal auf den Weg hinunter in die Grube, um das Schwert von Shannara zu bergen.

Undurchdringliche Dunkelheit hatte sich über die Stadt Tyrsis gesenkt. Regen und Dunst hatten sich in einen dichten Nebel verwandelt, der die Dächer und Wände der Häuser, die Karren und Stände auf den Märkten, ja selbst die Pflastersteine der Straße einhüllte und ihren Blicken entzog. Weder Mond noch Sterne waren zu sehen, und die Lichter der Stadt flackerten wie Kerzen, die jeden Augenblick auszugehen drohten.

Damson Rhee führte die Talbewohner, die ihre Kapuzen tief ins Gesicht gezogen hatten, aus dem Schuppen der Gärtnerei. In den leeren Straßen waren sie buchstäblich allein. Jedes Mal, wenn ihnen Passanten begegneten, was einmal, höchstens zweimal geschah, nahmen sie deren Gegenwart kaum wahr. Geräusche, die an ihr Ohr drangen, entbehrten sowohl eines Ursprungs wie einer Richtung.

Nach einer Weile verlangsamte Damson Rhee den Schritt. Sie hatten die schmalen Steintreppen erreicht, die zu den Abwasserkanälen hinunterführten. Damson warf einen Blick auf Par und Coll; ihre grünen Augen funkelten hart. Dann begann sie mit dem Abstieg. Die Talbewohner folgten ihr. Keiner sprach. Par war sich nicht sicher, ob er hätte sprechen können, wenn er es versucht hätte. Sein Mund und seine Kehle fühlten sich an, als wären sie mit Watte vollgestopft.

Damson Rhee brachte eine Fackel zum Vorschein, mit der sie ihnen leuchtete, während sie lautlos weiterzogen. Par blickte abwechselnd von Damson Rhee zu Coll. Ihre Gesichter waren blass und angespannt.

Sie brauchten weniger als eine Stunde, bis sie bei dem Maulwurf anlangten. Als sie aus dem trockenen Brunnen stiegen, kauerte er im Schatten und wartete bereits auf sie.

»Maulwurf?«, rief Damson Rhee leise.

Einen Augenblick blieb alles still.

Der Maulwurf hatte sich in eine Spalte in der Felswand der Kammer verkrochen und war in der Dunkelheit fast unsichtbar. Ohne die Fackel hätten sie ihn glatt übersehen. Er gab keinen Ton von sich und starrte sie an, so als wolle er sich zuerst davon überzeugen, dass sie wirklich anwesend waren. Schließlich schleppte er sich zwei Schritte vor und blieb stehen. »Guten Abend, liebliche Damson«, flüsterte er. Er warf einen kurzen Blick auf die Talbewohner, begrüßte sie jedoch nicht.

»Guten Abend, Maulwurf«, antwortete Damson Rhee. »Warum hast du dich versteckt?«

Der Maulwurf blinzelte. »Ich habe nachgedacht.«

Damson Rhee runzelte die Stirn. Sie schob die Fackel in eine Spalte im Fels hinter ihr, wo das Licht ihren seltsamen Freund nicht stören würde. Dann ging sie vor ihm in die Hocke. Die Talbewohner blieben stehen. »Was hast du herausgefunden, Maulwurf?«, fragte sie leise.

Der Maulwurf verlagerte sein Gewicht. »Es gibt einen Weg in den Palast der Könige von Tyrsis und von dort in die Grube«, sagte er. »Und es gibt auch Schattenwesen.«

Damson Rhee nickte. »Können wir an ihnen vorbei?«

Der Maulwurf rieb sich die Nase. »Vielleicht«, sagte er schließlich. »Wollen wir es versuchen?«

Damson Rhee lächelte und nickte wieder. Der Maulwurf erhob sich. Er war winzig, eine behaarte Kugel mit Armen und Beinen, die aussahen, als hätte man sie nachträglich angebracht. Was für ein Wesen war er?, fragte sich Par. Ein Zwerg? Ein Gnom?

»Hier entlang«, sagte der Maulwurf und gab ihnen ein Zeichen, ihm in den dunklen Gang zu folgen. »Nimm die Fackel mit, wenn du willst. Wir können sie eine Weile benutzen.« Er warf den Talbewohnern einen scharfen Blick zu. »Aber reden ist verboten.«

Und so begann es. Er führte sie in die Eingeweide der Stadt, in die tiefsten Kanäle, in Gänge, die seit Jahrhunderten kein Mensch mehr betreten hatte. Die Gänge zogen sich durch die Felsen, nach oben und nach unten, durch Räume, die den Verteidigern der Stadt einst als Vorrats- und Waffenlager, als Zufluchtsstätte für die gesamte Bevölkerung von Tyrsis gedient hatten. Hie und da stießen sie auf Türen, die in verrosteten Scharnieren hingen. Von Zeit zu Zeit huschten Ratten durch die Dunkelheit, die jedoch beim Anblick der Menschen und des Lichts flohen.

Die Zeit verflog. Par verlor jedes Gefühl dafür, wie lange sie sich schon in den unterirdischen Stollen aufhielten, während sie langsam aber stetig der gedrungenen Gestalt des Maulwurfs folgten. Hin und wieder ließ er sie ausruhen, obwohl er selbst keine Rast zu brauchen schien. Wann immer sie anhielten, saßen sie jedes Mal in der fast vollständigen Dunkelheit im Kreis, vier einsame Wesen, begraben unter vielen Metern Fels. Drei tranken Wasser und knabberten an Essen, der vierte beobachtete sie wie eine Katze, und alle waren schweigende Teilnehmer an einem seltsamen Ritual.

Sie gingen, bis Pars Beine anfingen zu schmerzen. Dutzende Stollen lagen hinter ihnen. Die Fackel, die sie mit sich führten, war abgebrannt und zweimal durch eine neue ersetzt worden.

Ihre Kleider und Stiefel waren mit Staub bedeckt, ihre Gesichter verschmiert.

Dann blieb der Maulwurf stehen. Sie befanden sich in einem trockenen Brunnen, der von mehreren Gängen durchzogen wurde. Auf der gegenüberliegenden Seite war eine schwere Eisenleiter in den Felsen eingelassen. Sie führte nach oben und verschwand in der Dunkelheit.

Der Maulwurf drehte sich um, deutete empor und legte einen schmutzigen Finger an die Lippen. Jeder wusste sofort, was die Geste zu bedeuten hatte.

Schweigend stiegen sie die Leiter hinauf, setzten einen Fuß vor den anderen, hörten, wie die Sprossen unter ihrem Gewicht knarrten und ächzten. Das Licht der Fackel warf ihre Schatten in seltsamen Formen an die Wände des Brunnens. Die Gänge unter ihnen verloren sich in der Dunkelheit.

Am oberen Ende der Leiter erreichten sie eine Luke. Der Maulwurf stemmte sich dagegen. Er öffnete die Luke einen Spaltbreit und spähte hinaus. Zufrieden stieß er sie auf, und sie fiel mit einem dumpfen Schlag nach hinten. Er kletterte hindurch, gefolgt von Damson Rhee und den Talbewohnern.

Sie standen in einem riesigen, leeren Keller, einem steinernen Verlies mit gewaltigen Fässern, und überall lagen Handschellen und Ketten verstreut auf dem Boden. Eine breite Treppe am anderen Ende des Kellers führte nach oben. Die Stille war bedrückend.

Der Maulwurf schob sich an Damson Rhee heran und flüsterte ihr etwas zu. Sie nickte, drehte sich zu den Talbewohnern um, deutete auf die Treppe, die nach oben führte, und bildete mit ihren Lippen das Wort »Schattenwesen«.

Der Maulwurf führte sie geschwind durch den Keller zu einer winzigen Tür, die in die Wand zu ihrer Rechten eingelassen war, drückte geräuschlos die Klinke runter und schob die drei anderen hindurch, bevor er hinter ihnen die Tür wieder zuzog. Sie befanden sich in einem kurzen Gang, der in einen weiteren mündete. Der Maulwurf führte sie auch durch diese Tür in den nächsten Raum.

Dieser Keller war leer, mit Ausnahme einiger Holzstücke, die von Kisten stammen mochten, einiger Blechplatten und einer Ratte, die eilig in einer Ritze zwischen den Steinquadern verschwand.

Der Maulwurf zog Damson Rhee am Ärmel, worauf sie sich zu ihm hinabbeugte, um ihn anzuhören. Danach wandte sie sich den Talbewohnern zu. »Wir haben jetzt die Felsen am Westende des Volksparks hinter uns und befinden uns unter dem Palast, dort, wo früher die Gefängnisse waren. Genau an dieser Stelle haben zur Zeit von Balinor Buckhannah, dem letzten König von Tyrsis, die Armeen des Hexenmeisters einen Durchbruch versucht.«

Der Maulwurf redete weiter.

Damson Rhee runzelte die Stirn. »Der Maulwurf sagt, dass sich in den Räumen über uns möglicherweise Schattenwesen befinden – nicht die Schattenwesen aus der Grube, sondern andere. Er sagt, dass er spürt, dass sie da sind, obwohl er sie nicht sehen kann.«

»Was bedeutet das?«, fragte Par.

»Das bedeutet, dass ihm sein Gespür genügt.« Damson Rhee wandte ihr Gesicht von der Fackel ab und betrachtete die Decke des Raumes. »Wenn er sich so weit heranwagt, dass er sie sehen kann, können sie ihn zweifellos ebenfalls sehen.«

Voll Unbehagen folgte Par ihrem Blick. Sie hatten zwar geflüstert, aber konnte nicht selbst das gefährlich werden? »Können sie uns hören?«, sagte er ihr leise ins Ohr.

Sie schüttelte den Kopf. »Hier offenbar nicht.« Sie sah zu Coll hinüber. Er stand regungslos in der Dunkelheit. »Wir sind noch immer ziemlich weit weg von der Grube. Wir müssen durch die Katakomben unter dem Palast, um die Stelle zu erreichen, von der aus wir hinuntersteigen können. Der Maulwurf kennt den Weg. Aber wir müssen äußerst vorsichtig sein. Gestern, als er den Stollen abgesucht hat, waren noch keine Schattenwesen da, aber das könnte sich geändert haben.«

Par warf einen Blick auf den Maulwurf. Er hockte an einer Wand und beobachtete sie mit funkelnden Augen. Mit einer Hand streichelte er unablässig das Haar auf seinem Arm.

»Bist du sicher, dass wir ihm trauen können?«, meinte Par zu Damson Rhee.

Der Ausdruck auf ihrem blassen Gesicht veränderte sich nicht, aber ihr Blick schien in weite Ferne gerichtet. »So sicher, wie man eben sein kann.« Sie hielt inne. »Glaubst du, dass wir eine Wahl haben?«

Langsam schüttelte Par den Kopf.

Damson Rhee lächelte ironisch. »Dann sollten wir uns deswegen keine Sorgen machen, oder?«

Sie hatte recht, natürlich. Nichts konnte seinen Verdacht zerstreuen, solange er nicht gewillt war umzukehren, und er hatte bereits beschlossen, das unter keinen Umständen zu tun.

»Die werden wir jetzt nicht mehr brauchen«, sagte Damson Rhee und wies auf die Fackel. Sie reichte sie Par und kramte dann in ihren Taschen, bis sie ein Paar weiße Steine mit silbernen Streifen hervorholte. Sie behielt den einen und gab Par den anderen. »Lösch die Fackel«, wies sie ihn an. »Dann nimm den Stein in deine Hände und wärme ihn. Wenn du die Wärme spürst, öffne deine Hände.«

Par erstickte die Flamme der Fackel im Staub. Nun herrschte völlige Finsternis. Er hielt den seltsamen Stein in seinen Händen. Nach wenigen Sekunden spürte er, wie der Stein warm wurde. Als er eine Hand davon löste, strahlte der Stein ein schwaches silbernes Licht aus. Sobald sich Pars Augen an das Licht gewöhnt hatten, sah er, dass es stark genug war, um die Gesichter seiner Gefährten und die Umgebung im Umkreis einige Meter zu erkennen.

»Wenn das Licht nachlässt, wärmst du den Stein einfach wieder mit den Händen auf.«

Damson Rhee legte ihre Hand auf die seine, hielt sie fest und zog sie dann wieder weg. Das silberne Licht strahlte jetzt noch heller.

Unwillkürlich musste Par lächeln. »Ganz guter Trick, Damson«, meinte er.

»Ein wenig von meiner eigenen Magie«, sagte sie, während ihre Augen ihn festhielten. »Straßenkunststücke eines Straßenmädchens. Nicht so wunderbar wie die echte Magie, aber zuverlässig. Kein Rauch, kein Geruch. Besser als das Licht einer Fackel, wenn wir unsichtbar bleiben wollen.«

»Viel besser«, pflichtete er bei.

Dann führte der Maulwurf sie weiter in die Dunkelheit hinein. Damson Rhee folgte mit ihrem Stein in der Hand, hinter ihr schritt Par, ebenfalls mit einem Stein, und Coll bildete wie immer die Nachhut. Sie traten durch eine zweite Tür in einen Stollen hinaus, der an mehreren Türen und Räumen vorbeiging. Dabei bewegten sie sich völlig geräuschlos.

Par dachte wieder über den Maulwurf nach. Durften sie ihm vertrauen? War der kleine Kerl tatsächlich der, der er vorgab zu sein, oder ein anderer? Die Schattenwesen konnten jede Gestalt annehmen. Was war, wenn der Maulwurf ein Schattenwesen war? Wieder Fragen, auf die es keine Antworten gab. Es gab niemand, dem er vertrauen konnte, dachte er freudlos, niemand außer Coll. Und Damson Rhee. Ihr vertraute er auch.

Oder doch nicht?

Er wehrte sich gegen den plötzlichen Zweifel, der ihn zu verschlingen drohte. Er konnte es sich nicht leisten, in diesem Augenblick solche Fragen zu stellen.

Während er wieder über das Rätsel der Schattenwesen nachdachte, über das Geheimnis, wer und was sie waren und wie sie so viele Gestalten annehmen konnten, kam ihm plötzlich die Frage in den Sinn, ob es Schattenwesen im Lager der Geächteten gab, ob der Feind, vor dem sie sich so verzweifelt zu verstecken suchten, in Wirklichkeit bereits mitten unter ihnen war. Der Verräter, dem Padishar Weidenkorb auf der Spur war, könnte ein Schattenwesen sein, das wie ein Mensch aussah und scheinbar einer von ihnen war. Wie sollten sie es wissen? Waren sie nur mithilfe der Magie zu entlarven? Sollte das etwa der Zweck des Schwertes von Shannara sein, die wahre Identität des Feindes, dem sie auf der Spur waren, zu enthüllen? Diese Frage hatte er sich seit dem Augenblick gestellt, in dem Allanon ihn auf die Suche nach dem Schwert geschickt hatte. Aber wie unmöglich schien es doch, dass das magische Schwert diesen Zweck haben sollte. Es würde bis in alle Ewigkeit dauern, wollte er jeden, der möglicherweise ein Schattenwesen war, mit dem Schwert prüfen.

Plötzlich vernahm er im Kopf die Stimme Allanons: *Nur durch das Schwert kann die Wahrheit enthüllt werden, und nur durch die Wahrheit können die Schattenwesen überwunden werden.*

Wahrheit. Das Schwert von Shannara war ein magischer Talisman, der in der Lage war, Wahrheit zu enthüllen, Lügen zu entlarven, das Echte zu erkennen und das aufzuspüren, was nur den Anschein der Echtheit besaß. Diese Möglichkeiten hatte Shea Ohmsford ihm verliehen, als er den Hexenmeister vernichtet hatte.

Sie stiegen die lange, gewundene Treppe ganz nach oben. Eine geschlossene Tür in der Wand vor ihnen war verriegelt.

Sie standen dicht beieinander auf dem Treppenabsatz, während sich der Maulwurf an den Riegeln zu schaffen machte. Mit leisem metallischem Scharren öffnete er einen nach dem anderen; dann drückte er die Klinke behutsam nach unten. Par hörte, wie sein Herz zur Antwort auf die Angst wie wild hämmerte. Er fühlte, wie die in der Dunkelheit verborgenen Schattenwesen sie beobachteten. Er spürte ihre Gegenwart. Er bildete sich das nur ein, aber das Gefühl hatte er trotzdem.

Dann öffnete der Maulwurf die Tür, und sie schlüpften hastig hindurch.

Sie befanden sich in einem winzigen, fensterlosen Raum, von dessen Mitte aus sich eine Wendeltreppe nach unten in die Finsternis wand und auf dessen linker Seite eine Tür in einen leeren Gang führte. Lichtstrahlen drangen durch die Ritzen der Wand. Am anderen Ende des Ganges, vielleicht dreißig Meter von ihnen entfernt, bemerkten sie eine weitere verschlossene Tür.

Der Maulwurf winkte sie in den Gang hinein und machte die erste Tür hinter ihnen zu. Par ging zu einer der Ritzen in der Wand und spähte hindurch. Sie waren irgendwo im Palast, und zwar wieder über der Erde. Vor ihm erhoben sich Felswände, an denen teilweise Kiefern wuchsen. Am Himmel hingen dicke, finstere Wolken.

Par trat zurück. Es war beinahe Morgen. Sie waren die ganze Nacht hindurch unterwegs gewesen.

»Liebliche Damson«, sagte der Maulwurf mit sanfter Stimme, als Par sich zu ihnen gesellte, »vor uns befindet sich eine Hängebrücke, die den Palasthof überquert. Wenn wir darübergehen, sparen wir ziemlich viel Zeit. Wenn du mit deinen Freunden Wache hältst, werde ich dafür sorgen, dass die Schattenwesen uns nicht in die Quere kommen.«

Damson Rhee nickte. »Wo sollen wir auf dich warten?«

Sie kamen überein, dass Coll hier stehen bleiben sollte. Par und Damson Rhee gingen mit dem Maulwurf zum anderen Ende des Ganges. Dort verließ sie der Maulwurf mit einem aufmunternden Lächeln, schlüpfte durch die Tür und war verschwunden.

Par und das Mädchen saßen sich an der Tür gegenüber. Er spähte durch den schwach erhellten Gang, um sich zu vergewissern, dass er Coll noch sehen konnte. Das raue Gesicht seines Bruders kam kurz in Sicht, und Par winkte ihm flüchtig zu. Coll winkte zurück.

Dann saßen sie in der Stille und warteten. Die Minuten zogen sich dahin, und der Maulwurf kehrte nicht zurück.

Par wurde langsam unbehaglich zumute. Er rückte näher an Damson Rhee heran. »Glaubst du, dass alles in Ordnung mit ihm ist?«, fragte er flüsternd.

Sie nickte wortlos.

Par rutschte wieder weg. »Ich hasse dieses Warten.«

Er bekam keine Antwort. Sie hatte den Kopf an die Wand gelehnt und hielt die Augen geschlossen. Lange Zeit verharrte sie in dieser Stellung. Par hielt es für möglich, dass sie eingeschlafen war. Als er noch einmal nach Coll sah, stellte er fest, dass Coll genauso dasaß wie vorher, sodass er sich wieder Damson Rhee zuwandte. Ihre Augen waren jetzt offen und auf ihn gerichtet.

»Möchtest du, dass ich dir etwas aus meinem Leben erzähle, das sonst niemand weiß?«, fragte sie leise.

Wortlos betrachtete er ihr Gesicht, ihre zarten, ebenmäßigen Züge, die jetzt so angespannt schienen, ihre smaragdfarbenen Augen und ihre blasse Haut, die teilweise von ihrem roten Haar verdeckt wurde. Sie war so wunderschön und geheimnisvoll, und er wollte alles von ihr wissen. »Ja«, antwortete er.

Sie rutschte an ihn heran, bis sich ihre Schultern berührten. Sie warf ihm einen Blick zu und schaute dann weg. Er wartete.

»Wenn man jemandem ein Geheimnis von sich selbst erzählt, ist es so, als überließe man ihm damit einen Teil seiner selbst«, sagte sie. »Es ist ein Geschenk, aber es ist viel wertvoller als etwas, das man kaufen kann. Ich würde nicht sagen, dass ich vielen Menschen Dinge über mich erzähle. Ich nehme an, es liegt daran, dass ich nie viel mehr als mich selbst besessen habe, und deshalb möchte ich das wenige nicht auch noch weggeben.«

Sie neigte den Kopf. Ihr Haar fiel nach vorn und bedeckte ihr Gesicht wie ein Schleier, weshalb er es nur undeutlich sehen konnte. »Aber dir möchte ich etwas geben. Du bist mir so vertraut. Von Anfang an, seit dem ersten Tag im Park. Vielleicht deshalb, weil wir beide über Magie verfügen – sie verbindet uns. Vielleicht habe ich daher das Gefühl, dass wir uns ähnlich sind. Ja, ich weiß, deine Magie ist anders als meine, aber das macht nichts. Es zählt doch nur, dass die Magie Teil unseres Lebens ist. Die Magie sind wir. Durch sie leben wir.«

Sie hielt inne, und weil er glaubte, sie erwarte eine Antwort, nickte er. Er konnte jedoch nicht erkennen, ob sie sein Nicken bemerkte.

Sie seufzte. »Weißt du, Elfenjunge, ich mag dich. Du bist entschlossen, ja stur, und manchmal bemerkst du die Dinge und die Menschen um dich herum überhaupt nicht – nur dich selbst. Aber da sind wir uns ähnlich. Vielleicht schaffen wir es dadurch, nicht so zu werden wie alle anderen. Und vielleicht gelingt es uns so zu überleben.« Wieder hielt sie inne und sah ihn an. »Ich habe darüber nachgedacht – wenn ich sterben müsste, möchte ich dir gern etwas von mir hinterlassen, etwas, das nur du hast. Etwas Besonderes.«

Par wollte protestieren, aber sie legte ihm schnell den Zeigefinger an die Lippen. »Bitte lass mich ausreden. Ich will damit nicht sagen, dass ich sterben werde, aber es ist immerhin möglich. Und es könnte doch sein, dass ich, wenn ich dir ein Geheimnis mitteile, davor geschützt werde, wie durch einen Talisman, der alles Übel von mir fernhält. Verstehst du?« Sie nahm ihren Finger zurück. »Erinnerst du dich, als ich dir das erste Mal von mir erzählt habe, in der Nacht, in der du der Föderation entwischt bist, nachdem ihr alle gefangen genommen worden wart? Ich habe versucht, dich davon zu überzeugen, dass ich euch nicht verraten hatte. Jeder hat dem anderen etwas über sich erzählt. Du hast mir von deiner Magie erzählt, und wie sie funktioniert. Erinnerst du dich?«

Er nickte. »Du hast mir erzählt, dass du mit acht Jahren deine Eltern verloren hast und dass die Föderation daran schuld war.«

Sie zog die Knie an wie ein Kind. »Ich habe dir erzählt, dass meine Familie bei einem Brand umgekommen ist, den die Föderationssucher gelegt haben, nachdem sie entdeckt hatten, dass mein Vater die Bewegung mit Waffen versorgt hat. Ich habe dir erzählt, dass mich kurz danach ein Zauberkünstler als Lehrling bei sich aufgenommen hat und dass ich von ihm das Handwerk gelernt habe.« Sie holte tief Luft. »Was ich dir erzählt habe, entsprach nicht ganz der Wahrheit. Mein Vater ist nicht im Feuer umgekommen. Er konnte fliehen. Mit mir. Und es war mein Vater, der mich aufgezogen hat, nicht meine Tante, nicht ein Zauberkünstler. Ich bin auf der Straße groß geworden, und dort habe ich auch das Handwerk gelernt, aber es war mein Vater, der für mich gesorgt hat. Und mein Vater sorgt auch jetzt noch für mich.« Ihre Stimme zitterte. »Mein Vater ist Padishar Weidenkorb.«

Mit großen Augen starrte Par sie an. »Padishar Weidenkorb ist dein Vater?«

Ihre Augen ließen ihn nicht los. »Keiner außer dir weiß das. Es ist sicherer so. Wenn die Föderation erfahren würde, wer ich bin, würde sie versuchen, über mich an ihn heranzukommen.

Par, in jener Nacht, als ich dir von meiner Kindheit erzählt habe, musstest du nur wissen, dass ich niemals jemanden verraten könnte, nachdem meine Familie an die Föderation verraten worden war. So viel entsprach der Wahrheit. Deswegen ist mein Vater so zornig, weil möglicherweise einer seiner eigenen Männer der Verräter ist. Er kann nicht vergessen, was mit meiner Mutter, meinem Bruder und meiner Schwester geschehen ist. Die Vorstellung, noch einen Menschen, der ihm nahesteht, durch Verrat zu verlieren, raubt ihm beinahe den Verstand.« Sie sah Par gespannt an. »Ich habe versprochen, niemandem zu erzählen, wer ich wirklich bin, aber für dich breche ich dieses Versprechen. Du solltest es wissen. Auf diese Weise kann ich dir etwas schenken, das nur dir gehört.«

Dann lächelte sie, und ein Teil seiner Anspannung fiel von ihm ab. »Damson«, sagte er und lächelte, »ich will nicht, dass dir etwas zustößt. Und wenn doch, ist es ganz allein meine Schuld, denn ich habe dich hierhergebracht. Wie könnte ich deinem Vater danach je wieder unter die Augen treten? Ich würde mich nicht einmal mehr in seine Nähe wagen!«

Sie drückte sich an ihn. Einen Augenblick blieb er steif sitzen, und sein Blick wanderte in die Richtung, wo Coll saß, der sich am anderen Ende des Ganges als undeutlicher Schemen abzeichnete. Aber sein Bruder sah nicht zu ihnen herüber. Von Anfang an waren Freunde und Verräter in dieses Unternehmen verwickelt gewesen, und es war nahezu unmöglich gewesen, die einen von den anderen zu unterscheiden. Mit Ausnahme von Coll. Und jetzt Damson Rhee. Er legte den Arm um sie und drückte sie an sich.

Wenige Augenblicke später kehrte der Maulwurf zurück. Er schlich sich so leise an sie heran, dass sie ihn erst bemerkten, als sie von der Tür zur Seite geschoben wurden. Par ließ Damson Rhee los und sprang auf. Die Klinge seines langen Messers funkelte. Der Maulwurf lugte durch die Tür und entzog sich ihren Blicken sogleich wieder.

Damson Rhee packte Par am Arm. »Maulwurf!«, flüsterte sie. »Es ist alles in Ordnung!«

Das rundliche Gesicht des Maulwurfs kam erneut zum Vorschein. Als er sah, dass Par seine Waffe eingesteckt hatte, schlüpfte er durch die Tür. Coll eilte durch den Gang auf sie zu.

Der Maulwurf sagte: »Niemand ist in der Nähe der Hängebrücke, und wenn wir uns beeilen, können wir ungehindert hinübergehen. Aber ihr müsst ganz leise sein.«

Sie schlichen durch die Tür und befanden sich auf einem Söller um eine riesige, leere Rotunde. Sie bewegten sich mit schnellen Schritten, vorbei an verschlossenen Türen und dunklen Alkoven. Auf halbem Weg führte der Maulwurf sie durch eine Halle ins Freie; von dort spannte sich eine Hängebrücke zu einer riesigen Mauer. Der Hof war einst eine Gartenlandschaft mit unzähligen Wegen gewesen; jetzt bedeckten Steinplatten die kahle Erde. Hinter der Brücke lag die Grube.

Der Maulwurf winkte ihnen ängstlich zu. Sie betraten die Hängebrücke, die unter ihrem Gewicht hin- und herschaukelte. Der Wind fegte in schnellen Stößen über sie, über die kahlen Steinmauern und den leeren Hof hinweg, und sein Geheul glich einem tiefen Wehklagen. Unter ihnen zitterten und wiegten sich Grashalme. In der Dunkelheit herrschte Totenstille. Kein Schattenwesen war zu sehen.

Die Palastmauer kam immer näher. Als sie das andere Ende der Brücke erreicht hatten, stiegen sie schnell auf die Mauer, jeder streckte die Hand aus, um dem anderen zu helfen; alle waren erleichtert.

Der Maulwurf führte sie zu einem Schacht, wo sie auf eine weitere Treppe stießen, die sich in die Finsternis hinunterwand. Während sie mit Damsons Steinen leuchteten, stiegen sie in die Tiefe. Sie waren ihrem Ziel jetzt sehr nah; nur die steinerne Mauer trennte sie noch von der Grube. Die Aufregung ließ Par das Blut in den Ohren dröhnen und spannte seine Nerven zum Zerreißen an.

Nur noch wenige Minuten …

Unten angekommen, gewahrten sie einen Gang, der an einer verwitterten, eisenbeschlagenen Holztür endete. Der Maulwurf ging auf die Tür zu und blieb vor ihr stehen.

Als er sich zu ihnen umdrehte, wusste Par sofort, was dahinterlag. »Vielen Dank, Maulwurf«, sagte er.

»Ja, vielen Dank«, wiederholte Damson Rhee.

Der Maulwurf blinzelte verlegen. Dann sagte er: »Hier könnt ihr durchsehen.« Er fasste nach oben und zog vorsichtig eine winzige Klappe zurück, hinter der sich eine Ritze im Holz verbarg.

Par trat vor und spähte nach draußen.

Vor seinen Augen erstreckte sich die Grube, eine nebelverhangene Wildnis mit Bäumen und Steinbrocken, ein Tal, das mit Buschwerk bedeckt war, eine Dunkelheit, in der sich Schatten bewegten. Auf der rechten Seite lagen die Überreste der Sendic-Brücke, die vom grauen Nebel fast verschluckt wurden.

Par sah den Kuppelbau nicht, in dem sich das Schwert von Shannara befand. Dennoch hatte er ihn wahrgenommen, unmittelbar hinter der Mauer des Palastes. Die Magie des Wünschliedes hatte ihn zum Vorschein gebracht. Er war dort, dessen war er sich sicher. Er fühlte seine Gegenwart wie die eines lebendigen Wesens.

Er ließ Damson Rhee durchschauen, dann Coll. Als Coll zurücktrat, standen sie einander schweigend gegenüber.

Par schlüpfte aus seinem Mantel. »Wartet hier auf mich. Und gebt acht auf die Schattenwesen.«

»Gib doch selbst auf sie acht«, sagte Coll barsch, während er seinen eigenen Mantel abwarf. »Ich gehe mit.«

»Und ich auch«, sagte Damson Rhee.

Aber Coll versperrte ihr den Weg. »Nein, das tust du nicht. Nur einer kann Par begleiten. Sieh dich doch um, Damson! Ist dir nicht klar, wo wir sind? Wir sitzen in einer Falle. Aus der Grube führt kein anderer Weg hinaus als durch diese Tür, und aus dem Palast nur die Hängebrücke. Der Maulwurf kann die Hängebrücke im Auge behalten, aber er kann nicht gleichzeitig diese Tür hier bewachen. Deshalb ist das deine Aufgabe.«

Damson Rhee wollte Einspruch erheben, aber Coll ließ sie nicht zu Wort kommen. »Es hat keinen Sinn, sich zu streiten, Damson. Du weißt, dass ich recht habe. Ich habe auf dich gehört, wenn es sein musste; diesmal musst du auf mich hören.«

»Es tut nichts zur Sache, wer hier auf wen hört. Ich möchte, dass keiner von euch beiden mitkommt«, sagte Par nachdrücklich.

Coll schenkte seinen Worten keine Beachtung. »Dir bleibt keine Wahl.«

»Warum darf ich nicht mitkommen?«, wollte Damson Rhee ärgerlich wissen.

»Weil er mein Bruder ist!« Colls Stimme glich einem Peitschenschlag, und seine rauen Züge wurden hart. Aber als er wieder zu sprechen anfing, war seine Stimme seltsam milde. »Es kann kein anderer sein als ich; aus diesem Grund bin ich mitgekommen. Aus diesem Grund bin ich überhaupt hier.«

Damson Rhee erbleichte und verstummte. »Also gut«, stimmte sie zu, aber ihr Mund zuckte, als sie es sagte. Sie wandte sich ab. »Maulwurf, bewach die Hängebrücke.«

Der kleine Kerl ließ seinen Blick von einem zum anderen schweifen; in seinen leuchtenden Augen lag ein Ausdruck von Bestürzung. »Ja, liebliche Damson«, murmelte er und verschwand auf den Stufen.

Par wollte gerade etwas sagen, als Coll ihn bei den Schultern packte und an die verwitterte Tür drückte. Ihre Blicke trafen sich. Die Brüder starrten sich in die Augen.

»Wir sollten unsere Zeit nicht länger mit Streiten vergeuden«, sagte Coll. »Bringen wir die Sache einfach hinter uns. Du und ich.«

Par versuchte sich loszumachen, aber Colls große Hände hielten ihn fest wie Schraubstöcke, und er gab nach. Coll ließ ihn los. »Par«, sagte er, und seine Worte klangen fast wie ein Flehen, »ich habe die Wahrheit gesagt. Ich muss mit dir gehen.«

Schweigend sahen sie einander an.

Par musste plötzlich an all das denken, was sie durchgemacht hatten, an die Mühsale, die sie auf sich genommen hatten. Er wollte Coll wissen lassen, dass ihm dies sehr viel bedeutete, dass er ihn gern hatte, dass er sich um ihn sorgte. Aber stattdessen sagte er einfach: »Ja, ich weiß.«

Dann ging er auf die schwere, verwitterte Tür zu, schob den Riegel zurück und drückte die abgenutzte Klinke nach unten. Die Tür flog auf, und der Nebel drang zu ihnen herein.

Par blickte sich nach Damson Rhee um. Sie nickte. Hieß das, dass sie warten würde? Dass sie ihn verstand? Er wusste es nicht.

Mit Coll an der Seite trat er in die Schlucht hinaus.

31

Wo war Teel? Morgan Leah kniete neben Steff nieder, berührte sein Gesicht und spürte Kälte unter seinen Fingern. Er packte Steff, aber dieser schien nicht einmal das zu spüren. Morgan löste seine Hände von ihm und setzte sich wieder auf die Fersen. Er suchte die Dunkelheit um sich herum ab.

Wo war Teel?

Verschiedene Möglichkeiten zogen an seinem geistigen Auge vorbei. War sie aufgestanden, um Steff etwas zu trinken, etwas Warmes zu essen, vielleicht eine dickere Decke zu holen? Oder um nach dem Rechten zu sehen, weil sie durch eine Ahnung oder jenen sechsten Sinn aus dem Schlaf geschreckt worden war, der einem das Leben rettet, wenn man ständig auf der Flucht ist?

Nein. Er kannte die Antwort. Sie war zum Geheimgang gegangen, und zwar um die Soldaten der Föderation auf diesem Weg zum Zeigefinger zu führen. Sie wollte einen letzten Verrat begehen.

»Keiner außer Damson, Chandos und mir kennt den anderen Zugang – jetzt, da Heuerwetz tot ist.«

Das waren Padishar Weidenkorbs Worte gewesen, als er von dem geheimen Fluchtweg gesprochen hatte – Worte, die Morgan völlig entfallen waren. Die Klarheit der Erinnerung ließ ihn frösteln. Wenn seine Folgerungen stimmten, wenn es stimmte, dass der Verräter ein Schattenwesen war, das ihnen in Gestalt von Heuerwetz nach Tyrsis gefolgt war, dann besaß es das Gedächtnis von Heuerwetz und kannte auch den Geheimgang.

Und wenn das Schattenwesen jetzt in Gestalt von Teel…

Morgan spürte, wie sich ihm die Nackenhaare sträubten. Die Föderation würde Monate brauchen, um den Zeigefinger durch Belagerung einzunehmen. Aber wenn die Belagerung nun lediglich ein Ablenkungsmanöver war? Wenn selbst der Kriecher, der freilich versagt hatte, nur der Ablenkung gedient hatte? Wenn es von Anfang an die Absicht der Föderation gewesen war, den Zeigefinger von innen heraus einzunehmen, durch Verrat, durch den Gang, der den Geächteten als Fluchtweg dienen sollte?

Morgan Leah war wie gelähmt. Er musste Steff allein lassen und unverzüglich mit Padishar Weidenkorb sprechen. Falls sein Verdacht in Bezug auf Teel stimmte, musste sie gefunden und aufgehalten werden.

Teel war möglicherweise der ärgste ihrer Feinde und hatte sie allesamt seit Culhaven perfekt getäuscht, und zwar ganz besonders Steff, der davon überzeugt war, dass er ihr sein Leben verdankte, und der sie liebte – das Entsetzen, das von diesem Gedanken ausging, schnürte ihm die Kehle zu. Er wusste, dass dieses Entsetzen nicht von der bloßen Möglichkeit des Verrats herrührte, sondern von der Gewissheit.

Steff klammerte sich ängstlich an ihm fest. »Wo ist sie, Morgan? Du weißt es! Ich sehe es dir an!«

Morgan versuchte nicht, sich loszumachen. Stattdessen sah er seinem Freund ins Gesicht und sagte: »Ich glaube, dass ich es weiß. Aber du musst hier warten, Steff. Ich muss sie allein suchen.«

»Nein.« Unwillig schüttelte Steff den Kopf. »Ich komme mit.«

»Das kannst du nicht. Du bist zu schwach…«

»Ich komme mit, Morgan! Sag mir, wo sie ist.«

Der Zwerg wurde immer wieder von Fieber geschüttelt, aber

Morgan wusste, dass er sich nur mit Gewalt aus dem Griff seines Freundes befreien konnte. »Also gut«, stimmte er zu.

Er stützte seinen Freund, und gemeinsam zogen sie in die Dunkelheit. Er konnte Steff nicht allein zurücklassen, obwohl er wusste, dass sich die Dinge in seiner Gegenwart sehr viel schwieriger gestalten würden. Er würde einfach das tun, was er tun musste, und zwar ungeachtet des Freundes. Plötzlich stolperte er und Steff mit ihm, weil sie eine Rolle Tauwerk nicht gesehen hatten, die am Boden lag. Morgan erkannte erst jetzt, dass er sich noch nicht einmal die Zeit genommen hatte, seine Mutmaßung zu Ende zu denken. Teel war die Verräterin. Er musste es akzeptieren. Steff konnte es zwar nicht, aber er hatte keine andere Wahl. Teel war diejenige …

Er dachte nicht weiter.

Nein. Nicht Teel. Nenn dieses Ding nicht Teel. Teel ist tot. Also nicht Teel. Das Schattenwesen, das sich in Teel eingenistet hat.

Er begann zu schnaufen, als er mit Steff, der sich auf ihn stützte, durch die Nacht eilte. Das Schattenwesen musste ihren Körper verlassen und Heuerwetz' Gestalt angenommen haben, um Padishar Weidenkorbs kleiner Truppe zu folgen und sie an die Föderation zu verraten. Dann hatte es Heuerwetz' Körper verlassen, war zum Lager zurückgekehrt, hatte die Wachen getötet, um unbemerkt zu bleiben, und erneut von Teel Besitz ergriffen. Steff hatte überhaupt nicht mitbekommen, was geschehen war. Er hatte geglaubt, Teel sei vergiftet worden. Das Schattenwesen ließ ihn in dem Glauben. Es hatte es sogar fertiggebracht, den Verdacht auf Heuerwetz zu lenken, indem es ihm erzählte, dass es ihm vor der Bewusstlosigkeit zum Rand der Anhöhe gefolgt sei. Morgan fragte sich, wie lange Teel schon ein Schattenwesen war. Schon sehr lange, entschied er. Er stellte sich ihren Körper als eine leere Hülle vor und knirschte mit den Zähnen bei dieser Vorstellung. Aus Pars Bericht erinnerte er sich daran, wie das Schattenwesen auf dem Tofferkamm in Gestalt eines kleinen Mädchens versucht hatte, von ihm Besitz zu ergreifen. Er erinnerte sich an das Entsetzen und den Ekel, von dem der Talbewohner gesprochen hatte.

Es blieb keine Zeit mehr, über die Angelegenheit weiter nachzugrübeln. Sie näherten sich der großen Höhle. Der Eingang war von Fackeln erleuchtet. Dort stand Padishar Weidenkorb. Der Anführer der Geächteten war wach, wie Morgan gehofft hatte, und unterhielt sich in seinem leuchtend roten Gewand mit den Männern, die für die Kranken und Verwundeten sorgten.

»Was tust du?«, schrie Steff zornig. »Das ist eine Sache nur zwischen uns beiden, Morgan!«

Aber Morgan überging seine Proteste und zog ihn ins Licht. Als die beiden Männer auf ihn zustolperten, drehte Padishar Weidenkorb sich um und packte sie an den Schultern. »Langsam, langsam! Was stürmt ihr denn so durch die Dunkelheit? Eure Augen verraten mir allerdings, dass euch etwas einen ordentlichen Schrecken eingejagt hat. Was ist passiert?«

Steff versteifte sich vor Zorn, und seine Augen waren hart. Morgan zögerte. Die Männer, die um Padishar Weidenkorb herumstanden, warfen ihnen neugierige Blicke zu; sie standen außerdem nahe genug, um zu hören, was er, Morgan, zu sagen hatte. Er setzte sein entwaffnendes Lächeln auf. »Ich glaube, ich weiß jetzt, wer die Person ist, hinter der du her bist«, sagte er zu dem großen Mann.

»Nun, wenn es weiter nichts ist.« Padishar Weidenkorbs scherzhafte Worte waren ebenso an seine Männer gerichtet wie an Morgan und Steff. »Also dann, kommt kurz mit und erzählt mir davon.« Er legte den Arm um Steffs Schultern, als wäre alles in schönster Ordnung, und zog den Hochländer und den

Zwerg in den Schatten. »Was hast du herausgefunden?«, wollte er dort von Morgan wissen.

Morgan sah Steff an und schüttelte den Kopf. Sein Körper war unter seinen Kleidern jetzt schweißbedeckt, und sein Gesicht lief rot an. »Padishar«, sagte er, »Teel ist verschwunden. Steff weiß nicht, was mit ihr passiert ist. Ich glaube, dass sie möglicherweise in den Geheimgang gegangen ist.«

Er wartete und starrte den großen Mann an; im Stillen hoffte er, der andere möge keine weitere Erklärung fordern. Er war sich immer noch nicht sicher, nicht absolut sicher, und Steff würde ihm in keinem Fall Glauben schenken.

Padishar Weidenkorb verstand. »Wir wollen nachschauen. Du und ich, Hochländer.«

Steff hielt sich an Morgans Arm fest. »Ich komme mit.« Sein Gesicht war schweißüberströmt, seine Augen waren glasig, aber an seiner Entschlossenheit bestand kein Zweifel.

»Du bist noch viel zu schwach, mein Junge.«

»Das ist allein meine Sorge!«

Mit einem Ruck wandte Padishar Weidenkorb sein Gesicht zum Licht. Es war über und über mit Striemen und Schnittwunden bedeckt, die vom Kampf der vergangenen Nacht zeugten. »Auf keinen Fall meine«, sagte er leise. »Nur damit wir uns verstehen.«

Sie gingen ins Krankenrevier, wo Padishar Weidenkorb einen der Geächteten beiseitenahm und leise mit ihm redete. Morgan konnte gerade noch verstehen, was er sagte.

»Weck Chandos«, befahl Padishar Weidenkorb. »Sag ihm, er soll das Lager mobilisieren. Bereitet alles zum Aufbruch vor. Dann soll er mir in den Geheimgang nachkommen. Aber nicht allein. Sag ihm, dass die Geheimnistuerei ein Ende hat und dass es ganz egal ist, ob die anderen wissen, was er vorhat.«

Der Mann eilte davon, und Padishar Weidenkorb bedeutete Morgan und Steff, ihm zu folgen. Er führte sie durch die Haupthöhle zu der abgeschiedenen Stelle, wo die Vorräte aufbewahrt wurden. Dort zündete er drei Fackeln an, von denen er eine selbst behielt und die anderen beiden an den Hochländer und den Zwerg weitergab. Dann ging er voraus zu dem Raum, wo die Kisten an der Felswand lagerten, übergab Morgan seine Fackel, ergriff die Kisten mit beiden Händen und zog. Die Geheimtür öffnete sich und gab den Gang frei. Nachdem sie hineingegangen waren, zog Padishar Weidenkorb die Kisten wieder davor. »Bleibt dicht bei mir«, mahnte er.

Mit rauchenden Fackeln eilten sie in die Dunkelheit. In den Gang hinein ragten Stalaktiten und Stalagmiten, bösartige steinerne Eiszapfen, die den Weg gefährlich machten. Das von der Decke tropfende Wasser sammelte sich in kleinen Tümpeln im Fels. In der Höhle war es kalt, und die Kälte durchdrang innerhalb kürzester Zeit Morgans Kleidung. Er zitterte, während er hinter Padishar herging. Steff bildete die Nachhut; er schleppte sich mit unsicheren Schritten und keuchend hinter ihnen her.

Morgan fragte sich plötzlich, was sie tun würden, wenn sie auf Teel stießen. Im Geist überprüfte er seine Waffen. Er trug sein neues Breitschwert auf dem Rücken, einen Dolch an seinem Gürtel und einen zweiten im Stiefelschaft. An der Hüfte hing die gekürzte Scheide, in der die Überreste vom Schwert von Leah steckten.

Keine große Hilfe im Kampf gegen ein Schattenwesen, dachte er voller Sorge. Und wie viel Hilfe konnte er von Steff erwarten, selbst wenn dieser die Wahrheit anerkannte? Wie würde er sich verhalten?

Wenn ich nur die Zauberkraft noch hätte … Er zwang sich, nicht mehr daran zu denken, denn er wusste sehr wohl, wohin ihn solche Überlegungen führen würden, und er wollte sich auf keinen Fall weiter von seiner Unentschlossenheit lähmen lassen.

Sie durchschritten eine Reihe von unterirdischen Höhlen, in denen das Licht ihrer Fackeln die Schatten an den gewölbten Decken nicht zu durchdringen vermochte. Kurz danach stießen sie auf eine Anzahl von Spalten, von denen einige mehr als zwanzig Meter breit waren. Holzbrücken führten darüber.

Die ganze Zeit über hielten sie Ausschau nach Teel. Aber sie war nirgendwo zu sehen.

Steff konnte nur mit Mühe Schritt halten. In gesundem Zustand besaß er enorme Kräfte, aber welche Krankheit ihn auch befallen haben mochte – wenn es sich tatsächlich um eine Krankheit handelte und er nicht, wie Morgan allmählich vermutete, vergiftet worden war –, sie hatte ihn fürchterlich geschwächt. Padishar Weidenkorb ging voran, und das in schnellem Tempo. Der große Mann meinte ernst, was er gesagt hatte – Steff war für sich selbst verantwortlich. Der Zwerg hatte es aufgrund seiner Entschlossenheit bis hierher geschafft, aber Morgan erkannte, dass er der Geschwindigkeit, die der Anführer der Geächteten vorgab, nicht länger gewachsen war. Der Hochländer blickte sich zu seinem Freund um, aber dieser, der mit gehetztem Blick die Schatten jenseits des Lichts absuchte, nahm ihn anscheinend gar nicht wahr.

Sie waren bereits mehr als eine Meile in den Berg vorgedrungen, als sie einen Lichtschein bemerkten. Padishar Weidenkorb verlangsamte den Schritt nicht. Der Gang verbreiterte sich, und die Öffnung vor ihnen glänzte im Licht der Fackeln. Morgan bekam Herzklopfen.

Sie betraten eine gewaltige unterirdische Höhle, die in hellem Licht erstrahlte. Fackeln an den Wänden erfüllten die Luft mit Rauch und dem Geruch von verkohltem Holz und brennendem Pech. In der Mitte der Höhle teilte eine breite Spalte den Boden in zwei Hälften. Wieder spannte sich eine Brücke über die schmalste Stelle, diesmal jedoch aus Eisen. An ihren

Seiten befanden sich Vorrichtungen zum Hochziehen und Niederlassen der Brücke. Jetzt war sie herabgelassen und verband die beiden Hälften des Höhlenbodens. Dahinter erstreckte sich der Gang in den Fels hinein und verschwand wieder in der Dunkelheit.

Teel stand neben einer der Winden und hämmerte darauf ein.

Padishar Weidenkorb blieb stehen, und Morgan und Steff eilten zu ihm. Teel hatte sie bisher weder gehört noch gesehen, da das Licht ihrer Fackeln sich in der Helligkeit der Höhle verlor.

Padishar Weidenkorb legte seine Fackel zu Boden. »Sie hat eine der Winden zertrümmert.« Seine Augen richteten sich auf Steff. »Wenn wir sie nicht aufhalten, führt sie die Föderation auf geradem Wege zu uns.«

Mit wildem Blick starrte Steff ihn an. »Nein«, stieß er ungläubig hervor.

Padishar Weidenkorb schenkte ihm keine Beachtung. Er zog sein Breitschwert aus der Scheide und lief auf Teel zu.

Steff streckte die Hand aus, um ihn zurückzuhalten, stolperte und stürzte. Wie von Sinnen schrie er: »Teel!«

Teel fuhr herum. In der Hand hielt sie eine Eisenstange, auf deren Oberfläche, wo sie die Winde getroffen hatte, schimmernde Kerben zu sehen waren. Morgan konnte das Ausmaß des Schadens jetzt deutlich erkennen. Teels Haar glänzte golden im Licht. Sie starrte die Männer an, und ihre Maske enthüllte nichts von ihren Gedanken, ein ausdrucksloses Stück Leder mit zwei dunkeln Löchern, das sie um den Kopf trug.

Mit seinen großen Händen umfasste Padishar Weidenkorb sein Breitschwert und hob die Klinge ins Licht. »Das war es dann wohl, Mädchen«, schrie er ihr entgegen.

Der Widerhall seiner Worte erfüllte die Höhle, und Steff kam taumelnd auf die Beine. »Padishar, warte!«, heulte er auf.

Morgan warf sich ihm entgegen, bekam ihn am Arm zu fassen und riss ihn herum. »Nein, Steff, das ist nicht Teel! Nicht mehr!«

Steffs Augen funkelten vor Zorn und Angst.

Morgan sprach jetzt leise. »Hör mich an. Das ist ein Schattenwesen, Steff. Wie lange ist es her, seit du das Gesicht unter der Maske zum letzten Mal gesehen hast? Hast du es angeschaut? Es ist nicht mehr Teels Gesicht. Teel gibt es schon lange nicht mehr.«

Der Zorn und die Angst Steffs verwandelten sich in Entsetzen. »Morgan, nein! Ich hätte es gemerkt! Ich hätte es gemerkt, wenn es nicht mehr Teel wäre!«

»Steff, hör mir zu…«

Steff riss sich los, und Morgan packte ihn erneut. »Steff, schau dir an, was sie getan hat! Sie hat uns verraten!«

»Nein!«, schrie der Zwerg und versetzte ihm einen Hieb.

Morgan sackte zusammen, fassungslos angesichts der Härte des Schlages. Seine erste Reaktion war Überraschung; er hatte es nicht für möglich gehalten, dass Steff immer noch solche Kraft besaß. Er stützte sich auf Hände und Knie und beobachtete, wie der Zwerg Padishar Weidenkorb hinterherrannte und ihm etwas zurief, das der Hochländer nicht verstehen konnte.

Steff hatte den großen Mann eingeholt, als er nur noch ein paar Schritte von Teel entfernt war. Der Zwerg warf sich von hinten auf Padishar Weidenkorb, packte den Arm, mit dem er das Schwert hielt, und drückte ihn nach unten. Außer sich vor Zorn schrie Padishar Weidenkorb auf und versuchte sich zu befreien. Ohne Erfolg.

In dieser Verwirrung schlug Teel zu. Mit erhobener Eisenstange sprang sie die beiden wie eine Katze an. Die Stange sauste nieder, und binnen weniger Augenblicke lagen Padishar Weidenkorb und Steff blutend auf dem Boden der Höhle.

Morgan kam wankend auf die Beine.

Ohne Hast ging sie auf ihn zu, und während sie sich ihm näherte, kamen plötzlich alle Erinnerungen an sie in ihm hoch. Er sah sie als kleines, verwahrlostes Mädchen, das er in Culhaven in der Küche von Oma Elise und Tante Jilt kennen gelernt hatte, sah ihr honigfarbenes Haar, das unter den Falten ihrer Kapuze kaum zum Vorschein kam, und ihr Gesicht, das unter der ledernen Maske verborgen war. Er sah, wie sie am Lagerfeuer den Gesprächen der kleinen Gruppe lauschte, als sie durch den Wolfsktaag marschierten. Er sah, wie sie sich am Fuß der Drachenzähne, bevor sie aufbrachen, um den Schatten von Allanon aufzusuchen, an Steff ankuschelte – misstrauisch und scheu.

Er verdrängte die Bilder, zwang sich, Teel so zu sehen, wie sie jetzt war, ein Wesen, das Padishar Weidenkorb und Steff niedergestreckt hatte; sie war zu schnell und zu stark, als dass sie das hätte sein können, was sie vorgab zu sein. Trotzdem fiel es ihm schwer zu glauben, dass sie ein Schattenwesen war, und noch schwerer, die Tatsache hinzunehmen, dass sie alle von ihr so vollständig getäuscht worden waren.

Er zog das Breitschwert und wartete. Er musste schnell sein. Und schnell allein genügte vielleicht nicht einmal. Ihm fielen die Bestien in der Schlucht ein. Eisen hatte nicht ausgereicht, um sie zu töten.

Teel duckte sich, als sie sich ihm näherte. Der Blick, mit dem sie ihn bedachte, war hart und unmissverständlich. Morgan täuschte eine Finte vor, um in der gleichen Sekunde einen Schlag gegen die Beine des Mädchens zu führen. Sie wich dem Schlag mühelos aus. Er ließ das Schwert erneut niedergehen – einmal, zweimal. Sie parierte die Hiebe, und der Aufprall des Schwertes auf die Eisenstange fuhr ihm durch Mark und Bein. Sie standen einander gegenüber, schlugen in Scheinattacken aufeinander ein und warteten darauf, dass sich der Gegner zu einer Unvorsichtigkeit hinreißen lassen würde.

Dann ließ er das Breitschwert in einer Reihe von Hieben auf die Eisenstange niedersausen, und die Klinge zerbrach. Er zog mit dem Stumpf an der Stange, verhakte den Schwertknauf und entriss sie Teel. Stange und Schwert flogen in hohem Bogen in die Dunkelheit.

Im gleichen Augenblick stürzte sich Teel auf Morgan und packte ihn an der Kehle. Sie besaß unglaubliche Kräfte. Es blieb ihm nur ein Augenblick zu handeln, während er nach hinten fiel. Er fasste nach dem Dolch an seinem Gürtel, riss ihn heraus und rammte ihn ihr in die Brust. Überrascht wich sie zurück. Er stieß mit den Beinen nach ihr, zog den Dolch aus seinem Stiefel, stieß ihn ihr in die Seite und schlitzte ihr Fleisch auf.

Sie erwischte ihn mit einem Schlag ihres Handrückens und traf ihn so hart, dass er das Gleichgewicht verlor. Mit einem erstickten Schrei ging er zu Boden; von dem Schlag blieb ihm die Luft weg. Sterne tanzten vor seinen Augen, aber schließlich gelang es ihm, sich aufzuraffen.

Teel hatte sich nicht von der Stelle gerührt; die Dolche ragten immer noch aus ihrem Körper. Sie streckte die Hand nach ihnen aus, zog sie heraus und warf sie zur Seite.

Sie weiß, dass ich ihr nichts anhaben kann, dachte er voller Verzweiflung. Sie weiß, dass ich nichts besitze, womit ich sie aufhalten könnte.

Sie schien vollkommen unverletzt, als sie auf ihn zukam. Er konnte keine Regung hinter ihrer dunklen Maske erkennen, nichts in ihren Augen; er sah nur eine Leere, die ihm das Blut in den Adern gefrieren ließ. Während er zur Seite wich, suchte er den Höhlenboden nach einer Waffe ab. Sein Blick fiel auf die Eisenstange, nach der er in seiner Verzweiflung sofort die Hand ausstreckte.

Teel schien das keineswegs zu stören. Durch ihren ganzen Körper schien eine Bewegung zu gehen, als ob das Wesen, das in ihr lebte, Kraft sammelte.

Morgan wich zu der Erdspalte zurück. Konnte es ihm gelingen, das Ungeheuer nahe genug an den Abgrund zu locken, um ihm dann einen Stoß zu versetzen? Konnte er es auf diese Weise töten? Er wusste es nicht. Er wusste nur, dass er der Einzige war, der es aufhalten konnte, der verhindern konnte, dass es die Geächteten an die Föderation verriet. Wenn er versagte, würden sie alle sterben.

Aber ich bin nicht stark genug – nicht ohne die Zauberkraft!

Er war nur wenige Schritte vom Rand der Spalte entfernt. Teel verkürzte den Abstand zwischen ihnen mit raschen Schritten. Er versuchte sie mit der Stange zu treffen, doch sie bekam sie zu fassen, entriss sie ihm und schleuderte sie weg.

Dann war sie auch schon auf ihm. Ihre Hände umklammerten seine Kehle, raubten ihm die Luft, erstickten ihn. Mit aller Kraft versuchte er sich loszureißen, aber sie war viel zu stark. Vor lauter Schmerz kniff er die Augen zusammen; gleichzeitig spürte er einen kupferartigen Geschmack im Mund. Plötzlich fiel etwas Schweres über ihn.

»Teel, nicht!«, hörte er jemanden schreien, mit einer fast unmenschlichen, von Schmerz gepeinigten Stimme.

Steff!

Die Hände gaben etwas nach, und er sah, dass Steff auf Teel lag, sie festhielt und nach hinten zerrte. Blut rann ihm über das Gesicht. Eine riesige Wunde klaffte an seinem Schädel.

Morgan tastete mit der rechten Hand nach seinem Gürtel und fand den Knauf des Schwertes von Leah.

Teel riss sich von Steff los. Zorn brannte in ihren Augen. Sie riss Steffs Dolch aus der Scheide und stieß ihn dem Zwerg tief in die Brust. Steff stürzte nach hinten.

Teel wandte sich um, um Morgan den Todesstoß zu versetzen, und während sie sich halb über ihn beugte, rammte er ihr die zerbrochene Schwertklinge in den Bauch.

Schreiend bäumte sie sich auf. Morgan hielt den Knauf des Schwertes fest umklammert. Dann geschah etwas Seltsames. Das Schwert von Leah wurde warm und leuchtete. Er spürte, wie es sich regte und zum Leben erwachte.

Die Zauberkraft! Großer Gott, es war die Zauberkraft!

Eine Kraft wogte durch die Klinge und verwandelte Teel in einen roten Feuerball. Ihre Hände zerrten an der Klinge, an ihrem Gesicht, und die Maske fiel herab. Morgan sollte niemals vergessen, was sich darunter verbarg – ein Antlitz aus den schwärzesten Abgründen der Unterwelt, besessen von Dämonen, wie er sie sich in seinen schlimmsten Träumen nicht vorgestellt hatte.

Unsichtbare Hände wollten sich Morgans bemächtigen, wollten ihm Waffe und Seele entreißen.

»Leah! Leah!« Sein Schrei erinnerte an den Schlachtruf seiner Vorfahren, an die Könige, die sein Land tausend Jahre lang regiert hatten.

Das Schattenwesen stieß ein gellendes Kreischen aus. Während es zusammenbrach, zerfiel die Finsternis, die ihm Kraft gab, zu Staub. Teel kam wieder zum Vorschein, ein zerbrechliches, kraftloses Bündel. Sie fiel auf ihn nieder und war tot.

Es dauerte mehrere Minuten, bis Morgan genügend Kraft gesammelt hatte, um Teel von sich wegzuschieben. Er lag in einer Blutlache und lauschte der plötzlichen Stille. Er konnte nur den einen Gedanken fassen, dass er überlebt hatte.

Langsam fing sein Herz an zu klopfen. Es war die Zauberkraft, die ihn gerettet hatte, die Zauberkraft des Schwertes von Leah. Bei den Schatten, sie war also doch nicht ganz verloren gegangen! Wenigstens ein Teil von ihr war erhalten geblieben, und wenn ein Teil erhalten war, dann bestand die Möglichkeit, dass sie vollständig zurückkehrte …

Gierig sog er die Luft ein und schob den leblosen Körper von sich. Die Tote war überraschend leicht. Während er sich auf seine Hände und Knie erhob, betrachtete er sie. Ihr Gesicht war nach wie vor verzerrt und voller Narben, doch die Dämonen, die er darin gesehen hatte, waren verschwunden.

Dann hörte er, wie Steff nach Luft schnappte. Unfähig, vollends aufzustehen, kroch er auf Knien zu seinem Freund. Steff lag auf dem Rücken; der Dolch steckte immer noch in seiner Brust. Morgan streckte die Hand aus, um ihn herauszuziehen, hielt jedoch sofort wieder inne. Er kam zu spät, er konnte seinen Freund nicht mehr retten. Sanft legte er ihm die Hand auf die Schulter.

Steff schlug die Augen auf, die umherirrten, bis sein Blick auf Morgan fiel. »Teel?«, fragte er leise.

»Sie ist tot«, flüsterte Morgan.

Das Gesicht des Zwergs verkrampfte sich vor Schmerz. Er hustete Blut. »Es tut mir leid, Morgan. Entschuldige… ich war blind.«

»Nicht nur du.«

»Ich hätte es sehen müssen… die Wahrheit. Hätte sie erkennen müssen. Ich… wollte nicht, glaube ich.«

»Steff, du hast uns das Leben gerettet. Wenn du mich nicht geweckt hättest…«

»Hör mir zu. Du bist mein bester Freund. Ich möchte… du sollst etwas für mich tun.« Wieder musste er husten. »Ich möchte, dass du nach Culhaven zurückgehst und dich um Oma Elise und Tante Jilt kümmerst.« Seine Augen schlossen sich und öffneten sich wieder. »Du verstehst doch, Morgan? Sie sind in Gefahr, weil Teel…«

»Ich verstehe«, unterbrach ihn Morgan.

»Ich habe nur noch sie«, flüsterte Steff, während er seine

Hand nach Morgan ausstreckte. »Du musst es mir versprechen.« Ein Seufzer entrang sich seiner Kehle, und die folgenden Worte waren kaum mehr als ein Flüstern. »Ich habe Teel geliebt, Morgan.« Dann fiel seine Hand herunter, und er starb.

An alles, was danach passierte, erinnerte sich Morgan nur schemenhaft. Eine Weile blieb er neben Steff sitzen, so benommen, dass er keinen klaren Gedanken fassen konnte. Dann erinnerte er sich an Padishar Weidenkorb. Er zwang sich, aufzustehen und nach dem großen Mann zu sehen. Padishar Weidenkorb lebte noch, war jedoch bewusstlos; sein linker Arm, mit dem er versucht hatte, die Hiebe mit der Eisenstange abzuwehren, war gebrochen, und aus einer Platzwunde an seinem Kopf lief Blut. Mit einem Druckverband versuchte Morgan die Blutung zu stillen, ließ jedoch den linken Arm, wie er war. Es blieb ihm keine Zeit, sich jetzt darum zu kümmern.

Die Brückenwinde war zerstört, und er sah keine Möglichkeit, sie zu reparieren. Falls die Föderation die Absicht hatte, einen Teil ihrer Armee noch heute Nacht in den Geheimgang eindringen zu lassen, dann war es unmöglich, die Brücke hochzuziehen, um sie aufzuhalten. In wenigen Stunden war es Morgen. Das hieß, dass die Soldaten der Föderation höchstwahrscheinlich bereits losmarschiert waren. Selbst ohne ihre Führerin Teel würden sie keine Schwierigkeiten haben, dem Geheimgang bis zum Zeigefinger zu folgen.

Plötzlich wurde ihm bewusst, dass Chandos und die Männer, die er mitbringen sollte, immer noch nicht da waren. Sie hätten längst eintreffen müssen.

Er konnte es nicht riskieren, auf sie zu warten. Er musste weg von hier. Padishar Weidenkorb musste er tragen, da seine Bemühungen, ihn zu Bewusstsein zu bringen, gescheitert waren. Steff würde er zurücklassen müssen.

Als Erstes holte er das Schwert von Leah und steckte es vorsichtig in die provisorische Scheide. Dann trug er Teel und danach Steff zu der Spalte und warf sie in den Abgrund.

Mittlerweile war er so schwach, dass er nicht mehr daran glaubte, den weiten Weg durch den Geheimgang zurücklegen zu können, ganz zu schweigen davon, dass er Padishar Weidenkorb tragen musste. Aber trotzdem gelang es ihm, ihn auf seine Schulter zu heben, und mit einer Fackel, die ihm den Weg erhellte, ging er los.

Es schien ihm, als wäre er bereits Stunden unterwegs, in denen er nichts hörte außer den Geräuschen seiner Schritte auf dem Stein. Wo war Chandos?, fragte er sich ein ums andere Mal. Warum war er nicht gekommen? Er stolperte und stürzte immer wieder. Seine Knie und Hände bluteten. Plötzlich kamen ihm wunderliche Dinge in den Sinn, seine Jugendzeit und seine Familie, die Abenteuer, die er zusammen mit Par und Coll erlebt hatte, Steff und die Zwerge von Culhaven. Zeitweise musste er weinen, als er daran dachte, was aus ihnen geworden war. Immer wenn er das Gefühl hatte, im nächsten Moment zusammenzubrechen, redete er auf Padishar Weidenkorb ein, doch dieser schlief ruhig weiter. Und der Weg schien kein Ende zu nehmen.

Als Chandos schließlich in Begleitung von Geächteten, Axhind und den übrigen Trollen doch noch auftauchte, hatte Morgan aufgegeben. Vor Erschöpfung hatte er sich hingesetzt.

Ebenso wie Padishar Weidenkorb wurde er den Rest des Weges getragen; dabei versuchte er zu berichten, was passiert war. Er bekam allerdings nicht richtig mit, was er sagte. Später erinnerte er sich daran, dass Chandos von einem erneuten Angriff der Föderation erzählte, der ihn daran gehindert hatte, früher zu kommen, als er geplant hatte.

Bei ihrer Ankunft auf der Anhöhe war es noch dunkel, und

Morgan musste feststellen, dass der Zeigefinger tatsächlich angegriffen wurde, vielleicht, um von den Soldaten abzulenken, die durch den Geheimgang heranschlichen. Die Vorbereitungen für die Flucht waren jedoch abgeschlossen. Die Verwundeten waren transportbereit. Wer gehen konnte, stand bereit, die anderen lagen auf Tragen. Morgan gehörte zu den Letzteren. Chandos tauchte auf und unterhielt sich kurz mit ihm.

»Alles in Ordnung, Hochländer«, hörte Morgan ihn sagen. »Die Soldaten der Föderation befinden sich bereits im Geheimgang, aber die Taue der Brücken sind gekappt worden. Das wird sie für eine Weile aufhalten – lang genug, damit wir uns sicher aus dem Staub machen können. Wir nehmen andere Stollen. Die führen ebenfalls nach draußen, verstehst du? Der Weg ist etwas schwieriger durch die vielen Abzweigungen, die man nicht verfehlen darf. Aber Padishar Weidenkorb weiß, was er tut, und überlässt nichts dem Zufall. Er ist wieder bei Bewusstsein und kümmert sich darum, dass alle in Sicherheit gelangen. Zäh ist er ja, der alte Padishar. Aber nicht zäher als du. Du hast ihm das Leben gerettet, jawohl. Noch dazu in letzter Minute. Ruh dich jetzt aus. Es geht bald los.«

Morgan schloss die Augen und schlief ein. Durch die Bewegung der Trage, auf der er lag, sowie das Flüstern und die Schmerzensschreie der Männer um ihn herum wurde er mehr als einmal aus dem Schlaf gerissen.

Schließlich zwang er sich, wach zu bleiben, und versuchte den Kopf zu heben. Doch der Schmerz, der ihm wie ein Messer in den Nacken fuhr, ließ ihn sofort wieder niedersinken.

Padishar Weidenkorb kam zu ihm. Ein riesiger Verband zierte seinen Kopf, und sein Arm war geschient. »Nun, mein Junge, wie geht es?«, fragte er.

Morgan nickte, schloss die Augen und öffnete sie wieder.

»Wir verschwinden jetzt von hier«, sagte Padishar Weidenkorb. »Dass wir dazu in der Lage sind, verdanken wir dir. Und Steff. Chandos hat mir alles erzählt. Der Zwerg hat großen Mut bewiesen, wirklich.« Er wandte sich ab. »Tja, der Zeigefinger ist verloren, aber das ist ein kleiner Preis für unser Leben.«

Morgan stellte fest, dass er keine Lust hatte, sich über den Preis des Lebens zu unterhalten. »Hilf mir auf, Padishar«, bat er. »Ich möchte diesen Ort auf meinen eigenen Füßen verlassen.«

Der Anführer der Geächteten lächelte. »Wollen wir das nicht alle, mein Junge?«, fragte er. Dann streckte er den gesunden Arm aus und half Morgan auf die Beine.

32

Par und Coll Ohmsford bewegten sich durch eine Welt der Albträume. Die Stille war angespannt und endlos, eine gähnende Leere. Kein Laut, kein Vogelgezwitscher und kein Summen von Insekten, kein Plätschern oder Scharren, nicht einmal das Rascheln des Windes in den Bäumen kündete von Leben. Die Bäume ragten gleich steinernen Statuen in den Himmel.

Natürlich gab es auch Nebel. Der Nebel war überall und immer da, eine dichte, allgegenwärtige graue See. Träge hing er in der Luft, unbeweglich bedeckte er Bäume und Sträucher; er glich einem Schleier, den das Licht und die Wärme der Sonne nicht durchdringen konnten. Mit einer kalten, feuchten Beharrlichkeit, die von toten Dingen kündete, legte er sich auf die Haut.

Par und Coll bewegten sich langsam und vorsichtig durch ihren Wachtraum, während sie gegen das Gefühl ankämpften, körperlose Wesen zu sein. Ihre Augen glitten von Schatten zu Schatten, suchten nach Bewegung und fanden nur reglose Starre. In der Welt, die sie betreten hatten, schien es kein Leben zu geben, als wären die Schattenwesen, die sie dort wussten, nicht vorhanden, sondern einfach eine Lüge ihres Traums, die sie mit ihren Sinnen nicht erfassen konnten.

Sie eilten zu den Trümmern der Sendic-Brücke. Lautlos schritten sie durch das hohe Gras und über die feuchte Erde. Par warf einen Blick zu der Tür zurück, durch die sie gekommen waren. Sie war nicht mehr zu sehen.

Binnen weniger Sekunden war all das, was vom Palast der Könige von Tyrsis übrig geblieben war, ebenfalls verschwunden.

Als ob es nie da gewesen wäre, dachte Par düster. Ihm war kalt, aber auch wieder heiß. Den Gefühlen, die in seinem Inneren tobten, konnte er weder Beachtung schenken noch ihrer Herr werden; sie schrien mit Stimmen, die verwirrt klangen, jede verzweifelt darum bemüht, sich Gehör zu verschaffen. Er spürte, wie sein Herz in der Brust hämmerte, und fühlte bei jedem Schritt, den er tat, seinen nahen Tod. Er wünschte, er wäre in der Lage, kurz die Magie zu beschwören, um die Gewissheit zu haben, dass er ein gewisses Maß an Kräften besaß, um sich zu verteidigen. Aber durch das Beschwören der Magie würde er die Wesen in der Grube warnen, und er wollte glauben, dass dies bisher noch nicht geschehen war.

Coll berührte seinen Arm und deutete auf eine Stelle, wo sich eine Spalte vor ihnen auftat. Sie mussten drum herum gehen. Par nickte und übernahm die Führung. Colls Anwesenheit gab ihm ein Gefühl der Sicherheit, so als könne seine bloße Gegenwart das Böse, das sie bedrohte, von ihnen fernhalten. Seine Freude darüber, dass sein Bruder ihn begleitete, ließ sich nicht mit Worten beschreiben. Pars Mut wurde zu einem nicht unerheblichen Teil erst durch Colls Anwesenheit hervorgerufen.

Sie umgingen die Falle und arbeiteten sich wieder zu den Trümmern der Brücke vor. Alles um sie herum war unverändert, still und bewegungslos, bar allen Lebens.

Aber dann schimmerte etwas vor ihnen dunkel im Nebel, eckige Umrisse, die sich aus Trümmern erhoben.

Hastig eilten sie darauf zu, Par voraus, Coll nur einen Schritt hinter ihm. Steinerne Wände kamen plötzlich in Sicht. Pflanzen rankten sich daran hoch und über das schräge Dach. Der Kuppelbau war größer, als Par ihn sich vorgestellt hatte, gute fünfzehn Meter im Durchmesser und mindestens sechs Meter hoch. Er erinnerte an eine Krypta.

Die Talbewohner bogen vorsichtig um die Ecke. Sie stießen auf in den Stein gehauene Zeilen, uralt und durch Zeit und Wetter fast zerstört, sodass viele Worte fast schon nicht mehr zu entziffern waren. Atemlos hielten sie an und lasen:

Hier liegen Herz und Seele der Nationen,
Ihr Recht, freie Menschen zu sein,
Ihr Wunsch, in Frieden zu leben,
Ihr Mut, die Wahrheit zu suchen.
Hier liegt das Schwert von Shannara.

Dahinter befand sich eine riesige Steintür, die nur angelehnt war. Die Brüder sahen einander an, bevor sie sich in Bewegung setzten. Als sie die Tür erreichten, spähten sie hindurch. Sie erblickten eine Art Gang, der in der Dunkelheit verschwand.

Par runzelte die Stirn. Er hatte nicht damit gerechnet, dass der Kuppelbau ein so aufwendiges Bauwerk war; er hatte geglaubt, nur einen einzigen Raum vorzufinden, in dessen Mitte sich das Schwert von Shannara befand. Doch was er sah, ließ etwas anderes vermuten.

Er blickte Coll an. Sein Bruder war offensichtlich bestürzt; besorgt schaute er sich um, ließ den Blick zuerst zum Eingang, dann zum dunklen Wald, der sie umgab, gleiten. Coll streckte die Hand aus und zog an der Tür. Sie ließ sich ohne große Mühe öffnen.

»Das sieht nach einer Falle aus«, flüsterte Coll so leise, dass Par ihn kaum hören konnte.

Par hatte gerade das Gleiche gedacht. Eine Tür zu einem Kuppelbau, der dreihundert Jahre alt und der Witterung in der Schlucht ausgesetzt war, hätte sich nicht so leicht öffnen lassen sollen. Es wäre ein Leichtes, die Tür, sobald sie drinnen waren, von außen zu verriegeln.

Und trotzdem wusste er, dass er hineingehen würde. Er hatte sich bereits dazu entschlossen. Er hatte zu viel auf sich genommen, als dass er jetzt umkehren könnte. Also zog er die Augenbrauen in die Höhe und sah Coll fragend an. Was schlug Coll vor?

Coll bemerkte Pars Entschlossenheit weiterzugehen, und auch dass ihn das Risiko nicht abschreckte. »Also gut. Du suchst das Schwert, ich halte hier draußen Wache. Aber beeil dich!«

Par nickte, lächelte und ergriff die Hand seines Bruders.

Dann war er auch schon drinnen und eilte durch den Gang der Dunkelheit entgegen. Er wagte sich so weit vor, wie es angesichts des schwachen Lichts, das ihm von draußen den Weg erhellte, möglich war, aber bald umgab ihn nur noch Finsternis. Er tastete sich an der Wand entlang und suchte nach dem Ende des Ganges, aber er fand es nicht. Ihm fiel der Stein ein, den Damson Rhee ihm gegeben hatte. Er griff in die Tasche, holte ihn hervor, umschloss ihn einen Augenblick mit den Händen, um ihn zu wärmen, und hielt ihn dann vor sich. Silbriges Licht durchflutete die Dunkelheit.

Er folgte dem Gang, stieg eine Treppe hinunter und betrat einen zweiten Gang. Der Weg erschien ihm länger, als er dies für möglich gehalten hätte, und das beunruhigte ihn. Er befand sich längst nicht mehr im Kuppelbau, sondern tief darunter.

Dann endete der Gang. Er betrat einen Raum mit einer gewölbten Decke und Wänden voller Bilder und Runen. In der Mitte steckte in einem Block aus rotem Marmor, mit der Klinge nach unten, das Schwert von Shannara.

Er blinzelte, um sicherzugehen, dass er sich nicht täuschte, und trat dann darauf zu. Die Klinge war glatt und ohne Schaden, ein makelloses Stück Schmiedekunst. Den Griff zierte das Bild einer Hand, die eine Fackel gen Himmel hebt. Der Talisman funkelte bläulich in dem milden Licht.

Par spürte, wie sich ihm die Kehle zusammenschnürte. Es war tatsächlich das Schwert.

Plötzlich bemächtigte sich es seiner Erregung. Er konnte sich kaum zurückhalten, nach Coll zu rufen, seine Gefühle laut hinauszuschreien. Eine Welle der Erleichterung durchflutete ihn. Nur wegen einer Vorahnung hatte er alles gewagt – und diese Vorahnung hatte ihn nicht getrogen. Bei den Schatten, sie hatte ihn von Anfang an geleitet! Das Schwert von Shannara hatte sich wirklich in der Grube befunden, war lediglich verborgen gewesen durch die Bäume und das Gestrüpp, durch den Nebel und die Nacht, durch die Schattenwesen!

Der Gedanke an die Schattenwesen erinnerte ihn daran, in welcher Gefahr er sich befand. Er würde später noch Zeit genug finden, sich zu gratulieren, später, wenn Coll und er diesem Rattenloch entflohen waren.

In den steinernen Sockel aus Marmor, in dem das Schwert ruhte, waren Stufen eingelassen, und er machte sich daran hinaufzusteigen. Aber er hatte erst eine Stufe genommen, als sich etwas von der Wand hinter ihm aus der Dunkelheit löste. Er erstarrte.

Schattenwesen!

Aber er erkannte sofort, dass er sich getäuscht hatte. Es war kein Schattenwesen. Es war ein Mann, ganz in Schwarz gekleidet, in Mantel und Kapuze, die Abzeichen eines Wolfskopfes auf seiner Brust.

Es minderte Pars Angst nicht, als er begriff, wen er vor sich hatte. Der Mann, der auf ihn zukam, war Rimmer Dall.

Am Eingang des Kuppelbaus wartete Coll ungeduldig. Er stand mit dem Rücken zur Wand, unweit der Tür, und ließ den Blick durch den Nebel schweifen. Nichts bewegte sich. Kein Laut drang an sein Ohr. Er war allein, so schien es; und doch fühlte er sich nicht allein. Das Licht der Dämmerung drang schwach durch die Baumwipfel.

Par ist schon zu lange weg, dachte er. So viel Zeit kann er nicht brauchen.

Er warf einen schnellen Blick auf die schwarze Öffnung des Kuppelbaus. Fünf Minuten wollte er noch warten; dann würde er selbst hineingehen.

Rimmer Dall blieb ein Dutzend Schritte vor Par stehen, streckte wie beiläufig die Hand aus und zog die Kapuze seines Mantels zurück. Sein Gesicht war unmaskiert, trotzdem warf das Halblicht des Kuppelbaus so viel Schatten darauf, dass es praktisch unkenntlich war. Aber Par hätte ihn jederzeit erkannt. Ihre eine und bisher einzige Begegnung im Blauen Bart vor vielen Wochen würde er niemals vergessen. Er hatte gehofft, dass sich ein solches Zusammentreffen nicht wiederholte; doch nun standen sie einander von Angesicht zu Angesicht gegenüber. Rimmer Dall, Erster Sucher der Föderation, der Mann, der ihn durch ganz Callahorn verfolgt hatte und ihm viele Male dicht auf den Fersen gewesen war, hatte ihn schließlich eingeholt.

Die Tür, durch die Par eingetreten war, stand offen. Er machte sich zur Flucht bereit.

»Bleib, Par Ohmsford«, sagte der andere, als hätte sein Gegenüber den Gedanken gelesen. »Gibst du so schnell auf? Lässt du dir so leicht Angst einjagen?«

Par zögerte.

Rimmer Dall war ein großer, hochgewachsener Mann; sein Gesicht, das von einem roten Bart umrahmt wurde, wirkte wie aus Stein gemeißelt, hart und bedrohlich. Doch seine Stimme – und Par hatte sie ebenfalls nicht vergessen – war milde und verführerisch.

»Solltest du dir nicht zuerst anhören, was ich zu sagen habe?«, fuhr der große Mann fort. »Was kann es schon schaden? Ich warte hier schon geraume Zeit auf dich.«

Par starrte ihn an. »Du hast gewartet?«

»Gewiss. Früher oder später musstest du hierherkommen, nachdem du dich für das Schwert von Shannara entschieden hattest. Du bist gewiss hier, um es zu holen. Dann habe ich also recht daran getan zu warten, nicht wahr? Wir haben viel zu bereden.«

»Das glaube ich nicht.« Pars Gedanken überschlugen sich. »Du hast versucht, mich und Coll in Varfleet festzunehmen. Du hast meine Eltern in Schattental eingesperrt. Du bist seit Wochen hinter mir und meinen Gefährten her.«

Rimmer Dall verschränkte die Arme. Par bemerkte wieder, dass der linke Arm bis zum Ellbogen behandschuht war. »Wie wäre es, wenn ich hier stehe und du dort?«, bot der große Mann an. »Auf diese Weise kannst du den Raum jederzeit verlassen. Ich werde dich nicht daran hindern.«

Par holte tief Luft und trat zurück. »Ich traue dir nicht.«

Der große Mann zuckte mit den Schultern. »Warum solltest du auch? Aber du willst doch das Schwert von Shannara, oder nicht? Wenn du es haben willst, musst du mich zuvor anhören. Und danach kannst du es nehmen, wenn du willst. Ist das ein anständiges Angebot?«

Par spürte, wie sich seine Nackenhaare sträubten. »Warum solltest du mir solch einen Handel anbieten, nachdem du nichts unversucht gelassen hast, um mich davon abhalten, das Schwert von Shannara in meinen Besitz zu bringen?«

»Dich davon abhalten?« Der andere lachte, ein tiefes, angenehmes Lachen. »Par Ohmsford, hast du auch nur einmal daran gedacht, mich um das Schwert von Shannara zu bitten? Hast du jemals die Möglichkeit in Betracht gezogen, dass ich es dir einfach geben könnte? Wäre das nicht einfacher gewesen, als sich durch die Stadt zu schleichen und zu versuchen, es wie ein gemeiner Dieb zu stehlen?« Er schüttelte langsam den Kopf. »Es gibt so vieles, was du nicht weißt. Lass es mich dir erzählen.«

Par blickte sich unsicher um, überzeugt, dass dies ein Trick war, um ihn zur Unachtsamkeit zu verleiten. Der Kuppelbau war ein Irrgarten aus Schatten. Par rieb heftig den Stein, den Damson Rhee ihm gegeben hatte, um seine Leuchtkraft zu vergrößern.

»Ah, glaubst du, dass ich jemanden in der Dunkelheit verstecke, glaubst du das?« Rimmer Dall flüsterte. »Nun denn!« Er hob die behandschuhte Hand, und mit einer schnellen Geste wurde der Raum von Licht durchflutet.

Par schnappte überrascht nach Luft und trat noch einen Schritt zurück.

»Glaubst du, Par Ohmsford, dass du der Einzige bist, der über Magie gebietet?«, fragte Rimmer Dall ruhig. »Du siehst, du bist nicht der Einzige. Tatsache ist, dass ich über eine Magie verfüge, die viel größer ist als deine, größer vielleicht als die der alten Druiden. Außerdem gibt es noch andere wie mich. In den Vier Ländern gibt es viele, die die Magie der alten Welt beherrschen, aus einer Welt vor den Vier Ländern und den Großen Kriegen und selbst vor den Menschen.«

Wortlos starrte Par ihn an.

»Willst du mir jetzt zuhören? Solange du noch kannst?«

Par schüttelte den Kopf, nicht als Antwort auf die Frage, die ihm gestellt worden war, sondern aus Unglauben. »Du bist ein Sucher«, sagte er schließlich. »Du verfolgst alle, die Magie anwenden. Jede Anwendung, auch durch euch, ist verboten.«

Rimmer Dall lächelte. »So hat es die Föderation bestimmt. Aber hat dich das davon abgehalten, deine Magie einzusetzen, Par? Oder deinen Onkel, Walker Boh? Oder irgendjemand anders, der über sie verfügt? Es ist in der Tat ein lächerlicher Erlass. Die Föderation träumt von Eroberung und der Errichtung eines Reiches, von der Vereinigung der Länder und der Rassen unter ihrer Herrschaft. Der Koalitionsrat entwirft und plant und glaubt, er sei auserwählt zu regieren, weil es den Rat der Rassen und die Druiden nicht mehr gibt. Er hält das Verschwinden der Elfen für einen Segen. Er bemächtigt sich des Südlandes, bedroht Callahorn, bis Callahorn sich unterwirft, und vernichtet die eigensinnigen Zwerge. Er wertet all dies als Beweis für sein Recht auf die Herrschaft. Er hält sich selbst für allwissend. In einem letzten Akt der Arroganz ächtet er die Magie. Er macht sich nicht ein einziges Mal die Mühe zu fragen, welchen Zweck die Magie hat – er missachtet sie einfach! Tatsache ist, dass die Föderation aus Narren besteht, die nichts von der Bedeutung der Magie wissen. Es war die Magie, die unsere Welt erschaffen hat, die Welt, in der sich die Föderation allen anderen überlegen glaubt. Aus der Magie wird alles geboren, sie macht alles möglich. Und die Föderation sollte eine solche Macht behandeln, als wäre sie bedeutungslos?«

Er richtete sich auf, reckte sich dem Licht, das er gerufen hatte, entgegen. »Sieh mich an, Par Ohmsford«, flüsterte er.

Sein Körper begann zu leuchten, um sich sodann aufzulösen. Par verfolgte das Schauspiel mit Entsetzen. Eine dunkle Gestalt erhob sich im Halblicht, in ihren Augen loderte ein rotes Feuer. »Siehst du?«, flüsterte Rimmer Dalls körperlose Stimme mit einer Spur von Genugtuung. »Ich bin das, was die Föderation vernichten würde, und sie hat nicht die geringste Ahnung davon!«

Par wich vor dem Mann, der sich Rimmer Dall nannte, zurück, vor der Kreatur, die in Wirklichkeit kein Mensch war, sondern ein Schattenwesen. Er wollte fliehen. Dann erinnerte er sich an das Schwert von Shannara, und tollkühn änderte er seinen Entschluss. Wenn er an das Schwert gelangte, dachte er grimmig, besäße er eine Waffe, mit der er Rimmer Dall vernichten konnte.

Aber das Schattenwesen schien unbesorgt. Langsam glitt die dunkle Gestalt wieder in Rimmer Dalls Körper hinein, und die Stimme des großen Mannes kehrte zurück. »Man hat dich belogen, Talbewohner. Nicht nur einmal. Man hat dir erzählt, dass die Schattenwesen das Böse sind, dass sie Parasiten sind, die sich menschlicher Körper bemächtigen, um sie für ihre Zwecke zu gebrauchen … Nein, mach dir nicht die Mühe, es abzustreiten oder dich zu fragen, woher ich das weiß«, sagte er schnell und schnitt Par, der seiner Überraschung Ausdruck geben wollte, das Wort ab. »Ich weiß alles über dich, über deine Reise nach Culhaven, den Wildewald, den Hadeshorn und noch mehr. Ich weiß von deiner Zusammenkunft mit Allanons Schatten. Ich kenne die Lügen, die er dir erzählt hat. Lügen, Par Ohmsford – und sie beginnen mit den Druiden! Sie erzählen dir, was zu tun ist, um die Schattenwesen zu vernichten, um die Welt wieder zu einem sicheren Ort zu machen. Du sollst das Schwert von Shannara suchen, Wren die Elfen und Walker Boh das entschwundene Paranor – ich weiß das alles.«

Das schroffe Gesicht verzerrte sich vor Zorn. »Aber hör dir an, was du noch nicht weißt! Die Schattenwesen sind keine Missgeburt der Natur. Wir sind die Nachfolger der Druiden! Wir sind das, was nach ihrem Verschwinden aus der Magie entstanden ist! Wir sind keine Ungeheuer, die sich der Menschen bemächtigen – wir sind selbst Menschen.«

Par schüttelte den Kopf, so als wolle er leugnen, was er gehört hatte, aber Rimmer Dall erhob die behandschuhte Hand. »Die

Menschen verfügen über Magie, genau wie einstmals die Wesen aus dem Feenland darüber verfügt haben. Genau wie die Elfen, bevor sie sich zurückgezogen haben. Und später die Druiden.« Seine Stimme wurde wieder milde. »Ich bin ein Mensch wie jeder andere, ausgenommen dass ich Magie beherrsche. Wie du, Par Ohmsford. Irgendwie habe ich sie von meinen Vorfahren geerbt, die in einer Welt gelebt haben, in der Magie etwas Alltägliches war. Die Magie hat sich ausgebreitet und Wurzeln geschlagen – nicht in der Erde, sondern in den Körpern der Männer und Frauen der Rassen. Jetzt besitzen wir die Macht, die einstmals das Vorrecht der Druiden war.« Er nickte und wartete auf Pars Antwort.

Aber Par gefror das Blut in den Adern in Anbetracht dessen, was er kommen fühlte.

»Du verstehst mich. Das sehe ich dir an«, sagte Rimmer Dall. »Und das bedeutet, Par Ohmsford, dass auch du ein Schattenwesen bist.«

Coll zählte im Geist die Sekunden, zählte so langsam, wie er nur konnte, und dachte bei jeder Sekunde, die er zählte, dass Par in Kürze zurückkehren werde. Aber sein Bruder blieb verschwunden.

Verzweifelt schüttelte der Talbewohner den Kopf. Er schritt vor der Mauer des Kuppelbaus auf und ab. Fünf Minuten waren vergangen. Er konnte nicht länger warten. Er musste hineingehen. Damit ließ er ihren Rücken ungedeckt, was ihm Sorgen bereitete, aber er hatte keine andere Wahl.

Er musste hinein. Er musste herausfinden, was mit Par geschehen war.

Er holte tief Luft.

Das war der Augenblick, als ihn von hinten die Hände packten und zu Boden zerrten.

»Du lügst!«, schrie Par dem Ersten Sucher Rimmer Dall entgegen und vergaß einen Augenblick seine Angst, während er drohend einen Schritt vortrat.

»Es ist nichts Schlechtes dabei, ein Schattenwesen zu sein«, antwortete der andere scharf. »Es ist nur ein Wort, mit dem andere etwas benennen, das sie nicht verstehen. Wenn du die Lügen, die man dir aufgetischt hat, vergessen kannst, wirst du eher in der Lage sein zu begreifen, was ich dir erklären werde. Nehmen wir einmal an, dass ich recht habe! Wenn die Schattenwesen Menschen sind, die zu Nachfolgern der Druiden bestimmt sind, dann haben sie nicht nur das Recht, die Magie anzuwenden, sondern sogar die Pflicht. Die Magie ist ein Vermächtnis – hat nicht Allanon, als er im Sterben gelegen und Brin Ohmsford mit seinem Blut gezeichnet hat, dies gesagt? Die Magie ist ein Werkzeug, das zur Veredelung der Rassen und der Vier Länder benutzt werden muss. Warum ist es so schwer, das zu akzeptieren? Aber die Narren, die die Föderation führen, glauben, dass alles, was sie nicht beherrschen können, unterdrückt werden muss. Jeder, der anders ist als sie selbst, ist ein Feind!«

Das kantige Gesicht verhärtete sich. »Aber wer, glaubst du, strebt nach Vorherrschaft über die Vier Länder? Wer vertreibt die Elfen aus dem Westland, versklavt die Zwerge im Osten, belagert die Trolle im Norden und erhebt Anspruch auf den Besitz aller Vier Länder? Aus welchem Grund, glaubst du, welken und sterben die Vier Länder? Wer ist dafür verantwortlich? Du hast die armen Kreaturen gesehen, die in der Grube leben. Für Schattenwesen hältst du sie, oder etwa nicht? Ja, das sind sie – aber für ihren Zustand sind ihre Herren verantwortlich. Und das sind Menschen wie du und ich. Die Föderation sperrt sie ein, weil sie der Beweis für die Magie sind und man sie für gefährlich hält. So werden sie erst zu dem, wofür man sie hält.

Sie entbehren das Leben, das die Magie ihnen bieten könnte, und darüber werden sie wahnsinnig! Das Mädchen auf dem Tofferkamm – was ist ihr widerfahren, dass sie so geworden ist? Sie verzehrte sich nach der Magie, die sie brauchte, nach der Anwendung der Magie und nach allem, was ihre geistige Gesundheit erhalten hätte. Sie wurde in die Verbannung getrieben… Es ist die Föderation, die mit ihren lächerlichen Erlassen und ihrer erdrückenden Herrschaft die Vernichtung der Vier Länder bewirkt! Die Schattenwesen dagegen haben die Möglichkeit, die Dinge wieder ins rechte Lot zu bringen!… Was Allanon betrifft, so ist er in erster Linie ein Druide. Wonach er strebt, weiß nur er selbst, und so wird es wahrscheinlich bleiben. Aber du tätest gut daran, das, was er dir erzählt, nicht einfach zu glauben.«

Er sprach mit solcher Überzeugung, dass Par zum allerersten Mal ins Wanken geriet. Wenn nun Allanons Schatten wirklich gelogen hatte? Stimmte es etwa nicht, dass die Druiden schon immer ihr Spiel mit jenen getrieben hatten, die ihnen zu Diensten waren? Walker Boh hatte das ebenfalls behauptet und es als Fehler bezeichnet, Allanon zu glauben. Es war demnach möglich, dachte er verzweifelt, dass er vollkommen in die Irre geführt worden war.

Die große Gestalt vor ihm richtete sich auf. »Du gehörst zu uns, Par Ohmsford«, sagte Rimmer Dall leise.

Par schüttelte schnell den Kopf. »Nein.«

»Du bist einer von uns. Du kannst es so lang und so laut leugnen, wie du möchtest, aber an der Tatsache ändert es nichts. Wir sind von der gleichen Art, du und ich – Besitzer der Magie, Nachfolger der Druiden, Bewahrer des Vermächtnisses.« Er hielt inne, überlegte. »Du hast immer noch Angst vor mir, nicht wahr? Vor dem Schattenwesen. Schon der Name flößt dir Angst ein. Das ist die unvermeidliche Folge davon, dass du die Lügen, die man dir erzählt hat, für die Wahrheit gehalten hast. Du hältst mich für einen Feind statt für einen Freund.«

Par schwieg.

»Gucken wir uns doch mal an, wer lügt und wer die Wahrheit spricht.« Rimmer Dall deutete unvermutet auf das Schwert. »Zieh es aus dem Stein, Par. Es gehört dir; es ist dein angestammtes Eigentum als Erbe des Elfenhauses von Shannara. Nimm es. Berühre mich damit. Sollte ich tatsächlich die schwarze Kreatur sein, vor der man dich gewarnt hat, wird mich das Schwert töten. Sollte ich das Böse sein, das sich hinter einer Lüge verbirgt, wird das Schwert es enthüllen. Nimm es dir. Setzte es ein.«

Par verharrte eine Zeit lang regungslos, sprang dann die Stufen zu dem Block aus rotem Marmor hinauf und ergriff das Schwert von Shannara mit beiden Händen. Er konnte die glänzende Klinge widerstandslos herausziehen. Schnell drehte er sich um und blickte Rimmer Dall an.

»Komm näher, Par«, flüsterte der andere. »Berühre mich.«

Erinnerungen schwirrten wild durch Pars Gedanken, Fetzen und Stücke des Liedes, das er gesungen hatte, der Geschichten, die er erzählt hatte. Was er in Händen hielt, war das Schwert von Shannara, der Talisman der Wahrheit, gegen den keine Lüge bestehen konnte.

Er stieg die Stufen hinunter, das Heft fest in der Hand. Rimmer Dall wartete. Als Par ihm nahe genug war, streckte er das Schwert nach vorn und berührte den anderen mit der Klinge.

Nichts geschah.

»Jetzt weißt du es. Ich lüge nicht«, sagte Rimmer Dall. »Die Lüge liegt in dem, was man dir erzählt hat.«

Par zitterte. »Aber warum sollte Allanon lügen? Welchen Sinn könnte das haben?«

»Denk doch einfach daran, was man von dir verlangt hat.« Der große Mann schien entspannt. »Man hat von dir verlangt, dass du die Druiden zurückholst, dass du ihnen ihren Talisman wiedergibst, dass du uns vernichtest. Die Druiden wollen zurückgewinnen, was ihnen verloren gegangen ist, die Macht der Magie. Unterscheidet sich das in irgendeiner Weise von dem, Par, was der Hexenmeister vor zehn Jahrhunderten angestrebt hat?«

»Aber du hast uns verfolgt!«

»Um mit dir zu reden.«

»Du hast meine Eltern gefangen genommen!«

»Ich habe sie vor größerem Unglück bewahrt. Die Föderation wusste von dir und hätte sie benutzt, um dich zu finden, wenn ich ihr nicht zuvorgekommen wäre.«

All seiner Einwände beraubt, holte Par tief Luft. Entsprach das, was er hörte, wirklich der Wahrheit? War alles eine Lüge, wie Rimmer Dall behauptete? Er konnte es nicht glauben. »Ich muss darüber nachdenken«, sagte er erschöpft.

»Dann komm mit mir und denke nach«, antwortete der andere sofort. »Komm mit mir, und wir unterhalten uns ausführlicher. Du hast viele Fragen, die einer Antwort bedürfen, und ich kann sie dir geben. Es gibt viel, was du über den Gebrauch der Magie wissen solltest. Komm, Par. Vergiss deine Ängste und Zweifel. Dir wird nichts geschehen – wie niemandem mit solch vielversprechender Magie.«

Seine Stimme klang unwiderstehlich, und Par schwankte. Es wäre so einfach, Ja zu sagen. Er war müde, und es wäre tröstlich, mit jemandem über die Enttäuschungen zu reden, die mit der Magie verbunden waren. Rimmer Dall würde ihn sicherlich verstehen, schließlich hatte er ähnliche Erfahrungen gemacht. Par fühlte sich von diesem Mann nicht mehr bedroht. Er sah keinen Grund mehr, ihm seine Bitte abzuschlagen.

Er tat es trotzdem. Er tat es, ohne es selbst zu verstehen. »Nein«, sagte er leise.

»Denk daran, was wir uns erzählen könnten, wenn du mitkommst«, beharrte der andere. »Wir haben so vieles gemeinsam! Sicherlich hast auch du dich danach gesehnt, über deine Magie zu reden, über die Magie, die du verbergen musst. Es gab niemanden vor mir, mit dem du das hättest tun können. Ich fühle, wie sehr du es brauchst, ich spüre es! Komm mit mir! Du hast…«

»Nein.« Par wich zurück. Etwas Hässliches flüsterte plötzlich in seinem Kopf, irgendeine Erinnerung, die noch kein Gesicht hatte, deren Stimme er jedoch klar erkannte.

Rimmer Dall beobachtete ihn, und seine schroffen Züge verhärteten sich. »Das ist töricht.«

»Ich gehe«, sagte Par leise. »Und ich nehme das Schwert mit.«

Rimmer Dall wurde zu einem Schatten. »Bleib, Par Ohmsford! Du kennst die schwarzen Geheimnisse nicht, Dinge, über die ich dich aufklären sollte. Bleib und höre!«

Par wandte sich dem Gang zu, durch den er gekommen war.

»Die Tür befindet sich hinter dir«, sagte Rimmer Dall plötzlich mit schneidender Stimme. »Es gibt keine Gänge, keine Stufen. Das war eine Illusion, die meine Magie heraufbeschworen hat, um dich hier festzuhalten, damit ich mit dir reden konnte. Aber wenn du jetzt gehst, wird etwas Wertvolles zerstört. Die Wahrheit erwartet dich – und sie kündet von Entsetzen. Du kannst ihr nicht widerstehen. Bleib und hör mich an! Du brauchst mich!«

Par schüttelte den Kopf. »Rimmer Dall, einen Augenblick klangst du wie die anderen, wie jene Schattenwesen, die äußerlich nichts mit dir gemein haben, die jedoch vom gleichen Drang getrieben werden. Genau wie sie willst du mich nur besitzen.«

Rimmer Dall stand schweigend vor ihm und beobachtete regungslos, wie er immer weiter zurückwich. Das Licht, das der Erste Sucher heraufbeschworen hatte, wurde schwächer, und Dunkelheit breitete sich aus.

Par Ohmsford ergriff das Schwert von Shannara mit beiden Händen und lief um sein Leben.

Rimmer Dall hatte recht gehabt; es gab keine Gänge und Stufen. Es war alles eine Illusion, eine Magie, die Par hätte erkennen müssen. Aus der Finsternis des Kuppelbaus stürzte er in das graue Licht der Grube. Augenblicklich umfingen ihn Feuchtigkeit und Nebel. Er blinzelte, fuhr herum und suchte.

Wo war Coll?

Er zog sich den Mantel von den Schultern und wickelte hastig das Schwert von Shannara darin ein. Allanon hatte gesagt, er werde es brauchen – wenn er Allanon überhaupt noch glauben konnte. In diesem Augenblick wusste er es nicht. Aber das Schwert musste er aufbewahren; es hatte einen Zweck zu erfüllen. Es sei denn, es hatte seine Magie verloren.

»Par.«

Die Stimme ließ ihn zusammenfahren. Sie kam von hinten, und zwar von so nah, dass sie ein Flüstern in seinem Ohr hätte sein können, hätte sie nicht diesen rauen Klang gehabt. Er drehte sich um.

Und da stand Coll.

Oder das, was einst Coll gewesen war.

Das Gesicht seines Bruders war kaum wiederzuerkennen, zerstört durch eine innere Qual, die die vertrauten Züge verzerrt hatte. Der Körper war verkrümmt und verbogen, als wären seine Knochen neu zusammengefügt worden. Er hatte Flecken auf der Haut, Risse und andere Verletzungen, und in seinen Augen loderte ein Fieber, das Par sofort erkannte.

»Sie haben mich erwischt«, flüsterte Coll verzweifelt. »Bitte, Par, ich brauche dich. Umarme mich. Bitte.«

Par schrie auf, wünschte das Ding vor sich weit weg, wollte, dass es ihm aus den Augen und aus dem Sinn ging. Schauer ließen ihn erzittern. »Coll!«, schluchzte er.

Sein Bruder taumelte mit ausgestreckten Armen auf ihn zu. Er war zum Schattenwesen geworden, zu einer Kreatur wie die anderen in der Grube, die laut Rimmer Dall von der Föderation zerstört worden waren. Aber wie? Par war nur wenige Minuten fort gewesen. Was hatte man seinem Bruder angetan?

Er stand da, betäubt und zitternd, als ihn das Ding berührte, ihn mit den Armen umschlang und fortwährend flüsterte: »Umarme mich, umarme mich«, als wäre diese Litanei dazu angetan, ihn zu befreien. Par wünschte, er wäre tot, wäre nie geboren worden, er wünschte sich, irgendein Wunder würde ihn retten. Er ließ das Schwert von Shannara fallen.

Coll packte ihn und zerrte an ihm.

»Coll, nein!«, schrie Par. Dann geschah etwas ganz tief in seinem Inneren, etwas, wogegen er nur kurz ankämpfte, bevor es ihn überwältigte. Ein Brennen wallte durch seine Brust und durchströmte bald seinen ganzen Körper wie Feuer. Es war die Magie – nicht die Magie des Wünschliedes, die Magie der harmlosen Bilder und vorgetäuschten Dinge, sondern die andere. Es war die Magie, die einst in den Elfensteinen gewohnt hatte, die Magie, die Shea Ohmsford vor vielen Jahren von Allanon erhalten hatte, die in Wil Ohmsford und seinen Nachfahren weitergelebt und sich verändert hatte und immer ein Geheimnis geblieben war. Jetzt wurde sie in ihm lebendig, eine Magie, größer als das Wünschlied, mächtig und unbeugsam.

Sie durchströmte ihn und drängte heraus. Er schrie Coll an, von ihm abzulassen, aber sein Bruder konnte ihn scheinbar nicht hören. Coll, eine zerstörte Kreatur, eine Karikatur des

Menschen aus Fleisch und Blut, den Par geliebt hatte, verzehrte sich in seinem Wahnsinn; der Körper diente lediglich dazu, das Schattenwesen, zu dem er geworden war, am Leben zu erhalten. Die Magie ergriff von ihm Besitz und verwandelte ihn in einem einzigen Augenblick in Asche.

Par beobachtete voll Entsetzen, wie sich sein Bruder vor seinen Augen auflöste. Bestürzt fiel er auf die Knie und spürte, wie sein eigenes Leben mit dem von Coll entwich.

Dann streckten sich andere Hände nach ihm aus, klammerten sich an ihm fest und drückten ihn zu Boden. Eine Flut von verzerrten, zerstörten Gesichtern und Körpern drängte sich an ihn. Die Schattenwesen der Grube waren gekommen, um sich seiner zu bemächtigen. Sie kamen in großer Zahl, ihre Hände rissen und zerrten an ihm, als wollten sie ihn in Stücke reißen. Er spürte, wie er sich auflöste, wie er unter dem Gewicht ihrer Körper zusammenbrach.

Und dann kehrte die Magie zurück, schoss erneut aus ihm heraus und schleuderte die Kreaturen von ihm weg.

Diesmal nahm die Magie Form an wie ein ungebetener Gedanke, der lebendig wird. Sie wuchs in seinen Händen zu einem Gebilde aus blauem Feuer, dessen Flammen so kalt und hart waren wie Eisen. Er stieß einen wilden Schrei des Zornes aus, schwang die neue Waffe in weitem tödlichem Bogen und durchschnitt die Kreaturen um sich herum, als wären sie aus Papier. Er verlor sich im Rausch des Tötens, während er wie ein Besessener um sich schlug.

Die Schattenwesen wichen zurück, diejenigen, die er nicht getötet hatte, wankten wie Marionetten umher. Während er sie anbrüllte und das Gebilde aus magischem Feuer in der einen Hand hielt, bückte er sich und griff nach dem zu Boden gefallenen Schwert von Shannara. Er spürte, wie es seine Hand verbrannte, spürte einen rasenden, entsetzlichen Schmerz.

Im gleichen Augenblick loderte seine eigene Magie ein letztes Mal auf und erstarb. Überrascht wich er zurück, versuchte dann noch einmal, sie hervorzurufen, und stellte fest, dass es ihm nicht gelang. Die Schattenwesen kamen sofort wieder näher. Er zögerte kurz, dann lief er los, floh vor dem Entsetzen, das sich seiner bemächtigt hatte, ebenso wie vor den Schattenwesen, die ihn verfolgten.

Er war fast an der Wand der Grube angelangt, als er Damson Rhees Ruf hörte. Er eilte auf sie zu und drückte sich das Schwert von Shannara an die Brust. Das Brennen hatte aufgehört, das Schwert war nur noch eine einfache Klinge. Er stürzte, fiel aufs Gesicht, schluchzte. Wieder vernahm er Damson Rhees Ruf, und nun antwortete er.

Dann ergriff sie ihn, zog ihn hoch und fragte: »Par, Par, was ist los mit dir? Par, was ist geschehen?«

Er antwortete schluchzend: »Er ist tot, Damson! Coll ist tot! Ich habe ihn getötet!«

Die Tür zur Felswand stand offen, und in dem schwarzen Spalt war eine kleine, behaarte, großäugige Kreatur zu erkennen. Mithilfe von Damson Rhee, die ihn stützte, stolperte er durch die Öffnung und hörte, wie die Tür hinter ihnen zuschlug.

Dann verschwand alles in seinem durchdringenden Schrei.

33

In den Drachenzähnen regnete es. Das kalte Nieseln reichte von einem Ende des Horizonts zum anderen. Morgan Leah stand auf einem Pfad am Abgrund und lugte unter der Kapuze seines Mantels hervor.

Er blinzelte die Regentropfen fort, die der Wind ihm in die Augen blies. Sein rötliches Haar klebte an seiner Stirn, und sein Gesicht war kalt. Unter der durchnässten Kleidung tat ihm jeder Knochen im Leib weh. Während er den Geräuschen der Umgebung lauschte, zitterte er. Das Heulen des Windes, der über die Felsen und durch die Bäume fegte, erhob sich für eine kurzen Augenblick über das Donnergrollen weit oben im Norden. Reißende Bäche stürzten hinter ihm durch die Felsen ins Tal.

Der Tag war wie geschaffen dafür, über das Leben an sich nachzudenken, dachte Morgan grimmig. Es war ein Tag für einen Neuanfang.

Padishar Weidenkorb trat von hinten an ihn heran, eine verhüllte, massige Gestalt. Regen lief ihm übers Gesicht, und seine Kleidung war ebenso wie Morgans vollkommen durchnässt.

»Ja, dann ist es wohl Zeit?«, fragte er leise.

Morgan nickte.

Padishar Weidenkorb sah in den Regen hinaus und seufzte: »Es ist nicht so ausgegangen, wie wir gehofft haben, nicht wahr?«, sagte er. »Ganz und gar nicht.«

Morgan dachte kurz nach und antwortete: »Ich weiß nicht, Padishar. Vielleicht doch.«

Unter Padishar Weidenkorbs Führung hatten die Geächteten am frühen Morgen die Gänge unterhalb des Zeigefingers verlassen und sich auf den Weg zu den Bergen im Norden gemacht. Die Pfade, denen sie folgten, waren schmal und steil und infolge des Regens gefährlich rutschig, aber Padishar hatte gesagt, dass sie auf diesen Pfaden sicherer seien, als wenn sie über den Kennonpass marschierten, der bestimmt bewacht wurde. Das Wetter, so schlimm es auch sein mochte, war eher eine Hilfe als eine Behinderung. Der Regen verwischte ihre Fußspuren und damit jeden Hinweis darauf, wo sie gewesen und wohin sie gegangen waren. Die Armee der Föderation hatten sie seit Beginn ihres Marsches nicht zu Gesicht bekommen. Ihre Verfolger waren entweder im Schlamm versunken oder hatten verwirrt aufgegeben. Der Zeigefinger war zwar verloren, aber die Geächteten waren entkommen und konnten den Kampf an anderer Stelle wieder aufnehmen.

Es war jetzt Nachmittag, und die bunt zusammengewürfelte Gruppe befand sich oberhalb der Gabelung des Mermidons, dort wo er sich nach Süden zum Regenbogensee und nach Osten in die Rabb-Ebene aufteilte. Auf einem Felsvorsprung, von dem aus sich die Bergpfade in alle Richtungen verzweigten, machten sie halt, bevor sie sich trennten. Die Trolle würden nach Norden ins Charnalgebirge und ihre Heimat zurückkehren. Die Geächteten würden sich im Feuerrotland sammeln, einem ihrer anderen Verstecke. Padishar Weidenkorb würde nach Tyrsis zurückkehren und nach Damson Rhee und den beiden Talbewohnern suchen. Morgan würde ostwärts nach Culhaven ziehen und das Versprechen einlösen, das er Steff gegeben hatte. In vier Wochen wollten sie sich alle am Jannissonpass treffen. Bis dahin wäre vermutlich die Armee der

Trolle zusammengestellt, und die Bewegung hätte hoffentlich ihre Kräfte gesammelt. Dann wäre es an der Zeit, eine Strategie auszuarbeiten, mit der man den Kampf mit der Föderation gewinnen konnte.

Wenn dann überhaupt noch jemand von ihnen am Leben war, um die Strategie auszuarbeiten, dachte Morgan düster. Was mit Teel geschehen war, hatte Zweifel in ihm geweckt. Er wusste jetzt, wie leicht es für die Schattenwesen und ihre Föderationsverbündeten war, die Reihen ihrer Gegner zu unterwandern. Jeder konnte ein Feind sein. Überall lauerte Verrat. Was konnten sie tun, um sich zu schützen, wenn sie niemandem vertrauen durften?

Auch Padishar Weidenkorb litt unter dieser Situation – das wusste Morgan –, obwohl er es nie zugegeben hätte. Morgan hatte ihn seit ihrer Flucht beobachtet, und der große Mann sah an jeder Biegung des Wegs Gespenster.

Aber Morgan ging es ebenso. »Ist es nicht gefährlich für dich, wenn du so bald nach Tyrsis zurückkehrst?«, fragte er unvermittelt, nur um irgendetwas zu sagen und die Stimme des anderen zu hören.

Padishar Weidenkorb zuckte mit den Schultern. »Auch nicht gefährlicher als vorher. Ich werde mich auf jeden Fall verkleiden. Mach dir keine Sorgen, Hochländer. Par und Coll werden bald in Sicherheit sein. Dafür sorge ich schon.«

»Es tut mir leid, dass ich nicht mitkommen kann.« Morgan gelang es nicht, die Bitterkeit in seiner Stimme zu verbergen. »Ich war schließlich derjenige, der sie überredet hat. Ich habe sie schon einmal in Tyrsis im Stich gelassen, und jetzt wieder.« Müde schüttelte er den Kopf. »Ich muss das erledigen, was Steff mir aufgetragen hat. Ich kann nicht einfach so tun, als ob…«

Das Ende des Satzes brachte er nicht mehr heraus, als ihn

die Erinnerung an seinen sterbenden Freund übermannte und der Schmerz über den Verlust zurückkehrte. Einen Augenblick dachte er, er müsse weinen, aber es kamen keine Tränen. Vielleicht hatte er schon alle vergossen.

Padishar Weidenkorb streckte die Hand aus und legte sie ihm auf die Schulter. »Hochländer, du musst dein Versprechen halten. Das bist du ihm schuldig. Wenn du es eingelöst hast, kommst du zurück. Die Talbewohner und ich werden warten, und dann fangen wir wieder von vorn an.«

Immer noch unfähig zu sprechen, nickte Morgan bloß. Er spürte den Regen auf seinen Lippen und leckte ihn ab.

»Wir tun das, was wir in diesem Kampf tun müssen«, fuhr Padishar Weidenkorb fort. »Wir alle. Wir sind freie Menschen, wie man so schön sagt, und es ist unser gemeinsamer Krieg. Deshalb gehst du nach Culhaven und hilfst denen, die deine Hilfe brauchen, und ich gehe nach Tyrsis und tue das Gleiche. Aber wir werden einander nicht vergessen, nicht wahr?«

Morgan schüttelte den Kopf. »Nein, ganz bestimmt nicht, Padishar.«

Der große Mann trat einen Schritt zurück. »Hier, für dich.« Er gab Morgan seinen Ring mit dem Zeichen des Falken. »Wenn du mich suchst, zeig ihn Matty Roh in Varfleet. Ich sorge dafür, dass sie weiß, wo ich mich aufhalte. Mach dir keine Sorgen. Der Ring hat dich schon einmal zu mir geführt; er wird es auch ein zweites Mal tun. Jetzt mach dich auf den Weg. Ich wünsche dir viel Glück.«

Er streckte die Hand aus, und Morgan hielt sie lange fest. »Ich wünsche dir auch viel Glück, Padishar.«

Padishar Weidenkorb lachte. »Werde ich haben, mein Junge. Werde ich haben.« Er ging zu dem Kiefernwäldchen zurück, wo die Geächteten und Trolle auf ihn warteten.

Jeder, der aufstehen konnte, stand auf. Abschiedsworte wurden gesprochen. Chandos umarmte Padishar Weidenkorb, andere klopften ihm auf die Schulter, einige streckten ihm von ihren Tragen die Hände entgegen.

Auch nach allem, was geschehen ist, wollen sie ihn immer noch als Führer behalten, dachte Morgan voller Bewunderung. Er sah, wie sich die Trolle nach Norden in Bewegung setzten und wie ihre plumpen Gestalten schon bald nicht mehr von der Landschaft, die sie durchwanderten, zu unterscheiden waren. Jetzt wandte sich Padishar Weidenkorb zu ihm um. Er hob den Arm und winkte ihm zum Abschied.

Morgan wandte sich nach Osten. Der Regen fiel, und er neigte den Kopf, um sein Gesicht zu schützen. Seine Augen waren auf den Pfad vor ihm geheftet.

Erst jetzt wurde ihm bewusst, dass er Padishar Weidenkorb nichts von der Zauberkraft gesagt hatte, die dem zerbrochenen Schwert von Leah immer noch innewohnte und ihnen beiden das Leben gerettet hatte. Er hatte dem anderen nicht erzählt, wie er Teel überwältigt hatte, wie es ihm gelungen war, das Schattenwesen zu besiegen. Es war keine Zeit gewesen, darüber zu sprechen. Er wusste nicht, warum die Klinge immer noch Zauberkraft besaß und warum er in der Lage gewesen war, die Magie zu beschwören. War sie jetzt verbraucht? Oder war noch genügend übrig geblieben, dass sie ihn ein weiteres Mal rettete, sollte dies nötig sein?

Par Ohmsford dämmerte dahin.

Er wollte nicht schlafen, denn im Schlaf würde er träumen, und seine Träume quälten ihn. Er war auch nicht wach, denn im wachen Zustand hätte er der Wirklichkeit ins Auge sehen müssen, der er so verzweifelt zu entfliehen suchte.

So dämmerte er einfach vor sich hin, durch eine kaum erkennbare Existenz, umgeben von der grauen Welt zwischen dem, was war, und dem, was nicht war, wo sich sein Geist nicht konzentrieren musste und seine Erinnerungen nur in Bruchstücken zu ihm drangen, und wo er vor der Vergangenheit wie auch der Zukunft sicher war. Dieser Zustand bot ihm Schutz und hielt alles von ihm fern – und genau das brauchte er.

Dennoch hörte er die flüsternde Stimme des Lebens aus der Welt, vor der er sich zu verstecken suchte. Er spürte die Decken, die ihn umhüllten, und das Bett, auf dem er lag. Er sah die Kerzen, die ein weiches Licht spendeten. Seltsame Geschöpfe blickten von Schränken, Regalen und Kommoden auf ihn herab; ihre Gesichter waren aus Stoff und Pelz und hatten Knopfaugen, genähte Nasen und Hängeohren. Er lauschte den Worten, die gesprochen wurden.

»Er ist sehr krank, liebliche Damson«, hörte er eine Stimme sagen.

Jemand antwortete: »Er schützt sich dadurch, Maulwurf.«

Damson Rhee und der Maulwurf. Er wusste, wer sie waren, obwohl er sie nicht ganz einordnen konnte. Er wusste ebenfalls, dass sie über ihn sprachen. Es störte ihn nicht.

Manchmal sah er ihre Gesichter. Der Maulwurf war ein behaartes Geschöpf mit runden, fragenden Augen, die nachdenklich dreinblickten. Manchmal setzte er die seltsamen Kreaturen neben Par. Er sah ihnen ziemlich ähnlich, dachte Par. Er nannte sie beim Namen und sprach mit ihnen, aber sie antworteten ihm nie.

Das Mädchen gab ihm bisweilen zu essen. Sie brachte ihm Suppe und Wasser, und er folgte ihrer Aufforderung ohne Widerrede. Irgendetwas an ihr verwirrte und faszinierte ihn, und er versuchte ein- oder zweimal mit ihr zu reden. Aber die Wörter flohen vor ihm und versteckten sich.

Damson Rhee kam immer wieder an sein Lager. Sie saß neben ihm und hielt seine Hand. Sie sprach leise, berührte sein

Gesicht mit ihren Fingern, ließ ihn ihre Anwesenheit spüren, auch wenn sie nichts tat. Ihre Anwesenheit bewahrte ihn davor, ganz und gar davonzudämmern. Er hätte es vorgezogen, wenn sie ihn nicht daran gehindert hätte. Warum tat sie das alles? War sie darauf bedacht, ihn bei sich zu behalten, oder wollte sie einfach, dass er sie mitnahm?

Er lauschte ihren Worten aufmerksamer. »Es war nicht deine Schuld« – diesen Satz hörte er am häufigsten. »Diese Kreatur war nicht mehr Coll.« Auch das sagte sie. »Du musstest sie töten.«

Sie sagte diese Dinge, und ab und zu glaubte er fast, dass er sie verstand. Aber dunkle Schatten bemächtigten sich dann seines Geistes, und er versuchte sich vor ihnen zu verstecken.

Eines Tages, als sie es wieder sagte, verstand er sie sofort. Da begann er zu schreien und schien gar nicht mehr aufhören zu können. Die Erinnerungen kehrten zurück und fegten die Mauern, die er so sorgfältig errichtet hatte, um sie fernzuhalten, beiseite, und seine Pein war grenzenlos. Er schrie, und der Maulwurf wich zurück, die seltsamen Geschöpfe fielen von seiner Bettkante, er konnte durch seine Tränen hindurch sehen, wie die Kerzen flackerten.

Das Mädchen hatte ihn gerettet. Sie überhörte seine Schreie und drückte ihn fest an sich, als wäre er in Gefahr, vollständig davonzutreiben, und als weigerte sie sich, ihn gehen zu lassen. Als seine Schreie schließlich endeten, stellte er fest, dass auch er sie an sich drückte.

Dann fiel er in einen tiefen, traumlosen Schlaf, in dem er Ruhe fand. Als er erwachte, war der Wahnsinn zu Ende und der Halbschlaf vorbei. Er wusste wieder, wer er war; er erkannte seine Umgebung und die Gesichter Damson Rhees und des Maulwurfs. Sie badeten ihn und gaben ihm saubere Kleidung, gaben ihm zu essen und ließen ihn wieder schlafen. Sie sprachen nicht mit ihm. Vielleicht begriffen sie, dass er noch nicht antworten konnte.

Als er abermals aufwachte, drängten sich die Erinnerungen, vor denen er sich versteckt hatte, in seine Gedanken. Sie waren nicht mehr so abscheulich, obwohl sie ihn traurig machten. Er stellte sich ihnen einer nach der anderen und gab ihnen Raum.

Das Schwert von Shannara lag auf dem Bett neben ihm. Er war sich nicht sicher, ob es von Anfang an dort gelegen oder ob Damson Rhee es dorthin gelegt hatte, nachdem er wieder zu Sinnen gekommen war. Er wusste nur eins: Es war wertlos. Es hatte gegen Rimmer Dall versagt. Er hatte alles aufs Spiel gesetzt, um das Schwert in seinen Besitz zu bringen, und es schien, als sei alles sinnlos gewesen. Noch immer besaß er nicht den Talisman, der ihm verheißen worden war.

Lügen und Wahrheit gab es mehr als genug, und das eine ließ sich nur schwer vom anderen trennen. Rimmer Dall log ganz sicher; aber er hatte auch die Wahrheit gesprochen. Allanon hatte die Wahrheit gesprochen, aber er hatte ebenfalls gelogen. Keiner von beiden war ganz das, was er zu sein vorgab. Nichts war in jeder Hinsicht so, wie es der eine oder der andere dargestellt hatte. Möglicherweise war selbst er etwas anderes als das, wofür er sich hielt, und seine Magie das zweischneidige Schwert, vor dem ihn sein Onkel Walker Boh immer gewarnt hatte.

Aber die schlimmste und bitterste Erinnerung, mit der er fertigwerden musste, war die an den armen Coll. Sein Bruder war in ein Schattenwesen verwandelt worden, während er versucht hatte, Par zu beschützen, war er zu einer Kreatur der Grube gemacht worden, und Par hatte ihn deshalb getötet. Er hatte es nicht gewollt, aber die Magie war ungebeten aus ihm herausgebrochen und hatte Colls Leben beendet. Sein Tod war seine Schuld. Sein Bruder hatte die Reise seinetwegen mitgemacht.

Er war seinetwegen in die Grube hinabgestiegen. Alles, was er getan hatte, hatte er für ihn getan.

Plötzlich dachte er an ihr Zusammentreffen mit Allanons Schatten, wo jeder Ohmsford mit einer großen Aufgabe betraut worden war, nur nicht Coll. Hatte Allanon gewusst, dass Coll sterben würde? Hatte Coll aus diesem Grund keine Aufgabe erhalten?

Par konnte Colls Stimme hören, den rauen Tonfall, die ihr eigene Klangfarbe. Im Geist durchlebte er noch einmal die Abenteuer, die sie gemeinsam erlebt hatten, als sie Kinder waren, die Tage, an denen sie ohne die Erlaubnis ihrer Eltern fortgegangen waren, die Orte, die sie aufgesucht hatten, die Menschen, denen sie begegnet waren und mit denen sie gesprochen hatten. Er ging die Ereignisse der vergangenen Wochen seit ihrer Flucht aus Varfleet noch einmal durch. Er wollte sich daran erinnern, wie sein Bruder in dieser Zeit gewesen war.

Coll, der jetzt tot war.

So lag er stundenlang da und hing seinen Gedanken nach; er versuchte die Tatsachen zu begreifen und anzunehmen. Ein Teil seines Selbst weigerte sich zuzugeben, dass Coll nicht mehr lebte, obwohl er wusste, dass er tot war.

Nur selten redete er mit Damson Rhee. Er lag in der unterirdischen Behausung des Maulwurfs inmitten der Stofftiere, die über ihn wachten.

Gleichwohl arbeitete sein Geist fieberhaft. Irgendwann würde er wieder zu Kräften kommen, das nahm er sich vor. Und dann würde ihm irgendjemand Rede und Antwort stehen müssen für die Qualen, die Coll erlitten hatte.

34

Der Gefangene erwachte langsam aus dem Schlaf, der von Rauschmitteln erzwungen worden war und der ihn seit seiner Gefangennahme gelähmt hatte. Er lag auf einer Schlafmatte in einem verdunkelten Raum. Die Stricke, mit denen er an Händen und Füßen gefesselt gewesen war, hatte man ihm abgenommen, und ebenfalls die Tücher, mit denen man ihn geknebelt und ihm die Augen verbunden hatte. Er konnte sich frei bewegen.

Er setzte sich langsam auf, wobei er gegen einen plötzlichen Anflug von Schwindel ankämpfen musste. Seine Augen gewöhnten sich an die Dunkelheit. Sein Gefängnis war groß, es maß über dreißig Quadratmeter. Man hatte eine Matte, eine Holzbank, einen kleinen Tisch und zwei Stühle hineingestellt. Er bemerkte ein Fenster mit Läden und eine Tür. Beides war geschlossen.

Er streckte die Hand aus und berührte die Wand. Sie war aus Steinblöcken und Mörtel gemauert. Er würde lange kratzen müssen, um ein Loch hineinzumachen.

Das Schwindelgefühl ließ nach, und er erhob sich. Auf dem Tisch stand ein Tablett mit Brot und Wasser, und er setzte sich und aß und trank. Er sah keinen Grund, nicht zu essen und zu trinken; wenn die, die ihn hier eingesperrt hatten, ihn umbringen wollten, wäre er schon längst tot. Er erinnerte sich undeutlich an die Fahrt, die ihn hierhergebracht hatte, an die Geräusche des Wagens, auf dem er gelegen hatte, und an das Wiehern der Pferde, die ihn zogen, an die leisen Stimmen der Männer, die unsanften Griffe der Hände, die ihn festhielten, wenn er gefüttert und wieder hingelegt wurde, und an den Schmerz, den er spürte, wenn er lang genug wach war, um überhaupt etwas zu spüren.

Er schmeckte die bitteren Rauschmittel, die man ihm eingeflößt hatte, die wie Feuer in der Kehle gebrannt und ihn bewusstlos gemacht hatten, sodass er in einer Welt der Träume schwebte, die keine Ähnlichkeit mit der Wirklichkeit hatte.

Er beendete sein Mahl und erhob sich. Wohin haben sie mich gebracht?, fragte er sich.

Langsam, denn er war immer noch sehr schwach, ging er zu dem Fenster. Die Läden schlossen nicht dicht. Er spähte hinaus.

Er befand sich in großer Höhe. Die Sommersonne schien auf eine Landschaft aus Wäldern und grasbedeckten Hügeln, die sich bis zum Rand eines riesigen Sees erstreckte. Dessen Wasser glänzte wie flüssiges Silber. Vögel flogen über den See, schwangen sich in die Höhe und stürzten sich wieder in die Tiefe, und ihre Schreie hallten durch die Stille. Am Himmel spannte sich ein gewaltiger Regenbogen von einem Ufer des Sees zum anderen.

Dem Gefangenen verschlug es den Atem. Das war der Regenbogensee.

Durch den Spalt zwischen den Fensterläden konnte der Gefangene die Außenmauer des Gebäudes erkennen. Sie bestand aus schwarzem Granit.

Diesmal war er von seiner Entdeckung wie betäubt. Er konnte es nicht glauben: Er befand sich im Inneren der Südwacht.

Aber wer hielt ihn gefangen? Die Föderation, die Schattenwesen oder jemand anders? Und warum in der Südwacht? Warum war er hier? Warum war er überhaupt noch am Leben?

Er schloss die Augen. Wieder nur Fragen. Es schien, als würden die Fragen nie ein Ende nehmen.

Was war mit Par geschehen?

Coll Ohmsford öffnete die Augen. Er drückte das Gesicht an die Läden, spähte in die Landschaft hinaus und fragte sich, welches Schicksal man ihm wohl zugedacht hatte.

In dieser Nacht träumte Cogline. Er lag im Schutz der Bäume des Waldes, der die öden Höhen umgab, auf denen einst Paranor gestanden hatte, und warf sich hin und her, verfolgt von Visionen. Zitternd vor Angst schreckte er aus dem Schlaf auf.

Er hatte geträumt, dass die Kinder von Shannara alle tot seien.

Einen Augenblick war er davon überzeugt, dass es tatsächlich so war. Dann verwandelte sich seine Furcht in Zorn. Er begriff, dass das, was er geträumt hatte, eher die Vorahnung einer Möglichkeit war als Wirklichkeit.

Nachdem er sich beruhigt hatte, entfachte er ein kleines Feuer, an dem er sich eine Zeit lang wärmte, bevor er eine Prise eines silbrigen Pulvers aus einem Beutel an seinem Gürtel nahm und in die Flammen warf. Rauch stieg auf und erfüllte die Luft vor ihm mit farbigen Bildern. Er betrachtete sie aufmerksam, bis sie wieder verschwanden.

Dann brummte er zufrieden, trat das Feuer aus und legte sich wieder hin. Die Bilder hatten ihm nur wenig enthüllt, aber das wenige genügte ihm. Die Kinder von Shannara lebten. Es gab zwar Gefahren, von denen sie bedroht wurden, aber das war genau so, wie es sein sollte.

Der alte Mann schloss die Augen. Es gab nichts, was in dieser Nacht getan werden musste.

Alles war, wie es sein sollte.

Dann schlief er ein.